KATHERINE WEBB

Das Versprechen der Wüste

ROMAN

Aus dem Englischen von
Babette Schröder und Katharina Volk

DIANA

Sollte diese Publikation Links auf Webseiten Dritter enthalten,
so übernehmen wir für deren Inhalte keine Haftung,
da wir uns diese nicht zu eigen machen, sondern lediglich
auf deren Stand zum Zeitpunkt der Erstveröffentlichung verweisen.

Von Katherine Webb sind im Diana Verlag bisher erschienen:
Das geheime Vermächtnis
Das Haus der vergessenen Träume
Das verborgene Lied
Das fremde Mädchen
Italienische Nächte
Das Versprechen der Wüste
Die Frauen am Fluss

Verlagsgruppe Random House FSC® N001967

4. Auflage
Taschenbucherstausgabe 05/2018
Copyright © 2016 by Katherine Webb
Die Originalausgabe erschien 2016 unter dem Titel *The English Girl*
bei Orion Books, an imprint of The Orion Publishing Group Ltd, London
Copyright der deutschsprachigen Ausgabe © 2016
und dieser Ausgabe © 2018 by Diana Verlag, München,
in der Verlagsgruppe Random House GmbH,
Neumarkter Straße 28, 81673 München
Redaktion: Angelika Lieke
Umschlaggestaltung: t.mutzenbach design, München
Umschlagmotiv: Elisabeth Ansley / Trevillion Images und Michel Piccaya,
Pakhnyushchy, Yongcharoen_kittiyaporn, Philip Lange, Yoshida, Iwanami Photos,
MrLis, Peter Turner Photography, Thai Chaba / shutterstock.com
Satz: Leingärtner, Nabbug
Druck und Bindung: GGP Media GmbH, Pößneck
Printed in Germany
Alle Rechte vorbehalten
ISBN 978-3-453-35823-2

www.diana-verlag.de
Besuchen Sie uns auch auf www.herzenszeilen.de
Dieses Buch ist auch als E-Book lieferbar

Bedford, England, Oktober 1939

Nach Onkel Godfreys Besuch kam Joans Vater ihr sechs Tage lang wie ein Flickwerk vor. Diese Bezeichnung hatte sich Joan ausgedacht, weil er sie dann immer an ihre Flickenpuppe erinnerte – es fehlte hier und da etwas Füllung, und die Augen waren gestickte Kreuze. Jetzt plapperte Daniel ihr das nach, obwohl er erst fünf war und das alles nicht so richtig verstand. Joan ehrlicherweise auch nicht ganz, und sie war schon sieben. Normalerweise war ihr Dad eine Art verschwommener Fleck: Er war ständig in Bewegung oder machte irgendwo Lärm, sang oder hielt laute Reden, jonglierte mit Äpfeln oder führte auf den gesprungenen braunen Küchenfliesen einen Stepptanz auf. Aber als Flickwerk war er ganz still – beinahe stumm – und bewegte sich, als hätte er vergessen, wohin er wollte. Seine Schultern hingen herab, sein Gesicht erschlaffte, er badete und rasierte sich nicht mehr und trug eine Woche lang denselben Pullover. Das geschah nicht oft, und Joan fand es schrecklich. Es fühlte sich an, als ginge die Welt unter.

Joans Vater David war ein kleiner, schmächtiger Mann. Er hatte ein langes, schmales Gesicht mit hellblauen Augen hinter dem Drahtgestell seiner Brille. Vom vielen Lächeln hatten sich tiefe Falten in seine Wangen gegraben, und er kämmte sich das mausbraune Haar immer mit Pomade zurück. Er roch nach Tabak, Rasierseife und dem Menthol für seine Brust. Godfrey, sein älterer Bruder, war groß und scharfkantig. Er fuhr im größten Wagen vor, den Joan je gesehen hatte, so grau und glänzend glatt wie nasse Pinguine im Zoo. In einem dunklen Anzug kam er herein, nahm den Hut nicht ab, musterte ihren engen Hausflur mit einem kurzen, empörten Blick und lächelte die Kinder auf eine Art an, die sie vor Schüchternheit verstummen ließ.

»Du bist selbst schuld daran, dass sie dich nicht sehen wollen, das weißt du doch«, hörte Joan Onkel Godfrey zu ihrem Vater sagen. Sie wusste, dass sie nicht lauschen durfte, aber in ihrem kleinen Haus mit den dünnen Wänden war das gar nicht so einfach. »Himmel, wenn sie wüssten, dass ich bei dir war ... Du bist selbst schuld daran, dass sie nichts von dir wissen wollen, David.«

»Warum kommst du überhaupt, Godfrey?«, fragte David, und seine Stimme klang schon ein bisschen nach einem Flickwerk. Joan hatte einmal gehört, wie ihre Mutter Mrs. Banks von nebenan erzählt hatte, dass Davids Familie reicher sei als Krösus. Sie hatte keine Ahnung, wie reich das sein könnte.

Joans Eltern waren nicht reich – reiche Leute wohnten in Schlössern und besaßen Autos wie das von Onkel Godfrey, statt mit dem Bus zu fahren. Joan war nur ein kleines bisschen neugierig, wie das wohl wäre. Ihr Vater leitete das Kino namens Rex Theatre, mit muffigen Vorhängen und Samtkordeln vor der Leinwand. Oft durften sie und ihr Bruder sich dort Filme ansehen und saßen dabei in dem winzigen Projektionsraum auf seinen Knien. Hinterher erzählte er ihnen fantastische Geschichten über die Orte, die sie im Film gesehen hatten – über die vielen verschiedenen Länder und Städte und Völker der Welt. Joan fand das Rex Theatre viel wichtiger als irgendeinen Wagen oder ein Schloss. Alle ihre Mitschülerinnen beneideten sie darum.

»Du kannst sowieso nicht zum Militär gehen«, sagte Mum nach Godfreys Besuch zu Dad, ohne vom Kartoffelschälen aufzublicken. Die Wörter klangen abgehackt, und es folgte eine spannungsgeladene Pause. »Nicht mit deiner Lunge. Und deinen Augen«, fügte sie hinzu. David saß hinter ihr am Küchentisch, putzte mit dem Taschentuch seine Brille und sagte nichts.

Mums Lösung, wenn Dad zu einem Flickwerk wurde, bestand darin, ihn zu füttern. Ihre Mahlzeiten wurden so reichlich und aufwendig, sie brachte alles auf den Tisch, was sie im Laden bekommen konnte. Zum Tee gab es bunte, merkwürdige Kuchen – wie diesen komisch matschigen, der mit Mandarinenscheibchen aus einer gewaltigen Dose belegt war und aussah wie ein Riesengoldfisch-Filet. Doch das Essen bewirkte nicht viel, außer dass Dad einen dicken Bauch bekam. Als Joan und Daniel ihn am Abend um eine Gutenachtgeschichte baten, lächelte er nur schwach und schüttelte den Kopf.

»Geht und bittet eure Mutter, euch eine vorzulesen, meine Schätzchen. Euer Dad ist heute Abend ein bisschen müde.« Aber seine Geschichten waren meistens viel besser. Er erweckte sie zum Leben – er hatte hundert Stimmen, Gesichter und Gesten. Er konnte ein uraltes Weib sein, ein hinterlistiger Dieb oder eine winzige Fee. Joan fragte sich, ob es diesmal der Krieg war. Kurz vor Godfreys Besuch hatte England Deutschland den Krieg erklärt. Joan wusste, was Krieg war, theoretisch, aber sie hatte keine Ahnung, wie so ein Krieg aussah und was er bedeutete. Ein paar Tage lang machte sie sich große Sorgen, weil ihre Lehrerin Miss Keighley in Tränen ausgebrochen war, während sie die Anwesenheit kontrolliert hatte. Doch bald stellte sich heraus, dass »sich im Krieg befinden« offenbar nicht so viel anders sein würde als sonst.

»Das wird schon gut gehen, Daddy«, sagte sie zu ihm. Sie meinte damit den Krieg, aber sein Lächeln erlosch, und er antwortete nicht. Joan verstand überhaupt nichts mehr.

Am sechsten Tag fiel ihr endlich ein, was sie tun konnte. *Tausendundeine Nacht*. Das war ihr Glücksbringer, ihre Geheimwaffe, denn es war das Lieblingsbuch ihres Vaters, und ihres auch. Sie ging mit dem Buch zu ihm und bat ihn um eine Geschichte, fest entschlossen, sich nicht abwimmeln zu lassen. Sie kletterte auf seinen Schoß, sodass er nicht über sie hinwegschauen konnte. Als er sie ansah, schien sein Blick von ganz weit weg zu kommen. Sie drückte ihm das Buch in die Hand und spürte die Bedeutung dieses Augenblicks als körperliche Anspannung. Daniel kam ihr nachgetapst, seine Kuscheldecke unter einen Arm geklemmt und den Daumen im Mund.

»Bitte lies uns eine Geschichte vor. Bitte?« Sie starrte in das Gesicht ihres Dads, auf seine stoppeligen Wangen und die dunklen Ringe um seine Augen. »Bitte?«, wiederholte sie. Ihr Vater holte tief Luft, beugte sich dann vor und hob Daniel hoch auf sein anderes Knie.

»Na gut, ihr Rangen«, sagte er leise. Joan wurde ein bisschen schwindelig vor Erleichterung.

Daniel rollte sich unter Dads Arm zusammen. Seine Augen waren schon glasig vor Müdigkeit, und er lauschte eher der Stimme seines Vaters, als der Geschichte zu folgen. Joan jedoch hing an seinen Lippen. Es war nicht so wichtig, welche Geschichte er aussuchte, aber er nahm *Ali Baba*, und während er las, fragte Joan immer wieder nach den Orten, und wie es dort war, obwohl sie die Antworten schon kannte. Doch mit jeder Beschreibung wurde ihr Vater noch ein bisschen besser.

»Ach, weißt du das etwa nicht, Joanie? Arabien fließt nur so über vor Zauberei! Wie sonst könnte jemand in solch einer Wüste überleben? Arabien ist ein Meer aus Sand, das größte auf der ganzen Welt. Die Wüste erstreckt sich Hunderte von Meilen in alle Richtungen, kannst du dir das vorstellen? Hügel und Täler aus knochentrockenem, goldenem Sand.«

»Und da gibt es gar nichts außer Sand?«, fragte sie.

»Na, was meinst du, warum die Menschen, die dort leben, sie ›das Leere Viertel‹ nennen?«

»Aber wie leben die Menschen dort? Was essen sie?«

»Zauberei! Das habe ich dir doch gesagt. Dort leben auch Dschinns, und die helfen den Menschen. Dschinns können Sand in Gold verwandeln oder in Wasser oder Essen, oder was immer du willst. Es ist also sehr wichtig, einen von ihnen auf deiner Seite zu haben. Aber du musst aufpassen, sie sind listig und versuchen stets, einen guten Handel herauszuschlagen.«

»Was für einen Handel, Dad?«

»Nun, als ich dort war, habe ich einen Dschinn namens Derwisch kennengelernt, und der …«

Je mehr ihr Dad vorlas und je mehr Fragen Joan ihm stellte, desto weniger war er ein Flickwerk. Glück rieselte durch ihren ganzen Körper. Morgen früh würde er nicht mehr nach ungewaschenem Pullover und schal gewordenem Tee riechen, das wusste sie, sondern nach Rasierseife und Menthol. Er würde wieder er selbst sein, ein verschwommener Fleck, der sich schnell bewegte – nicht so still und verloren. Joan war vollkommen überzeugt davon, dass ihr Dad ein Zauberer war, *Tausendundeine Nacht* ein magisches Buch und Arabien ein verzaubertes Land. Und sie wusste, dass ihr Dad sie eines Tages mit dorthin nehmen würde.

Maskat, November 1958

»Bereit?« Rory hob die Hand und rückte Joans Hut zurecht, was gar nicht nötig gewesen wäre. »Du siehst sehr hübsch aus. Sehr adrett«, sagte er. Joan war so mit dem Bevorstehenden beschäftigt, dass sie vergaß, sich zu bedanken. Sie holte nur tief Luft und nickte. Die Luft war heiß und trocken, und der salzige Hauch des nahen Meeres, den sie darin schmeckte, erschien ihr widersprüchlich. Er war auch kein bisschen erfrischend. Die langen Ärmel ihrer Bluse und die lange Hose, die sie unter ihrem Rock tragen musste, waren unbequem bei der Hitze, und sie bemühte sich, nicht ständig an sich herumzuzupfen.

»So bereit, wie ich je sein werde, denke ich. Bitte geh jetzt – sie wollte, dass ich allein komme. Sie soll nicht sehen, dass du mich hierher begleitet hast.«

»Aber ich musste dich begleiten – wir sind hier nicht in Bedford. Das habe ich übrigens gern getan.«

»Entschuldige, Rory. Danke dir. Ich bin nur ...« Die Hand, die sie auf seinen Arm legte, zitterte leicht. Joan zuckte mit einer Schulter.

»Ich weiß. Ich weiß, wie viel dir das hier bedeutet. Ich hoffe nur, du ... Ach, schon gut. Ich hoffe, es entspricht deinen Erwartungen. Sie entspricht deinen Erwartungen.« Sie unterhielten sich leise, denn abgesehen von ihnen war die schmale

Straße leer, und die Schatten zwischen den Gebäuden wirkten wie gestrenge Bibliothekarinnen.

Die Sonne fiel von hinten auf Rory, sodass er eher als Silhouette vor ihr stand, eine dunkle, undeutliche Version seiner selbst. Er hatte ein rundes Gesicht – ein Teddybärengesicht, hatte Joan stets bei sich gedacht – mit weichen Wangen, braunen Augen, einem leichten Schmollmund und dunklen Locken, die ihren eigenen ganz ähnlich waren. Doch von der Hitze und mehreren schlaflosen Nächten hatte er Tränensäcke unter den Augen und einen wächsernen Teint. Er sah kaum mehr aus wie er selbst. Nervös blickte Joan mit zusammengekniffenen Augen zu einem uralten Wachturm auf, der sich auf den Felsen über ihnen schroff vom blendend blauen Himmel abhob. Sie standen vor einem bescheidenen Lehmziegelhaus in Harat al-Henna, einem Viertel außerhalb der Mauern von Maskat in der Nähe des Haupttors. Bei Sonnenuntergang wurde in einer der alten Festungen am Hafen eine antike Kanone abgefeuert, worauf man die Stadttore schloss und dieses Viertel für die Nacht aussperrte. Danach wurde man nur noch mit einer offiziellen Genehmigung in die Stadt gelassen.

»Natürlich wird sie meinen Erwartungen entsprechen«, entgegnete Joan lächelnd.

»Ja, aber unseren Helden leibhaftig zu begegnen kann manchmal … enttäuschend sein. Wenn man feststellt, dass sie eben doch nur Menschen sind, meine ich.«

»Unsinn – nicht eine so bemerkenswerte Person. Außerdem habe ich alles gelesen, was sie je geschrieben hat. Ich habe das Gefühl, sie schon gut zu kennen.«

»Na dann. Hast du Streichhölzer für deine Lampe, für den Rückweg?«

»Ich habe wirklich alles, was ich brauche, Rory.« Auf einmal konnte sie es kaum erwarten, dass er endlich ging. Sie wollte diesen Augenblick ganz für sich haben und brauchte Zeit und Ruhe, um ihn auf sich wirken zu lassen. Außerdem war er so Zeuge ihrer Nervosität, und das konnte sie nicht gebrauchen – davon wurde sie nur noch nervöser.

»Also gut. Viel Glück. Lass dich nicht aussperren, hörst du?« Er beugte sich vor, um sie auf die Wange zu küssen, doch Joan wich zurück.

»Nicht doch, Rory – nicht vor den Arabern, denk daran«, sagte sie.

Joan wartete, bis seine Schritte vollständig verklungen waren. Dann holte sie tief Luft und wandte sich der bescheidenen Tür zu. Sie bestand aus uraltem Akazienholz, von der Sonne Arabiens ausgedörrt und wie zu Stein gehärtet, wie alle Haustüren hier. Die Lehmziegelwände waren einmal weiß getüncht gewesen. Jetzt trugen sie ein Muster aus vielen kleinen Rissen, wie die Adern eines Blattes, durch die der bröselnde Putz zu sehen war. Das Haus war nur zwei Stockwerke hoch und hatte ein Flachdach. Die Fensterläden gen Osten waren geschlossen. Es schmiegte sich mit der Rückseite an den Fuß des Berges – eine Hintertür konnte es gar nicht haben. Die rostbraunen Felsen ragten ringsum auf wie grobe Hände, die Maskat vorsichtig zu halten schienen. Wo sie auch hinsah, nichts als Stein, Fels und harte Sonne, harte Schatten – nirgends etwas Weiches. Eine ganze Minute verging, und Joan schalt sich einen Feigling, weil sie hier herumstand, die Umgebung betrachtete und den Moment vor sich herschob, auf den sie so sehnsüchtig gewartet hatte. Das Herz schlug ihr bis zum Hals, als sie schließlich anklopfte.

Beinahe sofort wurde die Tür von einem großen schwarzen Mann geöffnet. Er trug eine Dischdascha – das lange weite Gewand der Omaner – mit dem traditionellen Dolch, dem Khanjar, im Gürtel. Er hatte eingesunkene Wangen und schwarze Augen, sogar das Weiß um die Iris war braun verfärbt, wie Milchkaffee. Sein Bart war weiß, ebenso die wenigen Haarbüschel, die unter seinem gewickelten und geknoteten Turban hervorlugten. Sein Alter konnte Joan nicht einmal erraten – sein Gesicht wirkte uralt, doch er hielt sich aufrecht und gerade. So still und ernst wie ein Golem blickte er auf sie herab, dass es ihr die Sprache verschlug. Die Hände des Mannes hingen locker herab, und Joan fiel auf, wie riesig sie waren, mit langen Fingern wie Spinnenbeine. Schließlich ergriff er das Wort.

»Sie sind Joan Seabrook.« Seine Stimme klang überraschend grell.

»Ja«, antwortete sie und errötete verlegen. »Ich bin Joan Seabrook«, wiederholte sie überflüssigerweise. »Bin ich hier richtig bei Maude Vickery? Sie erwartet mich.«

»Sie erwartet Sie, sonst hätte ich Ihnen die Tür nicht aufgemacht«, entgegnete der alte Mann und verzog die faltigen Lippen zu einem schwachen Lächeln. Sein Englisch war beinahe akzentfrei, und er sprach jedes einzelne Wort sehr sorgfältig aus, so perfekt wie geschliffener und polierter Stein. »Gehen Sie bitte hinauf. Madam wartet schon auf Sie.« Er trat zurück, um sie einzulassen, und Joan ging an ihm vorbei.

Im Haus stank es wie in einem Stall. Ehe sie sich beherrschen konnte, hatte sich Joan eine Hand vor Mund und Nase geschlagen. Der Gestank war zum Ersticken – nicht schlimmer als die Ställe zu Hause, aber so unerwartet. Die Tür schloss sich hinter ihr, und in der plötzlichen Dunkelheit konnte sie kaum mehr etwas sehen. Hinter sich glaubte sie ein trockenes, japsendes Kichern von dem alten Mann zu hören. Sie blickte sich nach ihm um, doch sein Gesicht war in Dunkelheit gehüllt. Er bewegte sich nicht und sagte auch nichts, und sie konnte nur den Schimmer seiner wachsamen

Augen erkennen. Verwirrt und ungeschickt ging Joan über den Hausflur zum Fuß einer steinernen Treppe und stieg hinauf.

Auf halbem Weg nach oben wechselte die Treppe die Richtung. Nun fiel durch ein offenes Fenster Licht herein und enthüllte eine Kruste Dung auf dem Boden, kleine Köttel wie von einem Schaf oder einer Ziege, und ein wenig Heu. Joan runzelte verwundert die Stirn. Oben angekommen, blieb sie auf dem kleinen Flur stehen, von dem nur zwei Zimmer abgingen. Gleich darauf rief eine Stimme aus dem Raum rechts von ihr:

»Drücken Sie sich nicht da herum, wer immer Sie auch sind. Ich bin hier drin. Sie müssen mir nachsehen, dass ich Ihnen nicht entgegenkomme – das kann ich nun mal nicht.«

In der harten Stimme lag ein scharfer, nörgelnder Tonfall. Der Akzent war der ihrer eigenen Grafschaft in Reinform, und Joans Herz schlug wieder schneller. Sie musste lächeln und hätte sogar beinahe laut aufgelacht. Sie folgte der Stimme in einen quadratischen Raum mit weißen Wänden und tief hinabgezogenen Bogenfenstern, die nach vorn hinausgingen und mit hölzernen Läden verschlossen waren. Nur ein Fenster, durch das man auf die steilen Felsen im Süden schaute, war offen und ließ sanftes Licht herein. Am Fußende eines schmalen Bettes lehnte ein antikes schwarzes Fahrrad. Das Bett war sehr ordentlich gemacht, die verblassten Laken fest unter die Matratze geschlagen. Zu beiden Seiten des Bettes ragten große Palmen in Kübeln auf, und auf dem Boden stand eine kunstvoll aus Metall gearbeitete Laterne. Joan sah einen aufgeräumten Schreibtisch und ein langes Bücherregal, dessen oberste Fächer leer waren. Sämtliche Bücher waren bis zu einer Höhe von gut einem Meter eingeräumt, und weitere stapelten sich auf dem Boden. Auf einem fadenscheinigen Teppich mitten im Raum standen zwei Holzstühle einem

Chesterfield-Sofa gegenüber, neben dem ein hoher Stapel arabischer und englischer Zeitungen und Zeitschriften abgerutscht war und sich über den Boden verteilt hatte.

Zwei sandfarbene Salukis schliefen in einem Nest aus Decken an der gegenüberliegenden Wand. Die Persischen Windhunde waren so eng aneinandergekuschelt, dass Beine, Ohren und Ruten keinem von beiden zuzuordnen waren. Einer öffnete ein bernsteinfarbenes Auge und beobachtete Joan, und einen Moment lang war das sanfte Schnarchen des anderen Hundes das einzige Geräusch im Raum. Der leichte Geruch nach Hund ging im allgemeinen Gestank unter. Eine mit Intarsien versehene Truhe diente als Couchtisch, und im Rollstuhl daneben – einem altmodischen Rattanmodell – saß Maude Villette Vickery. Joan bemühte sich, sie nicht anzustarren. Sie hatte sich diese Person so oft vorgestellt, dass es ihr beinahe unwahrscheinlich vorkam, diesem Menschen nun nicht in ihrer Fantasie, sondern in Wirklichkeit zu begegnen – das war ein beunruhigendes, surreales Gefühl.

Das Erste, was Joan auffiel, war Maudes winzige Gestalt. Sie wirkte fast wie ein Kind. Dünne Knie und Ellbogen zeichneten sich spitz unter einem altmodischen Rock mit hoher Taille und einer Bluse mit Biesen und Stehkragen ab. Ihre Knöchel und Füße, die auf der Fußstütze des Rollstuhls standen, waren zart wie die einer Puppe. Trotz der Hitze trug sie dicke Strümpfe. Ihr glattes, stahlgraues Haar war zu einem strengen Knoten frisiert, und ihr Gesicht war zwar eingefallen und faltig, aber geprägt von kräftigen Wangenknochen. Ein paar Sekunden lang verschwammen ihre Züge zu dem Gesicht, das Joan von Fotos dieser Person als junge Frau kannte – klare, blaugraue Augen mit durchdringendem Blick, hervorstechende Adlernase. Joan hielt Abstand, um nicht auf ihre Gastgeberin herabschauen zu müssen. »Kommen Sie näher, ich beiße nicht«, sagte Maude. Gehorsam trat Joan vor. Ihre Füße wirbelten kleine Staubwolken vom Teppich auf. Maude blickte streng zu ihr auf. »Du meine Güte, sind Sie aber groß! Oder vielleicht auch nicht. Mir kommt jeder groß vor. Abdullah!«, rief sie unvermittelt, sodass Joan zusammenzuckte. Maude beugte sich in Richtung der offenen Tür vor. »Tee, Abdullah!«, fügte sie hinzu, obwohl keine Antwort zu hören gewesen war.

Mit einem vagen Schulterzucken wandte sie sich wieder Joan zu. »Ich weiß, dass er mich hören kann. Hat Ohren wie eine Fledermaus, dieser alte Mann«, sagte sie. Eine Pause entstand.

»Ich freue mich sehr, Sie kennenzulernen, Miss Vickery«, sagte Joan. »Das ist ja so aufregend. Ich habe alles von Ihnen gelesen, schon seit …« Sie verstummte, als eine Gazelle vom Flur hereingetrippelt kam. Joan starrte sie an. Das Tier hielt inne und betrachtete sie mit großen, feuchten Augen, umringt von kräftigen schwarzen und weißen Streifen wie übertriebenes Make-up. Dann schnaubte es leise, trippelte weiter zu Maude und schnupperte an ihren Fingern. Maude lächelte.

»Du gefräßiges Vieh. Du bekommst deine Datteln, wenn wir unsere essen – wenn Abdullah sie bringt, vorher gibt es nichts«, sagte sie.

»Sie haben eine Gazelle«, bemerkte Joan.

»Ja, allerdings. Ich habe sie im Suk gefunden – sie sollte geschlachtet werden. Abdullah wollte sie braten, aber sehen Sie sich dieses göttliche Gesicht an. Wer könnte da widerstehen? Und diese lächerlich großen Ohren. Sie war so ein jämmerliches Ding, dass ich es nicht über mich gebracht hätte, sie zu essen.« Sie blickte ein wenig kläglich zu Joan auf. »Schwach, ich weiß.«

»Ich dachte, Frauen dürften den Suk nicht betreten?«, fragte Joan, die nicht wusste, was sie sonst sagen sollte.

»Dürfen sie auch nicht«, stimmte Maude zu und rieb den Haarwirbel zwischen den Augen der Gazelle, ohne nähere Erklärung. Das goldbraune Fell des Tiers sah seidig weich aus.

»Nun, das erklärt zumindest die …« Joan unterbrach sich gerade noch rechtzeitig. Maude blickte rasch zu ihr auf.

»Den Dreck? Ja. Und es stinkt hier, nicht wahr? Ich muss mich entschuldigen. Ich bin so daran gewöhnt, dass ich es nicht einmal mehr wahrnehme. In diesem Zimmer herrsche noch immer ich, aber über den Rest des Hauses habe ich so gut wie keine Kontrolle. Ich werde mit Abdullah sprechen.«

»Ich bitte vielmals um Entschuldigung, Miss Vickery, ich wollte nicht unhöflich sein«, sagte Joan. Maude winkte mit ihrer winzigen Hand ab.

»Sie und ich, wir werden uns viel besser verstehen, wenn Sie sagen, was Sie denken. Ich habe das immer getan. Es spart ungemein viel Zeit.«

»Jagen die Hunde sie denn nicht?« Mit einem Nicken wies Joan auf die schlafenden Salukis.

»Ach, Unsinn. Sehen Sie sich die beiden doch an! Die haben seit Jahren nichts mehr gejagt. Hatten ihre besten Zeiten schon hinter sich, als ich sie von bin Himyar geschenkt bekommen habe, diesem schlauen alten Mann. Dem Herrn vom Grünen Berg. Wenn das nicht mal ein zweifelhaftes Kompliment ist! Früher hatte ich auch eine Oryxantilope, wissen Sie. Ein persönliches Geschenk von Sultan Taimur bin Faisal, nachdem ich bedauernd angemerkt hatte, dass es mir auf meinen Reisen nie gelungen war, eine Oryx zu erlegen. Ich glaube, er hat sie mir geschenkt, damit ich sie erschieße, doch es erschien mir reichlich unsportlich, ein Tier zu erschießen, das an einem Pflock angebunden ist. Die war ein ziemlich wildes Ding und musste wirklich draußen bleiben. Diese Hörner! Können tödlich sein. Nun ja, sie ist recht bald entwischt, meine Oryxantilope. Ließ sich nicht wiederfinden, und ich musste dem Sultan vorlügen, ich hätte sie geschossen und gegessen, und sie sei köstlich gewesen. Ich habe mir sogar die da besorgt, um meine Geschichte zu belegen.« Sie zeigte auf zwei dunkle, gerippte Oryxhörner, die als Trophäe an der Wand hingen. »Reine Zeitverschwendung. Wahrscheinlich wusste der Mann nicht einmal mehr, dass er mir das Vieh geschenkt hatte.«

»Ich habe gelesen, dass Sie ein sehr gutes Verhältnis zu Sultan Taimur haben, wie sonst keine Europäerin.«

»Zu seinem Vater auch. Nun ja, wissen Sie«, schwächte Maude ab, »früher vielleicht. Damals war ich ein Novum, verstehen Sie? Und wie alle Männer liebte er neue Spielsachen.«

Schweigend brachte der große, alte Diener ein Tablett mit einer Teekanne aus Zinn, kleinen Gläsern, Zucker und einer Schale Datteln herein. Er beugte sich langsam vor, stellte das Tablett ohne das leiseste Klappern auf der Truhe ab und schenkte unaufgefordert den Tee ein.

»Erinnerst du dich an diese Oryxantilope, die Sultan Taimur mir geschenkt hat, Abdullah?«, fragte Maude.

»Ja, Madam. Ich erinnere mich.«

»Wie habe ich sie genannt? Weißt du das noch?«

»Sie haben sie Snowy genannt, Madam.« Abdullah stellte ein Glas Tee vor sie hin.

»Snowy! Richtig. Wie originell von mir.« Maude seufzte. »Sie hatte das reinste weiße Fell, das man je gesehen hat. Zu Datteln sollte es eigentlich Kaffee geben, ich weiß, aber ich fürchte, ich vertrage das Zeug nicht mehr. Wie war Ihr Name gleich wieder, junge Frau?«

»Ich bin ... Joan Seabrook, Miss Vickery.«

»Ach ja, richtig. Sie haben mir all diese Briefe geschrieben. Eine ganze Lawine von Briefen. Danke, Abdullah. Was wohl aus Snowy geworden sein mag? Vielleicht hat er es zurück in die Wüste geschafft, aber das bezweifle ich. Jedenfalls hätte er sich das sicher gewünscht, so wie ich. Wir beide wären in der Wüste besser dran gewesen. Aber was wollen Sie eigentlich, Miss Seabrook?« Auf einmal wirkte Maude erregt, beinahe ärgerlich. Sie strich ihren Rock glatt und faltete dann die Hände. »Ich komme einfach nicht dahinter, trotz all Ihrer Briefe.« Als Abdullah den Raum verließ, spürte Joan kurz seinen Blick. Sie konnte nicht anders, als sich umzudrehen und ihm nachzuschauen. Er bewegte sich mit einer unglaublichen Anmut.

»Na ja, ich …«, sagte sie geistesabwesend.

»Fesselnder Anblick, nicht?«, warf Maude ein und fixierte Joan mit einem durchdringenden Blick.

»Ihr Diener ist in der Tat ein … markant aussehender Mann.«

»Oh, er ist nicht mein Diener, Miss Seabrook. Er ist mein Sklave. Er gehört mir. Ich habe ihn auf einer Auktion ersteigert, in einer Höhle in den Bergen bei Nizwa. Nun, was sagen Sie dazu?«

»Ich hatte gehört, dass es so etwas hier noch gibt«, antwortete Joan vorsichtig. Diese alte, gebrechliche Version ihres Idols, deren Laune und Temperament sie schwer einschätzen konnte, verwirrte sie. Maude lehnte sich mit enttäuschter Miene zurück.

»Nun ja. Wie ich sehe, werde ich mir ein wenig mehr Mühe geben müssen, um Sie zu schockieren, Miss Seabrook.«

»Wenn ich erst Gelegenheit hatte, all das in Ruhe zu reflektieren, werde ich gewiss sehr schockiert sein, Miss Vickery. Jetzt allerdings bin ich noch so schockiert von der Gazelle, dass meine Kapazitäten erschöpft sind.« Eine Pause entstand. Maude musterte sie mit halb zusammengekniffenen Augen und lächelte dann spitzbübisch.

»Ha!«, sagte sie anstelle eines Lachens. »Gutes Mädchen. Sie sind nicht übertrieben höflich, das gefällt mir.«

Joan ließ sich auf dem roten Sofa nieder, an dem Ende, das dem Schreibtisch am nächsten war. Sie tranken ihren Tee mit reichlich Zucker und bitterer Minze und aßen die Datteln. Draußen waren das Klappern von Eselshufen zu hören und das Klatschen nackter Fußsohlen in Ledersandalen. Das Licht wurde milder, und eine Handvoll Fliegen kreiselte summend unter der Decke. Seit Maudes Frage, was Joan eigentlich wollte, war schon zu viel Zeit vergangen, um jetzt noch zu antworten. Joan ließ den Blick durch den Raum schweifen, während sie darauf wartete, dass Maude die Frage wiederholte. Sie kaute langsam eine Dattel. Ihr Blick war ins Leere gerichtet, doch sie wirkte wieder ruhig, beinahe kühl. Joan betrachtete eine Stiftablage aus Rosenholz auf dem Schreibtisch. Sie war leer bis auf einen Ring – klein, aber massiv gearbeitet, aus gedrehtem Zinn mit einem ungeschliffenen, klumpenförmigen hellblauen Stein.

»Das ist ja ein interessanter Ring«, sagte Joan und beugte sich vor. »Was für ein Stein ...«

»Nicht anfassen!«, fauchte Maude laut.

»Nein, nein, ich ...« Joan schüttelte den Kopf. Sie hätte nicht danach gegriffen.

»Rühren Sie dieses Ding ja nicht an«, wiederholte die alte Frau. Ihr wütend funkelnder Blick war jedoch nicht auf Joan gerichtet, sondern auf den Ring.

Joan verschränkte die Hände im Schoß und suchte nach einer Möglichkeit, elegant das Thema zu wechseln. Sie wagte es nicht, sich näher nach dem Ring zu erkundigen.

»War dieses Haus auch ein Geschenk von Sultan Taimur, Miss Vickery? Da er Ihnen schon eine Oryx geschenkt hatte?«, fragte sie schließlich. Maude blinzelte mehrmals und antwortete dann, als sei nichts geschehen.

»Natürlich nicht. Ich habe es gekauft – teuer erkauft. Taimurs Vater Faisal hat mir erlaubt, den Rest meines Lebens in Oman zu verbringen, und das war schon sehr großzügig von ihm – ich glaube, ich bin die Einzige. Die einzige Europäerin, die hier lebt, einfach weil es mir gefällt, und nicht aus irgendeinem offiziellen oder unternehmerischen Grund. Der regierende Sultan Said ist Faisals Enkelsohn – jedes Mal, wenn einer von ihnen stirbt, frage ich mich, ob mich sein Nachfolger hinauswerfen wird, aber bisher ist es immer gut gegangen. Dieser Said ist ausgesprochen konservativ, aber er hat auch seine Marotten – etwa diese amerikanischen Missionare. Es ist mir schleierhaft, weshalb er ihnen erlaubt hierzubleiben. Liebe Menschen, aber dumm wie eine Schar Gänse. Die glauben offenbar tatsächlich, sie könnten die Araber zum Christentum bekehren. Aber ihr Krankenhaus ist das einzige im ganzen Land.« Sie deutete mit dem Zeigefinger auf Joan. »Bekommen Sie ja keinen Typhus, solange Sie hier draußen sind, Miss Seabrook – oder Tuberkulose. Die Milch steckt voller Tuberkulose-Erreger. Vergewissern Sie sich, dass sie gekocht wurde, ehe Sie etwas davon in Ihren Kaffee geben. Als ich erst die Erlaubnis hatte, in Maskat zu bleiben, war dieses alte Haus alles, was ich kaufen konnte. Die besseren Häuser wurden mir verweigert. Ich glaube, der Gouverneur von Maskat wollte dafür sorgen, dass ich auf diese Weise in die Schranken verwiesen werde, verstehen Sie? Haben Sie ihn schon kennengelernt? Sayid Schahab? Furchterregender Bursche, praktisch autonom, seit Sultan Said in Salalah weilt. Er hat dafür gesorgt, dass die Ehre, die der Sultan mir erwiesen hatte, nicht allzu groß wird.« Sie lächelte leicht.

»Das Land wird offenbar mit sehr strenger Hand regiert.«

»Allerdings. Was mich zu der Frage bringt, wie um alles in der Welt es Ihnen gelungen ist, eine Einreiseerlaubnis zu bekommen, Miss Seabrook? In Oman hält man nicht viel von ausländischen Besuchern oder untätiger Neugier. Das war schon immer so.« Maude verfütterte eine Dattel an die Gazelle, die sie vorsichtig aus ihren Fingerspitzen nahm.

»Nein«, gab Joan unbehaglich zu. »Mein Vater war ein Schulfreund des derzeitigen Wesirs – des Außenministers. Das hat es mir erleichtert. Wir wohnen auch in seiner Residenz, mein Verlobter Rory und ich.«

»Bezeichnet man den Posten immer noch so? Wesir? Wie drollig. Aber Oman ist letztlich immer noch britisches Protektorat, nicht wahr? Auch wenn man es heute nicht mehr so bezeichnet – wo jeder doch peinlich bemüht ist, nicht mehr als Kolonialmacht zu erscheinen.«

»Außerdem ist mein Bruder Daniel seit sechs Monaten hier. Er ist Soldat und zu den Streitkräften des Sultans abgestellt, wissen Sie? Ich habe die Erlaubnis erhalten, ihn zu besuchen.«

»Aber das ist nicht der wahre Grund für Ihre Reise.«

»Nein. Na ja, teilweise schon … Ich …« Joan verstummte, und einen Moment lang stieg so etwas wie Verzweiflung in ihr auf. Sie hatte das Gefühl, nach etwas zu greifen, das fest entschlossen war, sich ihr zu entziehen.

In Wirklichkeit wusste sie einfach nicht recht, wie sie das Bedürfnis danach, Arabien zu sehen, in Worte fassen sollte. Es war schon so lange tief in ihr verwurzelt, dass sie es nicht mehr hinterfragte. Als Daniel dann nach Oman abgestellt und Robert Gibson zum Wesir ernannt worden war und Joan ein wenig Geld von ihrem Vater geerbt hatte, schien sich alles so zu fügen, dass das Schicksal sie endlich hierherführen würde. Nach Oman – eine kleine, abgelegene Ecke von Arabien, aber dennoch Arabien. Und seit dem Tod ihres Vaters hatte sie irgendwie auch das Gefühl, als könnte sie hier etwas von ihm finden. Nach seinem Tod hatte es beinahe ein Jahr gedauert, bis der lähmende Schock nachließ und diese Idee Gestalt annahm, doch als sie erst einmal da war, wusste Joan, dass nichts sie wieder davon abbringen würde.

Ihrer Mutter Olive zu erklären, wofür sie ihre kleine Erbschaft auszugeben beabsichtigte, war schwierig gewesen. Joan hatte einen Moment abgepasst, als Olive gerade kochte – dann war sie stets am glücklichsten.

»Ist es denn nicht schon schlimm genug, dass eines meiner Kinder in dieser gottverlassenen Wüste haust?«, hatte Olive gesagt. Speckwürfel klebten an ihrem großen Messer, das plötzlich in der Luft erstarrte, und dieses Zittern in ihrer Stimme wurde allmählich zur Regel. »Du bist der Reise nicht gewachsen, Joanie. Und du kannst mich doch nicht ganz allein hierlassen?« Sie holte ein zerknülltes Taschentuch aus ihrer Schürzentasche und wischte sich die Augen. Joan spürte, wie die erstickenden Schuldgefühle, die ihr nur allzu vertraut waren, in ihr aufstiegen und sie prompt ihre Entscheidung infrage stellte. Olive sah erbärmlich aus, schutzlos, so leicht zu verletzen. »Dein Vater war überhaupt nie dort – das weißt du doch.« Joan wusste es. Als sie alt genug gewesen war, um es zu verstehen, hatte sie kaum glauben können, dass ihr Vater nie weiter gereist war als nach Frankreich. Trotz all seiner Geschichten, Träume, seiner Begeisterung und seiner großen Pläne. Aber er hatte sich gewünscht, dass Joan reisen würde, das wusste sie. Er hatte sich gewünscht, dass sie ein paar ihrer Träume würde verwirklichen können. Und Joan hatte schon immer von Arabien geträumt. Sie hörte die Stimme ihres Vaters in ihren Gedanken, stellte sich seine übertrieben weit aufgerissenen Augen dazu vor. Das Reich von Sindbad, dem Seefahrer, der Königin von Saba, das Land des Weihrauchs, der Dschinns und Wünsche! Immer übertrieben – absichtlich dramatisch, stets bereit, Joans Welt mit Magie und Staunen zu bereichern.

Joan versuchte, das scheußliche Gefühl herunterzuschlucken, doch ihre Audienz bei Maude Vickery verlief ganz und gar nicht so, wie sie es sich erhofft oder ausgemalt hatte. »Sie sind meine Heldin, schon seit ich ein kleines Mädchen war, Miss Vickery. Ich will die Wüste bereisen, genau wie Sie. Ich will in die Rub al-Chali – das Leere Viertel. Die größte Sandwüste der Welt ... Ich weiß, inzwischen haben eine Menge Leute sie durchquert, aber große Teile davon sind immer noch unberührt. Ich will zum Palast von Dschabrin und dort das Gelände begehen, vielleicht ein paar Aufrisse zeichnen. Ich bin Archäologin – vielleicht erinnern Sie sich, dass ich Ihnen das geschrieben habe? Nun ja ... beinahe. Ich habe noch keine archäologische Grabung durchgeführt, aber ich habe mein Studium abgeschlossen. Vor meiner Abreise habe ich mich um eine Stelle in einem kleinen Museum beworben – natürlich nur eine Assistentenstelle. Ich fange im neuen Jahr dort an, das heißt, falls ich die Stelle bekomme, und das müsste ich, wenn ich ihnen ein paar Studien vorlegen könnte, die ich hier draußen gemacht habe. Und ich würde so gern ...« Sie holte Luft und bemerkte, wie unfreundlich Maude sie ansah, also verstummte sie.

»Eine hübsch lange Liste großer Wünsche, Miss Seabrook.« Maude zeigte vorwurfsvoll mit dem Zeigefinger auf Joan. Der Fingernagel war schartig und verfärbt. »Und darf ich darauf hinweisen, dass Sie noch ein junges Mädchen sind?«

»Ich bin fast so alt, wie Sie damals waren, als Sie die Wüste durchquerten. Sechsundzwanzig.«

Maude brummte widerwillig.

»Sie wirken jünger. Wie dem auch sei, ich fürchte, Sie jagen einem Traum hinterher. Sie wollen in meine Fußstapfen treten, aber was würde Ihnen das nützen? Das ist keine Erkundung. Es ist kein Abenteuer. Und Abenteuer sind doch das, was Sie wollen, nehme ich an? Sie müssen Ihren eigenen Weg finden – Sie müssen ihn sich selbst schaffen. Sultan Said persönlich hat das Leere Viertel vor ein paar Jahren durchquert – mit einem Automobil. Da gibt es nichts Geheimnisvolles mehr.« Sie klang verbittert. Langsam und eindringlich beugte sie sich vor, obwohl sie dabei vor Anstrengung zitterte. »Sie müssen die Erste sein. Sonst zählt es nicht.«

»Aber das stimmt doch nicht! Sie waren auch nicht die Erste, die das Leere Viertel bereist hat – jedenfalls nicht die Allererste, und trotzdem zählt es. Die Wüste ist riesig ... und den Palast von Dschabrin hat noch kein Europäer je erkundet, geschweige denn ein Archäologe. Man kann auf den Karten nicht einmal genau erkennen, wo er liegt. Aber Sie waren dort, nicht wahr? Sie haben ihn gesehen.«

»Eine Ruine, in der es von Schlangen nur so wimmelt.« Maude winkte ab. Dann strich sie über ihre Kleidung, als suchte sie etwas. Mit finsterer Miene, sichtlich erregt. »Der Palast ist noch nicht einmal besonders alt, nur ein paar Jahrhunderte. Und seine Lage ist auch kein Geheimnis. Gehen Sie nach Bahla und biegen Sie links ab.«

»Aber er soll kostbare Schätze bergen ...«

»Seien Sie doch nicht albern. Kein Araber hat je einen herrenlosen Schatz einfach liegen gelassen. Sie sind ja so schlimm wie die Beduinen – die sind von vergrabenen Schätzen geradezu besessen, wissen Sie? Ständig liest man diesen Unsinn, dass Wüstenvölker nur Wasser hohen Wert beimessen, nicht Gold. Sie schätzen Wasser, Gastfreundschaft, gute Weiden, Waffen und Gold, so sieht es in Wirklichkeit aus.« Sie zählte all das an den Fingern ab, während sie sprach. »Es gibt keine vergrabenen Schätze, Miss Seabrook.«

»Aber ... der Palast selbst ist ein Schatz, verstehen Sie das denn nicht?«

»Wie wollen Sie denn überhaupt dorthin kommen? Ausländer dürfen sich in Maskat nicht östlich der Residenz aufhalten oder westlich des Armeestützpunktes in Matrah. Sie dürfen die Stadtgrenzen nicht verlassen, nicht einmal zu den Bergen hin, geschweige denn in die Wüste ... So war es schon immer. Sultan Said schätzt seine Privatsphäre sehr, und er dehnt sie auf sein ganzes Land aus. Außerdem – bitte korrigieren Sie mich, falls ich mich irren sollte, aber ... befinden wir uns derzeit nicht in einem kleinen Krieg?« Maude hatte die Stimme erhoben und schrie nun beinahe, obwohl Joan nicht nachvollziehen konnte, was sie so geärgert hatte.

Nervös nippte sie an ihrem Tee. »Der Krieg ist nichts weiter ...«, erwiderte sie. »Nicht im Vergleich zum richtigen Krieg, dem Weltkrieg. Mr. Gibson bezeichnet ihn als ›Aufstand‹. Und der findet nur in den Bergen statt, nicht wahr?« Maude funkelte sie finster an und beugte sich dann wieder vor, die verkrümmten Finger lose im Schoß.

»Sie, Miss Seabrook, sind eine Touristin. Weiter nichts.«

Sie saßen noch eine Weile in unbehaglichem Schweigen herum, bis Maude das Kinn auf die Brust sank. Sie verstummte, und Joan war steif vor Verlegenheit. Als Abdullah hereinkam, um den Tee abzuräumen, nickte er Joan zu.

»Kommen Sie«, sagte er leise und wandte sich wieder der Treppe zu. »Madam ist keinen Besuch gewöhnt. Sie muss sich jetzt ausruhen.« Dankbar folgte ihm Joan hinaus. Abdullah brachte sie wortlos zur Tür, doch seine Wachsamkeit war schwer zu ignorieren. Irgendwie fühlte sich Joan beurteilt – und für nicht gut genug befunden. Die Sonne stand schon beinahe am Horizont, doch der Himmel war hell und die Kanone – deren Schuss den Beginn der nächtlichen Ausgangssperre verkündete – noch nicht abgefeuert worden.

Joan setzte ihren Hut auf und ging das kurze Stück bis zum Haupttor. Schüchtern lächelte sie den Wachen zu, die den Kopf neigten und ein paar Brocken gebrochenes Englisch an ihr ausprobierten.

Nach wenigen Schritten in die Stadt hinein blieb sie stehen. Sie war nicht zu einem weiteren Besuch bei Maude Vickery eingeladen worden. Die Enttäuschung, vor der Rory sie gewarnt hatte, durchflutete sie, doch sie war eher von sich selbst enttäuscht als von Maude. Die alte Entdeckerin war als schwierig bekannt. Schon in ihrer Jugend hatte man ihr vorgeworfen, sie sei stur, taktlos und manchmal ungeheuerlich unhöflich – all das war in ihren Schriften, ihren Biografien und gesammelten Briefen zu lesen. Joan hatte sich also darauf gefasst gemacht und war dennoch sicher gewesen, Maude für sich einnehmen zu können. Sie war sich sicher gewesen, dass Maude eine verwandte Seele erkennen würde. Doch Joan hatte nicht die richtigen Dinge gesagt. Sie hatte Maude keinen Eindruck davon vermittelt, wie ernst es ihr war – ja, sie hatte Maude überhaupt nicht beeindruckt. Die Verachtung, mit der Maude sie als Touristin abgestempelt hatte, schmerzte umso mehr, weil sie der Wahrheit zu nahe kam. Traurig und aufgewühlt setzte sich Joan in der Dämmerung auf eine Stufe und beobachtete die Passanten, die vorübereilten, um zum Tor hinaus- oder hereinzugelangen, ehe es geschlossen wurde. Omanerinnen in ihren schwarzen Gewändern und Schleiern, belutschische Frauen aus dem Territorium des Sultans in Nordpakistan, die unverschleiert waren und so bunt gekleidet wie Blumen. Inder und Perser und die schwarzen Gesichter von Sklaven wie Abdullah. Man könnte meinen, dass es in Maskat mehr Ausländer gab als Omaner.

In Oman wurde es früh Abend, schon kurz vor sechs. Selbst so spät im Jahr hatte die Sonne große Kraft, und die Temperatur von meist über fünfunddreißig Grad fühlte sich nach den vergangenen kühlen, nassen Monaten in England besonders sengend an. Vor allem Rory litt darunter. Seine Wangen waren stets gerötet, und er gähnte viel. Der Winter bekam ihm viel besser – ein frischer, stürmischer britischer Winter, der seine roten Wangen gesund statt fiebrig wirken ließ. Sie waren erst vor drei Tagen in Maskat eingetroffen, nachdem sie mit der British Overseas Airways Corporation nach Kairo geflogen waren – der erste Flug in Joans Leben –, mit einem kleinen Flugzeug weiter nach Salalah, und dann waren sie langsam per Schiff die Küste entlanggetuckert bis hierher nach Maskat. Trotz allen Spotts über die BOAC (»You'd be Better On A Camel«, wie Rory gern anmerkte) war der Flug nach Kairo für Joan geradezu magisch gewesen. Beim Landeanflug hatte sie durch das winzige Fenster die Pyramiden gesehen und vor Aufregung geschaudert.

Bisher hatten sie Joans Bruder Daniel auf dem Stützpunkt Bait al-Faladsch in Matrah noch nicht besuchen können. Der Stützpunkt lag auf der anderen Seite der Landzunge, nicht weit von Maskat – man konnte mit dem Boot hinfahren oder über eine unbefestigte Straße, die sich die felsige Hügelflanke emporwand. Aber Daniel war nicht da, also mussten sie warten. Sein vorgesetzter Offizier hatte sie informiert, dass er ins Landesinnere geschickt worden war und dort einen Aufklärungsspähtrupp in den Bergen anführte.

Daniel hatte Joan von dem Aufstand dort berichtet, nachdem sie ihm geschrieben hatte, dass sie nach Maskat kommen wolle. Das war eines der Argumente gewesen – aber nicht das einzige –, mit dem er sie von ihrem Besuch hatte abhalten wollen.

Großbritannien erkennt den Sultan schon lange als Herrscher von Maskat und Oman an, aber traditionell regierte der Sultan Maskat und die Küste und überließ dem Imam das restliche »Oman«, das Landesinnere – die Wüste und die Gebirge. Das ging Generationen lang gut, hatte Daniel geschrieben, *doch dann hieß es, in der Wüste könnte es Öl geben, also begann Sultan Said, seine Hoheitsgewalt auch dort stärker durchzusetzen. Es gab ernste Konflikte, aber mit unserer Hilfe wurde Imam Ghalib 1955 zum Abdanken gezwungen. Allerdings kam er bald zurück, aufgestachelt von seinem Bruder Talib. Sie haben sich mit all ihren Männern in die Berge zurückgezogen, und der Sultan wird keine Ruhe geben, ehe wir nicht den letzten Aufständischen aus seinem Schlupfloch gezerrt haben. Die Lage ist also recht empfindlich, Joanie – kein guter Zeitpunkt, um hier Urlaub zu machen. Womöglich könnten wir uns gar nicht treffen, es kann gut sein, dass ich eine Weile nicht auf dem Stützpunkt sein werde. Möchtest du nicht lieber anderswo Urlaub machen? Wenn es denn unbedingt sein muss, komm lieber nächstes Jahr, wenn das alles vorbei ist.*

Der Gedanke an einen Bürgerkrieg ängstigte Joan. Daniels Brief hätte sie beinahe dazu gebracht, ihren Plan aufzugeben. Krieg weckte die Gefühle aus ihrer Kindheit – Todesangst und ständiges Grauen, ein schreckliches Zittern in ihrem Inneren, das sie nicht abstellen konnte. Doch dann hatte sie an Robert Gibson geschrieben, einen alten Freund ihres Vaters, und er hatte ihr versichert, dass die Situation den Begriff Krieg kaum mehr rechtfertigte und dass in Maskat selbst keinerlei Gefahr drohte. Außerdem würde Daniel gewiss auf einen anderen Posten weitergeschickt werden, wenn die Kampfhandlungen vorüber waren. Und schließlich der entscheidende Punkt: Joan wollte nirgendwo anders hin. Rory hatte ebenso viel an dieser Reise gelegen, und als die offizielle Einreiseerlaubnis endlich gekommen war, hatte sie keinen Tag länger warten wollen. Das Leben zu Hause war seit dem Tod ihres Vaters in einen deprimierenden Trott verfallen. Der Schmerz über seinen Verlust hatte sich zu einer hartnäckigen Lustlosigkeit abgeschwächt, einer Traurigkeit, die alles so mühsam machte. Sie hatte keine andere Möglichkeit gesehen, ihre Lebensgeister wiederzuerwecken, als diese Reise, und sie wollte unbedingt ihren Bruder wiedersehen.

In diesem Moment grollten Trommeln, und dann krachte der Kanonenschlag, ein plötzlicher, dröhnender Knall, der von den Felsen widerhallte und dessen Echo wie Donner grummelte. Joan hob ihre Petroleumlampe an – das Gesetz verlangte, dass jeder, der sich nach dem Kanonenschlag noch draußen aufhielt, eine Laterne bei sich tragen musste. Sie öffnete die Klappe und kramte in ihrer Schultertasche nach einem Streichholz. Sie sollte sich beeilen – es war nicht gut, als Frau allein im Dunkeln auf der Straße zu sein, Lampe hin oder her. Dennoch ließ sie sich noch einen Moment Zeit, sich bewusst zu machen, wo sie war, und das Staunen darüber zu genießen. Die Flamme ihrer Lampe zischelte leise in der abendlichen Stille, und neben ihr ragte das Stadttor von Maskat auf. Es war unglaublich, dass sie so weit fort von zu Hause war, an einem so fremden Ort – unglaublich, dass sie jetzt schon weiter gereist war als ihre Eltern je in ihrem Leben. Dies war ein Ziel ihrer Träume, und Joan würde das Beste daraus machen, auch wenn sie dazu ihre Erwartungen ein wenig herunterschrauben musste. Ihr Vater hatte sie oft davor gewarnt, sich allzu feste Vorstellungen von Menschen und Orten zu machen. *Warte ab und sieh hin, was du vorfindest. Geh nicht mit einem Maßstab los, den du dann an Dinge anlegst.* Sie stand auf, sog die warme Luft ein und schaute zwei leuchtend weißen Möwen nach, die lautlos über sie hinwegsegelten, ehe sie sich auf den Weg durch die Stadt machte.

Die britische Residenz befand sich in einem der größten Gebäude von Maskat, direkt am Meer in der östlichen Ecke der Stadt, ganz in der Nähe des Zollamts und des leer stehenden Sultanspalastes. Sultan Said hielt sich lieber in Salalah auf, Hunderte Meilen weit weg im Südwesten. Maskat hatte er seit Jahren nicht mehr besucht. Die Residenz war ein riesiges, helles, rechteckiges Gebäude, zwei Stockwerke hoch. Das Dach war mit Zinnen versehen, und überdachte Balkone zogen sich um das ganze Haus. Von den Gästezimmern, die man Joan und Rory zugewiesen hatte, schaute man auf den hufeisenförmigen Hafen hinaus. Auf dem glitzernden grünen Wasser schaukelten dicht gedrängte Boote, und an die steilen Felswände, die den Hafen begrenzten, hatten Seeleute über Jahrhunderte hinweg die Namen ihrer Boote geschrieben, die hier vor Anker gegangen waren. Der Sultan nannte das sein »Gästebuch«.

Zwei Festungen aus dem siebzehnten Jahrhundert, die die Portugiesen errichtet hatten, bewachten die Einfahrt zum Hafen. Merani war das Fort, in dem allabendlich die Kanone abgefeuert wurde, und Al-Dschalali gegenüber diente als Gefängnis. Die Festung Al-Dschalali wirkte riesig und unbezwinglich – wie eine gewaltige Seepocke klammerte sie sich an ihren Felsvorsprung und schien drohend über der Residenz aufzuragen. In den Fels gehauene Stufen stellten den einzigen

Zugang dar. An ihrem ersten Abend in Maskat hatte Joan am Fenster ihres Zimmers gestanden und in der Festung ein paar Lampen brennen gesehen, die alles um sie herum umso pechfinsterer erscheinen ließen. Sie hatte geglaubt, den Gestank menschlichen Leids in der Brise zu riechen. Einer der Diener hatte ihr erzählt, dass man manchmal hören konnte, wie die Gefangenen mit ihren Ketten rasselten.

Der Union Jack hing schlaff von der Spitze des hohen Fahnenmastes vor der Residenz. Als Joan näher kam, fuhr der Seewind in die Flaggen, die wie Flammen flackerten. Joan ging zum Haupteingang, und ein Diener ließ sie mit einer beiläufigen Verneigung ein. Sie löschte ihre Laterne und reichte sie dem Mann, ehe sie den Hut absetzte und sich mit den Fingern durchs Haar fuhr. Der junge Diener starrte sie an, und Joan lächelte steif. Sie war nicht an Dienstboten gewöhnt und nicht sicher, wie sie mit ihnen sprechen sollte.

»Guten Abend, Amid«, sagte sie – sie hatte sich seinen Namen eingeprägt. »Könnten Sie mir bitte etwas Limonade nach oben bringen lassen?«

»Limonade, Sahib«, echote er – das wichtigste Wort hatte er verstanden. Joan ging durch das Foyer und schleppte sich die Treppe hinauf. Hier drin war es dunkel, und Echos hallten. Die Beamten und Sekretärinnen, die tagsüber in den Büros saßen, tippten und Unterlagen sichteten, hatten Feierabend und waren nach Hause gegangen. Nur die wenigen, die in der Residenz wohnten, waren noch da. Joan wünschte, es wäre nicht ganz so still hier. Es erinnerte sie an ihr Zuhause nach dem Tod ihres Vaters – still auf eine Art, die irgendwie erdrückend wirkte.

Rorys Gästezimmer lag ganz oben – auf einem anderen Stockwerk als Joans. Sie war direkt neben ihren Gastgebern untergebracht, sodass keine Chance auf heimliche nächtliche

Besuche bestand. Rory war nicht in seinem Zimmer, also ging sie den Flur entlang zu dem kleinen Bad am Ende, vergewisserte sich, dass niemand sie sehen konnte, und klopfte an.

»Joan?«, antwortete Rory, also öffnete sie die Tür. Er lag mit geschlossenen Augen in der Badewanne. Die nassen, dunklen Locken klebten an seinem Kopf, und eine Zigarette war zwischen zwei Fingern der linken Hand fast ausgebrannt. Das Wasser war kühl, das wusste Joan, ein wenig unter Körpertemperatur – so versuchte Rory, sich abzukühlen. Wenn sie ein Bad nehmen wollte, hätte sie die Tür abgeschlossen. Rory hatte sie noch nie unbekleidet gesehen, aber irgendwie schien es weniger unanständig, wenn sie ihn nackt sah. Vielleicht lag es daran, dass sie ihm schon ein Bad eingelassen hatte, als er mit elf Jahren zum ersten Mal zu Besuch gewesen war. Aber es war ihm auch kein bisschen unangenehm, nackt gesehen zu werden, obwohl sie erst miteinander schlafen würden, wenn sie verheiratet waren. Rory fühlte sich nackt einfach wohl. Das gab ihnen häufig Anlass zu Scherzen, weil er ansonsten eher schüchtern und zurückhaltend war. Joan wünschte, sie könnte ebenso unbefangen mit seiner Nacktheit umgehen wie er.

Sie ging zu Rory hinüber, nahm die Zigarette aus seinen Fingern, schnippte Asche aus dem Fenster und nahm einen Zug. Durch den Rauch vor den Augen sah sie ihren Verlobten nur noch verschwommen und grau. Ihre Mutter hasste es, wenn sie rauchte, und sie tat es auch nur selten – meistens dann, wenn sie das Gefühl brauchte, stärker und fähiger zu sein, als sie sich vorkam.

»Sei so gut, nicht einzuschlafen und zu ertrinken, Liebling, ja? Oder das Haus in Brand zu stecken«, sagte sie lächelnd, als Rory ein Auge öffnete.

»Ich habe nicht geschlafen, nur meinen Augen eine Pause gegönnt und es genossen, mir einen Moment lang nicht vorzukommen wie auf dem Grillrost. Und wie war es?« Er wandte ihr den Kopf zu und nahm die Zigarette, die sie ihm zurückgab. Sie küsste ihn auf die feuchte Stirn. Er schmeckte nach Seife und dem harten Quellwasser von Maskat. Sie wischte sich den Mund mit dem Handrücken ab, statt sich die Lippen zu lecken – sie achteten darauf, nur abgekochtes Wasser zu trinken, aber es fühlte sich an, als wischte sie den Kuss ab.

»Es war ... schwierig.« Sie ging zum Fenster und lehnte sich an die Fensterbank vor dem dunkelblauen Himmel und dem Meer, das die letzten Lichtstrahlen hütete.

»Schwierig? Oje – nicht das, was du dir erhofft hattest?«

»Nein, nicht ganz.« Joan seufzte und empfand ihre Enttäuschung, ihr Versagen umso stärker. Touristin. Sie brachte es nicht über sich, Rory von Maudes vernichtendem Urteil zu erzählen. »Irgendwie wirkte sie älter, als sie ist. Ich hatte den Eindruck, dass sie zwischendrin ... verwirrt war. Und dann ist sie eingeschlafen.«

»Wie alt ist sie denn?«

»Sechsundsiebzig.« Das wusste Joan genau. Sie kannte Maude Vickerys Geburtstag, den 25. Mai 1882. Sie wusste, wer ihre Eltern gewesen waren, wo sie zur Schule gegangen war, dass sie in Oxford studiert hatte. Sie kannte Maudes sämtliche Schriften und Reisen, die Eckpunkte ihres Lebens. Sie wusste nur nicht, wie sie mit ihr reden sollte, dachte Joan unglücklich. Diese weiche, subtile Traurigkeit war wieder da. Joan knabberte an der Haut neben ihrem Daumennagel, eine schlechte Angewohnheit aus ihrer Kindheit, und suchte in sich nach einem Funken. »Du müsstest sie mal sprechen hören ... so beredt. So gewählt. Mum wäre höchst beeindruckt.«

»Komm her.« Rory stand auf, und Wasser strömte an ihm herab. Er ließ die Zigarette in die Wanne fallen, stieg heraus und wickelte sich ein Handtuch um die Hüfte. »Komm und nimm mich in den Arm. Du bist ja ganz geknickt deswegen, mein Liebling.« Joan nickte, und er schlang die Arme um sie, drückte ihre Wange an seine feuchte Brust und hüllte sie in seinen wunderbaren, frisch gewaschenen Duft. Diese körperliche Intimität war noch neu und halb verboten – eine fesselnde Mischung aus tröstlich und gefährlich.

»Ich komme schon darüber weg«, murmelte sie gedämpft.

»Aber natürlich.« Er hob ihr Kinn an und küsste sie zart, ein keuscher, aber liebevoller Kuss mit geschlossenen Lippen. »Schaffst du immer.«

»Du solltest dir etwas anziehen, ehe wir zur Cocktailstunde gehen, Rory.« Joan wandte sich ab, während er sich abtrocknete, und spielte mit ihrem Verlobungsring am Finger. Er hatte Rorys Großmutter gehört und trug Spuren des Gebrauchs – ein goldenes Band mit einem rechteckigen Topas und zwei winzigen Diamanten. Er passte Joan so perfekt, als wäre er für sie angefertigt worden.

Der Posten des Außenministers wurde schon seit Generationen mit einem Briten besetzt, wie es die ersten Vereinbarungen zwischen Großbritannien und dem Sultan zu Beginn des neunzehnten Jahrhunderts vorgesehen hatten. Er wurde als Wesir bezeichnet und hatte die Aufgabe, den Sultan in allen Angelegenheiten der auswärtigen Beziehungen und des Handels zu beraten – Empfehlungen zu geben, keine Befehle. Und natürlich die britische Regierung darüber auf dem Laufenden zu halten. In der Residenz wurde das Abendessen um Punkt acht Uhr serviert, doch man versammelte sich bereits um Viertel nach sieben auf der überdachten Terrasse im ersten

Stock, wo der amtierende Wesir, Robert Gibson, großzügige Gin Tonics einschenkte. Die Terrasse war riesig. An den zwei Meter hohen Oleanderbäumen in schweren Töpfen prangten üppige rosarote Blüten, und die Zweige einer purpurroten Bougainvillea hingen vom Dach herab. Die Terrasse bot einen Blick auf ein verbotenes Land, das keiner von ihnen ohne ausdrückliche Erlaubnis des Sultans betreten durfte: nach Osten, jenseits der Landzunge Ras al-Hadd, wo die Küstenlinie in südlicher Richtung verlief, Hunderte Meilen weit bis nach Aden und zum Roten Meer. Berge und Wüste, staubtrocken, eine salzige Küstenebene, wo alljährlich nach einem kurzen Monsun Blumen erblühten und Gras spross – ein Land mit einem so uralten und fremdartigen Herzen, dass Joan von der Terrasse aus geradezu hungrig hinüberstarrte. Sie gierte danach, es kennenzulernen, und gestand sich nur ungern ein, dass das recht unwahrscheinlich war.

Sie warf Rory, der sich gerade mit ihren Gastgebern unterhielt, einen Blick zu und lächelte. Er trug seinen Sommeranzug, das zurückgekämmte Haar war noch feucht. Dass er so bereitwillig zugestimmt hatte, mit ihr nach Arabien zu reisen, hatte sie überrascht. Arabien? Klingt großartig. Er wusste, wie lange sie schon von dieser Reise geträumt hatte und wie unerreichbar dieser Traum bis zu jenem Moment erschienen war. Sie hatten gescherzt, dass die Flitterwochen zwar üblicherweise nach der Hochzeit kamen, sie es aber eben anders machen würden. Rory arbeitete für seinen Vater in dem bescheidenen Auktionshaus, das seine Familie seit Generationen führte – sie verkauften altmodische Möbel und unschönen Zierrat, die Leute aus den Wohnzimmern verstorbener Verwandter zu ihnen brachten. So war es kein Problem, um einen längeren Urlaub zu bitten. Joan hatte ihre Stelle als Sekretärin bei einer Druckerei einen Monat zuvor verloren, weil man sie mehrmals dabei ertappt hatte, wie sie in den Büchern las, statt Rechnungen zu tippen. Seither lebten sie und ihre Mutter von Olives Witwenrente, und dass Joan ihre Erbschaft für eine Auslandsreise ausgeben wollte, hielt Olive für unsinnige Verschwendung. *Das sind Essen und Kohle für uns beide für ein halbes Jahr, für eine Torheit hinausgeworfen!* Joan hatte ein schlechtes Gewissen, wenn sie an das ängstliche Gesicht dachte, mit dem ihre Mutter jede eintreffende Rechnung hin und her drehte, ehe sie den Umschlag öffnete, der oft genug einen Unheil verkündenden roten Dringlichkeitsstempel trug. Ihr Vater hatte sich stets um die Finanzen der Familie gekümmert. Nun saß Olive mit dem Stift in der Hand vor den Büchern und studierte die Zahlen, als hätte sie Angst, bei einer Prüfung durchzufallen. Doch so unklug diese Reise auch erscheinen mochte, Joan war ganz gewiss, dass sie sein musste.

Rory hatte sie einmal gefragt, warum ausgerechnet Arabien. Warum wollte sie von allen Ländern der Welt, die sie noch nicht besucht hatte, am liebsten dorthin? Das war vor sechs Jahren gewesen, ehe sie ein Paar geworden waren. Rory hatte in ihrem beengten Wohnzimmer gesessen, und Joan hatte ihm Gesellschaft geleistet, solange Daniel sich noch ausgehfertig machte. Sie hatte Freya Starks *Die Südtore Arabiens* gelesen, während der englische Regen in boshaften Böen gegen das Fenster prasselte und der Geruch von Essig und Senfkörnern in der Luft hing. In der Küche, wo ihre Mutter gerade das Chutney abfüllte, das sie und Joan den halben Tag lang gekocht hatten, bekam man kaum mehr Luft. Wenn Joan nicht in der Reitschule aushalf in der Hoffnung auf eine kostenlose Reitstunde, las sie Bücher über Arabien. In ihrem Schlafzimmer hatte sie ein Porträt von T. E. Lawrence und Bilder von Scheichs aus der Wüste aufgehängt, die sie in alten

Büchern gefunden hatte, statt wie andere Mädchen Fotos von Johnnie Ray aus Zeitschriften auszuschneiden. Doch als Rory sie fragte, warum Arabien, musste sie eine Weile überlegen, ehe sie ihm antworten konnte.

Ihr Vater hatte natürlich damit angefangen, indem er ihr aus *Tausendundeiner Nacht* vorgelesen hatte. Doch an jenem verregneten Nachmittag fiel es ihr leichter, Rory von Aladin zu erzählen. Aladin war ein Pferd, wie Joan noch keines je gesehen hatte. Gemeinsam mit den anderen matschbespritzten Mädchen vom Stall hatte sie mit offenem Mund dagestanden und gestaunt, als Aladin aus dem Pferdehänger auf den Hof getrappelt war, bebend vor Anspannung, um sich mit hocherhobenem Schweif und gerecktem Hals umzublicken. Seine zierlichen Hufe schienen auf dem Beton zu tanzen. Seine Besitzerin, ein adrettes, hochmütiges Mädchen namens Annabelle, hatte unmissverständlich klargemacht, dass Broadbrook Stables nur eine Notlösung war, bis sie eine angemessenere Umgebung für ihr Pferd fand – mit weniger Stacheldraht und Ballenschnur, weniger Pfützen und zwickenden Ponys.

Aladins Fell war hellrot wie Feuer. Er hatte eine lange Mähne, eine lange weiße Blesse, ein fein gemeißeltes Gesicht und halbmondförmige Ohren, die sich oben beinahe berührten, wenn er sie spitzte. Er war mit Abstand das schönste Geschöpf, das Joan je gesehen hatte. Und als sie von Annabelle erfuhr, dass Aladin ein reinrassiger Araber war, war sie endgültig überzeugt, dass Arabien so wunderschön sein musste, wie sie es sich immer vorgestellt hatte. Ein Land, wo man auf einen flirrenden Horizont zu galoppierte, statt auf einer matschigen Wiese immer im Kreis herumzutraben und auf den zottigen Hintern des vorauslaufenden Ponys zu blicken. Ein Land, wo man Seide auf der Haut trug und keinen feuchten, kratzigen Pullover; wo es keinen Matsch, keinen Regen, keinen tief hängenden grauen Himmel und keine verschlafenen Vorstadtstraßen gab. Sauber, warm, schön – vollkommen anders als das Leben, das sie kannte. Und Joan wurde damals eben erst klar, wie sehr sie sich ein solches anderes Leben wünschte.

Ein lautes Lachen von Robert Gibson holte sie aus der Vergangenheit zurück. Auf seine Bitte hin hatte Joan auf ihre bequeme Hose verzichtet und ein Kleid angezogen – ein schlichtes Leinenkleid mit einem grünen Kunstledergürtel. Ihre Ledersandalen mit dem breiten Riemen und der klobigen Schnalle erinnerten sie an die Schulzeit. Sie waren alles andere als elegant, aber ihre Mutter hatte sie ihr zum Abschied geschenkt, und sie hatte es nicht über sich gebracht, sie abzulehnen. Hier in Oman wirkten sie auch irgendwie passender und etwas weniger plump. Außerdem kam sie sich in Gegenwart des Mannes, den sie Onkel Bobby nannte, ohnehin immer ein bisschen wie ein Schulmädchen vor. Robert Gibson war ein Hüne von einem Mann, stets makellos gekleidet. Mit leuchtend grünen Augen und einem üppigen blonden Schnurrbart hatte er etwas Löwenhaftes. Sein schütteres Haar wurde allmählich weiß, und er kämmte es streng zurück. Er war nur deshalb nicht ihr Patenonkel, weil David Seabrook als strenger Atheist seine Kinder nicht hatte taufen lassen.

Robert hatte die Angewohnheit, sich neben Joan zu stellen, seinen massigen Arm um ihre Schultern zu legen und sie an sich zu drücken, bis ihre Gelenke protestierend knirschten. Das hatte er auch neulich getan, als sie hier angekommen war. Ihre erste Erinnerung an ihn war genau so eine Umarmung, die sie sehr erschreckt hatte – sie war damals erst fünf Jahre alt gewesen. Ihr Vater hatte über ihr entsetztes Gesicht herzlich gelacht. Wenn Robert ein paar Drinks zu sich genommen hatte, packte er sie mit einem Arm um die Schultern und richtete sich zu voller Größe auf, sodass ihre Füße in der Luft baumelten. Eine solche Umarmung gehörte sich eher für ein Kind denn für eine Frau, aber Joan genoss sie trotzdem. Ihr Vater hatte geglaubt, dass nach dem Tod eines Menschen nichts von ihm zurückblieb, und Joan gefiel der Gedanke nicht, dass im ganzen Universum keine Spur mehr von ihm verblieben sein sollte. In seiner staubigen Asche, die ihre Mutter in einem kitschigen Ebenholzkästchen, flankiert von zwei Kerzen, auf dem Kaminsims aufbewahrte, war nichts von seiner Essenz, nichts von seiner Seele. Doch irgendwie glaubte sie etwas von ihm in seinem ältesten Freund Robert und dessen rauen Umarmungen zu fühlen.

Roberts Frau Marian war groß und breitschultrig mit starken, knochigen Zügen und einem Pferdegebiss. Sie setzte stets einen Haarreif auf das zurückgekämmte blonde Haar, trug knallrosa Lippenstift und mindestens so vernünftige Schuhe wie Joans Sandalen. Sie war so durch und durch achtbar, so absolut allen Erwartungen entsprechend, dass Joan manchmal gar nicht bemerkte, ob Marian im Raum war oder nicht.

Joan nahm ein randvolles Glas Gin Tonic von Robert entgegen, der seine mächtigen Glieder übertrieben vorsichtig bewegte, um nichts davon zu verschütten, und die beiden nahmen auf Gartenstühlen Platz.

»Chin-chin«, sagte Robert und hob das Glas. Jenseits der schwach erleuchteten Terrasse war die Nacht dunkelblau, noch nicht schwarz. Das Meer lag zahm und schläfrig im Hafen und murmelte leise vor sich hin. Beim ersten Schluck von ihrem starken Drink erschauerte Joan, und ihre Zunge wurde taub. Doch dann rann er ihr sehr angenehm die Kehle hinab. Marians Schluck fiel sehr kräftig aus, und die Spannung in ihren Schultern ließ sichtlich nach.

»Also, Joan, heraus damit. Wie ist sie, die große Maude Vickery?«, erkundigte sich Robert.

»Nun ja ...« Joan zögerte und überlegte, was sie erzählen sollte und was nicht. »Sie ist winzig. Wahrscheinlich die kleinste, zierlichste Frau, die ich je gesehen habe. Ein wenig reizbar. Ziemlich ... exzentrisch, könnte man sagen. Aber trotzdem die große Maude Vickery, meine ich.« In der erwartungsvollen Pause, die darauf folgte, nippte sie an ihrem Gin Tonic.

»Aber ... das kann doch nicht schon alles gewesen sein?«, fragte Robert ungläubig. »Joan! Wir hören von dir nichts als Maude Vickery hier und Maude Vickery da, seit du hier angekommen bist! Jetzt hast du sie endlich kennengelernt und nicht mehr über sie zu sagen, als dass sie klein und übellaunig ist?« Er lachte.

»Wie war denn ihr Haus?«, fragte Marian.

»Nicht so prächtig, wie ich es mir vorgestellt hätte ... na ja, ein Dreckstall, um genau zu sein.« Joan trank noch mehr Gin. Der Alkohol breitete schon Wärme und Mut in ihr aus. »Sie hat eine zahme Gazelle und zwei Salukis, und ... tja, die Hinterlassenschaften waren überall.«

»Du lieber Himmel, wirklich?«, fragte Marian. »Aber sie hat doch gewiss Personal, das für sie putzt? Und wer, um alles in der Welt, hält sich denn eine Gazelle als Haustier?«

»Sie hat auch einen Sklaven«, berichtete Joan.

»Ach, tatsächlich?« Robert zog die hellen Augenbrauen hoch. »Nun, hier ist die Sklaverei etwas anders, als wir sie kennen – zumindest heutzutage. Die Sklaven, die es jetzt noch gibt, wurden im Allgemeinen in die Sklaverei hineingeboren und gehören oft praktisch zur Familie. Aber wenn du sie wieder besuchst, sag dem Burschen, dass er nur hierherzukommen und den Fahnenmast draußen im Hof zu berühren braucht, und er ist ein freier Mann. So will es das Gesetz.«

»Tja, Maude sitzt im Rollstuhl, also könnte sie ihn kaum daran hindern.«

»O weh, die Arme«, bemerkte Marian vage.

»Mir war nicht bewusst, dass sie so gebrechlich ist«, sagte Robert. »Vielleicht sollte ich den Sultan darüber informieren. Ich weiß, dass er einmal reges Interesse an ihr hatte. Andererseits mische ich mich wohl besser nicht ein – ihre Privatsphäre ist ihr offenbar sehr wichtig. Sie hat noch jede Einladung zum Abendessen abgelehnt, die ich ihr geschickt habe, und mein Vorgänger hatte ebenso wenig Glück, soweit ich weiß.«

»Ja, allzu gesellig wirkte sie nicht«, stimmte Joan zu.

Als sie aufstanden, um zum Essen zu gehen, trat Robert neben Joan und berührte sie leicht am Arm, um sie zurückzuhalten. Trotz seiner Größe, oder vielleicht gerade deswegen, war er ein sehr dezenter Mensch – allerdings stank er regelrecht nach Zitronellenöl, das die Mücken abhalten sollte.

»Meine Liebe«, sagte er leise, »ich möchte dich nicht aufregen, aber ich wollte dich fragen, wie es dir geht. Wie du ... damit fertigwirst, meine ich. Du standest dem lieben David so nahe. Das vergangene Jahr muss sehr schwer für dich gewesen sein.«

»Ja.« Augenblicklich richtete sich Joans Aufmerksamkeit auf ihre Trauer. Die war wie ein dichter Klumpen in ihrem Bauch, der nie verschwand oder schrumpfte. Er fühlte sich jetzt ungefähr genauso groß und schwer an wie eine Woche nach dem Tod ihres Vaters, als sie endlich akzeptiert hatte, dass er von ihnen gegangen war. Sie behandelte seinen Tod wie eine Art Behinderung, mit der sie zu leben lernte. Und wenn sie sich auf andere Dinge konzentrierte, konnte sie das Gefühl ignorieren. Sie wurde allmählich so gut darin, dass sie den Verlust manchmal ganz vergaß, bis er aus irgendeinem Grund wieder in ihr Bewusstsein brach, mit einem plötzlichen, schmerzhaften Schlag. Sie zuckte mit den Schultern und wusste nicht, wie sie all das erklären sollte. »Es geht schon. Ich vermisse ihn schrecklich. Wir alle. Aber das Leben muss …«

»Weiterschlendern?« Robert lächelte. Das war eine der liebsten Redewendungen ihres Vaters gewesen.

»Was bleibt einem denn sonst übrig?«, entgegnete Joan. Sie dachte an ihre Mutter, die am Tod ihres Mannes zerbrochen war und seither jeden Moment in Scherben zu fallen drohte. Olives Präsenz im Leben war schon immer eher blass gewesen, und nun schien sie schwächer und schwächer zu werden. »Was hätte sich Dad gewünscht, wie wir uns verhalten sollen – dieser Gedanke hilft mir.«

»Ja, sehr gut. Genau richtig. Und deine Mutter? Du hast viel von der Widerstandskraft deines Vaters, Olive aber nicht, fürchte ich.«

»Ja. Sie ist immer noch nicht ganz sie selbst«, war alles, was Joan hervorbrachte. Sie sah das verweinte Lächeln ihrer Mutter vor sich, mit dem diese versucht hatte, stoische Gleichmut vorzutäuschen, während Joan für die Reise nach Maskat gepackt hatte. Joan konnte ein kurzes, schuldbewusstes Aufflackern gereizter Ungeduld nicht unterdrücken. Der Schmerz ihrer Mutter fühlte sich inzwischen an wie Ketten, die sie zu Hause und in ihrer Kindheit festhielten, während sich der Rest der Welt weiterdrehte. Robert tätschelte mit seiner riesigen Pranke ihre Schulter.

»Die Zeit ist eine gute Heilerin, doch ein solcher Verlust

hinterlässt eine Narbe. Du kannst nur versuchen, deiner Mutter zu helfen, diese Heilung zuzulassen. Und ihr dafür zu vergeben«, sagte er. Joan hatte das scheußliche Gefühl, dass er ihre Gedanken gelesen hatte, und warf ihm einen Blick zu. Er erwiderte ihn fest und wissend, verurteilte sie jedoch nicht. Joans Wangen wurden heiß.

»Ja. Natürlich«, sagte sie.

»Und du hast völlig recht. Weiter geht's. Du hast eine Hochzeit zu planen, und wir müssen uns mit dem Gedenken an deinen Vater trösten – so, wie er war. Habe ich dir schon erzählt, wie wir uns als Schuljungen einmal in den Weinkeller des Rektors geschlichen haben?«

»Ja«, antwortete Joan lächelnd. »Erzähl es mir trotzdem noch einmal.«

Maude wurde während des Abendessens wieder Gesprächsthema. Als sie sich über ihre ruhmreiche Vergangenheit unterhielten, vergaß Joan allmählich, wie seltsam und ungemütlich die Begegnung mit der echten Maude gewesen war. Stattdessen wurde ihr wieder bewusst, wie viel Maude ihr immer bedeutet hatte. Sie war zum ersten Mal in einem Buch über weibliche Entdeckerinnen auf sie gestoßen – neben Gertrude Bell, Amelia Edwards und Alexandra David-Néel. Die Fotos von Maude hatten Joans Blick gefesselt: eine zierliche, unscheinbare Frau mit Hakennase und einem energischen Gesichtsausdruck, die offensichtlich ungeduldig für ein Studioporträt posierte. Schon in jungen Jahren hatte Maude Vickery allein einige der wildesten Gegenden des Nahen Ostens bereist, um die Stätten antiker Kulturen zu erkunden. Sie hatte Bücher über ihre Reisen geschrieben und einige Beachtung als Übersetzerin des Persischen und des Arabischen gefunden. Sie war die erste Frau, die je das Leere Viertel durchquert hatte, auf einer der schwersten Routen überhaupt, durch die Dünen von Uruk al-Schaiba. Doch diese Leistung war rasch in Vergessenheit geraten, weil ihr ihr Freund und Rivale Nathaniel Elliot um wenige Wochen zuvorgekommen war. Er war berühmter – ein Mann mit einer lebenslangen Forscherkarriere. Nachdem sie also um Haaresbreite geschlagen worden war, hatte Maude Vickery sich einige Jahre lang völlig zurückgezogen, um dann in Maskat wieder ins Licht der Öffentlichkeit zu treten, indem sie Übersetzungen klassischer persischer Dichtkunst veröffentlichte. Über ihre Durchquerung der Wüste schrieb sie nichts, abgesehen von einem kurzen Artikel für die *Royal Geographical Society*, der erst Jahre später erschien.

Joan hatte Maude danach fragen wollen – warum sie über ihre größte Reise kein Buch geschrieben hatte. Sie hatte fragen wollen, wie es war, sich als Frau in einer Männerwelt zu behaupten, zu einer Zeit, für die das noch mehr gegolten hatte als heute. Wie es ihr gelungen war, die Beduinen dazu zu bewegen, dass sie sie in die Wüste mitnahmen. So vieles, was sie hatte fragen wollen und nicht gefragt hatte. Joan aß Lammkoteletts mit ledrigen Röstkartoffeln, eine Imitation englischer Küche, deren Übertragung ins Arabische nicht gut gelungen war. Und sie kam zu dem Schluss, dass sie eine Wahl treffen sollte. Sie konnte sich dafür entscheiden, geknickt und enttäuscht zu sein, nachgeahmte europäische Gerichte zu essen und im Umkreis der Residenz unter Onkel Bobbys Fittichen zu bleiben – und bis vor Kurzem wäre ihr wahrscheinlich gar nichts anderes eingefallen. Sie konnte sich aber auch für etwas anderes entscheiden. Sei mutig, hätte ihr Vater ihr gesagt. Wie damals an ihrem ersten Schultag und als sie sich nicht getraut hatte, zu einem Kindergeburtstag zu gehen. Als ihr in der Reitschule ein größeres Pony zugewiesen worden war. Als sie von zu Hause ausgezogen war, um zu studieren. Sei mutig, hatte er gesagt, wenn sie sich vor der Veränderung gefürchtet hatte und davor, sich etwas zuzutrauen. Sie würde Maude noch einmal aufsuchen, vielleicht in ein paar Tagen, um nicht aufdringlich zu wirken. Sie hatte das Gefühl, das musste sein, wenn sich etwas ändern sollte. Wenn sich etwas an ihrem Leben ändern sollte. Die letzten Reste ihrer Niedergeschlagenheit lösten sich auf wie Morgennebel.

Robert unterbrach ihre Gedanken, indem er mit dem Messer auf den Rand ihres Tellers tippte.

»Übrigens, kleine Joan, ich habe heute etwas erfahren, das dich interessieren dürfte.«

»Ja?«

»Ja. Offenbar ist dein Bruder wieder auf dem Stützpunkt. Wir können morgen hinfahren, wenn du möchtest.« Er lächelte, als sie nach Luft schnappte und ihr Gesicht aufleuchtete.

»Er hat sich bei dir gemeldet? Und du wartest bis zum Nachtisch, ehe du mir davon erzählst, du gemeiner Kerl!«

»Na ja, ich wollte nicht, dass die Aufregung dir den Appetit verdirbt.«

»Onkel Bobby, ich bin nicht mehr zwölf Jahre alt.«

»Du bist also nicht aufgeregt? Jetzt bin ich aber enttäuscht.«

»Ach, nun hör schon auf. Natürlich bin ich aufgeregt! Ich freue mich sehr. Und wir fahren morgen hin – versprochen?« Sie musste unwillkürlich lächeln, obwohl auf einmal so etwas wie Besorgnis in ihrem Bauch zu rumoren begann und ihr einen Schauer über den Rücken jagte.

Unter dem Tisch drückte Rory ihre Hand. Er wusste, wie viel ihr Bruder ihr bedeutete, vor allem jetzt. Er wusste, welche Angst sie ausstand, wenn Daniel so lange fort und im Einsatz großen Gefahren ausgesetzt war. Daniel war mit achtzehn Jahren an die Militärakademie Sandhurst gegangen und von dort aus schnurstracks nach Britisch-Malaya, um gegen die Kommunisten zu kämpfen. Bis er 1956 in den Sinai-Feldzug gesandt worden war, und seit 1957 war er in Oman stationiert. Joan und ihre Eltern waren froh gewesen, dass er nicht mehr ganz so weit von der Heimat entfernt war, aber dennoch ... Joan fand immer, dass er schrecklich weit weg war, und nicht einmal Rory wusste von ihren Albträumen: Daniel erschossen, Daniel von einer Mine zerfetzt, von einem sich überschlagenden Jeep überrollt. Wenn sie aus diesen Träumen aufwachte, hallten Angst und Schmerz noch ein Weilchen nach, und nichts hatte sie je so geängstigt wie dieses Gefühl.

»Versprechen sind nicht nötig: Wir fahren«, erklärte Robert. »Vormittags habe ich Termine, aber wir fahren zum Mittagessen hin. Das Essen in der Offiziersmesse ist hervorragend – Köstlichkeiten, die sich hier niemand vorstellen kann.« Trübselig stocherte er in den noch halb rohen Kartoffeln auf seinem Teller herum. »Marian, bitte hör auf damit, die Küche hier Speisen wie aus dem Pub in Putney auftragen zu lassen. Das funktioniert einfach nicht.«

»Ich habe nur diese stark gewürzten Gerichte so satt ...«, erklärte Marian matt.

»Ich würde auch hinfahren, wenn es nur Brot und Wasser gäbe, solange Dan nur da ist«, sagte Joan.

»Aber natürlich. Wie wir alle.« Marian tätschelte ihre Hand. Ihre Augen waren ein wenig rosig, die Wangen ebenfalls. Ihre ganze Gesichtsfarbe hatte sich ihrem Lippenstift angepasst, sodass sie ein wenig verschwommen wirkte. Doch Joan hatte das Gefühl, dass Marian nur eine Fassade präsentierte. Sie hatte eine harte Schale, und Joan konnte sich kaum vorstellen, wie man diese Oberfläche ankratzen könnte, um darunter zu schauen – und zu sehen, warum sie trank. Joan vermutete entsetzliche Langeweile.

»Der arme Dan. Ich werde ihm vor aller Augen um den Hals fallen, und damit werden die Männer ihn gründlich aufziehen. Trotzdem werde ich nicht darauf verzichten«, verkündete Joan.

Sie und Rory blieben noch auf, als sich Robert und Marian zurückgezogen hatten. Ein Hausangestellter an der Tür diente als Anstandsdame, obwohl die beiden auf dem Sofa schicklich Abstand hielten. Schwache elektrische Lampen erhellten den Raum nur trübe und flackerten hin und wieder, denn der Generator war launenhaft. Sicherheitshalber stand auf dem Tisch vor ihnen noch eine Petroleumlampe. Die Residenz war im typisch omanischen Stil erbaut, ein Rechteck um einen offenen Innenhof, in dem die Hitze aufstieg wie in einem Kamin, um dann zu verfliegen. So blieb die Temperatur in den unteren Stockwerken einigermaßen erträglich. Die Einrichtung jedoch war England pur: dieselben Orientteppiche, die Joan von zu Hause gewöhnt war, dazu polierte Mahagoni-Möbel aus Vorkriegszeiten. Es gab sogar eine Hausbar in Form eines riesigen Globus, und wenig schmeichelnde Porträts von Königin Elizabeth, Prinz Philip und Sultanen der Vergangenheit und Gegenwart teilten sich die Wände mit dekorativ aufgehängten Gewehren. Hier mochten es zeremonielle Omani-Waffen sein, doch die Wirkung war dieselbe. Die Sofas waren Klassiker von Ercol, Bett und Kleiderschrank in Joans Gästezimmer von Waring & Gillow. Wenn die hohen weißen Decken nicht wären, die Öllampen und der besondere Geruch der Luft, hätten sie ebenso gut in Bedford sein können. Wieder spürte Joan die verlockende Anziehung all der Orte da draußen, wo sie nicht hindurfte, obwohl sie beinahe in Reichweite waren. Das Gefühl, dass sie sich nur nicht genug Mühe gab, nagte an ihr.

Rory war in den kühlen Abendstunden viel fröhlicher. Sein Gesicht glänzte nicht mehr wächsern vor Schweiß, obwohl er immer noch tiefe Ringe unter den Augen hatte. Um trotz der Wärme besser schlafen zu können, hatte er den ganzen Tag lang auf den starken Omani-Kaffee verzichtet, obwohl er den so gerne trank.

»Ich hoffe, du kannst heute Nacht mal richtig schlafen, Rory«, bemerkte Joan. Sie hätte gern seine Hand gehalten und musste sich immer wieder daran erinnern, dass sie das nicht durfte. Seine breite, kräftige Handfläche unter den Fingern zu spüren war immer so beruhigend – wie ein Geländer, an dem man sich auf einer steilen Treppe festhalten konnte. Sie waren seit fünf Jahren ein Paar, seit zwei Jahren verlobt – lang genug, damit Händchenhalten kein Vorspiel zu mehr war, sondern ein Dauerzustand. Hin und wieder bereitete es Joan Sorgen, dass sie noch immer kein Datum für die Hochzeit festgelegt hatten, und es fiel ihr schwer, der Ursache auf den Grund zu gehen. Ein Teil von ihr wollte gar nicht allzu tief nachforschen, weil sie dann auf einen Grund stoßen könnte, der ihr nicht gefiel.

»Hoffentlich kannst du überhaupt schlafen. Du kannst es sicher kaum mehr erwarten, Daniel zu sehen«, entgegnete er.

»Ja.« Sie lächelte. »Das stimmt. Der gute Dan. Er wird ganz der Soldat sein – du weißt schon, steif und geschäftig. Und er wird böse auf mich sein, wenn ich meine Begeisterung allzu deutlich zeige, aber ich kann nicht anders.«

»Nicht weniger würde er von dir erwarten. Aber er wird wahrscheinlich recht erschöpft sein, er ist ja gerade erst aus dem Einsatz zurück, vergiss das nicht.«

»Ich weiß«, sagte Joan. Es traf sie, dass er sie daran erinnerte. »Natürlich weiß ich das. Aber wir haben uns seit fünf Monaten nicht mehr gesehen. Fünf Monate! Das ist viel zu lange.«

»Na, zumindest kann dich diese Begegnung unmöglich enttäuschen«, bemerkte Rory lächelnd.

»Ja, Daniel enttäuscht mich nie«, sagte Joan und hörte erst in der darauf entstehenden Pause, welche Kritik man in diese Worte hineininterpretieren konnte, obwohl das nicht ihre Absicht gewesen war. Glaubte sie zumindest. Rory griff nach seiner Teetasse, obwohl die längst leer war, und Joan blieb stumm sitzen und schwankte hin und her: Sollte sie ihm versichern, dass sie es nicht so gemeint hatte, oder einfach darüber hinweggehen? Sie war wie gelähmt vor Unentschlossenheit. Schließlich holte Rory tief Luft und stand auf.

»Tja, je eher wir zu Bett gehen, desto eher ist es Morgen. Genau wie an Weihnachten«, sagte er und lächelte wieder. Nur in seinen Augen war eine Spur Distanz zu erkennen. Erleichtert stand Joan auf. Sie spürte ihre Träume von Arabien, die noch nicht erloschen waren, nach wie vor in Reichweite – sie brauchte sich nur danach zu strecken. Sie hatte die Gewissheit, dass ihr Bruder ganz in der Nähe war, sicher und wohlbehalten. Darüber durfte sie sich freuen, obwohl sie sich auch Sorgen machte. Obwohl ihr bewusst war, dass sie Daniel etwas fragen musste und wie ihr davor graute.

Lyndhurst, Hampshire, 1890

Was Maude wirklich unerträglich fand, war das gleichmäßige, hohle Ticken der Uhr. Sie hatte es in jeder Ecke von Marsh House versucht – vom Weinkeller mit seiner Gewölbedecke bis zu den verwinkelten Dienstbotenkammern unter dem Dach. Doch so unmöglich es erschien, irgendwie glaubte sie überall, dieses Ticken zu hören. Es unterbrach ihre Spiele oder Tagträume mit der nagenden Mahnung, dass sie noch Fingerübungen am Klavier oder endlose Mathematik-Aufgaben zu machen hatte. Dann wurde es zäh. Auch an diesem Tag verging die Zeit sehr langsam. Das Ticken machte die Luft dick und schwer, und es juckte wie lauter Mückenstiche, die man einfach nicht ignorieren kann. Gereizt zupfte sie immer wieder an ihrer Kleidung, wenn es in den Achseln zwickte und an ihren Schultern kribbelte. Es war Juni, doch die Welt draußen tropfte unter einem tief hängenden grauen Himmel vor sich hin. Seit dem Frühstück regnete es unablässig. Alle Fenster waren geschlossen, und der Geruch nach Toast und Räucherhering hing im Flur und auf der Treppe. Maude durfte nicht hinaus, nicht einmal im Gewächshaus spielen oder ihr Pony reiten. Ab und zu hörte sie das perlende Zwitschern einer Amsel, die sich im triefnassen Flieder bemühte, Fröhlichkeit zu verbreiten, doch es ließ die Stille im Haus nur umso drückender wirken.

Ihr Vater war in London – er hatte irgendetwas Wichtiges im Außenministerium zu tun. Ihre Mutter saß im Wohnzimmer, strich über ihre Seidengarne und pikste an ihrer nächsten Stickarbeit herum. Maude nahm an, dass ihre Mutter manchmal auch keine Lust auf Sticken haben musste, aber sie konnte sich an keinen Tag erinnern, an dem ihre Mutter nicht gestickt hatte. Wie bedeutsam eine bestimmte Neuigkeit war, wie wichtig ein Gast oder wie tadelnswert das Vergehen eines Kindes – all das ließ sich daran ermessen, ob es Antoinette Vickery dazu brachte, Nadel und Stickrahmen beiseitezulegen oder nicht. So oft war ihr Blick auf ihre Arbeit gesenkt, vollkommen darauf konzentriert, dass man ganz verblüfft war, wenn sie einen einmal direkt ansah. Diese Augen machten Maude unruhig, sie wollte sie gleichermaßen näher untersuchen und sich vor ihrem Blick verstecken. Sie erinnerten an glänzend polierte Steine oder etwas, das man gerade so am Grund eines Gezeitentümpels erkennen konnte – irgendwie schön, aber merkwürdig. Ihr Blick war stets flüchtig, gab Maude aber das ungute Gefühl, dass ihre Mutter aus völlig anderem Holz geschnitzt sei als sie. Manchmal trieb sie sich auf der Schwelle des Zimmers herum, in dem Antoinette sich gerade aufhielt, und trat zappelig von einem Fuß auf den anderen, gequält von dem Bedürfnis nach Aufmerksamkeit und zugleich zu unsicher, um einen Laut von sich zu geben.

Mit acht Jahren war Maude nur so groß wie eine Sechsjährige, was beim Versteckspiel recht nützlich war, aber nicht, wenn sie auf Bäume klettern wollte. Oder sich wünschte, ihre Brüder Francis und John, vier und fünf Jahre älter als sie, würden die kleine Schwester ernst nehmen. Sie nannten sie »Krümel« und hängten gern Dinge so hoch auf, dass Maude sie nicht erreichen konnte. Sie warfen sich über ihren Kopf hinweg Sachen zu oder legten sich Maude quer über die Schultern, um sie herumzuwirbeln, bis ihr übel wurde. Du wirst doch nicht etwa weinen, oder, Krümel? Wenn ihr Vater das einmal mitbekam, sagte er stets: Unsinn. Maude ist zäher als ihr beiden zusammen, was Maude im Stillen ganz glücklich machte. Die Jungen sollten heute von der Schule nach Hause kommen, für die Sommerferien, und Maude konnte ihre Aufregung kaum zügeln. Die Vorfreude auf ihre Ankunft und dazu die Stille und der Regen, all das ließ die Zeit so dahinschleichen. Maude wurde allmählich nervös. Nachdem John und Francis so lange aus ihrem Leben verschwunden waren, wurde sie bei diesem Wiedersehen immer ein wenig furchtsam und schüchtern. Jedes Mal hatten sich ihre Gesichter über das Schulhalbjahr verändert, und sie waren größer geworden, sodass sie Maude im ersten Moment wie zwei Fremde erschienen und nicht wie ihre Brüder. Das dauerte für gewöhnlich nicht lange – spätestens nach einer halben Stunde fingen sie an, ihr die Bänder aus dem Haar zu ziehen oder ihre Schuhe zu verstecken, und dann war alles wieder ganz normal.

Um Viertel nach zwei hörte Maude, wie Thorpe mit dem Wagen losfuhr, um die Jungen vom Bahnhof abzuholen. In ihrem Magen kribbelte es heftig, und sie lief zum Fenster im Flur. Von hier aus konnte sie sehen, wie er unter den Weiden am Tor verschwand, deren tropfnasse Zweige bis auf den Boden hingen. Maude fragte sich, wie lange es wohl dauern würde, bis der Garten Marsh House verschlang, Bäume und Ranken in alle Räume eindrangen, bis das Haus ganz überwuchert und vergessen war – so, wie sie selbst und die anderen Bewohner jetzt schon von aller Welt vergessen schienen. Ziemlich lange, befand sie. Das Haus war sehr groß. Das Knirschen der Wagenräder und das Hufgetrappel verstummten bald. Es würde etwa eine Dreiviertelstunde dauern, bis Thorpe mit den Jungs zurückkehrte, und Maude wusste nicht, was sie bis dahin mit sich anfangen sollte. Also übte sie ihren geplanten Empfang – ihre Ausgangsposition. Sie wollte am Fuß der Treppe stehen, wo die Porträts all ihrer Ahnen von der Wand hinter ihr herabspähten. Mit einem Buch in der Hand und gelassener Miene. Vielleicht auch mit einem beiläufigen Lächeln, wie eine Erwachsene, als hätte sie ganz vergessen, dass die beiden heute ankommen sollten, und sei nicht im Geringsten aufgeregt.

Als Nächstes ging sie in die Bibliothek, nahm die neueste Ausgabe des *Fortnightly Review* vom Schreibtisch ihres Vaters und kletterte die Leiter hinauf zu dem schmalen Zwischengeschoss, das sich um drei Seiten des Raumes zog. In einer Ecke lag ein plattes altes Kissen, auf das sich Maude oft zum Lesen zurückzog. Sie ließ sich wenig anmutig darauf plumpsen und nieste im aufwirbelnden Staub. Das Ticken der Uhr übertönte sie, indem sie das Lied vor sich hin summte, das ihre Klavierlehrerin ihr gerade so tapfer beizubringen versuchte – »Greensleeves«. Dann analysierte sie ihre Nervosität, denn ihr Vater hatte ihr beigebracht, dass dies der beste Weg war, sie zu besiegen. Sie war sich selbst gegenüber aufrichtig genug, sich einzugestehen, was das Schlimmste an der Ankunft der Jungs war: Es bedeutete, dass von diesem Moment an der Tag näher rückte, an dem sie wieder abreisten und Maude hier zurückließen. Das verabscheute sie so sehr, dass sie sich beim Gedanken daran vor hilfloser Verzweiflung die Fingernägel in die Handballen bohrte.

Sie knabberte an einem Daumennagel, schlug den *Fortnightly Review* auf und konzentrierte sich aufs Lesen. Ihrem Vater gefiel es, wenn sie Texte las, die eigentlich noch viel zu schwer für sie waren. Deshalb übte Maude gewissenhaft, wenn er nicht da war. Manchmal musste sie dabei das Wörterbuch griffbereit danebenlegen, doch wenn sie ein Wort einmal gelernt hatte, vergaß sie es nicht mehr. So ging es ihr auch bei Französisch, Deutsch und Latein, und sie verstand nicht, warum ihre Brüder sich mit dem Konjugieren von Verben so schwertaten. »Von allen Städten auf der Welt«, las sie nun, »gilt Maskat gemeinhin als die heißeste, da es am Indischen Ozean liegt und durch hohe, vulkanische Hügel, auf denen kein Grashalm wächst, vor jeder kühlenden Brise geschützt wird ...« In dem Artikel wimmelte es nur so von seltsam klingenden Namen von Menschen und Orten, und sie musste viele Wörter nachschlagen, etwa »autokratisch« und »gebührend«. Sie las von maskierten Frauen und belebten Basaren voll fremdartiger Menschen und Waren, von exotischen Krankheiten, und sie fragte sich, wie sich das wohl alles anfühlen mochte – Medinawurm und Golffieber oder Aleppobeule. Während sie las, hörte das Ticken allmählich auf. Der Regen wich, und statt Räucherhering roch sie Rosenöl, Weihrauch und den Gestank nach Blut von einer Schlachtbank auf einem heißen, staubigen Platz. Sie war so vollkommen in diese Welt eingetaucht, dass ihr Herz einen Satz machte, als die Haustür zuschlug. Ihre Brüder waren zu Hause, und sie hatte die Chance verpasst, bei ihrer Ankunft am Fuß der Treppe zu posieren. Enttäuschung und Panik schnürten ihr die Kehle zu.

Maude wartete mit gespitzten Ohren, während die Jungen das Wohnzimmer betraten und mit einem vage erfreuten Laut von Antoinette begrüßt wurden. Dann trampelten sie die Treppe hinauf und gleich darauf wieder hinunter in die Küche – immer hungrig, immer ungeduldig. Es schien unmöglich, dass nur zwei Jungen so viel Lärm machen konnten. Gedämpft hörte Maude das raue Lachen der Köchin – sie liebte die Frechheit und die Gier der beiden, obwohl sie so streng tat. Maude konnte nicht mehr weiterlesen, sondern starrte nur noch die aufgeschlagene Seite an, lauschte und wartete. Sie hoffte, dass ihre Brüder nach ihr suchen würden, statt einfach im Billardzimmer zu verschwinden oder sich zu ihrer Mutter zu gesellen und ihr wild durcheinanderredend alles zu erzählen, was sie gesehen, gehört und erlebt hatten. Oder Pläne für die Ferien zu schmieden – überflüssigerweise, denn es würde ohnehin nichts entschieden werden, ehe ihr Vater nach Hause kam. Was immer sie tun mochten, nach ihrer kleinen Schwester suchten sie jedenfalls nicht. Maude hasste Selbstmitleid. Sie wollte das Gefühl nicht zulassen und biss sich auf die Unterlippe, bis die anschwoll und sie ein wenig Blut schmeckte – da hörte sie lieber damit auf. Die Minuten schlichen dahin und dehnten sich zu einer qualvollen halben Stunde aus. Maude kam zu dem Schluss, dass sie wohl für immer hier oben würde bleiben müssen, weil sie viel zu verletzt und zornig war, um hinunterzugehen und John und Francis an ihre Existenz zu erinnern.

Eine Weile später rief Clara, das Hausmädchen, Maude zum Tee. Ihr Magen knurrte, doch sie konnte immer noch nicht hinuntersteigen. Ihre Beine waren steif und müde, weil sie so lange auf dem Boden gesessen hatte, und ihr linker Fuß war eingeschlafen, doch sie kauerte sich in ihrem Elend zwischen den Bücherregalen zusammen und pflegte ihren verletzten Stolz. Wie sollte sie es aushalten, ihre Brüder je wiederzusehen? Sie suchte nach einer Möglichkeit, wie es gehen könnte. Sie würde so vollkommen distanziert, so ganz und gar gleichgültig ihnen gegenüber sein müssen wie die beiden ihr gegenüber. Das war bestimmt nicht allzu schwer – in diesem Moment hasste sie die beiden. Die Sommerferien würden lang, langweilig und einsam sein, wenn sie sich weigerte, mit ihnen zu spielen, oder die beiden Maude aus ihren Abenteuern ausschlossen. Vor lauter Verzweiflung biss sie sich wieder auf die Unterlippe, und da öffnete sich auf einmal die Tür der Bibliothek mit ihrem typischen leisen Ächzen. Hoffnung brandete in ihr auf. Sie griff nach der Zeitschrift und verbarg das Gesicht dahinter. Ihre Wangen begannen zu brennen, als sie die Leiter knarren hörte und dann Schritte auf dem Zwischengeschoss. Endlich kam jemand, um nach ihr zu sehen, und derjenige wusste auch, wo er suchen musste. Maude verging fast vor Neugier, ob es ihr jüngster Bruder Francis oder der ältere John war, aber sie konnte nicht aufblicken. Aus irgendeinem Grund, der zu kompliziert war, als dass sie ihn jetzt ergründen könnte, traute sie sich nicht.

Ein Junge hockte sich mit einem leisen Seufzen neben sie und stieß ihr Knie mit seinem Knie an. Aus dem Augenwinkel sah sie staubig-schmutzige schwarze Kniestrümpfe, die kurze graue Hose einer Schuluniform und zerschrammte Schuhe. Das reichte ihr, um zu erkennen, dass es keiner ihrer Brüder war. Nathaniel Elliot war zwölf, genauso alt wie Francis, und nahm seinen Raum in der Welt völlig anders ein als die Vickery-Jungen. Sein Vater, ein guter Freund ihres Vaters, Colonel Henry Thomas Elliot, war in Afrika von nackten, speerschwingenden Wilden getötet worden – was Maude dermaßen faszinierend fand, dass sie sich immer wieder vor Augen halten musste, welch eine Tragödie das tatsächlich war. Nathaniels Mutter war kränklich und ihrer Gesundheit wegen nach Nizza gezogen, wo ihr Sohn sie immer nur kurz in ihrer Wohnung direkt am Meer besuchte. Sie setzte ihm Hummer, Austern und Champagner vor, und er durfte bis spät in die Nacht aufbleiben, während sie und ihre Freunde tranken, rauchten und Karten spielten. Nach ein paar Tagen erklärte sie ihm dann, er strenge sie zu sehr an, und schickte ihn zurück nach England. Er hatte eine Tante in London, verbrachte die Ferien aber oft in Marsh House, statt ihr zur Last zu fallen oder allein durch die öden Flure des leeren Internats zu streifen. Maude erfuhr von seinem Besuch immer erst, wenn er schon vor der Tür stand. Wenn er direkt von seiner Mutter kam, hatte er gerötete, verquollene Augen und war rastlos und streitsüchtig, als brütete er irgendeine Krankheit aus. Kam er von der Schule aus her, war er ruhiger und sah gesünder aus, war aber verschlossener.

Maude entspannte sich sofort. Nathaniel war ihr nichts schuldig und sie ihm auch nicht. Für sie beide galten die Anstandsregeln der Nicht-Verwandtschaft. Er war eher so etwas wie ein Freund, wenn auch kein sehr enger, denn die vier Jahre Altersunterschied bildeten eine praktisch unüberwindliche Kluft zwischen ihnen, und obendrein war er schließlich ein Junge. Er roch leicht nach Schuhcreme, ungewaschenen Socken und Pfefferminz. Nach kurzem Schweigen sagte Maude: »Komm lieber nicht zu spät zum Tee, sonst lassen meine Brüder dir nichts übrig.« Sie hatte immer noch nicht von ihrer Zeitschrift aufgeblickt, doch nun wagte sie einen verstohlenen Blick. Nathaniel war kleiner als ihre Brüder, schmal, weich und geschmeidig, und seine Füße wirkten zu groß für seinen Körper, weil seine Schienbeine so dünn wie Messerrücken waren. Sein Gesicht war blass und unscheinbar und so schmal wie alles an ihm, vor allem die Nase. Aber seine Augen hatten einen scharfen, wachen Ausdruck – als könnten sie irgendwie mehr sehen und weniger preisgeben als die Augen anderer Leute. Sie waren dunkelbraun, wie sein Haar.

»Hallo, Maude«, sagte er.
»Hallo.«

»Dachte ich es mir doch, dass ich dich hier finde, mit der Nase in einem Buch. Oder einer sehr ernsthaften Zeitschrift.« Er schnippte die Ecke des Journals mit dem Zeigefinger an. Maude zuckte mit den Schultern.

»Möchtest du John und Francis nicht Hallo sagen?«, fragte er. Maude zuckte erneut mit den Schultern, denn sie traute ihrer Stimme nicht recht. »Außerdem kommst du genauso spät zum Tee wie ich. Und es gibt Crumpets.« Die unmögliche Zwickmühle, in der Maude steckte, war kaum zu ertragen, und die Zeitschrift zitterte kurz in ihren Händen, ehe sie es verhindern konnte. Sie spürte Nathaniels durchdringenden Blick und seine Verwunderung wie einen leichten Druck.

»Was liest du da drin eigentlich?«

»Es geht um das britische Protektorat Maskat und Oman«, antwortete sie mit einer Spur von Arroganz.

»Hoppla.« Er grinste. »Hört sich wahnsinnig trocken an.«

»Nein, ist es nicht. Oman gehört zu den heißesten Ländern der Welt, und es gibt da lauter mittelalterliche Könige und weise Männer und auch Schurken. Und die Frauen müssen alle Masken tragen, weil sie so schön sind, dass niemand sie anschauen darf. Die Leute sind Seefahrer, genau wie Sindbad, und der Sultan kann dich seinem Löwen zum Fraß vorwerfen, wenn er will. Und man muss unglaublich mutig sein, um dorthin zu reisen und das Land zu erforschen, weil die Männer alle Dolche tragen und einen wegen jeder Kleinigkeit aufschlitzen, und überall sind Krankheiten und Wölfe und Leoparden.«

Maude holte am Ende dieser nachdrücklichen Rede tief Luft und stellte fest, dass Nathaniel lächelte.

»Also gut, ich nehme es zurück. Das hört sich überhaupt nicht langweilig an«, sagte er. Ihre Brüder hätten nie so nachgegeben. Sie hätten ihr gesagt, dass sie eine so überschäumende

Fantasie besaß, und wie niedlich es sei, dass sie sich gern solche Geschichten ausdachte. Nathaniels Zugeständnis nahm ihr den Wind aus den Segeln.

»Und ich werde dorthin reisen und all das selbst sehen. Wenn ich groß bin. Ich werde überallhin reisen, weit weg von hier«, sagte sie. Weit weg von der tickenden Uhr und den Edelstein-Augen ihrer Mutter. Der Gedanke war verführerisch und aufregend.

»Aber du bist doch ein Mädchen, Maude. Willst du denn nicht heiraten, wie alle Mädchen?«

»Nein! Ich werde nie heiraten.« Ehe – das war eine tickende Uhr und Stickarbeiten, das wusste Maude mit ihren acht Jahren ganz sicher. »Ich werde die ganze Welt bereisen. Du wirst schon sehen.« Sein Blick war skeptisch, obwohl er ihr nicht widersprach. Auf einmal war es ihr furchtbar wichtig, dass er ihr glaubte ... dass sie selbst daran glaubte. »Ja, ganz bestimmt. Du wirst schon sehen«, wiederholte sie, den Tränen nahe.

»Na gut«, sagte Nathaniel. »Soll ich dir ein Geheimnis verraten?«

»Was denn?«

»Genau das will ich auch. Ich will Entdecker werden.« Er senkte die Stimme, beugte sich zu ihr hinab, der trübe Ausdruck verschwand aus seinen Augen, und Maude sah ihm an, wie vollkommen überzeugt er davon war. Sie sah eine verwandte Seele. Auf einmal war ihr ganz leicht ums Herz, und das Gefühl, bereit zum Aufbruch zu sein, ließ sie vor Glück innerlich kribbelig werden. »Wir haben in Geschichte gerade Lewis und Clark durchgenommen, und da ist mir klar geworden, dass ich so berühmt werden will wie sie und genauso weite und gefährliche Forschungsreisen unternehmen. Aber wir sollten lieber nicht mit leerem Magen aufbrechen, was meinst du? Na komm.« Er richtete sich auf und strich seine Kleidung glatt. Maude rappelte sich auf. Er hielt ihr nicht die Hand hin, um ihr aufzuhelfen. In solchen Kleinigkeiten zeigte sich, dass er sie als Gleichgestellte ansah. Und dass er sie gesucht hatte, um sie zum Tee zu holen, machte es ihr irgendwie ganz leicht hinunterzugehen, ihre Brüder zu begrüßen und sich nicht zu grämen, weil sie nicht einmal auf sie gewartet hatten.

Maskat und Matrah, November 1958

Nach kurzer Diskussion entschieden sie sich für die Straße nach Matrah, um die Landspitze westlich von Maskat herum, statt für eines der Boote, deren Bootsführer am Hafen lautstark um Passagiere warben. Marian gab den Ausschlag, indem sie erklärte, sie werde mit dem Wagen direkt zum Stützpunkt fahren, ganz gleich, was die anderen täten. Im Licht des späten Vormittags wirkte sie so scharf und hart wie die Grenzen zwischen Licht und Schatten. Ihr Haar war streng und straff zurückgesteckt, und dennoch trug sie ihren Haarreif, als wollte sie verhindern, dass sich auch nur ein einziges Härchen selbstständig machte. Ihr Lächeln wirkte bemüht.

»Ich habe wirklich keine Lust, dann in Matrah jemanden zu suchen, der uns zum Stützpunkt bringt. Kamelritte sind nichts mehr für mich, fürchte ich.«

»Oh! Ich würde zu gern einmal auf einem Kamel reiten!«, rief Joan aus.

»Unsinn, der Colonel würde uns selbstverständlich mit dem Land Rover abholen lassen. Aber du musst gar nicht mitkommen, wenn dir nicht danach ist, Liebes«, sagte Robert.

»Ach«, erwiderte Marian und zupfte einen weißen Handschuh zurecht. »Das ist mal eine Abwechslung. Und ich freue mich darauf, Daniel wiederzusehen.« Sie klang nicht sonderlich überzeugend, aber Joan war zu begierig darauf, endlich loszufahren, um sich weiter Gedanken zu machen. Der Wagen, chauffiert von einem dünnen, jungen Omani mit stechenden Augen und fahlem Teint, hielt vor den Stufen der Residenz, und die vier stiegen ein.

»Wir können ein andermal mit dem Boot fahren«, bemerkte Robert. »Oder sogar mit einer Dhau die Küste entlangsegeln. Manchmal tauchen da riesige Teufelsrochen auf und schauen einen richtig an.«

»Das klingt fantastisch«, sagte Joan. »Aber Rory wird leider furchtbar seekrank, der Ärmste.«

»Sterbenskrank«, bestätigte er. Auf seiner Oberlippe glänzten kleine Schweißperlen, und Joan wünschte, er würde sie wegtupfen. Frustriert fuhr sie sich stattdessen mit der Hand über das eigene Gesicht. Er saß eingeklemmt an der Tür, mit hochgedrückten Schultern.

»Alles in Ordnung?«, fragte sie ihn leise, als der Wagen anfuhr. »Du siehst ein bisschen ... seltsam aus.«

»Diese Hitze.« Er lächelte, aber nur kurz. »Mein Körper will sich wohl einfach nicht daran gewöhnen.«

»Wenn das alles ist ...«, entgegnete sie unsicher. Das Auto schützte sie vor fremden Blicken, und sie nutzte die Gelegenheit und nahm seine Hand. »Du musst es mir sagen, wenn du dich nicht gut fühlst. Kein falscher Stolz oder was auch immer Männer sonst dazu bringt, jede Schwäche verbergen zu wollen.«

»Also wirklich, Joan«, sagte er leichthin. »Ich bin nicht zu stolz, um Schwächen einzugestehen.«

»Du bist auch nicht schwach. Du bist nur ... verschwitzt.« Sie lachte, und Rory zückte ein Taschentuch und tupfte sich das Gesicht trocken. Er schien mit den Gedanken woanders zu sein, und Joan hatte das Gefühl, dass er ihr irgendetwas verschwieg.

»Bereit, wieder mit deinem Bruder vereint zu werden?«, fragte Robert grinsend. Sie holte tief Luft, weil ihr beinahe der Atem stockte, und nickte dann energisch.

Sie kurvten vorsichtig durch die kleine Stadt, vorbei an Häusern mit flachen Dächern und Moscheen ohne Minarette oder Kuppeln. Schmucklos bis auf kleine Zinnen an den Dächern und Maschrabiyya-Fenster mit ihren Holzgittern hier und da. Der Wagen rollte zum Haupttor hinaus, das blendend weiß gestrichen und noch nicht von Hitze und Wind matt geschliffen war. Die Wachen hielten sich drinnen im Schatten auf und hatten ihre Gewehre in einer ordentlichen Reihe an die Wand gelehnt. Außerhalb der Stadt wurden Gebäude immer seltener, je näher sie den kahlen Hügeln kamen. Joan reckte den Hals und suchte nach Maude Vickerys Haus, konnte es jedoch nicht ausmachen. Auf den Felsen hinter den Häusern lag Wäsche zum Trocknen ausgebreitet, was beinahe den Eindruck erweckte, als hätten die Bewohner sich in die Sonne gelegt und dann in Luft aufgelöst. Joans Blick schweifte unablässig hin und her. Sie wollte alles sehen, alles wissen. Sie starrte zu den Bergen empor. Die sahen überhaupt nicht aus wie zerknitterte Stoffzipfel, wie die Alpen oder andere europäische Berge, die Joan von Fotografien kannte. Sie wirkten wie fein ziseliert, scharfkantig und abweisend, und die tiefen Schluchten zwischen den Hängen waren mit Felsbrocken und Geröll verstopft.

Sie waren weder sonderlich hoch noch majestätisch, diese kahlen Berge, und dennoch schüchterten sie Joan ein, als reichte der bloße Anblick, um einen zum Aufgeben zu bewegen. Vielleicht lag es daran, wie abrupt sie aus der küstennahen Ebene emporragten, auf die sie finster hinabstarrten. Und Daniel kämpfte in diesen Bergen, fand sich irgendwie zurecht auf der Suche nach Feinden.

Der Dschabal al-Achdar ist eine harte Nuss, hatte er ihr in seinem letzten Brief geschrieben. *Der Grüne Berg, wie man ihn hier nennt, ist eine zentrale Hochebene des Gebirges auf etwa eintausendachthundert Meter Höhe, umgeben von riesigen Felsformationen, von denen einige bis zu dreitausend Meter hoch sind. Durchqueren kann man sie nur durch wenige, schmale Schluchten. Stell es dir vor wie einen Ziegelstein, den man durch ein hauchdünnes Brett hochgedrückt hat. Um den Ziegelstein herum bleiben große Zacken und Holzsplitter stehen. Wenn es uns gelingt, uns eine der Schluchten zwischen diesen Zacken entlangzuarbeiten – die wie geschaffen sind für einen Hinterhalt –, stehen wir am Ende doch nur vor einer gewaltigen, unbezwingbaren Klippe, etwa anderthalb Kilometer hoch. Und die Kämpfer des Imam hocken auf dem Ziegelstein und lachen uns aus.*

Joan musste auf einmal an den alten Steinbruch in Derbyshire denken, wo sie über Ostern oft bei ihren Großeltern gewesen waren. Einmal war Daniel eine der steilen Wände hinaufgeklettert, und sie sah ihn jetzt noch vor sich: seine schweißfeuchte, konzentriert gerunzelte Stirn, den leicht geöffneten Mund, den Blick einzig auf den nächsten Haltepunkt gerichtet.

Zu dieser Zeit ließ er sich nicht mehr von ihr herumkommandieren. Sie besaß nicht mehr die Autorität, mit der sie ihm hätte befehlen können, da herunterzukommen. Als er zehneinhalb und sie zwölf Jahre alt war, überragte er sie schon, und lange davor war er eigensinniger und wagemutiger geworden als sie. Sie hatte zugesehen, wie die Muskeln an seinen dünnen Armen sich streckten und spannten und das kleine Rinnsal Blut von seinem aufgeschrammten Knie langsam zu seiner Socke hinunterkroch. Nichts war zu hören gewesen außer dem Klappern loser Steinchen und dem leisen Scharren seiner Schuhe und Finger auf dem Fels. Joan hatte nicht gewagt, etwas zu sagen, weil sie fürchtete, er könnte abstürzen, wenn sie ihn ablenkte. Und als er sich dem Rand näherte, so unglaublich klein und fern dort oben, da hatte sie die Augen schließen und so tun müssen, als sei sie gar nicht da. Sie hatte die Gefahr für ihn als Dröhnen in den Ohren gespürt, ihr war schlecht und schwindelig geworden, als gähnte die tödliche Leere auch unter ihr. Daniel hatte ihre Angst nicht verstanden und ihre Finger abgeschüttelt, als sie hinterher zitternd nach seinen Händen griff. *Ich wusste, dass ich das kann*, hatte er gesagt. *Also habe ich es gemacht. Wenn ich nicht sicher wäre, dass ich etwas schaffe, würde ich es nicht tun.*

Der Wagen fuhr langsam die kurvenreiche Straße entlang und wirbelte eine Staubwolke auf. Sie mussten schwer beladenen Eseln ausweichen und überholten eine lange Reihe Kamele, die, aneinandergebunden, stoisch einem erschöpft aussehenden Mann folgten. Joan hatte ihre Kompaktkamera in ihrer Tasche und hätte zu gern danach gegriffen. Doch der Vorwurf *Touristin* hallte ihr in den Ohren wider, und sie zögerte. Robert hatte ihr erklärt, dass sie nur aus dem Wagen heraus fotografieren durfte – auf Wunsch des Sultans sollte die Bevölkerung keine technischen Geräte kennenlernen, die sie nicht brauchte. Die Aufnahme würde also ohnehin schwierig zu bewerkstelligen sein. Bis sie endlich die Kamera hervorgeholt und den Objektivdeckel abgenommen hatte, waren sie schon in die nächste Kurve eingefahren und die Kamele außer Sicht.

»Wir können oben anhalten und das Fenster herunterkurbeln, damit du ein Foto machen kannst, Joan«, bemerkte Robert. »Von dort hat man eine wunderbare Aussicht auf die Stadt und das Meer. Aber du wirst noch genug Zeit haben, Fotos zu machen.« Joan hätte gern gefragt, wie lange, doch sie wollte die Antwort nicht herausfordern. Ihr Besuch hier war derzeit quasi unbefristet – so viel Aufwand, Zeit und Planung waren nötig gewesen, damit sie überhaupt hatten herkommen können, dass anscheinend niemand darüber nachgedacht hatte, wann sie wieder abreisen würden. Joan dachte an den Palast von Dschabrin und an die Wüste und fühlte wieder diese Sehnsucht. Aber heute würde sie ihren Bruder wiedersehen, also spielte alles andere erst einmal keine Rolle.

Matrah, ein Gewirr aus Suks, Geschäften und Häusern, war das Handelszentrum des Omans. Es lag an einer viel breiteren Bucht als Maskat, das politische Zentrum des Landes. Robert zeigte ihnen ein ganzes Feld voll ruhender Kamele, und im selben Moment drang der Gestank ihres Dungs und ihrer fettigen Wolle in den Wagen.

»Sie dürfen nicht bis in die Stadt hinein«, erklärte er. »Also machen die Karawanen hier halt und laden ab.« Inmitten der Tiere standen ein paar Zelte, und Rauchfähnchen stiegen von Kochfeuern auf. Der Chauffeur hielt an, sodass Joan ein Foto machen konnte.

»Sind sie nicht wundervoll?«, bemerkte sie und sah Rory an. Sein Lächeln wirkte zerstreut.

»Halt dich lieber von ihnen fern«, riet Robert. »Ich habe schon mal einen Kamelbiss gesehen – kein hübscher Anblick. Sieh mal, da drüben – siehst du die breite Lücke zwischen den Bergen? Das ist Wadi Samail. Wenn man der Straße dort hindurch folgt, kommt man in der wilden, leeren Wüste heraus – na ja, sofern man da noch von einer Straße sprechen kann.«

»Aber bedeutet Wadi nicht Fluss?«, fragte Joan.

»Flussbett, ja, aber eines, das für gewöhnlich trocken ist. Wadis führen manchmal wahre Wasserfluten, aber nur zu ganz bestimmten Zeiten im Jahr. Wadi Samail ist so breit, dass noch genug Platz für die Straße und mehrere Dörfer bleibt, selbst wenn der Fluss Hochwasser führt«, erklärte er. Joan starrte auf die breite Lücke zwischen den Felswänden und sehnte sich danach, die Wüste auf der anderen Seite zu sehen.

Das Stabsquartier der Armee des Sultans lag in Bait al-Faladsch – »dem Haus des Bewässerungskanals« – etwa anderthalb Kilometer landeinwärts. Die große, karge Anlage war von Stacheldraht eingezäunt und wurde von einer uralten, weiß getünchten Festung mit der scharlachroten Fahne Omans am Turm beherrscht. Der Komplex bestand aus Zelten für die Offiziere, Lehmziegelbaracken für die gemeinen Soldaten, ein paar separaten Quartieren für die Kommandanten und einem riesigen, staubigen Pavillon – Robert zufolge die Offiziersmesse. Durch die offenen Wagenfenster drang der mineralische Geruch von ausgedorrter Erde mit einem Schwall heißer Luft herein – auf dem Stützpunkt war es offenbar mehrere Grad heißer als in Maskat. Jenseits des Zauns lag ein kleines Flugfeld, auf dem zwei Pioniermaschinen mit schmutzig-blinden Scheiben standen.

Joan konnte kaum stillhalten, bis der Wagen auf dem Gelände anhielt. Sie ließ den Blick über die Gesichter und Gestalten aller Soldaten schweifen, die sie sehen konnte, in der Hoffnung, ihr Bruder würde den Wagen hören und sie begrüßen kommen. Sie würde ihn auf der Stelle erkennen, gleich aus welcher Distanz – diese Fähigkeit hatte sie als Kind perfektioniert, indem sie am Fenster auf ihn gewartet hatte, vor allem während des Krieges. Darauf gewartet hatte, dass er von der Schule nach Hause kam, von den Pfadfindern oder vom Besuch bei einem Freund. Wie Phantome hatte sie auf einmal die Gerüche in der Nase, die sie mit jener Zeit verband – Küchendunst von Leber und Speck und Jam-Suet-Pudding, muffige Vorhänge im Wohnzimmer mit Staub in den Falten, das Aftershave ihres Vaters, das noch im Hausflur hing, nachdem er gegangen war. Allein mit ihrer Mutter hatte das Haus immer zu leer und doch zu klein gewirkt, und Joan hatte ebenso freudig wie besorgt nach Daniel Ausschau gehalten.

Der Krieg hatte ihrer beider Kindheit dominiert, obwohl sie im Gegensatz zu vielen ihrer Klassenkameraden den Luxus genossen hatten, ihren Vater zu Hause zu haben. Da er schlecht sah und an Asthma litt, wurde er nicht von der Armee eingezogen und schloss sich stattdessen der freiwilligen Bürgerwehr an. Joan und Daniel fanden neue Freunde unter den vielen evakuierten Kindern aus dem Südosten, die in Bedford untergebracht wurden. Gemeinsam mit einer kleinen Schar waren sie gerade unterwegs und pflückten Brombeeren, als ein deutscher Bomber über sie hinwegflog – nur ein einzelnes Flugzeug. Daniel erkannte es sofort und schleuderte einen Stein danach, während Joan in Tränen ausbrach. Später erfuhren sie, dass das Flugzeug eine Gruppe unschuldiger Feldarbeiter bombardiert hatte. Im Juli 1942, als Joan zehn Jahre alt war, zerrissen vier Bomben einen klaren Sommermorgen, und sie und ihre Mutter hockten noch Stunden nach der Entwarnung starr vor Angst unter dem Küchentisch. Sie waren wie gelähmt beim Gedanken an Brände, einstürzende Mauern, erstickenden Rauch und atmeten in der Enge den scharfen Geruch der eigenen Angst ein. Als sie sich schließlich hervortrauten, holten sie Daniel sofort nach Hause, obwohl die Bomben weit weg von seiner Schule eingeschlagen hatten. Er wollte sich die Krater ansehen, die zerstörten Häuser, die Rauchwolken. Er und seine Freunde sammelten Schrapnell und Stückchen von Geschosshülsen ebenso leidenschaftlich, wie sie vor dem Krieg Zigarettenkärtchen gesammelt hatten. Joan sprach drei Tage lang kein Wort. Selbst am Tag der Befreiung 1945 brach sie in Tränen aus, und beim Straßenfest zur Feier des Kriegsendes hörte sie ihre Mutter zu einer Nachbarin sagen: *Meine arme Joanie ist mit den Nerven am Ende.* Danach hatte sie sich bemüht, tapferer zu erscheinen. Doch Olive hatte sie oft mitten in der Nacht beruhigen und in ihren weichen Armen wiegen müssen, wenn Joan schreiend aus einem Albtraum erwacht war.

Als sie nun in Bait al-Faladsch aus dem Wagen stiegen und ob der Hitze aufstöhnten, waren die meisten Männer, die Joan entdeckte, offensichtlich keine Briten. Marian fächelte sich vergeblich mit einer Hand Luft zu, und selbst Joan begann zu schwitzen. Fliegen summten um ihre Gesichter, und sie eilten in den Schatten neben der Festung, wo der Faladsch verlief. Diese uralten, steinernen Bewässerungskanäle Omans führten von Quellen in den Bergen bis in jedes Dorf und versorgten das Land mit kostbarem, sauberem Wasser. Joan und ihre Begleiter wurden von einem sanft und liebenswürdig wirkenden Mann Mitte vierzig begrüßt. Er trug eine etwas legere Version der britischen Tropen-Uniform: ein kakifarbenes Hemd mit aufgeknöpftem Kragen, eine weite, knielange Hose und das Kopftuch der Männer, die Kufiya, als Schutz gegen die Sonne um den Hals. Er hatte die Hemdsärmel hochgerollt, und seine Füße steckten in landestypischen Ledersandalen mit offener Ferse. Seine Stirn war breit, das Kinn rund mit einer ausgeprägten Kinnfalte, und der Ausdruck seiner hellblauen Augen wirkte ruhig und gelassen.

»Mr. Gibson«, sagte er und gab Robert die Hand. »Ich habe Ihre Nachricht erhalten. Wie geht es Ihnen?«

»Sehr gut, danke, Colonel, sehr gut. Meine Frau haben Sie ja schon kennengelernt.«

»Freut mich, Sie wiederzusehen, Mrs. Gibson. Und wie geht es Ihnen?«

»Mir ist entsetzlich heiß, Colonel«, antwortete Marian ein wenig abgehackt.

»Ja, natürlich.« Singer blickte mit zusammengekniffenen Augen zur Sonne empor, die im Zenit stand. Zu ihren Füßen war kein Schatten zu sehen. »Wie heißt es so schön: Nur kranke Hunde und Engländer laufen in der Mittagssonne herum ... Willkommen in Bait al-Faladsch, meiner Ansicht nach der heißeste Fleck in diesem Backofen von einem Land.«

»Das sind Joan Seabrook und ihr Verlobter Rory Cole«, stellte Robert sie vor. Joan reichte dem Colonel geistesabwesend die Hand und versuchte, an ihm vorbei nach Daniel Ausschau zu halten.

»Lieutenant Seabrooks Schwester – haben Sie es endlich geschafft!«

»Ja, endlich«, sagte Joan. Colonel Singer lächelte und schien ihre Unhöflichkeit nicht persönlich zu nehmen.

»Er ist schon den ganzen Vormittag lang nicht bei der Sache und wartet nur auf Sie. Das da drüben ist sein Zelt, das dritte von rechts. Möchten Sie ihn vielleicht abholen und dann in mein Dienstzimmer in der Festung kommen? Ich lasse uns Kaffee bringen. Sie werden sie natürlich begleiten, nicht wahr?«, setzte er an Rory gewandt hinzu, der sich ein wenig zu sträuben schien.

»Na los, geht nur. Ihr habt ja doch kein halbes Ohr für uns, ehe ihr ihn gesehen habt«, sagte Robert. Dankbar machte sich Joan auf den Weg zu den Zelten, dicht gefolgt von Rory.

Kurz bevor sie Daniels Zelt erreichten, berührte Rory Joan am Arm, um sie aufzuhalten. Überrascht blickte sie zu ihm auf.

»Was ist denn?«

»Joan ... Ich weiß, er ist dein Bruder, aber ich kenne ihn auch schon sehr lange. Es wäre gut ... Versuch bitte, ihn nicht ...« Er verstummte unsicher und suchte offenbar nach den richtigen Worten.

»Was soll ich nicht?«, fragte Joan verblüfft. »Ihn in Verlegenheit bringen? Ist es das, was du mir sagen willst?«

»Ihn zu überfallen.«

»Nun, ich werde mir Mühe geben, aber er ist mein kleiner Bruder, Rory.«

»Ich weiß, Joan. Sei mir nicht böse. Ich meine ja nur ... Vergiss nicht, wo wir sind. Er ist hier bei der Arbeit, das will ich damit sagen.« Rory blickte vorsichtig auf sie hinab, und Joan starrte ihn verletzt an und versuchte zu verstehen, was er genau meinte.

»Ich weiß nicht, warum du es für nötig hältst, mich –« Sie unterbrach sich, als ein schlanker, schwarzhaariger Mann aus dem Zelt trat.

»Könnt ihr beide mal fünf Minuten lang aufhören zu quasseln und einen begrüßen? Oder seid ihr gar nicht meinetwegen hier?«

»Dan!«, rief Joan aus und fiel ihm allen Bedenken zum Trotz um den Hals. Sie spürte die harten Muskeln an seinen Schulterblättern, und sein unverkennbarer Duft stieg ihr in die Nase, beinahe übertüncht von den Armee-Gerüchen nach Socken, Zeltleinwand und Maschinenöl. All das war vertraut und fremd zugleich – jedes Mal erwartete sie halb, das magere Kind zu sehen, das er einmal gewesen war. Ihre deutlichste Vorstellung von ihm stammte aus jener kurzen

Zeitspanne, als sie größer und stärker gewesen war als er. Sie drückte die Nase an seinen Kragen und atmete tief ein. Jedes Gefühl, das sie mit ihm verband, brandete in ihr auf – Wut, Angst, Belustigung, Staunen – all die Nuancen ihrer Beziehung. Und darunter lag die schlichte Liebe zu ihrem Bruder. Eine Sekunde lang fühlte sie sich nach Hause versetzt, ihrem Zuhause vor vielen Jahren, als sie noch klein gewesen waren. Als die Augen ihrer Mutter noch funkelten, ihr Vater die Sonne war, um die sie alle kreisten, als die ganze Welt und alles, was Joan brauchte, innerhalb der Wände ihres praktischen, eher bescheidenen Hauses lag. Doch dieser Augenblick verflog unausweichlich und hinterließ eine nagende Trauer um das, was sie verloren hatten, weil sie beide erwachsen geworden waren.

Nach ein paar Sekunden rückte sie wieder auf Armeslänge von ihm ab, nur für den Fall, dass die Umarmung ihm zu viel sein könnte, doch Daniel grinste. Die grelle arabische Sonne fiel ihm in die Augen, und Joan sah es hinter den schwarzen Wimpern graublau leuchten. Das Licht setzte Schatten unter seine Wangenknochen und seinen Adamsapfel, sodass sein Gesicht ausgemergelt wirkte. Ein Männergesicht, kantig und hart, aber er sah immer noch sehr gut aus. Seine Schneidezähne standen ein wenig schief, was gut zu seiner Art zu lächeln passte – seine rechte Wange hob sich immer ein wenig mehr als die linke.

»Herrgott, ist das seltsam, euch zwei hier zu sehen! Wo ihr eigentlich gar nicht hingehört«, sagte er. Daniel und Rory begrüßten sich mit einem festen Händedruck und einem Schulterklopfen. »Wie geht's, Taps? Ich hoffe, du passt gut auf meine Schwester auf?«

»Ja, natürlich. Nicht, dass das nötig wäre. Meistens ist es eher umgekehrt«, gestand Rory. »Und du bist der Einzige, der mich noch Taps nennt, weißt du das? Alle anderen sind längst darüber hinausgewachsen.« Er klang ein wenig genervt.

»Ich habe dir diesen Spitznamen gegeben, und den wirst du nicht wieder los, solange ich lebe. Also reg dich nicht auf, finde dich einfach damit ab«, erwiderte Daniel. Der Spitzname stammte aus ihrer gemeinsamen Schulzeit. Joan wusste nur, dass Taps eine Abkürzung für »Tapioka« war, doch mehr wollten die beiden ihr darüber nicht sagen. »Bleibt ihr zum Mittagessen? Sollen wir erst ein Stückchen gehen – und uns irgendwo Schatten suchen? In den Zelten ist es heißer als in der Hölle.«

»Ja, aber erst musst du Onkel Bobby und Marian begrüßen. Sie sind in der Festung, mit Colonel Singer.«

»Nennst du ihn immer noch Onkel Bobby?«, bemerkte Daniel amüsiert.

»Na ja, er nennt mich immer noch ›kleine Joan‹.«

»Warum nur?«, scherzte Daniel.

Colonel Singers Dienstzimmer lag im oberen Stockwerk der Festung. Deckenventilatoren ruderten hilflos gegen die Hitze an, wo man hinsah, summten Fliegen, und ein junger Kuli brachte ihnen ein Tablett mit geeistem Kaffee und Datteln.

»Bedienen Sie sich. Außer die Datteln kommen Ihnen schon zu den Ohren heraus«, sagte Singer.

»Ich kann die Dinger nicht mehr sehen«, erklärte Marian. »Früher mochte ich sie gern, aber man kann tatsächlich des Guten zu viel bekommen. Ich lasse mir inzwischen von zu Hause Kekse schicken.«

Joan wurde plötzlich bewusst, dass Marian gar kein Geheimnis daraus machte, wie sehr sie Oman verabscheute. Sie unterhielten sich über den Krieg und die Rebellen, die sich von ihrer natürlichen Festung Dschabal al-Achdar herab weiterhin der Herrschaft des Sultans widersetzten. Das Oberhaupt der Gebirgsstämme, Scheich Suleiman bin Himyar, hielt dem Imam Ghalib die Treue. In den Bergen gab es reichlich Höhlen, in denen sich die Kämpfer verstecken konnten, kleine Dörfer, wo sie sich mit Essen versorgen konnten und die ihnen Unterschlupf boten, und schmale Pfade für Packesel, die sich großartig für den Waffenschmuggel eigneten.

»Warum in aller Welt heißt die Gegend eigentlich der Grüne Berg? Ich habe wohl noch nie einen weniger grünen Landstrich gesehen«, bemerkte Rory.

»Tja, vielleicht bezeichnet man sie so, weil sie im Vergleich zur Wüste geradezu grün ist. Aber angeblich liegt dort oben eine andere Welt«, erklärte Singer. »Ich habe es noch nicht geschafft, selbst dort hinaufzugelangen – kein Europäer hat die Hochebene je mit eigenen Augen gesehen. Aber da oben ist es kühler, feuchter ... Sie bauen dort Obst und Feldfrüchte an, die hier unten gar keine Chance hätten. Angeblich gibt es sogar Gärten.«

»Mit Gras?«, fragte Marian sehnsuchtsvoll.

»Mit Gras, Mrs. Gibson«, bestätigte Colonel Singer nickend.

»Irgendwie müssen wir die verfluchten Kerle aus diesem Paradies vertreiben«, sagte Daniel.

»Aber ... ich habe gelesen, der Grüne Berg sei zuletzt von den Persern eingenommen worden, vor neunhundert Jahren«, warf Joan ein.

»Das stimmt. Aber wir hoffen, dass es uns als Nächsten gelingen wird. Gerade haben wir eine mögliche Route auf das Hochplateau gefunden. In der Ostwand haben sie kleine Stufen in den Fels gehauen«, sagte Daniel. Er sprach ganz ruhig, doch in seinen Augen funkelte dieses entschlossene Blitzen, das Joan nur zu gut kannte. *Ich wusste, dass ich das kann, also habe ich es gemacht.* »Das ist ein steiler Aufstieg, keine Frage, und sie bestehen ja darauf, uns von oben unter Beschuss zu nehmen. Es gibt auch kein Wasser. Wir müssen es auf Eseln mitführen, und die können nun mal nicht klettern ...«

»Die persischen Stufen sind noch da? Oh, die würde ich so gerne einmal sehen«, sagte Joan.

»Sie sind Archäologin, wie ich höre?«, bemerkte der Colonel. Er musterte sie prüfend, aber nicht unfreundlich. Joan fiel auf, dass er sehr selten blinzelte. »Tja, Miss Seabrook, leider muss ich Ihnen sagen, dass Sie sich kaum einen ungünstigeren Zeitpunkt hätten aussuchen können, um das Binnenland zu erforschen.«

»Aber wenn die Rebellen auf dem Dschabal al-Achdar festsitzen, können sie doch hier unten kein großes Ärgernis darstellen, oder?«, entgegnete sie. Daniel lachte ungläubig.

»Joan ... die sind kein Ärgernis – wir führen Krieg«, sagte er kopfschüttelnd. »Sei nicht albern.« Getroffen lehnte sich Joan zurück.

Der Colonel schenkte ihr Kaffee nach. »Es gibt viel Interessantes, was Sie sich ansehen können, solange Sie hier sind«, sagte er. »Und im Meer kann man herrlich baden. Aber Sie wissen ja sicher schon, dass der Sultan sein Land recht streng unter Verschluss hält, Miss Seabrook. Forscher, Beobachter, Touristen und Journalisten sind nicht willkommen.«

»Wie auch Schulen, Straßen und Krankenhäuser«, setzte Daniel hinzu.

»Aber ... ihm muss doch klar sein, dass wir zum Teil auch deshalb hier sind? Hast du das nicht erwähnt, als du die Einreiseerlaubnis für uns beantragt hast, Onkel Bobby?«, fragte Joan. Robert rutschte ein wenig mit seinem massigen Leib auf dem harten Stuhl herum und blickte verlegen drein.

»Ich habe dir doch geschrieben, dass du dir in dieser Hinsicht keine großen Hoffnungen machen solltest, Joan. Wenn ich erklärt hätte, dass du hier Ausgrabungen machen möchtest, hätte er die Erlaubnis nie erteilt. Du bist nur bei Freunden zu Besuch und als Angehörige eines Offiziers im aktiven Dienst.«

»Aber ... natürlich würde ich nicht gleich etwas ausgraben – dazu braucht man gründliche Vorbereitung, ein ganzes Team und jede Menge Ausrüstung. Aber ich hatte gehofft, wir könnten uns umsehen, ein paar mögliche Stätten erkunden, vermessen, Skizzen machen. Wenn ich dem Sultan vielleicht zeigen könnte, was genau wir vorhätten ...« Sie verstummte, als Colonel Singer den Kopf schüttelte.

»Das kommt nicht infrage. Von allem anderen einmal abgesehen, ist die Straße ins Landesinnere stark vermint. Wir haben Askaris – hiesige Soldaten, die uns treu sind – an der Straße postiert, aber kaum haben wir die Minen geräumt, schleichen die Rebellen im Schutz der Nacht wieder von ihrem Berg herunter und legen neue. Das ist derzeit unser schwerwiegendstes Problem. Diese Minen kosten uns viel zu viele Männer und Fahrzeuge.«

»Oh«, sagte Joan.

»Sie sollten eigentlich gar nicht hier sein, Miss Seabrook. Wir mussten den anderen Offizieren etwas vormachen und so tun, als seien Sie wegen anderer Angelegenheiten im Land und wollten nur diesen glücklichen Zufall nutzen, um Ihren Bruder zu besuchen. Sonst wollen sie alle, dass ihre Ehefrauen und Freundinnen sie hier besuchen dürfen. Eine Exkursion ins Landesinnere wäre nicht nur verboten, sondern der schiere Wahnsinn.« In der langen Pause, die auf diese Worte folgte, räusperte sich Robert, sagte jedoch nichts. Von nebenan war ein angespanntes Telefonat auf Arabisch zu hören. »Sie interessieren sich vor allem für den Palast von Dschabrin, nicht wahr?«, fragte Singer. Joan nickte und schöpfte wieder Hoffnung. »Ja, der ist tatsächlich schön. Die Decken sind prachtvoll. Sehr farbenfroh«, erzählte er. Joan starrte ihn in stummem Jammer an.

Bald darauf aßen sie in dem Zelt, das als Offiziersmesse diente, zu Mittag. Obwohl mehrere Seitenpaneele aufgestellt worden waren, war es unerträglich heiß, denn die Luft bewegte sich nicht. Sie lag schwer auf dem Gelände wie ein ermattetes Tier. Joan krempelte sich die Ärmel so hoch wie möglich und kämpfte gegen den Drang an, sich am verschwitzten Haaransatz zu kratzen.

»Den Juli hättet ihr hier erleben sollen«, sagte Daniel. »Im Vergleich dazu ist es jetzt geradezu kühl. Wir hatten etwa fünfzig Briten hier, und fünfundvierzig davon sind vor Erschöpfung umgefallen, ich auch. Zwei sind daran gestorben.« Die meisten gemeinen Soldaten waren Omanis, doch viele Offiziere, vor allem die höherrangigen, waren Briten – sie hatten sich freiwillig für diese Entsendung gemeldet, mit der die britische Armee den Sultan in der aktuellen Krise unterstützte. Im Vergleich zu den Omanis wirkten sie alle riesig und merkwürdig bleich, obwohl alle braun gebrannt waren. Viele von ihnen hatten Sonnenbrand auf Nase und Stirn, einen golden ausgebleichten Schimmer im Haar, feuerrot bis dunkelbraun verbrannte Nacken, und ihr Geruch war durchdringend – das Aroma erhitzter Körper, nicht unbedingt unangenehm. Joan wartete schweigend auf das Essen, still und matt vor Enttäuschung. Sie hatte ja gewusst, dass sie Maskat kaum würde verlassen dürfen und dass Krieg herrschte. Dennoch hatte sie geglaubt, dass sie es irgendwie schaffen würde, all das zu überwinden und nach Dschabrin zu gelangen. In die Wüste. Doch Colonel Singer hatte nicht das kleinste Hintertürchen offen gelassen.

Sie blickte den Tisch entlang zu ihm hinüber. Er unterhielt

sich konzentriert mit Robert und einem weiteren Offizier. Singers Erscheinung mochte nicht gerade Respekt einflößend sein, doch sein Auftreten war es zweifellos. Diesem Mann nicht zu gehorchen kam gar nicht infrage.

»Er ist hart wie Teakholz«, bestätigte Daniel, als sie ihre Gedanken aussprach. »Genau der Mann, den man sich hier als Kommandanten wünscht. Schau nicht so niedergeschlagen drein, Joan. Ich dachte, du wärst hier, weil du mich besuchen willst? Allmählich kommt mir der Verdacht, dass das nur ein Vorwand war, damit du dir diesen Palast ansehen kannst«, sagte er.

»Natürlich nicht«, entgegnete Joan matt. Dampfende Schüsseln mit Krebseintopf und gegrilltem Fisch wurden aufgetragen, dazu Berge von duftendem Reis und Fladenbrot.

»Du meine Güte, das sieht ja köstlich aus«, bemerkte Rory.

»Ja, gutes Essen bekommen wir hier reichlich. Kein Vergleich zu meinem letzten Essen mit Robert und Marian.«

»Dschabrin, das ist der Palast, die Festung, die ich … die wir besichtigen wollten«, erklärte Joan. »Aber ich wusste nicht, dass andere Europäer bereits dort waren. Ich dachte, er sei verlassen und … unberührt. Colonel Singer hat vorhin davon gesprochen, als hätte er dort eben mal vorbeigeschaut, um sich die Zeit zu vertreiben.«

»Na ja, das ist in der Nähe von Nizwa, nicht? Da ist eine Garnison stationiert und weitere an Schlüsselstellungen am Fuß des Grünen Berges. Also war er natürlich schon da – er war so ziemlich überall in diesem Land. Das ist seine Aufgabe, Joan. Wir versuchen, die Minenleger aufzuhalten und ihnen die Nachschubwege auf den Berg abzuschneiden. Mit einem Fahrzeug kommt man da nicht hinauf. Bald hoffentlich nicht einmal mehr mit einem Esel, dann müssen sie die Frauen hinaufschicken.«

»Warum die Frauen?«, fragte Rory.

»Wir dürfen sie nicht aufhalten, geschweige denn durchsuchen. Die Rebellen auch nicht.« Er zuckte mit den Schultern und grinste flüchtig. »Verrückt, aber so ist es eben. Jeder Krieg gehorcht seinen ganz eigenen Regeln. Gleich nach den Minen ist unser größtes Problem das Wasser – es gibt keines. Wir werden von der Sonne gebraten, während wir da zwischen diesen Felsen herumklettern, und haben nur das zu trinken, was wir selbst mitnehmen. Wir sind mit einem kilometerlangen Zug Packesel unterwegs, aber auch die nützen uns nichts mehr, wenn es richtig steil wird. Ich habe gehört, wir könnten versuchen, Bergziegen dazu abzurichten, unsere Fässer zu tragen.« Er hielt inne und lächelte seine Schwester an. »Reiß dich zusammen, Joanie. Es hat keinen Zweck, mit beiden Fäusten an eine verschlossene Tür zu hämmern. Wie Singer vorhin gesagt hat, kannst du dich schon glücklich schätzen, dass du auch nur bis hierher kommen durftest.«

Daniels Stimme hatte einen ungeduldigen Unterton, und Joan wusste, dass ihre Enttäuschung daran schuld war. Es gelang ihm so oft, ihr das Gefühl einzuflößen, dass sie die Jüngere von ihnen beiden sei.

Sie aß eine Weile schweigend, während die beiden Männer sich über alte Freunde und ihre derzeitige Arbeit unterhielten. Es war seltsam, Rory von seiner Arbeit bei den Auktionen sprechen zu hören, wenn Daniel von Erkundungstrupps, Luftunterstützung und Hinterhalten erzählte. Offensichtlich war Rory ein wenig neidisch auf Daniels aufregendes, gefährliches Dasein, denn er bemühte sich anzudeuten, dass auch seine Tätigkeit viel Wissen und Organisationstalent verlangte. Die beiden neckten einander freundschaftlich, während sich Joan überflüssig vorkam und immer tiefer in diese stille Traurigkeit abrutschte, die sie seit ihrem Erlebnis mit Maude Vickery nicht mehr ganz losgeworden war. Ihr war klar, dass dies nicht der richtige Moment war, Daniel um das zu bitten, worum sie ihn unbedingt bitten musste. Sie wollte diesen ersten Besuch nicht verderben und selbst besser aufgelegt sein, wenn sie das anging. Nach einer Weile fiel den Männern ihr Schweigen auf. Rory stupste sie sacht mit der Schulter an und hielt ihr ein Stück Fladenbrot hin, und Daniel erkundigte sich: »Wie geht es Mum?« Bei der Frage zog es Joan das Herz zusammen. Sie blickte von ihrem Teller auf und versuchte, in seinem Gesicht zu lesen. Irgendetwas schwang in dieser Frage mit – die vertraute Ungeduld und noch etwas anderes, möglicherweise Schuldgefühle. Vielleicht, weil er schon so lange fort war oder weil er erst jetzt darauf kam, sich nach ihrer Mutter zu erkundigen. Sie überlegte sich ihre Antwort gut.

»Unverändert. Na ja, vielleicht ein bisschen besser. Sie bemüht sich.« Ein bedrückendes Schweigen folgte, geprägt von der Frustration, helfen zu wollen, aber nicht zu können. »Ich weiß nicht, was ich dir sagen soll, Dan. Sie vermisst dich schrecklich.«

»Ach ja?«, fragte er tonlos.

»Ja, natürlich!« Joan wappnete sich. Die Worte schienen von ganz allein hervorzusprudeln, nachdem sie sie so lange zurückgehalten hatte. »Sie versteht nicht, warum du nicht nach Hause kommst und sie besuchst. Und … ich verstehe es auch nicht.«

»Das hat sie gesagt, ja?«

»Ja! Nun ja, nicht in so deutlichen Worten … Aber es ist offensichtlich.«

»Tja, du hast schon immer nur gesehen, was du sehen wolltest, Joan.«

»Wie meinst du das?«, erwiderte sie.

»Ganz ruhig, Alter«, raunte Rory.

Daniel richtete den Blick in die Ferne und fuhr sich mit einer Hand übers Kinn. Nach längerem Schweigen streckte er die Arme aus und drückte Joans Hand mit beiden Händen.

»Ich weiß, du glaubst, ich hätte … dich mit alledem sitzen lassen«, sagte er. »Aber ich habe hier eine Aufgabe.«

»Du bekommst aber Heimaturlaub, das weiß ich genau … Alle Soldaten bekommen Urlaub. Ist es denn zu viel verlangt, sie zu besuchen? Du hast ja keine Ahnung, wie das ist, zu Hause mit ihr eingesperrt zu sein … mit ihrer ständigen Trauer.«

»Nein«, seufzte Daniel. »Nein, habe ich nicht. Aber ich kann es mir vorstellen.«

»Seit Dads Tod ist nichts mehr so, wie es war. Ich … ich will auch weg von Bedford. Ich will ein eigenes Leben. Aber wie könnte ich sie allein lassen?«

»Natürlich ist nichts mehr, wie es war«, sagte Daniel leise. »Wird es auch nie wieder. So ist das Leben.«

»Wirst du sie besuchen? In deinem nächsten Urlaub? Bitte, Dan.« Sie blickte in die silbrigen Augen ihres Bruders, die ihren eigenen so wenig ähnelten, und bemühte sich, seinen Blick festzuhalten. Er hatte ihr nie etwas vormachen können, und sie sah ihm an, dass er ihr nicht antworten wollte. Sie verstand nur nicht, warum.

»Ich versuche es, das verspreche ich«, sagte er schließlich.

Irgendetwas war zwischen Daniel und ihrer Mutter vorgefallen, während er wegen des Trauerfalls zu Hause gewesen war, doch Joan hatte keine Ahnung, was. Sie konnte nicht einmal raten. In den ersten, schwersten Tagen nach dem Tod ihres Vaters war ihr alles unsicher erschienen. Eine Zeit lang waren die drei Hinterbliebenen einander fremd gewesen, jeden Tag ein paar merkwürdige Momente lang. Ein missverstandener Blick, eine Kleinigkeit, eine Erinnerung, an die sich sonst niemand erinnerte. Sie hatten Trost gesucht – Kraft und Beruhigung – und es doch irgendwie nicht geschafft, das einander zu geben. Und zusätzlich zu all der Trauer und der Angst hatte dieses Versagen die Luft verpestet. Kurz vor Daniels Abreise war Joan fast mit ihm zusammengestoßen, als er aus dem Zimmer ihrer Mutter kam, mit steinerner Miene, angespanntem Kiefer und – erschreckenderweise – Tränen in den Augen. Daniel weinte nie. Am Grab ihres Vaters hatte die Trauer sein Gesicht verzerrt und ihn um Jahre älter wirken lassen, doch geweint hatte er nicht. Er hatte sich wortlos an ihr vorbeigedrängt, und Mum, die in einer Steppjacke im Bett gesessen hatte, umringt von Kondolenzkarten und feuchten Taschentüchern, hatte bleich und erschüttert zu ihr aufgeblickt. So hatte sie allerdings ständig ausgesehen nach dem plötzlichen und brutalen Tod ihres Mannes. Als Joan gefragt hatte, was geschehen sei, hatte Mum nur stumm den Kopf geschüttelt. Daniel war noch vor dem Ende seines Sonderurlaubs wieder abgereist, was Joan erst recht zusammenbrechen ließ. In seinem nächsten Urlaub war er gar nicht nach Hause gekommen, und sosehr sich Joan auch bemüht hatte, ihre Mutter hatte weiterhin eisern geschwiegen.

Ehe sie nach Maskat zurückfuhren, zeigte ihnen Daniel das Zelt, in dem er wohnte. Es war spärlich eingerichtet und sehr ordentlich: ein Bett, eine Truhe, Schreibtisch und Stuhl, ein Schrank und ein Regal. Alles praktisch und nicht gerade schön. Joan griff nach seinem roten Barett und strich mit dem Daumen über das silberne SAF-Abzeichen mit den zwei gekreuzten Krummdolchen. Daniels Gewehr, Pistole und die Munition waren sorgfältig verwahrt, und bei ihrem Anblick überlief Joan ein Schauer. Diese Dinge waren allzu real – sie konnte sich nicht an den Gedanken gewöhnen, dass ihr kleiner Bruder mit solchen Sachen hantierte, sie gegen einen anderen Menschen einsetzte. Er versah seinen Dienst seit sechs Jahren in Krisengebieten, doch für Joan war es unvorstellbar, dass er Menschen tötete.

»Was, wenn die Rebellen aus dem Gebirge herunterkommen? Solltet ihr nicht eine gemauerte Unterkunft haben, irgendetwas Solideres?«, fragte Rory.

»Ja, schon. Aber der Sultan hat nicht viel Geld, und wir brauchen dringender Verstärkung und mehr Fahrzeuge als gute Unterkünfte«, erklärte Daniel. Joan ließ den Blick durch das Zelt schweifen und suchte nach Andenken an daheim, fand jedoch nichts. Nicht einmal ein Foto. »Es könnte schlimmer sein. Zumindest bin ich auf dem Stützpunkt untergebracht. Colonel Singers Bungalow ist da drüben, jenseits des Zauns auf der anderen Seite des Wadis. Vor ein paar Wochen hat es hier heftig geregnet, und das Wadi wurde zum reißenden Fluss. Der Colonel saß zwei Tage lang da drüben fest. Er hatte gerade erst seine Frau hergeholt, und im Bungalow gab es noch kein Bad, keine Toilette – nur ein Plumpsklo im Schlafzimmer.«

»Igitt, die arme Mrs. Singer! Wo wir gerade davon sprechen, wo ist denn hier das Örtchen?«, fragte Joan.

»Musst du zur Toilette? Nimm bloß nicht die Campingtoiletten, die stinken – was die Skorpione allerdings nicht zu stören scheint. Geh in die Festung und dann nach rechts. Ach, ich bringe dich hin.«

»Nein, lass nur, ich finde es schon. Bei dieser Hitze kann ich einfach der Nase nachgehen.«

Joan spazierte zu der blendend weißen Festung hinüber, und der erste Hauch eines heißen Windes wirbelte den Sand um ihre Füße auf. Die Brise war nicht erfrischend, aber besser als nichts, und sie atmete tief ein. Der Dschabal al-Achdar, der Grüne Berg hinter ihr, wirkte wachsam und böswillig. Joan wusste nicht viel über Teleskope und Ferngläser und die Entfernungen, die sie überwinden konnten. Und sie ertappte sich bei dem Gedanken, ob sie möglicherweise über viele Kilometer hinweg beobachtet wurde – von einem Feind, der bereit war, sie zu töten. Die Haut zwischen ihren Schulterblättern spannte sich an, doch als sie sich umdrehte, lagen die schwarz beschatteten Schluchten und steilen Klippen so weit weg, dass ihr klar wurde, wie albern dieser Gedanke war. So beängstigend sie den Berg auch fand, fragte sie sich irrwitzigerweise dennoch, wie es wohl wäre, näher heranzugehen. Die Vorstellung fühlte sich an wie eine Mutprobe. *Ich wusste, dass ich das kann, also habe ich es gemacht.* Sie schob den Gedanken beiseite, und Daniels Stimme hallte in ihrem Kopf nach und mahnte sie, nicht so kindisch zu sein. Trotzdem winkte sie dem Berg zu – ein ausladendes Winken mit dem ganzen Arm. Sie konnte nicht anders. Das hatte sie schon als kleines Kind getan, genau wie ihr Vater, wann immer sie einen großen Hügel erklommen oder einen großartigen Ausblick genossen hatten. Man musste den Leuten zuwinken, die zufällig gerade aus jener dunstigen Ferne herüberschauten, eine Geste der Verbindung mit der Welt um einen herum und den anderen Menschen. Und wenn nicht die ganze Familie dabei gewesen war, hatten sie auch jenen zugewunken, die zurückgeblieben waren. *Wir haben euch vom Gipfel aus zugewunken – habt ihr uns gesehen?*

Robert und Marian standen schon neben dem Wagen, als sie zurückkam, und Robert tippte deutlich an seine Armbanduhr. Sie nickte und wies auf das Zelt, doch als sie es erreichte, zögerte sie. Von drinnen hörte sie Rory und Daniel sprechen, aber die beiden unterhielten sich nicht oder scherzten. Sie flüsterten fast, und es klang sehr angespannt. Nach der grellen Sonne draußen kam ihr das Innere des Zeltes dunkel vor, ihre Gesichter so undeutlich wie ihre Worte. Sie sah, wie Rory sich mit der Hand durchs Haar fuhr. Daniel stand vor ihrem Verlobten, die Arme steif am Körper, als könnte er jeden Moment auf ihn losgehen. Der Anblick ließ Joan zögern. Sie hatte die beiden noch nie streiten gesehen, nicht ein einziges Mal in den zwölf Jahren ihrer Freundschaft, und sie konnte sich nicht vorstellen, worum es dabei gehen mochte. Rory wollte noch etwas sagen, doch Daniel fiel ihm ins Wort, die beiden verstummten, und Joan setzte ihren Weg mit möglichst lauten Schritten fort.

»Dan, ich fürchte, wir müssen jetzt fahren«, verkündete sie, ehe sie eintrat. Rory wandte sich ab und betrachtete die Gegenstände auf Daniels Schreibtisch, als gäbe es dort etwas Faszinierendes zu finden. Daniel blinzelte, doch ansonsten blieb sein Gesicht unnatürlich regungslos. Dann blickte er sie an und lächelte schief.

»Natürlich, Joanie.«

»Ist ... alles in Ordnung?«, fragte sie. Rory wandte sich mit einem seltsamen Gesichtsausdruck zu ihr um – ein mattes Lächeln mit einem nervösen Zug um die Augen. Er kam zur Tür und bot Joan seinen Arm an.

»Ja, natürlich. Was soll denn sein?«, erwiderte Daniel. Joan hakte sich bei Rory unter. Er wirkte wieder ganz entspannt, und sie fragte sich, ob sie sich geirrt hatte. Zu dritt gingen sie zum Wagen hinüber und verabschiedeten sich, nachdem eine Einladung zum Abendessen in Maskat für Colonel Singer, Daniel und einige andere Offiziere für das Wochenende ausgesprochen worden war.

Als sie vor den Stufen der Residenz aus dem Wagen stiegen, bemerkte Joan eine markante Gestalt auf dem Vorhof, die im Schatten des Zollamts nebenan auf jemanden zu warten schien. Augenblicklich erkannte sie Maudes Sklaven Abdullah. Er stand still und aufrecht da wie eine Säule, ohne irgendeine Geste, und verfolgte nur jede ihrer Bewegungen mit den Augen.

»Wer ist das?«, fragte Rory.

»Das ist Maude Vickerys Diener. Geht doch schon rein, ich frage ihn, warum er hier ist.« Joan ging zu dem alten Mann hinüber. Sie standen fast unter dem hoch aufragenden Fahnenmast, an dem der Union Jack sich in einer leichten Brise kräuselte. »Hallo, Abdullah. Salam aleikum«, begrüßte sie ihn mit zweien der drei arabischen Wörter, die sie kannte.

»Aleikum salam, Sahib«, entgegnete Abdullah mit seiner hellen Stimme, ehe er in makellosem Englisch erklärte: »Madam wünscht, Sie wiederzusehen, wenn das möglich ist.«

»Mich ... ja, natürlich. Natürlich komme ich, wenn sie das möchte«, sagte Joan.

»Sie möchte.« Abdullah wandte sich ab, als wollte er gehen.

»Moment bitte – wann soll ich denn vorbeikommen?«

»Wann es Ihnen beliebt, Sahib.« Er neigte den weißhaarigen Kopf.

»Morgen? Dann komme ich morgen, ja?«

»Inschallah.«

»Abdullah, ich möchte Ihnen noch etwas sagen. Miss Vickery hat mir von Ihrer ... Position erzählt. Wissen Sie, dass Sie nur diesen Fahnenmast zu berühren brauchen, um frei zu sein? Jeder Sklave hat das Recht dazu. Das sagt das Gesetz«, erklärte sie zögerlich. Der Blick des alten Mannes folgte dem hohen, weißen Mast bis zu der Flagge vor dem gleißenden Himmel. Dann sah er wieder Joan an, und sie glaubte, den Anflug eines Lächelns auf seinem Gesicht zu sehen, als er sich abwandte und ging.

Nachts waren die Boote, die dicht gedrängt im Hafen lagen, nur noch als silbrige Risse vor dem dunklen Hintergrund zu erkennen, die aufschienen und wieder verschwanden, wenn ein Lichtschein aus der Stadt sie traf und wieder verlor. Unsichtbar jenseits der Hafenmauer lag eine Fregatte der Marine vor Anker. Deren Kommandant und weitere Offiziere saßen nun in der Residenz, tranken Whisky mit Robert, rauchten Zigarren und unterhielten sich über Dinge, die Touristen nichts angingen. Hin und wieder war polterndes Männerlachen zu hören. Joan stand, über das Geländer gebeugt, vor der Residenz am Wasser, und lauschte dem sanften Klatschen der Wellen an der Mauer. Al-Dschalali, die Festung, die als Gefängnis diente, war ein massiger Umriss vor dem Nachthimmel. Kein einziges Licht brannte darin. Joan war müde, ihr Körper bleischwer, und dennoch fühlte sie sich hellwach. Zunächst hatte sie gedacht, das läge an der Freude darüber, dass Maude Vickery sie wiedersehen wollte – und sie war tatsächlich aufgeregt. Die Vorfreude wog beinahe ihre Enttäuschung darüber auf, dass Colonel Singer den Palast von Dschabrin schon gesehen hatte und sie nicht dorthin reisen konnte. Doch es war eher der leise Streit zwischen Rory und Daniel, der ihr keine Ruhe ließ. Sie hatte die Szene nur halb gesehen, halb gehört, und doch war sie sicher, dass sie sich nicht getäuscht hatte. Sie sah zu, wie der Mond unheilvoll am dunstigen Horizont aufging, und überlegte sich ein paar mögliche Gründe für diesen Streit. Die kleinen Wellen schwappten heran, und die Umrisse der

Boote wurden sichtbar und verschwanden wieder. Schließlich ging Joan wieder hinein und stieg ins oberste Stockwerk hinauf.

Obwohl die Flure still dalagen, zögerte sie ein wenig, als sie die oberste Stufe erreichte. Sie war zitterig vor Nervosität – vielleicht sollte sie besser bis zum Morgen warten. Es gäbe einen Skandal, wenn man sie um diese Uhrzeit auf dem Weg zu Rorys Zimmer erwischte. Doch sie wollte nicht bis morgen warten, sie würde keinen Schlaf finden, bis sie mit ihm gesprochen hatte. So leise wie möglich ging sie zu seiner Tür, klopfte sacht und schlüpfte ins Zimmer, ehe sie seine Antwort vernahm. Ihn ein wenig zu erschrecken war immer noch besser, als draußen ertappt zu werden. Zunächst dachte sie, er schlafe schon tief und träume schlecht – im Bett an der gegenüberliegenden Wand nahm sie Bewegung und leise Geräusche wahr.

»Rory? Bist du wach?«, flüsterte sie. Im schwachen Mondlicht sah sie, wie die Bewegung abrupt aufhörte, und dann fuhr Rory erschrocken hoch.

»Wer ist da?«, rief er.

»Psst! Um Himmels willen, sei leise! Ich bin es nur.«

»Joan! Du meine Güte, mir wäre beinahe das Herz stehen geblieben«, flüsterte er.

»Was hast du da eben gemacht?«

»Was? Nichts, ich ... Was ist denn los? Warum bist du nicht im Bett?«

Joan trat zum Fenster und öffnete die Fensterläden einen Spalt weit, um mehr Licht hereinzulassen. Dann setzte sie sich zu ihm auf die Bettkante. Rory ließ die dünne Bettdecke um seine Hüfte fallen – der Gedanke, dass er am liebsten nackt schlief, lenkte sie ab.

»Ich konnte nicht schlafen«, erklärte sie. »Ich war draußen

und habe aufs Meer geschaut. Also ... Ich wollte dich etwas fragen.«

»Ich hoffe doch, du hast da draußen nicht geraucht. Dass du verhaftet wirst, ist das Letzte, was wir brauchen können.«

»Dann bekäme ich wenigstens eine Festung von innen zu sehen – auch wenn es nur Al-Dschalali ist. Rory ... worüber hast du mit Daniel gestritten? Heute Nachmittag, bevor wir zurückgefahren sind?«

»Was? Wir haben nicht gestritten«, erwiderte er, und sein aufgesetzt ahnungsloser Tonfall verriet ihr, dass sie ihre Augen nicht getrogen hatten und dass er log.

»Komm schon, Rory. Was immer es ist, mir kannst du es doch sagen. Ich verspreche auch, mich nicht aufzuregen. Du weißt, wie lieb ich euch beide habe.«

»Wirklich, da war nichts, Joan. Nichts, worum du dir Gedanken machen müsstest.« Dass er ihr etwas vormachen wollte, machte ihr eher noch mehr Sorgen.

Sie musterte ihn im fahlen Mondlicht und erkannte immer mehr Details, je besser ihre Augen sich auf das Halbdunkel einstellten. Er hatte die Hände im Schoß gefaltet. Seine Schultern bildeten eine breite Silhouette vor dem Kopfteil des Bettes, und gekräuselte Härchen färbten seine Brust dunkler. Seine Augen lagen im Schatten, doch seine Haut glänzte leicht feucht. Sie schaute an ihm hinab bis zu den breiten Füßen, die unter der Bettdecke hervorlugten.

»Daniel hat dir schon immer alles anvertraut. Ich weiß, dass er dir Dinge erzählt, die er mir nicht erzählt«, erklärte sie leise. »Und das ist in Ordnung, vielleicht muss es sogar so sein. Ich bin schließlich nur seine Schwester. Du bist sein bester Freund.«

»Er vergöttert dich, Joan. Das weißt du doch.«

»Ich weiß. Ja, das weiß ich.« Sie löste eine seiner Hände

von der anderen und verschränkte die Finger mit seinen. Seine Handfläche war klamm. »Hat er … hat er dir erzählt, was zwischen ihm und Mum vorgefallen ist, dass er gar nicht mehr nach Hause kommt? Ich glaube, sie haben sich wegen irgendetwas zerstritten.«

»Nein. Nein, er hat mir nichts gesagt.«

Joan starrte ihn durchdringend an. Sie wünschte, sie könnte es wagen, das Licht anzuschalten, damit sie ihn richtig sehen konnte.

»Ging es dann vorhin um mich? Ich meine, um uns? Um die Hochzeit?« Sie erkannte augenblicklich, dass sie richtiglag. Rorys Kiefer spannte sich an, und er wich ihrem Blick aus. Mit den Fingern der freien Hand strich er über das Bettlaken, und sie spürte, dass er auch die andere Hand lieber zurückhaben wollte. Sie hielt sie noch fester. »Rory«, flüsterte sie, und das Herz schlug ihr bis zum Hals. »Willst du mich noch heiraten?«

»Joan …« Rory wandte sich ihr wieder zu und schluckte. »Ach, Joan, natürlich will ich! Ich verstehe nicht, wie du daran zweifeln kannst – warum du überhaupt fragen musst!«

Er zog sie zu sich heran. Joan schwang die Beine neben ihn aufs Bett und schmiegte sich an seine Brust – so tröstlich und verboten. Zaghaft legte sie die flache Hand auf seinen Bauch. Sein Körper war der einzige, abgesehen von ihrem eigenen, den sie je so berührt hatte, und die Unterschiede zwischen ihnen beiden faszinierten sie jedes Mal aufs Neue. Sie wollte jeden Zoll von ihm kennenlernen. Langsam schob sie die Hand bis zu seinen Rippen empor.

»Es ist nur … schon so lange. Dass wir verlobt sind, meine ich. Und dass wir zuletzt darüber gesprochen haben, einen Termin festzulegen.«

»Na ja, seit dem Tod deines Vaters … dachte ich, wir –«

Rorys Stimme brach. Er räusperte sich, und seine Zunge stieß mit einem trockenen Klicken an seinen Gaumen. »Ich dachte, wir wären uns einig. Deine Mutter braucht dich im Moment zu Hause, und eine Hochzeit lässt sich viel schöner feiern, wenn … die Trauer ein wenig abgeklungen ist. Und wir brauchen Zeit, um dafür zu sparen. Für die Hochzeit, die wir uns wünschen, und für das Haus, das wir kaufen wollen … Es wäre doch Unsinn, eine kleine Wohnung zu kaufen und gleich wieder umziehen zu müssen, sobald das erste Baby kommt – wenn wir das, was wir möchten, auch von Anfang an haben können.« Während er sprach, gewann seine Stimme an Überzeugungskraft.

»Ja, das weiß ich alles. Ich bin nur … Ich habe es allmählich so satt, zu Hause bei Mum zu sitzen. Ich glaube, ich wünsche mir, der Rest meines Lebens würde endlich anfangen. Früher, als wir vielleicht angedacht hatten.«

»Joan …«

»Sehnst du dich gar nicht danach, verheiratet zu sein? Ich meine … als Mann und Frau zusammen sein zu können? Ich schon.« Sie spürte seine Rippen, die sich unter ihrer Wange hoben und senkten, und hörte das leise Rauschen seines Atems.

»Aber natürlich, Joan. Ich … ich dachte nur, du wolltest noch warten.«

»Dann legen wir bald ein Datum fest?«

»Ja, bald. Ich verspreche es dir. Lass uns wieder darüber reden, wenn wir zu Hause vor dem Kalender sitzen.« Er küsste sie auf den Kopf. Sie spürte seinen warmen Mund, und etwas regte sich tief in ihr.

»Ging es bei eurem Streit darum? Hat Daniel dir zugesetzt, mich endlich zu einer ehrbaren Frau zu machen?«

»Daniel … will nur dein Bestes«, sagte Rory, und Joan lächelte.

»Er ist meistens so schroff und ungeduldig mit mir, dass ich das manchmal vergesse.«

»Aber es stimmt. Wirklich.«

»Danke, Rory. Danke, dass du mit mir hierhergekommen bist. Ich weiß nicht, ob ich diese Reise je gemacht hätte, wenn du Nein gesagt hättest, und … ich bin so froh, dass wir jetzt hier sind«, sagte sie. Rory küsste noch einmal ihr Haar.

»Gern geschehen«, murmelte er undeutlich.

Sie blieb noch ein wenig länger. Die Glut ihres Verlangens kühlte sich ab, und sie wurde schläfrig. Sie küsste ihn auf den Mund und merkte, dass die Anspannung ganz aus seinem Körper verschwunden war. Er roch und schmeckte so wunderbar vertraut. Seine Lippen waren weich, so weich wie ihre eigenen. Schließlich stand er auf und vergewisserte sich, dass die Luft rein war, ehe sie aus seinem Zimmer schlüpfte.

»Vielleicht«, flüsterte sie auf der Schwelle, »ist das der letzte fünfzehnte November, den du als Junggeselle erlebst.« Sie lächelte ihn an, konnte aber sein Gesicht im Dunkeln nicht sehen. Manchmal brandete die Liebe zu ihm ihr durch Leib und Seele wie eine Welle.

»Darauf würde ich wetten«, sagte er. »Und jetzt ab ins Bett, schamlose Verführerin.«

Schamlose Verführerin. Joan lächelte in ihrem Schlafzimmer in sich hinein. Sie sah sich selbst überhaupt nicht so, und es passte auch nicht zu der Art, wie sich ihre Beziehung zu Rory entwickelt hatte. Nein, sie waren langsam und in voller Gewissheit zusammengewachsen wie zwei Bäume, die ruhig und stetig ihre Äste miteinander verschränkten. Zuallererst war er Daniels Freund gewesen, seit seiner aufregenden ersten Woche an der großen Schule.

Ihr Vater hatte seit Daniels Geburt Geld zurückgelegt, um ihn als Tagesschüler an seine Alma Mater, St. Joseph's Hall, schicken zu können. Er sagte stets, seine fünf Jahre an dieser Schule seien mit die glücklichsten seines Lebens gewesen. Joan musste sich mit der örtlichen Oberschule zufriedengeben. Und sie war auch zufrieden, denn Ponys interessierten sie viel mehr als die Schule. Rory war ebenfalls als Tagesschüler dort, und die beiden taten sich sofort zusammen, weil die Internatsschüler sie wie Aussätzige behandelten. Er war über die Weihnachtsferien zum ersten Mal bei ihnen zu Hause gewesen – ein ungelenker Junge, mit elf Jahren schon einen Kopf größer als Joans Bruder. Joan war damals noch nicht ganz dreizehn gewesen, sich aber schon sehr erwachsen vorgekommen. Der lockenköpfige Freund ihres Bruders interessierte sie nicht weiter, aber er hatte ein so sanftes Lächeln, dass man ihn spontan umarmen wollte.

Von da an war er ein fester Bestandteil von Daniels Leben und damit auch von Joans, in den trübseligen Nachkriegsjahren, als alles nach Staub und Schutt roch, es nur scheußliches Essen gab und Joans Schulrektorin während der allmorgendlichen Schulversammlung um ihre verlorenen Söhne weinte. Sieben Jahre vergingen, bis Rory achtzehn und Joan fast zwanzig Jahre alt war, ehe sie ihn nicht mehr nur als Daniels Freund, sondern als ihren Freund betrachtete. Bis sie viel mehr in ihm sah. In der Nacht nach ihrer Uni-Abschlussfeier tranken sie zu viel und streiften durch die Straßen, während der farblose Morgen anbrach und den Nachthimmel bleichte. Sie sahen einander stolz und verwundert an, wie Menschen es tun, wenn sie die ganze Nacht lang auf waren. Sie lachten, weil ihnen diese Nacht so verrückt erschien und ihre Müdigkeit alles unwirklich erscheinen ließ. Schließlich hielten sie ein Taxi an, das sie zu Joans Studentenbude fuhr, und auf dem grauen, muffig-feuchten Rücksitz schlief Daniel zwischen Joan und Rory ein. Mit halb offenem Mund sank er an die Schulter seiner Schwester. Ihre Hand lag auf Daniels Arm, und auf einmal spürte sie Rorys Hand auf ihrer. Er beugte sich an seinem Freund vorbei, berührte ihr Gesicht und küsste sie, und das fühlte sich vollkommen natürlich und richtig an. Der Kuss war zart und gemächlich. Dann fuhr das Taxi durch ein Schlagloch, beide schlugen mit dem Kinn auf Daniels Kopf, und während sie darüber lachten, blieben ihre Finger auf Daniels Arm fest miteinander verschränkt.

Joan erwachte spät und stellte fest, dass die Sonne sich hinter dicken Wolken verbarg. Die Luft war warm, reglos und feucht.

»Wird es Regen geben?«, fragte sie Robert, während sie auf der Terrasse hastig frühstückte. Er war ein wenig grün im Gesicht und nippte mit grimmiger Entschlossenheit an einer Bloody Mary.

»Schon möglich. Willst du ausgehen?«

»Ich bin bei Miss Vickery eingeladen, weißt du nicht mehr?«

Robert brummte und nickte zur Antwort. Von Marian war keine Spur zu sehen. Rory saß in einem Liegestuhl, der zum Meer hin ausgerichtet war, und las Zeitung. »Was hast du vor, solange ich weg bin?«, erkundigte sich Joan.

»Was ich jetzt gerade tue, ist mein ganzer Plan für den Tag«, antwortete er lächelnd. »Heute ist schließlich Sonntag. Aber ich wünschte, ich dürfte dich begleiten. Du solltest hier wirklich nicht allein herumlaufen.«

»Unsinn, mir passiert schon nichts. Viel Spaß mit deiner Zeitung.« Sie küsste ihn leicht auf die Wange und beeilte sich, aus dem Haus zu kommen.

Den Weg zu Maude Vickerys Haus legte sie ganz ohne die überwältigende, ominöse Bedeutungsschwere zurück, die sie beim ersten Mal empfunden hatte. Es fühlte sich viel einfacher an, eingeladen zu sein, statt widerwillig vorgelassen zu werden. Joans Schritte waren beschwingt, und sie begrüßte Abdullah mit einem fröhlichen Lächeln, das er nicht erwiderte. Er blieb so steinern und undurchdringlich wie immer, so tiefernst, dass sich Joan fragte, ob sie sich den Hauch eines Lächelns gestern nur eingebildet hatte.

»Soll ich direkt hinaufgehen?«, fragte sie ihn.

»Wenn Sie so freundlich wären, Sahib«, antwortete er und neigte steif den Kopf. Joan fiel auf, dass Abdullah ihr auf sehr subtile Weise respektvoller begegnete als zuvor.

»Ist das Miss Seabrook? Kommen Sie herauf, kommen Sie!«, rief Maude von oben. Erdgeschoss und Treppe waren größtenteils von Schmutz und Kot befreit worden. Ein Hauch von Ammoniak hing noch in der Luft, halb verschleiert von Weihrauchduft. Auf der Rückseite des Hauses war ein Fenster oder eine Tür geöffnet worden, Joan konnte es nicht sehen – nur das Tageslicht, das in das düstere Haus fiel. Als sie die Treppe hinaufstieg, wurde sie von einem Schwall frischer Luft begleitet.

Die beiden Salukis schliefen in ihrem Hundebett vor der Wand, genau wie beim letzten Mal. Maude saß näher an ihrem Schreibtisch, der mit Unterlagen und Stiften übersät war, als hätte sie an etwas gearbeitet. Der Ring mit dem blauen Stein, den zu berühren sie Joan so energisch verboten hatte, lag an genau demselben Platz in der Stiftablage. Offenbar rührte Maude ihn auch nicht an. Im fahlen Licht des trüben Tages sah sie älter aus. Ihr Gesicht und ihr Haar wirkten leblos und matt.

»Schreiben Sie an einem neuen Buch, Miss Vickery?«, fragte Joan nach einer höflichen Begrüßung.

»Nein. Nun ja, vielleicht. Ich denke darüber nach, meine

Memoiren zu verfassen. Aber da ist so viel, wissen Sie, und vieles ist so lange her. Ich weiß kaum, wo ich anfangen soll.« Sie lächelte knapp. »Ist vielleicht auch nicht so wichtig – ein Projekt aus reiner Eitelkeit. Ich glaube kaum, dass jemand so ein Buch lesen würde.«

»Aber natürlich! Vor allem, wenn Sie über Ihre Durchquerung der Wüste schreiben würden. Die Leute ... viele Leute wissen gar nicht, dass Sie das getan haben, weil Sie nie einen ausführlichen Reisebericht verfasst haben.« Maude nickte, schwieg jedoch. Ihre Lippen waren zu einem schmalen Strich zusammengepresst. »Ich habe mich schon öfter gefragt ... woran das liegen mag?«, fuhr Joan vorsichtig fort. »Warum Sie nie darüber geschrieben haben, meine ich.«

»Tja«, sagte Maude und sog dann scharf Luft durch die Nase ein. »Ich sah keinen Sinn darin, weil dieser Elliot mir nun mal zuvorgekommen war ... Wer interessiert sich schon für den Zweitplatzierten? Die Historie jedenfalls nicht. Das war schon immer so«, erklärte sie. »Die Leute wissen nicht mehr, wer ich bin, daheim in England.«

»Doch, sicher. Ich weiß ja auch, wer Sie sind, oder? Und bitte nennen Sie mich Joan.«

»Also schön, Joan. Man erwähnt mich also noch hin und wieder? Und schreibt auch über mich, wenn es um die Geschichte der Entdeckung Arabiens geht?«

»Selbstverständlich«, antwortete Joan nach kurzem Zögern. Das war eine kleine Lüge, und gut gemeint. In Wahrheit war Maude Vickery außerhalb eines spezialisierten kleinen Kreises so gut wie vergessen. »Immerhin waren Sie die erste Frau, die die Wüste durchquert hat.«

»Und schreibt man noch über Nathaniel Elliot?«

»Nun ... ja, natürlich. Er ist berühmt – schließlich war er einer der großen Entdecker.«

»War? Lebt der Mann nicht mehr?«, fragte Maude abrupt.

»Doch. Aber er hat sich inzwischen zur Ruhe gesetzt. Er muss ja schon über achtzig sein.«

»Er ist dieses Jahr achtzig geworden«, sagte Maude.

»Ach, natürlich. Sie kannten ihn ja sehr gut. Sie waren Freunde, schon seit Ihrer Kindheit, nicht wahr? Ich habe einmal gelesen, er gehörte beinahe zu Ihrer Familie. Haben Sie noch Kontakt zu ihm?«

»Ich habe diesen Mann seit fast einem halben Jahrhundert weder gesehen noch mit ihm gesprochen.« Maudes Tonfall war scharf. »Zur Ruhe gesetzt, sagen Sie ... Das kann ich mir kaum vorstellen. Nein, ich kann mir nicht vorstellen, dass er jemals einfach aufhören würde.«

»Nun, vielleicht kommt für jeden von uns ein Zeitpunkt, da es klüger ist ... ein wenig kürzerzutreten.«

»Ja, wir werden ja sehen, wie bereitwillig Sie das akzeptieren, wenn es bei Ihnen so weit ist, Joan«, erwiderte Maude spitz. »Nun, ich habe Sie nicht hergebeten, um mit Ihnen über Nathaniel Elliot zu sprechen.« Ihr Tonfall machte deutlich, dass sie keinen Widerspruch duldete. »Seien Sie so gut und schieben Sie mich zum Sofa hinüber, ja? Und dann setzen Sie sich hin, wo ich Sie sehen kann.«

Vorsichtig manövrierte Joan Maudes Rollstuhl hinter dem Schreibtisch hervor. Sie hatte erwartet, dass der Stuhl sehr schwer sein würde, doch das war er nicht. Aus der Nähe sah Joan umso deutlicher, dass Maude nur noch Haut und Knochen war, so zart und zerbrechlich wie ein Vogel. Sie bemerkte eine Narbe in Maudes Nacken, dicht unter dem Haaransatz. Der Streifen silbriger Haut war etwa so lang wie ein Finger und ungleichmäßig erhaben wie eine Brandnarbe.

»Du meine Güte, woher haben Sie diese schreckliche Narbe, Miss Vickery?«, fragte sie und erkannte im selben Moment, wie unhöflich das von ihr war. Eine unbehagliche Pause entstand, ehe Maude antwortete.

»In meinem Nacken?«, fragte sie. »Die Beduinen haben mich gebrandmarkt. Das hat höllisch wehgetan.«

»Sie gebrandmarkt? Das ist ja barbarisch! Warum, um Himmels willen, haben sie das getan?«

»Ach, sie wollten mir nur helfen. Die Beduinen heilen alles Mögliche mit Brandmarken, von Zahnschmerzen bis zum bösen Blick. Ich glaube, sie dachten damals, ich sei besessen.« Ihr beiläufiger Tonfall klang einstudiert – etwas Finsteres schlich sich hinein, das Joan davon abhielt, weiter nachzufragen, so neugierig sie auch sein mochte. Abdullah brachte einen Teller Mezze zu ihrem Tee, doch Maude würdigte die Häppchen kaum eines Blickes. »Also, Joan, haben Sie Ihren Bruder schon besuchen können?«, erkundigte sie sich.

»Ja, erst gestern. Es war herrlich, ihn wiederzusehen, auch wenn wir nicht lange bleiben konnten.«

»Und wie weit sind Sie mit dem Versuch gekommen, jemanden zu überreden, Sie hinaus nach Dschabrin zu bringen?« Maude klang belustigt, aber nicht boshaft.

»Genau so weit, wie Sie vorhergesagt hatten, Miss Vickery.« Joan konnte nicht verhindern, dass man ihr die tiefe Enttäuschung anhörte. Maude lachte leise.

»Ach, meine Liebe, schauen Sie nicht so niedergeschlagen. Dschabrin hätte Ihnen nie das gegeben, wonach es Sie verlangt.«

»Ja, das haben Sie mir ja gesagt. Ich hatte wohl gehofft, ich könnte trotzdem irgendeinen Weg finden«, entgegnete sie. Maude brummte anerkennend.

»Es gibt immer einen Weg. Jetzt kennen Sie die Regeln und wissen, was erlaubt ist und was nicht. Die Frage lautet: Wenn Sie wirklich entschlossen sind, dorthin zu gelangen, werden Sie sich von irgendwelchen Umständen aufhalten lassen?«

Joan wartete einen Moment mit ihrer Antwort und versuchte, in Miss Vickerys Gesicht zu lesen. Die Miene der alten Frau war lebhaft geworden, und ihre Augen blitzten schelmisch.

»Ich … Mir bleibt nichts anderes übrig, als mich aufhalten zu lassen«, sagte sie schließlich. »Auch ohne Sultan Saids Verbot wäre niemand bereit, mich dorthin zu bringen. Die einzige Straße ins Landesinnere ist vermint. Die Army war meine größte Hoffnung, aber Colonel Singer sagt –«

»Ja, ja, die haben Ihnen gewiss erzählt, es sei praktisch unmöglich. Mir haben auch eine Menge Leute gesagt, das Leere Viertel zu durchqueren sei unmöglich. Sie haben mir erklärt, eine Frau könne nicht mal im Traum daran denken. Und dass ich darin umkommen würde, wenn ich es doch versuchte.« Maude stieß mit dem Zeigefinger auf die Armlehne ihres Rollstuhls und unterstrich damit jeden Satz.

»Ja, ich verstehe schon. Aber immerhin herrscht zurzeit Krieg, und … Sie haben mir selbst gesagt –«

»Pah! Ein paar Scharmützel, nach allem, was ich höre.«

»Und … Sie hatten zumindest ein wenig Unterstützung.« Ein eisiges Schweigen entstand, und Joan beeilte sich, es zu unterbrechen. »Ich meine … Sie hatten die Beduinen als Führer und … und zumindest eine Ahnung, welchen Weg Sie einschlagen mussten. Nathaniel Elliot hatte es schon geschafft, und …« Sie verstummte, denn irgendein heftiges Gefühl ließ Maudes Gesicht erstarren. Sämtliche Muskeln unter der fahlen Haut waren angespannt, und da war ein kleines Zucken über einem Mundwinkel. Das Schweigen zog und zog sich. Joan wurde unter diesem funkelnden Starren immer unruhiger, bis sie bemerkte, dass Maude sie gar nicht mehr ansah. Ihr Blick war auf etwas anderes gerichtet, weit in die

Vergangenheit, weit weg. Nach einer Weile begannen sich ihre Lippen stumm zu bewegen und Worte zu formen, die Joan nicht lesen konnte.

Schließlich blinzelte Maude und wandte den Kopf zum Fenster. Ihre Finger krallten sich um die Armlehnen ihres Rollstuhls, packten zu, lockerten sich, packten wieder zu. Sie atmete ein paar Mal tief und langsam durch.

»Was ist heute für ein Tag?«, fragte sie.

»Sonntag, Miss Vickery«, antwortete Joan verwundert.

»Das dachte ich mir. Ich gehe seit fast fünfzig Jahren nicht mehr zur Kirche, aber ich merke es immer noch, wenn Sonntag ist. Der Tag fühlt sich anders an.« Sie seufzte und trank einen Schluck Tee. »Zur Kirche gehen, das fehlt mir. Dieses tröstliche Ritual, verstehen Sie? Und das Ganze hatte etwas zutiefst Englisches – alle Nachbarn sehen, die vertrauten Lieder singen und danach einen Sherry und den Sonntagsbraten. Ich vermisse sogar unsere eiskalte kleine Kirche in Lyndhurst und den Vikar – er hatte ein Engelsgesicht und hat sich darum umso mehr bemüht, uns in seinen Predigten mit dem Höllenfeuer zu drohen.« Sie seufzte erneut. »Manchmal kann ich kaum glauben, dass all das in einem einzigen Leben geschehen sein soll.«

»Na ja … wir könnten zusammen beten, wenn Sie möchten?«, schlug Joan ein wenig zweifelnd vor. Sie selbst war seit Weihnachten nicht mehr in der Kirche gewesen, und das auch nur, weil sie so gern die Weihnachtslieder sang. Der sanfte anglikanische Glaube ihrer Mutter hatte gegen den unerschütterlichen Atheismus ihres Vaters keine Chance gehabt. Als Joan noch klein gewesen war, hatte er sie stets ermuntert, sich selbst ein Urteil zu bilden, doch sie hatte gewusst, welche Entscheidung ihm gefallen würde – und so entschied sie dann auch.

»Gebete?« Maude schüttelte den Kopf und sank in ihrem Rollstuhl ein wenig zusammen. »Ich kann nicht beten. Ich kann nicht zur Kirche gehen. Nie wieder.«

Nach diesem Tag besuchte Joan Maude jeden Tag. Sie ging früh hin, wenn sie und Rory einen Ausflug oder sonst etwas geplant hatten, oder nach ihrer Rückkehr, um Maude davon zu erzählen. Die alte Frau sog Joans Berichte gierig auf – Einzelheiten über Maskat und Matrah, über die Seefahrt vor der Küste und den Militärstützpunkt und über die Leute, die in der Residenz ein und aus gingen. Und allmählich fragte sich Joan, wann Maude zuletzt das Haus verlassen hatte.

»Sollen wir ein Stück spazieren gehen?«, schlug sie eines Tages vor. Maude lächelte und schaute einen Moment lang sehnsüchtig aus dem Fenster, doch dann seufzte sie.

»Lieber nicht. Danke.« Sie zögerte, und das Kinn sank ihr fast auf die Brust. »Ich kann nie wieder dorthin, verstehen Sie – in die Berge, in die Wüste. Manchmal ist es besser, wenn man das, was man doch nicht haben kann, gar nicht erst sieht. Sonst sehnt man sich nur umso mehr danach.«

»Ja, das verstehe ich«, sagte Joan und dachte an die verbotenen Landstriche, die sie Tag für Tag von der Residenz aus sah, an dieses hungrige, verzweifelte Gefühl, das der Anblick ihr einflößte. Maude blickte mit einem gezwungenen Lächeln zu ihr auf.

»Ihre Geschichten genügen mir. Also erzählen Sie weiter.« Mit einem Nicken wies sie auf Joans linke Hand. »Erzählen Sie mir von dem Ring. Oder vielmehr von dem Burschen, von dem Sie ihn bekommen haben.«

Also erzählte Maude von Rory, und wie lange sie sich schon kannten. Dass sie gemeinsam groß geworden und in diese Liebe hineingewachsen waren. Sie schilderte seine Güte, seine Verlässlichkeit, und dass sie noch nie erlebt hatte, wie er die

Beherrschung verlor. Sie sprach von seiner Arbeit im Auktionshaus, das eines Tages ihm gehören würde.

»Sie werden also in Bedford bleiben? Wenn Sie verheiratet sind, meine ich?«, fragte Maude und beobachtete Joan scharf.

»Ja«, antwortete sie. »Ja, ich denke doch. Wo sollten wir sonst leben wollen? Dort sind wir zu Hause.«

»Ja, wo sonst. Zwei Jahre sind eine lange Verlobungszeit.« Das war eher eine Feststellung als eine Frage, doch Joan lieferte hastig ihre Erklärung.

»Nun ja, wir sparen noch, wissen Sie? Wir hatten unser Ziel schon fast erreicht, aber vor einem Jahr haben wir ... meinen Vater verloren. Er ist gestorben. Seitdem liegt alles auf Eis. Mum kam nicht darüber hinweg, und ... nun, sie kommt bis heute nicht damit zurecht. Und dann habe ich meine Stellung verloren.«

»Aber Sie können doch nicht ewig bei ihr bleiben?«

»Nein. Nein, ich hoffe nicht.«

»Das ist keine Frage der Hoffnung, Joan. Sie müssen eine Entscheidung treffen und danach handeln«, sagte Maude bestimmt. »Das kann sehr schwer sein, ich weiß. Familienbande sind ...« Sie zuckte mit den Schultern. »Zäh. Ich hatte mit meiner Mutter rein gar nichts gemeinsam. Sie konnte nie verstehen, warum ich so leben wollte, wie ich gelebt habe, und mir war es immer ein Rätsel, dass sie nicht einfach vor Langeweile gestorben ist, so wie sie gelebt hat. Vielleicht war es letzten Endes auch so. Damals hatte ich keine andere Wahl, als mich pflichtbewusst um sie zu kümmern, aber ich fand es grässlich, so von allem zurückgehalten zu werden. Mit der Zeit habe ich sie dafür gehasst. Das klingt schrecklich, aber so ist es.«

»Ich hasse Mum nicht, ich liebe sie, und ich will ja eine gute Tochter sein, aber ...« Joan suchte nach den richtigen

Worten. »Wie soll ich das erklären? Ich weiß, dass sie mich viel lieber zu Hause hätte, und das habe ich immer im Hinterkopf. Es nimmt mir meine Entscheidungen ab. Sie sagt, sie komme ohne mich nicht zurecht, und vielleicht stimmt das auch. Sie wäre sicher sehr einsam ohne mich, und das macht mir ein furchtbar schlechtes Gewissen.«

»Für mich hört sich das an, als sollte sie mal aus dem Haus gehen und sich ein paar Freundinnen suchen. Und ob sie ohne Sie zurechtkommt, kann sie nur herausfinden, wenn Sie zulassen, dass sie es versucht.«

»Ich weiß. Ja, das weiß ich. Aber ... bis Rory und ich ein Haus kaufen, kann ich sowieso nirgendwo anders wohnen. Er wohnt noch bei seinen Eltern und seiner Schwester. Er meint ...« Joan verstummte verlegen. Maudes Blick war wissend, und was sie sagte, klang sogar in ihren eigenen Ohren nach dürftigen Ausreden. »Er hält es für unsinnig, unser Geld für eine Mietwohnung zu verschwenden.« Sie litt noch einen Moment länger unter Maudes scharfer Beobachtung, doch dann zuckte die alte Dame mit den Schultern.

»Tja. Da hat er wohl recht.« Sie lehnte sich in ihrem Rollstuhl zurück und legte die Hände in den Schoß. »Irgendwann muss ich ihn mal kennenlernen.«

»Oh, natürlich! Das würde mich freuen. Ich kann es kaum erwarten, verheiratet zu sein und eine Familie zu gründen.« Sie sagte das mit so viel Überzeugung, wie sie aufbringen konnte, und ließ sich nicht anmerken, dass der Gedanke an ein Baby sie nervös machte. Sie fühlte sich weder kompetent genug noch alt genug für ein Kind, obwohl viele ihrer ehemaligen Klassenkameradinnen schon zwei oder sogar drei Kinder hatten. Sie redete sich ein, das komme daher, dass sie schon zu lange mit ihrer eigenen Mutter zusammenlebte. Wenn sie selbst Mutter wurde, so hoffte sie, würde sie sich erwachsener fühlen, selbstsicherer. »Das wird ein großes Abenteuer«, setzte sie hinzu, weil Maude so gar nichts sagte. Die alte Frau musterte sie eindringlich.

»Ein Abenteuer? Ja ... das kann man wohl so sehen«, sagte sie schließlich. »Eines, das ich nie eingegangen bin.«

Wenn Joan mit Rory unterwegs war, erzählte sie ihm ebenso eifrig von Maude. Eines Tages mieteten sie zu ihrer großen Freude zwei Kamele und ritten den Strand in Matrah entlang. Nachdem Joan so viele Jahre lang geritten war, fiel es ihr leicht, sich an die heftig schaukelnde Bewegung anzupassen und sie mit Rücken und Hüfte abzufangen. Rory hingegen saß steif im Sattel, schwankte, verlor ständig das Gleichgewicht und fand das Ganze furchtbar unbequem. Lächelnd nahm Joan beide Zügel in eine Hand und ließ die andere auf dem Oberschenkel ruhen. Sie dachte an den Araber auf dem Ponyhof, Aladin – der sie dazu gebracht hatte, eines Tages genau hier zu reiten. Das war ihr als Traum erschienen, der unmöglich wahr werden konnte. Sie schwieg eine Weile und ließ das Wunder dieses Augenblicks auf sich wirken.

»Wenn du das schon unbequem findest«, sagte sie und wandte sich im Sattel um, »dann solltest du es mal auf den Knien versuchen, wie die Beduinen. Nicht einmal Maude hat diese Kunst beherrscht.«

»Tja, wenn nicht einmal die fabelhafte Maude Vickery das konnte, werde ich es gar nicht erst versuchen«, entgegnete Rory ein wenig verlegen. Joan grinste ihn an. Er rieb sich das Gesicht und nieste dann dreimal hintereinander. »Ich fürchte, ich bin gegen Kamele allergisch«, bemerkte er und ließ bei dem Versuch, sich die Nase zu putzen, sein Taschentuch fallen.

»Armer Rory. Nicht mehr weit, ja?«, sagte Joan, und er lächelte sie liebevoll an.

»Wir reiten, so weit du willst, Joan.«

Am Freitag freute sich Joan auf dem Weg zu Maude darauf, ihr zu erzählen, dass Daniel am nächsten Tag zum Dinner in die Residenz kommen würde. Abdullah ließ sie mit einem Stirnrunzeln ein, das Joan nicht verstand. Doch als sie oben ankam, fand sie Maude in hellem Chaos vor. Bücher waren aus den Regalen gezogen und über den Boden verstreut worden, der Schreibtisch war unter Bergen von Unterlagen begraben, von denen einige auf den Boden gefallen waren. Maude selbst saß nicht in ihrem Rollstuhl, sondern kroch in dem Durcheinander herum und blätterte hektisch in Aufzeichnungen, die offensichtlich Jahrzehnte alt waren.

»Miss Vickery – was ist passiert?«, fragte Joan erschrocken und kniete sich neben sie. Maude würdigte sie kaum eines Blickes. Das Haar hing ihr strähnig ins Gesicht, sie wirkte gehetzt, und Joan entschied, Maudes hitzigem Temperament mit Vorsicht zu begegnen.

»Ich kann das verflixte Ding nicht finden«, murmelte Maude. »Ich weiß, dass es hier irgendwo ist!« Sie griff nach einem weiteren Journal, blätterte ungeduldig ein paar Seiten um und warf es dann beiseite.

»Ich helfe Ihnen erst mal auf, und dann können Sie –«

»Grabbeln Sie nicht an mir herum, Mädchen! Ich weiß, dass es hier ist, und ich muss es finden! Er hat etwas über die Reinheit geschrieben … War es Reinheit? Oder Wahrheit? Er hat geschrieben, dass … Ich kann mich nicht genau erinnern, verstehen Sie? Ich kann mich nicht erinnern.«

»Wer hat das geschrieben, Miss Vickery?«

»Nathaniel Elliot! Was glauben Sie denn, wer? Ich weiß, es ist hier irgendwo. Ich habe es doch gelesen, da bin ich sicher …« Joan nahm ihren Mut zusammen, ergriff Maudes hektisch flatternde Hand und hielt sie fest.

»Miss Vickery, bitte. Ich helfe Ihnen suchen. Wir finden

es, ganz bestimmt. Aber jetzt stehen Sie erst einmal auf, und wir trinken einen Tee.«

Maude keuchte, und Joan spürte, wie die alte Frau plötzlich schauderte. Ihr Blick huschte immer noch über das Chaos, doch sie ließ sich von Joan aufhelfen und vorsichtig zu ihrem Rollstuhl führen. Joan strich ihr den Rock glatt und drehte den Rollstuhl dann weg von dem Durcheinander.

»Bieten Sie mir jetzt schon in meinem eigenen Haus Tee an, ja?«, bemerkte Maude schließlich.

Joan lächelte. »Entschuldigung«, sagte sie. »Aber ich bin so durstig.«

»Abdullah wird uns gleich Tee bringen. Er hat bestimmt gelauscht – das tut er immer.«

»Er hat sich Sorgen um Sie gemacht.« Joan blickte über ihre Schulter auf die verstreuten Unterlagen und Reiseberichte hinab. »Wenn Sie mir sagen, was Sie suchen, schaue ich gern weiter danach.« Doch Maude seufzte und schüttelte den Kopf. Nun, da die manische Hektik verflog, sah sie sehr erschöpft aus.

»Vielleicht ist es gar nicht so wichtig«, sagte sie. »Er hat einmal geschrieben, dass die Wüste die Welt ohne Menschen ist – vor den Menschen, nach den Menschen. Sie verleiht ihnen keinerlei Bedeutung, bringt ihnen keine Achtung entgegen. Er hat geschrieben, dass es dort eine so reine Wahrheit zu entdecken gäbe, wie ein Mensch sie nur je erkennen könnte. Oder so ähnlich«, erklärte Maude. »An den genauen Wortlaut kann ich mich eben nicht erinnern. Aber er hatte recht, verstehen Sie? Recht und schrecklich unrecht zugleich.«

»Ich kann Ihnen nicht folgen.« Joan schüttelte den Kopf. Maude starrte geistesabwesend durch sie hindurch und sagte nichts. »Stand das ganz sicher in einem Reisebericht? Wissen Sie vielleicht noch, in welchem?«

»Er ist weitergegangen, verstehen Sie? Nachdem wir das Leere Viertel durchquert hatten, ist er weiter auf Forschungsreisen gegangen. Er war überall, genau wie er es immer wollte.«

»Ich habe mich immer gewundert, warum Sie mit dem Reisen aufgehört haben, Miss Vickery. Oder ... sind Sie auch weitergereist?« Der Gedanke war aufregend und regte ihre Fantasie an, sie könnte Maude dabei helfen, ihre Memoiren zu schreiben. »Sind Sie weiter durch die Welt gereist und haben nur nicht mehr darüber geschrieben?«

Joan sammelte noch ein paar Reiseberichte auf und warf einen Blick auf die verblassten Einbände, dann blickte sie zu Maude hinüber. Deren Gesichtsausdruck wirkte hart und gequält. Joan hielt inne.

»Irgendetwas ... ist mit mir geschehen«, sagte Maude leise. »Draußen in der Wüste. Ich habe einen Teil von mir verloren ... Oder er ist gestorben. Vielleicht ist ein Teil von mir gestorben. Verstehen Sie?«

Joan schüttelte den Kopf. »Nein, es tut mir leid. Was ist denn geschehen?« Sie kehrte zu Maude zurück.

»Vielleicht könnte ich ihn wiederfinden, wenn ich noch einmal dorthin ginge. Dann könnte ich wieder ganz und vollständig sein. Aber nein, ich kann nicht dorthin zurück, nicht jetzt. Nie wieder. Ich werde so sterben, hier in diesem Zimmer.«

»Bitte nicht weinen, Miss Vickery, sonst muss ich auch weinen. Das geht mir immer so. Wollen Sie mir nicht erzählen, was passiert ist?«, fragte Joan. Sie fand es furchtbar, Tränen in Maudes Augen glitzern zu sehen. Maude wischte sie hastig fort, als hätte sie gar nicht bemerkt, dass sie weinte, und schämte sich dafür. Sie atmete ein paar Mal tief ein, presste die Lippen zusammen und tätschelte dann Joans Hand.

»Sagen Sie, Joan, würden Sie sich als verlässlich und standhaft bezeichnen?«, fragte sie.

»Ich ... nun, ich denke schon.« Joan musste an die Bemerkung ihrer Mutter denken, Joan sei mit den Nerven am Ende. Sie dachte an ihren Vater, der ihr stets gesagt hatte, sie müsse tapfer sein. »Obwohl ich nicht recht weiß, wie Sie das meinen«, fügte sie hinzu. Maude schwieg so lange, dass Joan sich fragte, ob sie den Faden verloren hatte. Doch dann schloss sie die Finger um die Armlehnen ihres Rollstuhls und räusperte sich.

»Ob ich Sie wohl bitten dürfte, mir einen Gefallen zu tun, Joan?«

»Wenn es in meiner Macht steht, Miss Vickery, natürlich ...«

»Aber das muss streng geheim bleiben. Sie dürfen nicht einmal Ihrem Verlobten davon erzählen, geschweige denn irgendwem sonst in der Residenz. Können Sie das?«

Maude meinte es todernst, und Joan wurde misstrauisch. Einen Moment lang zögerte sie unentschlossen, denn sie konnte sich nicht vorstellen, worum Maude sie bitten wollte. Sie wollte niemanden belügen, doch ihre Neugier war entfacht. Bisher hatte sich fast alles an ihrer Reise nach Oman irgendwie nach weniger angefühlt, als sie es gehofft hatte. Sie hatte das Gefühl, selbst weniger zu sein, als sie es sich erhofft hatte – alles war einfach wie immer. Nur Maude machte den Aufenthalt hier zu etwas Außergewöhnlichem. Dem ersten Argwohn folgte die Aufregung, die ein Geheimnis mit sich brachte – ein Geheimnis war schließlich nicht dasselbe wie eine Lüge. Und dann die Freude darüber, dass Maude Vickery sie brauchte und ihr vertraute. Sie dachte daran, was sie während des restlichen Besuchs hier erwartete: Daniel sehen und sich geliebt, aber überflüssig vorkommen. Zuschauen, wie Marian trank und die Boote im Hafen kamen und gingen. Ein Dinner hier und da, schwimmen am Strand. Kamele fotografieren, vielleicht noch ein Ausflug in einer Dhau. Tourismus. Mehr nicht – wenn sie es zuließ. Ihr Mund war trocken, doch sie wusste, was sie sagen wollte.

»Also gut«, sagte sie und begegnete Maudes Blick. »Das kann ich.«

»Braves Mädchen. Sie müssen etwas für mich tun, und das ist furchtbar, furchtbar wichtig.«

Ägypten, April 1895

Das Hotel in Kairo hatte einen großen, zum Himmel offenen Innenhof. Mit Damast bezogene Diwane und Sessel waren unter den umlaufenden Innenbalkonen gruppiert, dazu riesige Palmen in Kübeln und rote Lilien, deren wächserne grüne Blätter so dunkel waren, dass sie beinahe schwarz erschienen. In der Mitte plätscherte ein Springbrunnen – das Wasser sprudelte aus dem Maul eines Löwen in ein Becken mit hellen, zarten Fischen, die von morgens bis abends gemächliche Kreise zogen. Jeden Nachmittag um vier Uhr wurde hier der Tee serviert. Dienstboten rührten die drückende Luft mit langen Fächern aus geflochtenen Palmwedeln um. Schweigende Kellner mit weißen Handschuhen trugen silberne Etageren voller kleiner Sandwiches und Petits Fours auf, und Maude war enttäuscht. Sie wollte nicht, dass der Nachmittagstee in Ägypten genauso aussah wie in Hampshire, und sie wollte auch nicht jeden Abend mit den anderen britischen Hotelgästen essen. Sie wollte draußen in einer der Pyramiden schlafen und den Geistern alter Pharaonen begegnen. Sie wollte im Sonnenuntergang über goldenem Sand durch die Wüste reiten und Schleier tragen wie Scheherezade.

Es war April, und Nathaniel verbrachte die verlängerten Osterferien mit ihnen. Elias Vickery zögerte nie, ihn auf die

Reisen mitzunehmen, die er für seine eigenen Kinder plante, und trug die Kosten, ohne ein Wort darüber zu verlieren. Die Familie Vickery war seit so vielen Generationen wohlhabend, dass niemand außer Elias selbst wusste, wie viel Geld sie hatten und woher es eigentlich stammte. Die Vickery-Kinder stellten sich solche Fragen gar nicht. Nathaniel war von seiner Mutter zu ihnen gekommen. Er hatte die erste Woche stumm vor sich hin gelitten und sich geweigert, ihnen den Grund dafür zu erklären oder überhaupt von seinem Besuch in Frankreich zu sprechen. Er hatte viel geschlafen. Maude hatte ihn genau beobachtet und gesehen, wie er langsam zu sich selbst zurückfand. Es war, als kehrte im Frühling das Grün an einen winterlich kahlen Baum zurück. Seine Schultern entspannten sich und sanken herab, sein Kopf hob sich, sein Gesicht bekam wieder Farbe, die Augen begannen zu leuchten, und dann fand er auch seine Sprache wieder – stellte Fragen und machte alberne Witze mit ihren Brüdern. Als er zum ersten Mal fast geplatzt war vor Lachen über irgendein Missgeschick von Francis, hatte ihm Elias die Schulter getätschelt und gelächelt. Maude kannte dieses Lächeln – es bedeutete: gut gemacht. Sie hätte Nathaniel am liebsten gratuliert, obwohl sie nicht wusste, wofür eigentlich. Sie wollte ihn umarmen, aber da sie das noch nie getan hatte, fand sie schließlich nicht den Mut dazu.

Die heißen Tage verbrachte Maude hauptsächlich mit Lesen, oder sie übte mit dem Hotelpersonal Arabisch. Francis und Nathaniel waren siebzehn und durften alles Mögliche mit ihrem Vater unternehmen. Sie machten sich furchtbar wichtig, redeten von Freunden, Bällen und Wetten und taten ganz erwachsen, obwohl sie sich immer noch am meisten über die kindischen Dinge im Leben freuten. Maude sollte im Hotel bleiben und ihrer Mutter Gesellschaft leisten, denn

Antoinette Vickery würde den letzten Teil ihres Urlaubs allein in Kairo verbringen, während Elias mit den Kindern durch die Wüste zur Oase Siwa reiste. Maude blickte diesem Abenteuer mit so fieberhafter Aufregung entgegen, dass sie nicht stillsitzen konnte und immer wieder unvermittelt aufsprang, sodass ihre Mutter vor Schreck nach Luft schnappte.

Mit dreizehn, fand Maude, war sie alt genug, um selbst zu wissen, was sie tun wollte. Doch ihr Vater hatte entschieden, und daran war nicht zu rütteln. Ihr älterer Bruder John machte mit ein paar Freunden eine Klettertour in den Alpen. Antoinette Vickery hatte ihre Stickarbeiten und mehrere Romane eingepackt. Sie ruhte sich andauernd aus, litt angeblich acht Tage nach ihrer Ankunft immer noch unter der anstrengenden Reise und hatte sich mit einer stämmigen Dame namens Mary Wilson aus Esher angefreundet. Manchmal ertappte sich Maude dabei, wie sie ihren Vater beobachtete, ob er gereizt oder ärgerlich auf ihre Mutter reagierte, denn ihr selbst ging sie immer mehr auf die Nerven. Antoinettes Bedürfnis nach Erholung und Frieden bestimmten jeden Tag. Maude sollte ihr Gesellschaft leisten, aber da ihre Mutter kaum je ein Wort sagte, lief Maude immer öfter zu den Dienstboten und drängte sie, Arabisch mit ihr zu sprechen. Befriedigt stellte sie fest, dass ihre Mutter ihre Abwesenheit kaum zu bemerken schien. Doch Elias zeigte seiner Frau gegenüber nichts als Freundlichkeit, Verständnis und Fürsorge, sodass sich Maude ein wenig schämte, weil sie hin und wieder den Drang verspürte, Antoinette aus ihrem Sessel zu kippen.

Auf gar keinen Fall würde Maude hier zurückbleiben, wenn sie die Pyramiden besichtigten – und die Sphinx, die in Gizeh fast schüchtern aus dem Sand spähte. Sogar ihre Mutter kam mit, stieg jedoch nicht ein einziges Mal von dem

Maultier ab, auf dem sie im Damensitz saß. Die uralten Bauwerke schienen sie nicht im Mindesten zu beeindrucken. Die anderen ritten alle auf Pferden – Maude hatte lautstark protestiert, als man ihr zunächst einen Esel gebracht hatte. Der Führer hatte sie überrascht angestarrt, als sie in gebrochenem Arabisch erklärte, sie wolle ein Pferd – ein richtiges. Er musterte sie genauer, und sie nahm an, dass er sie viel jünger eingeschätzt hatte, als sie tatsächlich war. Das passierte ihr oft.

»Der Esel hat besser zu dir gepasst, Krümel«, bemerkte Francis grinsend.

»Der Esel hat mich an dich erinnert, Frank«, gab sie frostig zurück. Noch vor Sonnenaufgang brachen sie auf. Der Himmel hatte die Farbe von Pfauenfedern, die letzten Sterne erloschen, und die Muezzins machten sich bereit, die Stadt zum Gebet zu rufen.

In einer Reihe hintereinander ritten sie aus der Stadt hinaus. Maude behielt den Horizont im Auge, und als die Pyramiden in Sicht kamen, stellte sie sich vor, sie sei der erste Mensch, der sie je erblickte. In ihrer Fantasie war sie zahllose Meilen durch die kahle Wüste geritten und stieß plötzlich auf solch riesige Bauwerke, ganz allein und von Ehrfurcht ergriffen. In ihrem Tagtraum waren ihre Begleiter verschwunden. Auf dem Kamm eines sanften Hügels mit guter Aussicht auf die Monumente hielten sie an und warteten nebeneinander auf Antoinette. Ihr müdes Maultier wurde von einem Diener zu Fuß geführt.

»Und«, sagte Francis und warf Nathaniel und Maude einen Blick zu. »Wie wär's mit einem Wettrennen? Wer zuerst am Fuß der großen Pyramide ist.«

»Nein, danke«, sagte Nathaniel. Er saß unbehaglich im Sattel, die Füße zu weit vorn, den Schwerpunkt zu weit hinten, die Zügel zu lang.

»Muss denn alles ein Wettbewerb sein, Frank?«, erwiderte Maude. »Außerdem ist Glücksspiel falsch.«

»Was ist denn, Mo? Hast du Angst, du verlierst?«

»Du hast das bessere Pferd«, bemerkte Nathaniel. Maude sah, wie ihr Vater auf Nathaniels anderer Seite aufmerksam zuhörte. Er hörte immer zu und beobachtete sie. Am liebsten ließ er sie auf eigene Ideen kommen, ihre eigenen Schlüsse ziehen, und sagte erst dann etwas dazu. Wenn Antoinette Einwände gegen die Pläne ihrer Kinder erhob, erklärte er ihr, dass Kinder nur auf diese Weise etwas lernten.

»Das Pferd ist nicht ausschlaggebend, nicht auf diesem Terrain. Sondern der Reiter.«

»Oder die Reiterin«, setzte Maude hinzu. Manchmal verabscheute sie Francis und sein dümmliches Grinsen – meistens deshalb, weil sie der Grund dafür war. Am liebsten hätte sie ihn aus dem Sattel geworfen. Sein Pferd war dunkelbraun und lebhaft und hatte ein leicht irres Funkeln in den Augen. Ein herzhafter Gertenschlag auf die Kruppe, mehr wäre nicht nötig, dachte sie.

»Dann bist du dabei, du Zwerg?«

»Francis, sprich deine Schwester nicht so an«, warf Elias ein. Maude starrte ihren Bruder einen Augenblick lang an. Sie blinzelte nicht, deshalb sah sie, wie sich seine Hände fester um die Zügel schlossen und er tief Luft holte. Sie trieb ihr Pferd energisch an, und es sprang erschrocken vorwärts, im selben Moment, in dem Francis brüllte: »Los!«

Hinter ihr war ein schrilles Kreischen zu hören. Maude blickte über die Schulter zurück und sah Antoinettes Maultier seitwärts tänzeln und den Kopf hochreißen – es wollte nicht zurückbleiben. Ihre Mutter klammerte sich verzweifelt an der strubbeligen Mähne fest. Nathaniels Pferd war ebenfalls angaloppiert und wurde immer schneller. Nathaniel zog mit entsetzter Miene an den zu lang gehaltenen Zügeln. Maude schaute wieder nach vorn. Francis neben ihr holte rasch ihren knappen Vorsprung auf. Sein Pferd war jünger und stärker als Maudes, doch Maude wog so gut wie nichts, und die Stute flog federleicht über den Sand. Die heiße Luft und die lange Mähne des Pferdes peitschten ihr ins Gesicht. Sie duckte sich im Sattel, ihre Augen tränten, und der Hut flog ihr vom Kopf, als sich die Nadeln aus ihrem Haar lösten. Dann bemerkte sie direkt vor sich eine Stelle mit tieferem Sand – eine kleine Düne ohne Steinchen oder Fels. Aus dem Augenwinkel sah sie Francis nach links ausweichen und riss ihr Pferd nach rechts herum, um die Stelle auf der anderen Seite zu umrunden. Trotz des donnernden Windes in ihren Ohren glaubte sie, einen Schrei hinter sich zu hören, wagte jedoch nicht, sich jetzt umzudrehen. Sie erwischte die weiche Düne doch noch am Rand, und die Stute geriet ins Taumeln. Das Pferd hatte alle Mühe, sich bei dieser Geschwindigkeit nicht zu überschlagen. Maude setzte sich tief in den Sattel, zog an den Zügeln, damit das Pferd langsamer wurde und das Gleichgewicht wiederfand. Sie ärgerte sich, weil Francis nun wohl gewinnen würde. Mit fliegenden Hufen, die den Sand förmlich explodieren ließen, überwanden sie die Düne, erreichten festen Boden, und die Stute beschleunigte mit einem zornigen Buckeln und legte die Ohren an, als fände sie die Verzögerung ebenso frustrierend wie Maude.

Dann schoss Nathaniels Pferd im gestreckten Galopp rechts an ihr vorbei. Die Steigbügel flogen wild herum, denn der Sattel war leer. Maude drehte sich um, doch der Wind wehte ihr das Haar vor die Augen, sodass sie kaum etwas sehen konnte. Jedenfalls keine Spur von Nathaniel. Francis hatte zu ihr aufgeholt, obwohl er an der Düne mehr Zeit verloren hatte als sie, und Maude wollte auf keinen Fall zulassen, dass er an ihr vorbeizog und das Rennen gewann, wo sie doch dem Ziel schon so nahe war. Sie biss die Zähne zusammen, konnte sich jedoch nicht mehr beherrschen und brüllte ihr Pferd an: »Los, lauf schon!« Sie klatschte mit der Gerte einmal an ihren Rumpf, und die Stute buckelte erneut und schnaubte zornig, doch dann reckte sie den Hals und wurde noch schneller. Ihre Hufe klapperten laut auf dem steinigen Boden. Die Landschaft verschwamm, nur die riesige Pyramide vor ihr verriet Maude, wohin sie reiten musste. Sie duckte sich tief über den Hals des Pferdes, der unter ihren Fingerknöcheln schweißnass wurde. Als sie den Himmel nicht mehr sehen konnte, nur noch die mächtigen alten Steine, richtete Maude sich auf und ließ das Pferd herumwirbeln. Sie sah Francis herandonnern, keine zehn Meter hinter ihr. Aber sie hatte eindeutig gewonnen. »Ha!«, rief sie ihrem Bruder entgegen. »Du hast verloren, Francis Henry Vickery!« Beide Pferde schnaubten und keuchten und stemmten sich gegen die Zügel, um den Kopf senken zu können. Francis schüttelte den Kopf.

»Das war eindeutig ein Fehlstart, Mo. Du bist losgeritten, bevor ich das Kommando gegeben hatte. Du hast gemogelt, also gilt es nicht.«

»Oh! Das machst du immer, Frank!« Sie kochte vor Wut und hätte ihm am liebsten eine runtergehauen. »Ich habe nicht gemogelt, und es zählt wohl! Ich bin losgeritten, als du los gesagt hast!«

»Nein, bist du nicht ...«

Sie stritten immer noch, als Elias mit steinerner Miene herangetrabt kam.

»Kinder«, sagte er, und sein Tonfall ließ beide auf der Stelle verstummen. »Hat denn keiner von euch daran gedacht, nach Nathaniel zu sehen? Oder auch nur versucht, sein Pferd einzufangen?«

»O nein!«, rief Maude aus und fühlte sich schrecklich, als ihr der leere Sattel auf einmal wieder vor Augen stand.

»O nein, genau«, sagte Elias.

»Geht es ihm gut?«, fragte Francis.

»Nein, es geht ihm nicht gut. Hättet ihr vielleicht daran denken können, euch erst ein Stück von den anderen Pferden wegzubewegen, bevor ihr so davonjagt? Hättet ihr nicht merken müssen, dass der Boden uneben und zu gefährlich für ein solches Tempo ist?« Er blickte sie abwechselnd streng an, und beide schwiegen beschämt. Francis' Wangen färbten sich flammend rot. »Es sieht so aus, als hätte Nathan sich bei dem Sturz das Handgelenk gebrochen.«

»O nein! Sag doch so etwas nicht, Vater!«, rief Maude.

»Aber er kann doch mit nach Siwa kommen?«, fragte Francis.

»Das bleibt abzuwarten. Aber es sieht nicht danach aus, oder? Ihr beiden macht euch jetzt – langsam – auf die Suche nach seinem Pferd und holt es zurück. Und ich will kein Wort mehr darüber hören, wer diese gefährliche Eskapade gewonnen oder verloren hat. In meinen Augen habt ihr beide verloren.«

Sie konnten an jenem Tag nicht bleiben und die Pyramiden erkunden, sondern ritten langsam mit Nathaniel zurück. Der war blass und still und hielt sich vorsichtig den linken Arm. Ein britischer Arzt wurde ins Hotel gerufen und schiente und verband das Handgelenk. Sobald er wieder weg war, ging Maude hinein, um nach Nathaniel zu sehen. Er saß in einem Korbstuhl am offenen Fenster, von dem aus man über die chaotische Landschaft von Kairos Dächern blickte. Er war immer noch bleich, und sein Gesicht glänzte leicht vor Schweiß, doch er lächelte schwach, als sich Maude ihm gegenübersetzte.

»Es tut mir so leid, Nathan«, sagte sie zerknirscht. »Wir hätten nicht einfach so losrasen dürfen.«

»Tja«, sagte Nathaniel. Er lächelte ironisch, doch sie sah Wut in seinen Augen. »Wer wäre ich schon, dass ich die Vickerys daran hindern dürfte zu tun, was immer sie wollen.« Maude errötete. Das war unfair, zumindest ihr gegenüber, aber sie brachte es nicht über die Lippen.

»Francis behauptet, ich hätte gemogelt. So zählt es nicht, dass ich gewonnen habe. Immer wenn ich etwas besser mache als er, findet er irgendeinen Grund, warum es nicht zählt oder nicht dasselbe ist. Das ist so ungerecht!«

»Vielleicht solltest du dich dann nicht immer darauf einlassen, wenn er dich herausfordert. Das tust du nämlich.«

»Das stimmt. Ich … ich kann irgendwie nicht anders. Ich würde so gern ein einziges Mal gewinnen, ohne dass er es anzweifeln kann!« Ärgerlich schüttelte sie den Kopf. »Kommst du trotzdem mit nach Siwa? Bitte sag, dass du mitkommst.«

»Ich weiß nicht. Wenn es in ein paar Tagen immer noch so wehtut … wüsste ich nicht, wie ich reiten soll. Vom Absatteln oder Zeltaufstellen ganz zu schweigen.«

»Aber das können die Diener doch alles für dich machen! Für mich müssen sie das ja auch tun.«

»Ja, aber du bist ein Kind, Maude. Von dir erwartet man, dass du zu nichts nütze bist.«

Maude blickte eine Weile schweigend auf ihre Hände hinab und versuchte zu ergründen, ob seine Worte sie mehr wütend machten oder verletzten. Als die Jungen dreizehn gewesen waren, hatten sie ständig betont, wie erwachsen sie schon seien – dass sie fast schon Männer seien und weder Hilfe noch Rat bräuchten. Jetzt, da die beiden siebzehn waren und Maude dreizehn, war sie noch ein Kind und zu nichts nütze. Ihr wurde klar, dass sie nie zu den beiden aufholen würde.

Dieses Rennen konnte sie nicht gewinnen – sie würde für immer Krümel bleiben. Tränen der Frustration kribbelten in ihrer Nase. Von ihrem Vater getadelt zu werden war schlimm genug, aber dass auch noch Francis abscheulich zu ihr und Nathaniel wütend auf sie war, das war zu viel.

»Aber es wäre nicht dasselbe, wenn du nicht mitkommst«, sagte sie und brach zu ihrer eigenen Bestürzung in Tränen aus. Sosehr sie sich auch bemühte, sie konnte sie nicht zurückhalten.

»Ach, ihr braucht mich doch nicht«, erwiderte er kühl. »Immerhin sprichst du jetzt fließend Arabisch, und dein Vater ist so stolz auf euch, und Francis hat seinen Studienplatz in Oxford, obwohl er kaum richtig Englisch schreiben kann, von Latein ganz zu schweigen. Ich wüsste wirklich nicht, wozu ihr mich da brauchen solltet.«

»Red nicht so, Nathan.« Maude blickte zu ihm auf, und die Bitterkeit in seiner Stimme erschreckte sie so sehr, dass ihre Tränen versiegten. »Bitte. Du hörst dich an, als würdest du uns hassen.« Nathaniel funkelte sie einen Moment lang böse an, doch dann wurde seine Miene weicher, und er seufzte.

»Tut mir leid, Maude. Hör gar nicht hin. Du kannst im Grunde nichts dafür.«

»Bitte sag, dass du mitkommst. Wir brauchen dich doch. Ich jedenfalls. Es wird überhaupt nicht lustig, wenn du nicht dabei bist. Kein bisschen.« Erst als sie das ausgesprochen hatte, wurde Maude bewusst, dass es stimmte. Sie fühlte sich besser, wenn Nathaniel in der Nähe war. In welcher Hinsicht besser oder auf welche Weise, hätte sie gar nicht sagen können – einfach nur besser. Nathan zupfte an seinem Verband herum. »Tut es sehr weh?«, fragte Maude und musterte schuldbewusst sein verbundenes Handgelenk.

»Natürlich tut es weh!«, fauchte er. Seine Haut hatte sich

ein wenig grau verfärbt, und seine Augen glänzten zu sehr. »Entschuldige«, sagte er gleich darauf.

»Vielleicht solltest du dich hinlegen?«

Nathaniel nickte und protestierte auch nicht, als sie ihn mit der Schulter abstützte, damit er aufstehen konnte. Hätte er sich richtig auf sie gestützt, wäre sie zusammengebrochen, doch das tat er nicht. Maude spürte die Wärme seines gesunden Arms durch den Stoff ihres Kleides. Sie hielt seine Hand und sah verschmierte Tinte an seinen Fingern. Die Nägel waren sehr kurz geschnitten, und die roten Schrammen an seinen Fingerknöcheln hätten von dem Sturz stammen können, aber auch von etwas anderem. Sein Geruch war ihr so vertraut und irgendwie beruhigend und belebend zugleich.

Eine Woche später wurde Nathaniel, der den verletzten Arm in einer Schlinge trug, für gesund genug befunden, um mit etwas Hilfe beim Aufsteigen zu reiten. Per Kutsche waren sie über die Küstenstraße zum Anfang der Karawanenstraße gefahren, die südwärts durch die Wüste zur Oase Siwa führte. Dieselbe Route hatte Alexander der Große bereist, um das Orakel von Siwa zu befragen – Maude hatte alles darüber gelesen. Hauptsächlich deshalb, weil sie es immer wieder vorgeschlagen hatte – Antoinette sprach von Geschrei –, hatte ihr Vater sich für genau diese Route entschieden. Der Weg war altbewährt, unbefestigt, aber ohne tiefe Dünen oder allzu weichen Sand, sodass sie zu Pferde mit Packeseln statt auf Kamelen reiten konnten. Maude wäre zu gern auf einem Kamel geritten und war ein wenig enttäuscht, aber nur ein kleines bisschen. Nichts konnte ihre Freude über diese Reise dämpfen, vor allem, da Nathaniel nun doch mit von der Partie war. Vor lauter Aufregung hätte sie beinahe vergessen, ihrer Mutter zuzuwinken, als sie sie in ihrem Hotel in Kairo zurückließen, »allein« mit ihren neuen Freundinnen und etwa dreißig Dienstboten. Die Reise von der Küste nach Siwa sollte etwa eine Woche dauern. Sie würden bis zu fünf Tage in der Oase verbringen und dann auf demselben Weg die Rückreise antreten. Trotz aller Bemühungen hatte Maude ihren Vater nicht überreden können, über die längere Route ostwärts durch die Wüste direkt bis nach Kairo zurückzukehren.

In den ersten Tagen der Reise fanden sie zu einem festen Tagesablauf. Um sechs Uhr wurden sie geweckt – Maude teilte sich ein Zelt mit ihrem Vater –, und die Diener brachten ihnen frischen Kaffee. Bis sieben Uhr waren alle gewaschen und angekleidet, und ihr Frühstück war fertig: frisches Fladenbrot, Eier, Käse, noch mehr Kaffee und Datteln. Sie halfen beim Satteln und packten ihr persönliches Gepäck in Reisetaschen, während die Diener die Zelte abbauten, die Feldbetten, Tische und Stühle zusammenklappten und die Packesel beluden. Bis acht Uhr war ihre kleine Karawane bereit zum Aufbruch. Ihre Kleidung war bald voller Staub, genau wie Haut und Haare. Maude war müde, weil es nachts so kalt war, dass sie kaum schlafen konnte, doch sie war unendlich glücklich. Sie spürte die Weite der Wüste und konnte sich kaum daran sattsehen, wie die Frühlingssonne die Farben von Sand und Himmel im Lauf des Tages veränderte. Sie vermisste weder ihr Zuhause noch ihre Mutter oder die Annehmlichkeiten von Marsh House. John vermisste sie auch nicht, selbst Francis konnte ihr die Freude nicht verderben. Und sie hörte keine tickende Uhr, die leise die Zeit erstickte.

Sie ritten den ganzen Tag, mit einer Pause zu Mittag und zum Nachmittagstee. Etwa eine Stunde vor Sonnenuntergang suchten sie sich einen vernünftigen Platz, um das Lager aufzuschlagen, und die Diener machten sich wieder daran, alles abzuladen und aufzustellen. Eines Tages ritt Maude ein

Stück voraus, während die anderen noch zu Mittag aßen. Sie hatten erfahrene Pferde angemietet, die die Routine einer solchen Reise im Schlaf kannten und nie dazu aufgefordert wurden, auch nur im Geringsten davon abzuweichen. Deshalb hatte sie ihre Stute recht grob antreiben müssen, damit sie sich von den anderen entfernte. Schließlich hatte Maude genug Entfernung zwischen sich und die Gruppe gebracht, sodass sie die Stimmen und das Klappern der Kaffeekannen nicht mehr hören konnte. Sie ritt noch ein Stück weiter, einen Hang hinauf, durch eine Senke voller Geröll und den nächsten Hügel hinauf, wo sie schließlich innehielt. Augenblicklich überkam sie ein seltsames Gefühl der vollkommenen Stille, der Abwesenheit. Sie brauchte eine Weile, um festzustellen, woher dieses Gefühl kam.

Kein Lufthauch war zu spüren. Ihre Stute stand reglos da und war kein bisschen außer Atem. Ihr eigener Atem war kaum hörbar, und ansonsten herrschte absolute Stille. In genau diesem Augenblick wurde Maude bewusst, dass sie noch nie Stille gehört hatte. Da war immer diese Uhr oder die Dienstboten, die sich bewegten oder sprachen, der Wind draußen oder der Regen oder das Haus, das knarrte und ächzte, wenn es sich aufheizte oder abkühlte. Immer war irgendein Geräusch zu vernehmen, und sei es noch so leise gewesen. Das hier war völlig anders. Maude saß überwältigt da und lauschte. Allmählich wurde ihr bewusst, wie riesengroß die Erde war und wie unvorstellbar lange sie schon existierte. Sie erkannte mit einem Mal, wie unbedeutend sie in Wirklichkeit war, wie vergänglich. Das fühlte sich gut an und überhaupt nicht bedrückend. Ganz im Gegenteil – endlich wusste sie, wer sie war, kannte ihren Platz in der Welt und war mit beidem vollkommen zufrieden. Sie hatte das Gefühl, dass sie einfach alles tun konnte. Und sie spürte, wie die Welt sich drehte – friedlich, unbeirrbar, endlos. Die Stille wirkte wie ein Zauberspruch, der Maude unendlich viel Zeit verhieß. Sie saß da, sog die Stille in sich auf und spürte plötzlich eine große Liebe in sich. Als sie ihre Familie samt Gefolge kommen hörte, zerrann alles wie schmelzendes Eis, und Maude wusste im selben Moment, dass sie diese Stille wieder aufsuchen würde. Dass sie sie immer wieder erleben wollte.

Sie erreichten Siwa wie geplant am achten Tag. Ihre Körper fühlten sich ganz steif an von der langen Zeit im Sattel, Sand juckte unter ihren schmuddeligen Krägen und Ärmelaufschlägen, und alle verlangten lautstark nach einem Bad und einem bequemen Sessel.

»Ich würde sterben für eine Zigarette«, verkündete Francis gedehnt, sich außer Hörweite ihres Vaters wähnend. Nathaniel fing Maudes Blick auf, und sie lachte laut heraus, ehe sie sich beherrschen konnte. »Was ist?«, fragte Francis argwöhnisch. »Ich bin bloß froh, dass wir endlich da sind. Sogar du musst zugeben, dass ein Stück Wüste aussieht wie das andere, Krümel. Das wird doch ziemlich schnell ziemlich öde.«

»Du solltest mal versuchen, die Augen richtig aufzumachen, Frank«, entgegnete Nathaniel, und Francis zog ein finsteres Gesicht.

»Nun, immerhin haben wir es bis hierher geschafft, ohne dass du wieder vom Pferd gefallen bist«, gab er zurück.

Während der nächsten Tage erkundeten sie die Oase zu Fuß – die uralte verlassene Stadt Aghurmi und die neue Stadt Siwa, die südlich davon gewachsen war. Den großen Salzsee mit seinen geheimnisvollen Inseln, die Dattel- und Olivenhaine, Gärten und Ziegenherden. Maude folgte ihrem Vater aufmerksam, hielt Notizen und Skizzen in ihrem Journal fest, übte sich darin, einfache Karten zu zeichnen, und posierte so geduldig wie möglich, während Elias seine Kamera aufbaute und einstellte, um sie vor interessanten Perspektiven oder Bauwerken zu fotografieren. Francis verdarb sich am dritten Tag den Magen und eilte ständig durch das Gästehaus zum Abtritt. Maude bemühte sich – mit begrenztem Erfolg –, Mitgefühl für ihn aufzubringen. Am fünften und letzten Morgen ihres Aufenthalts wachte sie ganz früh auf und zog sich leise an. Sie nahm sich eine Handvoll Datteln aus der Küche, trank etwas Wasser und schlich sich dann hinaus in das verwaschene Morgengrauen.

Die Luft war kühl, reglos und geruchlos wie Stein. Maude ließ den neuen Ort Siwa hinter sich und streifte durch das verwinkelte alte Aghurmi. Die Ruinen von Mauern und Türmen ragten in den Himmel auf wie die ausgebleichten Baumstämme eines toten Waldes. Es gab ein paar Pfade durch den Schutt, und so früh brauchte sie keine Schlangen oder Skorpione zu fürchten. Die alte Stadt zog sich einen Hang hinauf und endete am Fuß eines gefurchten Felsplateaus, das sich wie eine Art bizarrer Pilz aus dem Boden schob. Vorsichtig kletterte Maude hinauf bis zu einem schmalen Sims, das sich um den Fels herumzog. Das Gestein fühlte sich bröckelig und trügerisch an. Unter ihren Füßen löste sich eine Schicht steinige Erde, und sie fragte sich, wie groß dieser Fels einmal gewesen sein mochte und wie lange es noch dauern würde, bis der Wüstenwind ihn ganz abgeschliffen hatte. Langsam schob sie sich auf dem Felsvorsprung entlang, mit ausgestreckten Armen und ängstlich flatterndem Magen. Sie wollte auf die nordöstliche Seite, um dort die Stille zu genießen und die Sonne aufgehen zu sehen. Als sie um die letzte Biegung kam und die Stelle erreichte, an der sie sich niederlassen wollte, hielt sie inne und schnappte erschrocken nach Luft. Da war schon jemand – er saß so da, wie sie es vorhatte, den

Rücken zum Fels, die Beine untergeschlagen. Sie erkannte Nathaniel.

Maude lächelte und setzte sich neben ihn. Sie wollte sagen: Ist das nicht ein seltsamer Zufall, dass wir beide dieselbe Idee hatten und uns genau dasselbe Fleckchen dafür ausgesucht haben? Oder vielleicht: Ist dir schon diese Stille aufgefallen? Ist sie nicht unglaublich wundervoll? Oder auch: Ich wünschte, wir müssten diesen Ort nicht verlassen, aber zugleich will ich weiterreisen und noch mehr sehen. All das lag ihr auf der Zunge, doch sie sprach kein Wort. Nathaniel blickte ohne Überraschung oder Ärger zu ihr auf. Er rutschte nur an der breitesten Stelle des Felsvorsprungs ein Stück beiseite, um ihr Platz zu schaffen, und sie sahen schweigend zu, wie sich der Himmel veränderte. Erst schimmerte er grau, dann in einem kühlen Türkisgrün, kurz darauf beinahe weiß, ehe er in Gold, Rot und Orange leuchtete, als die Sonne am Horizont aufging. Genau im selben Moment hoben sie jeder eine Hand, um die Augen zu beschirmen. Eine sanfte Brise summte in ihren Ohren, und leise Geräusche morgendlicher Betriebsamkeit trieben von Siwa herüber. So nah an der Zivilisation konnte die Stille der Wüste nicht überleben. Doch dieser wunderbare Augenblick kam Maude unendlich vor, ruhig und friedvoll und beinahe vollkommen. Ihr wurde klar, dass niemand sonst auf der Welt diesen Moment so verstehen und mit ihr teilen könnte, wie Nathaniel es tat.

Als die Sonne eine Handbreit über den Horizont gestiegen war, holte Nathaniel tief Luft. »Wir sollten wohl wieder hinuntergehen«, sagt er. Er stützte das Kinn auf die gesunde Hand und sah sie lächelnd an. »So muss es sein, oder, Mo?«, bemerkte er. »So sollte es sein.«

»Ja«, sagte sie, ohne zu zögern. Sie spürte, dass irgendeine wichtige Erkenntnis, eine bedeutende Wahrheit, knapp außerhalb ihrer Reichweite vor ihr lag. Sie versuchte, sie zu greifen, doch je mehr sie sich anstrengte, desto weiter wich die Erkenntnis zurück. »Ja«, wiederholte sie nur. Er reichte ihr die gesunde Hand und half ihr auf, und dann klopften sie sich den Staub von den Kleidern und machten sich wortlos auf den Weg nach unten. Von diesem Tag an erschien Maude die Welt, die sie seit ihrer Geburt kannte – die Vertrautheit, all die Regeln, die Sicherheit, die Vorsicht –, kindlich und beengt, unerträglich begrenzt von der tickenden Uhr. Sobald sie die Wüste verließ, würde sie nur darauf warten, wieder zurückzukehren, das wusste sie.

Maskat und Matrah, November 1958

Beim Dinner saß Joan einem Mann mit ungepflegtem, dunkelblondem Haar gegenüber, das dringend geschnitten werden sollte. Sie hatte angenommen, in der Armee gebe es Regeln für solche Dinge – Daniel und die anderen Briten, die sie in Bait al-Faladsch gesehen hatte, trugen das Haar streng kurz. Sie betrachtete gern die verletzliche weiße Haut am Haaransatz, hinter ihren Ohren und im Nacken, wenn das Haar frisch geschnitten war. Das erinnerte sie an früher, als Daniel noch klein gewesen war und sie ihm immer das Haar gewaschen hatte, mit einem Krug über der Küchenspüle, wobei sie beide auf Schemeln hatten stehen müssen. Der blonde Mann hatte sich das Haar zurückgekämmt, aber einzelne Strähnen fielen ihm immer wieder in die Stirn. Er war groß und kräftig gebaut und hatte braune Augen, die durch den Raum schweiften, als suchte er nach einem Fluchtweg. Dann überlegte er es sich offenbar anders, denn er entspannte sich und sah sie über den Tisch hinweg lächelnd an. Er streckte ihr die Hand hin.

»Hallo, wir wurden einander in der Gin-Tonic-Phase des Abends nicht vorgestellt. Captain Charlie Elliot.«

»Joan Seabrook. Sie müssen gerade angekommen sein«, sagte sie. Sie hatte nur halb zugehört, als Robert von der frisch eingetroffenen Kompanie erzählt hatte – ihre Gedanken schweiften ständig zu Maude und ihren Geheimnissen ab. Wie Finger zu einer Scharte in einer glatten Oberfläche kehrte sie immer wieder zu dem Gefallen zurück, den sie der alten Dame zugesagt hatte.

»So ist es. Wir sind vor ein paar Tagen angekommen. Ich dachte, ich ziehe in den Krieg, und stattdessen sitze ich nun hier«, erklärte er und grinste liebenswürdig, »und diniere mit den höchsten Rängen in diesem prachtvollen Palast.« Er hob das Glas in ihre Richtung und trank einen großen Schluck. Joan lächelte unsicher.

»Ach, so hochrangig sind wir nicht. Ich jedenfalls nicht – ich bin Archäologin. Zumindest will ich eine werden. Aber eigentlich bin ich hier, um meinen Bruder zu besuchen, Lieutenant Seabrook.« Sie blickte den Tisch entlang zu Daniel hinüber, der sich angeregt mit Marian und einem kugelrunden Mann unterhielt, den Joan nicht kannte. Neben ihm sah Daniel so mager aus wie ein hungriger Wolf.

Sie saßen im Speisesaal der Residenz – einem lang gezogenen Raum mit prächtigem Fliesenboden und hohen Fenstern zum Meer. Die elektrische Beleuchtung machte den Saal ein wenig zu hell und zu warm. Es gab keine Schatten, und Augen wirkten in diesem Licht ausdruckslos. Hinter dem blonden Mann stand ein Fenster offen, durch das Joan die Festung Al-Dschalali sehen konnte. Eine einzige Lampe brannte über der hafenseitigen Tür und erhellte eine schmale Steintreppe, die direkt in den Fels der Dammmauer gehauen war. Die Stufen sahen steil und gefährlich aus. Man konnte unmöglich hochsteigen, ohne gesehen zu werden. Joan starrte hinüber und dachte daran, was sie Maude versprochen hatte. Ein Gefühl zwischen Aufregung und Panik ließ sie schaudern. Außerdem verdarb es ihr den Appetit, also trank sie stattdessen einen Schluck Wein und bemühte sich, nicht allzu auffällig zu der Festung hinüberzustarren. Nach einer Weile kam es ihr vor, als werde sie von dort beobachtet.

»Wie lange sind Sie schon hier?«, erkundigte sich Charlie.

»Ach, erst seit zehn Tagen. Gerade lange genug, um mich ein wenig zurechtzufinden. Um Daniel zu besuchen und noch jemanden, den ich schon lange einmal kennenlernen wollte. Aber nicht lange genug, um über die Stadt hinaus viel mehr zu sehen als den Stützpunkt.«

»Na ja, ist das nicht in etwa alles, was Ausländer hier sehen dürfen?«, fragte er.

»Ja. Das hat man mir auch gesagt.«

»Klingt, als würden Sie nicht so leicht glauben oder befolgen, was man Ihnen sagt«, bemerkte er lächelnd.

Joan zuckte mit einer Schulter. »Es gefällt mir nicht, aber mir bleibt kaum etwas anderes übrig, als es zu glauben und mich daran zu halten, bedauerlicherweise. Es gibt eine bedeutende alte Festungsanlage, die ich zu gern besichtigt hätte, in der Wüste in der Nähe von Nizwa auf der anderen Seite der Berge. Aber anscheinend wird das nicht möglich sein. Außer vielleicht, Sie stürmen den Grünen Berg und beenden den Krieg im Landesinneren in den nächsten zwei Wochen. Tja, da sitzen wir nun. Was ist mit Ihnen? Woher kommen Sie? Sie sind so braun gebrannt. Wie alle bei der Luftwaffe.«

»Ich gehöre zu einer Spezialeinheit, dem SAS – Special Air Service. Wir kommen gerade von der malaiischen Halbinsel.«

»Du meine Güte, das nenne ich mal einen Szenenwechsel.«

»Ja, der Urwald ist viel spärlicher hier«, stimmte er grinsend zu. »Genauer gesagt ist die Gegend ganz schön öde, nicht? Ganz im Vertrauen – ich hoffe doch, dass wir diesen kleinen Aufstand rasch niederschlagen können. Das dürfte nicht allzu schwierig sein. Es heißt, die Rebellen seien sehr einfach ausgestattet, mit Eseln und antiken Martini-Henry-

Büchsen. Denen wird Hören und Sehen vergehen, denke ich. Also geben Sie die Hoffnung noch nicht auf, diese Festung zu sehen, Miss Seabrook.«

Joan musterte Charlie Elliot. Er hatte die Unterarme auf den Tisch gestützt und saß lässig auf seinem Stuhl. Doch ihr entging die ausbalancierte Haltung nicht, die darauf hinwies, dass er nicht halb so entspannt war, wie er sich gab. Er riss ein Stück Fladenbrot ab, ehe das Essen aufgetragen wurde, und aß es mit einer ostentativen Missachtung der Tischmanieren, die Joan für aufgesetzt und allzu selbstsicher hielt. Seine Hände waren stark und vernarbt. Er trug keine Manschettenknöpfe, hatte das Hemd jedoch bis obenhin zugeknöpft, und seine Krawatte saß perfekt. Er hatte etwas von einem rebellischen Schuljungen, den die Dreistigkeit drängte, ein wenig aus der Reihe zu tanzen, Aufmerksamkeit zu erregen und hochgezogene Augenbrauen zu ernten. Als er Joan jedoch direkt ansah, erkannte sie die Intelligenz in seinen Augen, das belustigte Funkeln, und sie fragte sich, ob er sich nur einen privaten Spaß erlaubte, vielleicht auf ihre Kosten. Der junge Mann links neben Joan quittierte Charlies Worte mit einem unwilligen Brummen und schüttelte den Kopf.

»Man darf einen Feind niemals unterschätzen«, bemerkte er ernst. »Das kann sich bitter rächen.« Dieser Mann hatte ein schmales Gesicht mit einem säuerlichen Ausdruck. Die tiefen Furchen auf seiner Stirn und zwischen seinen Brauen vermittelten den Eindruck, dass er meist tief in seinen Gedanken versunken war. Er sah nicht so aus, als hätte er je im Leben gelacht. Charlie seufzte theatralisch.

»Joan, haben Sie Walter Cox schon kennengelernt?«, fragte er. »Auch bekannt als ›Der Lächelnde‹.«

»Hallo, Walter«, sagte Joan. Der Wein verbreitete Hitze in ihrem leeren Magen, und sie begann, sich zu amüsieren.

Walter schüttelte ihr mit ernstem Nicken die Hand. »Und wie lautet sein Spitzname?«, fragte sie und wies auf Charlie Elliot.

»Ach, der braucht eigentlich keinen«, antwortete Walter und warf Charlie einen schwer zu deutenden Blick zu. »Manchmal nennen wir ihn Daddy.«

Charlie lächelte, wobei ein kleines Grübchen in seiner rechten Wange erschien. Es ließ ihn jungenhaft wirken, obwohl Joan ihn auf über dreißig schätzte.

Daniel hatte ihr erzählt, dass diese Einheit, der neu gebildete SAS, eine Spezialeinheit war: bestens ausgebildet und absolut tödlich. Colonel Singer hatte sie angefordert, um die Pattsituation am Grünen Berg endlich zu beenden. Daniel hatte nachdenklich hinzugefügt: »Ehrlich gesagt, ist mir so etwas wie der SAS noch nie untergekommen. Das sind die gelassensten, effizientesten Berufskiller, die mir je begegnet sind.«

Joan hatte Schwierigkeiten, den graugesichtigen Walter und den verwegenen Charlie mit dieser Beschreibung in Einklang zu bringen. Aber sie konnte sich Daniel ja schon kaum als Killer vorstellen – dabei wusste sie, dass er Menschen getötet hatte, wenn nicht hier in Oman, dann bei früheren Einsätzen. Daniel hatte ein Gewehr angelegt, einen Menschen ins Visier genommen und geschossen. Es klang weniger schrecklich, wenn er von Zielpersonen oder dem Feind sprach, aber das waren Menschen. Männer und Jungen, viele von ihnen wahrscheinlich jünger als Joan. Das war für sie schwer zu fassen, eine Größenordnung, mit der sie nicht zurechtkam. Also versuchte sie es normalerweise gar nicht erst. Doch hin und wieder musste sie daran denken und bekam das beunruhigende Gefühl, dass nichts, was sie kannte, so ganz wirklich war. Oder eher, dass sie nichts wirklich kannte, schon gar nicht Männer – ihren eigenen Bruder eingeschlossen.

»Hören Sie gar nicht hin«, sagte Charlie, als das Essen serviert wurde. »Er nimmt Kampfeinsätze sehr ernst, wie alles andere im Leben. Ich lache lieber darüber.«

»Und wer von Ihnen beiden ist dann besser auf den Einsatz vorbereitet?«, fragte sie.

»Oh, alle beide, keine Sorge. Das ist nur eine Frage der Persönlichkeit«, erwiderte Charlie.

»Wenn es also zum Kampf kommt, sind Sie genauso ernst wie Walter?«

»Unbedingt«, antwortete er und lächelte erneut. »Todernst.«

Joan unterhielt sich eine Weile mit der Dame, die rechts von ihr saß, der Ehefrau eines hochrangigen Offiziers. Sie beklagte die schlimmen Auswirkungen des Wetters in Oman auf Haut und Haare und wollte wissen, ob Joan vor ihrer Abreise noch *Gigi* im Kino gesehen hatte. Und die ganze Zeit über hörte sie Charlie Elliots Stimme, ein klein wenig lauter als die anderen an ihrem Ende der Tafel. Wenn er lachte, dann gerade laut genug, um im ganzen Saal gehört zu werden, trotz des allgemeinen Stimmengewirrs. Während eines besonders schallenden Gelächters warf sie verstohlen einen Blick auf ihn: Er lümmelte beinahe auf seinem Stuhl, das Kinn an die Brust gezogen, und lachte hemmungslos mit geschlossenen Augen.

Sie schaute den Tisch auf und ab, begegnete Rorys Blick und verdrehte unauffällig die Augen gen Himmel. Rory sah sie fragend an und lächelte dann.

»Also, Miss Seabrook, erzählen Sie mir von diesem anderen Freund in Maskat«, sagte Charlie unvermittelt, und sie konnte nur hoffen, dass er ihren spöttischen Blick zu Rory nicht mitbekommen hatte.

»Anderer Freund?«

»Ja, Sie sagten doch, Sie wollten hier noch jemanden besuchen ...«

»Ach so, natürlich. Nun ja, sie ist nicht ganz meine Freundin. Noch nicht jedenfalls. Sie ist eher ein Idol für mich. Gut möglich, dass Sie noch nie von ihr gehört haben, aber Maude Vickery war eine der ersten großen Entdeckerinnen um die Jahrhundertwende. Eine der ersten großen Forschungsreisenden, ob männlich oder weiblich, müsste man sagen, und ...« Sie verstummte irritiert, weil Charlie schon wieder mit blitzenden Augen grinste. »Habe ich etwas Komisches gesagt, Captain Elliot?«

»Nein. Nun, unabsichtlich vielleicht«, antwortete er. Er stützte sich auf die Ellbogen und beugte sich über den Tisch zu ihr nach vorn. »Wissen Sie, mein Vater ist Nathaniel Elliot. Also – ja, ich habe schon von Maude Vickery gehört.«

»Nathaniel Elliot? Doch nicht *der* Nathaniel Elliot?«, fragte sie in unverhohlenem Erstaunen.

»Genau der.«

»Und deswegen nennen wir ihn Daddy«, erklärte Walter von der Seite. »Weil er keine einzige Unterhaltung bestreiten kann, ohne seinen Daddy zu erwähnen.«

Joan starrte Charlie ein paar Sekunden lang an. Sie empfand genau dasselbe Gefühl der Surrealität wie bei ihrer ersten Begegnung mit Maude. »Aber bitte fangen Sie jetzt nicht an, ihn als Helden zu verehren«, raunte Walter flehentlich. »Sonst wird er unerträglich.« Joan klappte den Mund zu, der ihr offen stehen geblieben war.

»Sie haben also schon von ihm gehört?«, fragte Charlie ernster.

»Ja, natürlich. Das ist ja kaum zu fassen …«, sagte Joan. »Und was für ein verrückter Zufall, dass Sie mir hier begegnen, nachdem ich eben erst Miss Vickery kennengelernt habe. Ich meine, wir haben uns erst gestern über Ihren Vater unterhalten. Ist das nicht eigenartig?«

»Ich kann mir nicht vorstellen, dass sie viel Gutes über ihn zu sagen hatte. Aber er ist ein guter Kerl.«

»Ich wünschte, sie hätte mir mehr über ihn erzählt, weil sich die beiden einmal so nahestanden. Aber anscheinend möchte sie gar nicht von ihm sprechen.«

»Sie ist neidisch, das ist das Problem. Sie hat es nie verwunden, dass er sie bei der Wüstendurchquerung geschlagen hat. Die beiden hatten ein kleines Wettrennen daraus gemacht, verstehen Sie? Und er hat gewonnen – so einfach ist das. Ohne Dads Spuren, denen sie ja folgen konnte, wäre sie wahrscheinlich nie wieder da herausgekommen. Sie sollte sich glücklich schätzen, dass sie es überhaupt geschafft hat, durch die Wüste zu kommen – das war wirklich eine Leistung, erst recht für eine Frau.«

»Ja, erst recht für eine Frau«, sagte Joan trocken. »Ihr Vater ist gerade achtzig geworden, richtig?«

»Ich habe seine Geburtstagsparty verpasst.« Charlie nickte. »Aber er wird mir verzeihen. Die Pflicht geht vor.«

»Sind Sie sein jüngstes Kind?«

»Ja. Wir waren sechs – fünf Jungen, ein Mädchen.« Wieder ließ er den Blick durch den Saal schweifen, wie vorhin, als sie Platz genommen hatten. Als suchte er nach einem Fluchtweg. »Jetzt sind wir nur noch zu zweit, Jemima und ich. Meine Eltern hatten wirklich nicht viel Glück beim Versuch, uns am Leben zu erhalten.«

»Oh, das tut mir leid. Wie schrecklich«, sagte Joan. Sie dachte sofort an das Dröhnen eines Flugzeugs am Sommerhimmel und ihre weinende Rektorin in der Schulversammlung. Charlie trommelte mit den Fingern einer Hand auf die Tischplatte, bewegte sich unruhig auf seinem Stuhl und suchte stumm den Raum ab. Joan wandte sich Walter zu und erkundigte sich nach seiner Familie, seiner Kindheit, seinen Hobbys – sie hätte alles getan, um von Charlie abzulenken, während er um Fassung rang.

Nach dem Essen zogen sich die Herren in einen Raum zurück, die Damen in einen anderen, als seien sie um hundert Jahre in die Vergangenheit zurückversetzt. Die Damen waren nur zu viert, und Joan blieb ein Weilchen mit den anderen auf der Terrasse sitzen. Sie sprachen über die Heimat, über ihre Kinder, und Joan trug wenig zur Unterhaltung bei.

»Sie haben doch gewiss Captain Elliot kennengelernt?«, versuchte sie es einmal. »Wissen Sie, wer sein Vater ist?«

»Ja, der berühmte Entdecker. Ich habe ihn vor Jahren bei einem Empfang im Außenministerium in London kennengelernt. Ein sehr charmanter Mann. Ein wenig zurückhaltend, aber sehr charmant. Und sieht sein Sohn nicht hinreißend gut aus?«, antwortete die Offiziersgattin, die beim Abendessen neben Joan gesessen hatte.

»Der junge Bursche, der dir gegenübersaß, Joan? Ja, sehr gutaussehend«, sagte Marian.

»Wohl kaum ein junger Bursche«, entgegnete Joan.

»Meine Liebe, wenn du erst in unserem Alter bist ...« Marian lächelte vage. »Er ist ein Frauenheld, nach allem, was man so hört. Sei lieber vorsichtig, Joan.«

»Ich brauche wohl kaum vorsichtig zu sein, wenn Rory hier bei mir ist«, erwiderte sie.

Marians Lächeln geriet ein wenig ins Wanken, doch dann nickte sie und wandte den Blick ab. »Natürlich. Wie dumm von mir.« Dann widmete man sich wieder anderen Themen, die Joan nicht interessierten, und sie saß still daneben, nippte an ihrem Kaffee und schaute hinüber zu dem gedrungenen Koloss Al-Dschalali. Als sie es nicht mehr aushielt, entschuldigte sie sich.

Rastlos ging sie in Richtung des Raums, den die Männer mit ihrem Zigarettenrauch und ihren polternden Stimmen erfüllten. Vom unbeleuchteten Flur aus spähte sie durch den Türspalt. Robert, Colonel Singer und der SAS-Kommandant, Lieutenant Colonel Burke-Bromley, lachten mehr, als dass sie sprachen. Walter hockte schweigend am Ende eines Sofas, und am anderen saßen Rory und Daniel nebeneinander und unterhielten sich leise. Joans Herz machte einen Satz, als sie die beiden zusammen sah. Bisher hatte sie sie an diesem Abend kein Wort wechseln sehen, und sie hatte befürchtet, der Streit auf dem Stützpunkt sei noch nicht überwunden.

Sie hatte Daniel danach fragen wollen, ihn aber keinen Augenblick unter vier Augen sprechen können. Am liebsten wäre sie jetzt hineingegangen, um ihnen Gesellschaft zu leisten, aber das gehörte sich natürlich nicht. Sie kam sich vor wie ein Kind, das nicht mit den Erwachsenen aufbleiben darf. Also beobachtete sie die beiden noch ein Weilchen und hoffte, Rory oder Daniel würde sie bemerken und zu ihr herauskommen. Sie wollte schon aufgeben und sich auf ihr Zimmer zurückziehen, als eine Stimme hinter ihr sie zusammenfahren ließ.

»Und, wem spionieren Sie nach?« Es war Charlie Elliot. Er sprach ganz dicht an ihrem Ohr – zu dicht. Sie wich erschrocken einen Schritt zurück und trat ihm auf den Fuß. »Au! Passen Sie auf, wo Sie hintreten.«

»Es tut mir leid! Nein, eigentlich nicht. Sie hätten sich

nicht so an mich heranschleichen dürfen«, sagte sie. Er hatte sich vollkommen lautlos genähert.

»Ich bin nicht geschlichen, nur gegangen.«

»Und wo waren Sie bis jetzt? Ein bisschen herumschnüffeln?« Sie dachte an seinen suchenden Blick beim Essen.

»Auf der Toilette, wenn Sie es genau wissen wollen.« Er zuckte mit den Schultern. Das Licht, das durch den Türspalt fiel, teilte sein Gesicht in zwei Hälften.

»Oh. Verzeihung.« Sie hoffte, dass die Dunkelheit ihre Verlegenheit verbarg. »Ich habe niemandem nachspioniert, nur versucht, Rory auf mich aufmerksam zu machen, damit ich ihm Gute Nacht sagen kann. Aber ich wollte es sowieso gerade aufgeben.«

»Aber warum gehen Sie nicht einfach rein?«

»Das kann ich nicht! Da sind so viele Männer …« Sie brach ab und kam sich albern vor. Irgendwie konnte sie sich nicht vorstellen, dass Charlie Elliot so etwas wie Schüchternheit kannte, und sie fand es grässlich, selbst davon beherrscht zu werden. Doch der Gedanke daran, diesen Raum zu betreten, mittendurch zu gehen und alle Blicke auf sich gerichtet zu sehen, war entsetzlich. »Es ist nicht so wichtig. Gute Nacht«, sagte sie ein wenig aufgebracht und ging an ihm vorbei.

»Warten Sie, Joan«, sagte er und hielt sie sacht am Arm zurück. Sie blickte verärgert zu ihm auf – diese allzu vertrauliche Geste fühlte sich herabsetzend an, und sie kam sich ohnehin schon wie ein Kind vor.

»Ja, bitte, Captain Elliot?« Doch ihr spitzer Tonfall ließ ihn nur noch breiter lächeln.

»Rory ist der Große mit den Locken, der auf dem Sofa sitzt?«

»Ja.«

»Wie stehen Sie zu ihm? Wenn ich fragen darf.«

Charlie ließ ihren Arm los. Das Licht aus dem Türspalt fiel nun von hinten auf ihn, und er war nur eine große, breite Silhouette.

»Er ist mein Verlobter. Warum fragen Sie?«

»Ihr Verlobter?« Charlie verschränkte die Arme und zögerte einen Moment. »Welch ein Jammer. Warten Sie einen Moment, ich schicke ihn zu Ihnen heraus.« Damit wandte er sich ab und betrat den Raum.

Früh am nächsten Vormittag drehte sich Joan vor dem Spiegel herum und wartete, während Maude sie mit zusammengekniffenen Augen begutachtete.

»Nicht schlecht«, verkündete Maude schließlich. »Noch etwas mehr Khol um die Augen, und verschmieren Sie ihn ein bisschen. Es geht nicht darum, hübsch auszusehen. Sie wollen nicht wie ein Filmstar wirken, sondern wie eine arabische Bedienstete, die seit dem Morgengrauen gekocht und geschrubbt hat.« Joan trug ein langes schwarzes Gewand – Abaya genannt –, das sie vom Scheitel bis zur Sohle bedeckte. An der Stirn lag es eng an wie das Ordenskleid einer Nonne. Abdullah hatte das Kleidungsstück gebracht, säuberlich über zwei lange Arme gelegt, das Gesicht so ausdruckslos wie immer. Falls er irgendeine Meinung zu ihrer Mission hatte, behielt er sie für sich. Zu ihrer Verkleidung gehörte auch eine schwarze Maske mit einer spitzen Aussparung für die Nase. Zum Schluss würden nur noch ihre Augen sichtbar sein. Sie hatte arabische Frauen in dieser Aufmachung herumlaufen sehen und festgestellt, dass diese Verhüllung ihr erlaubte, die Frauen nach Belieben zu beobachten – niemand konnte sagen, ob sie Joans aufmerksame Blicke bemerkten oder etwas dagegen hatten. Diesen Effekt fand sie seltsam, denn die

Kleidung sollte ihre Trägerin ja verbergen. Sie drehte sich wieder zum Spiegel um und betrachtete sich. »Lächerlich, nicht?«, bemerkte Maude. »Es war mir schon immer ein Rätsel, wie sie in dieser Aufmachung irgendetwas erledigen können. Aber das sollen sie wohl auch nicht, nehme ich an. Eine Beduinenfrau würde sich niemals in so viel Stoff wickeln. Die haben viel zu viel zu tun.«

»In diesem Fall ist sie allerdings sehr praktisch«, entgegnete Joan. Ihre Stimme klang zu hoch, beinahe schrill. Ihre Hände zitterten, und sie krallte die Finger in den Stoff, damit Maude es nicht sah.

»Also, ich habe Sie ein paar Worte Arabisch sprechen hören und rate Ihnen, am besten gar nichts zu sagen«, sagte Maude unverblümt.

»Natürlich«, sagte Joan getroffen.

»Nun seien Sie nicht gleich beleidigt, Joan. Ich stelle lediglich Tatsachen fest und versuche, dieses Unternehmen so gut wie möglich zu planen. Man muss seine Grenzen kennen. Zeigen Sie ihnen den Brief, lassen Sie sie den Korb durchsuchen. Die werden das Geld nehmen, und Sie gehen weiter. Entweder lassen sie Sie hinein oder nicht. Hoffen wir das Beste. Ihre Hände sind zu hell, halten Sie sie verborgen. Und versuchen Sie wenigstens, nicht so zu zittern. Na ja, es ist wohl nicht allzu ungewöhnlich, dass jemand zittert, wenn er da hineingeht.«

»Ist es sehr ... schlimm?«, fragte Joan.

»Ja. Es ist sehr schlimm.«

»Was, wenn sie mir nicht glauben? Dass ich eine Einheimische bin, meine ich. Ich könnte entsetzliche Schwierigkeiten bekommen.«

»Die dürfen Sie nicht anrühren. Nicht einmal dieser erbärmliche Gefängniswärter würde das wagen. Und da sind auch britische Wachen – gewiss ehrenhafte, anständige Musterknaben alle miteinander. Sie können nur dahinterkommen, wer Sie sind oder woher Sie stammen, wenn Sie den Schleier abnehmen oder sich in gepflegtem Englisch verplappern. Tun Sie weder das eine noch das andere, und alles wird glatt verlaufen.«

»Da sind auch britische Wachen? Aber ... das wusste ich nicht! O Gott, wenn die merken ...«

»Unsinn. Wie sollten sie denn?« Maude winkte lässig ab.

Joan konnte es immer noch nicht fassen, dass sie sich bereit erklärt hatte, Maude diesen »Gefallen« zu tun – sich in die Festung Al-Dschalali zu schmuggeln, um einen der Insassen zu besuchen, nämlich Abdullahs Sohn Salim. Die meisten Häftlinge durften überhaupt keinen Besuch empfangen, aber politische Gefangene konnten sich von ihren Bediensteten Essen und Kleidung bringen lassen.

»Er ist also kein ... gewöhnlicher Verbrecher?«, hatte Joan gefragt, als Maude ihr von ihm erzählt hatte.

»Selbstverständlich nicht«, hatte Maude gekränkt erwidert. »Er ist ein politisch engagierter Mann, und mehr braucht es hier nicht, um in gewaltige Schwierigkeiten zu kommen.«

»Hat er etwas gesagt, das den Sultan verärgert hat?«

»Sultan Said ist sehr leicht zu verärgern.« Salim war vor über einem Jahr verhaftet und eingekerkert worden. Es hatte keinen Prozess gegeben, und er wusste nicht, wie lange er im Gefängnis bleiben sollte. Er war dem Sultan nach Belieben ausgeliefert und wäre nicht der erste Häftling gewesen, den man einfach im Kerker verrotten ließ. Angehörige durften ihn natürlich nicht besuchen, daher war Joan, verkleidet als Dienerin, ihre einzige Hoffnung. Das Problem war, dass abgesehen von Colonel Singer als Stabschef kein Ausländer Al-Dschalali betreten durfte. Joan wollte gar nicht daran denken, was ihr – oder Robert – blühen mochte, wenn ein persönlicher Gast des Wesirs dort drin erwischt wurde. Dennoch hatte sie sich dazu bereit erklärt, denn es schmeichelte ihr, dass ihr Maude etwas so Gefährliches und Wichtiges zutraute. Sie hatte Maude nicht enttäuschen wollen und sich selbst auch nicht. Wenn sie ein stärkerer Mensch sein wollte, mehr als eine Touristin und weniger schüchtern, dann würde sie den Mut aufbringen müssen, hin und wieder Regeln zu brechen. Und Salims Inhaftierung war eine schreiende Ungerechtigkeit.

Sie holte tief Luft, ließ sie langsam ausströmen und bemühte sich, ihre Nerven zu beruhigen. Ihre Kehle war staubtrocken, und ihr ganzer Körper fühlte sich vor Angst so schwach an, dass sie kurz davor stand, einen Rückzieher zu machen. Sie hockte sich neben Maudes Rollstuhl, damit die alte Frau ihr die Maske aufsetzen und an der Abaya befestigen konnte. »So. Na, sehen Sie sich das an – Ihre eigene Mutter würde Sie nicht erkennen.« Joan stellte sich wieder vor den Spiegel. Mit dick verschmiertem Khol umrandet, waren ihre Augen hinter der Maske kaum zu sehen. Ohne ihre Haare, ihre Nase oder den Umriss ihres Gesichts war sie tatsächlich nicht zu erkennen. Sie entspannte sich ein wenig.

»Also schön«, sagte sie und holte noch einmal tief Luft. Der Stoff dämpfte ihre Stimme, also schob sie ihn mit einer Hand hoch, um sprechen zu können. »Also schön. Ach, da wir gerade von Eltern sprechen – Sie erraten nie, wen ich gestern kennengelernt habe.«

»Da haben Sie recht, ich rate nicht. Wen?«

»Charlie Elliot. Den jüngsten Sohn Ihres alten Freundes Nathaniel. Er ist gerade mit einer britischen Spezialeinheit hier angekommen, um gegen die Rebellen zu kämpfen. Ist das nicht erstaunlich? Beweist das nicht wieder einmal, wie klein die Welt doch ist?«

Joan strich mit beiden Händen über das schwarze Gewand, um den rauen, knotigen Stoff zu glätten. Als Maude nichts erwiderte, drehte sie sich um. Die alte Frau starrte ins Leere, wie Joan es schon zuvor bei ihr gesehen hatte. Ihr Gesicht war regungslos, doch zwei rote Flecken waren auf ihren Wangen erschienen, sodass sie beinahe fiebrig wirkte. Joan hockte sich neben sie und legte eine Hand auf Maudes Arm. »Miss Vickery, geht es Ihnen nicht gut?« Maude blinzelte und sah sie flüchtig an, und Joan erhaschte einen Blick auf etwas Wildes in ihren Augen, etwas beinahe Animalisches. Dann hatte Maude sich wieder gefasst und war so scharfzüngig wie immer.

»Ja, natürlich. Warum denn nicht?« Sie zog ihre Hand zurück. »Dieser Mann hat so viel Nachwuchs gezeugt, dass mich das nicht überrascht – irgendeines seiner Kinder musste ja früher oder später hier auftauchen.«

»Ja, Charlie hat gesagt, er habe fünf Geschwister gehabt. Aber jetzt gibt es nur noch ihn und seine Schwester. Seine vier Brüder sind alle gestorben, aber ich habe nicht nachgefragt. Im Krieg, nehme ich an.«

»Vier, sagen Sie?«, fragte Maude so leise, dass ihre Stimme kaum mehr als ein Flüstern war.

»Ja, alle seine älteren Brüder. Eine schreckliche Vorstellung.« Joan stand wieder auf und wusste nicht recht, wohin mit sich. Maude fuhr sich mit einer Hand über die Augen, und ihre papierdünnen Lider flatterten. Das war eine eigenartige Geste, beinahe ehrerbietig, als habe sie sich ergeben oder etwas anerkannt. Der Augenblick ging rasch vorüber, und als sie aufblickte, war ihre Miene so hart wie immer.

»Nun ja. Das Leben ist nie leicht. Also, sind Sie so weit? Abdullah wird Sie bis zur Hafenmauer begleiten, aber nicht weiter. Wenn er von der Festung aus entdeckt wird, ist die ganze Sache schiefgegangen, ehe sie richtig begonnen hat.«

»Ich ... ich werde mein Bestes tun, Miss Vickery.«

»Gutes Mädchen. Lassen Sie sich möglichst nicht verhaften, und wenn Sie ihn sehen, sagen Sie ihm ...« Maude verstummte mit einem merkwürdigen kleinen Seufzen, und Joan brauchte einen Moment, um zu begreifen, dass der alten Dame die Stimme versagte. Sie wandte sich zum Spiegel und tat, als hätte sie nichts gemerkt. Maude räusperte sich und begann von vorn. »Wenn Sie ihn sehen, sagen Sie ihm, dass wir ihn vermissen und dass ich alles tue, um seine Freilassung zu erreichen.«

»Ich werde es ihm sagen«, versprach sie und fragte sich, warum sich Maude das Schicksal eines Mannes so zu Herzen nehmen sollte, den sie als den Sohn ihres Sklaven bezeichnet hatte – oder vielmehr, warum sie ihn so bezeichnet hatte, obwohl er ihr offensichtlich so viel mehr bedeutete.

Die Sonne erhitzte durch den schwarzen Stoff Joans Schultern. Ihr feuchter Atem unter der Maske ließ sie fast ersticken. Schweigend ging sie neben Abdullah her, und als sie sich der Residenz näherten, um den Damm nach Al-Dschalali dahinter zu erreichen, dröhnte ihr eigener Herzschlag laut in ihren Ohren. Sie wagte es nicht, zur Terrasse aufzublicken, wo sie Rory oder sonst jemanden sehen könnte, obwohl sie in ihrer Verkleidung unmöglich zu erkennen war. Die Leute dort drin glaubten, sie sei bei Maude, lausche ihren Geschichten und trinke Tee mit ihr. Beinahe hätte sie aufgelacht – ihre überfließende Nervosität kam als merkwürdiges, unterdrücktes Wimmern aus ihrer Kehle. Im Schatten des Gebäudes, das dem Damm am nächsten stand, hielt Abdullah inne.

»Ich werde hier auf Sie warten«, erklärte er. Joan schluckte und nickte. Am liebsten wäre sie umgekehrt und davongelaufen, doch sie nahm den Korb voller Essen und das Bestechungsgeld für die Wärter von Abdullah entgegen.

»Also gut«, sagte sie mit zitternder Stimme. Abdullah blickte auf sie hinab, und in seinen Augen regte sich nichts, doch seine Mundwinkel zuckten.

»Bleiben Sie ruhig, Miss Seabrook. Sie tun etwas Gutes. Man lässt die Männer dort drin leiden, ohne ihnen zu sagen, wann sie freikommen werden – sie haben keine Hilfe bekommen, haben keine Möglichkeit, sich zu befreien, und deshalb keine Hoffnung mehr. Sie leben oder sterben, wie es dem Sultan beliebt. Sie werden unserem Salim ein wenig Hoffnung bringen.«

»Ja«, sagte Joan. »Ja, das hoffe ich.« Abdullah zögerte.

»Er ist ein guter Junge«, sagte er schließlich. »Ein guter Mensch. Sagen Sie ihm, dass wir für ihn beten. Und jetzt gehen Sie.« Der alte Mann trat tief in den Schatten des Gebäudes zurück und blieb abwartend stehen. Joan blieb nichts anderes übrig, als sich von ihm abzuwenden und allein weiterzugehen.

Die Sonne glitzerte auf dem Wasser und blendete sie auf dem Weg über den Damm. Die salzige Brise war warm, und ein dünnes Rinnsal Schweiß lief ihr den Rücken hinab. Am Fuß der steinernen Stufen blieb sie stehen und blickte die steile, gerade Treppe empor. Der Eingang da oben war geschlossen und bewacht von zwei Omani, die mit den Gewehren auf den Knien zu beiden Seiten der Tür saßen. Die beiden spähten neugierig auf sie herab. Joan keuchte, sodass der Stoff ihres Gesichtsschleiers sich im Rhythmus ihres Atems blähte. Sie kletterte die Stufen empor. Hinter sich spürte sie wie lauernde Beobachter die Residenz, den Palast, ganz Maskat. Sie rechnete jeden Moment damit, dass jemand ihren Namen rief, sie zurückholte und ihr eine Strafpredigt hielt. Wenn man sie dabei ertappte, dass sie das Gesetz des Sultans brach, würde sie seiner Willkürjustiz ausgeliefert sein – er würde sie grausam bestrafen, womöglich sogar in der Festung einkerkern, in die sie gerade unbefugt eindringen wollte. Sie setzte einen Fuß vor den anderen, und das Herz schlug ihr bis zum Hals. Allzu bald war sie oben angekommen und stand ratlos vor den beiden Männern, den Korb mit beiden Händen umklammert. Die Wachen wechselten einen Blick und sahen dann wieder sie an. Sie waren sehr jung, mit frischen, bartlosen Gesichtern und einem wachsamen Zug um die schmalen Augen. Rastlos, wie gelangweilte junge Männer überall auf der Welt. Joans Geist war auf einmal vollkommen leer – sie konnte sich beim besten Willen nicht erinnern, was sie jetzt tun sollte.

Schließlich lachte einer der Wärter.

»Salam aleikum«, sagte er und sprach dann in schnellem Arabisch zu ihr. Panik versetzte Joan endlich in Bewegung. Sie kramte hastig den Brief hervor, den Maude für sie geschrieben hatte, und murmelte: »Aleikum salam«, ehe ihr wieder einfiel, dass sie ja kein Wort sprechen sollte. Der Wächter zog ob ihres Akzents die Augenbrauen zusammen, nahm jedoch den Brief und las ihn. Mit einem Nicken und einem Brummen reichte er ihn an seinen Kameraden weiter und blickte wieder gelangweilt, als er sie heranwinkte und nach dem Korb griff. Er musterte alles, was Maude eingepackt hatte, und nahm das Bündel Geldscheine heraus, das ganz am Rand steckte. Das Geld verschwand so schnell in einer Tasche irgendwo an seiner Uniform, dass Joan die Bewegung kaum mitbekam. Dann stand er auf, hämmerte an die Tür und sagte etwas, das Joan nicht verstand. Riegel rasselten und knallten, und die Tür ging auf. Joan hielt den Atem an und eilte an den beiden Männern vorbei in die Festung.

Drinnen musste sie sofort wieder stehen bleiben, weil sie in der plötzlichen Dunkelheit nichts mehr sah. Die Tür fiel hinter ihr ins Schloss, und ein gewaltiger Gestank ließ sie zurückfahren. Sie schlug sich die Hand vor Mund und Nase und war einen Moment lang verwirrt, als sie den Stoff berührte. Hinter ihr lachte jemand leise, und sie drehte sich hastig um. Zwei weitere Wachen saßen in der Stube neben der Tür. Sie trugen die roten Baretts des britischen Maskat-Regiments, und Joan hätte vor Schreck beinahe aufgeschrien.

»Stinkt, was, Kleine?«, sagte einer der beiden, ein dicklicher Mann mit rotem Schnurrbart, und die Männer grinsten mitfühlend. Joan taumelte vom Durchgang zurück und wandte sich hastig ab – gewiss würden sie trotz des Schleiers und der Maske merken, dass sie nicht hierhergehörte. »Wenn einer von denen dir Ärger macht, brauchst du uns nur zu rufen«, fügte der Mann hinzu. Auf wackeligen Knien ging Joan den Gang entlang, ein paar Stufen hinauf und war unendlich erleichtert, als niemand sie zurückbeorderte. Drinnen war es kühler. Sobald sie um die nächste Ecke außer Sicht war, hielt Joan inne, lehnte sich mit dem Rücken an die Wand und wartete ab, bis ihr Herz nicht mehr so laut hämmerte. Sie hatte es in die Festung Al-Dschalali geschafft. Vor Erleichterung wurde ihr beinahe schwindelig, und sie lächelte hinter ihrer Maske.

Als sie sich wieder aufrichtete, stellte sie fest, dass fast genau gegenüber eine offene Tür zu einem langen Raum führte, der an einen Schlafsaal erinnerte. Maude hatte ihr erzählt, dass in Al-Dschalali an die hundert Gefangene saßen, die meisten von ihnen in diesen trostlosen Sammelzellen. Nur wenige Insassen genossen besondere Privilegien, wie etwa ein Onkel von Sultan Said, der hier war, weil er zu viel trank und der Familie Schande machte. Diese besonderen Gefangenen waren nicht gefesselt – sie hatten private Zellen mit Betten und Dienern. Maude hatte ihr gesagt, dass sie Salim wahrscheinlich in der zweiten Sammelzelle finden würde.

Im Vorbeigehen spähte sie in die erste hinein. Etwa fünfundzwanzig Männer saßen oder lagen herum. Ihre Knöchel steckten in schweren Eisenringen, die Hände in Handschellen daran festgekettet. Ihre Kleidung starrte vor Schmutz, und es gab weder Matratzen noch sonst irgendwelches Mobiliar. Überall summten Fliegen herum. Ein wenig Licht kam von den Fenstern hoch oben unter der Decke, aber hindurchsehen konnte man nicht. Ständig klapperte und scharrte irgendwo Metall auf Stein. Ein paar Gefangene hatten sich in Grüppchen versammelt, unterhielten sich oder spielten Würfel, doch viele saßen einfach nur stumm da, den Rücken an die Wand gelehnt. Ihre Apathie hatte etwas Elendes, und Joan war beschämt, das mit ansehen zu müssen. Sie ging weiter, an der Tür vorbei und eine weitere Treppe hinauf. Es kamen kleinere Räume und Zellen, und Stufen zweigten hier und da von dem Gang ab. Sie ging stoisch geradeaus, ohne sich umzublicken, und erreichte bald den zweiten langen Saal. Nach einem tiefen, beruhigenden Atemzug trat sie ein.

Ähnlich der ersten Sammelzelle befanden sich auch hier etwa zwanzig oder dreißig Männer. Joan blickte sich um und stellte erleichtert fest, dass keine Wachen darunter waren. Dann suchte sie nach einem Mann, auf den Maudes Beschreibung von Salim passen könnte: Ende vierzig, groß gewachsen, langes, dunkles Haar, feine Züge, gut aussehend. Ein Mann, der ganz in ihrer Nähe saß, beobachtete sie aufmerksam. Nach ein paar Augenblicken stand er steif auf, zog an einem Lederriemen, um die kurze Eisenstange zwischen seinen Knöcheln ein wenig anzuheben, und schlurfte zu ihr herüber. Sein Gesicht war ausgemergelt, die Wangen hohl, die Augen ein wenig glasig. Er sprach sie an, doch sie konnte ihn nicht verstehen. Seine Zähne waren abgebrochen und verfärbt. Als sie nicht antwortete, versuchte er es noch einmal, und diesmal verstand sie ein Wort, das er ständig wiederholte: *ma*. Wasser. Sie schüttelte den Kopf.

»Salim bin Shahin?«, fragte sie und hoffte, dass die Aussprache halbwegs stimmte. Der Mann vor ihr sackte förmlich in sich zusammen, der Glanz wich aus seinen Augen und machte einem missmutigen Ärger Platz.

Mit einer vagen Handbewegung wies er ans hintere Ende des Raums, kehrte dann an seinen Platz an der Wand zurück und ließ die Eisenstange scheppernd zu Boden fallen. Joan ging hastig in die Richtung, die er ihr gewiesen hatte, und hielt den Blick gesenkt. Am Ende des Saals traf sie auf einen schlanken, sehnigen Mann mit grauen Strähnen im schwarzen Haar. Er hatte ein schmales, kantiges Kinn, eine lange Nase, dunkelbraune Augen unter schwarzen Brauen und einen schütteren Bart. Man sah ihm an, dass er sein Leben im Freien verbracht hatte – tiefe Krähenfüße zogen sich bis an die Schläfen. Er passte zu Maudes Beschreibung, und als Joan die Aufmerksamkeit und Intelligenz in seinem Blick bemerkte, ging sie zu ihm und hockte sich vor ihm hin. »Ich suche nach Salim bin Shahin«, flüsterte sie so leise, dass nur er sie hören konnte. Als der Mann ihre Stimme und die englischen Worte hörte, riss er die Augen auf. Begierig beugte er sich vor, und sein Gesicht wurde lebhaft vor Neugier.

»Sie haben ihn gefunden«, sagte er.

Salims intensiver, durchdringender Blick war Joan unangenehm. »Wer sind Sie?«

»Ich … mein Name ist Joan Seabrook. Maude Vickery schickt mich. Ich soll Ihnen das hier bringen.« Joan schob ihm den Korb hin, den Salim ignorierte. Sie unterhielten sich weiter im Flüsterton, um nicht belauscht zu werden.

»Aber ... sind Sie Engländerin? Wie kommen Sie hier herein? Wenn Sie entdeckt werden ...«

»Das darf nicht passieren«, zischte Joan verängstigt. Salim blickte über ihre Schulter zur Tür, sah sie dann wieder an und nickte ungläubig.

»Danke, dass Sie gekommen sind. Danke, dass Sie ein solches Risiko für mich eingehen.«

Joan war verblüfft. Tatsächlich hatte sie dabei kaum an ihn gedacht. Eher daran, Maude nicht zu enttäuschen, Al-Dschalali von innen zu sehen, irgendetwas zu tun.

»Aber woher kennen Sie Maude? Was tun Sie in Maskat?«
»Ich bin ... eine Freundin. Eine Freundin von Maude.« Joan fragte sich, ob das stimmte. Sie hatte das Gefühl, Maude allmählich besser zu verstehen, aber manchmal kam sie ihr immer noch unergründlich vor. »Ich bin hier in Maskat, um meinen Bruder zu besuchen – er ist als Offizier hier stationiert.«

Salim hörte sich das mit verwunderter Miene an. »Sultan Said erlaubt seinen Soldaten jetzt, privaten Besuch zu empfangen?«

»Nein, nicht direkt. Ich habe ... Verbindungen. Ich bin zu Gast in der britischen Residenz.«

»Beste Verbindungen also.« Salims Augenbrauen zuckten. »Dennoch gehen Sie ein großes Risiko ein, indem Sie hierherkommen. Ihre Verbindungen werden Ihnen möglicherweise nicht helfen, wenn man Sie hier erwischt. Ich hoffe doch, Maude hat Ihnen das klipp und klar gesagt«, fügte er nachdenklich hinzu.

»Ja, ich bin mir über die Risiken bewusst, und ...«
»Schön – wenn Sie das sagen.« Er musterte sie einen Moment lang, oder vielmehr glitt sein Blick über ihr verschleiertes Gesicht und kehrte dann zum einzigen Teil von ihr

zurück, der noch sichtbar war. Er lächelte. »Sie haben Ihre Augen mit Khol umrandet wie eine Bedu – man könnte Sie tatsächlich für eine Einheimische halten. Solange Sie nicht sprechen. Ein Glück, dass Sie keine blauen Augen haben.« Salim sprach hervorragend Englisch, trotz des kehligen Omani-Akzents.

»Ich soll Ihnen sagen, dass sie für Sie beten. Abdullah jedenfalls. Und dass Miss Vickery alles tut, was in ihrer Macht steht, um Ihre Freilassung zu erwirken.« Salim nahm ihre Worte mit nachdenklicher Miene auf. Er rieb sich das Kinn und hob dann den Kopf, sodass Licht auf sein Gesicht fiel. Unter einem klebrigen Film aus Schweiß und Schmutz schimmerte seine Haut in einem dunklen Bronzeton. »Vielleicht wartet sie auf eine Gelegenheit, ihren Einfluss beim Sultan geltend zu machen?«, fügte sie hinzu. Salim schüttelte stirnrunzelnd den Kopf.

»Sie hat keinen. Nicht bei diesem Sultan – vielleicht hätte sie bei seinen Vorgängern eher Gehör gefunden. Nein, ich wüsste nicht, wie sie mir helfen könnte …« Ein Ausdruck der Verzweiflung legte sich auf sein Gesicht. »Und vielleicht sollte sie das auch gar nicht. Jeder muss sein Schicksal tragen.«

»Sie … gestehen also Ihr Vergehen ein?«

»Mein Vergehen?« Er lächelte bitter. »Mein Vergehen bestand darin, mein Volk zu lieben und Sultan Saids Politik zu hassen, die uns von jeglichem Fortschritt abschneidet und uns ausländischen Mächten unterwirft. Mein Vergehen ist der Wunsch, dass unsere Kinder lernen dürfen und unsere Kranken geheilt werden. Dass wir uns dem Rest der Welt in diesem Jahrhundert anschließen, statt allein in der Vergangenheit zurückzubleiben.« Seine Stimme hob sich, während er sprach, und ein paar der Männer, die ihm am nächsten saßen, schauten herüber. Salims Blick flackerte nervös. Er griff nach dem Korb, sah sich den Inhalt an, nahm eine Handvoll Datteln und Mandeln heraus und warf sie den anderen Männern zu, die begierig danach griffen und ihn angrinsten. »Mein Vergehen war, dass ich nicht geschwiegen habe, als der Sultan die Hoheitsgewalt über das Landesinnere an sich gerissen hat, um sich unser Öl zu nehmen und es seinen britischen Freunden zu verkaufen. Er hat dort draußen noch nie regiert – in der Wüste, in den Bergen. Er behauptet, das Öl sei eine Angelegenheit der Außenpolitik und daher sei er dafür zuständig. Aber was könnte inländischer sein als das schwarze Blut der Wüste? Er gehorcht nur seiner Gier.«

Joan schwieg. Sie wusste nicht, was sie sagen sollte. Bisher hatte sie die Rebellen des Imam als fehlgeleitete Minderheit betrachtet. Es war ihr gar nicht in den Sinn gekommen, dass sich diese Leute ganz anders sahen – dass es legitim sein könnte, die Herrschaft des Sultans infrage zu stellen. »Sehen Sie sich den Mann an, der dort vor der Wand lehnt«, sagte Salim leise. Joan folgte seinem Blick und sah einen Mann mit einem mächtigen Bauch, der ihm über die Oberschenkel quoll. »Er ist ein Betrüger und ein Säufer, ein brutaler Kerl, der seine Frau beinahe totgeprügelt hat, weil sie sein Abendessen anbrennen ließ. Er wird drei Jahre hier verbringen und dann wieder frei sein. Und ich? Was ist meine Strafe dafür, dass ich das Beste für unser Volk will? Womöglich werde ich hier bis in alle Ewigkeit verrotten. So ein Schicksal ist schwer zu akzeptieren.« Seine Stimme war nur noch ein angespanntes Flüstern.

»Es muss doch eine Möglichkeit geben! Sie dürfen die Hoffnung nicht verlieren.«

»Das sagt sich leicht, wenn man frei ist.« Salim wandte sich wieder dem Korb zu und holte eine Flasche Wasser heraus. Verstohlen blickte er sich nach den anderen Männern um und trank dann die halbe Flasche in einem Zug aus. »Gott ist gnädig«, seufzte er dann auf Arabisch und schloss die Augen. »Sayid Schahab, dem Gouverneur von Maskat, gefällt es, uns leiden zu lassen. Er sagt, wir haben Verfehlungen begangen und dafür hätten wir es verdient. Es ist nicht genug, dass uns Freiheit und Würde genommen werden – er sorgt auch noch dafür, dass wir nicht genug Wasser haben. Jeder Einzelne von uns hier drin ist halb wahnsinnig vor Durst.«

»Das ist ja grausam!«

»So ist es.« Er holte ein Bündel Fladenbrot heraus, riss schmale Streifen davon ab und faltete sie sich in den Mund. »Das macht uns schwach und dumm.« Er kramte weiter in dem Korb herum, runzelte die Stirn und blickte dann zu Joan auf. »Kein Brief? Keine Anweisungen, keine weiteren Nachrichten?«

»Es tut mir leid ... das ist alles, was sie mir gegeben hat.« Salim ließ sich frustriert an die Wand sinken, sodass sein Hinterkopf dumpf an den Stein schlug. »Vielleicht hat sie schon irgendeinen Plan, Salim ... Mein Besuch sollte Ihnen Hoffnung geben. Das haben sie sich beide gewünscht, Maude und Abdullah.«

»Geht es meinem Vater gut?«

»Ja«, antwortete Joan. Salim sah so völlig anders aus als der alte Sklave, dass Joan annahm, seine Mutter müsse eine Omani gewesen sein. »Ja, er wirkt gesund und kräftig. Anfangs hatte ich ein wenig Angst vor ihm – so ... ernst. Tiefernst. Aber inzwischen hat er mich anscheinend akzeptiert.« Sie verstummte und fragte sich, ob sie über ein Mitglied von Salims Familie so hätte sprechen dürfen. Das lag an der Maske, erkannte sie nun. Die befreite sie ein Stück weit vom gewohnten Zwang guter Manieren. Doch Salim grinste erfreut.

»Als kleiner Junge hatte ich Angst, ihn zu verärgern, allein wegen des Blicks, den ich dann zu spüren bekam. Aber wenn Maude Sie akzeptiert hat, wird er es auch tun. So ist das bei den beiden.«

In diesem Moment waren Schritte draußen auf dem Flur zu hören, und dann kam ein dicker Mann mit einem verdrießlich wirkenden Froschgesicht in Begleitung eines Offiziers und eines jungen Burschen in einfacher Uniform herein. Joan blickte sich über die Schulter nach ihnen um, und es verschlug ihr den Atem. Obwohl sie auf dem Boden kniete, verlor sie das Gleichgewicht, kippte zur Seite und setzte sich abrupt aufs Hinterteil. Der Offizier war Colonel Singer.

»Was ist?«, flüsterte Salim. Er machte keine Anstalten, ihr aufzuhelfen – es war ihm nicht erlaubt, sie zu berühren. »Sie kennen diesen Offizier? Und er kennt Sie?« Joan nickte kaum merklich. »Bleiben Sie ruhig. Keinen Laut. Er kann Sie nicht sehen.« Joan rang nach Luft. Auf einmal drohte der Schleier vor ihrem Gesicht sie zu ersticken. Sie bekam nicht genug Luft! Ihr Herzschlag dröhnte ihr in den Ohren. »Joan! Still!«, zischte Salim.

»Also wirklich – wenn die Männer schon so gefesselt sein und ohne Betten oder Matratzen auskommen müssen, dann müssen sie zumindest Wasser bekommen, so viel sie brauchen«, sagte Singer. Der junge Bursche übersetzte seine Worte, und der dicke Mann zuckte mit den Schultern und sagte etwas in unfreundlichem Tonfall.

»Er sagt, die Männer müssen bestraft werden«, gab der junge Soldat weiter. »Er sagt, sie sind nicht hier, um wie Kinder verwöhnt zu werden.«

Singer schüttelte den Kopf und brummte unwillig.

»Muss ich das schon wieder mit Schahab ausfechten – nicht übersetzen. Das ist doch barbarisch, verdammt.«

Die drei Männer wandten sich zum Gehen, und der Colonel verschränkte die Hände im Rücken. Er warf einen letzten Blick durch den Raum und hielt inne, als er Joan bemerkte. Ihre Blicke trafen sich, und eine Sekunde lang konnte sie nicht einmal wegschauen. Sie wagte nicht zu atmen. Dann senkte sie den Blick, wandte den Kopf ab und hoffte, die Geste möge sittsam und bescheiden wirken. Sie betete darum, dass Colonel Singer einfach mit den anderen hinausgehen würde.

»Entspannen Sie sich, Joan. Er ist weg«, sagte Salim. »Und vielleicht gehen Sie jetzt besser auch. Ich habe gesehen, wie die Kröte Sie angestarrt hat. Wenn Sie zu lange bleiben, wird er Ärger machen. Nehmen Sie den Korb wieder mit.« Er nahm die letzten Bündel Essen und die saubere Kleidung heraus. »Bitten Sie sie, nächstes Mal mehr Wasser einzupacken. Es wird dringend gebraucht, und ich habe hier drin Freunde, mit denen ich es gern teilen würde. Sie müssen aber wenigstens ein paar Tage warten, bevor Sie wiederkommen. Sonst erregen Sie Aufmerksamkeit und werden womöglich nicht mehr hereingelassen.«

»Nächstes Mal?«, wiederholte Joan. Sie war völlig erschöpft – die Anstrengungen dieses Besuchs und ihre Angst hatten ihr alle Kraft geraubt. Colonel Singer hier zu sehen war beinahe zu viel gewesen. In dem Moment, in dem sich ihre Blicke begegnet waren, war sie sicher gewesen, dass er sie erkennen würde. Sie drückte die Hände an ihr verschwitztes Gesicht, um es mit dem Schleier abzutupfen.

»Tun Sie das nicht. Eine Araberin würde das niemals tun.« Salim beugte sich zu ihr vor, blickte sich hastig um und nahm dann ihre Hand. Seine Handflächen waren hart und schwielig, kühl und trocken. In seinem Gesichtsausdruck lag etwas Verletzliches – eine wilde Verzweiflung, die er nicht ganz unterdrücken konnte. »Sie werden doch wiederkommen? Bitte?«

»Ich … ich weiß nicht, ob ich das kann.«

Joan konnte ihm nicht in die Augen sehen. Der Gestank in der Festung brannte ihr in der Nase, überall summten Fliegen. Sie wollte nur noch draußen sein, weg von diesem Gefängnis und seinen hoffnungslosen Insassen. Sie verabscheute sich für ihre Feigheit und versuchte, sich vorzustellen, sie sei hier eingekerkert und wisse nicht, ob sie je wieder freikommen würde. Sie durfte nicht verzagen. »Also gut, ja. Ja, ich werde versuchen wiederzukommen«, versprach sie. Salim entspannte sich, ließ ihre Hand los und nickte.

»Sie sind sehr mutig. Dafür werde ich Ihnen auf ewig dankbar sein. Hoffentlich werde ich eines Tages in der Lage sein, es Ihnen zu vergelten.«

»Ich bin nicht mutig.« Joan schluckte schwer. Sie gierte nach einem Schluck frischem Wasser. »Haben Sie eine Nachricht für Maude und Ihren Vater?« Salims Gesicht verzog sich zu einem traurigen Ausdruck.

»Richten Sie ihnen herzliche Grüße und meinen Dank aus. Sagen Sie ihnen, dass ich mich bemühe, mein Schicksal zu akzeptieren. Ich bete für sie und darum, sie bald wiederzusehen«, sagte er leise.

Joan nickte.

In der Wachstube am Eingang sprach Colonel Singer mit einem der britischen Wärter, und sein Missfallen war eindeutig. Joan musste dicht hinter ihm vorbeigehen, um die Tür zu erreichen – so dicht, dass sie sein Aftershave riechen konnte. Ihre Fingerknöchel am Henkel des Korbs färbten sich weiß.

»Zumindest dürfen sich wohl die Dissidenten das Nötigste bringen lassen«, brummte der Colonel, als sie vorbeischlich. »Aber was ist mit den anderen armen Teufeln?« Der Mann mit dem roten Schnurrbart schloss ihr die Tür auf, und sie zuckte zusammen, als ihr das grelle Tageslicht in die Augen fiel.

Auf wackeligen Beinen ging sie zur Treppe. Auf halbem Weg nach unten blieb sie stehen und blickte auf die Bucht hinaus – auf das strahlend leuchtende Blau von Wasser und Himmel und die schlammbraunen und weiß getünchten Gebäude von Maskat, die sich darum herum schmiegten. Hoch oben kreisten zwei Raubvögel im Aufwind. Die Brise ließ Joans Gewand und Schleier flattern, und ein wenig kühlende Luft kroch darunter. Sie holte tief Luft, und das Ausatmen geriet zu einem ungläubigen Lachen: Sie hatte es geschafft – sie hatte den Ort betreten, den wenige Ausländer aus dem Westen je von innen gesehen hatten, gegen alle Regeln und in Verkleidung, und sie war ohne Missgeschick wieder herausgekommen. Damit mochte sie das Gesetz gebrochen haben, aber beim Gedanken daran, wie gierig Salim sich auf das Wasser gestürzt hatte, befand Joan, dass etwas Verbotenes zu tun nicht falsch sein musste. Sie war euphorisch, fühlte sich unbesiegbar, als könnte sie die Arme ausbreiten und über die Stadt hinwegfliegen. Sie eilte die restlichen Stufen hinab und über den Damm zu Abdullah, der auf sie wartete. Innerlich jubelnd fiel sie ihm spontan um den Hals.

Maude fragte sie begierig aus, bis Joan ihr alles berichtet hatte – jedes Wort, jede Einzelheit über Salim und seinen Zustand. Schließlich lehnte Maude sich mit einem Seufzer in ihrem Rollstuhl zurück.

»Ach, dieser dumme muslimische Glaube an das Schicksal und den Willen Gottes! Wir schaffen uns unser Schicksal selbst – das habe ich ihm oft genug gesagt. Nun. Danke sehr,

Joan. Abdullah lässt es sich nicht anmerken, aber Salims Inhaftierung bereitet ihm großen Kummer. Er war dagegen, dass ich Sie um diesen Besuch bitte, aber jetzt ist er überglücklich, dass ich es doch getan habe.«

»Er ist überglücklich?«, fragte Joan zweifelnd nach. »Sind Sie sicher?«

»O ja. Wir kennen einander schon so lange, dass ich es ihm anmerke, und glauben Sie mir, für seine Verhältnisse macht Abdullah geradezu Luftsprünge.« Während sie das sagte, kam Abdullah mit dem Tee herein, das Gesicht so ernst und regungslos wie immer, und Joan konnte sich ein Lächeln nicht verkneifen.

»Ich glaube, Sie haben Salim auch sehr gern«, sagte sie. »Was ist mit seiner Mutter, wo ist sie?«

»Was mit ihr ist?« Maude strich sich ein paar Krümel vom Schoß und zuckte mit den Schultern. »Sie ist gestorben. Deshalb hat Abdullah den Jungen hier großgezogen, in meinem Haus.«

»Oh. Also, ich habe Salim versprochen wiederzukommen. Natürlich nur, wenn Sie das möchten. Ich soll Sie bitten, ihm einen Brief zu schreiben. Er möchte wissen, was es Neues gibt. Ich glaube, er hat sich über den Besuch sehr gefreut.« Maude wandte den Blick ab, starrte zum Fenster hinüber und seufzte dann.

»Ich kann niemanden sonst darum bitten, verstehen Sie? Ich kenne niemanden, dem ich genug vertraue, niemanden, der überhaupt genug Verstand dazu besitzt. Aber es ist gefährlich für Sie. Ich kann Sie nicht bitten, noch einmal dorthin zu gehen«, sagte sie.

Einer der Salukis stand auf und dehnte sich mit einem leisen Stöhnen. Joan streckte ihm die Hand hin, damit er daran schnuppern konnte, doch der Hund drehte sich nur einmal im Kreis und legte sich wieder hin. Sie dachte an Salim, der so würdevoll gegen seine Verzweiflung und das Elend ankämpfte. Sie dachte an das Gefühl, als sie Al-Dschalali verlassen hatte – das Gefühl, dass sie alles tun könnte, sogar fliegen. Ein wenig von diesem Gefühl war geblieben, und sie fragte sich, ob es vielleicht immer schon da gewesen war. War sie immer dazu fähig gewesen, sich so zu fühlen, oder kam es nur daher, dass sie das Richtige getan hatte, all ihrer Angst zum Trotz? Sie konnte kaum glauben, dass es noch nicht einmal Mittag war – Tage schienen vergangen zu sein, seit sie aufgestanden war.

»Aber Sie bitten mich ja nicht darum«, erwiderte sie. »Ich biete es Ihnen an.«

Am nächsten Nachmittag gingen Joan und Rory mit zwei Dienern, die sie zur Unterstützung und als Anstandsdamen mitnahmen, hinunter zum Hafen. Sie mieteten ein kanuartiges Boot und ließen sich ein Stück westwärts die Küste entlangrudern. An der felsigen Landspitze fanden sie einen kleinen Sandstrand. Ein breiter Streifen aus Muschelschalen und Korallenstückchen zeigte die Flutmarke an. Jenseits der Felsen standen Fischerhütten, die aus Ölfässern und Palmwedeln, Lehmziegeln und Korallenbrocken errichtet waren, direkt am Wasser. Ein paar kleine Fischerboote hielten gerade aufs Land zu, umschwärmt von Möwen, die die Luft mit schwirrenden weißen Flügeln und ihren streitenden Stimmen füllten. Die Besatzung der Boote achtete nicht auf die Vögel und arbeitete ruhig und gelassen mit Sehnen wie Stahlseile in den braunen Armen. Am Ende der Bucht, wo das Boot sie absetzte, fand sich unter einem Felsvorsprung genug Schatten für ihre Liegestühle, und es war niemand in der Nähe, sodass Joan schwimmen und in der Sonne liegen konnte, ohne großes Aufsehen zu erregen. Sie trug eine weite Baumwollhose und ein Hemd über ihrem Badeanzug und verbarg ihr Haar unter einem Kopftuch. Rory kletterte auf die Felsen hinaus, um einen Kopfsprung ins Meer zu machen. Sein milchweißer Körper wirkte vor all dem Blau und Braun der Szenerie umso heller. Grinsend tauchte er wieder auf, prustete laut und schüttelte sich das nasse Haar aus dem Gesicht.

Joan schwamm ein Stückchen hinaus, hielt inne und blickte zum fernen Umriss des Dschabal al-Achdar hinüber. Der Berg schien in der Hitze zu flimmern und zog ihren Blick unwiderstehlich auf sich. Kein Europäer hatte je den geheimnisvollen Gipfel des verbotenen Berges gesehen. Sie fragte sich, ob Daniel ihn als einer der Ersten erreichen würde oder Charlie Elliot – zufällige Pioniere. Der Gedanke rief ein eigenartiges Gefühl in ihr wach, und sie brauchte einen Moment, um zu erkennen, dass sie die beiden um diese Chance beneidete. Das war absurd, denn die Gefahren, die ihnen dort drohten, waren allzu real und tödlich. Aber vielleicht würden sie das Hochplateau erreichen, ohne überhaupt zu begreifen, welches Wunder, welches Privileg das war. Vielleicht würden sie einfach vergessen, sich umzublicken und zu staunen.

Der Meeresgrund unter Joan bestand aus vagen Schemen in Mitternachtsblau und Azur. Ihre paddelnden Füße hoben sich weiß davor ab und reflektierten wellig das Sonnenlicht. Rory schwamm zu ihr herüber.

»Robert hat neulich erzählt, dass der Meeresgrund hier mit alten Kanonen und Wrackteilen von all den früheren Invasionen und Kämpfen übersät ist. Vielleicht bräuchten wir dir nur einen Schnorchel zu kaufen, damit du doch ein bisschen Archäologie betreiben kannst«, bemerkte er. »Oder ein Sauerstoffgerät.« Die Sonne glitzerte auf seinem nassen Gesicht.

»Vielleicht. Allerdings sind Schiffswracks nicht ganz mein Ding«, antwortete Joan. Sie legte sich auf den Rücken und ließ sich treiben. »Ist das nicht himmlisch? Glaubst du, hier gibt es Haie?«

»Endlich fühle ich mich wie im Urlaub«, sagte Rory. »Und ja, es gibt Haie. Aber die wirklich gefährlichen bleiben weiter draußen.«

»Du hast Robert extra gefragt, oder? Feigling.«

»Natürlich. Ich kann doch nicht riskieren, dass meine Verlobte mir weggefressen wird.« Die Haut auf Rorys Schultern färbte sich rosig braun. »Wir hätten das schon viel früher machen können, wenn du nicht so versessen darauf wärst, ständig Maude Vickery zu besuchen.«

»Na ja«, rechtfertigte sich Joan, »wir sind eben Freundinnen geworden.«

»Durchaus eine Leistung, nach allem, was Robert so erzählt. Aber du bist eben sehr liebenswert.« Er schwamm langsam im Kreis um sie herum, und seine Stimme klang abwechselnd klar und dumpf, weil das Wasser ihr an die Ohren platschte. Joan erlaubte sich, ein wenig stolz darauf zu sein, dass sie nicht nachgegeben und Maudes Zuneigung gewonnen hatte.

Hinter der Landspitze war gerade noch der Rand des Hafens von Maskat zu sehen und dahinter einer der Türme von Al-Dschalali. Joan dachte an Salim, der dort einsaß, gequält von Durst und ohne die Gewissheit, den Himmel je wieder zu sehen. Um ein Haar hätte sie Rory erzählt, wo sie gewesen war und was sie dort getan hatte. All das lag ihr schon seit ihrer Rückkehr auf der Zunge. Es ihm zu erzählen würde die Wirklichkeit ihres Abenteuers bewahren, das ihr allmählich so unwirklich erschien wie ein Traum. Niemand hätte ihr das je zugetraut, das wusste sie. Niemand hätte damit gerechnet, dass sie sich in Gefahr begab, Gesetze brach, in eine Festung eindrang. Nicht die kleine Joan mit den schwachen Nerven. Sie hatte sich das ja selbst kaum zugetraut. Es drängte sie, darüber zu sprechen, aber sie schwieg – nicht etwa deshalb, weil sie es Maude versprochen hatte. Nein, sobald sie Rory davon erzählte, würde er sie daran hindern, wieder dorthin zu gehen. Er würde Angst um sie haben, all die Gefahren sehen, die von den Gefangenen, den Wachen und auch den Behörden ausgingen, wenn Joan dort erwischt wurde. Sie konnte förmlich vor sich sehen, wie er Maude deswegen zur Rede stellte und mit Robert und Daniel, vielleicht sogar Colonel Singer sprach. Sie stellte sich vor, wie sie mit Schimpf und Schande auf das nächste Schiff in Richtung Heimat geschmuggelt wurde. Sie wusste nicht genau, was passieren würde, wenn sie ihm die Wahrheit sagte, aber sie war sicher, dass sie das Gefängnis dann nicht noch einmal würde besuchen können. Und das wollte sie unbedingt. Die Angst war noch da, aber jetzt hatte sie die Gewissheit, dass sie unerkannt hinein- und wieder herausgelangen konnte. Sie hatte es geschafft, also konnte sie es wieder schaffen. *Ich wusste, dass ich das kann, also habe ich es gemacht.* Daniel würde an ihrer Stelle genau dasselbe tun. Weder er noch ihr Vater hätten aus Angst gekniffen.

Sie spürte Rorys nasse Haut über ihre gleiten. »Was habt ihr beiden eigentlich so viel zu bereden? Erzählt sie dir all ihre alten Geschichten und zeigt dir ihre Narben?«, fragte er. »Du bist stundenlang bei ihr. Dan glaubt sicher schon, du hättest ihn vergessen.«

»Sag so etwas nicht! Natürlich habe ich ihn nicht vergessen. Aber er muss doch arbeiten. Ich kann ihn nicht ständig belästigen – wie du mir als Allererster deutlich gemacht hast. Maude und ich unterhalten uns einfach.« Joan richtete sich im Wasser auf. Ihr kam der Gedanke, dass wohl eher Rory selbst sich vernachlässigt und vergessen vorkam. »Du hast doch nichts dagegen, dass ich sie besuche, oder?«

»Nein. Na ja ... Es ist ein bisschen langweilig, wenn du weg bist, weiter nichts. Wenn ich dich ab und zu mal begleiten und sie kennenlernen dürfte, käme ich mir vielleicht nicht so ausgeschlossen vor.«

»Du musst sie kennenlernen – natürlich wirst du sie kennenlernen! Aber wenn du jedes Mal mitkämst, wäre dir eher noch langweiliger«, erklärte sie hastig und stellte überrascht fest, wie leicht ihr diese Lüge über die Lippen kam. »Wirklich, wir ... schwatzen nur.«

»Dann verpasse ich also nicht viel?«, fragte Rory, und da war sie wieder, die Gelegenheit, ihm zu erzählen, dass sie etwas Erstaunliches, Mutiges und Verbotenes getan hatte. Eine lange Pause entstand, doch sie schaffte es, die Worte zurückzuhalten.

»Nein, nichts. Ich spreche sie noch einmal auf einen Besuch an. Vielleicht möchte sie ja mal zu uns zum Dinner kommen? Los, schwimmen wir zurück und packen den Picknickkorb aus. Ich verhungere gleich.«

»Ich wette, es gibt Fladenbrot«, sagte Rory, und Joan lachte. Doch während sie zusammen im kristallklaren Wasser zum Ufer schwammen, bemerkte sie, dass ihr Schweigen eine kleine Barriere zwischen ihnen errichtet hatte, die zuvor nie da gewesen war.

Sie vertrieben sich weiter die Zeit mit Ausflügen die Küste hinauf und hinunter, soweit es ihnen erlaubt war. Sie schlenderten durch die Straßen von Maskat und Matrah, doch das

Betreten der Suks und Moscheen war Joan verboten. Atemlos erklommen sie die steilen Felsen auf beiden Seiten, um die Aussicht auf Maskat zu genießen und ein paar wenige Vögel zu beobachten – Turteltauben und braune Steppenadler, schwarze und gelbe Beos; Spatzen, die den englischen glichen, sich jedoch dem Wüstenklima angepasst hatten und entsprechend kleiner und schmaler waren. Einmal beobachteten sie, wie ein schwarz-weißer ägyptischer Geier vor der Küste seine Bahnen zog, und bewunderten seine Größe und seine Anmut.

Abgesehen von diesen Dingen gab es zwischen den Besuchen in Bait al-Faladsch oder bei Maude reichlich wenig zu tun. Sie saßen auf der Terrasse der Residenz, schrieben Briefe oder lasen. Ungeduldig wartete Joan auf jeden dieser Besuche. Manchmal blieb ihr Klopfen an Maudes Tür unbeantwortet, und sie hörte im Inneren des Hauses Stimmen, die sich auf Arabisch unterhielten – die von Abdullah und einem anderen Mann. Manchmal, wenn Joan eintrat, verließ ein Mann gerade das Haus mit einem Leinenbeutel oder einem Paket in den Händen.

Sie nickte ihnen höflich zu, obwohl sie sie ihrerseits mit finsterer Miene musterten oder argwöhnisch beobachteten, wie sie sich der Eingangstür näherte. Wenn man sie morgens abwies, kehrte sie am Nachmittag zurück, und jedes Mal, wenn sie ging, fragte sie, wann sie wieder nach Al-Dschalali gehen sollte. Maude schien auf etwas zu warten – einen günstigen Moment. Joan erlebte den Sonnenuntergang, der die Berge wie Orangensorbet färbte, während die Generatoren der Stadt zu klopfen und zu hämmern begannen, doch ihre Bewegungsfreiheit in Oman blieb strikt begrenzt.

Dann, eines Freitags, beschloss Maude endlich, einmal das Haus verlassen zu wollen. Nach ausgiebigem Fluchen und dem Suchen von Mantel und Hut trugen Joan und Abdullah zunächst den Rollstuhl, dann die alte Dame zwischen sich die Stufen hinunter. Die Salukis trotteten neben Abdullah her. Das Fell um ihre Schnauzen war beinahe weiß, Hüftknochen und Ellbogen standen hervor. Wenn sie auf den Beinen und in Bewegung waren, sah man ihnen ihr Alter wesentlich deutlicher an, als wenn sie lagen und schliefen. Maude beklagte sich unablässig, bis sie draußen auf der Straße in ihrem Rollstuhl saß, den Hut sicher auf ihrem Kopf festgesteckt. Abdullah gab beruhigende Laute von sich, sprach leise auf Arabisch mit ihr und zeigte kein einziges Mal auch nur eine Spur von Ungeduld. In mancherlei Hinsicht wirkten die beiden wie ein altes Ehepaar, stellte Joan fest. Bei dem Gedanken, dass sie Abdullah erklärt hatte, wie er sich aus der Sklaverei befreien konnte, wand sie sich innerlich vor Scham.

Sie traten durch das Stadttor und gingen hinunter zum Meer. Abdullah schob Maudes Rollstuhl, Joan und die Salukis liefen artig nebenher. Zunächst schwieg Maude und blickte sich überall um.

»Dieser Ort hat sich kaum verändert, seit ich zum ersten Mal hergekommen bin.«

»Das kann ich mir gut vorstellen«, erwiderte Joan. »Er wirkt, als sei er noch wie vor hundert Jahren.«

»Ein paar Häuser mehr, ein paar Stromleitungen. Und ich nehme an, ein paar davon sind jetzt auch fürs Telefon.« Voller Verachtung deutete sie zum Himmel. Sie zogen die neugierigen Blicke der Ladenbesitzer und Passanten auf sich, von verschleierten Hausfrauen und Dienerinnen. Die Männer führten ihre Packesel durch die Gassen oder schlenderten, intensiv ins Gespräch vertieft, nebeneinander her. »Ich ritt auf meinem Kamel zum Tor und erwartete ... Ich erwartete, dass man mich entdeckte, wissen Sie, und … den Wesir benachrichtigte. Doch da wusste ich noch nicht … Mir war nicht klar …«

»Dass … Nathaniel Elliot Ihnen zuvorgekommen war?«, bot Joan vorsichtig an. Maude schwieg eine Weile.

»Wissen Sie, dass sie sich weit mehr für mein Kamel interessierten? Ha!«, sagte sie. »Es war eine Schönheit, müssen Sie wissen. Ein weißes Kamel aus der Batinah-Ebene – das sind schon immer die besten gewesen. Sie haben hübsches helles Fell, sie sind größer und haben längere Beine als die meisten anderen. Für einen Araber ist ein Kamel schöner und wertvoller als ein gutes Pferd. Das war allerdings nicht das Tier, auf dem ich die Wüste durchquert habe – das war Krümel. Der arme Krümel. Als wir es geschafft hatten, waren wir völlig am Ende. Wir hatten zweieinhalb Tage ohne Wasser überlebt.«

»Meine Güte! Mir war nicht klar, dass es so knapp gewesen ist.«

Als sie das Meer erreichten, hielten sie inne und blickten auf die fernen Hafenmauern mit den Zeichnungen der Seeleute. Maude seufzte und schaute zu Joan hinauf.

»Sie können sich nicht annähernd vorstellen, wie das gewesen ist, Joan – und das soll kein Vorwurf sein. Niemand, der seine Kräfte nicht mit der Wüste gemessen hat, kann sich das vorstellen.«

»Aber Sie haben sie erobert. Und anschließend sind Sie noch nicht einmal nach Hause zurückgekehrt. Es klingt entsetzlich. Wunderbar vielleicht, aber entsetzlich. Nach einer solchen Strapaze hätte ich mich zu Hause erholen wollen.«

»Nein.« Maude schüttelte den Kopf. »Manche Dinge lassen die Heimat … in weite Ferne rücken. Sie machen einen einsam. Ich konnte nicht nach England zurückkehren. Die

Wüste hat mich verändert. Sie verändert jeden.« Maude rutschte verlegen in ihrem Rollstuhl hin und her. »Hier in den Bergen habe ich ein neues Leben begonnen – in den Ausläufern des Gebirges. Die Dörfer dort sind einfach und ehrlich ... In gewisser Weise zeitlos. Dort habe ich mich erholt.«

»Nun, ich glaube, dass Sie unglaublich tapfer sind. Und ein außergewöhnlicher Mensch. Die meisten wären nach Hause geflohen, um ...«

»Ihre Wunden zu lecken?«, sagte Maude bitter.

»Um sich zu erholen. Und ihre Leistung zu feiern! Denn das war eine *unglaubliche* Leistung, Miss Vickery, ob Sie die Wüste nun als Erste oder als Zweite durchquert haben – Sie waren schließlich immer noch die erste Frau. Ich hoffe, Sie waren stolz auf sich. Ich hoffe, Sie *sind* stolz auf sich!«

»Stolz?« Maude Vickery schüttelte entschieden den Kopf, ihre Augen waren schmal, der Blick in die Ferne gerichtet. »Ich kann nicht sagen, dass ich damals besonders stolz gewesen wäre.«

Langsam zog Al-Dschalali ihre Blicke gen Osten. Das Fort kauerte auf dem Felsen und schien sie aus den kleinen Fenstern, die wie düstere Augen aussahen, zu beobachten. Joan holte Luft, um etwas über Salim zu sagen oder zu fragen, wann sie ihn denn wieder besuchen sollte, überlegte es sich dann jedoch anders. Sie wusste, dass sie die beiden nicht daran zu erinnern brauchte.

»Wie lange bleiben Sie noch hier, Joan?«, erkundigte sich Maude.

»Das weiß ich nicht genau«, erwiderte sie. »Vermutlich müssen wir rechtzeitig zu Weihnachten zurück sein. Meine Mutter ist allein.«

»Erzählen Sie mir von Charles Elliot.«

»Von Captain Elliot? Ich ... weiß wirklich nicht, was ich Ihnen da erzählen soll. Ich bin ihm nur ein einziges Mal begegnet.«

»Sieht er gut aus? Ist er charmant? Ernst? Dekadent?« Maudes Stimme klang seltsam ausdruckslos.

»Gut aussehend, auf jeden Fall. Er ist groß und kräftig gebaut, wie es sich für einen Soldaten gehört. Und er hält sich ganz gewiss für charmant – in der Hinsicht ist er sehr von sich überzeugt. Er ist überhaupt sehr von sich überzeugt, wie es mir schien.«

»Prahlt er nur, oder hat er mehr zu bieten?«

»Er ist schon ein ziemlicher Angeber. Er hat die Rebellen des Imam als Bauernarmee bezeichnet, die mit Stöcken und Steinen kämpft, oder so ähnlich.«

»Ach ja?«

»Aber er muss mehr zu bieten haben. In dieser neuen SAS-Einheit, der er angehört ... sollen nur die Besten sein. Die Männer erhalten eine spezielle Ausbildung und Waffen. Verdeckte Operationen und all das – obwohl ihr Symbol das von Flammen umzüngelte Excalibur ist. Nicht gerade unauffällig.«

»Das Schwert? Meine Güte, wie dramatisch. Wie sieht ihre spezielle Ausbildung aus, und was sind das für Waffen?«

»Oje, das weiß ich nicht – ich könnte vermutlich Daniel fragen. Ich habe den Eindruck, Captain Elliot ist ziemlich intelligent. Vielleicht intelligenter, als er vorgegeben hat.«

»Dann ist er in gewisser Weise noch sehr jungenhaft.«

»Vielleicht. Er schien allerdings ziemlich alt zu sein. Ganz bestimmt über dreißig«, sagte Joan.

»Wirklich? *So* alt?«, entgegnete Maude sarkastisch. Joan lächelte entschuldigend.

»Warum fragen Sie?«

»Ich bin nur … neugierig, wie Nathaniels Spross so ist.«

»Hatten Sie je den Wunsch zu heiraten, Miss Vickery?«

An dem langen Schweigen, das darauf folgte, erkannte Joan, dass sie diese Frage nicht hätte stellen dürfen. Inzwischen hatte sie jedoch gelernt, dass man besser nicht versuchte, einmal Gesagtes zurückzunehmen. Sie konnte nur abwarten. Abdullah fing ihren Blick auf, und sie las den Tadel in seinen Augen.

»In der Ehe ist man gefangen«, antwortete Maude schließlich. Sie blickte erneut zur Festung Al-Dschalali. »Wenn Sie Captain Elliot wieder begegnen sollten, finden Sie so viel wie möglich über ihn heraus.« Sie blickte mit geschürzten Lippen zu Joan hoch, als ob sie ihre Aufforderung selbst missbilligte. »Ich bin schlicht und ergreifend neugierig. Ich würde gerne …«, sie machte eine bedeutungsvolle Pause, »etwas Tratsch hören.«

»Dann werde ich Ihnen welchen liefern«, erwiderte Joan lächelnd. »Sie könnten ihn vielleicht sogar selbst kennenlernen, wissen Sie, wenn Sie nur bereit wären, einen Abend in die Residenz zu kommen und mit uns zu Abend zu essen. Ich bin mir sicher, dass ich alles arrangieren könnte. Mein Rory möchte Sie nämlich auch kennenlernen – er ist eifersüchtig, dass ich so viel Zeit mit Ihnen verbringe.« Sie rechnete damit, dass Maude ihren Vorschlag umgehend zurückweisen würde, so, wie sie es angeblich immer getan hatte, doch sie schien es zu erwägen.

»Also gut, vielleicht sollte ich das tun. Wenn Sie alles arrangieren, werde ich kommen«, sagte sie. »Und jetzt los, ich muss zur Bank.«

»Warten Sie eine Sekunde, ich würde gern ein Foto von uns machen – darf ich? Vielleicht könnte Abdullah uns fotografieren? Es muss ganz schnell gehen; man darf meine Kamera nicht entdecken.«

»Dann machen Sie«, sagte Maude. Joan zeigte Abdullah, wie er durch den Sucher schauen und welchen Knopf er drücken musste. Dann stellte sie sich wieder neben Maude, legte eine Hand auf die Lehne des Rollstuhls und lächelte stolz. Sie würde warten müssen, bis das Bild entwickelt war, bis sie erfuhr, welche Miene Maude in diesem Moment aufgesetzt hatte.

An jenem Abend kehrten Joan, Rory, Robert und Marian nach Bait al-Faladsch zurück, um auf Einladung von Colonel Singer in der Offiziersmesse zu Abend zu essen. Robert hatte die Passierscheine organisiert, die ihnen erlaubten, nach *Dum Dum* nach Maskat zurückzukehren. Sie fuhren um sieben los, und am samtblauen Himmel funkelten die ersten Sterne. Joan hatte das beste Kleid angezogen, das sie dabeihatte; die moosgrüne Seide umspielte ihre Knie und passte gut zu ihrem Teint. Der Schnitt schmiegte sich um ihre äußerst knabenhafte Figur und verlieh ihr eine zarte Weiblichkeit. Obwohl sie sich dabei ein wenig albern vorkam, hatte sie Puder aufgetragen und etwas Lippenstift aufgelegt. Sie hoffte, dass es die beste Weise war, Charlie Elliot zum Sprechen zu bewegen. Rory hatte gelächelt und sie unter seinem Arm herumgewirbelt, als sie die Treppe heruntergekommen war. Seine Haut glänzte ein wenig von der Hitze, und er bekam allmählich etwas Farbe.

»Ich liebe dieses Kleid an dir«, sagte er, und sie hatte ein schlechtes Gewissen, dass sie es nicht für ihn angezogen hatte. Sie hatten mit dem Colonel und seiner Frau in ihrem Bungalow auf der anderen Seite des Wadis einen Drink genommen, wo wächserne Frangipani-Blumen die Luft mit ihrem Duft erfüllten. Dann waren sie gemeinsam zum Abendessen in die

Messe hinübergegangen. Als Joan Platz nahm, spürte sie, dass ihr schimmerndes Kleid und ihre sich darunter abzeichnende Figur die Blicke einiger Männer auf sich zogen, obwohl sie an Rorys Arm ging. Eine Mischung aus Freude und Scham färbte ihre Wangen rosa.

Sie fand es faszinierend, unter so vielen Männern zu sein – das Brummen der Bassstimmen zu hören, wenn sie sich unterhielten, und den Duft des Rasierwassers und des Haaröls zu riechen, der sich mit dem allgegenwärtigen Geruch der Zeltwände mischte. Es weckte in ihr den Wunsch, tiefer einzuatmen als üblich. Sie fühlte sich rundum sicher, ohne dass sie zu sagen vermochte, wodurch. Zum Essen gab es noch mehr Gin und Limonensaft, Bier, aber keinen Wein. Joan saß Daniel gegenüber, der entspannt und sonnengebräunt aussah, nachdem er sich ein paar weitere Tage im Lager erholt hatte. Seine Haut wirkte weicher, die Schatten unter seinen Augen und auf seinen Wangen weniger hart, und seine Gesichtszüge hatten etwas von ihrer Schärfe verloren.

»Ich werde bald wieder ausrücken«, sagte er, als Joan eine Bemerkung zu seinem Aussehen machte. »Wir alle. Die Jungs vom SAS meinen, einen neuen Weg hinauf zum Plateau gefunden zu haben. Er geht von einer der Schluchten ab, in die wir bereits vorgedrungen sind. Der Geheimdienst überlegt, wann der beste Zeitpunkt für einen Angriff sein könnte und ob wir sie täuschen und leise eindringen oder das Willkommenskomitee mit Jagdflugzeugen bombardieren sollen. Ich habe Gerüchte gehört, dass Singer das Hauptquartier womöglich runter nach Nizwa verlegt und wir von dort aus operieren. Von da aus könnten wir weitaus besser in die Berge vordringen.«

»Wann?«, fragte Rory.

»Können wir dich dort besuchen?«, erkundigte sich Joan.

Daniel blickte vom einen zum anderen, sein Lächeln schwankte zwischen Zuneigung und Gereiztheit.

»Bald, Taps. Und nein, ihr könnt mich dort nicht besuchen.« Er nahm einen Schluck von seinem Drink und erschlug mit professioneller Gleichgültigkeit einen Moskito auf seinem Arm. »Es wäre ein guter Zeitpunkt für euch zwei, nach Hause zu fahren.«

»Aber wir sind doch gerade erst angekommen!«, protestierte Joan.

»Vor über zwei Wochen«, korrigierte Daniel sie.

»Lass uns jetzt nicht darüber reden. Genießen wir einfach unser Essen«, sagte Rory, als ein magerer, schwarzäugiger Kellner den ersten Gang, eine Linsensuppe mit Curry, servierte.

»In Ordnung. Erzählt mir, was ihr getrieben habt«, sagte Daniel.

Joan dachte sofort an die Festung Al-Dschalali und an Salim, doch stattdessen berichtete sie ihrem Bruder von ihrem Schwimmausflug. Kurz darauf wurde sie von Charlie Elliot unterbrochen.

»Haben Sie etwas dagegen, wenn ich mich zu Ihnen setze?«, fragte er und zog den Stuhl neben Daniel heraus. »Bitte verzeihen Sie meine Verspätung. Ich wollte mich rasieren. Dabei ist mir der Rasierer in den Faladsch gefallen, und die Fische haben sich mit ihm auf und davon gemacht.« Er blickte in die Runde. »Das ist wirklich wahr«, fügte er hinzu. Joan blickte zu Daniel und erwartete, eine verächtliche Miene zu sehen, doch zu ihrer Überraschung lächelte er, wenn auch zurückhaltend. Ihr Bruder mochte normalerweise keine großspurigen Typen, in seinen Augen waren sie *altmodische Rüpel*; stattdessen merkte sie, dass sich Rory kaum merklich in sich zurückzog. Sie spürte, dass er Charlie nicht mochte.

»Ich würde es Ihnen nicht glauben, wenn es mir nicht selbst passiert wäre«, sagte Daniel zu Charlie. »Dieser kleine Teufelsschwarm stürzt sich wie die Piranhas auf alles, was sie kriegen können.« Charlie faltete mit großer Geste seine Serviette auseinander und winkte dem Kellner, ihm die Suppe zu bringen. Dann blickte er lächelnd zu Joan.

»Ich muss sagen, Seabrook, Ihre Schwester sieht heute Abend umwerfend aus. Finden Sie nicht?« Daniel blickte zu Joan hinüber, als würde er sie erst jetzt richtig wahrnehmen, und lächelte. Rory legte auf dem Tisch seine Hand auf ihre – um sie zu schützen, vermutete sie, oder auch, um seinen Anspruch deutlich zu machen. »Mit Abstand das hinreißendste weibliche Wesen am Tisch«, fügte Charlie hinzu, und Joan brauchte einen Moment, um zu begreifen, dass sie die *einzige* Frau an der langen Tafel war.

Sie aßen, tranken und lachten und sprachen vom Krieg und von zu Hause. Joan versuchte, von Charlie so viel wie möglich über seine Familie zu erfahren, wo in der Welt er bereits gewesen war und wie oft er seinen Vater sah.

»Möchten Sie ein aktuelles Bild von ihm sehen?«, fragte Charlie irgendwann. Er holte ein kleines Foto aus seiner Brieftasche und reichte es ihr. Joan betrachtete die Schwarz-Weiß-Fotografie, auf der Charlie mit geschwellter Brust neben einem älteren Mann stand, in dessen dunklen Augen ein wachsamer Ausdruck lag. Er hatte ein schmales, fuchsähnliches Gesicht mit einer scharfen Nase. Das wenige verbliebene Haar war fein und weiß, und obwohl er groß wirkte, waren Rücken und Schultern gebeugt. Etwas an dem scharfen Zug um seinen Mund und an der schlaffen Haut in seinen Augenwinkeln ließ ihn traurig erscheinen. »Die Aufnahme ist letztes Jahr entstanden, als ich auf Heimaturlaub war«, bemerkte Charlie. »Dad reist nicht mehr viel – sehr zu seinem Ärger. Er verflucht stets seine alten Knochen dafür, dass sie nicht mehr mitmachen, so wie er das möchte.«

»Er sieht so anders aus als auf den Fotos, die ich von ihm kenne«, bemerkte Joan. Sie rief sich ins Gedächtnis, wie er dort ausgesehen hatte – aufrecht und kräftig, mit dichtem dunklem Haar und Bart. In Hemd und Sarong sah er mit seinem Gewehr und seiner Kufiya wie die Araber aus, mit denen er ritt. Aufgesprungene Lippen, verbrannte Haut und ein versonnenes Leuchten in den Augen. Es erschien Joan irgendwie tragisch, dass aus einer so wildromantischen Gestalt ein alter, irgendwie traurig wirkender Mann geworden war. Voller Mitgefühl dachte sie an seine vier toten Söhne. »Er muss äußerst erfreut gewesen sein, als er erfahren hat, dass Sie nach Oman kommen. An den Ort seines größten Triumphes«, sagte sie. Mit nachdenklicher Miene nahm Charlie das Foto wieder an sich.

»Ja, das sollte man meinen, nicht?«, erwiderte er.

»Maude Vickery wird an einem Abend zum Essen in die Residenz kommen.«

»Ach, tatsächlich?«, schaltete sich Rory ein.

»Ja, verzeih, ich wollte es dir erzählen. Ich muss mit Robert und Marian sprechen und alles organisieren. Würden Sie auch gern kommen und sie kennenlernen?«, fragte sie an Charlie gewandt. Lächelnd überlegte er.

»Die Erzrivalin kennenlernen?«

»Das ist sie wohl kaum mehr. Sie ist gebrechlich und manchmal etwas wirr, übellaunig, aber eigentlich ganz reizend. Was sagen Sie? Ich glaube, sie würde *Sie* gern kennenlernen.«

»Nun ja, ich glaube, das würde meinen Vater umhauen. Er

weiß noch nicht einmal, dass sie hier ist. Oder wenn, hat er es mir gegenüber nicht erwähnt.«

»Dann kommen Sie also?«, drängte sie. Charlie zündete sich eine Zigarette an, beugte sich vor, stützte sich mit den Ellbogen auf dem Tisch ab und lächelte sie auf eine Weise an, von der sie hoffte, dass Rory sie nicht bemerkte.

»Wenn Sie bereit sind, all die Umstände auf sich zu nehmen, die es bedeutet, mich zu Ihnen zum Abendessen einzuladen, Joan, dann komme ich.«

Als der Tisch abgeräumt war, zog Joan Daniel zur Seite. Der Gedanke, dass er zurück in die Berge gehen würde, bedrückte sie.

»Ich habe Mum einen Brief geschrieben«, berichtete sie. Von jetzt auf gleich wirkte Daniels Miene angespannt und wie versteinert. Joan kämpfte gegen die Verzweiflung an, die in ihr aufstieg. »Würdest du bitte ein paar Worte daruntersetzen? Nur ein oder zwei Sätze? Bitte?«, drängte sie.

»Joan, kannst du nicht damit aufhören? Du weißt nicht alles. Du bist nicht das Familienoberhaupt, nachdem Dad jetzt tot ist.« Seine Worte klangen nicht scharf, taten aber dennoch weh.

»Ich versuche nicht, das Familienoberhaupt zu sein; ich versuche nur, die Dinge in Ordnung zu bringen. Wer *ist* denn das Familienoberhaupt? Ich glaube nicht, dass wir überhaupt noch eines haben. Vielmehr fühlen wir uns ja kaum noch als Familie. Und nein, ganz offensichtlich weiß ich nicht alles, und das ist schwer genug. Aber ich ertrage es nicht länger, dass ihr zwei in getrennten Welten lebt! Es fühlt sich an, als … als würde unsere Familie auseinanderbrechen. Als wäre Dad das Einzige gewesen, das uns zusammengehalten hat.«

»Vielleicht war er das ja«, sagte Daniel und wandte nachdenklich den Blick ab. Joan überlegte einen Augenblick, wie sie ihm ihr Anliegen begreiflich machen konnte.

»Dan, was, wenn du nicht zurückkommst?«, fragte sie leise. Die Worte trieben ihr die Tränen in die Augen. »Du willst schon bald in diese entsetzlichen Berge aufbrechen. Dort wimmelt es von Heckenschützen ... und Landminen ... Was, wenn du nicht von dort zurückkehrst?«

»Joanie ...«

»Was, wenn deine letzten Worte zu Mum waren ... waren, was immer du gesagt hast, als du davongestürmt bist? Willst du das?«

»Was ist mit *ihren* letzten Worten, die sie zu mir gesagt hat?«, flüsterte er aufgebracht. Ein Beben durchfuhr ihn.

»Ich weiß nicht, was sie gesagt hat, aber ich weiß, dass sie dich liebt, und ich weiß, dass du sie liebst. Einer von euch muss den Anfang machen. Bitte, Dan, schreib ihr einfach ein paar Worte. Ich bitte dich.«

Als er nichts erwiderte, grub sie in ihrer Tasche nach dem Brief und strich ihn auf dem Tisch vor ihm glatt. Dann holte sie einen Stift heraus und legte ihn daneben. Nach einer Weile nahm er den Stift, und Joan seufzte leise vor Erleichterung. Er schrieb ein paar Zeilen und setzte seinen Namen darunter, dann stand er auf und bat, ihn zu entschuldigen. Joan nahm den Brief und las.

Ich bin noch immer dein Sohn – wie sich gezeigt hat, können Worte daran nichts ändern. Wir befinden uns hier im Krieg, und Joan hat mich darauf hingewiesen, dass ich aus unserem nächsten Kampfgebiet vielleicht nicht zurückkehren könnte. Darum wollte ich dir sagen, dass du auf dich aufpassen und Frieden mit alledem finden sollst. In Liebe, Daniel.

Sie las den Brief noch einige Male, während Charlie Rory eine Geschichte von Riesenfledermäusen im malayischen Dschungel erzählte. Rory hörte ihm mit ungläubiger Miene zu. *Ich bin noch immer dein Sohn.* Joan faltete den Brief zusammen, sie verstand das nicht, beschloss jedoch, es vorerst dabei zu belassen und ihren Bruder heute Abend nicht weiter zu bedrängen.

»Ist alles in Ordnung, Liebling?«, erkundigte sich Rory und beugte sich ein paar Minuten später zu ihr herüber. Joan nickte.

»Dan ist nur ein bisschen gereizt«, sagte sie.

»Wo ist er hingegangen?«

»Ich weiß es nicht. Ich hoffe, er kommt zurück, um sich zu verabschieden, bevor wir gehen.«

»Aber Liebling, sei doch nicht so pessimistisch – natürlich wird er das. Ich gehe los und suche ihn.« Rory stand auf und stieß ungeschickt gegen den Tisch. Er wankte ein wenig und stützte sich im Vorbeigehen an Joans Rückenlehne ab.

»Ich fürchte, ihr Verlobter hatte etwas zu viel Gin«, sagte Charlie, nachdem Rory draußen war, und leerte sein eigenes Glas. Die Ärmel seines Hemds waren aufgekrempelt, und die Haut an seinen Unterarmen war dunkelbraun und von kleinen Narben übersät.

»Na und? Es ist Freitagabend, und wir sind im Urlaub.«

»Kommen Sie sich nicht so vor, als wären Sie hundert Jahre alt, wenn Sie einander *Liebling* nennen? Sie klingen wie zwei Kinder, die das Erwachsensein spielen. Sie können doch kaum älter als einundzwanzig sein.«

»Ich bin sechsundzwanzig, und Rory ist vierundzwanzig.«

»Erst vierundzwanzig?« Er zog die Augenbrauen hoch.

»Ja. Warum?«, entgegnete sie abwehrend. Charlie hob unschuldig die Hände.

»Verzeihen Sie.« Joan stand vom Tisch auf und ging nach draußen.

Die Nacht war ruhig und warm, der Himmel jetzt tiefschwarz. Im Licht des Lagers konnte Joan die rote Fahne von Oman erkennen, die schlaff von ihrem Mast auf dem Dach der Festung herabhing. Aus den Kasernen drangen Stimmen, die sich in rasantem Tempo auf Arabisch unterhielten, und Gelächter. Eine Gruppe von Männern kauerte auf dem Boden und beobachtete aufmerksam etwas. Neugierig gesellte sich Joan zu ihnen und rang nach Luft, als sie dort eine riesige helle Spinne entdeckte. Ihr stacheliger Körper war so lang wie Joans Hand, die Beine kurz und stämmig. Instinktiv verschränkte Joan die Arme, eine Gänsehaut überlief ihren Körper. Die Soldaten lachten und tauschten Geldscheine, währenddessen die Spinne stur auf ihrem Platz hockte, ihre schwarzen vorstehenden Augen glänzten im Licht. Sie ignorierte ihr Publikum und kaute ungerührt vor sich hin – Joan war nur froh, dass sie nicht sehen konnte, was.

»Das ist eine Walzenspinne«, erklärte Charlie Elliot hinter ihr, und Joan fuhr zu ihm herum. Er rauchte eine Zigarette und hatte die andere Hand in die Hosentasche geschoben. »Auch Sonnenspinne genannt.«

»Sie ist widerlich«, sagte Joan verunsichert. »Warum töten sie sie nicht?« Charlie zuckte mit den Schultern.

»Widerlich ist Ansichtssache. Einer der Männer hat sie in seinem Gepäck gefunden, als er aus Nizwa kam. Der Kerl dort – ich glaube, er heißt Karim. Er hält sie als Haustier und hat Wetten darauf abgeschlossen, dass es nichts gibt, was sie nicht frisst.«

»Was, wenn sie ihn beißt?«, fragte Joan. Sie wandte sich erneut der Spinne zu, die noch immer gleichmäßig vor sich hin kaute, und spürte, dass Charlie dichter hinter sie trat.

»Das hat sie bisher noch nicht getan, aber in ihrer Spucke ist ein betäubendes Sekret, sodass sie Ihren Fuß verspeisen könnte, ohne dass Sie es überhaupt bemerken.« Joans Haut kribbelte. »Sie sollten sich nach Einbruch der Dunkelheit nicht allein im Lager bewegen, wissen Sie«, mahnte er. »Ich bin mir zwar ziemlich sicher, dass Ihnen nichts passiert, aber einige der Männer haben ihre Frauen schon sehr lange nicht mehr gesehen. Und viele von ihnen haben überhaupt noch nie eine junge Frau in einem verführerischen grünen Kleid gesehen.«

»Ich bin nur hinausgegangen, um Dan und Rory zu suchen«, erwiderte sie und drehte sich zu ihm um. Sie wollte ihm sagen, dass sie unbesiegbar und furchtlos war und dass sie, frech wie Oskar, in die Festung Al-Dschalali vorgedrungen und heil wieder herausgekommen war. Doch in dem Moment fühlte sie sich alles andere als unbesiegbar.

»Ich helfe Ihnen beim Suchen«, sagte er.

»Das ist wirklich nicht nötig.«

»Da haben Sie vermutlich recht. Aber trotzdem.«

Joan verdrehte die Augen, was Charlie nur ein Lächeln entlockte, und ging an ihm vorbei in Richtung Festung. An der Tür blieb sie stehen. »Daniel war wütend.«

»Er ist jetzt ein großer Junge, Joan.«

»Ach, was wissen Sie denn schon darüber? Was wissen Sie überhaupt?«, stieß sie zu ihrer eigenen Überraschung hervor. Charlie blickte auf den staubigen Boden hinunter und sah sie dann mit zusammengezogenen Brauen an.

»Ich versuche, Ihnen zu helfen, Joan«, sagte er mit großem Ernst. Ihr war nicht klar, wieso er plötzlich so seltsam eindringlich mit ihr sprach.

»Wahrscheinlich sind sie in seinem Zelt«, sagte sie und machte sich auf den Weg.

»Vielleicht sollten wir einfach in der Messe warten, bis sie zurückkommen?«, schlug Charlie vor, doch Joan ignorierte ihn.

Gut zehn Fuß von Daniels Zelteingang entfernt, wo die Dunkelheit sie noch verbarg, blieb Joan stehen. Die Zeltklappen waren heruntergelassen, aber nicht verschlossen. Ein schmaler Spalt stand offen, und im Inneren hing eine Lampe – eine Paraffinlampe, die schwaches Licht verbreitete und Daniel und Rory zum Teil in Schatten tauchte. Die beiden standen an der Seite des Zelts dicht beieinander und waren kaum zu sehen. Sie unterhielten sich leise, oder vielmehr sprach Rory mit leiser Stimme auf Daniel ein und schien dabei beunruhigt. Es wirkte fast, als würde er ihn anflehen. Auf einmal wandte Daniel den Blick ab und richtete ihn nach draußen, direkt auf Joan. Sie erstarrte. Doch er hatte sie nicht entdeckt. Von innen waren sie unsichtbar, sie und Charlie.

Joan wartete und beobachtete die beiden. Das hier war kein Streit, aber es war irgend*etwas*. Es war ein Geheimnis. Sie wartete und fragte sich, was sie tun sollte, denn mit Charlie an ihrer Seite fühlte sie sich bei allem unsicher. Ein Teil von ihr, ein tief in ihr verwurzelter Instinkt, wollte plötzlich nicht mehr länger zusehen. Sie verspürte den Drang, sich umzudrehen und zurück in die Messe zu gehen, wie Charlie es vorgeschlagen hatte. Sollten die beiden klären, was immer sie zu klären hatten. Doch sie rührte sich nicht vom Fleck. Sie stand noch immer da, als Rory die Hand ausstreckte, mit den Fingern Daniels Kinn berührte und sanft sein Gesicht zu sich herumdrehte. Sie stand noch immer da, als Rory ihren Bruder küsste, auf eine Weise, wie er sie noch nie geküsst hatte – mit geschlossenen Augen und geöffneten Lippen. Sie stand noch immer da, als Daniel seinen Kuss erwiderte und sich jeder Muskel in ihren Körpern spannte vor … vor was?

Gedankenversunken suchte Joan nach dem passenden Wort, bis sie begriff, dass es gar nichts Geheimnisvolles war, sondern dass es sich schlicht und ergreifend um Leidenschaft handelte. Charlie zog an ihrem Arm.

»Kommen Sie, Joan«, sagte er leise. Sie riss sich von ihm los, machte auf dem Absatz kehrt und rannte davon.

Lady Margaret Hall, Oxford, 1901

Wie üblich, wenn Maude las, vergaß sie die Zeit. Die Junisonne verbreitete angenehme Wärme in ihrer Nische im Lesesaal von Old Hall. Nachdem sie zwei Jahre in Oxford Alte Geschichte studiert hatte, befand sie sich nun inmitten ihrer Abschlussprüfungen; am nächsten Morgen um Punkt zehn Uhr hatte sie ihre *viva voce* – die mündliche Prüfung –, bei der auch ihre Eltern anwesend sein würden. Sie war eigentlich nicht nervös, sie hatte vielmehr das Gefühl, vollauf konzentriert zu sein. Sie wusste genau, was man von ihr erwartete und was sie zu tun hatte und dass alles andere unwichtig war. Das hieß, fast alles. Ihre Eltern würden noch ein paar Tage bleiben, um ihren neunzehnten Geburtstag mit ihr zu feiern.

Nathaniel Elliot hingegen kam nur für den heutigen Tag auf der Durchreise nach London vorbei. Maude las über Stunden, ohne dass ihre Konzentration nachließ. Hin und wieder machte sie sich eine Notiz, ab und an hielt sie inne und starrte ins Nichts, ohne dabei die Staubkörner wahrzunehmen, die im Sonnenschein miteinander rangen, während sie eine Information oder ein Argument in ihrem Kopf speicherte.

Als die Kirchturmuhr ein Uhr schlug, erschrak sie. Rasch packte sie zusammen, strich sich hastig das Haar glatt und setzte ihren Strohhut auf. Sie ließ ihre Bücher, wo sie waren, und eilte hinaus, wobei der Luftzug die Seiten verschlug. Nathaniel wartete am Eingang des Colleges – männliche Besucher waren innerhalb der Mauern nicht gestattet –, und als Maude ihn sah, tat ihr Herz wie üblich einen Sprung. Sie bemühte sich, es zu ignorieren, doch es schien bis zu ihrem Hals zu schlagen. Sie fürchtete, er könnte es ihrer Stimme anhören. Dass sein cremefarbener Anzug zerknittert war und er das Jackett offen trug, unterstrich nur seine unkonventionelle Eleganz. Plötzlich nahm Maude die abgenutzten Stellen an ihren Schuhen ebenso wie den Bibliotheksstaub an ihren Manschetten und ihren schief sitzenden Krawattenknoten überdeutlich wahr. Wie die anderen fünfzig Mädchen, die in Lady Margaret Hall studierten, trug auch Maude nie Makeup, sodass sie wenigstens darauf nicht zu achten brauchte. Sie erinnerte sich noch sehr genau daran, wie sie sich für Alice geschämt hatte – das Mädchen, das ihr Bruder John ihnen zuletzt vorgestellt hatte –, weil die ganze Zeit über roter Lippenstift an ihren Zähnen geklebt hatte. Mit Rouge auf den Wangen und ihrem starken Parfum hatte sie Maude an eine Porzellanpuppe erinnert – hübsch, hohl und gänzlich künstlich. Elias Vickery hatte Alice abgelehnt und Maude damit den Gedanken ausgetrieben, sich je selbst derart zurechtzumachen. Wobei sie der Anblick ihres eigenen kleinen unscheinbaren Gesichts im Spiegel hin und wieder betrübte – ihre abscheuliche Nase überschattete jegliche Schönheit, die ihr Mund und ihre Augen ansonsten auszeichnete. Sie überwand diese Anflüge von Trübsinn jedoch stets schnell und voller Entschiedenheit. Maude besaß Verstand und einen Willen, sie brauchte kein hübsches Gesicht.

Während Nathaniel wartete, hatte er eine Hand in die Hosentasche geschoben, blinzelte zur Kuppel der Kapelle hinauf, wippte auf den Ballen vor und zurück und rauchte eine Zigarette. Maude verlangsamte ihren Schritt und nutzte die Gelegenheit, ihn unbemerkt zu beobachten. Er war größer als sie – das waren die meisten Menschen –, sein Haar war dunkel und glatt wie immer, der Mode entsprechend hatte er es mit Makassar-Öl zurückfrisiert. Noch immer war seine Gestalt lang und schmal, doch seine Schultern waren breiter geworden, gerade genug, um männlich zu wirken. Seine Füße schienen jetzt zum Rest seines Körpers zu passen; er war glatt rasiert und seine Haut von den Stunden unter freiem Himmel leicht gebräunt. Sein Gesicht hatte sich mit dem Erwachsenwerden stark verändert, im ersten Moment war Maude von der Wölbung über seinen Augen, den Wangenknochen und dem kräftigen Kinn stets ein wenig irritiert. Bis er lächelte und sich sein Gesicht wieder in das verwandelte, das sie schon fast ihr ganzes Leben lang kannte. Jetzt drehte er sich um, sah sie und winkte, und Maude konnte nicht verhindern, dass sie errötete, wofür sie ihre Wangen verfluchte.

»Hallo, Mo«, sagte er.

»Hallo, Nathan«, erwiderte sie und lachte, während er ihr die Hand schüttelte, ohne dass sie genau wusste, warum. Vielleicht, weil seine Berührung sie erfreute. Vielleicht war es so einfach.

»Du siehst gut aus. Sehr gut. Das Lernen steht dir.«

»Danke. Ja, ich glaube, das tut es.«

»Wie ich höre, bist du auf dem Weg, als Jahrgangsbeste abzuschließen.« Er nahm einen letzten Zug und trat die Zigarette mit der Schuhspitze aus.

»Wenn alles gut geht. Nicht, dass sie einer Frau eine *echte* Auszeichnung geben würden.«

»Nun ja, auch inoffizielle Auszeichnungen klingen für mich beeindruckend.«

»Hättest du nur gelernt, Nathan, dann hättest du auch weitaus besser abgeschlossen.«

»Wir müssen alle unseren Stärken folgen, Maude. Und über Büchern zu hocken ist nun einmal nicht meine Sache.« Er steckte seine Hand in die Tasche und bot ihr seinen Ellbogen an. Erfreut hakte sie sich bei ihm unter. »Lass uns ein Stück gehen und uns etwas Appetit holen. Ich habe für uns einen Tisch im The Randolph reserviert.« Grinsend blickte er zu ihr hinunter, doch sein Lächeln wirkte etwas angespannt, auf merkwürdige Weise zugleich entschuldigend und trotzig. Beiden war klar, dass Maude das Mittagessen bezahlen würde. Nathaniel hatte fast nie Geld.

An einem so schönen Tag tummelten sich allerlei Menschen in Oxfords Straßen – Studenten, Passanten, die einkauften, Jungs, die sich auf Fahrrädern an Handkarren vorbeischlängelten, an Ponys, die kleine Gespanne zogen, und an großen, schweren Kutschen. Es lagen frische und puderige Düfte von Blüten und violetten Glyzinien in der Luft, junge Blätter hingen an den Bäumen, einige von ihnen noch weich und zart wie Schmetterlingsflügel. Sie gingen am Flussufer entlang, wo eine Brise an ihren Kleidern und ihrem Haar zog, es aber dennoch warm genug war. An einem solchen Tag wäre Maude gern meilenweit gelaufen. Als sie an Nathaniels Arm im grünen Licht der Bäume schlenderte, war sie ganz und gar glücklich.

Nathaniel hatte einen einfachen Abschluss in Cambridge gemacht, in Philosophie – eigentlich hatte er nur gerade so bestanden. Als Nathan einundzwanzig geworden war, hatte Elias Vickery freundlich, aber bestimmt verkündet, dass die inoffizielle Förderung, die er Nathan seit dem Tod von dessen Vater hatte zukommen lassen, nun beendet wäre. Er hatte Nathans Ausbildung finanziert; sonst wäre er gewiss nicht in der Lage gewesen, nach Cambridge zu gehen. Nathaniels Mutter lebte noch immer in Südfrankreich. Sie war verwirrt, ängstlich und im Grunde ein Pflegefall, lebte in Hotelzimmern und Herbergen und war auf die Freundlichkeit diverser männlicher Begleiter angewiesen, denn ihr Vermögen – und das Erbe ihres Sohnes – hatte sie schon lange verprasst. Nathans glanzloser Abschluss hatte zu Reibungen zwischen ihm und Elias geführt und gezeigt, wie fragil familiäre Beziehungen waren, wenn keine Blutsverwandtschaft und keinerlei gegenseitige Verpflichtungen bestanden. Maude war erleichtert, dass die Verbindung abgebrochen war und Nathan nicht länger der Obhut ihrer Familie unterstand, auch wenn er ihnen immer in Liebe und Dankbarkeit verbunden bleiben würde. Irgendwie schienen ihr manche Dinge dadurch einfacher zu sein. Bislang hatte sie allerdings noch nicht herausgefunden, was jetzt leichter und wofür der Weg jetzt eigentlich frei war, denn so empfand sie es. Sie war noch nicht bereit, es sich einzugestehen.

Seit seinem Examen hatte Nathaniel viel Zeit in den afrikanischen Kolonien verbracht. Er war gereist und mit diversen Freunden auf Großwildjagd gegangen. Zurück in England hatte er mit verschiedenen beruflichen Laufbahnen geliebäugelt. Anscheinend brachte ihn nur die allergrößte Not dazu, sich auf die eine oder andere Art irgendwo niederzulassen, und wie es schien, war diese Zeit jetzt gekommen.

»Ich habe von Vater gehört, dass du endlich eine Stellung angenommen hast«, sagte sie, während sie nebeneinanderher gingen. Der Weg wurde schmaler, und Nathaniel ließ ihren Arm los, um im Gänsemarsch andere Passanten vorbeizulassen. Anschließend bot er ihr seinen Arm nicht mehr an, und Maude faltete stattdessen die Hände – sie schienen ihr plötzlich irgendwie überflüssig zu sein.

»Ja. Er hat sich sicher gefreut, das zu hören«, erwiderte Nathaniel ein wenig bitter.

»Nur wenn du glücklich bist und gut unterkommst. Er will nur, dass du abgesichert bist.«

»Du lässt immer noch nichts auf ihn kommen, nicht wahr? Nein, nein. Antworte nicht. Ich selbst ja auch nicht. Jedenfalls nicht, wenn jemand anders etwas gegen ihn vorbringt. Ich selbst ... Es ist manchmal nicht leicht, ihm gerecht zu werden. All seinen Erwartungen, meine ich.«

»Er erwartet von uns, dass wir unser Potenzial ausschöpfen. Wir alle vier. Er glaubt, dass wir das können, und darum verzweifelt er, wenn wir es nicht tun«, erklärte Maude mit Nachdruck. Sie hatte es sich zur Aufgabe gemacht, die Erwartungen ihres Vaters nicht nur zu erfüllen, sondern sie zu übertreffen. Als Einzige unter den vieren hatte sie ihn bislang noch nicht enttäuscht. Da war John mit seiner wiederholt unglücklichen Wahl von Partnerinnen und Francis mit seiner Entscheidung, keinen Abschluss zu machen und eine Laufbahn als Justizangestellter einzuschlagen.

»Oh, Mo. Eines Tages wirst du es verstehen«, sagte Nathaniel, steckte die Hände in die Taschen und streifte dabei ihren Arm. Sie versuchte, sich nicht davon ablenken zu lassen. »Vielleicht erst, wenn du zum ersten Mal etwas tun willst, das nicht seine Billigung findet.«

»Erzählst du mir von deiner Stellung, oder soll ich raten?«, entgegnete sie. Sie schob die gelegentlichen Reibereien der Jungs mit Elias auf ihren männlichen Kampfgeist, sie mussten sich durch ihre Sturheit beweisen.

»Ich erzähle es dir. Es ist aber nicht besonders aufregend. Das Interessanteste daran ist die Möglichkeit zu reisen. Um zu forschen.«

Sie gingen zurück zum The Randolph Hotel und nahmen

ihren Tisch ein. Nathaniel berichtete ihr, dass er als einfacher Beamter für die britische Regierung in den angloägyptischen Sudan gehe und in vier Tagen aufbreche. Man hatte ihm einen kleinen Außenposten in Kutum zugeteilt, weit weg von der Zivilisation von Khartum. Doch als er von dem unerforschten Gebiet südlich von Kutum sprach, leuchtete in seinen Augen die Begeisterung, die sie so gut von ihm kannte.

»Da geht es nicht ums Teetrinken und um Löwenjagd wie in Kenia, Maude, oder ums Teetrinken und die Pyramiden wie in Ägypten. Hier geht es darum, neues Terrain zu erkunden. Das ist meine Aufgabe.«

»Und so bald brichst du schon auf«, murmelte Maude, als ihre Hammelnierchen serviert wurden. »Ich kann nicht fassen, dass ich heute zum ersten Mal davon höre!« Sie steckte sich einen Bissen in den Mund, und der Pfeffer brannte auf ihrer Zunge. Eine eigenartige Mischung aus Eifersucht, Freude und Enttäuschung ergriff sie. Sie sah nichts lieber als das Leuchten in seinen Augen. Sie war glücklich, dass er nun tun würde, wonach er sich immer gesehnt hatte. Aber er würde so weit weg sein. Auch jetzt sah sie ihn nur unregelmäßig, aber nicht zu wissen, wann sie ihn das nächste Mal wiedersah, war etwas ganz anderes, als zu wissen, dass sie ihn gar nicht mehr sehen würde.

»Nun ja, für Weiße ist es jedenfalls Neuland. Bei den Stämmen dort gibt es Kopfgeldjäger, wusstest du das? Nur, dass sie keine Köpfe sammeln. Sondern Hoden.«

»Nathan! Doch nicht am Mittagstisch!« Sie lachte und blickte sich um, ob ihn jemand gehört hatte.

»Na ja, das tun sie nun einmal! Man muss immer die Wahrheit sagen, wie unser guter alter Elias sagen würde.«

»Aber man hat die Wahl, welche Wahrheiten man ausspricht«, korrigierte Maude ihn. Sie räusperte sich leise. »Wie lange wirst du weg sein?«

»Ich weiß es nicht. Bis ich keine Lust mehr habe.« Er zuckte mit den Schultern. »Ich finde, du siehst nicht sehr erfreut aus, Maude.«

»Doch, natürlich freue ich mich. Ich bin nur ziemlich eifersüchtig, das ist alles. Und ich werde dich vermissen. Wir alle.«

»Ich werde dich auch vermissen«, sagte er beiläufig. Dann schien er dem Klang seiner Stimme nachzuhorchen, und seine Miene wurde weicher. »Natürlich werde ich dich vermissen. Und ich werde dir oft schreiben. Aber du wirst bald weg sein und deine eigenen Abenteuer erleben. Da bin ich mir sicher. Wohin geht es als Nächstes?«

»Nach Palästina und Syrien.«

»Diesen Herbst, richtig? Du wirst von einer Reihe hilfreicher Freunde deines Vaters von Konsulat zu regionalem Außenposten zu Konsulat weitergereicht werden.«

»Das ist nicht fair, Nathaniel. Wie sollte ich sonst dorthin kommen?«

»Aber es ist wahr. Nicht, dass ich es dir verübele ... Wenn ich über deine Verbindungen verfügte, würde ich sie auch bestmöglich nutzen.«

»Ein Mädchen braucht sie weitaus dringender als ein Mann.«

»Vielleicht. Manchmal vergesse ich, dass du ein Mädchen bist, Maude.« Darauf wusste sie nichts zu erwidern. Mit der Scham kehrte das verräterische Rot in ihre Wangen zurück.

»Oh.«

»Nun ja, Mädchen sind im Großen und Ganzen alberne Wesen. Sie scheinen nicht in der Lage zu sein, auch nur einem einzigen Gedanken länger als eine Minute zu folgen. Und sie sind besessen von Kleidern und ihrer Frisur und vor allem vom Tanzen. Aber du bist anders, Maude. Du hast viel mehr zu bieten als ...« Er wedelte mit seiner Gabel. »Mode.«

»Oh.« Sie war sich nicht ganz sicher, ob das ein Kompliment war oder nicht. »Ja«, sagte sie schließlich. »Ich glaube, Vater verzweifelt, weil du nicht heiratest.«

»Ich brauche nicht zu heiraten«, sagte er. »Eine Ehefrau ist kostspielig. Und sie wird wollen, dass ich zu Hause bleibe oder dass ich mich zumindest an einem Ort aufhalte. Und selbst wenn ich eine fände, der es nichts ausmacht, mich zu begleiten, sind die meisten Orte, an die ich reisen will, für eine Dame völlig ungeeignet.« Er nahm einen großen Bissen und schwieg, um zu kauen.

»Du könntest eine reiche Dame heiraten und mit ihrem Geld die Welt bereisen.«

»Während sie den Rest für Drinks und Kartenspiele ausgibt?«, fragte er in scharfem Ton. Zu spät, Maude dachte an seine Mutter – ihren einsamen Verfall, wie sie sich allmählich zu Grunde richtete.

Doch Nathaniel fuhr kopfschüttelnd fort. »Nein. Genau wie du es damals einmal mir gegenüber geäußert hast, frage ich mich jetzt auch, ob ich überhaupt *jemals* heiraten will.« Als sie nichts erwiderte, blickte er auf. »Daran hältst du doch noch fest, oder? Obwohl du vermutlich früher oder später heiraten musst.«

»Muss ich?«

Maude zuckte mit den Schultern, dann blickte sie aus dem Fenster auf die sonnenbeschienene geschäftige Straße. Sie trank einen Schluck Wasser und konnte Nathaniel eine Weile nicht ansehen, obwohl sie seinen forschenden Blick auf sich spürte. Seine Worte hatten sie aus dem Gleichgewicht gebracht, und sie brauchte einen Moment, um herauszufinden, woran das lag. Sie beschlich das beunruhigende Gefühl, dass ihr etwas entglitt, etwas, das sie dringend brauchte. Etwas Lebenswichtiges. Vielleicht lag es nur daran, dass er zuerst aufbrach, sein Abenteuer zuerst begann und sie erneut zurückblieb. Zurückzubleiben hatte sie schon immer schrecklich gefunden. Sie sehnte sich danach, ausnahmsweise die Erste zu sein, die etwas tat, aber das würde ganz gewiss nicht das Heiraten sein. Sie dachte an Arabien, das sie noch immer nicht gesehen hatte. An die endlose Wüste, die voller alter Geheimnisse war, alter Völker, untergegangener Städte und unerforschter Wege ... Und plötzlich überkam sie eine derart starke Sehnsucht, dass sie den Atem anhalten musste, bis das Gefühl vorüberging.

»Ich möchte lieber reisen, antike Orte erforschen und darüber Bücher schreiben, als Ehefrau zu sein«, sagte sie schließlich und fühlte sich noch immer weit weg. Doch vielleicht war es Nathaniel, der bereits weit weg war. Sie sah ihn an. »Vielleicht werden wir eines Tages auf diesen Moment zurückblicken und feststellen, dass sich unsere Leben von diesem Punkt an für immer auseinanderentwickelt haben«, sagte sie. Nathan lächelte.

»Du bist immer so ernst, Maude. Es passt perfekt zu dir, dass du vom Lesen der Bücher nun zum Schreiben wechseln willst.«

»Ich bin nicht immer ernst. Bleibst du nicht zu meinem Geburtstagsessen?«, fragte sie unvermittelt und beugte sich hoffnungsvoll vor. »Oder kommst du aus London dafür zurück? Oh, bitte! Mutter und Vater werden beide hier sein, und ich glaube, John kommt auch und einige meiner Freundinnen von der Lady Margaret. Wir können es auch zu deiner Abschiedsfeier machen – es macht mir nichts aus, dir die

Aufmerksamkeit zu überlassen. Neunzehn ist ein überflüssiges Zwischenalter.«

»Das kann ich nicht. Tut mir leid, Maude. Bis zu meiner Abreise habe ich noch einiges zu erledigen. Darum bin ich heute hergekommen.«

Maude setzte sich enttäuscht zurück. Sie merkte, dass sie ihn festhalten wollte. Es war ein fast körperlicher Drang – sie wollte die Hand ausstrecken und sich an ihm festkrallen. Sie ballte die Hände zu Fäusten, um die Kontrolle zu behalten. Sie wollte nicht, dass er ging. Dass dies der Punkt war, an dem sich ihre Leben trennten. Nach dem Essen brachte sie ihn zum Bahnhof und wartete auf dem Bahnsteig, bis der Zug einfuhr, begleitet von dem Kreischen und Quietschen heißen Metalls bremste und rußige Dampfwolken ausspie. Das Gefühl wollte nicht mehr weichen und ließ Maude verstummen, bis offensichtlich war, dass etwas nicht stimmte und die Atmosphäre zwischen ihnen angespannt war. Das bekümmerte sie nur noch mehr. Sie waren immer so unbefangen miteinander gewesen – unbefangener, als sie es mit ihren Brüdern sein konnte. Mit gerunzelter Stirn erhob sich Nathan von der Bank auf dem Bahnsteig, ganz offensichtlich war er verwirrt, was sie verärgert haben könnte.

»Nun, lebe wohl, Mo«, sagte er und streckte die Hand aus. Maude ergriff sie, und dann, aus einem Impuls heraus, umarmte sie ihn. Sie musste ihn zu sich nach unten ziehen und die Arme nach oben strecken. Seine Kleidung drückte unangenehm gegen ihre Wange, doch darunter spürte sie die Wärme seiner Haut. Sie schloss die Augen und konzentrierte sich auf das Gefühl.

Als sie es schaffte, sich von ihm zu lösen, blickte er mit verändertem Ausdruck zu ihr herab – eher mit der Leidenschaft, mit der er stets von seinen Plänen sprach. Doch dieser Ausdruck hielt nicht lange an und wich rasch einer spöttischen Miene. Maude versuchte, sich ebenfalls zu fassen und wieder die zu sein, die man von ihr erwartete zu sein.

»Versuch, keine Malaria zu bekommen, hörst du?«, sagte sie leichthin, und Nathaniel lachte.

»Ich tue mein Möglichstes. Und pass auf, dass du als Beste abschließt, hörst du? Wenn nicht, gibt man mir noch die Schuld, weil ich dich am Tag vor deiner mündlichen Prüfung vom Lernen abgehalten habe.«

»Ach, keine Sorge. Das schaffe ich schon«, sagte Maude ohne falsche Bescheidenheit.

Sobald sein Zug aus dem Blickfeld verschwunden war und keine Chance mehr bestand, noch einen weiteren Blick auf ihn zu erhaschen, hätte sie eigentlich zurück in den Lesesaal eilen müssen. Doch stattdessen blieb sie eine Weile in der Stille stehen und wartete darauf, dass sie sich wieder einigermaßen normal fühlte. Sie verharrte am Rand des Bahnsteigs und starrte auf die glänzenden Gleise hinunter. Sie wollte nicht gehen, nicht sitzen, mit niemandem sprechen. In diesem Augenblick hatte sie keine Ahnung, was sie wollte. Schließlich kam der Bahnhofsvorsteher und fragte, ob alles in Ordnung sei. Daraufhin kehrte sie zurück zur Lady Margaret Hall, in die Nische im Lesesaal, die sie ein paar Stunden zuvor verlassen hatte, als alles noch klar und einfach gewesen war und sie sich konzentrieren konnte und genau wusste, was sie zu tun hatte.

Sie versuchte, weiter in ihren Büchern zu lesen, doch immer wieder streunten ihre Gedanken wie Katzen umher. Hierhin und dorthin, zu vergangenen Ereignissen und Zukunftsfantasien, immer wieder zu Nathaniel Elliot. Sie stellte ihn sich weit weg im Sudan vor und fragte sich, ob sein Leben in England ihm von dort aus klein, brav und uninteressant vorkommen mochte. Ob *sie* auf ihn klein, brav und uninteressant wirken würde.

Gegen ihren Willen erwischte sie sich dabei, dass sie sich vorstellte, an jenem Ort an seiner Seite zu sein. Und da begriff sie, dass sie in Nathaniel Elliot verliebt war. Natürlich. Sie war bis über beide Ohren hoffnungslos in ihn verliebt. Und die einzige Möglichkeit, an seiner Seite zu bleiben, war, ihn zu heiraten. Dann würde sie an *seiner* Seite sein. Er nicht an ihrer. Alle gemeinsamen Abenteuer wären seine, und sie würde ihn nur begleiten, damit sie nicht zurückblieb. Das war unmöglich – eine ebenso unerträgliche Vorstellung, wie gar nicht bei ihm zu sein.

Am nächsten Tag schaffte sie es irgendwie, sich ausreichend auf die mündliche Prüfung zu konzentrieren. Dabei half ihr die demütigende Erfahrung, dass man ihr einen derart hohen Stuhl zuwies, dass ihre Füße nicht den Boden erreichten. Sie setzte sich kerzengerade hin und presste fest die Füße aneinander, schwang nicht mit ihnen, wie es ein Kind getan hätte, und der Zorn verlieh ihrer Stimme eine Spur mehr Autorität. Ihre Eltern saßen am Rand – ihr Vater beobachtete sie genau, ihre Mutter blickte sanft in die eine oder andere Ecke des Raumes und zupfte gelegentlich an ihren Handschuhen oder ihren Röcken. Elias hatte die Arme verschränkt und verglich hin und wieder seine Taschenuhr mit der Uhr an der Wand. Sein Gesicht wirkte verschlossen, doch als Maude jede Frage klar und umfassend beantwortete, konnte sie seine Anerkennung spüren – umso mehr, als sie eine ganze Theorie über den Untergang des Byzantinischen Reiches mit einer einzigen schroffen Bemerkung zunichtemachte. Doch sogar während der Prüfung und obwohl ihr Vater sie beobachtete, war sie mit einem wichtigen Teil ihrer Gedanken woanders. Sie wusste, dass sie als Beste abschließen würde, aber irgendwie genügte ihr das nicht mehr. Wie geplant, feierten sie ihren neunzehnten Geburtstag, und niemand schien zu bemerken, dass ein Teil von ihr fehlte. Und schon bald begann sie, diese Lücke mit Plänen zu füllen.

Maskat, November 1958

Nach schlaflosen Nächten fühlte sich Joan derart unkonzentriert und benommen, dass sie sich regelrecht daran erinnern musste, Angst zu haben, als sie die Stufen zur Festung Al-Dschalali hinaufstieg. Als Rory und Robert heute Morgen ihre geröteten Augen und ihr blasses Gesicht bemerkt hatten, hatte sie ihre mitfühlenden Worte kaum wahrgenommen. Ihr Haar klebte an ihrem Kopf, weil sie sich nicht hatte aufraffen können, es zu waschen. Und auch Marians unbewegte Miene, die wirkte, als würde sie sich mit aller Macht zusammenreißen, hatte sie nur am Rande registriert. Alle hatten vorgeschlagen, sie solle in der Residenz bleiben und sich ausruhen, aber dort hielt Joan es nicht aus. Plötzlich erschien ihr der Platz zu beengt. Er schien sie kleiner zu machen, bedeutungslos. Im Spiegel wirkte ihr Gesicht totenblass, und ihre Augen schienen sie von so weit her anzustarren, wie es rein körperlich unmöglich war, als wäre sie in den langen dunklen Stunden, die sie in den letzten drei Nächten wach gelegen hatte, weit gereist. Sie fühlte sich nicht wie sie selbst, wie abgeschnitten von ihren Gefühlen. Es war beunruhigend und zugleich tröstend. Sie vermutete, dass es eine Art Schutz war – dass es ihr irgendwie dabei half, Ruhe zu bewahren und vernünftig zu sein. Es hielt sie davon ab, darüber nachzudenken, was sie zu Rory sagen sollte oder zu Daniel. Bislang hatte sie noch gar nichts gesagt.

Unter der Hose, die sie unter der Abaya trug, verbarg sie einen Brief für Salim, er war mit einem Band um ihre Wade geschnürt. Schriftliche Korrespondenz war im Gefängnis streng verboten. Maude hatte sie auf die damit verbundene Gefahr hingewiesen, mehrmals bekräftigt, dass der Brief auf keinen Fall entdeckt werden dürfe und skeptisch Joans Schweigen bemerkt.

»Was ist los mit Ihnen, Joan? Hören Sie mir überhaupt zu?«, fragte sie schließlich gereizt und steckte grob mehr Nadeln als nötig in Joans Haare, um den Schleier zu befestigen. Joan hatte stumm genickt. Sie hatte sich auf den sandigen Effekt des Khols, der in ihre Augen geflossen war, konzentriert: Zunächst hatte er gebrannt, jetzt fühlte er sich nur noch warm an, wie ein mildes Gewürz. Eine Weile hatte sie zu ermitteln versucht, ob das Gefühl angenehm oder unangenehm war. Die Hitze unter den Gewändern machte ihr nichts mehr aus, ebenso wenig der erstickende Schleier oder die Gefahr, entdeckt zu werden. Alles, was sie wirklich wollte, war, sich irgendwo an einen ruhigen Ort zu legen, die Augen zu schließen und zu schlafen. Doch wenn sie in den letzten Nächten die Augen geschlossen hatte, wurde sie von Träumen heimgesucht, die in ihr das Gefühl auslösten, verzweifelt auf der Suche nach etwas zu sein – sie wusste nicht, wonach. Vielleicht nach dem Gefühl von Sicherheit und Geborgenheit, das von einem Zuhause ausgehen sollte, von dessen Vertrautheit. Doch dieses Gefühl war verschwunden. Die Bilder aber waren so lebendig, dass sie tatsächlich überrascht war, wenn sie die Augen öffnete und sich in Oman wiederfand. Sie sehnte sich danach, mit ihrem Vater zu sprechen; auch mit ihrer Mutter, aber vor allem mit ihrem Vater. Entscheidend war nie gewesen, *was* er zu ihr gesagt hatte, um sie zu trösten, sondern *wie* er es gesagt hatte. Wie er sie dabei ansah und ihre Schulter drückte, als würde alles wieder gut werden. Wenn sie unter dem Küchentisch gefangen gewesen war, während die Bomben auf Bedford fielen, und sie das Gefühl von absoluter Hilflosigkeit überkam, war er es gewesen, der sie tröstete. Er hatte das Gefühl irgendwie gemildert und dann ganz verschwinden lassen, während ihre Mutter es ihr zu spiegeln und zu verstärken schien.

Joan bemerkte den animalischen Gestank im Gefängnis, doch anders als beim letzten Mal stieß er sie nicht ab. Sie bemerkte die argwöhnischen Blicke der osmanischen Wachen und die beiläufigen der britischen, doch das war ihr egal. Sie bahnte sich ihren Weg zur zweiten Sammelzelle, harte weiße Lichtstrahlen fielen durch die hohen Fenster herein. Als sie eintrat, stellte sich ihr ein magerer, älterer Mann mit nacktem Oberkörper in den Weg. Unsicher blieb sie stehen. Er verharrte einen Moment, dann verneigte er sich ungelenk und verlor beinahe das Gleichgewicht.

»Ihre Hoheit«, sagte er. »Ihre Hoheit.« Die Haut hing schlaff um seinen knochigen Brustkorb. Joan starrte ihn an.

»Entschuldigen Sie mich«, sagte sie, trat an ihm vorbei und ging weiter. Sie blickte zurück und sah, dass der alte Mann ihr mit bedauernswertem, niedergeschlagenem Blick hinterhersah. Erst da realisierte sie, dass er Englisch mit ihr gesprochen hatte und dass sie auf Englisch geantwortet hatte. Schließlich bohrte sich der Schreck durch ihre Dumpfheit, sie atmete scharf ein und taumelte. Woher hatte er gewusst, dass er Englisch mit ihr sprechen musste? In einem Anflug von Panik überprüfte sie ihr Gesicht und ihre Kleidung. Als sie auf ihn zukam, stand Salim auf und sah sie mit dunklem Blick an. Er war größer als die meisten Omanis. Joan musste den Kopf zurückneigen, um ihm in die Augen zu blicken.

»Willkommen, Joan«, sagte er leise. »Vor dem alten Mann müssen Sie keine Angst haben. Niemand kennt seinen Namen, wir nennen ihn einfach den Wallah, den Mann. Er ist ziemlich verrückt, aber ich habe noch nie erlebt, dass er jemandem etwas getan hat. Er tötet noch nicht einmal die Kakerlaken, wenn sie nachts über ihn hinwegkrabbeln.« Er sah ihr aufmerksam in die Augen, offensichtlich wusste er ihre Stimmung nicht zu deuten. »Er spricht Besucher häufig auf Englisch an, aber man darf nicht hören, dass Sie antworten.«

»Ich weiß«, sagte Joan. Ihr Schrecken drohte sich in Tränen aufzulösen und schnürte ihr die Kehle zu. »Ich habe nicht nachgedacht.«

Sie setzten sich, und Joan packte schweigend den Korb aus. Sie spürte, dass Salim jede ihrer Bewegungen beobachtete, und hätte sich am liebsten versteckt. Sie schluckte angestrengt.

»Joan«, flüsterte er. »Was ist los? Was ist passiert? Sie wirken verändert. Unruhig. Bitte, sagen Sie es mir. Ist etwas mit Maude? Mit Abdullah?«

»Nein, ich …« Sie schüttelte den Kopf. »Ich kann es Ihnen nicht sagen. Aber Maude und Abdullah geht es gut. Sie … schicken Ihnen diesmal einen Brief mit. Möchten Sie ihn gleich haben?«

»Nein, warten Sie einen Moment.« Salim blickte an ihr vorbei. Seine dunklen Augen waren ständig in Bewegung. »Warten Sie, bis ein paar Leute sich ein bisschen von uns entfernt haben. Das ist besser.«

»In Ordnung. Hier ist mehr Wasser, darum hatten Sie ja gebeten. Sie müssen durstig sein«, sagte sie und hielt den Blick gesenkt, doch obwohl Salim ihr die Flasche abnahm, trank er nicht. Er blickte sie weiter forschend an, bis sie schließlich zu ihm aufsehen musste. Auf der einen Wange hatte er einen kleinen Schnitt, und sie war leicht geschwollen, doch er schien ruhiger als beim letzten Mal. Er hatte die Knie angezogen und locker die Arme darübergelegt. Joan fragte sich, wie sich die Handschellen und die Eisenstange wohl anfühlten. Sie bemerkte offene, rote Striemen an seinen Knöcheln, wo die Metallmanschetten über die Haut rieben. Fliegen versuchten unablässig, auf dem getrockneten Blut zu landen. Die Stille hing zwischen ihnen wie ein Schleier, und Joan hielt es nicht länger aus. Sie musste etwas sagen. »In England wird es jetzt Winter. Das ist das erste Mal, dass mir im November heiß ist.« Es war eine absurde Aussage, sodass sie errötete, doch das konnte niemand sehen.

»Sie vermissen Ihre Heimat. Sind Sie deshalb traurig? Möchten Sie nach Hause zurückkehren?«

»Nein. Zumindest glaube ich das nicht. Vielmehr weiß ich nicht ... Ich weiß nicht, wie ich jemals dorthin zurückkehren kann.« Salim schien irritiert.

»Dann ist es nicht wegen Ihrer Heimat.«

»Nein. Ich glaube nicht«, sagte sie. Die Stille kehrte zurück, und Joan hielt sie diesmal nur ein paar Sekunden aus. »Es ist nett von Ihnen, dass Sie sich meinetwegen Gedanken machen, in ... Ihrer Lage. Aber bitte, Salim ... reden wir nicht weiter darüber.«

Salim nickte und wandte den Blick ab.

»Wie Sie wünschen.« Er trank einen großen Schluck Wasser, öffnete ein Päckchen mit gebratenem Huhn und begann zu essen.

»Ich ... Ich weiß nicht, was in dem Brief steht, aber ich musste Maude versprechen, Ihnen auszurichten, dass wir unser Schicksal selbst in die Hand nehmen müssen. Der Gedanke, dass Sie das hier als Ihr vorbestimmtes Schicksal hinnehmen könnten, schien sie aufzubringen.«

»Ja.« Salim grinste sie an. »Das klingt ganz nach Maude.«

»Sind Sie anderer Ansicht?« Joan dachte an Rory und an ihren Bruder, an ihre Mutter, die Erinnerung an ihren Vater. Sie alle hatten Joans Bild, das sie von sich selbst hatte, geprägt. Joan hatte um ihrer aller Grenzen und Beschränkungen gewusst, um ihre Größe, um ihre Beschaffenheit und um ihren Einflussbereich, und sie hatte ihren eigenen Platz inmitten von ihnen gekannt. Jetzt hatte sie das Gefühl, dass alles in Bewegung geriet, dass sich alles veränderte, auseinanderbrach, ihr alles fremd war. Sogar sie sich selbst. Stumm kämpfte sie dagegen an. Sie wollte an dem, was sie von sich und ihrer Familie kannte und wusste, festhalten und an dem, was ihr vertraut war.

»Niemand ist je aus diesem Gefängnis entkommen, Joan.« Salims Stimme holte sie in die Gegenwart zurück. »Selbst wenn man es irgendwie schafft, sich von den Eisenschellen zu befreien und hinauszugelangen, würde man auf den Felsen in Stücke gerissen. Die Eingangspforte ist der einzige Zugang, und Sie haben ja gesehen, wie die gesichert ist. Al-Dschalali ist nur ein einziges Mal vor vielen Jahren erobert worden, und das nur, weil man den Kommandanten mithilfe einer Frau zum Narren gehalten hatte. Er war verrückt vor Liebe und ließ sich austricksen.«

»Sie hat ihn ausgetrickst?«

»Gewissermaßen. Sie war die Tochter des Walis von Maskat – wissen Sie, was ein Wali ist? Er vertritt den Sultan und regiert eine Stadt oder ein Dorf – so etwas wie ein Bürgermeister oder ein Gouverneur. Man hatte die portugiesischen Besatzer gezwungen, sich in die Festung zurückzuziehen. Doch ihr Kommandant verliebte sich in dieses Mädchen, das schön war wie der Sonnenaufgang. Der Kommandant versuchte, mit dem Wali Frieden zu schließen, damit er das Mädchen heiraten konnte. Doch der Wali war ein listiger Mann, und er war rachsüchtig, und als die Festung für die Hochzeitsfeierlichkeiten geöffnet wurde, stürmten die Männer des Walis hinein und erschlugen die Bewohner.«

»Wusste sie von dem Plan? Die Tochter, meine ich? Ich frage mich, ob sie die Liebe des Kommandanten erwidert hat«, sagte Joan. »Womöglich hat sie an ihrem Hochzeitstag, als sie sich am Beginn ihres Lebens wähnte, alles verloren.«

»Vielleicht hätte sie sich nicht in einen Mann aus dem feindlichen Lager verlieben dürfen.«

»Aber die Menschen entscheiden nicht darüber, in wen sie sich verlieben.« Während sie das sagte, fragte sich Joan, ob das stimmte. Traf das auf sie zu?

Hatte sie sich entschieden, Rory zu lieben, oder waren sie einfach so zusammengewachsen? Waren unweigerlich ein Teil im Leben des anderen geworden? Sie erinnerte sich an die Taxifahrt im Morgengrauen und an das erste Mal, als Rory sie geküsst hatte – wie sie sich beide an Daniel festgehalten hatten, der zwischen ihnen gekauert hatte. Sie dachte an Rorys Hand, die sich auf dem Arm ihres Bruders auf ihre gelegt hatte, und dann schloss sie die Augen, weil sich alles erneut verschob und ihr entglitt. Wenn sie es rückblickend betrachtete, schien es ihr, als sei sie einfach passiv in die Liebe hineingerutscht.

»Ich *muss* mein Schicksal akzeptieren. Meine Inhaftierung hier«, sagte Salim. »Nur der Sultan könnte mich durch sein Wort erlösen, und das wird er nicht tun. Und man wird ihn nicht stürzen. Nicht, solange er die Unterstützung und den Schutz der Briten genießt.« Bei diesen Worten verhärtete sich Salims Blick, und er kniff die Lippen zusammen. Joan wusste nicht zu sagen, ob sich sein heftiger Zorn gegen den Sultan richtete oder gegen die Briten oder gegen sein Schicksal. »Wenn ich denn nie mehr freikomme, dann würde mich das Träumen von einem anderen Leben verrückt werden lassen. Verstehen Sie? Mein Schicksal zu akzeptieren ist meine einzige Chance.« Er dachte eine Weile nach. »Andererseits wäre es vielleicht besser, ich sterbe bei dem Versuch, mich zu befreien, als hier drinnen zu verrotten.« Durch seine spitzen Eckzähne erinnerte sein Grinsen an einen Wolf. »Erzählen Sie Maude nicht, dass ich das gesagt habe. Ich bin noch nicht bereit zu sterben.«

Salim blickte sich erneut um, dann sagte er in ruhigem Ton: »Jetzt ist der richtige Moment. Sie können mir den Brief geben. Halten Sie ihn unten. Verstecken Sie ihn hinter dem Korb und hinter unseren Beinen, dann schieben Sie ihn zu mir herüber.« Joan tastete so unauffällig wie möglich nach dem Papier. »Bewegen Sie sich ein Stück nach links, damit versperren Sie den anderen die Sicht auf mich, während ich ihn lese«, sagte er. Gehorsam rückte Joan ein Stück zur Seite und wartete unbeweglich, während er die eine Seite las. An einer Stelle hielt er inne und blickte zu ihr auf. Nein, nicht wirklich zu ihr. Er sah ihr nicht in die Augen, sondern richtete den Blick ein Stück höher, dorthin, wo ihr Schleier fest am Haaransatz befestigt war. Er las den Brief zweimal hintereinander, dann faltete er ihn vorsichtig zusammen, leise, und schob ihn wieder zu Joan hinüber. »Sagen Sie«, fragte er, »wenn Sie nicht in Ihre Heimat zurückkehren möchten, wohin wollen Sie dann gehen? Was haben Sie vor?«

»Ich ... ich werde trotzdem zurückgehen müssen«, antwortete sie, und ihr wurde bang ums Herz. »Ich kann nirgendwo anders hingehen.«

»Aber Sie leben doch in einem Land voller Möglichkeiten,

oder nicht? Und Sie werden bald heiraten – Maude hat es kurz in ihrem Brief erwähnt, aber ich hatte bereits den Ring an Ihrer Hand bemerkt. Das ist doch sicherlich Ihr Weg, oder?«

»Ja. Vielleicht, ja.« Joan schluckte. »Salim ... denken Sie wirklich, dass es unmöglich ist, Ihr eigenes Schicksal zu beeinflussen? Glauben Sie, dass unser ganzes Leben bereits ... vorbestimmt ist?«

»Alles, was geschieht, ist Gottes Wille. So viel weiß ich.«

»Aber ... was ist, wenn der Weg, von dem wir dachten, es wäre der richtige, sich plötzlich als falsch herausstellt? Ist das nicht möglich?«

»Natürlich. Gott gibt unseren Weg vor, und wir müssen ihm folgen, so gut wir es vermögen. Aber wir machen Fehler. Sie sehen müde aus, Joan. Wenn Sie zu gehen wünschen, sollten Sie das tun und sich ausruhen. Aber wenn Sie möchten, erzähle ich Ihnen eine Geschichte, die mir mein Vater einst erzählt hat.«

»Ja, bitte erzählen Sie.« Wenn sie das Gefängnis verließ, würde sie zu Maude rennen und danach unweigerlich in die Residenz zurückkehren müssen. Die Vorstellung lastete wie ein schweres Gewicht auf Joan.

»Ich fasse mich kurz, Sie dürfen nicht zu lange bleiben. Es war einmal vor langer Zeit, da belauschte der Wali – der Gouverneur – von Nizwa seinen Quarin ...«

»Was ist ein Quarin?«

»Es bedeutet ›Begleiter‹. Das ist der Dschinn, der sie durchs Leben begleitet.«

»Wie ein Schutzengel?«

»Von denen weiß ich nichts. Ein Quarin führt einen nicht ... Er kann sogar boshaft sein. Lassen Sie mich Ihnen die Geschichte erzählen. Der Wali hörte seinen Quarin dunkle Worte über das Schicksal seines neugeborenen Sohnes sagen – dass das Kind aufwachsen würde, um seinen Vater zu töten, seine Mutter zu heiraten und sich anschließend umzubringen.

Natürlich war der Wali äußerst betrübt, als er das erfuhr, und beschloss, es zu verhindern. Er nahm das Kind und setzte es in der Wüste aus, damit es dort starb. Er glaubte, das sei besser, als es einem solchen Schicksal zu überlassen. Doch Stammesangehörige fanden den Jungen und zogen ihn bei sich auf, und so kehrte der Sohn Jahre später als Fremder nach Nizwa zurück. Er beschritt unweigerlich den Weg, der für ihn vorgesehen war – er tötete seinen Vater und heiratete seine verwitwete Mutter. Und als er begriff, was er getan hatte, nahm er sich das Leben, genau wie es prophezeit worden war. Der Versuch des Walis, das Schicksal zu beeinflussen, hat es überhaupt erst ermöglicht, verstehen Sie? Wir sollen unser Schicksal nicht kennen. Wenn wir durch Zufall etwas darüber erfahren, tut es uns nicht gut. Darum sollten wir gar nicht erst danach streben, etwas darüber herauszufinden, und einfach so gut leben, wie wir es können.« Salim trank noch einen Schluck Wasser und wischte sich mit dem Handrücken über die Lippen. »Die Menschen sind nicht dafür gemacht, diese Dinge zu verstehen. Das Ganze ist ein Rätsel, ebenso wie die Schlange, die ihren eigenen Schwanz auffrisst – kein Anfang, kein Ende.«

Salim ließ den Blick durch den Raum gleiten, dann streckte er plötzlich die Hand aus, zu plötzlich, als dass Joan reagieren konnte, und zog zwei der Haarnadeln heraus, mit der Maude die Abaya an ihrem Kopf befestigt hatte. Rasch verbarg er sie in seiner Hand. »Eine arme Dienerin würde nicht so viele benutzen«, murmelte er.

»Sie sind so stark, Salim«, sagte Joan leise. »Ich rede von meinem Zuhause und komme mir so hilflos vor … so machtlos, und dabei kann ich kommen und gehen, wie es mir gefällt. Bitte verzeihen Sie, Salim.« Sie schüttelte den Kopf.

»Wir sind nur so hilflos, wie wir es sein wollen, Joan. Wir müssen alle für unsere Freiheit kämpfen, wie diese Freiheit auch immer aussehen mag.«

»Aber wenn unser Weg vorbestimmt ist ...«

»Dann heißt das nicht, dass wir ihm blindlings folgen müssen.« Salim lächelte.

»Aber ich wünschte, jemand würde mir sagen, was ich tun soll.«

»Das ist Feigheit. Eine weitere Sache, in die wir uns freiwillig ergeben.« Beschämt senkte Joan den Blick. »Ein Feigling wäre nicht hierhergekommen, um einen Fremden zu trösten«, bemerkte Salim.

»Aber ich bin mir über so vieles im Unklaren. Ich wünschte ... ich wünschte, ich könnte mit meinem Vater über alles sprechen.«

»Er ist tot?«, fragte Salim so direkt, dass Joan zusammenzuckte. »Verzeihen Sie. Aber wenn Sie es versuchen, bin ich mir sicher, dass Sie herausfinden, was er Ihnen raten würde. Sie sollten jetzt gehen, bevor man noch auf Sie aufmerksam wird.« Joan war verwirrt, stand jedoch gehorsam auf und ging. Als sie an dem gebrechlichen alten Mann vorbeikam, den Salim den Wallah genannt hatte, versuchte der, sich zu erheben. Vermutlich wollte er sich erneut vor ihr verneigen, doch die Metallstange zwischen seinen Knöcheln war zu schwer und hinderte ihn daran, rechtzeitig auf die Beine zu kommen.

Als Joan sagte, sie wolle Daniel allein besuchen, wirkte Rory enttäuscht. Joan hoffte, dass sie die Dinge klarer sah, wenn sie nur zu zweit waren. Sie hoffte, mit ihrem Bruder reden zu können, und sie hoffte zu verstehen. Vielleicht würde sie etwas an ihm entdecken, das ihr bislang irgendwie entgangen war. Der Tag war heiß, Schweiß zeichnete sich auf Rorys Hemd ab. Joan dachte daran, wie er in England ausgesehen hatte: glatt rasiert und strahlend, alles an ihm war weich und einladend gewesen – von seinen Augen über seine Lippen und sein Haar bis zu seinem sanften Wesen. Hier schien er zu schmelzen, aus der Form zu geraten, wie eine Frucht, die zu stark gereift und deren Süße verdorben war. Sie schüttelte den Gedanken ab, es war ihrer Müdigkeit zuzuschreiben, dass sie gehässig wurde und die Dinge verdrehte. Und doch schien alles, was zuvor vertraut und beruhigend an ihm gewesen war, mit seiner Verwandlung zu verschwinden. Seine Gegenwart gab ihr nicht länger ein Gefühl von Sicherheit. Seine Hand zu halten fühlte sich nicht mehr an wie ein sicheres Geländer, das man auf der obersten Stufe einer steilen Treppe umfasste. Jetzt fühlte es sich an, als würde sie eine Stufe auf dieser Treppe verfehlen. Als werde sie gleich einen schmerzhaften Sturz erleiden.

»Erwartet er nicht uns beide? Aber in Ordnung. Er ist schließlich dein Bruder«, sagte Rory endlich. »Ich schmore ohnehin schon, und im Lager ist es immer noch heißer.«

»Warum gehst du nicht schwimmen?«, fragte Joan abwesend.

»Ich warte, bis du zurück bist. Dann gehen wir zusammen.« Er hielt ihren Blick gefangen und ließ ihn erst los, als sie nickte. Sie hoffte, dass er nicht versuchte, sie zum Abschied zu küssen. Sie wollte nicht, dass er ihre Verwirrung, ihre Angst bemerkte, wie ungern sie von ihm geküsst werden wollte. Sie befanden sich auf der Terrasse der Residenz und versuchten, etwas von der Meeresbrise zu erhaschen. Joan betrachtete die vier Ecken, die sie umgebende Wand, den

Baldachin darüber. Sie schienen auf sie zuzukriechen, immer näher, und währenddessen hatte sie das Gefühl, noch mehr zu schrumpfen.

Im Militärlager stieg Joan aus dem Wagen, während der Fahrer ein Comicheft aufschlug und zu lesen begann. Sie überquerte den leeren Platz bis zu Daniels Zelt und scherte sich nicht länger um die neugierigen Blicke, mit denen die anderen Soldaten sie verfolgten. Sie schaute zu den Bergen hinauf. Häufig hüllte die staubige Luft sie in einen Schleier, nicht so heute. Sie waren glasklar und schienen so nah zu sein, als könnte Joan sie mit der Hand berühren. Sie sehnte sich danach, die Wüste zu sehen, die sich auf der anderen Seite der Berge erstreckte, in einem Garten auf dem Plateau aus dem grünen Schatten eines Granatapfelbaums auf Maskat und Matrah hinunterzuschauen, die von dort wie kleine Spielzeugstädte aussehen mussten, und die Menschen wie Ameisen, sogar noch kleiner als sie selbst. Die zerklüfteten Spitzen und die schwarzen Schluchten wirkten nicht mehr bedrohlich – vielmehr fühlte sie sich von ihrer ungeheuerlichen Größe und ihren scharfen Kanten angezogen. Plötzlich kam ihr der Gedanke, dass sie in diesen rauen Bergen von der Vorstellung befreit wäre, dass die Wände auf sie zu rückten. Sie musste einen Weg finden, diese Vorstellung von Gefangensein loszuwerden, einen Weg voranzukommen. Ein kleines Pionierflugzeug grub eine staubige Spur in die Startbahn und erhob sich keuchend in die Luft. Es drehte nach Südwesten und flog ins Landesinnere, in Richtung Wadi Samail. Joan blieb stehen, um ihm hinterherzublicken, bis es nur noch ein kleiner blasser Fleck vor den steilen Berghängen des Dschabal al-Achdar war und schließlich ganz verschwand.

Joan konnte schlecht an Daniels Zelt anklopfen, darum

hielt sie einen Moment inne, denn sie konnte auch nicht einfach unangekündigt hereinplatzen. Nicht mehr.

»Klopf, klopf«, sagte sie schließlich unbeholfen.

»Kommt rein, ihr zwei«, rief Daniel. Er saß an seinem Schreibtisch und erledigte Papierkram. Als er Joan sah, lächelte er mit geschlossenen Lippen, dann blickte er an ihr vorbei. »Wo ist Taps?«

»In Maskat.« Daniel machte ein langes Gesicht. Seine Enttäuschung war derart offensichtlich, dass Joan schlucken musste, ehe sie weitersprechen konnte. »Ich glaube, es ging ihm nicht so gut. Du weißt ja, er und die Hitze.«

»Er müsste sich doch inzwischen daran gewöhnt haben. Schade – morgen breche ich mit meiner Einheit nach Nizwa auf.«

»Morgen schon? Aber ... du hast gar nichts gesagt! Für wie lange?«

»Das weiß ich nicht. Und ich habe nichts gesagt, weil ihr beide kommen wolltet. Ich wollte es euch heute sagen und mich verabschieden.«

»Aber ... Maude kommt am Donnerstag in die Residenz zum Abendessen. Du musst sie kennenlernen«, sagte Joan dümmlich. In ihrer Enttäuschung kam sie sich vor wie ein Kind. Sie wusste, dass es unangemessen war, aber sie wusste auch, dass sie Daniel brauchte. Sie brauchte ihn, damit er ihr half zu verstehen, was vor sich ging. Weil sie ohne ihn mit Rory allein war und nicht wusste, wie sie damit umgehen sollte. Sie musterte Daniel und stellte erleichtert fest, dass er sich nicht verändert hatte, nicht so wie Rory. Er war noch immer er selbst. Er war nur ein wenig weiter weg, ein wenig schwerer für sie zu greifen.

»Ich bin nicht im Urlaub hier, Joan. Das weißt du doch. Ich kann ja wohl kaum wegen eines Abendessens meinen Einsatz verpassen. Ich hätte Rory allerdings gern noch mal gesehen, für den Fall, dass ihr schon auf dem Heimweg seid, wenn ich zurückkomme.« Er wandte den Blick ab und schob mit den Fingerspitzen die Papiere auf seinem Schreibtisch hin und her.

»Na, dann wirst du ihn eben sehen, wenn du wieder zurück bist.« Etwas an ihrem Ton ließ ihn aufblicken. Seine Miene hatte sich nicht verändert, vielleicht der Ausdruck in seinen Augen. Nur einen Hauch. »Und mich natürlich auch. Ich fahre nicht nach Hause. Noch nicht.«

»Nicht?« Er lächelte sanft. »Du kannst nicht ewig bei Robert und Marian bleiben, du strapazierst ihre Gastfreundschaft. Mum wird dich bald zurückerwarten. Du kannst den Weihnachtsschmuck herrichten und …«

»Der Weihnachtsschmuck ist mir egal, und es ist mir auch egal, ob sie mich erwartet. Ich bin sechsundzwanzig Jahre alt – habe ich etwa kein Recht auf ein eigenes Leben? Warum muss ich nach Hause fahren? Warum *immer* ich?« Sie hörte, wie sich ihre Stimme in die Höhe schraubte und vor Verzweiflung dünn klang. Sie fühlte sich wie eine Motte in einem Marmeladenglas, die mit den Flügeln gegen die Wand schlug.

»Weil es sein muss. Weil ich nicht fahren kann, Joan.«

»Tja, vielleicht fährt dann keiner von uns beiden.«

»Joan, was ist denn bloß los mit dir? Was hast du?« Einen Augenblick schauten sie einander in die Augen, und Joan versuchte, in ihm das Kind zu erkennen, das er einst gewesen war – das hin und wieder aus ihm hervorlugte, als würde er nur eine Rolle spielen. Heute konnte sie es nirgends entdecken.

»Ich weiß nicht, was los ist«, antwortete sie ehrlich.

Sie aßen in der Messe zu Mittag, und Daniel sprach von früheren Weihnachtsfesten, davon, wie sehr ihr Vater Weihnachten geliebt hatte. Joan erinnerte sich, wie er ihre Mutter zu den Klängen von »Jingle Bells«, das aus dem Radio tönte, über den Küchenboden gewirbelt hatte. Dabei hingen die goldenen und silbernen Papiergirlanden, die sie in der Schule gebastelt hatte, wie eine Boa um seinen Hals, und seine feierliche rote Weste war sorgfältig unter einer gepunkteten Fliege zugeknöpft, die, ganz bewusst, nicht dazu passte. Wie er mitsang und ihre Mutter lachte, den Kartoffelschäler noch in der Hand. Plötzlich schien alles unglaublich lange her zu sein. Daniel hatte sich köstlich über ihren Tanz amüsiert. Wann hatte sie ihren Bruder das letzte Mal ausgelassen lachen sehen? Sie konnte sich nicht erinnern.

»Ich mache dir keine Vorwürfe, dass du es nicht eilig hast zurückzukehren«, sagte er und wischte mit einem Stück Fladenbrot über seinen Teller. »Ohne Dad ist Weihnachten nicht mehr dasselbe. Und von hier kommt einem sowieso alles ein bisschen merkwürdig und weit weg vor, nicht? Aber du hast ja Taps. Er wird dich doch sicher aufmuntern?«

»Oh, das wird er bestimmt versuchen. Aber das ist es nicht. Nicht ganz.«

»Was ist es dann?« Daniel nahm ihre Hand und drückte sie fest, und seine Berührung trieb ihr die Tränen in die Augen. Sie konnte ihn nicht ansehen, und sie konnte es ihm nicht sagen. Sie war noch nicht bereit, darüber zu sprechen.

»Weißt du, was Mum gesagt hat, als ich ihr erzählt habe, dass ich herkommen und dich besuchen würde?«, sagte sie.

»Nein, was?«

»Sie sagte, ich würde Magenflattern bekommen. Sie sagte, ich sei albern und hätte nicht die Nerven dazu.«

»Dir ist doch wohl klar, dass sie eigentlich von sich gesprochen hat, oder?«, sagte Daniel.

»Meinst du?«

»Natürlich. Was denkst du, warum sie und Dad nie an einen der Orte gereist sind, von denen er uns immer erzählt hat?«

»Ich dachte, sie hätten nicht das Geld dazu gehabt.«

»Zum Teil lag es vielleicht daran. Aber es lag auch an Mum – sie hat Angst zu fliegen, Angst vor Schiffen, Angst vor fremdem Essen, Angst vor Krankheiten und Angst davor, als weiße Sklavin verkauft zu werden.« Er lächelte, doch dann wurde er wieder ernst. »Denk doch mal nach – es war immer Mum, die einen Grund gefunden hat, irgendwo nicht hinzufahren. Und Dad fand es immer schrecklich, wenn sie so ein Aufhebens um dich gemacht hat. Einmal habe ich ihn sagen hören, dass sie dich nur noch nervöser macht, statt dich zu beruhigen.«

»Oh.« Joan überlegte einen Moment. Sie dachte daran, wie sie unter dem Küchentisch gekauert hatte; wie ihre Mutter ihre Hände in eisernem Griff gehalten und schnell und flach geatmet hatte, eher wie ein japsender Hund, nicht wie ein Mensch. »Ich will nicht mehr so sein. Ich habe es satt, die *arme Joanie* zu sein – wie ein ... wie ein dummes Kind behandelt zu werden!«

»Wovon redest du? Wer behandelt dich so? Niemand hält dich für dumm.«

»Ach, nein?«, sagte sie, aber Daniel antwortete nicht. »Bist du glücklich, Dan?«, fragte sie unvermittelt.

»Natürlich.« Er ließ ihre Hand los und spielte mit seinem leeren Teller.

»Nein. Ich meine, bist du *richtig* glücklich?«

»Ach, wer ist das schon, Joan?«, gab er seufzend zurück. »Ich kenne niemanden, der *richtig* glücklich ist.«

»Ich dachte, *ich* wäre es«, erwiderte Joan. Die Worte klangen brüchig, aber Daniel nahm nicht noch einmal ihre Hand.

Nach dem Essen begleitete Daniel sie zurück zum Wagen und schloss sie fest in die Arme.

»Bis bald, Dan«, sagte Joan und beharrte darauf, dass sie Maskat nicht so bald verlassen würde. Daniel schnaubte.

»Vielleicht bis bald«, sagte er. »Kann schon sein. Richte deinem Verlobten Grüße von mir aus. Sag ihm, er soll seinen Mann stehen.«

»Was meinst du damit?« Doch Daniel lächelte nur abwesend. Er hielt ihr die Wagentür auf, während sie auf dem Rücksitz Platz nahm. Nachdem er sie geschlossen hatte, schlug er mit der Hand auf das Wagendach. Joan spürte, dass er sie loswerden, sie von hier fortschaffen wollte. Er winkte kurz, dann schritt er zurück in die Messe, ohne sich noch einmal umzudrehen. Auf dem Weg zum Tor lief Charlie Elliot auf ihren Wagen zu. Die Sonne legte einen goldenen Schein auf sein strubbeliges Haar und betonte die Krähenfüße um seine Augen. Der oberste Knopf an seinem Hemd stand offen, und er war in die Stiefel geschlüpft, ohne die Schnürsenkel zuzubinden. Er winkte, lächelte, lief neben dem Wagen her und verlangsamte seinen Schritt, weil er ganz offensichtlich erwartete, dass der Wagen anhielt.

»Hallo, Joan«, sagte er. Ihre Wangen glühten, und sie wagte nicht, ihn anzusehen.

»Fahren Sie weiter«, sagte sie, als der Wagen bremste. Der Fahrer sah sie über den Rückspiegel an, dann zuckte er mit einer Schulter.

»Hey, Joan – warten Sie!«, rief Charlie, aber Joan beachtete ihn nicht, sondern richtete den Blick starr geradeaus. Sie wusste nicht, wie sie Charlie Elliot ansehen, geschweige denn mit ihm reden sollte. Er war bei ihr gewesen, als sie Daniel und Rory zusammen gesehen hatte. Er machte es ihr unmöglich zu leugnen, was sie beobachtet hatte. In jenem Augenblick wünschte sie, Charlie Elliot würde nicht existieren. Der Wagen fuhr davon und hinterließ eine Staubwolke. Als sie ungefähr hundert Fuß entfernt waren, wagte es Joan, sich umzudrehen, und sah, dass Charlie dastand und ihnen mit verschränkten Armen hinterherschaute. Beschämt, aber erleichtert wandte sie den Blick ab und ignorierte den Fahrer, der sie über den Rückspiegel neugierig beäugte.

Joan versuchte, nicht zu viel nachzudenken, als sie sich für Maudes Abendessen in der Residenz umzog. Gestern Abend war sie nach diversen Drinks mit verschwommenem Blick über die Terrasse getorkelt, nachdem sie sich sicher war, in ihrem Sessel einzuschlafen, wenn sie nicht sofort nach oben ging. Sie hatte sich komplett bekleidet aufs Bett gelegt und wie eine Tote geschlafen, um elf Stunden später etwas beklommen, aber mit einem Gefühl von Entschlossenheit aufzuwachen. Sie würde so tun, als hätte sie den Kuss zwischen Daniel und Rory nicht gesehen, als wäre ihr die Bedeutung dessen nicht sofort klar gewesen. Abgesehen davon, dass es bei Weitem das Beste und das Einfachste war, was sie tun konnte, wusste sie keine Alternative. Sie hatte tagelang darüber sinniert, ohne dass ihr etwas eingefallen wäre. Sie trug etwas Farbe auf ihre Lippen auf und wich ihrem eigenen Blick im Spiegel aus, denn wenn sie sich in die Augen sähe, käme ihr erneut das Bild von der Motte im Marmeladenglas in den Sinn. Hilflos, dumm, verängstigt. Sie hatte einmal eine gefangen – in puderigem Silberbraun –, als diese mit den Flügeln gegen ihren Lampenschirm geschlagen und sie abgelenkt hatte. Joan hatte sie nach draußen gebracht, um sie freizulassen, doch als sie den Deckel abnahm, blieb die Motte im Glas und flatterte dort weiter.

Sie zog das grüne Seidenkleid an, brachte ihre Locken in eine akzeptable Form und kniff sich ein paar Mal in die Wangen. Obwohl ihre Haut leicht gebräunt war, wirkte ihr Gesicht blass, fast ein wenig verhärmt. Die Männer trugen alle Smoking; zu den Gästen zählten einige Angestellte der Ölgesellschaft und der British Bank of the Middle East sowie andere leitende Beamte der Residenz. Joan wurde vorgestellt und herumgereicht, sie war über alle Maßen nervös wegen Maudes Eintreffen, wegen des ganzen Abends. Sie fühlte sich als Gastgeberin, auch wenn sie es nicht war, und machte sich Sorgen, ob alles gut gehen würde. Das erste Glas Champagner trank sie zu schnell und griff gleich nach dem nächsten, als der Kellner mit dem Tablett vorbeikam. Doch trotz der anregenden Wirkung auf ihren Blutkreislauf, die auf wundervolle Weise ihre innere Distanz verstärkte, wurde ihr bang ums Herz, als Colonel Singer in Begleitung des Oberbefehlshabers des SAS sowie einer Handvoll anderer Offiziere eintraf, unter ihnen Charlie Elliot. Instinktiv schlenderte sie zu Rory, dessen Nähe sie bislang unbewusst gemieden hatte, und hoffte, nicht bemerkt zu werden. Von der anderen Seite des Raums blickte Charlie ihr kurz in die Augen, er lächelte nicht. Er weckte in ihr eine unangenehme Mischung aus Wut, Schuld und Scham.

Maude traf mit der Würde einer Königin ein. Als Abdullah ihren Rollstuhl hereinschob, ging ein Raunen durch den Saal. Sie waren ein seltsames Paar – die kleine, alte Frau in ihren altmodischen Kleidern mit den dicken Strümpfen, die von der dunklen, anmutigen Gestalt ihres Sklaven überragt wurde. Maude begrüßte Robert und Marian höflich, ohne dabei jedoch zu lächeln. Sie ließ zu, dass sich für sie eine Art Defilee bildete, da jeder ihr den Aufwand ersparen wollte, mit dem Rollstuhl von Person zu Person zu manövrieren. Joan ging lächelnd auf sie zu und legte ihr eine Hand auf die Schulter. Maude ergriff sie und hielt sie dort fest, sodass Joan hinter ihr stehen blieb.

»Verraten Sie mir nicht, wer Charles Elliot ist«, flüsterte Maude heiser. »Ich will sehen, ob ich ihn an seinem Äußeren erkenne.«

»In Ordnung«, sagte Joan. Sie versuchte, Maude ihre Hand zu entziehen, und wollte sich entfernen, da sie kein Bedürfnis verspürte, mit Charlie zu sprechen, doch Maude hielt sie fest.

»Werden Sie wohl hierbleiben«, sagte sie etwas scharf, und Joan überlegte, wie viele Jahre vergangen sein mochten, seit Maude zuletzt mit so vielen Menschen zusammengekommen war, zudem in einem derart offiziellen Rahmen. Ihr Blick wanderte von Gesicht zu Gesicht, und obwohl ihre Miene ruhig wirkte – fast distanziert –, ging von ihrem Griff um Joans Finger etwas Ängstliches aus.

»In Ordnung. Möchten Sie ein Glas Champagner? Ich muss schon sagen, Sie sehen großartig aus. Ich liebe diese Brosche«, sagte Joan und plauderte, wie sie es mit ihrer Mutter getan hätte, wenn die Stille sich zu sehr ausdehnte. Maude blickte beinahe zärtlich zu ihr hoch.

»Keine Panik, Mädchen. Ich werde mich schon benehmen und Sie nicht bloßstellen«, bemerkte sie. Joan wollte schon protestieren, doch am Ende lächelte sie nur schief.

Charlie Elliot kam auf sie zu, um sich Maude vorzustellen. Er bewies gute Manieren und trat zurück, nachdem er ihr die Hand geschüttelt hatte, damit sie leichter zu ihm aufsehen konnte. Doch bevor er überhaupt den Mund aufmachen konnte, um seinen Namen zu nennen, stieß Maude einen kurzen hohen Laut aus, und Joan war klar, dass sie ihn erkannt hatte. Sie wusste allerdings nicht genau, was dieser Laut bedeutete – Überraschung, Interesse, Erschrecken?

»Ich muss schon sagen, es ist äußerst seltsam, Ihnen zu begegnen, Miss Vickery. Ich hoffe, Sie nehmen es mir nicht übel, dass ich das so sage. Für mich gehören Sie in Artikel und Reportagen, die ich in Zeitschriften gelesen habe, und auf sehr alte Fotografien meines Vaters, nicht hierher, hier in meine Gegenwart. Es ist seltsam, aber es ist mir selbstverständlich ein Vergnügen.«

»Ist es das? Es überrascht mich, dass Ihr Vater Fotos aus der Zeit aufgehoben hat, in der er noch nicht weltberühmt gewesen ist. Und ich kann mir nicht vorstellen, dass er in all den Jahren etwas Gutes über mich gesagt hat.« Maudes Stimme zitterte leicht, was sie zu überspielen versuchte, indem sie in strengem Ton sprach. Charlie zögerte einen Moment, und Joan sah, dass er sich kaum merklich zurücknahm.

»In Wahrheit hat er so gut wie gar nichts erzählt«, gab er zu und lächelte leichthin. »Ich habe keine Ahnung, wie er reagiert, wenn ich ihm berichte, dass ich Ihnen begegnet bin. Ich freue mich allerdings schon darauf, es herauszufinden.«

»So gut wie gar nichts«, echote Maude. Es folgte eine peinliche Pause.

»Nun ja«, sagte Charlie. »Jedenfalls mir nicht. Es waren ja schon einige Jahre vergangen – als ich alt genug war, mich dafür zu interessieren, lag all das schon lange zurück.«

»All das?«

»Ja. Die Pioniertage ... das Wettrennen durch das Leere Viertel.«

»Das war kein Wettrennen, junger Mann«, erklärte Maude mit Nachdruck. »Nicht für mich. Für mich waren wir immer ein Team – die wenigen, die hergekommen sind, um die Wüste zu sehen und zu erforschen. Wir waren Seelenverwandte. Zumindest dachte ich das. Ihr Vater hat daraus ein Wettrennen gemacht.«

»Nun ja ... Vor die Entscheidung gestellt, Erster oder Zweiter zu werden, kenne ich nicht viele Männer, die sich für den zweiten Platz entscheiden würden.« Charlie lächelte. Joan verlagerte ihr Gewicht von einem Fuß auf den anderen und wünschte, er würde den Mund halten und weitergehen. Hoffentlich regte sich Maude nicht auf. Stattdessen schwieg sie eine ganze Weile.

»Ja«, sagte sie schließlich. »Wie sich herausgestellt hat, war ihm das Siegen weitaus wichtiger als alles andere. Ich wünschte nur, ich hätte das früher begriffen.« Charlie blickte nachdenklich zu ihr hinunter. Joan rechnete damit, dass ihn die Bemerkung über seinen Vater verstimmte, doch das schien nicht der Fall zu sein. Er trank einen Schluck Champagner.

»Dad ist ein guter Mensch«, sagte er nachdrücklich. »Er ist immer sehr gut zu uns Kindern gewesen. Er hat nie die Stimme erhoben oder uns unnötig gescholten ... Er mag wie eine herausragende Persönlichkeit wirken, der man gerecht zu werden versucht, doch so hat es sich nie angefühlt. Er hat uns stets in allem bestärkt, was wir machen wollten. Einer meiner Brüder wollte Künstler werden, bevor er ... bevor er gefallen ist. Künstler! Wir haben ihn deshalb schrecklich niedergemacht. Nicht so Dad. Solange es etwas Ehrenhaftes war, war ihm jeder Beruf recht.«

»Ehrenhaft?«, bellte Maude. Charlie legte den Kopf schief und wartete.

Maude umklammerte die Lehnen ihres Rollstuhls, zog sich nach vorn und starrte ihn wütend an. »Jetzt hören Sie mir mal zu, junger Mann: diese *herausragende Persönlichkeit*, die Sie zu kennen meinen ... dieser Mann ist ein Lügner und ein *Dieb* – und ich weiß, dass es stimmt!«, sprach sie im Brustton der Überzeugung.

Charlie starrte die alte Frau mit der scharf gezeichneten Nase und dem noch schärferen Blick entgeistert an.

»Miss Vickery!«, rief Joan lauter, als sie beabsichtigt hatte. Einige Köpfe drehten sich zu ihnen herum.

»Versuchen Sie ja nicht, mich zu beschwichtigen, Joan! Ich bin nicht Ihre Mutter und unterstehe nicht Ihrer Obhut. Er hat jedes Recht, es zu erfahren, und er muss es erfahren.«

»Vielleicht habe ich das Recht, es zu erfahren, aber ich bin mir nicht sicher, ob ich es erfahren *muss*. Wenn die Damen mich bitte entschuldigen würden?«, sagte Charlie kühl und entfernte sich. Maude blickte ihm gierig hinterher, als hätte sie gern noch härter zugebissen. Joan schluckte ihren Stolz herunter, es hatte sie verletzt, dass Maude sie angefahren hatte.

»Was um alles in der Welt war das? Warum sagen Sie so etwas über Nathaniel Elliot?«, fragte sie. Maude schnalzte mit der Zunge und starrte noch immer durch den Saal auf Charlies aufrechten Rücken.

»Wenn ich so weit bin und der richtige Zeitpunkt gekommen ist, werde ich es Ihnen erzählen«, erwiderte sie. Ihre Stimme wirkte äußerst angespannt, ebenso ihre Schultern, noch immer klammerte sie sich mit den Händen an den Lehnen ihres Rollstuhls fest.

»Na ja, wenn Sie ihn kennenlernen wollten, war das vielleicht nicht gerade die beste Herangehensweise«, sagte Joan.

»Ihn kennenlernen? Warum sollte ich ihn *kennenlernen* wollen?« Maude zeigte mit dem Finger auf Charlie. »Und außerdem wird der Junge zurückkommen, um mit mir zu reden, noch ehe der Abend vorüber ist. Warten Sie es nur ab. Er wird der Versuchung nicht widerstehen können, mir zu erzählen, dass ich unrecht habe. Ich kenne solche Typen.«

»Also, ich weiß nicht. Offensichtlich liebt er seinen Vater sehr.«

»O ja«, bestätigte Maude. Sie holte Luft, um noch etwas zu sagen, überlegte es sich dann jedoch anders und schien stattdessen in sich zusammenzusinken, als wären ihre Wut und ihre Streitlust ganz plötzlich erloschen. »Ja, das tut er wohl«, war alles, was sie sagte. »Und? Wo ist denn nun Ihr Verlobter? Wieso habe ich ihn noch nicht kennengelernt?«

»Draußen auf der Terrasse. Soll ich Sie zu ihm schieben?«, fragte Joan.

»Ja, such dir ein Plätzchen, wo du dich hinsetzen kannst, Abdullah – ich bezweifle, dass du eingeladen bist, mit uns zu essen. Die Briten sind noch immer der Ansicht, durch ihre weiße Haut seien ihr Blut und alles andere darunter irgendwie reiner.«

»Ja, Madam«, sagte Abdullah. Er verzog einen Mundwinkel zu einem Lächeln, neigte den Kopf und glitt aus dem Raum. Maude legte die Hände in den Schoß und verschränkte die Finger fest ineinander – Joan sah, dass sie zitterten.

Rory gelang es, Maude an diesem Abend das erste Lächeln zu entlocken. Er setzte sich neben sie, auf die Kante eines Terrassenstuhls, sodass sie sich auf Augenhöhe unterhalten konnten. Joan ging, um für Maude ein Glas Champagner zu besorgen, und als sie zurückkam, hatte sich Rory zu der alten Dame hinübergebeugt und lauschte mit hochgezogenen Brauen ihren Worten, wodurch er jünger, reizender und überaus gutgläubig wirkte. Maudes Augen blitzten amüsiert. Joan blieb in einigem Abstand stehen und beobachtete die beiden. Die hell erleuchtete Terrasse hob sich von dem dunklen Nachthimmel ab, Moskitos und kleine weiße Motten drängten sich um die Lampen. Das Fest strahlte, während Al-Dschalali schwarz und unsichtbar in der Dunkelheit lag. Joan blickte über ihre Schulter zu Charlie, der noch immer mit dem Rücken zu ihr im Speisesaal stand, und dann zu Rory, der sanft und freundlich und ganz wie er selbst aussah. Joan mochte noch immer nicht zu ihm hinübergehen. Sie blieb, wo sie war, und stand wie eine Statue am Rand der Gesellschaft, bis Colonel Singers Frau sie entdeckte und zu ihrer Gruppe heranzog. Joan sagte wenig, gerade genug, um nicht unhöflich zu erscheinen. Sie beobachtete Rory und Maude aus dem Augenwinkel heraus und versuchte zu ergründen, ob es ihr gefiel, dass die beiden sich so gut verstanden.

Beim Essen platzierte man Maude einige Stühle von Joan entfernt, näher bei Robert, Marian, dem Colonel und seiner Frau – eine Reverenz an ihr Alter und ihre Position. Joan aß wenig und versuchte, ihre Freundin zu belauschen, doch das war unmöglich in dem anwachsenden Lärm der plaudernden Gäste, deren leere Mägen mit Champagner gefüllt waren. Joan spürte, dass ihre Wangen von der Hitze im Saal gerötet waren, und unter ihren Armen kribbelte Schweiß. Rory saß am anderen Ende des Tisches Charlie Elliot gegenüber, und es beunruhigte Joan ebenfalls, dass die beiden sich intensiv unterhielten. Sie wollte nicht, dass Charlie sich in Rorys Nähe aufhielt; sie wollte nicht, dass er mehr über sie erfuhr – nicht über sie selbst, nicht über Daniel und nicht über Rory. Sie wollte nicht, dass er in irgendeiner Form mit ihren Leben in Berührung kam – sie hatte das sichere Gefühl, dass seine bloße Existenz ihren Zusammenhalt gefährdete. Sowohl schien es ihr unerträglich, dass die beiden sich überhaupt unterhielten, als auch nicht zu wissen, worüber. Ein schmaler, blonder Waliser, der links neben Joan saß, berichtete ihr von der Arbeit der Ölgesellschaft. Er hatte eine wenig mitreißende Art, und Joan gab sich auch keine große Mühe, ihm zuzuhören.

Als sie sich vom Tisch erhoben, begab sie sich sogleich in Maudes Richtung, doch Charlie stellte sich ihr in den Weg. Joan konnte ihm kaum in die Augen sehen, ihr Blick glitt zur Seite.

»Man könnte meinen, Sie hätten ein schlechtes Gewissen, Joan«, sagte Charlie in ernstem Ton. »Was war das neulich im Lager? Wobei ... ich kann es mir eigentlich schon denken.«

»Ich muss wirklich gehen und sehen, wie ...«

»Maude Vickery kann auf sich selbst aufpassen. Sie müssen ihr nicht wie eine Dienerin hinterherlaufen.«

»Das habe ich nicht getan!«

»Doch, aber es liegt mir fern, Ihnen zu widersprechen. Ich möchte selbst gern noch mit ihr reden, bevor sich der Abend seinem Ende neigt.«

»Ja.« Joan lächelte schwach. »Das hat sie vorausgesagt.«

»Würden Sie das nicht tun, wenn sie solche Dinge über Ihren alten Herrn gesagt hätte?«, entgegnete Charlie. Darauf erwiderte Joan nichts, denn er hatte recht. »Ich war nicht in der Stimmung für ein solches Gespräch. Wir haben gestern auf dem Berg einen unserer Männer verloren – Duke Swindells. Ein Heckenschütze hat ihn auf einem Grat erwischt. Er war ein verdammt guter Mann. Wir müssen womöglich die Vorgehensweise ändern, unsere Position eher nachts ändern, weniger tagsüber.«

Charlie blickte einen Augenblick nachdenklich in die Ferne, dann schüttelte er den Kopf und sah erneut Joan an. »Egal. Wie sind Sie mit Peter zurechtgekommen?«

»Mit wem?«

»Mit Peter Sawyer? Sagen Sie nicht, dass Sie beide sich noch nicht einmal vorgestellt haben? Ich habe extra mit ihm den Platz getauscht, damit Sie sich unterhalten können.«

»Ach, der. Ja. Er scheint nett zu sein«, sagte Joan vage. Charlie schüttelte den Kopf.

»Ich glaube, ich verstehe«, sagte er leise. »Aber sich in sich selbst zurückzuziehen ist keine Lösung, Joan.«

»Was?« Sie legte die Stirn in Falten. »Es gibt nichts zu lösen. Ich muss jetzt wirklich weiter ...«, erklärte sie, doch Charlie rührte sich nicht vom Fleck. Er starrte sie einen Moment an, dann fuhr er fort.

»Peter Sawyer und ich kennen uns schon lange. Er arbeitet für die PDO – die Ölgesellschaft hier in Maskat, und er schuldet mir den einen oder anderen Gefallen. Übermorgen fliegt er für eine Besprechung hinunter zum Camp nach Fahud.«

»Das ist faszinierend, Captain Elliot, aber ich ...«

»Das Camp liegt direkt am Rand der Wüste – von dort kann man das Leere Viertel sehen; man kann es riechen. Wenn man dem Piloten gut zuredet, fliegt er über Nizwa. Und über den Palast von Dschabrin. Joan, haben Sie gehört, was ich gesagt habe? Ich habe mit Peter gesprochen, und er hat sich bereit erklärt, Sie mitzunehmen. Sie müssen die Nacht im Camp verbringen, und Sie müssen vorgeben, seine Sekretärin zu sein, und natürlich muss das alles geheim bleiben, aber er nimmt Sie mit.« Charlie zuckte mit den Schultern. »Sie würden das Landesinnere zu sehen bekommen, auch wenn Sie es diesmal nicht erforschen können. Das heißt, wenn Sie noch daran interessiert sind. Und wenn Sie mir überhaupt zuhören«, endete er ein wenig gereizt.

Joan starrte Charlie stumm an, während sie seine Worte verarbeitete. Dann blickte sie an ihm vorbei zu Peter Sawyer, dem Mann, der sie während des Abendessens so gelangweilt hatte. Er lächelte, hob sein Glas und zwinkerte ihr kaum merklich zu. Sie war paralysiert von einem überwältigenden

Gefühl, das in ihr aufwallte, und sorgte sich, was geschehen würde, wenn es an die Oberfläche gelangte. Sie befürchtete, dass sie die Arme um Charlie werfen und in Tränen ausbrechen würde.

»Ja«, sagte sie, dann entfuhr ihr ein Schluchzer – ohne dass sie es verhindern konnte, krampfte sich ganz plötzlich ihre Brust zusammen. Als es vorüber war, holte sie tief Luft, und eine mächtige Welle der Erleichterung ergriff sie. Erst jetzt merkte sie, wie dringend sie *irgendwohin* reisen musste. »Ja, ich möchte es noch immer sehen«, sagte sie mit zitternder Stimme.

»Gott, Sie werden doch nicht etwa weinen? Nicht hier. Ich habe nicht die leiseste Ahnung, was ich tun soll. Alle werden denken, wir hätten eine Affäre«, sagte Charlie, konnte seine Freude über ihre Reaktion jedoch nicht verhehlen. Ein leises Lächeln umspielte seine Mundwinkel.

»Ich werde nicht weinen.« Joan verschränkte fest die Hände und grub ihre Fingernägel in die Handflächen. Wenn sie sofort hätte aufbrechen und mit Peter Sawyer ins Flugzeug steigen können, sie hätte es getan.

»Sie – Sie wollen tatsächlich das Landesinnere sehen, nicht wahr?«, fragte Charlie. Joan nickte. Sie hatte das übermächtige Bedürfnis, sich einfach *irgendwohin* zu bewegen. »Es ist wirklich eine Schande, dass Sie als Mädchen auf die Welt gekommen sind. Wobei andererseits …« Er grinste, doch Joan war viel zu glücklich, viel zu dankbar, um sich an seinem Flirten zu stören.

»Wann? Wann können wir fliegen?«, wollte sie wissen.

»Samstagmorgen, in aller Frühe. Sie müssen sich zu den Büros der Ölgesellschaft begeben – wissen Sie, wo die sind? Ich kann Ihnen eine Skizze machen, aber sie sind leicht zu finden. Das Flugzeug startet von Bait al-Faladsch. Darum binden Sie ein Kopftuch um und setzen Sie eine Sonnenbrille auf. Und halten Sie den Kopf gesenkt, bis Sie an Bord sind, für den Fall, dass Sie am Stützpunkt jemand erkennt. Es sollte alles glattgehen, aber besser, Sie erregen kein Aufsehen. Was Sie Ihrem Chamäleon-artigen Verlobten für eine Geschichte erzählen, bleibt Ihnen überlassen. Joan, versichern Sie mir bitte, dass Sie das alles beachten werden.«

»Ja, das werde ich.« Joan fasste Charlies Arm, und beide blickten überrascht nach unten auf ihre Hand. Joan spürte seine warme Haut und das ungewohnte Gefühl von Sehnen und Knochen unter seinem Ärmel. Sie starrte auf ihre Hand, und ihr Verlobungsring starrte zurück.

Wortlos löste sie sich von ihm und wandte den Blick ab. Und sah Rory, der sie von der anderen Seite des Saals aus beobachtete. *Chamäleon-artig*. Vielleicht war es das, was sich an Rory verändert hatte. Vielleicht erkannte sie erst jetzt seine Tarnung, die sie bislang für seine echte Haut gehalten hatte.

Später wurden die Tische auf einer Seite des langen Speisesaals zusammengeschoben, und die Diener legten ein paar altmodische Schallplatten auf – ein Tanzorchester, das klassischen Jazz spielte –, Musik, die Joan als Heranwachsende gehört hatte und von der sie jetzt genug hatte.

»Wir hätten ein paar Platten mitbringen sollen«, sagte Rory, als sie gesetzten Schrittes am Ende des Saals vor einem offenen Fenster tanzten, von dem aus sie aufs Meer blicken konnten. »Meinst du, Maude würde ›Jailhouse Rock‹ gefallen? Oder ›Great Balls of Fire‹?« Er lächelte.

»Vermutlich schon«, sagte Joan. »Sie ist keine normale alte Dame. Andererseits scheint sie manchmal in der Zeit stehen geblieben zu sein. Aber so ist das Leben hier, nicht wahr? Als würde man in der Zeit zurückkreisen und uns nicht hinauslassen, damit wir nicht alles mit unserer Modernität infizieren und aus dem Gleichgewicht bringen. Salim sagt ...« Sie verstummte, und ihr Herz setzte aus.

»Wer ist Salim?«

»Ach, niemand. Einer der Diener. Vergiss es.«

»Aber macht das nicht den Charme aus? Die Rückständigkeit, meine ich?«, fragte Rory. Joan fiel auf, dass sie wie Bruder und Schwester miteinander tanzten – ihre Körper kamen sich nicht sehr nah.

Rorys Hand lag federleicht auf ihrem Rücken. Joan fragte sich, ob sie immer schon so miteinander getanzt hatten oder ob es ihr erst jetzt auffiel. Die Offiziere verabschiedeten sich zeitig. Charlie suchte ihren Blick, ehe er ging, nickte ihr zu und schenkte ihr ein schelmisches Lächeln. Joan winkte so unauffällig wie möglich. Hatte er noch mit Maude gesprochen? Bei ihrem rauschhaften Zustand, in den sie der bevorstehende Ausflug ins Öl-Camp versetzte, hatte Joan Maudes bittere Worte über Charlies Vater fast vergessen.

Der Wein ließ Joans Tanzschritte etwas ungelenk geraten. Ihr Kleid war mittlerweile zerknittert, und der Saal schien auf irritierende Weise zu flimmern. Sie spürte ihren Pulsschlag, und ihre Gedanken schienen ein wenig hinter ihr her zu schweben, als könnten sie ihren Bewegungen und ihren Worten nur mit Mühe folgen. Sie war müde, doch es widerstrebte ihr, sich zurückzuziehen. Sie hatte das Gefühl, sich heute Abend noch nicht richtig amüsiert zu haben. Doch da meldete sich die Stimme ihres Vaters in ihrem Kopf: *Liebes, Kinder finden nie, dass es an der Zeit ist, ins Bett zu gehen. Darum wurden Erwachsene erfunden.* Die Worte versetzten ihr einen Stich, und es überkam sie eine Sehnsucht nach ihm. Er hätte gewusst, was sie tun sollte, und wenn er bei ihr wäre, würde sie keine Entscheidung fürchten. Aber sie hörte noch eine andere Stimme – die von Salim. *Wir sind nur so hilflos, wie wir es sein wollen.* Sie wünschte, sie hätte länger mit ihm sprechen können.

Er verlieh ihr dasselbe Gefühl von Kraft, das ihr Vater ihr einst gegeben hatte.

»Ich sollte wohl nach oben gehen«, nuschelte sie so leise, dass Rory sie anscheinend nicht gehört hatte.

»Die Rebellen werden demnächst mit den modernen Methoden einer Armee Bekanntschaft machen«, sagte Rory. »Charlie Elliot hat es mir erzählt. Ich habe fast Mitleid mit ihnen.«

»Wie kannst du das sagen? Du weißt doch, dass Dan jetzt dort draußen ist und gegen sie kämpft. Vielleicht wird er gerade jetzt aus einem Hinterhalt angegriffen.«

»Schhh, Joan! Ich weiß – natürlich weiß ich das. Meinst du nicht, dass ich mir auch Sorgen um ihn mache?«

»Ich bin mir sicher, dass du dir große Sorgen machst. Vielleicht sogar mehr, als du solltest.« Kaum hatte sie es ausgesprochen, bereute Joan ihre Worte. Als sie zu ihm aufblickte, flackerte Angst in ihr auf, doch Rory fuhr unbeirrt fort.

»Du meinst, weil sie so gut vorbereitet und so stark bewaffnet sind? Nun ja, da hast du recht. Sie sind die weitaus stärkere Kraft, obwohl der Feind die bessere Position innehat. Das dürfen wir nicht vergessen.«

Plötzlich stieg Ärger in Joan auf, dessen Ursache sie nicht zu deuten wusste. Wütend starrte sie über Rorys Schulter hinweg, und sie beendeten den Tanz, ohne ein weiteres Wort zu wechseln. Ein- oder zweimal hatte sie ihm während des letzten Tanzes schon auf den Fuß getreten und sich zunehmend ungeschickt bewegt. »Vielleicht ist es Zeit für dich, ins Bett zu gehen, Liebling«, sagte Rory, als das Lied zu Ende war.

»Ja«, erwiderte sie unvermittelt und wandte sich von ihm

ab, ehe er sie besänftigen konnte. Sie machte sich auf den Weg zu Robert und Marian, um ihnen eine Gute Nacht zu wünschen, und zu Maude, doch die alte Dame befand sich im Gespräch mit Abdullah. Ganz offensichtlich berichtete Maude ihm etwas äußerst Wichtiges. Sie hatten die Köpfe zusammengesteckt und waren so vertieft, dass Joan zögerte, sie zu stören. Als sie schließlich zu ihnen ging, stand Abdullah auf und verschränkte die Hände vor seinem Khanjar, und Maude starrte zu ihr hoch. Für einen Moment wirkten ihre Gesichter so verschlossen, so distanziert und abweisend, als würden sie sie nicht erkennen.

»Ich bin ... Gute Nacht. Ich glaube, ich muss nach oben«, sagte sie, woraufhin es Maude schließlich gelang, ein schwaches, abwesendes Lächeln aufzusetzen.

»Gute Nacht, Joan«, sagte sie. »Ich nehme an, wir sehen uns bald.« Es war ein flüchtiger Abschied, von dem sich Joan etwas unsicher zurückzog.

Am Tag nach dem Abendessen stattete Joan Maude einen Besuch ab, hauptsächlich, weil sie damit einen Grund hatte, das Gebäude zu verlassen. Trotz ihres Katers wollte sie Maude von dem Ausflug nach Fahud berichten, den sie am nächsten Tag unternehmen würde. Maude war die Einzige, der sie überhaupt davon erzählen konnte.

Ein schmaler Mann mit schwarzem Haar und Schnurrbart, der einen schmuddeligen Stoffbeutel über der Schulter trug, verließ Maudes Haus, als sie dort eintraf. Er musterte Joan flüchtig, blieb jedoch nicht stehen. Und dann wies Abdullah sie an der Tür ab, da Madam sich ausruhen müsse. Joan verwünschte die Zeit, die nun unausgefüllt war, erstand bei einem Straßenverkäufer einen Kaffee und folgte anschließend Roberts Wegbeschreibung zu den Büros der Ölgesellschaft im Zentrum von Maskat, um auch sicher am nächsten Morgen den Weg zu finden. Ihr Wunsch, Maskat zu verlassen, woanders zu sein, verstärkte sich stetig.

Joan konnte nicht schlafen und begab sich deshalb schon bei Sonnenaufgang zu den Büros. Sie schlich sich aus der Residenz, als gerade die ersten Diener wach wurden. Sie hinterließ bei dem übernächtigten Hausdiener eine Nachricht, dass sie den ganzen Tag mit Miss Vickery verbringen werde und von ihr zum Abendessen eingeladen sei, sodass sie *Dum Dum* verpasse und erst am folgenden Tag zurückkehren werde. Sie hoffte, dass ihre Nachricht ankam und dass niemand im Lauf des Tages nach ihr suchte. Doch es beunruhigte sie nicht wirklich. Sie konnte an nichts anderes als an den bevorstehenden Flug denken, daran, endlich die Wüste zu sehen. Fast war es ihr egal, was anschließend passierte. Sie band ein Kopftuch unter dem Kinn zusammen und setzte ihre größte Sonnenbrille auf, ein weißes Plastikgestell, das derart auffällig war, dass sie es bislang nicht zu tragen gewagt hatte. In ihrer Tasche steckten eine Bluse sowie Unterwäsche zum Wechseln, ihr Nachthemd, eine Zahnbürste und ein Kamm. Nur so viel, wie es einer improvisierten Übernachtung bei Maude angemessen war, falls jemand in ihr Zimmer gehen sollte. Ungeschickt und mit zitternden Fingern legte sie einen neuen Film in die Kamera ein.

Der Himmel nahm die Farbe von Fischschuppen an, und als die Spatzen zu zwitschern begannen, erwachten zugleich Geräusche menschlichen Lebens in Maskat – quietschend wurden die Schlagläden vor Türen und Fenstern geöffnet und schlugen gegen die Hausmauern. Der Muezzin rief die Ersten zum Gebet, und das Spritzen von Wasser und das Geklapper eines Eimers war zu hören. Joan wartete in einer kleinen

Straße, bis sie Männerstimmen auf der Treppe vernahm und hörte, wie der Schlüssel im Schloss umgedreht wurde, eine Stimme sprach Englisch, die andere Walisisch.

Als ein Land Rover vor dem Gebäude hielt, ging Joan so selbstverständlich wie möglich auf ihn zu. Der Wagen wurde von einem belutschischen Soldaten gefahren, der das Balmoral, das rote Barett des Maskat Regiments, auf dem Kopf trug. Hoffentlich war sie ihm noch nicht im Militärlager begegnet. Zu ihrer Schande stellte sie fest, dass sie die Gesichter der Belutschen kaum wahrgenommen hatte. Joan klopfte das Herz bis zum Hals, und ihre Beine fühlten sich wackelig an, allerdings weit weniger als das erste Mal, als sie nach Al-Dschalali gegangen war. Sie fing sogar an, das Gefühl zu genießen – die Angst und den aufregenden Rausch, der sich anschließend einstellte, das Hochgefühl, wenn sie ihr Vorhaben in die Tat umgesetzt hatte und alles glattgelaufen war. Sie lächelte Peter Sawyer so überzeugend wie möglich zu und reichte ihm die Hand. Er schüttelte sie flüchtig.

»Miss Seabrook. Steigen Sie ein«, sagte er relativ leise. Wenn der Mann, der neben ihm stand, mit einer Vorstellung gerechnet hatte, gab er das jedenfalls nicht zu erkennen. Er reichte Sawyer eine Diplomatentasche, in der jede Menge brauner Aktenmappen steckten, und schüttelte ihm die Hand.

»Viel Glück«, wünschte er Sawyer. »Versuchen Sie, eine Antwort aus ihm herauszubekommen.«

»Mach ich«, sagte Sawyer. Er stieg zu Joan auf die Rückbank, und der Land Rover fuhr los.

»Das war nicht schwer«, sagte sie zu ihm, während sie sich durch das Stadttor davonstahlen. Sawyer sah mit bedeutungsvollem Blick zu dem Fahrer, dann mit gehobenen Brauen zurück zu ihr, und Joan erschrak und riss sich zusammen.

»Man soll den Tag nicht vor dem Abend loben.«

In Bait al-Faladsch wartete Joan so lange wie möglich im Wagen. Sie wusste, dass Daniel und die meisten anderen Offiziere bei einer Operation waren, aber soweit sie informiert war, leitete Colonel Singer diese von seinem Schreibtisch im Lager aus. Außerdem gab es noch diverse andere Männer, die sie wiedererkennen konnten, schließlich waren Frauen hier eine Seltenheit. Der Land Rover hielt sich außerhalb des Stacheldrahtzauns und fuhr auf die andere Seite der Militäranlage, wo die Startbahn in den staubigen Boden gebaut war. Neben zwei Pioniermaschinen der SAF wartete dort ein drittes Flugzeug – es war größer und sah besser aus, und sein silberner Körper war frei von Wüstenstaub. Erst nachdem der Pilot vom Lager herübergekommen war, sich die zwei Motoren stotternd und lärmend in Bewegung gesetzt hatten, das Flugzeug an den Anfang der Startbahn gerollt und die Tür geöffnet worden war, stieg Joan aus dem Wagen und lief rasch zur Treppe. Erneut überkam sie das Gefühl, unbesiegbar zu sein – hinter der Angst und der Aufregung spürte sie die Hoffnung darauf, tun zu können, was sie wollte.

Fast rechnete sie damit, angehalten, entdeckt und unter Singers vernichtenden Blicken nach Maskat zurückgeschickt zu werden. Doch im Sitz angeschnallt und vom Dröhnen der Motoren umgeben, ruckelten sie über die Startbahn und gewannen an Tempo, bis das Flugzeug sich mit einem beängstigenden Schlingern in die Luft erhob. Joan reckte den Hals, um aus dem winzigen Fenster zu sehen, während sich der Boden unter ihnen immer weiter entfernte und die alte Festung aussah, als hätte ein Kind ein Bauklötzchen im Staub vergessen.

Joan atmete den Geruch von Öl und heißem bloßem Metall ein, alles war so ganz anders als bei den Fluggesellschaften, mit denen sie bislang gereist war, und sie tat ihr Bestes, nicht laut aufzulachen. Der Impuls stieg blubbernd in ihrer Brust auf, ähnlich dem Schluchzer, als ihr Charlie von dem Ausflug erzählt hatte. Neben ihr ging Sawyer mit gelangweilter Miene seine Papiere durch – amüsiert bemerkte er ihre offensichtliche Begeisterung.

»Ihr erster Flug dieser Art?«, rief er ihr durch den Lärm hindurch zu. Joan schüttelte den Kopf.

»Aber zum ersten Mal jenseits der Palisaden.«

»Die Rebellen verminen noch immer die Straßen, sonst würden wir diese Reise per Lastwagen unternehmen. Das macht nicht so viel Spaß. Elliot sagte, Sie wollten einen Blick auf Dschabrin werfen und auf Nizwa?«

»O ja, bitte. Wenn das möglich wäre.«

»Das ist es«, antwortete Peter. »Na, und seit wann geht diese Liebelei zwischen Ihnen und ihm schon?«

»Zwischen mir und wem? Charlie Elliot? O, nein, nein, da ist nichts. Ich bin verlobt.«

»Ach, richtig«, antwortete Peter wenig überzeugt.

»Nein, wirklich«, bekräftigte Joan, aber Peter hatte sich schon wieder seinen Papieren zugewandt. Einen Augenblick später sah er erneut auf, taxierte sie und fügte hinzu: »Er hat seinen Kopf für Sie riskiert, wissen Sie das? Um Sie in dieses Flugzeug zu bekommen.« Joan blickte gebannt aus dem Fenster und schwieg.

Sie flogen an den steilen Hängen des Dschabal al-Achdar vorbei und erreichten schließlich eine Höhe, aus der sie unten in der Ferne das Plateau erkennen konnte. In der Morgensonne wirkte alles so friedlich, so ruhig und leer. Unvorstellbar, dass dort unten Menschen um ihr Leben kämpften. Daniel und bald auch Charlie Elliot. Sie starrte hinunter, als könnte sie sie dort unten sehen, wenn auch nur als Punkt vor den Felsen. Vereinzelt sah sie Flecken grüner Dattelwälder und terrassenförmig angelegte Felder, die ein gut getarntes Dorf verrieten. Sie wirkten wie ein geheimer Garten, weit entfernt von der staubigen Hitze in der Meeresebene. Und weit entfernt davon, Joans Neugier zu befriedigen. Dieser flüchtige Blick aus der Ferne verstärkte nur ihre Sehnsucht, alles genauer erforschen zu wollen.

Und dann, es ging unfassbar schnell, lagen die Berge hinter ihnen – in weniger als einer Stunde hatten sie das von unten unüberwindlich erscheinende Hindernis überquert. Die Berge bildeten eine Mauer, wie eine gezackte Narbe erstreckten sie sich nach Westen und verloren sich im Dunst des gleißenden Sonnenlichts. Das harsche, eindrucksvolle Gebirge stellte nur eine Grenze zwischen dem Küstenreich des Sultans und dem urwüchsigen Landesinneren dar – der Wüste, die sich über Tausende von Meilen erstreckte. Plötzlich begriff Joan, warum der Sultan vermutlich Schwierigkeiten hatte, die Menschen auf der Landseite der Berge davon zu überzeugen, dass er ihr natürlicher Herrscher war. Das hier war eine andere Welt.

Hinter dem Dschabal al-Achdar verlor sich der Horizont in weiter, weiter Ferne. Als das Flugzeug leicht nach rechts drehte und die Flughöhe senkte, berührte Peter Sawyer Joan am Arm.

»Da ist Nizwa«, sagte er. Joan blickte auf die Siedlung aus dicht gedrängten Lehmhäusern hinunter, die Gehege mit Ziegen und Rindern, die umliegenden Dattelplantagen, die massive Festung mit dem runden Turm, die wie eine riesige Trommel im Zentrum stand. »Jetzt gehört es wieder dem Sultan, aber bis vor wenigen Jahren war dies der Hauptsitz des Imam. Historisch gesehen ist es das immer gewesen. Dort drüben – das ist die Militärbasis, von der aus die meisten der Jungs demnächst operieren werden.«

»Sind Sie schon einmal dort gewesen? Am Boden, meine ich?«

»Nein.« Peter schüttelte den Kopf. »Dort habe ich nichts verloren. Sultan Said legt sehr viel Wert darauf, dass die Leute sich um ihre eigenen Angelegenheiten kümmern. Zu Ihrem Glück bleibt er unten in Salalah, nicht wahr?«

»Sein Gouverneur in Maskat scheint kaum weniger streng zu sein.«

»Sayid Schahab? Ja, das ist ein charmanter Zeitgenosse, nicht? An Ihrer Stelle würde ich mich möglichst unauffällig verhalten, Miss Seabrook. Warum wollten Sie überhaupt hier herauskommen? Hier gibt es nichts als Sand und Menschen mit Flohbissen.«

»Das sehe ich anders«, erwiderte sie schlicht. Sie schwiegen eine Weile, während die Stadt unter ihnen vorbeiflog, dann zeigte Peter wieder auf etwas.

»Sehen Sie dort – das ist der Palast von Dschabrin.«

Joan hielt unwillkürlich die Luft an, als sie über den Ort hinwegflogen, von dem sie sich so sehr gewünscht hatte, ihn zu sehen – niemals wäre es ihr möglich, sich ihm auch nur zu nähern, hatten sie behauptet. Sie spürte wieder dieses kribbelnde Gefühl, das sowohl Tränen als auch Lachen auslösen konnte. Das Flugzeug legte sich erneut in die Kurve und wechselte die Richtung, gemeinsam mit seinem Schatten, der ihnen klein und dunkel unten auf dem trockenen Boden folgte. Der Palast bestand aus einer Folge von unterschiedlichen Formen, seine Anmutung war wie der Boden, aus dem er zu bestehen schien – sandbraun, hell, alt.

Davor stand ein riesiger, Schatten spendender Baum. Joan konnte weder die Holzschnitzereien erkennen, noch das Grab des alten Imam, nicht die Deckenmalereien, den Faladsch oder eines der hohen Fenster, die sich dem Westwind öffneten, der Hitze und dem Geruch der Wüste. In genau diesem Moment hätte sie ihre Seele dafür gegeben, wenn es ihr möglich gewesen wäre, durch die Flure zu schreiten und die Geheimnisse des Palastes zu entdecken. Aber immerhin war sie überhaupt hier. Sie war in Dschabrin, und sie spürte seinen Zauber. Als das Flugzeug drehte und fast senkrecht in der Luft lag, hob sich ihr Magen, doch das kümmerte sie nicht. Dass sie es hierhergeschafft hatte, schien zu beweisen, dass es einen Weg gab. Dass sie einen Weg finden konnte. Als sie weiterflogen, reckte Joan den Hals, um den Palast so lange wie möglich im Blick zu behalten, sie fürchtete, das Gefühl könnte mit dem Gebäude zusammen verschwinden.

Sie flogen eine weitere Stunde über das ausgedörrte gelbbraune Land mit seinen sanften Hügeln, hier und da wuchsen spärliche Büsche, vereinzelt ragten Felsblöcke auf. Das Camp der Ölgesellschaft befand sich in einer Senke zwischen zwei flachen Berggipfeln, die nach dem harschen Dschabal al-Achdar harmlos erschienen. Joan sah das mechanische Gewirr des Lademasts, die rechteckigen Hütten und Büros, die in einiger Entfernung zusammenstanden, und eine einsame Landebahn, auf der ein anderes Flugzeug wartete.

»Festhalten«, sagte Peter, als sich das Flugzeug hinabsenkte und in einem Wirbel aus Staub und Schotter auf der Landebahn aufsetzte. Außerhalb der Maschine fühlte sich Joan unsicher. Sie folgte Peter zu einem wartenden Jeep und fragte sich, ob sie weiterhin vorgeben sollte, seine Sekretärin zu sein. Der Fahrer, ein junger Mann mit einem starken Wirbel im Haar und Brillengläsern dick wie Flaschenböden, lächelte sie an.

»Hallo, wer sind Sie?«, fragte er, und Joan zögerte.

»Das ist Joan Seabrook. Sie ist zu Besuch«, stellte Peter sie vor, und Joan entspannte sich.

»Joan, das ist Matthew Jones. Er ist Geologe, aber ich habe keine Ahnung, was er eigentlich genau macht.«

»Sie sind doch nicht etwa Journalistin? Das wird dem Sultan gar nicht gefallen«, sagte Matthew.

»Nein. Nein, ich bin ... Touristin«, sagte Joan.

»Das ist in Ordnung. Möchten Sie einen Tee?«

»Werden Sie zurechtkommen, Joan? Die Jungs kümmern sich um Sie. In der Kantine erhalten Sie ein gutes Mittagessen. Ich komme nach meiner Besprechung ebenfalls dorthin«, sagte Peter, und Joan nickte.

Die Gebäude der Ölgesellschaft waren auf Stelzen errichtet, wie große Strandhütten. Alles war sauber – fast steril –, und ganz offensichtlich hatte man beim Bau nicht gespart. Ein Stück entfernt standen ein paar einfachere Hütten mit Palmdächern, in denen, wie Matthew ihr erklärte, die Einheimischen wohnten, die im Camp arbeiteten. Er zeigte ihr ein Zimmer in einer der Stelzenhütten – klein und sauber mit weißen Laken, einem Nachttisch mit einer Lampe und einem kleinen aufrechten Lehnstuhl –, das für die heutige Nacht ihr gehören würde und über ein eigenes Duschbad verfügte.

»Das Wasser hier ist immer heiß. Trinken Sie es bloß nicht – das Zeug holen sie aus dem Boden, es schmeckt widerlich. Außerdem bekommen Sie davon Dünnpfiff – oh, Verzeihung! Bitte entschuldigen Sie – wir sehen hier draußen nicht oft eine Frau. Eigentlich nie. Da vergisst man leicht seine Manieren.« Matthew errötete leicht, und Joan lächelte. Das Zimmer war makellos sauber und klimatisiert. »Was führt Sie hierher? Ist ein seltsamer Ort, um Urlaub zu machen.«

»Ich mache gern ungewöhnliche Dinge«, sagte Joan und fand Gefallen an der Rolle, in die sie gerade schlüpfte.

»Ich kann mit Sicherheit sagen, dass Sie die erste Urlauberin sind, die uns hier besucht.«

»Dürfte ich wohl ein bisschen spazieren gehen?«, fragte sie. Matthew schien überrascht, zuckte jedoch mit den Schultern.

»Klar, wenn Sie möchten. Gehen Sie aber nicht zu weit. Und halten Sie sich von dem Kran fern. Wenn Sie in einem Loch verschwinden, werde ich meines Lebens nicht mehr froh. Überhaupt sollte ich vielleicht lieber jemanden besorgen, der Sie begleitet.«

»Nein, das ist schon in Ordnung, wirklich. Ich verspreche, keinen Unfug zu machen.«

Das Gelände bestand aus einem harten Kieselboden, doch mit den einzigen Schuhen, die sie mitgebracht hatte, ihren Ledersandalen, konnte sie darauf immerhin besser laufen als auf weichem Sand. Sie ging in die entgegengesetzte Richtung, aus der sie mit dem Flugzeug gekommen waren, und entfernte sich von dem Lademast und den merkwürdigen, zerfurchten Bergen. Sie lief ungefähr eine halbe Stunde geradeaus, bis das Öl-Camp hinter einer leichten Anhöhe aus ihrem Blick verschwand. Dann blieb sie stehen und schaute nach Südwesten, dorthin, wo der Sand des Rub al-Chali, des Leeren Viertels, begann. Sie konnte die Dünen zwar nicht sehen, aber sie meinte, sie in der Luft schmecken und ihren Geruch durch die Nase einatmen zu können. Sie wusste, dass die Hitze heute nichts gegen die Temperaturen war, die hier im Sommer herrschten, dennoch brannte die Sonne ihr heiß auf Kopf und Schultern, und nie zuvor hatte sie so trockene Luft erlebt. Sie spürte, wie die Luft Mund und Nase austrocknete, Augen und Haut. Eine schwache Brise flüsterte ihr ins Ohr, aber abgesehen davon herrschte Stille.

Joan blickte zum fernen Horizont, und ihr Herzschlag

verlangsamte sich und passte sich dem unsichtbaren Rhythmus der Welt um sie herum an. Zwei Raben flogen zu einem nahe gelegenen Felsen und ließen sie nicht aus den Augen, ansonsten gab es hier nur sie und die Wüste. Und als sie den ersten schwachen Impuls verspürte, weiterzugehen und herauszufinden, wohin ihre Schritte sie führen würden, verstand sie allmählich, was Maude Vickery und andere dazu getrieben hatte, genau das zu tun.

Sie staunte darüber, dass Maude nie aufgehört hatte, immer weiterzugehen. Eine Weile vergaß sie, dass ihr Bruder existierte, ihre Mutter, Rory. Für kurze Zeit fühlte es sich an, als würde sie selbst kaum existieren – jedenfalls nicht so, wie sie sich kannte. Und dieser Gedanke weckte in ihr das Gefühl von völliger Freiheit.

Joan achtete darauf, zurück im Camp zu sein, ehe irgendjemand sich Sorgen um sie machen konnte. Die Kantine war gut besucht, es war Mittagszeit, und bereits nach so kurzer Zeit in der Stille der Wüste empfand Joan den Lärm und das Gewusel als Belästigung. Sie blickte sich suchend um, bis sie Peter Sawyer entdeckte, der sie an seinen Tisch winkte. Matthew Jones war ebenfalls da, und man stellte sie noch einigen anderen Männern vor.

»Na, wie gefällt Ihnen unsere kleine Oase hier?«, erkundigte sich Matthew, als sie sich setzte.

»Sehr beeindruckend. Aber um ehrlich zu sein, interessiere ich mich mehr für die Wildnis um sie herum«, gestand Joan.

»Oh, oh, eine Wüstenfanatikerin. Die Sorte kenne ich«, sagte Peter. »Ein Bier? Davon haben wir reichlich, etwas Stärkeres dürfen wir hier allerdings nicht trinken, fürchte ich.«

»Danke. Sind Sie jemals dort gewesen? Im Leeren Viertel,

meine ich?«, fragte Joan. »Irgendeiner von Ihnen? Haben Sie die Dünen gesehen?« Es folgte allgemeines Kopfschütteln und murmelndes Nein.

»Warum sollten wir?«, entgegnete Matthew. »Dort gibt es ja kein Öl.«

»Aber ... reizt es Sie denn gar nicht, wo Sie hier so nah dran sind?« Die Männer tauschten amüsierte Blicke.

»Ich glaube, wir sollten Sie besser wieder ins Flugzeug setzen, bevor Sie hier noch ganz wild werden, Schätzchen«, sagte ein Mann mit australischem Akzent. Joan blickte alarmiert zu Peter hinüber, und er lächelte ihr beruhigend zu.

»Keine Sorge, nicht vor morgen, und sofern Sie darum bitten, dass man im Morgengrauen an Ihre Tür klopft, können Sie sich den Sonnenaufgang ansehen – der kann hier ziemlich spektakulär sein. Zudem würde ich auf keinen Fall wollen, dass Sie heute Abend Ihren Besuch verpassen«, sagte er.

»Was meinen Sie damit?«

»Ach, vergessen Sie's. Was nehmen Sie? Das Steak ist hervorragend, die Hummerschwänze sind es ebenfalls.«

Das Mittagessen war reichhaltig und köstlich. Irgendwie war es den Köchen gelungen, in diesem einfachen Gebäude, Hunderte von Meilen von frischem Wasser und Lebensmitteln entfernt, Filetsteak, frisches Gemüse, Sahne und Schokolade zu servieren.

»Geld«, sagte Peter knapp, als Joan eine Bemerkung über die Üppigkeit machte. »Davon ist hier eine Menge vorhanden. Und dabei haben wir noch keinen verflixten Tropfen Öl gefunden.« Joan dachte an die Männer in Al-Dschalali, die noch nicht einmal genügend Trinkwasser hatten. Das Gefängnis und das Öl-Camp schienen verschiedenen Universen anzugehören. Mit schlechtem Gewissen aß sie, bis sie sich kaum noch rühren konnte und sich am Nachmittag hinlegen musste. Als sie wieder hinaustrat, entdeckte sie einen Aufenthaltsraum, in dem die Männer in ihrer Freizeit Fußball spielten und Zeitung lasen, doch nach einem schnellen Kaffee verließ sie das Gebäude und gab sich erneut dem Frieden und der Einsamkeit der Landschaft hin. Diesmal lief sie sogar noch weiter und setzte sich auf einen groben Felsblock, um zuzusehen, wie die Sonne in einer Explosion aus Orange- und Rosarottönen unterging. Währenddessen wechselte der Wind seine Richtung und pfiff nun von hinten über ihre Schultern, als würde die Sonne die Luft mit sich fortziehen. Sobald der letzte Sonnenstrahl verschwunden war, wurde es merklich kühler. Joan beobachtete alles, nahm es in sich auf und dachte an nichts. Sie leerte ganz bewusst ihren Kopf, und das erfrischte sie wie eine Nacht erholsamen Schlafs. Als sie hörte, wie sich hinter ihr stampfend der Generator in Bewegung setzte, ging sie durch die Dämmerung zurück zum Camp. Und mit einem Mal fühlte sie sich älter und weiser. Es war ihr egal, ob dieses Gefühl nur eine Illusion war und keine Lösung.

Auf ihrem Weg ging sie dicht an den palmenbedeckten Hütten der arabischen Arbeiter vorbei und sah eine Gruppe von vier Männern, die auf den Fersen um ein kleines Feuer hockten. Sie trugen die ausgebleichten Tuniken und Sarongs der Wüstenstämme, die Füße nackt oder in abgetragenen Lederlatschen. Jeder von ihnen trug seinen Dolch im Gürtel und hielt zusätzlich den Schaft eines alten Martini-Henry-Gewehrs. Im flackernden Schein des Feuers kochten sie Kaffee in einem verbeulten Zinngefäß, in dessen Deckel Granatapfelkerne rasselten, um den Dschinn zu vertreiben. Joan fühlte sich wie in einem anderen Jahrhundert und bemerkte, dass einer der älteren Männer auf einem Auge blind war – es war trüb, das Lid gerötet und beinahe zugeschwollen. Eine verkrustete Spur schmutziger Tränenflüssigkeit hatte sich einen Weg durch die Falten auf seiner Wange gegraben. Ein anderer Mann mit eingefallenen Wangen hatte ein ganz schiefes Rückgrat, eine Schulter stand höher als die andere. Nun, da Zeichen von Leid und Verfall das Bild friedlicher Zeitlosigkeit störten, wirkte ihr Schweigen apathisch.

Joan machte sich, so gut es ging, für das Abendessen frisch. Sie hatte eine saubere Bluse dabei und zog sie nach dem Duschen an, dazu ihre Hose ohne den sperrigen Rock darüber. Vor einem schlichten Spiegel, der für Männer gemacht war, kämmte sie sich den Sand aus dem Haar. Plötzlich fiel ihr auf, dass sie den ganzen Tag über nicht an Rory oder an die Gibsons gedacht hatte. Ob sie ihre Nachricht erhalten hatten und sich damit zufriedengaben oder ob sie nach ihr suchten und feststellten, dass sie weg war? Hier schien sie ihre Lage getrost ignorieren zu können, doch ihr war klar, dass sie bei ihrer Rückkehr unweigerlich mit ihr konfrontiert werden würde. Ihr Ausflug nach Fahud gewährte ihr Zeit, das war alles – Zeit, die Charlie ihr verschafft hatte. Sie konnte es kaum erwarten, Maude zu berichten, dass sie am Rand der Wüste gewesen war und dass sie sie schon durch diesen winzigen Eindruck besser verstand. Der Überraschungsgast beim Abendessen – der angekündigte Besuch – war Charlie Elliot. Eigentlich war es logisch, denn niemand anders wusste, wo sie war, aber sie hatte nicht erwartet, ihn hier zu sehen.

Er grinste sie an, als sie in der Kantine erschien, stand von seinem Stuhl auf und kam zu ihr herüber.

»Wie war es? Haben Sie Dschabrin gesehen?«, fragte er leise. Joan nickte und musste unwillkürlich lächeln.

»Ja. Es war fantastisch, Charlie ... Vielen Dank. Danke, dass Sie das für mich möglich gemacht haben. Ich glaube, das habe ich in Maskat ganz vergessen zu sagen.«

»Ja, das stimmt«, bestätigte Charlie. »Aber ich vergebe Ihnen. Schließlich stand Ihnen die Freude deutlich ins Gesicht geschrieben. Ich glaube nicht, dass sich jemals jemand dermaßen auf einen Ausflug in ein Öl-Camp gefreut hat.«

»Es ist nicht das Öl-Camp, das ist Ihnen doch wohl klar. Es geht darum ... weg zu sein. Aus Maskat herauszukommen.«

»Ja, ich weiß. Das alles muss Ihnen wie ein ... Käfig vorkommen«, sagte er. Joan sah verlegen zur Seite, denn es schien ihr, dass sie nicht mehr über Maskat sprachen.

»Ich bin bis an den Rand der Wüste gegangen. Es war wundervoll«, sagte sie.

»Tatsächlich?« Charlie klang skeptisch. »Nicht trostlos, öde und verdammt tot?«

»Keineswegs.«

»Mir ist ein kleiner Dschungel lieber. Oder zumindest ein Wald.«

»Was machen Sie hier, Charlie? Ich meine, wie um alles in der Welt sind Sie hierhergekommen?«

»Wir sind gestern alle nach Nizwa umgezogen. Und ich habe den befehlshabenden Offizier davon überzeugt, dass es eine gute Idee wäre, wenn ich mit dem Generaldirektor hier über die Landminen-Situation sprechen würde. Die sind hier etwas angefressen, um es vorsichtig auszudrücken – ständig verlieren sie Lastwagen auf dem Weg zur Küste, und dabei zahlen sie eine beträchtliche Summe dafür, die Straße überhaupt benutzen zu dürfen. Ich dachte, es wäre nicht verkehrt, ihnen einen persönlichen Besuch abzustatten, um sie über die aktuelle Lage zu informieren. Der befehlshabende Offizier ahnt, dass die Sache nicht ganz koscher ist, aber ich habe etwas bei ihm gut. Es ist eine lange, öde Fahrt, das kann ich Ihnen sagen.«

»Alle Männer wurden nach Nizwa versetzt? Dann geht es jetzt los? Der letzte Angriff?« Ein kleiner, kalter Knoten bildete sich in Joans Magen, als sie an die riesigen Felsen und die schwarzen Schluchten dachte, wie Fallen, die bereit waren, jederzeit zuzuschnappen.

»Nun ja, ein Angriff. Wer weiß, ob es der letzte sein wird. Aber ich werde mein Bestes tun.« Er lächelte, und sie dachte erneut, dass seine Prahlerei nur aufgesetzt, seine Arroganz eine Maske war. »Kommen Sie, setzen wir uns, Joan. Ich sterbe vor Hunger.«

Das Essen schmeckte genauso gut wie am Mittag. Joans Stimme ging in dem männlichen Geplapper fast unter. Sie war die einzige Frau im Raum und zog mehr als ein paar neugierige Blicke auf sich, erweckte jedoch keinen Unmut. Charlie redete viel und scherzte viel, und die anderen Männer schienen in seinen Bann gezogen zu werden, als sei es sinnlos, ihn übertrumpfen zu wollen. Da Joan den Effekt, den er auf die anderen hatte, beobachtete, war sie in der Lage, sich seiner Anziehungskraft zu entziehen. Sie erinnerte sich an das, was Marian über seinen Ruf als Frauenheld gesagt hatte, und war nicht im Geringsten überrascht. Sie neckte ihn freundlich und widerstand, sich von ihm bezaubern zu lassen, was ihr mit jedem Bier, das man ihr servierte, immer schwerer fiel.

»Wie lange bleiben Sie noch?«, erkundigte sich Peter irgendwann.

»Alle britischen Truppen sollen Oman spätestens bis April verlassen haben«, sagte Charlie. »So lautet die Anordnung der Regierung Ihrer Majestät. Der UN-Gipfel zum Mittleren Osten steht bevor, und nach dem ganzen Brimborium um den Suezkanal sind die Briten nervös, dass sie zu kolonial erscheinen könnten. Sie sollten hören, wie Radio Kairo auf unserem Einsatz herumhackt – man könnte meinen, die gesamte britische Armee wäre hier draußen und würde rücksichtslos über die unschuldigen Einheimischen hinwegtrampeln. Dabei sind wir nur eine Handvoll, die regelmäßig von ihnen auf ihrem verflixten Berg in die Enge getrieben werden.«

»Müssten wir überhaupt hier sein?«, fragte Joan. »Ich habe gehört, wir würden nur dem Sultan helfen, an das Öl heranzukommen, das ihm eigentlich gar nicht gehört. Traditionell hat er keine Hoheit über das Landesinnere.«

Augenblicklich richteten sich alle Blicke auf sie. Es folgte eine peinliche Pause, dann hier und da ein Lachen, hochgezogene Augenbrauen und ein paar ungläubige Pfiffe.

»Joan Seabrook, mit wem um alles in der Welt haben Sie gesprochen?«, fragte Charlie, und Joans Gesicht glühte.

»Mit niemandem«, sagte sie hastig. »Ich habe das nur ... irgendwo gehört.«

»Nun, ›niemand‹ könnte recht haben«, sagte Peter und zuckte die Schultern. »Aber wer, glauben Sie, hat den Imam davon überzeugt, dass das Öl ihm gehört? Wer stattet seine Kämpfer mit Waffen aus und trainiert sie?«

»Das weiß ich nicht.«

»Die Saudis«, schaltete sich Charlie ein. »Und wer, glauben Sie, bestärkt die Saudis in ihrem Bestreben, die omanische Grenze zu überqueren, und beliefert sie mit Waffen?«

»Die Amerikaner«, antwortete der Australier.

»Oh«, sagte Joan und kam sich dumm vor.

»Hier werden stellvertretend internationale Konflikte ausgetragen«, sagte Charlie. »Wie bei den meisten Kriegen. Der Westen macht sich nicht die Hände schmutzig, damit die Staatschefs in die Kamera lächeln und sich die Hände schütteln können.«

»Ach, genug von der verflixten Politik«, meldete sich der

Australier. »Bier trinken und nicht zu viel nachdenken, so lautet mein Motto.«

»Richtig«, stimmte Charlie ihm zu und hob sein Glas, und die Unterhaltung wandte sich weniger ernsten Themen zu.

Joan aß eine Weile schweigend und überlegte, ob Salim über die Interessenlage und die Habgier Bescheid wusste, die sich hinter dem Konflikt verbargen. Er wünschte sich für das osmanische Volk, dass es frei wäre, dass es seine Lebensumstände verbessern könnte und dass es anderen Einflüssen nicht unterworfen wäre. Er hatte nichts von den Saudis gesagt oder von Amerika. Sie fragte sich, ob sie ihn darauf ansprechen sollte, weil es ihr irgendwie ungehörig erschien.

»Was ich Sie fragen wollte«, sagte Joan später am Abend zu Charlie und beugte sich zu ihm hinüber. »Was meinen Sie, warum Maude diese Dinge über Ihren Vater gesagt hat? Haben Sie noch mal mit ihr gesprochen? Haben Sie etwas herausgefunden?« Das Lächeln auf Charlies Gesicht erlosch.

»Ich habe sie gefragt, aber sie ist stur bei ihrem Vorwurf geblieben, ohne ihn weiter zu erläutern. Sie sagte, es habe keinen Zweck, mit jemandem zu sprechen, der nicht zuhören könne.«

»Oje, das klingt ganz nach ihr.«

»Warum sie das behauptet hat – keine Ahnung. Aus Missgunst, weil sie verloren hat? Vielleicht steckt mehr dahinter – irgendeine alte Fehde, bei der sie meint, schlecht weggekommen zu sein. Aber mein Vater ist kein Lügner, und er ist ganz bestimmt kein Dieb. Ich bin nie einem ehrenhafteren Menschen als ihm begegnet. Er ist absolut unbestechlich, und Gott weiß, was ich als Junge alles versucht habe. Er ist ein viel besserer Mensch, als ich es bin«, sagte Charlie, und seine Stimme klang angespannt.

»Wenn das stimmt, dann spielt es keine Rolle, was Maude sagt«, beruhigte Joan ihn.

»Stimmt. Aber es hat mir trotzdem nicht gefallen. Sie haben vermutlich mehr Glück herauszufinden, was sie gemeint hat. Schließlich sind Sie ihre Vertraute, ihre Abgesandte.«

»Was? Wie meinen Sie das?« Einen schrecklichen Moment lang dachte Joan, er hätte irgendwie von ihren Besuchen bei Salim erfahren. Charlie blickte auf und lächelte nachdenklich.

»Ich habe nur gemeint, dass Sie ihre Freundin sind – und vermutlich ihre einzige. Warum, was haben Sie angestellt? Sie sehen auf einmal so schuldbewusst aus.«

»Nichts, natürlich nicht«, sagte sie und fasste sich wieder. Charlie lachte und schüttelte den Kopf.

»Ich habe nicht geglaubt, dass Sie mit auf diesen Ausflug kommen würden. Ich meine, ich weiß, dass Ihnen der Gedanke gefallen hat, aber ich dachte, wenn es ernst wird, wären Sie zu vernünftig und zu ehrlich, um zu flunkern. Jetzt frage ich mich, ob das erst die Spitze des Eisbergs ist.« Joan lächelte und merkte, dass das Bier sie leichtsinnig machte – sie hätte ihm gern von Al-Dschalali erzählt, doch sie riss sich zusammen.

»Vielleicht ist es das«, meinte sie nur, und Charlie lachte erneut. »Mein Dad hat mir immer gesagt, ich solle mutig sein. Vermutlich versuche ich, seiner Bitte hier draußen nachzukommen.«

»Wie ist er gestorben? Falls Sie die Frage erlauben?«

»Ich ... ja ...« Joans Zunge fühlte sich trocken an, wie Watte. »Er hatte einen Autounfall«, erzählte sie. »Ein anderer Wagen ist in seinen hineingefahren. Er war auf dem Heimweg von der Arbeit. Eine Strecke, die er tausendmal zuvor gefahren ist.« Es war der erste Regentag nach einer langen Trockenperiode gewesen, auf den Straßen hatte sich ein schmieriger Film gebildet. Joan war an der Stelle gewesen und hatte sich die langen schwarzen Spuren auf dem Asphalt angesehen, wo der andere Fahrer zu scharf abgebogen war und die Kontrolle verloren hatte. »Es ... es sei sehr schnell gegangen, versicherte der Arzt.« Sie schluckte. »Dad war bereits tot, als das Feuer ausgebrochen ist.«

Einen Augenblick betrachtete Charlie betreten seine Hände, und sie sah, dass er tief Luft holte. Wenn sie über den Unfall sprach, beschleunigte sich noch immer ihr Herzschlag, und ihre Finger zuckten, als würde es noch einmal passieren, als könnte sie es diesmal verhindern.

»Das ist zumindest ein Trost«, sagte Charlie schließlich. »Bei Thomas ... sind wir uns da nicht sicher.« Joan sagte nichts, beobachtete Charlie und wartete. Er blickte auf und sah ihr in die Augen, und sie spürte, dass es ihm genauso ging wie ihr, als er darüber sprach. »Mein Bruder, Tom. Er war bei der Handelsmarine, aber er ist an Land gestorben. Ausgerechnet in einem Pub in Hackney. Der Laden wurde von einer Brandbombe getroffen und ist wie eine Fackel abgebrannt. Er ... Sie ... Viele Menschen waren im Inneren gefangen, als es brannte, und konnten nicht entkommen.«

»Aber Rauch macht die Menschen bewusstlos, lange bevor die Flammen sie erreichen«, sagte Joan verzweifelt. Charlie nickte.

»Ja. Die Vorstellung, dass es so gewesen ist, ist deutlich angenehmer.«

»Sie hatten vier Brüder«, bemerkte Joan. Er nickte erneut.

»Kenny, Tom, James und Elias.« Charlie hielt vier Finger in die Höhe; in seinen Augen lag ein harter, wütender Ausdruck. »Ertrunken, bombardiert, Dünkirchen, Dünkirchen«, zählte er auf.

»Ihre armen Eltern«, bemerkte Joan leise.

»Ich glaube, bei Kenny war es am schlimmsten. Er war erst zehn Jahre alt. Wir sind alle gemeinsam im Fluss geschwommen – die Strömung hat ihn erwischt und über das Wehr gezogen. Wir dachten immer, wir hätten etwas tun müssen ... Dass wir es irgendwie hätten verhindern können. Weniger ich – ich war erst sieben. Aber James und Elias hat der Gedanke schwer zu schaffen gemacht.«

»Schrecklich«, sagte Joan. Es war nicht genug, aber sie wusste, dass es dafür keine passenden Worte gab. »Schrecklich«, wiederholte sie. »Und jetzt sind Sie auch beim Militär. Ihre Eltern würden Sie sicher am liebsten einschließen, sie sicher in Packpapier einwickeln und nur zu besonderen Gelegenheiten hervorholen.«

»Das ist nur allzu wahr. Aber ich habe nicht vor, mich erschießen zu lassen, keine Sorge«, erwiderte er, und seine Großspurigkeit kehrte zurück. Joan sah jetzt noch deutlicher, dass er diese als Schutzschild benutzte, und sie wünschte, er würde es nicht so bereitwillig erheben.

Untereinander sprachen Olive, Daniel, Rory und Joan nicht mehr über den Unfall ihres Vaters. Joan war sich sicher, dass sie alle noch immer daran dachten – dass er sie alle noch verfolgte. Wenn sie ihn jedoch erwähnte, folgte angespannte Stille oder noch schlimmer – ihre Mutter brach in Tränen aus und warf ihr vor, alte Wunden aufzureißen. *Es tut dir nicht gut, darüber zu grübeln*, hatte ihr Rory das letzte Mal gesagt, als sie versucht hatte, mit ihm darüber zu reden. Also hatte Joan ihren Vater nicht mehr erwähnt, und außerhalb ihres direkten Umfelds fragte schon lange niemand mehr nach ihm. Es war ihr unangenehm, das Thema aufzubringen, aus Angst, man könnte sie für krank halten, und weil sie sah, wie unangenehm es anderen war. Dennoch schien es ihr falsch, ein so einschneidendes Ereignis zu ignorieren. Mit Charlie darüber zu sprechen fühlte sich nicht krank an. Und er schien weder gereizt, noch schien es ihm unangenehm zu sein. Die Art, wie er über seine eigenen Verluste gesprochen hatte, gab ihr das beruhigende Gefühl, dass er ihr Bedürfnis verstand. Sie hätte gern noch mehr gesagt, sie wusste jedoch nicht, was. Sie stellte sich vor, dass sich darüber auszutauschen half, den Schmerz zu lindern. Aber der Moment war vorüber, und Charlie bedeutete dem Kellner, ihnen noch etwas zu trinken zu bringen.

Am Ende des Abends führte Charlie Joan unter den wissenden Blicken und so manchem Augenzwinkern der anderen hinaus. Er nahm ihren Arm, legte ihn um seinen und hielt ihre Hand in der Beuge seines Ellbogens. Joan gefiel die Geste, obwohl in ihr eine Alarmglocke schrillte. Es fühlte sich seltsam an – ihr fiel auf, dass niemand außer Rory, kein Mann außerhalb ihrer Familie, je so mit ihr gegangen war. Sie liefen ein kurzes Stück in die Dunkelheit hinaus. Unsicher entzog Joan ihm ihre Hand und trat zurück.

»Keine Panik. Sehen Sie nach oben«, sagte Charlie. Er holte eine Zigarette aus seiner Hosentasche und suchte nach einem Streichholz, während Joan den Kopf in den Nacken legte und hinaufstarrte. Dort leuchteten mehr Sterne, als sie jemals in ihrem Leben gesehen hatte. Sie bildeten eine Decke, die den Himmel zu erleuchten schien, kein Vergleich mit den wenigen blassen Punkten, die sie zu Hause am Himmel sah. Die Milchstraße erstreckte sich als breites malvenfarbiges Band von einer Seite des Himmels zur anderen. Sie konnte alle sieben Plejaden erkennen, sonst sah sie nie mehr als fünf. Das gewaltige Ausmaß, die unendliche Anzahl war schwindelerregend. »Nicht schlecht, oder?«, flüsterte Charlie.

»Das muss ich der Wüste lassen. Sie hat den besten Nachthimmel der Welt.«

»Es ist wunderschön. So etwas habe ich noch nie gesehen.« Eine Sternschnuppe blitzte über ihren Köpfen auf und erlosch, dann noch eine. Joan überlegte, Charlie darauf aufmerksam zu machen, entschied dann jedoch, es für sich zu behalten. Ihren eigentlichen Wunsch konnte sie nicht in Worte fassen. Stattdessen stellte sie sich vor, sie wäre mutig und frei, und wünschte sich das.

Als sich die Sterne zu drehen begannen, vom Alkohol und von der Anstrengung, so lange den Kopf in den Nacken zu legen, blickte Joan zu Charlie und lächelte. Stumm bot er ihr seine Zigarette an, und sie nahm einen Zug.

»Meine Mutter findet es furchtbar, wenn ich rauche«, sagte sie. »Sie sagt, es sei gewöhnlich. Und verzieht den Mund.«

»Nun, Joan, Sie sind kein Kind mehr. Schauen Sie sich an, wo Sie sind! All die Regeln, die Sie gebrochen haben. Was würde Ihre Mutter *dazu* sagen?«, fragte er. Joan antwortete nicht. Der Gedanke an ihre Mutter löste ein zwiespältiges Gefühl in ihr aus, es schwankte zwischen Liebe und Verbitterung. Sie spürte, wie es sie nach Hause zog, das Gefühl der Sicherheit, das von dort ausging, und zum ersten Mal fragte sie sich, ob auch das eine Falle war, die bereit war zuzuschnappen. Lächelnd schüttelte sie den Kopf, und dann trat Charlie zu ihr, legte seine Hand auf ihre Wange und küsste sie. Einen Augenblick ließ sie es geschehen. Seine festen Lippen fühlten sich faszinierend an, ganz anders als Rorys – die rauen Stoppeln auf seiner Oberlippe und an seinem Kinn, die Art, wie er sie auf ihre presste und leicht den Mund öffnete, was Rory niemals tat. Auf seiner Zunge lag der Geschmack von Bier und Zigaretten, ebenso wie auf ihrer. Und da war noch etwas anderes – *sein* einzigartiger Geschmack, fremd, gut, wie sein Geruch, der ihr in die Nase stieg, und die Wärme seiner Hand auf ihrer Haut. Charlies Kuss wurde fordernder, er legte fest die Arme um sie, und als sie eine Welle der Lust durchströmte, stemmte Joan sich gegen sie. Dann drehte sie das Gesicht zur Seite und wand sich aus seinen Armen. Die Vorstellung, jemals nach Hause zurückzukehren, rückte in noch weitere Ferne. Mit Charlie gab es keine Sicherheit.

»Hören Sie auf!«, sagte sie.

»Was ist los? Joan – ich will nur …« Er hielt sie noch ein paar Sekunden fest, doch als Joan nicht nachgab, ließ er sie los. Sie wich zurück, legte beide Hände auf seine Brust und versetzte ihm einen heftigen Stoß.

»Aufhören, habe ich gesagt!«

»Ist ja gut, ist ja gut. Ich habe doch aufgehört«, sagte er. »Sie müssen mich nicht angreifen.«

»Was bilden Sie sich eigentlich ein? Ich bin verlobt – Sie haben meinen Verlobten kennengelernt!«

»Ich weiß, aber …«

»Man hat mich vor Ihnen gewarnt, wissen Sie? Gott – haben Sie etwa deshalb diese Reise für mich organisiert? Ich dachte, Sie wären nett … Aber Sie dachten, Sie könnten mich kaufen, stimmt das? Glauben Sie, ich sei Ihnen jetzt etwas schuldig?«

»Nein! So ist das nicht. Ich wollte nur …«

»Was?«

»Ich mag Sie, das ist alles. Und ich dachte, Sie würden mich auch mögen.« Charlie nahm einen Zug von seiner Zigarette, und im Schein der Glut sah sie, dass er zerknirscht wirkte und den Blick abwandte. Er sah verlegen aus, reumütig, und Joan merkte, wie ihr Zorn verflog.

»Nun ja, auch wenn ich Sie mögen würde, das spielt keine Rolle, oder? Ich bin verlobt. Ich werde bald den Mann heiraten, den ich liebe«, sagte sie. Charlie sah ungläubig zu ihr hoch.

»Aber ... Sie können ihn doch nicht wirklich heiraten, Joan. Er ist schwul. Was für eine Ehe soll das sein?«

»Was? Wovon reden Sie überhaupt? Er liebt mich. Rory liebt mich!« Sie erhob die Stimme. Sie hoffte, wenn sie es nur laut genug aussprach, würde er ihr glauben. Sie musste es glauben.

»Joan ... vielleicht tut er das. Vielleicht liebt er Sie, aber nicht auf die Art, wie er es sollte. Wir haben beide gesehen, was im Zelt Ihres Bruders in jener Nacht passiert ist, und ...«

»Nein! Seien Sie still ... Ich will das nicht hören!« Joan hielt sich die Ohren zu, allerdings nur eine Sekunde, dann kam sie sich albern vor. Ihr Herz raste dermaßen, dass sie kaum die Pausen zwischen den Schlägen spürte. Sie wollte wütend sein – sie wollte wütend auf ihn sein –, aber es war Angst, die sie empfand.

»Joan, denken Sie daran, worüber wir gerade gesprochen haben. Sie sind kein Kind mehr.«

»Das geht Sie nichts an. Verstehen Sie? Sie haben nichts mit uns zu tun!« Sie drehte sich um, ließ ihn stehen und ignorierte ihn, als er ihr ein Stück folgte und ihren Namen rief. Sie ging in ihr Zimmer und lehnte sich mit dem Rücken gegen die Tür, ohne das Licht einzuschalten. Sie wollte sich nicht im Spiegel sehen. Ihre Mutter hatte immer gesagt, wie hässlich sie aussah, wenn sie weinte.

Am nächsten Morgen ging Joan mit Kopfschmerzen und äußerster Beklommenheit zum Frühstück, doch Charlie war nicht da. Peter erklärte ihr, dass er im Morgengrauen aufgebrochen und zurück ins Militärlager nach Nizwa gefahren sei.

Mit Bedauern stellte Joan fest, dass sie nicht aufgestanden war, um den Sonnenaufgang zu sehen – vielleicht war das ihre einzige Chance gewesen, einen Sonnenaufgang in der Wüste zu erleben. Den Tränen nahe, setzte sie sich mit einer Tasse Tee und einem noch ofenwarmen Brötchen an den Tisch und gab Charlie Elliot die Schuld daran. Nach dem Frühstück stieg sie stumm und verzweifelt ins Flugzeug, weil der Frieden und die Vollkommenheit, die sie am Vortag empfunden hatte, stetig abnahmen. Nur der Geschmack und das Gefühl von Charlies Kuss blieben und überdeckten alles andere. Die nächsten zwei Stunden blickte sie gierig aus dem Fenster, saugte die Szenerie in sich auf, versuchte, zu vergessen und sich zugleich alles einzuprägen. Peter Sawyer, den ihre veränderte Stimmung offenbar irritierte, überließ sie ihren Gedanken. Ohne Zwischenfälle landeten sie gegen zehn Uhr morgens in Bait al-Faladsch. Im Lager war es ungewöhnlich ruhig – die übliche Geschäftigkeit fehlte, nachdem der Großteil der Männer nach Nizwa verlegt worden war. Die Stille löste in Joan das wehmütige Gefühl aus, dass alles vorbei war und sie zurückblieb, ausgeschlossen von allem. Diesmal gab sie sich keine große Mühe, nicht erkannt zu werden, als sie zu dem wartenden Wagen ging. Es fiel ihr noch immer schwer, sich um die Dinge Gedanken zu machen, um die sie sich eigentlich Gedanken machen sollte.

Nichtsdestotrotz war ihr etwas mulmig zumute, als sie in die Residenz zurückkehrte. Robert war bereits im Büro, doch Marian und Rory saßen noch auf der Terrasse beim Frühstück. Joan hielt kurz inne, bevor sie hinaustrat, sammelte sich und setzte eine fröhliche Miene auf.

»Ah, da bist du ja. Wir haben uns gerade gefragt, wann du wohl zurückkommst«, sagte Marian, schob ihre Sonnenbrille auf die Nasenspitze und beäugte sie über den Rand hinweg.

Sie sah makellos aus und musterte Joan mit diesem wissenden Blick. Plötzlich wurde sich Joan ihrer staubigen Kleidung und dem Brennen an ihrer Lippe bewusst, das Charlies Kuss dort hinterlassen hatte. Nervös wischte sie sich die Hände an der Hose ab. »Hast du dich da draußen amüsiert?«

»Da draußen?«, wiederholte Joan mit trockenem Mund.

»Ja, da draußen vor den Toren, bei Maude Vickery?«

»Oh! Ja. Wir hatten einen netten Abend, vielen Dank. Ich bedaure allerdings, dass ich das Frühstück hier verpasst habe – das ist dort deutlich einfacher.«

»Na, hier ist genug übrig.« Marian griff nach der Teekanne. »Tee?«

Bald darauf erhob sich Marian und ließ Joan mit Rory allein. Er war ganz still. Joan fiel auf, dass er noch kein Wort gesagt hatte, seit sie zurück war. Sie bemerkte zu spät, dass sie nicht mit ihm allein sein wollte. Während sie an ihrem lauwarmen Tee nippte, riskierte sie einen Blick zu ihm. Auf seinem Gesicht lag ein seltsamer Ausdruck. Er schien ausgeruht – er hatte keine Schatten unter den Augen, aber wirkte zugleich ein wenig älter: Die Brauen waren leicht zusammengezogen, dazwischen hatte sich eine kleine Falte gebildet, und der angespannte Zug um seinen Mund war ihr fremd. Ihr kam der beunruhigende Gedanke, dass in seinem Körper zwei Seelen wohnten – eine, die sie kannte, und eine, die sie nicht kannte. Sie räusperte sich und versuchte, sich zu fassen.

»Du bist so still, Rory«, sagte sie. »Ist alles in Ordnung?«

»Das weiß ich nicht«, antwortete Rory und blickte auf seine Finger hinunter, die auf dem Tisch ein Stück Brot zerkrümelten. Joan wurde bang ums Herz, und sie sagte nichts. »Ich bin heute Morgen, als die Tore geöffnet wurden, zum Haus von Maude gegangen. Ich wollte dich abholen und dich zum Frühstück in das kleine Café am Meer ausführen – das, in dem die Schiffsleute ihren Kaffee trinken.« Aufgebracht fegte Rory die Krümel vom Tisch. »Aber natürlich warst du nicht dort. Genauso wenig, wie du die letzte Nacht dort gewesen bist.« Er blickte sie an, aber sie konnte ihm nicht in die Augen sehen; ihr Kopf war vollkommen leer. »Also, Joan, erzählst du mir, wo du gewesen bist – und mit wem?«

Palästina und Syrien, April 1905

Lieber Nathaniel, schrieb Maude, *heute habe ich einen überaus beeindruckenden Mann kennengelernt – er muss an die hundert Jahre alt gewesen sein, wenn nicht noch älter. Er zeigte mir voller Stolz die Ruinen einer Basilika aus dem fünften Jahrhundert, und hinterher fragte ich mich, wie lange er schon dort lebte und ob er sich noch an die Baumeister von damals erinnerte! Etwas abwegig, aber solche Ideen kommen einem leicht, wenn man so viel Zeit mit seinen eigenen Gedanken verbringt.*

Sie hielt inne und rieb sich die eiskalten Finger, sie konnte kaum den Stift halten. *Wie geht es dir? Wie ist Afrika?* Maude hielt erneut inne und legte den Stift zur Seite. An ihren Vater konnte sie fünfzehn eng beschriebene Seiten verfassen, ihm von jedem kleinen Fortschritt berichten und was sie gelernt hatte. Frank und John schickte sie deutlich kürzere Nachrichten, um sie auf dem Laufenden zu halten und ihnen und ihren Frauen und diversen Kindern alles Gute zu wünschen. Wenn sie jedoch an Nathaniel schreiben wollte, schien sie nicht die richtigen Worte zu finden.

Der Wind hatte aufgefrischt, drückte die Zeltwände nach innen und blähte sie nach außen, als würde das Zelt atmen. Maudes kleiner Spiegel schwang an seinem Haken an der Mittelstange, reflektierte das Licht der Öllampe und trieb es in die Ecken. Ihr Mädchen für alles, Haroun, ein untersetzter, zurückhaltender Palästinenser, den sie in Jerusalem angeheuert hatte, richtete ihr Feldbett stets mit größter Sorgfalt her und klemmte die Decken so fest unter die Matratze, dass sie manchmal kaum hineinkriechen konnte. Heute Nacht hatte sie die Decke jedoch abgenommen und sie um sich gewickelt, um sich an den Klapptisch zu setzen und zu schreiben. Die Luft war eiskalt, ihre Zehen waren gefroren, ihre Ohren schmerzten, und ständig tropfte ihre Nase. *Zumindest muss es dort warm sein. Hier hat es heute gehagelt,* schrieb sie. Eine Stunde lang waren sie durch den Hagel geritten, der schmerzhaft auf ihre Gesichter und Hände eingedroschen hatte. Die Pferde hatten unglücklich die Ohren angelegt, bis sie, sehr zu Maudes Missfallen, klein beigegeben und Schutz unter ein paar dürren Eichen gesucht hatten, die diesen Zweck nur ungenügend erfüllten. Dadurch waren ihnen drei Stunden verloren gegangen, sodass sie weit vor der Stadt Mheen ihr Lager aufschlugen, wo sie gehofft hatten, ihren zur Neige gehenden Lebensmittelvorrat auffüllen zu können. Das Frühstück würde mager ausfallen, und die Pferde mussten sich mit dem begnügen, was sie über Nacht zum Grasen fanden. Maudes Haar war noch immer ein wenig feucht, und ihre Kopfhaut fühlte sich taub an.

Sie legte erneut den Stift zur Seite und hauchte in die hohlen Hände. Sie hatten ihr Zelt unter einer Felsnase aufgeschlagen, um die der Wind heulte, das vielleicht, wie Maude überlegte, das einsamste Geräusch auf der Welt war. Sie lauschte, bis sie sich einbildete, Stimmen darin auszumachen, und sich eine Million Meilen von allen entfernt fühlte, die sie kannte und liebte, eine Million Meilen entfernt von zu Hause. Nur für eine Sekunde wünschte sie sich, ihr Vater wäre hier. Sie wünschte, Nathaniel wäre hier – er würde noch stärker zittern als sie, weil ihm immer kalt war, und sie könnte ihn aufmuntern und ihn im Backgammon schlagen und wäre selbst ein wenig fröhlicher. *Reisen ist nicht nur ein Vergnügen, nicht wahr?*, schrieb sie. *Jedenfalls nicht immer.* Doch da das etwas pessimistisch klang, fügte sie hinzu:

Aber im Großen und Ganzen gibt es natürlich nichts, was ich lieber täte. Hat Vater dir wegen meines kleinen Buchs über die Ruinen des Sassanidischen Palastes geschrieben? Es hat seit seiner Veröffentlichung ein paar gute Kritiken erhalten, was mich freut, nach all der Mühe, die mich das Schreiben gekostet hat. Natürlich fällt mir im Nachhinein nur auf, wo es noch detaillierter, noch genauer hätte sein können, und vor allem besser formuliert, aber – immer nach vorne schauen, wie Vater sagen würde.

Sie erwähnte nicht, dass sie hoffte, die Kritiken würden die Verkaufszahlen in die Höhe treiben und zu Auslandsverkäufen führen. Wie es aussah, würde sie sehr bald ihrem Vater schreiben und ihn um mehr Geld bitten müssen. Nicht, dass das dem Vermögen der Vickerys groß schaden würde, es war ihr nur ein wenig unangenehm, dass sie die Kontrolle über ihr Budget verloren hatte. Maude wünschte, sie hätte einen Becher heißen Tee, an dem sie ihre Hände wärmen könnte, aber Haroun und die anderen Diener lagen bereits in ihren Betten, und sie wollte sie nicht wecken.

Sie dachte daran, wie Nathaniel bei ihrer letzten Begegnung ausgesehen hatte, vor neun Monaten auf der Beerdigung ihrer Mutter in Lyndhurst: niedergeschlagen, in einem geliehenen, etwas zu großen schwarzen Anzug – einer von Franks, der mit jedem Jahr ein bisschen rundlicher wurde. Nathaniel hatte zusammen mit ihrem Vater, ihren Brüdern, Antoinettes Bruder und einem Cousin, der eingesprungen war, um eine Lücke zu füllen, den Sarg getragen. Maude hatte zugesehen, wie er seine Aufgabe mit der gebotenen Würde und Ernsthaftigkeit ausführte, während sie sich fragte, ob sie wirklich um ihre Mutter trauerte. Antoinettes letztes Jahr war von wachsender Teilnahmslosigkeit geprägt gewesen. Im Juli hatte sie sich mit einer Erkältung ins Bett gelegt und sich seither nicht mehr erholt. Ihre Krankheit war rätselhaft gewesen – fünf verschiedene Ärzte stellten einer nach dem anderen ihre Diagnosen von Hysterie bis zu Wassersucht, von Anämie bis zu einem Tumor. Sie versuchten alles, um sie zu heilen – von Blutegeln und Fleischbrühe bis hin zu Zistrosen-Tinktur und dem Bad in vulkanischen Quellen, alles ohne Erfolg. Der dritte Arzt nahm Maude, kurz bevor man ihn entließ, zur Seite und sagte: *Miss Vickery, ich fürchte, Ihre Mutter wird nicht gesund werden, wenn sie es nicht wirklich will.* Als sie ihrem Vater davon erzählte, war er wütend gewesen. Dass er so sehr unter dem Verfall seiner Frau litt, konnte Maude am schwersten ertragen.

Im Stillen gab sie dem Arzt recht. Antoinette lag unter Spitzenwäsche und Daunendecke und schien geradezu in sich zusammenzufallen – mit jedem Tag tiefer in die Kissen zu sinken. Sie roch intensiv nach Rosenwasser, Riechsalz und abgestandenem Atem. Maude verbrachte Monate mit ihr zu Hause, las ihr vor, brachte ihr dieses und jenes und leistete ihr pflichtbewusst Gesellschaft, wie sie es immer getan hatte. Dabei litt sie derart darunter, dass sie ihr eigenes Leben und ihre Reisen zurückstellen musste, dass sie diesen Teil bewusst von sich abspaltete, um nicht verrückt zu werden. Zunächst las sie ihrer Mutter die Romane und Gedichte vor, die diese am liebsten mochte. Antoinette zeigte jedoch kaum Zeichen von Freude, sodass Maude schließlich zu Historien und Altphilologischem wechselte. Oft begann sie, laut vorzulesen, merkte jedoch nach einiger Zeit, dass sie nur noch für sich las, ohne dass sie zu sagen wusste, wann sie verstummt war. Doch wenn sie schuldbewusst aufsah, hatte ihre Mutter den Blick im Allgemeinen ins Leere gerichtet und schien es nicht bemerkt zu haben. Antoinettes Haut wurde durchscheinend und nahm die blasse, wässerige Beschaffenheit an, die ihre Augen von jeher gehabt hatten. Ihre Hände lagen schlaff auf der Bettdecke, die Nägel zartrosa, wie von der Strömung abgeschliffene Muscheln. Manchmal, wenn Maude den Mund öffnete, um zu fragen, ob ihre Mutter etwas brauchte, ob sie etwas für sie tun könne, wollten dieser die Worte einfach nicht über die Lippen kommen. So saßen sie einen Großteil der Zeit schweigend beieinander.

Es war Maude, die feststellte, dass Antoinette gestorben war, nachdem die Dienerin, die bei ihr Feuer gemacht und die Vorhänge geöffnet hatte, angenommen hatte, dass ihre Herrin noch schliefe. Als Maude sich auf den muffigen Geruch im Krankenzimmer vorbereitete und schließlich eintrat, merkte sie es sofort. Die Atmosphäre im Raum hatte sich kaum spürbar verändert – sie vermochte nicht zu sagen, ob sie es daran gemerkt hatte, dass Atem und Herzschlag ihrer Mutter fehlten, die sie zuvor unbewusst wahrgenommen hatte, oder daran, dass es deutlich zu still war. Sie wusste jedoch sofort, dass sie der einzige lebende Mensch in diesem Zimmer war. Maudes Gruß erstarb ihr auf den Lippen, und sie hielt einen Augenblick inne und ließ die Erkenntnis wirken. Sie war ganz ruhig und fühlte sich seltsam von ihren Gefühlen abgeschnitten. Schließlich trat sie auf die dunkle Seite des Bettes. Antoinettes Haar lag glatt auf dem Kopfkissen, ein paar aufgedrehte Locken bedeckten ihre Stirn. Die Augen waren geschlossen. Maude bemerkte zum ersten Mal, wie lang und schön die Wimpern ihrer Mutter waren, tiefgolden vor ihren violetten Lidern. Sie wartete eine Weile, um sich zu sammeln, bevor sie hinausging, um allen im Haus die Nachricht zu überbringen und ihrem Vater in London zu telegrafieren. Sie wartete, bis sich ordnungsgemäß das Gefühl der Trauer einstellte. Es beschämte sie, dass sie zugleich Erleichterung empfand.

Und als Maude ihrem Vater half, die Beerdigung zu planen, musste sie sich erneut darauf konzentrieren, ausschließlich die richtigen Gefühle zu empfinden. Sie musste die Freude und das Glück verdrängen, die sie verspürte, weil der Tod ihrer Mutter Nathaniel zurück nach England brachte. Frank und John trafen zuerst in Marsh House ein, begleitet von ihren Frauen und kleinen Kindern, die ihre Tante Maude vergötterten und auf ihr herumtollten, obwohl es ihr ein Rätsel war, was sie mit ihnen anstellen sollte. Sie liebte das Gefühl der kleinen klebrigen Patschhände, die Wärme ihrer Körper, wenn sie auf ihrem Schoß saßen, und dass sie stets nach Zucker und Matsch zu riechen schienen. Das Ticken der Uhr, unter dem sie in ihrer Kindheit gelitten hatte, verfolgte Maude noch immer, darum genoss sie das Schreien der Kinder, ihr Kreischen und Lachen, das die Stille in Marsh House zerschmetterte. Und dann traf Nathaniel ein, schmal und erschöpft, mit sonnengebräunter Haut und schmutzigen Fingernägeln. Maudes Herz schlug ihr bis zum Hals, sodass sie ihn kaum begrüßen konnte. Er missdeutete ihr Stammeln als Kummer und schloss sie fest in die Arme. Als er nur wenige Tage nach der Beerdigung wieder fuhr, packte auch Maude ihre Taschen. Sie litt zwar darunter, ihren Vater zu verlassen, obwohl er immer und immer wieder beteuerte, dass sie ihren Plänen folgen müsse. Maude konnte es jedoch schlichtweg nicht ertragen, von Nathaniel zurückgelassen zu werden. Nur das Reisen würde es ihr erträglich machen.

Maude schrieb den Brief nicht zu Ende und hoffte, am nächsten Tag Dinge zu erleben, mit denen sie die Seiten füllen konnte. Sie wusste ganz genau, dass es die Ungeheuerlichkeit ihrer Gefühle war, für die sie keine Worte fand und die sie am Schreiben hinderte. Die Laken und Decken lasteten schwer auf ihr, schienen sie jedoch nicht zu wärmen. Maude lag stundenlang wach, da sie vor Kälte nicht einschlafen konnte. Auf ihrer derzeitigen Reise hatte sie viele solcher Nächte verbracht, und sie wusste, wie sehr ihre Gedanken und ihre Stimmung am nächsten Tag darunter litten. Sie hatte sich angewöhnt, mit starkem Kaffee dagegen anzukämpfen und, wenn das Zittern zu stark wurde, schnellen Schrittes neben ihrem Pferd herzulaufen, bis die Wärme in ihren Blutkreislauf zurückkehrte. Wenn sie das tat, grämten sich Haroun und die anderen Bediensteten. Sie mochten es nicht, über ihr zu thronen, wollten aber auch nicht zu Fuß gehen.

An den meisten Orten, die sie im Orient bereiste, wurde sie mit einer Mischung aus höflichem Respekt und Irritation begrüßt – diese fremde Frau, so klein und so jung sie war, führte schon ein Gefolge an, das einem Würdenträger alle Ehre gemacht hätte. Einige Scheichs waren argwöhnisch, hießen sie nicht willkommen und hielten sie für eine verruchte Person. Oder gar für eine Spionin. Doch mit Schmeicheleien in fließendem Arabisch und Empfehlungsschreiben vom britischen Konsulat oder der jeweiligen Regierung gelang es ihr immer wieder, zu ihnen vorzudringen oder sie zu meiden. Mithilfe von ein paar Freunden ihres Vaters, wie Nathaniel ihr einst vorgeworfen hatte, wurde sie von Konsulat zu Außenposten zu Konsulat weitergereicht. Irgendwie hatte sie das Gefühl, dass Nathan nicht begriff, wie viel Geschick es erforderte, mit den Anführern vor Ort wie auch mit den Briten zu verhandeln: Sie waren alle entweder gegen ihre Reise eingestellt oder verstanden nicht, warum sie sie unternahm. Nachdem ihre Mutter tot war, bedrängte man sie nicht mehr zu heiraten, sodass sie immerhin darüber nicht mehr diskutieren musste.

Sie erreichten die Stadt am Mittag des nächsten Tages und gönnten sich eine Pause, während die Bediensteten die Suks nach Lebensmitteln durchforsteten und Maude mit dem Gouverneur zu Mittag aß – eine langwierige förmliche Angelegenheit, bei der die Zeremonie und der Austausch von Höflichkeiten noch schlimmer waren als das fettige Hammelfleisch und der fade Reis. Immerhin erhielt sie die Erlaubnis, zu den Ruinen im antiken Palmyra weiterzureisen – ihrem letzten Ziel, auch wenn einer der Männer des Gouverneurs sie dabei begleiten musste. Sie verabscheute Habibs Gegenwart, doch derlei Bedingungen waren häufig ein notwendiges Übel. Als es erneut zu regnen begann, hüllte er sich unglücklich in seine Decke und stieß einen steten Strom an Klagen und Beleidigungen aus. Vermutlich wusste er nicht, dass Maude ihn verstand. Zufrieden lächelte sie in sich hinein. Die Wochen auf der Straße hatten sie widerstandsfähig gemacht – sie fühlte die Kälte und den Schlafmangel, aber sie ließ sich nicht davon unterkriegen. In dieser Hinsicht half ihr der ungewollte Begleiter sogar – auf keinen Fall würde sie vor ihm eine Schwäche eingestehen.

»Ich glaube, der charmante Habib wünscht sich, er wäre zu Hause im Bett bei seiner Frau«, bemerkte sie Haroun gegenüber, der neben ihr herritt.

»Ich glaube, seine Frau ist froh, dass er bei uns ist«, erwiderte Haroun trocken, und Maude lachte.

Am Ende des Tages, als sie ihr Lager aufschlugen, wandte sie sich in liebreizendem Ton an Habib und sagte in fließendem Arabisch, sie hoffe, er habe den Ritt genossen. Sie amüsierte sich, als er zunächst höflich zu lügen versuchte und dann zunehmend verlegener wurde, da er begriff, dass sie mitbekommen hatte, wie er den ganzen Tag über vor sich hin geschimpft hatte. Sie ging in ihr Zelt, um die Tasse Tee zu trinken und die Kekse zu essen, die Haroun ihr gebracht hatte. Dabei genoss sie das befriedigende Gefühl, Habib gezeigt zu haben, dass er sie unterschätzt hatte.

Die Ruinenstadt lag auf einer langen flachen Anhöhe, an deren Hängen ein Teppich aus winzigen gelben und weißen Blumen wuchs. Sie schienen von der Wärme und dem Sonnenschein zu künden, die bald zurückkehren würden. Die Laune aller hob sich beträchtlich, sogar Habib rieb sich zufrieden die Hände, als hätten sie es allein ihm zu verdanken, dass sie sicher hierhergefunden hatten. Maude blieb vier Tage vor Ort und erstellte sorgfältige Pläne, Karten und Aufrisse der Ruinen und ihrer Lage. Ihr libanesischer Koch nutzte die zusätzliche Zeit, um in diesen Tagen köstliche, langsam gegarte Eintöpfe und Braten zuzubereiten.

Habib aß unmäßig viel und mehr, als ihm zustand, sodass Maude am Abend vor ihrer Abreise kurz ein Wort mit Haroun wechselte und sie zwei Stunden vor der vereinbarten Zeit heimlich zusammenpackten und in der Kälte vor dem Morgengrauen ohne Habib aufbrachen. Im Laufe des Vormittags holte er sie ein, sein Pferd schäumte vor Anstrengung, sein Gepäck war in Unordnung, und auf seinem Gesicht lag ein Ausdruck von Wut und Panik.

Am Nachmittag zitterte Maude, allerdings nicht vor Kälte. Das Zittern schien von innen in ihr aufzusteigen; ihr Kopf schmerzte, und sie fühlte sich schwach. Sie ritt weiter, ohne ein Wort zu sagen, legte sich jedoch hin, kaum dass ihr Zelt aufgestellt war, und sank auf der Stelle in einen erschöpften Schlaf. Haroun kannte die Anzeichen – Maude hatte schon zuvor Fieber, Erkältungen und kurze, heftige Anfälle von Ruhr durchlitten. Sie ließen sie schlafen und ihren Zorn, sie nicht geweckt zu haben, über sich ergehen, als sie erst am nächsten Mittag erwachte. Sie ritt den ganzen Nachmittag hindurch, ohne dass Haroun sie davon abhalten konnte. Zusammengekauert saß sie auf ihrem Pferd und litt stumm vor sich hin, ohne die Landschaft um sich herum wahrzunehmen. Sie befand sich in einer Art Delirium und konnte keinen klaren Gedanken fassen, allein der unbändige Wille voranzukommen hielt sie im Sattel. Sie schlief den ganzen nächsten Tag und fühlte sich am darauffolgenden Morgen deutlich kräftiger. Als sie die Suppe löffelte, zitterten ihre Hände wieder, und Haroun blieb ängstlich in ihrer Nähe. Bald jedoch war sie wieder ganz genesen, und Haroun freute sich aufrichtig. Selbst Habib schien erleichtert zu sein – womöglich hätte er Schwierigkeiten bekommen, wenn sie in seiner Obhut gestorben wäre. So trafen sie etwas verspätet im britischen Konsulat in Damaskus ein, wo man ihren mageren Körper und ihre Blässe beklagte. Maude beteuerte, dass lediglich der Fieberanfall daran schuld sei, nicht die Strapazen der Reise, die ihr überhaupt nichts ausmachten, wie sie nachdrücklich betonte.

Der britische Konsul, der, wie es der Zufall wollte, tatsächlich ein Freund von Elias Vickery war, lud anlässlich der letzten Tage, die Maude in Syrien verbrachte, diverse Mitglieder der britischen Gesellschaft zu einem Abendessen ein. Vier Monate war Maude nicht in England gewesen, und sie sehnte sich danach, ihren Vater zu sehen und ihre Nichten und Neffen. Sie freute sich darauf, in einem Sessel am warmen Feuer zu sitzen, den Bauch voll gebratenem Lamm und Kartoffeln. Eine Weile würde sie den Frieden und die Zurückgezogenheit des Schreibens genießen – sie hatte mit ihrem Verleger bereits einen bescheidenen Vorschuss für das Buch ausgehandelt, das sie über diese Reise schreiben würde. Zu der Sehnsucht nach daheim gesellte sich bei ihrer Rückkehr normalerweise sogleich der Wunsch, erneut zu reisen. Manchmal dachte sie darüber nach, dass ihre Sehnsucht niemals nachließ. Dass sie nie befriedigt wurde, sondern lediglich ihren Fokus verlagerte, je nachdem, wo sie sich gerade befand und mit wem sie zusammen war. Als würde sie nie den wahren Ursprung ihrer Sehnsucht finden.

Am Abend des offiziellen Essens zog Maude das beste Kleid an, das sie bei sich hatte, legte sich die mehrreihige Perlenkette ihrer Mutter um den Hals und steckte sich mithilfe von einem der Dienstmädchen das Haar hoch – wenn es die Gelegenheit erlaubte, türmte sie es so hoch auf wie nur möglich, damit es sie ein kleines bisschen größer machte. Die zierlichen Schuhe mit den Absätzen, das enge Korsett und die Nadeln, die ihre Frisur hielten – all das fühlte sich nach der weiten praktischen Kleidung, die sie unterwegs getragen hatte, unangenehm eng an. Sie tat ihr Bestes, nicht zu zappeln, und war froh über ihre Seidenhandschuhe, die ihre abgebrochenen Fingernägel verbargen. Der Konsul, ein großer, schlanker Mann, dessen Schnurrbart an eine Stiefelbürste erinnerte, begleitete Maude strahlend in den Saal.

»Was ist geschehen, Sir Arthur?«, fragte sie. »Sie wirken so selbstzufrieden.« Sie stellte fest, dass sie sich Männern gegenüber einen speziellen Tonfall angewöhnt hatte. Er ließ sie um einiges selbstsicherer klingen, als sie sich zumeist fühlte, und enthielt einen ironischen Unterton, von dem sie hoffte, dass er nicht auf eine beginnende Bitterkeit hindeutete. Der Tonfall rührte daher, dass man sie als Frau – und als zierliches Wesen hinzu – ständig von oben herab behandelte. Ihr Ton veranlasste die Männer, auf Augenhöhe mit ihr zu sprechen, doch Sir Arthur Symondsbury schien ihn ärgerlicherweise nicht zu beachten und behandelte sie mit der milden Nachsichtigkeit eines freundlichen Patenonkels. Er tätschelte ihre Hand auf seinem Arm und strahlte nur noch mehr.

»Das ist nur einem kleinen Plan von mir geschuldet, der erfreulicherweise heute Abend aufgeht«, sagte er selbstgefällig.

»Und werden Sie ihn mir verraten?«, fragte Maude etwas ungeduldig, bis sie Nathaniel in einem makellosen Smoking am anderen Ende des Saals entdeckte, der an einer Champagnerschale nippte. Sir Arthur tätschelte erneut ihre Hand, dann löste er sie von seinem Arm.

»Na dann, meine Liebe«, sagte er. »Sie können mir später sagen, wie geschickt ich vorgegangen bin, dass es mir gelungen ist, Ihren lieben Stiefbruder heute Abend herzuschaffen.«

Maude starrte Nathaniel unwillkürlich an. Er war dünner, als sie ihn je zuvor gesehen hatte. Die Wangen wirkten eingefallen, und das Jackett hing ihm lose um die knochigen Schultern. Vor Freude und Verwirrung stieg ihr die Röte ins Gesicht, begleitet von der Angst und der Sorge um ihn, die sein Anblick in ihr auslösten.

»Grundgütiger, was um alles in der Welt ist denn mit dir passiert, Nathan? Du siehst ja furchtbar aus!«, sagte sie, während sie sich begrüßten, und erschrak, wie gekünstelt sie klang, so aufgeblasen, gar nicht so, wie sie sich fühlte. Er grinste sie schief an und beugte sich hinunter, um sie auf die Wange zu küssen.

»Liebe Maude, bei dir fühlt man sich immer gleich viel besser«, sagte er. »Ich hatte Malaria, ist das nicht ärgerlich? Man hat mir erklärt, dass sie für den Rest meines Lebens kommen und gehen wird – man kann nichts dagegen tun, man muss es einfach ertragen, heißt es. Die Anfälle werden mit der Zeit allerdings seltener.«

»Oh, Nathan! Wie leichtsinnig von dir! Hättest du dir nicht etwas Einfacheres einfangen können, so etwas wie Sumpffieber, das ich mir ständig einhandele?«, sagte Maude und plapperte weiter, um die Panik zu überspielen, die sie bei dem Gedanken ergriff, dass er erkrankte und womöglich sterben könnte.

»Was soll ich dazu sagen?«, sagte Nathaniel. »Du warst schon immer die Schlauere von uns beiden.«

»Das ist vielleicht ein Schock, dich hier zu sehen – aber ein schöner natürlich. Ich dachte, du seist in Afrika – ich habe dir gerade einen Brief dorthin geschickt. Jetzt erzähle ich dir alles, was drinsteht, und wenn du zurückkommst, hast du den langweiligsten Brief der Welt, obwohl es mich Stunden gekostet hat, ihn zu schreiben.«

»Ich werde ihn trotzdem gern lesen. Ich lese immer gern Briefe von dir.«

»Ach ja?« Sie blickte durch den Saal und schämte sich für ihre dumme Frage.

»Man hat darauf bestanden, mich zur Erholung diesmal an einen kühlen Ort zu schicken. Die haben mir England vorgeschlagen. Ich hatte gehofft, mich in die Wüste schleichen zu können, bevor ich zurückkehren muss, und natürlich, dich hier zu erwischen. Komm, nimm dir ein Glas und erzähl. Ich brenne darauf, alles bis ins kleinste Detail von dir zu erfahren.«

Maude berichtete ihm von allem, was sie gesehen, getan und gelernt hatte, und er hörte aufmerksam zu und erzählte ihr im Gegenzug von der Landschaft, die er in Afrika durchquert hatte, und von Zusammenstößen, die er beinahe mit sudanesischen Stammesangehörigen gehabt hätte. Seine Reisen wurden von der Regierung finanziert, man erhoffte sich davon

Informationen über die Wasserquellen, die Fruchtbarkeit des Bodens, Getreideschädlinge und Pilze.

»Die sind wütend wegen der Heuschrecken. Sie wollen unbedingt wissen, woher die Schwärme kommen und wo sie brüten. Sie scheinen einfach aus dem Nichts aufzutauchen, weißt du? Das ist alles äußerst biblisch«, sagte er.

»Und es ist dir nicht gelungen, es herauszufinden?«

»Noch nicht. Man überlegt, mich woanders hinzuschicken, um weitere Nachforschungen anzustellen. Nach Arabien.« Nathaniel lächelte, und Maude sah ihn erstaunt an.

»Aber ... da will ich als Nächstes hinreisen!« Es folgte ein Augenblick der Stille, ein Herzschlag, in dem die Bedeutung dieser Aussage erwogen wurde.

»Gemeinsam zu reisen wäre kompliziert, da ich eine offizielle Mission habe und über alles Bericht erstatten muss«, sagte er.

»Aber nicht unmöglich«, entgegnete Maude. Sie versuchte, ihre Stimme zu beherrschen, wobei sich ihre wachsende Aufregung als hinderlich erwies. Sie wollte aufspringen und die Arme um Nathan schlingen. Sie wollte ihn packen und ihm das Versprechen abringen, dass es wahr würde – dass sie zum ersten Mal seit Ägypten wieder zusammen reisen würden. Zum ersten Mal, seitdem sie denselben Felsen erklommen hatten, um in derselben andächtigen Stille den Sonnenaufgang zu betrachten. »Ich habe überlegt, im Westen zu beginnen, vielleicht in Jeddah, und dann entlang der Weihrauchroute weiter gen Süden zu reisen, um herauszufinden, ob ich auf dem Weg nach Marib irgendwelche Ruinen der Sabäer entdecke. Natürlich ist vorher noch eine Menge zu regeln. Ich muss mich bei dem einschmeicheln, der derzeit das Sagen dort hat, und vor Ort Diener und Führer anheuern – für meinen lieben Haroun ist es zu weit ... Obwohl, vielleicht auch nicht. Er hat immer gesagt, er würde mir überallhin folgen, um mir zu dienen ...«

»Nun, ich muss abwarten, wann und wohin man mich schickt«, entgegnete Nathaniel ein wenig steif. »Das ist ein bisschen anders, wenn man seinen Lebensunterhalt selbst verdienen muss.«

Maude hörte den Vorwurf und schwieg eine Weile. Vor Jahren hatte sie Nathaniel einmal angeboten, für seine Kosten aufzukommen, damit er mit ihr reisen konnte. Nach einer knappen schmallippigen Antwort, dass er nicht zu ihrem Personal gehöre und nicht länger auf die Unterstützung der Vickerys angewiesen sei, hütete sie sich davor, ihm dieses Angebot ein zweites Mal zu unterbreiten. Sie wusste, dass sie seinen Lebensunterhalt bestreiten könnte, ohne Groll, ohne Ansprüche an ihn zu stellen oder sich ihm überlegen zu fühlen – schließlich hatte sie selbst nichts getan, womit sie das Geld verdiente –, doch anscheinend war das Nathaniel nicht möglich, und somit war das Thema erledigt. Er trank einen großen Schluck Champagner, lächelte und stupste sie mit dem Ellenbogen an. »Schau nicht so mürrisch, Mo. Du wirst dorthin kommen und ich irgendwann auch«, sagte er.

»Ja. Aber lass uns versuchen, gemeinsam zu reisen, ja? Denk einfach daran. Informiere mich über deine Pläne, wenn du mehr weißt.«

»Ich dachte, du würdest lieber allein reisen? Du wärst ein einsamer Pionier, der nicht gern mit jemandem zusammen reist, noch nicht einmal mit deinem geliebten Vater?«

»Ich will ja auch nicht mit *irgend*jemandem reisen.« Die Worte waren ihr einfach so herausgerutscht, und sie errötete wieder. Nathaniel lächelte.

»Liebe Maude, wir verstehen uns gut. Es wird nur nicht ganz unkompliziert werden.« Er richtete den Blick einen

Augenblick in die Ferne. »Wie geht es dir? Ich meine, seit dem Verlust von Antoinette?«

»Ach ... ganz gut. Den Umständen entsprechend«, sagte sie. Die Frage war ihr unangenehm.

Sie war vor langer Zeit zu dem Schluss gekommen, dass ihre Mutter ihr gegenüber vor allem Gleichgültigkeit empfand. »Zumindest vermisse ich ihre Briefe nicht – die Verwünschungen, die ich zweimal im Monat erhalten habe, in denen sie mich aufforderte, nach England zurückzukehren und zu heiraten, als gäbe es nur eine Form zu leben.«

»Dann bestehst du noch immer darauf, dass du es nie tun wirst? Heiraten, meine ich?«

Um Zeit zu gewinnen, nahm Maude einen Schluck von ihrem Drink, denn ihr Herz flatterte wie ein aufgescheuchter Vogel, als sie das Wort *Heiraten* von seinen Lippen hörte. Für einen flüchtigen, wundervollen Moment fragte sie sich, ob er sie aushorchte, ob er vorhatte, ihr irgendwann einen Antrag zu machen. Ihr Hals war so trocken, dass der Champagner ihn zusätzlich reizte und sie husten musste. Sie wagte nicht, ihn anzusehen, und betrachtete stattdessen den Rand ihres Glases. Mit den Fingerspitzen entfernte sie einen imaginären Krümel. Ihr war klar, dass sie sich nichts sehnlicher wünschte. Sie wollte ihm gehören. Sie wollte Kinder mit ihm haben, obwohl sie die Einschränkungen fürchtete, die eine junge Familie möglicherweise bedeutete. Wenn er sie heiratete, würde ihm natürlich ihr Anteil am Vermögen der Vickerys gehören, und er wäre alle seine Sorgen los. Sie hoffte, dass er daran gedacht hatte, denn sie durfte es ihrerseits auf keinen Fall erwähnen.

»Ach, ich weiß nicht«, sagte sie, und zu ihrer eigenen Überraschung klang ihre Stimme ruhig, fast gleichgültig. »Ich denke nicht viel darüber nach. Wahrscheinlich, weil ich mir nicht vorstellen kann, welcher Mann mich zur Frau haben wollte.«

»Unsinn. Jeder Mann würde sich glücklich schätzen, dich zu bekommen«, sagte Nathaniel. »Du bist mutig und klug und treu und stets ehrlich.« Nachdenklich betrachtete er einen Augenblick sein eigenes Glas, und Maude registrierte, dass er nicht *schön* gesagt hatte.

»Du bist sehr nett«, sagte sie, »aber ich bezweifle, dass viele Männer Klugheit oder Mut als weibliche Tugenden ansehen.«

»Nun, selbst schuld«, sagte er. Maude wandte erneut den Blick ab, um ihre Verlegenheit zu überspielen.

Unwillentlich schossen ihr die Worte *alte Jungfer* durch den Kopf. Das war die größte Angst ihrer Mutter gewesen, obwohl Maude bei deren Tod gerade erst dreiundzwanzig geworden war. Vielleicht hatte Antoinette die Wahrheit geahnt – wenn ihre Tochter nicht Nathaniel Elliot haben konnte, würde sie niemanden heiraten. Maude stellte sich ihr Leben im Alter als unverheiratete Tante vor – wie Nichten und Neffen ihr gelangweilt Anstandsbesuche abstatteten, sie in einem leeren Haus, mit einer tickenden Uhr, die sie nicht loswurde. Aber lieber das, entschied sie, als mit einem anderen Ehemann als Nathaniel zu Hause angebunden zu sein, in einer konventionellen Ehe gefangen. Lieber blieb sie allein und reiste, als nicht zu reisen. Aber das Beste von allem wäre, mit Nathaniel zu reisen. In diesem speziellen Augenblick ließ sie diese Hoffnung zu. Er war von weit her gekommen, um sie zu sehen, wie sie bemerkte. Während ihr Herz noch immer so laut schlug, dass sie es hören konnte, blickte Maude auf und lächelte.

»Und du, Nathan? Willst du keine Ehefrau und ein Haus voller Kinder?«, neckte sie ihn. Nathaniel zuckte mit den Schultern.

»Doch, sehr gern. Eigentlich ... Nun ja, ich bin gekommen, weil ich es dir persönlich sagen wollte. Ich habe mich verlobt – mit einem bezaubernden Mädchen. Sie heißt Faye March, wir haben uns in Kairo kennengelernt ...« Seine Stimme erstarb, und trotz des Schocks begriff Maude, dass er es *wusste* – er wusste, was sie für ihn empfand und wie sie seine Nachricht treffen würde. Sie konnte nicht ergründen, warum er dachte, es sei besser, es ihr persönlich zu sagen. Hätte er es ihr in einem Brief mitgeteilt, hätte sie ihren Schmerz wenigstens herausschreien können, irgendwo, völlig unbeobachtet. Stattdessen musste sie sich bei einem offiziellen Abendessen, bei dem diverse Fragen nach Faye March gestellt und beantwortet wurden, zusammenreißen, während sie das Gefühl hatte, man habe in ihre Brust ein riesiges Loch gerissen, durch das unkontrolliert ihre Seele entwich.

In jener Nacht, als sie endlich Schlaf fand, träumte Maude von der Wüste. Sie träumte von der Stille und davon, wie sich alles verlangsamte, sodass es schien, als könnte sie die Vergangenheit und die Zukunft greifen und wäre frei. Sie träumte von der Heiterkeit, die nichts – keine Einsamkeit, keine Liebe und kein in ihre Brust gerissenes Loch – stören konnte, und wachte schluchzend auf, weil ihr das Leben ohne dieses Gefühl von Unabhängigkeit und Leichtigkeit plötzlich unerträglich schien. Zum ersten Mal in ihrem Leben konnte sie die Vorstellung, in Nathaniels Nähe zu sein, nicht ertragen und brach überstürzt auf. In der Hoffnung, dass der Schmerz nachließe, sobald sie zu Hause war, bestieg sie eine Woche früher als geplant das Schiff von Haifa nach Southampton, blieb die ganze Zeit über in ihrer Kabine, reiste weiter nach Marsh House und stellte sofort fest, dass sie sich geirrt hatte. Nichts konnte ihren Schmerz lindern. *Maude ist stärker als ihr alle zusammen*, hatte ihr Vater einst zu ihren beiden Brüdern gesagt. Sie versuchte, sich daran zu erinnern, wie es sich anfühlte, stark zu sein, aber sie fühlte sich nur schwach, ungeliebt und voller Schmerz.

Nicht einmal die offensichtliche Enttäuschung ihres Vaters darüber, dass nichts sie zu Hause halten konnte, ließ sie an ihrer Entscheidung zweifeln. Nichts konnte sie dazu bewegen, in Marsh House zu bleiben, aus dem überall Nathaniel Elliot und die tickende Uhr widerhallten und sie daran erinnerten, dass sie erneut zurückgelassen worden war. Dass sie immer zurückgelassen werden würde. Sie blieb nur eine Woche, dann reiste sie in ein Hotel nach Konstantinopel, wo sie versuchte, ihr Buch zu schreiben. Sie hatte das Gefühl, an einem Ort sein zu müssen, wo weder sie noch Nathaniel je zuvor gewesen war – ein Ort frei von Erinnerungen an ihn oder an sie beide. Man lud sie wiederholt zum Abendessen in die Botschaft und in die Häuser anderer Briten ein. Sie schloss einige Freundschaften, obwohl sie den Frauen im Allgemeinen zu hart war, zu direkt. Marcus Whittington, der älteste Sohn eines britischen Reederei-Magnaten, schien an ihren Lippen zu hängen, lauschte ihr mit offenem Mund und verfügte über einen unerschöpflichen Vorrat an Fragen. Zunächst verwirrte sie das, bis seine Schwester eine spitze Bemerkung machte und Marcus die Röte in die Wangen schoss. Trotz ihres Wohlstands hatte Maude nie zuvor einen Verehrer gehabt. Sie war zu klein, zu unscheinbar, zu schroff. Marcus war ein Jahr jünger als sie, ein Wissenschaftler, der sich mit dem Byzantinischen Reich beschäftigte und darüber sein erstes Buch schrieb. Er war nicht allzu groß und auch nicht allzu lebhaft – Elias Vickery hätte ihn als *blass* beschrieben. Aber er war überaus klug, nett und ausgeglichen, bereit, mit ihr zu reisen, aber auch, sie allein zu lassen – im Grunde war er gewillt, allem zuzustimmen, was sie dazu veranlassen würde, seinen Antrag anzunehmen.

Maude versuchte, sich selbst gut zuzureden. Was Ehemänner anging, würde sie wohl kaum einen passenderen finden. Er besaß jede Menge eigenes Geld, und er vergötterte sie. Elias schrieb ihr, dass ihre Mutter dem zugestimmt hätte – was seine Art war, sie sanft zu ermuntern. Im Grunde seines Herzens war Elias Vickery davon überzeugt, dass eine Frau heiraten sollte. Aber Maude spürte, wie sie sich in ihr Innerstes zurückzog, wenn sie merkte, wie stark Marcus' Gefühle für sie waren. Sie wusste, dass sein Glück langsam, aber sicher vergehen würde – es würde in der Weite ihres hohlen Inneren ersterben, anstatt dort auf ein Echo zu stoßen, größer zu werden und sich zu vertiefen. Sie wies ihn mit knappen Worten ab, die von ihrer Verzweiflung herrührten – seinetwegen, ihretwegen. Marcus zitterte, als er sie verließ, vergoss jedoch keine Tränen, und Maude wusste seine Selbstbeherrschung zu schätzen. Ihre eigene war inzwischen eisern, und sie wertschätzte sie bei anderen Menschen. *Marcus ist charmant*, schrieb sie ihrem Vater, *aber in anderen wesentlichen Aspekten mir insgesamt zu ähnlich.*

Sie verließ Konstantinopel bald darauf, um eine Wohnung in Rom zu beziehen, in der die Mücken sie bei lebendigem Leib verspeisten, die jedoch auf das Forum Romanum blickte. Sie sehnte sich nach daheim – nach der Vorstellung von einem Zuhause und dem Trost und der Freude, die es ihr einst beschert hatte. Irgendwann war Nathaniel unbemerkt zu ihrem Zuhause geworden, und da sie ihn nicht haben konnte, war sie nun staatenlos, ohne Heimat, ohne Ziel. Sie konnte nirgendwohin, sie konnte nichts tun, um Frieden zu finden. Sie konnte immer nur weiterreisen, alles hinter sich lassen und weiterhin unberührte Orte aufsuchen. Orte ohne Widerhall.

Allmählich wurde ihr klar, dass sie seit Oxford nichts anderes getan hatte – sie war ihm weder gefolgt noch vor ihm geflohen. Ohne darüber nachzudenken, war sie ständig unterwegs gewesen, weil es das Einzige war, was sie tun konnte.

Maskat, Dezember 1958

Nach ihrem Ausflug ins Öl-Camp wurde Joan von innerer Unruhe getrieben, als gäbe es etwas Wichtiges, das sie tun sollte, und wäre zu spät damit dran. Es hatte mit dem Gefühl während des Flugs zu tun – dem Aufstieg des Flugzeugs, dem unter ihnen hinwegrasenden Boden, der sich immer weiter entfernte, sodass alles winzig und unbedeutend wirkte. Es hatte mit ihrem Erlebnis in der Wüste zu tun. Als sie dort allein gestanden und zu den Dünen geblickt hatte, die sie nicht sehen konnte, hatte sie genau dasselbe empfunden – diesen Rausch, diesen Aufschwung, die angenehme Loslösung von erdverbundenen Dingen. Es hatte mit der Erinnerung an Charlies Kuss zu tun, der so aufregend anders gewesen war als die Küsse von Rory. Wenn sie daran dachte, sank ihr der Magen in die Kniekehlen, und sie wusste nicht zu sagen, warum – ob es Angst vor der Sünde, Angst vor dem Betrügen oder Leidenschaft war. Sie überlegte, ob sie erneut mit Peter Sawyer sprechen und versuchen sollte, ihn dazu zu überreden, sie noch einmal mit nach Fahud zu nehmen. Doch sie wusste, dass es eine einmalige Sache gewesen war – ein Gefallen, den er Charlie getan hatte und der nicht wiederholt werden konnte. Sie wusste, dass sie etwas vor sich herschob, es schwebte quälend über ihr und war nicht zu greifen.

Joan hatte Rory gezwungenermaßen von dem Öl-Camp

erzählt, doch sie hatte sich bei den Einzelheiten auf ein Minimum beschränkt und ihm das Versprechen abgerungen, den Gibsons nichts zu sagen. Seither verhielt er sich eisig ihr gegenüber, und seine Worte hatten stets einen scharfen Unterton. Ständig ließ er sie ihr Fehlverhalten spüren, und Joan merkte, wie allmählich Ärger über diese Ungerechtigkeit in ihr erwachte. Schließlich hatte er viel schlimmere Dinge getan, ihr deutlich größere Lügen aufgetischt. Am zweiten Tag nach ihrer Rückkehr erhielt sie eine Nachricht von Charlie. Der junge Diener Amit brachte sie ihr, als sie mit Rory draußen Kaffee trank, und sie bemerkte Rorys Neugier, als sie sie öffnete. Es machte ihr ein schlechtes Gewissen, was sie zu verbergen versuchte. Sie redete sich ein, das sei lächerlich – es war nichts weiter als ein Kuss gewesen. *Ich bedaure, dass ich mich morgens nicht verabschiedet habe. Ich bedaure, dass Sie in der Nacht so davongelaufen sind – obwohl es ein sehr dramatischer Abgang war. Ich bedauere, dass ich Sie dazu gebracht habe. C. E.* Sie las die Nachricht ein zweites Mal, dann knüllte sie den Zettel in der Hand zusammen.

»Von wem ist das?«, erkundigte sich Rory. Joan zögerte, dann beschloss sie, ihn nicht anzulügen.

»Von Charlie Elliot.«

»Ach? Plant er deinen nächsten illegalen Ausflug?«, fragte Rory gereizt.

»Nein«, erwiderte Joan, so ruhig sie konnte. Sie hatte noch immer Angst, wie sie feststellte. Angst, dass Rory herausfinden könnte, was mit Charlie passiert war. Angst, dass der Sturm losbrach. Es war eine Sache, in Al-Dschalali einzudringen oder nach Fahud zu reisen. Es war eine andere, den Mut aufzubringen, *diese* Regeln zu brechen, den Mut aufzubringen, ihr Leben aufzubrechen, und sie wusste nicht, wie sie das anstellen sollte.

»Ist er etwa vernarrt in dich?«, fragte Rory finster.

»Ach, und wenn? Was würde das schon ausmachen?«, gab Joan zurück, worauf er nichts zu erwidern wusste.

»Du hättest nicht ohne mich weggehen dürfen. Und du hättest mir zumindest sagen müssen, was du vorhast«, beharrte er stur. »Was, wenn dir etwas zugestoßen wäre? Wir dürfen keine Geheimnisse voreinander haben, Joan.« Er klang so selbstgerecht, saß dermaßen hoch auf seinem Ross, dass Joans Ärger wuchs.

»Ach, tatsächlich, Rory? Überhaupt keine Geheimnisse?«, sagte sie. Die Frage oder vielleicht der Ton brachten ihn zum Schweigen.

Die Stimmung zwischen ihnen verbesserte sich auch bis zum Abendessen nicht, sodass es sogar Robert zu bemerken schien.

»Was habt ihr an Weihnachten vor?«, erkundigte er sich nach einer Weile, was Joan als subtilen Hinweis darauf verstand, dass sie Maskat bald verlassen würden, um nach Hause zu fahren. Als sie nicht gleich reagierte, antwortete Rory für sie beide und erzählte vom Weihnachtsessen mit Olive und den Nachbarn, den Hibbertses, und dass sie Silvester mit seinen Eltern in Wales verbringen würden, wo sie ein Cottage gemietet hätten. Ungläubig lauschte Joan diesen Plänen, denn plötzlich war ihr klar, dass nichts von alledem geschehen würde. Zugleich hatte sie keine Ahnung, wie sie das verhindern oder was stattdessen passieren sollte. Sie schwieg, ihr Mund war trocken. Es war, als wäre sie auf eine optische Täuschung hereingefallen. Sie beschlich das beunruhigende Gefühl, dass sie betrogen worden war, dass sie sich selbst betrogen hatte, und das bereits seit Jahren. Es fiel ihr zunehmend schwerer, nichts mit ihrem Wissen anzufangen. Es schien sich zu vergrößern und langsam zu groß zu werden, um es halten zu können. Sie hatte Charlies Nachricht zu einer Kugel zusammengeknüllt und weggeworfen. Später hatte sie sie wieder aus dem Papierkorb gefischt, sie glatt gestrichen und unter ihrer Ausgabe von *Ausgewählte Briefe von Maude V. Vickery* versteckt.

Nachdem sie gegessen hatten, war Joan zur Toilette gegangen, und als sie zurückkehrte, hörte sie, wie Rory und Robert leise miteinander sprachen.

»Ich glaube, sie macht sich nur große Sorgen um Daniel«, sagte Rory. Joan blieb vor der Tür stehen, um zu lauschen.

»Ja, ja, natürlich«, sagte Robert. »Das muss schwer für sie sein, nachdem kürzlich erst ihr Vater gestorben ist. Sie war sein Augapfel, wissen Sie.«

»Ja, ich weiß. Es hat sie hart getroffen, deutlich härter, als sie zugibt, glaube ich. Ich hoffe, Sie vergeben ihr, wenn sie manchmal ein wenig ... mürrisch wirkt.«

Als sie das vernahm, wallte Empörung in Joan auf.

»Also wirklich, Rory, ich kenne Joan schon seit ihrer Geburt, und ich würde ihr fast alles verzeihen, ohne dass man mich dazu auffordern muss.« Robert sprach in höflichem Ton, aber die Rüge war unmissverständlich. Joan hätte ihn am liebsten umarmt, dann wurde sie sofort traurig. Sie *machte* sich Sorgen um Daniel, und sie *vermisste* ihren Vater, aber in diesem Augenblick vermisste sie auch Rory. Sie vermisste das Gefühl, das er ihr immer gegeben hatte und das sie für ihn empfunden hatte. Vor zwei Wochen noch hätte sie sich niemals an der Tür herumgedrückt und sich gefreut, wenn man ihn tadelte. Sie ging hinauf in ihr Zimmer, ohne noch einmal zu den beiden zurückzukehren. Rory war so mit ihrem Leben verbunden, dass Joan nicht wusste, wie sie ein Leben ohne ihn führen sollte. Wenn sich zwischen ihnen etwas änderte, würde sich alles ändern. Dadurch fühlte sich der Boden unter ihren Füßen wackelig an. Sie erinnerte sich an ein ausgebombtes Haus im Krieg – eine Seite war fortgerissen worden, und das Haus stand offen da. Was einmal als sicherer, unerschütterlicher Schutzraum für seine Bewohner gedient hatte, erwies sich als zerbrechlich wie ein Puppenhaus – aus Papier, Staub und hauchdünnen Wänden.

Joan brannte darauf, mit Maude zu sprechen, und darauf, Salim erneut einen Besuch abzustatten. Als Abdullah ihr die Tür öffnete, empfing er sie mit einem ungewöhnlichen Gesichtsausdruck, der Erleichterung verheißen konnte.

»Sahib«, sagte er und neigte den Kopf. »Wir haben Ihre Besuche in den letzten Tagen vermisst.«

»Guten Tag, Abdullah. Wie geht es Ihnen?«, fragte sie, aber Abdullah machte sich nicht die Mühe zu antworten. Joan störte sich nicht länger daran, dass er nur in ausgewählten Momenten sprach. Als Joan im oberen Stockwerk ankam, schlenderte die Gazelle an das andere Ende des Zimmers. Maude erwachte aus einem Dämmerschlaf und brummte.

»Oh, gut. Wo sind Sie gewesen?«, fragte sie unverblümt und blinzelte wie eine Eule.

»Ich war hier und wollte Sie besuchen, aber ich wurde abgewiesen. Und dann habe ich ... einen kleinen Ausflug unternommen«, sagte Joan und lächelte angesichts der Neuigkeit, die sie zu berichten hatte. Maude musterte sie einen Augenblick.

»Einen Ausflug? Was ist passiert? Sie wirken verändert.«

»Eigentlich ist nichts *passiert*. Ich bin in der Wüste gewesen, Miss Vickery.« Sie lächelte. »Nur am Rand, wissen Sie. Ich bin zum Öl-Camp gereist, in der Nähe von Fahud.«

»*Sie* sind im Landesinneren gewesen?«, fragte Maude knapp, und Joan wollte sich schon verteidigen, bis sie Tränen des

Neids in den Augen der alten Frau bemerkte. Maude holte tief Luft. »Wie war es?«, fragte sie.

»Es war ... *wundervoll!*«

Joan trat zu ihr, kniete sich neben Maudes Rollstuhl und nahm ihre Hand. Maude nickte mit wissender Miene.

»Ja. Gut«, sagte sie. »Und jetzt?«

»Und jetzt ... jetzt will ich mehr als alles andere auf der Welt wieder dorthin zurück«, sagte Joan. »Es ist wie ... Es ist, als hätte ich nur die Hälfte der Geschichte gehört und wüsste nicht, wie sie ausgeht. Ich habe das Gefühl, dass ich es herausfinden muss.«

»Ja, ich weiß. Und es ist eine Geschichte, die niemals endet, verstehen Sie? Na, bitte«, sagte Maude. »Ich habe doch gleich bemerkt, dass Sie anders wirken. Die Wüste ist größer als alles andere, nicht wahr? Größer als alles, was man sich vorstellen kann.«

»Ja, ich glaube schon. Jedenfalls größer als die meisten Dinge. Ich wünschte nur, das Gefühl würde andauern«, sagte Joan sehnsüchtig. Maude grummelte in sich hinein und musterte Joan mit forschendem Blick.

»Ja, das kann ich mir denken, aber so scheint das nicht zu funktionieren. Man kann seine Probleme zwar nicht mit in die Wüste nehmen, aber leider erwarten sie einen, wenn man wieder zurückkehrt.« Joan starrte sie an und fragte sich, wie viel sie wusste.

»Was ... was wissen Sie über meine Probleme, Miss Vickery?«, fragte sie. Maude presste einen Augenblick die Lippen zusammen, als würde sie ihre Worte mit Bedacht wählen.

»Nun, es scheint mir ziemlich offensichtlich, dass Sie mit dem falschen Mann verlobt sind«, sagte sie. Joan hielt den Atem an. Jetzt war es heraus, es war real, und sie konnte es nicht länger ignorieren. Tränen verschleierten ihren Blick und trieben ihr die Hitze in die Wangen. Sie senkte den Kopf.

»Sie sind ihm nur ein einziges Mal begegnet und haben es gleich gesehen?«, fragte sie.

»Ich sehe es in *Ihnen*, dummes Mädchen, nicht in ihm. Was soll's – lieben Sie ihn? Liebt er Sie?«

»Ich habe ihn geliebt … Ich glaube, ich liebe ihn noch immer. Und … ich glaube, er liebt mich. Es ist nur … Ich glaube, meinen Bruder liebt er noch mehr. Ich glaube, er liebt Daniel mehr als mich.« Es war fast eine Erleichterung, es auszusprechen, obwohl es ihr umso klarer vor Augen führte, dass sich etwas ändern musste.

Maude räusperte sich und dachte einen Moment nach.

»Verstehe«, sagte sie. »Nun, wissen Sie, ich habe einige Ehen erlebt, die erfolgreich verliefen, obwohl der Bursche – und manchmal das Mädchen – andersherum war, wenn Sie den Ausdruck gestatten.« Joan blickte verblüfft zu ihr auf. »So haben beide Seiten die Freiheit zu tun, was sie wollen und mit wem sie wollen, verstehen Sie? Doch dann sollten alle Beteiligten über die Tatsachen Bescheid wissen, bevor man sich aneinander bindet. Und ich glaube, das ist hier nicht der Fall gewesen, richtig?«

»Nein«, brachte Joan hervor, sie war bis ins Mark erschüttert.

»Nein. Und erwidert Ihr Bruder … Rorys Gefühle?«

»Ich … ich weiß es nicht.« Joan dachte an den Kuss, den sie beobachtet hatte – die Leidenschaft, das Verlangen. Die Erinnerung deckte sich auf verwirrende Weise mit der Art, wie Charlie sie angefasst, sie geküsst hatte. »Ich glaube schon. Ja, ich glaube, das tut er.«

»Und Sie lieben Ihren Bruder und möchten sich nicht mit ihm entzweien?«

»Entzweien? Nein! Niemals!« Diese Möglichkeit war Joan gar nicht in den Sinn gekommen – sie hatte nur daran gedacht, was zwischen ihr und Rory war, nicht zwischen ihr und Daniel. Sie weinte noch mehr, ihr Kopf schmerzte. Sie hatte keine Ahnung, wo Daniel sich jetzt gerade befand oder wann sie ihn wiedersehen würde.

»Dann verstehe ich Ihr Dilemma«, sagte Maude ruhig. »Aber hören Sie auf zu schniefen. Das hilft Ihnen nicht. Und sobald Sie anfangen, sich selbst zu bemitleiden, sind Sie erledigt. Die Frage ist, was Sie ertragen können und wie Sie mit den Dingen verfahren wollen, gegen die Sie nichts ausrichten können.«

Joan wusste weder die Antwort auf die eine noch auf die andere Frage, darum sagte sie nichts. Sie brauchte ein paar Minuten, um sich zu fassen, und schließlich ergriff Maude ihre Hand und sah sie durchdringend an. Ihr Blick war der eines Falken, scharf und erbarmungslos, und Joan kam sich vor wie die Beute, die Maude mit ihrem Blick gefangen hielt. »Denken Sie an die Wüste. Denken Sie an ihre Größe, die Stille und die ...« Maude verstummte und sah durch Joan hindurch, an ihr vorbei und bis in die Dünen der Wüste. Da verstand Joan, wohin Maudes Gedanken wanderten, wenn sie aufgebracht war und innerlich fliehen wollte. Joan versuchte es selbst, und obwohl es ihr nicht ganz gelang, versiegten ihre Tränen. »Berichten Sie mir, wie Sie es geschafft haben, dorthin zu kommen. Erzählen Sie mir alles«, forderte Maude sie auf. Also holte Joan tief Luft und berichtete ihr von dem Flug am frühen Morgen und dem Öl-Camp mit seinen sterilen Hütten und dem Überangebot an Essen, von den Sternen und davon, wie die untergehende Sonne den Wind angezogen hatte. Maude lauschte aufmerksam.

»Vor drei Jahren hat der Sultan das Öl-Camp besucht«,

sagte sie. »Auf seinem Weg nach Nizwa, um sich an den angeblich unterlegenen Anhängern des Imam zu ergötzen. Eine Karawane aus Lastwagen, die durch die Wüste tosen – können Sie sich so etwas vorstellen? Wenn sie auf Öl stoßen, wird nichts mehr so sein, wie es war. Dann werden Straßen gebaut und neue Städte, Flugzeuge werden am Himmel kreuzen, und überall werden Autos und fremde Menschen sein. Das bedeutet das Ende für die Wüste – das wird sie zerstören«, endete sie leise. Joan schüttelte den Kopf.

»Noch haben sie trotz allen Bohrens nichts gefunden. Und … die Wüste ist riesig. Sie können nicht überallhin vordringen.«

»Auch die größte Sache kann Stück für Stück vernichtet werden. Was meinen Sie, wo all der Sand herkommt?«

»Ich weiß, aber … Als ich dort war, kam mir das alles so *klein* vor. Das Öl-Camp, die Armee, die Rebellen, alles.«

»Und werden Sie wieder hinfahren? Wird dieser Öl-Mensch Sie noch einmal mitnehmen?«

»Das bezweifle ich. Er hat es nur getan, weil er Captain Elliot einen Gefallen schuldete. Charlie hat das alles für mich arrangiert«, sagte sie und schnäuzte sich die Nase.

Maude schwieg einen Moment und umklammerte die Armlehnen, als wollte sie in die Höhe schießen. »Miss Vickery, was haben Sie?«, fragte Joan. Maude blickte sie finster an.

»Charles Elliot ist nicht die Antwort auf Ihre Probleme, Joan. Das ist Ihnen doch hoffentlich klar.«

»Warum nicht? Ich weiß, dass er ein Frauenheld ist, das ist mir nicht entgangen. Aber er scheint kein schlechter Mensch zu sein …«

»Das meint man bei dieser Sorte immer.«

»Ich weiß, dass er schrecklich von sich überzeugt wirkt und so, als wollte er ständig im Mittelpunkt stehen, aber ich glaube, das ist nur Show. Vielleicht als jüngster von so vielen

Brüdern ... Aber in ihm steckt mehr, da bin ich mir sicher. Ich habe einen kurzen Blick hinter die Fassade werfen können, trotz all seiner ... Aufschneiderei.«

»Joan, seien Sie doch nicht so naiv«, sagte Maude. Beleidigt setzte sich Joan auf die Fersen zurück. »Sie meinen, einen Blick auf sein Herz erhalten zu haben? Auf seine ... aufrichtige Seele? Das gehört alles zur *Show*. Er weiß, dass er Sie so um den Finger wickeln kann. Dieser Männertyp ... passt sich an. Er findet heraus, wie er Sie an sich binden kann, und auf einmal ist es geschehen, dann macht er mit Ihnen, was er will. Lassen Sie sich das gesagt sein.«

»Ich bin mir ganz sicher, dass das nicht stimmt ... Er scheint nicht ...«

»Natürlich *scheint* er nicht so zu sein! Aber Sie sind ein großes Mädchen, dann machen Sie halt Ihre eigenen Erfahrungen. Warum sollten Sie auch auf mich hören, auf mich, die das alles schon erlebt hat«, sagte Maude ausdruckslos. Joan dachte an die Art, wie Charlie sie einfach gepackt, wie er sie im Arm gehalten hatte ... Es war ein gestohlener Kuss gewesen, ein Überfall. Hatte er sich nur genommen, was er wollte? Allmählich kam sie sich albern vor, weil sie wie ein Schulmädchen seine Nachricht aufgehoben hatte.

»Miss Vickery, warum hassen Sie seinen Vater so sehr? Warum haben Sie sich entzweit? Was hat Nathaniel Elliot Ihnen angetan?«

»Das werden Sie schon noch herausfinden – alle werden es erfahren.« Maude faltete die Hände in ihrem Schoß, ihre Knöchel färbten sich weiß.

»Wie meinen Sie das?«, fragte Joan. Aber Maude schwieg und presste fest die faltigen Lippen zusammen.

Abdullah brachte ihnen Tee, und Joan stand auf, ihre Beine taten weh vom Knien. Die Gewänder des großen Mannes schwangen mit jedem Schritt. Er verscheuchte die Gazelle und warf Maude einen kurzen Blick zu. Maude seufzte gereizt.

»Ja, schon gut, Abdullah! Ich habe es nicht vergessen«, stieß sie hervor. Er neigte anmutig den Kopf und verließ das Zimmer. »Schenken Sie den Tee ein, Joan, Liebes«, sagte Maude. Joan folgte ihrer Aufforderung und reichte der alten Frau eine Tasse. Joan war erschöpft vom Nachdenken, und ihr Kopf schmerzte vom Weinen. Sie strich ihr Haar glatt, richtete ihre Bluse und suchte ein Taschentuch, um sich erneut die Nase zu putzen.

»Was haben Sie nicht vergessen, Miss Vickery?«, fragte sie.

»Sie zu bitten, Salim heute zu besuchen«, sagte Maude und schlürfte leise ihren Tee. »Würden Sie das tun?« Joan trat mit ihrem eigenen Tee ans Fenster, blickte über die Dächer von Maskat zu dem Gürtel erbarmungsloser Felsen und auf das Meer, das im Sonnenlicht glitzerte. Aus dieser Entfernung sah Al-Dschalali fast hübsch aus, Möwen glitten über die Festung hinweg. Doch dann stellte sich Joan vor, die Vögel wären Geier, die über sterbenden Menschen kreisten, über Leichen, und die Illusion von Schönheit war dahin.

»Natürlich werde ich das tun«, sagte sie. Maude nickte und schenkte ihr ein flüchtiges Lächeln.

Joan wandte sich wieder dem Ausblick zu. »Die Ehe sollte mein großes Abenteuer werden«, sagte sie leise, mehr zu sich selbst. »Ehefrau und Mutter zu sein. Es sollte der nächste Schritt sein – ein Riesensprung in die Zukunft. Jetzt weiß ich nicht, wohin ich meinen Fuß setzen soll.«

»Die *Ehe* sollte Ihr großes Abenteuer werden?« Maude klang skeptisch. Joan drehte sich zu ihr um, und die alte Dame setzte ihre Teetasse ab.

»Sie müssen nicht mit den Karten spielen, die man Ihnen

gegeben hat, Joan, Sie können sich Ihre eigenen aussuchen. Sie hätten Ihr Erbe für diese Maisonette-Wohnung ausgeben können, für die Sie eigentlich sparen. Oder für die Hochzeit. Aber haben Sie das getan? Nein. Sie haben sich dazu entschieden, es für eine Reise in ein Land auszugeben, von dem die meisten Menschen noch nicht einmal gehört haben. Hat das nicht etwas zu bedeuten?«

»Tja, ich weiß es nicht. Was zum Beispiel?«

»Dass Sie vielleicht tief in Ihrem Herzen wussten, dass Sie etwas anderes wollten. *Mehr.*« Maude zog eine Augenbraue hoch. »Vielleicht ist das Ihre Chance, ein *wahres* Abenteuer zu erleben, hm? Ich habe auch großen Kummer erlitten. Ich hatte ... Ich habe zugelassen, dass mir jemand mein Zuhause genommen hat. Und habe ich den Kopf hängen lassen? Nein. Ich bin gereist. Ich habe den Weg verlassen, den man für mich vorgesehen hatte, und habe Orte besucht, an denen noch niemand vor mir gewesen war. Ich habe mir ein neues Zuhause geschaffen.« Sie nahm ihre Tasse und tauchte einen Keks hinein. »Das Einzige, was Sie sich fragen müssen, ist: Wenn Sie Rory nicht heiraten wollen, was wollen Sie dann stattdessen tun?«

Joan stand auf und drehte sich zu Maude um. Seit Tagen hatte sie nach einer Antwort auf diese Frage gesucht, jetzt schien sie klar vor ihr zu liegen.

»Ich will in die Berge«, sagte sie. »Auf den Dschabal al-Achdar. Ich möchte auf dem Plateau stehen und wissen, dass ich dort oben die erste Ausländerin seit den Persern bin.«

»Nun, Joan ...«

»Sie haben mir bei unserer ersten Begegnung erklärt, dass ich für mich einen Weg finden müsse. Sie sagten, ich müsse die *Erste* sein, sonst zähle es nicht. Nun, ich will die Erste auf dem Berg sein. Die erste Weiße jedenfalls.«

»Nun denn«, sagte Maude und warf ihr einen anerkennenden Blick zu. »In diesem Moment denke ich, Sie hätten sich genauso gut entschließen können, auf den Mond zu fliegen. Aber was maße ich mir an? Warten wir ab, was Sie erreichen.«

Joan lächelte sie an, doch im nächsten Moment fühlte sie sich entmutigt. Das befriedigende Gefühl, ihre Entschlusskraft bröckelte, als sie realisierte, wie unmöglich ihr Vorhaben war. Sie atmete tief durch, doch es gab nichts mehr zu sagen und ganz gewiss nichts mehr zu tun.

»Vielleicht könnten Sie es einrichten, Salim einen Besuch abzustatten, bevor Sie aufbrechen?«, sagte Maude, und ihr Spott, obgleich milde, traf Joan nichtsdestotrotz.

Durch das Päckchen, das an ihrem Bein befestigt war, bewegte sich Joan etwas merkwürdig. Sie spürte deutlich sein Gewicht und hatte Sorge, dass es sich löste, herunterfiel und sie verriet. Die Wachen vor dem Tor von Al-Dschalali musterten sie abweisend und schienen argwöhnischer als sonst zu sein. Weniger erpicht darauf, das Schmiergeld aus dem Korb zu nehmen und sie hereinzulassen. Aber sie durften sie nicht durchsuchen, und schließlich nahmen sie das Geld. Joan fragte sich, was sie wachsamer hatte werden lassen, wartete jedoch geduldig und zeigte keinerlei verräterische Anspannung. Sie gab den Wachen keinen Grund, sie abzuweisen, und war selbst beeindruckt von ihrer Gelassenheit.

Salim lag zusammengerollt auf der Seite und schlief. Das Gesicht ruhte auf den Händen, die Metallstange zwang ihn, die Beine unbequem zu spreizen. Leise ging Joan neben ihm in die Hocke. Es widerstrebte ihr zutiefst, ihn zu wecken, da sie sich vorstellen konnte, wie schwer es war, an diesem Ort zur Ruhe zu kommen.

Sie betrachtete sein Jochbein – der Kratzer war fast verheilt – und das dunkle Haar auf seiner Stirn. Sie musterte die kurzen schwarzen Wimpern, die zuckenden Lider, die harten Umrisse seines Schädels, die sich unter der Haut abzeichneten. Sie wusste nicht zu sagen, ob der Schlaf ihn so schön machte oder ob sie seine Schönheit zuvor nur nicht bemerkt hatte. Sein Gesicht kam ihr jetzt irgendwie vertraut vor. Sie hatte das Gefühl, ihn zu kennen, ihn schon lange zu kennen. Es war fast, als würde sie Daniel beobachten, wie er jungenhaft und friedlich schlummerte, die Füße auf einen Gartenstuhl gelegt.

»Salim?«, sagte sie leise. Da vernahm sie hinter sich ein Kichern, und als sie sich umblickte, sah sie sich einem Mann mit fettig glänzendem Gesicht gegenüber, der sie beobachtete, lasziv grinste und eine Hand auf seinen Schritt gelegt hatte. Angewidert schüttelte Joan Salim sanft an der Schulter. Sie wusste, dass sie ihn nicht berühren durfte – eine muslimische Frau würde außerhalb ihrer Familie niemals einen Mann berühren, aber ohne ihn hatte sie Angst.

Salim wachte nicht gleich auf, doch als sie ihn ein zweites Mal schüttelte, packte er blitzschnell ihre Hand und quetschte ihr Handgelenk, während er sich ins Bewusstsein zurückkämpfte. »Ich bin es, Joan!«, wisperte sie eindringlich. Er blinzelte sie an, als hätte er ihren Namen noch nie zuvor gehört.

»Joan?«

»Ja! Es tut mir leid, dass ich Sie geweckt habe, aber ich … ich dachte, ich muss es tun.«

»Natürlich.« Steif setzte sich Salim auf, die Metallstange verrutschte, und er zuckte zusammen. Er rieb sich mit den Händen übers Gesicht und blickte sich um, als müsste er sich erst daran erinnern, wo er sich befand und was aus seinem

Leben geworden war. Und währenddessen schien er zu altern. Die Anmut seines schlafenden Gesichts verschwand in den Falten, die Sorgen und Verzweiflung in seine Haut gegraben hatten. Er begann zu husten und konnte eine Weile nicht mehr aufhören.

»Ist alles in Ordnung?«, fragte sie. »Sind Sie krank?«

»Mir geht es gut. Es ist nur dieser Ort.«

»Ich habe etwas für Sie, von Miss Vickery. Ich weiß nicht, was es ist – Medikamente vielleicht? Aber es ist ein Päckchen, es ist womöglich schwieriger zu verstecken als ein Brief.«

»Ein Päckchen? Warten Sie, nicht jetzt. Lassen Sie mich nachdenken.« Salim trank aus einer der Wasserflaschen, die Joan mitgebracht hatte, und verschlang mit einem Bärenhunger mit Käse gefülltes Gebäck, getrocknete Früchte und Brot.

»Ich bin in der Wüste gewesen, Salim. Ich weiß, dass das verboten ist, aber es ist mir gelungen. Ich ... ich glaube, ich verstehe jetzt ein bisschen ... wie das ist. Wie es sein muss, wenn man dorthin gehört. Und es ... tut mir so leid. Es tut mir so leid, dass Sie hier gefangen sind«, sagte sie. Salim betrachtete sie eine Weile aufmerksam, dann lächelte er.

»Schön, nicht wahr? Ich bin froh, dass Sie dort gewesen sind. Das freut mich. Hoffentlich hilft es Ihnen.«

»Ich wünschte, ich könnte *Ihnen* helfen.«

»Das tun Sie«, sagte er nachdenklich.

»Vielleicht werde ich nicht noch einmal kommen können«, sagte sie. »Mein Bruder Daniel ist mit dem Rest der SAF in die Berge aufgebrochen, um dort zu kämpfen. Niemand scheint zu wissen, wann er zurückkommt – es könnte mehrere Wochen dauern. Robert macht ständig Andeutungen, dass wir nach Hause zurückkehren sollten ... Und ich weiß, dass Rory abreisen will. Vor allem jetzt, nachdem Dan weg ist. Ich glaube, früher oder später werde ich diesen Ort hier verlassen müssen. Mir fällt einfach kein Grund ein, verstehen Sie. Kein Grund zu bleiben.«

»Aber Sie würden gern bleiben. Vielleicht ist das Grund genug«, gab er zu bedenken, doch Joan schüttelte den Kopf.

»Nein, das wird nicht genügen. Sie werden mehr erwarten.«

»Aber Sie müssen diese Erwartungen nicht erfüllen, Sie haben die Wahl. Eine Sache habe ich hier drinnen gelernt: Nur Mauern können einen Menschen aufhalten. Nur Mauern und Eisenfesseln können einen wirklich zurückhalten. Für alles andere sollte allein Ihr Wille genügen, Joan.«

Sie schwiegen eine Weile, dann stand Salim auf und schlurfte zu einem kleinen Abflussloch im Boden, das von einem Metallgitter verdeckt war. Er setzte sich daneben und bedeutete Joan, es ihm gleichzutun. Joan löste das Päckchen von ihrem Bein und reichte es ihm, rasch ließ er es in dem Abfluss verschwinden und legte das Gitter darüber. Währenddessen sprachen sie kein Wort.

»Ich bin im Öl-Camp in Fahud gewesen. Miss Vickery sorgt sich, dass man Öl in der Wüste finden könnte und dass die Wüste dann … zerstört wird. Zugebaut.«

»Die Vergewaltigung der Natur.« Salim grinste. »Das habe ich sie schon früher sagen hören. Aber dieses Land braucht Wohlstand. Es *braucht* den Fortschritt. Für mich besteht das Verbrechen darin, dass, sollte man auf Öl stoßen, ein Marionettenspieler und seine ausländischen Geldgeber davon profitieren und nicht die Menschen in jenem Land.«

»*Jenem* Land? Aber das ist jetzt *ein* Land – Maskat und Oman. Der Sultan herrscht über beide.«

»Das bleibt abzuwarten«, entgegnete Salim.

»Aber wäre es nicht schrecklich, wenn die Wüste zerstört würde? Das Leben der Menschen wirkt hier reiner. Vermutlich unverdorben von dem Streben nach Geld und Macht – und all den Fallen und Dummheiten des modernen Lebens.«

»Glauben Sie mir, die Menschen hier sind genauso an Geld und Macht interessiert wie überall sonst auf der Welt. Was das einfache Leben angeht ... Ja, es ist tatsächlich einfach. Die Menschen hier führen ein Leben in Armut und Unwissenheit, und viele sterben jung. Sie erblinden durch Bindehautentzündungen. Sie sterben an Krankheiten, die leicht geheilt werden könnten.« Salim flüsterte, doch sein Ton klang hart und voller Wut. »Der Sultan kühlt seine Füße im Meer in Salalah, Tausende von Meilen entfernt. Seit Jahren ist er nicht mehr hier an seinem Regierungssitz gewesen. Und wissen Sie, warum? Er sagt, er werde von Bittstellern überrannt, und er hat ihnen nichts zu bieten. Er baut keine Krankenhäuser, weil er sagt, es habe keinen Sinn, dass Kinder das Erwachsenenalter erreichen, nur um an Hunger oder an irgendeiner Krankheit zu sterben. Er baut keine Schulen, weil er sich nicht traut, sein Volk an Bildung teilhaben zu lassen. Er fürchtet, die Menschen könnten begreifen, wie rückständig sie unter seiner Herrschaft bislang gelebt haben.« Salim setzte sich zurück, seine Augen funkelten. »Eine halbe Million Menschen leben in Oman, und weniger als die Hälfte würde Sultan Said als ihren Führer wählen. Er ist ein Parasit, aber die Briten unterstützen seine Herrschaft, um an das Öl heranzukommen, und veranstalten Machtspiele mit den Amerikanern und ihren saudischen Marionetten.«

Als Joan ihm zuhörte, kam sie sich vor wie ein Kind – irgendwie unsicher, so wie sie sich manchmal auch bei Daniel fühlte. Ihr war klar, dass sie kein bisschen mehr nach Oman gehörte als Marian.

»Sie klingen, als würden Sie uns hassen. Die Briten, meine ich«, sagte sie.

»Ich habe das Recht, ein Land zu hassen, wenn es versucht, mein Volk zu beherrschen. Im Lauf der Geschichte sind viele fremde Mächte hier einmarschiert und haben versucht, mit Macht das zu erreichen, was die Briten mit Schmeichelei versuchen. Bislang hat niemand von ihnen Erfolg gehabt, und das wird sich auch bei dieser jüngsten Invasion nicht ändern. Aber ich hasse Sie nicht, Joan«, sagte er sanfter. »Ich stehe tief in Ihrer Schuld.«

»Ich bin froh, dass ich mich nützlich machen konnte. Dass ich jemandem geholfen habe, solange ich hier war.«

»Sprechen Sie von Ihrer Zeit hier schon in der Vergangenheit?«, sagte Salim lächelnd. »Vielleicht sind Sie am Ende doch bereit abzureisen.«

»Nein. Nein, wirklich nicht. Bei der Vorstellung, zurück nach England zu gehen und Sie hier zurückzulassen, fühle ich mich schrecklich. Und es fühlt sich grässlich an, meinen Bruder hier zurückzulassen. Ich weiß, er ist Soldat, und das ist seine Aufgabe, aber trotzdem.«

»Würden Sie ihn lieber mitnehmen?«

»Ja«, antwortete sie. »Immer. Aber noch lieber würde ich dorthin gehen, wo er ist.«

»Auf den Dschabal al-Achdar?«

»Ja. Ich ... kann nicht erklären, warum.« Sie dachte einen Augenblick schweigend nach, auf keinen Fall konnte sie ihre Verwirrung über Rory und ihren Bruder oder über Charlie in Worte fassen. »Ich möchte dieses Gebirge unbedingt sehen«, sagte sie. »Das Plateau im Herzen der Berge. Ich will als erste Weiße dort oben stehen.«

»Sie würden sich in große Gefahr begeben.«

»Ich weiß. Ich weiß, dass das unmöglich ist, aber das hält mich nicht davon ab, es mir zu wünschen.« Sie sah ihn an und musterte ihn auf eine Weise, die nur dank des Schleiers möglich war. Als hätte er ihre Gedanken gelesen, starrte Salim sie durchdringend an.

»Ich hätte gern Ihr Gesicht gesehen, Joan«, sagte er. In einem unbeherrschten Moment hob Joan die Finger an den Rand der Maske. Sie wollte dieses Hindernis zwischen ihnen entfernen, doch Salim hob die Hand, um sie davon abzuhalten. Er schüttelte den Kopf, und schaudernd erinnerte sich Joan daran, wo sie war und in welcher Gefahr sie sich befand. Fliegen surrten um das Essen, das sie Salim mitgebracht hatte, und der Geruch mischte sich auf abstoßende Weise mit dem Gestank nach Schweiß und Ammoniak, der im Gefängnis herrschte. Salim lächelte. »Sie haben alles für mich getan, was Sie konnten, Joan. Und das ist mehr, als die meisten getan hätten.«

»Ich werde Sie nie vergessen«, sagte sie. Dann stand sie auf und entfernte sich eilig und ohne ein weiteres Wort.

Als sie in ihr Zimmer kam, zog Joan Charlies zerknitterte Nachricht unter dem Buch hervor und las sie noch einmal. Drei Entschuldigungen in einem leicht spöttischen Ton, der die Aufrichtigkeit der Worte nicht schmälerte. Joan dachte an ihren Kuss, daran, was Maude gesagt hatte, und ließ den Zettel erneut über dem Papierkorb baumeln. Sie warf ihn jedoch nicht hinein. Joan wusste, dass sie einen Plan brauchte, doch sosehr sie sich bemühte, ihr wollte keiner einfallen. *Sie müssen Ihren eigenen Weg finden*, hatte Maude ihr geraten. *Sie müssen ihn sich selbst erschaffen.* Widerwillig begann sie, darüber nachzudenken, was sie Rory sagen würde. Sie rang mit sich, ihr schienen die richtigen Worte zu fehlen. Er war noch immer da, an ihrer Seite, und dort würde er bleiben, solange sie ihm nichts anderes sagte. Und während Daniel immer ihr Bruder bleiben würde, wusste sie nicht, wie sich ihr Verhältnis zu

Rory entwickeln würde. Er gehörte schon so lange zu ihrem Leben, dass sie sich kaum mehr an die Zeit vor ihm erinnern konnte. Sie wusste nicht, wie das Leben als Erwachsene ohne ihn aussah, wie es sich ohne ihn anfühlte. Als sie darüber nachdachte, spürte sie, wie Angst ihre Entschiedenheit überlagerte.

Je länger sie darüber grübelte, desto mehr Fragen tauchten auf. Sie fragte sich, warum Rory ihr überhaupt den Hof gemacht hatte. Sie erinnerte sich an die Auseinandersetzungen, die sie zwischen ihm und Daniel beobachtet hatte. An den Hochzeitstermin, den Rory Monat um Monat verschoben hatte. Plötzlich gab es neue Erklärungen für all das, und sie sehnte sich nach dem Glück ihrer früheren Ahnungslosigkeit.

Jetzt lag es Joan jedes Mal auf der Zunge, etwas zu sagen, wenn sie Rory sah. Sie wollte nicht im Zorn mit ihm sprechen, nicht wie ein Kind. Doch jedes Mal, wenn sie sich ein Herz fasste, zweifelte sie, ob es der richtige Zeitpunkt war, und schaffte es nie, den Mund aufzumachen. Eines Abends ging sie früh hinunter auf die Terrasse, bereitete sich einen Gin, stützte sich auf die Brüstung, blickte zu Al-Dschalali hinüber und schickte ihre Gedanken zu Salim. Sie hätte ihm Mut und Kraft wünschen müssen, hoffte jedoch, dass er ihr etwas davon schickte. Kurz darauf trat Rory neben sie. Sie beobachtete ihn, während er aufs Meer hinausblickte – die vertraute Linie seiner Wange und seines Kinns, das sanfte Braun der Augen unter den dichten Brauen, die gerundete Stirn und das lockige Haar. Er musste spüren, dass sie ihn eingehend betrachtete, doch eine ganze Weile drehte er sich nicht zu ihr um. Schließlich schien ihm keine andere Wahl zu bleiben. Er warf ihr einen kurzen Blick zu und lächelte flüchtig, seine Augen waren stets in Bewegung und mieden ihren Blick. Er blinzelte, und sein Mund war angespannt.

Bestürzt bemerkte Joan, dass er Angst hatte. Er hatte Angst vor ihr und davor, was sie sagen würde. Daraufhin trat in ihrem Inneren eine Wandlung ein – etwas fiel von ihr ab. Sie wusste nicht genau, ob es ihr Groll war oder ihre Entschiedenheit oder etwas anderes. Sie legte eine Hand auf seinen Arm und drückte ihn sanft, und beide schienen sie zu spüren, dass Waffenstillstand herrschte, wenn auch nur vorübergehend. Sie entspannten sich. Rory legte die Ellenbogen auf die Brüstung und ließ die Schultern sinken. Er wirkte erschöpft, und da sie sich damit abgefunden hatte, dass sie heute Abend nichts sagen würde, spürte Joan, wie sie ebenfalls Erschöpfung überkam und Trägheit ihre Anspannung ablöste. Es war feige, das wusste sie. Es war eine weitere kleine Niederlage, aber sie war ihr willkommen.

Die Nacht war feucht, warm und dunkel, kein Mond stand am Himmel. Im Südwesten, über den fernen Gipfeln der Berge, war Wetterleuchten zu sehen. Joan betrachtete es eine Weile und dachte an Daniel, der irgendwo dort draußen war. Vielleicht versuchte er, unter diesem launenhaften Himmel zu schlafen. Als Kind hatte er Angst vor Gewittern gehabt. Er war in ihr Zimmer gekommen, in ihr Bett gekrabbelt, hatte sich neben ihr zusammengerollt und war bewegungslos liegen geblieben. Dann bildete sie sich ein, Artilleriefeuer zu sehen oder Handgranaten, die losgingen. Sie fragte sich, ob sie dem dort stattfindenden Krieg beiwohnte, und ging beunruhigt zu Bett, um von schlimmen Träumen heimgesucht zu werden. Sie wachte auf, als es noch pechschwarze Nacht war. Sie war sich sicher, gehört zu haben, wie in nicht allzu weiter Ferne ein Schuss abgefeuert worden war. Mit angehaltenem Atem setzte sie sich auf und wartete, als sie jedoch nichts mehr hörte, schlief sie wieder ein.

Am Morgen wurde Robert beim Frühstück von einem unablässigen Strom von Beamten gestört, die ihm im Flüsterton Mitteilungen überbrachten und Nachrichten auf Papier reichten, die er mit Stirnrunzeln las. Schließlich ließ er seinen Kaffee stehen und stand auf.

»Ist etwas geschehen?«, erkundigte sich Marian.

»Ist etwas mit Daniel?«, fragte Joan gleich voller Angst.

»Nein, nein. Ich habe nichts von ihm gehört, Joan. Nein, ganz in der Nähe ist etwas passiert. Ein Gefängnisausbruch.«

»Wie bitte?«, fragte Marian ungläubig. »Ich dachte, das wäre unmöglich.«

»Nun, wenn es dem Burschen gelingt, ungeschoren zu entkommen, ist er in der Tat der Erste«, sagte Robert und nickte.

Joan konnte den Bissen Brot in ihrem Mund nicht hinunterschlucken, und ihre Lungen schienen irgendwie geschrumpft zu sein, denn sie bekam keine Luft hinein.

»Aus Al-Dschalali? Wer?«, stieß sie mit Mühe hervor. Robert blickte sie noch immer stirnrunzelnd an.

»Ein Bursche namens Salim bin Shahin. Irgendwie ist er an eine Waffe gekommen und hat sich aus seinen Fesseln befreit. Offensichtlich hat er einen der Wachmänner erschossen und dann den zweiten gezwungen, das Tor zu öffnen. Und jetzt ist er verschwunden.« Joan schloss die Augen, sie wusste nicht, was sie empfinden sollte. Ihr erster Impuls war Freude – sie sprudelte heiß und prickelnd in ihr auf. Doch sie war nur von kurzer Dauer und wurde von einem Gefühl der Angst verdrängt.

Sie erinnerte sich an den Schuss, den sie meinte, letzte Nacht gehört zu haben, daran, wie sie sich im Bett aufgesetzt und angespannt gelauscht hatte, während einer der Gefängniswärter sein Leben ausgehaucht hatte. Eiskalt vor Schreck versuchte sie, sich nicht vorzustellen, welchen der jungen

Männer es erwischt hatte. Es erschütterte sie bis ins Mark, dass Salim einen von ihnen umgebracht hatte. Sie erinnerte sich daran, wie friedlich und wie schön Salims schlafendes Gesicht ausgesehen hatte, und konnte nicht glauben, dass er zum Mörder geworden war. Plötzlich wurde ihr bewusst, dass sie ihn gar nicht wirklich kannte. »Gott weiß, wie er das angestellt hat«, fuhr Robert fort. »Es heißt, eine Dienerin habe ihn besucht, vielleicht mit ihrer Hilfe. Diese verfluchten Araber durchsuchen die Frauen ja nicht. Ein Zeuge sagt, er habe gesehen, dass die zwei sich berührt hätten, vielleicht ist diese Frau mehr als nur eine Dienerin.« Am Rande der Panik versuchte sich Joan, mit allen Mitteln zu konzentrieren. Sie überlegte, ob es eine Möglichkeit gab, sie irgendwie zu identifizieren. Der Gedanke, dass Robert oder Colonel Singer herausfanden, was sie getan hatte, war einfach zu schrecklich. Ihre zu erwartende Empörung, ihre Enttäuschung, ihre Verachtung wären genauso schlimm, genauso beängstigend, wie als Komplizin verhaftet zu werden.

»Guter Gott, dann läuft ein Verbrecher frei herum? Was hat er getan?«, fragte Marian. Sie wedelte mit den Händen, was allerdings eher aufgesetzt wirkte, sie klang fast gewohnt gelangweilt.

»Ich fürchte, es ist deutlich ernster als das, Liebes. Er gehört zum Gebirgsstamm von bin Himyar und ist einer der Kämpfer des Imam – vielmehr ist er einer seiner Befehlshaber und ein brillanter noch dazu. In der Rangfolge kommt er direkt hinter dem Bruder des Imam, Talib. Und allem Anschein nach ist er ein gefährlicher Scharfschütze. Man hat ihn während des Aufstands im letzten Jahr verhaftet, als er die Rebellen aus Südwesten Richtung Maskat geführt hat. Der Sultan wird außer sich sein, wenn er davonkommt, ganz zu schweigen von Colonel Singer. Der

Colonel muss umgehend informiert werden – bin Shahin wird zweifellos versuchen, wieder zu seinen Kameraden in den Bergen zurückzugelangen. Würdet ihr mich jetzt bitte entschuldigen?«

Joan saß stumm da, während sie innerlich in Aufruhr war. Ihr war bewusst, dass Rory sie neugierig beäugte und Marian sie mit diesem seltsam forschenden Ausdruck musterte, den sie neuerdings öfters bei ihr bemerkte. Dann streckte Rory die Hand aus und legte sie auf ihre.

»Sie werden ihn erwischen, bevor er in die Berge gelangt. Ganz sicher«, sagte er. »Mach dir keine Sorgen. Daniel ist seinetwegen nicht in Gefahr. Nun ja, jedenfalls nicht in größerer Gefahr.« Joan schüttelte den Kopf.

»Es ist nicht wegen … Es ist …« Sie blickte auf den Tisch hinunter und verfiel in Schweigen. Dann dachte sie mit heftigen Gewissensbissen an Daniel und als Nächstes an Charlie Elliot. Sie konnte sich schlicht nicht vorstellen, dass Salim zu den Männern gehörte, die sie bekämpften – diese Männer waren gesichts- und namenlos, Stammeswilde, die sich in Lumpen kleideten und mit archaischen Waffen kämpften, wie Charlie sie glauben gemacht hatte. Doch selbst als sie sich an Salims harte Worte und an seine Wut erinnerte, war sie froh, dass er aus Al-Dschalali entkommen war – sie konnte nicht anders. Vielleicht würde er gar nicht versuchen, in die Berge zurückzukehren oder in den Kampf. Vielleicht wusste er, dass sie ihn dort suchen würden, flüchtete stattdessen ins Exil und stellte keine Bedrohung für Daniel und die anderen dar. Joan klammerte sich an diese Hoffnung und nährte sie ganz bewusst, weil sie sehr genau wusste, dass er die Nadeln aus ihrem Haar genommen und das schwere Päckchen unter dem Gitter versteckt hatte. Sie wusste ganz genau, wie er entkommen war und welchen Part sie dabei innegehabt hatte.

Hinter ihrer Erleichterung darüber, dass er entkommen war, verbarg sich ein großer Klumpen Angst. Sie konnte noch nicht das ganze Ausmaß dessen abschätzen, was sie getan hatte, sie wusste nicht, wie sie es beurteilen sollte. Aber sie wusste, dass sie ein großes Vergehen begangen hatte. Erschreckend groß. Sie hatte einem Gefangenen geholfen, aus dem Gefängnis auszubrechen. Sie hatte zugelassen, dass ein Mann ermordet wurde.

Sie ging mit ihrer Angst zu Maude Vickery – der Einzigen, der sie sich anvertrauen konnte –, und Maude wirkte nicht im Geringsten überrascht, sie so bald wiederzusehen. Mit Trotz und neuer Kälte starrte sie von ihrem Rollstuhl zu ihr herauf. Hatte die alte Dame jetzt bekommen, was sie von ihr gewollt hatte, und würde sie jetzt ihre Freundschaft beenden? Die Erkenntnis, dass man sie benutzt hatte, traf Joan wie ein Schlag.

»Haben Sie das gewusst?«, fragte Joan überflüssigerweise.

»Habe ich was gewusst?«

»Sie haben mir erklärt, Salim sei ein politisch engagierter Mann und seine Haft vollkommen ungerechtfertigt. Haben Sie gewusst, dass er für den Imam kämpft, dass er einer seiner Anführer ist?«

»Natürlich habe ich das gewusst. Seien Sie nicht albern. Ich weiß alles über ihn.«

»Und Sie haben mich benutzt, um ihn zu befreien, obwohl Sie wussten, dass mein Bruder dort draußen in den Bergen gegen diese Männer kämpft?«

»Oh, Sie haben gewusst, was Sie taten!«, zischte Maude. »Sie sind nicht dumm.«

»Das stimmt nicht! Ich habe nicht …« Joan hielt inne. Sie dachte daran, dass sie nicht auf ihre Haarnadeln geachtet hatte oder auf das Päckchen. Dass sie Maude nie darauf angesprochen hatte. Hatte sie absichtlich weggesehen? Maude zeigte triumphierend mit dem Finger auf sie.

»Ha! Da, sehen Sie. Ich wusste es!«

»Ich wusste nicht, dass er Soldat ist. Ich wusste nicht, dass er einen Mann töten würde, um zu entkommen.«

»Das haben Waffen so an sich«, erklärte Maude kategorisch. »Not kennt kein Gebot.«

»Ich wusste nicht, dass ich einem Mann helfe, der eine Gefahr für meinen eigenen Bruder darstellt!«

»Ach, was spielt das für eine Rolle?«, sagte Maude säuerlich. »Gar keine.«

»Wie können Sie so etwas sagen? Haben Sie vergessen, was ein Menschenleben wert ist, Maude? Leben Sie schon so lange von der Welt zurückgezogen?«

»Was wissen Sie schon über den Wert eines Lebens? Sie haben doch noch gar nicht richtig begonnen zu leben. Ihr Wissen stammt doch bloß aus Erzählungen anderer, die Sie wie ein Kind einfach übernommen haben. Die Welt ist nicht der sichere, einfache Ort, für den Sie sie halten, Joan. Salim wäre dort drinnen irgendwann gestorben, und das wäre ein schlimmeres Unrecht gewesen als alles, was als Folge seiner Flucht womöglich passieren wird. Sie sollten stolz auf sich sein. Sie haben ausnahmsweise etwas Reelles getan.«

Joan sah sie verletzt an.

»Ich dachte, wir wären Freunde. Ich dachte, Sie wären eine Freundin des Sultans – sind Sie ihm gegenüber denn kein kleines bisschen loyal? Schließlich lässt er Sie hier leben, und Sie helfen einem der Befehlshaber des Imam.«

»Der letzte Sultan, mit dem ich befreundet war, war ein anderer Mann, in einer anderen Zeit. Er wusste, wo sein Herrschaftsgebiet lag und wo nicht. In dem Jahr, in dem ich die Wüste durchquert habe, 1909, wurde zum ersten Mal seit

Jahren in Tanuf ein Imam gewählt, und Faisal wusste, dass er die Hoheitsgewalt verloren hatte. Das Landesinnere regiert sich selbst. Die Menschen in der Wüste und die Gebirgsstämme lassen sich nicht von einem Mann führen, der sein ganzes Leben lang in luxuriösen Verhältnissen am Meer gelebt hat.« Sie dachte einen Augenblick nach. »Vielleicht lassen sie sich überhaupt nicht führen. Es ging immer um Loyalität – private Fehden, Familienfehden. Salim ist mit alledem aufgewachsen. Er versteht das besser als jeder andere.«

Maude wandte sich ab und richtete den Blick ins Zimmer. Joan stand hilflos vor ihr. Angst und eine seltsame Form der Empörung drehten ihre Gedanken zu wirren Knoten, die sie unmöglich auflösen konnte. Schließlich wandte sie sich zum Gehen. An der Haustür hielt Abdullah sie auf. Er legte einen Moment seine großen Hände auf ihre Schultern und blickte zu ihr hinunter. Joan sah, dass die Furcht, die sie zuvor nicht als solche erkannt hatte, aus seinem Gesicht gewichen war. »Sie haben ihn befreit, sein Schicksal liegt jetzt wieder in seinen Händen. Dafür danke ich Ihnen. Wir stehen in Ihrer Schuld«, sagte er.

»Was redest du da mit ihr, Abdullah?«, rief Maude missmutig von oben. Der alte Mann hörte es und lächelte.

»Madam ist dankbar. Das macht sie wütend – sie weiß nicht, wie man seine Dankbarkeit zeigt. Salim möchte Ihnen danken. Er möchte Sie sehen«, sagte Abdullah leise, und Joan hielt den Atem an. »Er bat mich, Ihnen Folgendes zu sagen: Wenn der Mond aufgeht, wird er dort auf Sie warten, wo die Straße ansteigt und nach Matrah abbiegt, in den östlichen Felsen.«

»Heute Nacht? Ich weiß nicht, ob ich kann …«

»Er kann nicht warten.«

»In Ordnung«, sagte Joan. »In Ordnung.«

Als Joan sagte, sie werde heute Abend erneut mit Maude zu Abend essen und dort übernachten, beäugte Rory sie argwöhnisch, sagte jedoch nichts.

»Nun«, sagte Robert. »Wir werden deine Gesellschaft vermissen, Joan, doch die Gelegenheiten, Miss Vickery zu besuchen, neigen sich dem Ende entgegen, darum habe ich Verständnis dafür. Doch die Gelegenheiten für uns, dich zu sehen, neigen sich ebenfalls dem Ende entgegen«, sagte er und lächelte milde, als sie ging. Eine Weile drückte sie sich in Maskats engen Gassen herum, dann setzte sie sich in einen Eingang, um sich auszuruhen. Sie musste sich nur außerhalb der Tore aufhalten, wenn diese bei Einbruch der Nacht geschlossen wurden. Ein indischer Ladenbesitzer, an dessen Geschäft sie bereits dreimal vorbeigekommen war, bot an, ihr den Weg zu weisen. Als sie dankend ablehnte, schenkte er ihr stattdessen eine kleine Tüte Nüsse. Sie schlang sie hungrig hinunter, während seine Frau und seine Tochter sie aus dem Laden heraus angrinsten, in ihren leuchtend orangefarbenen Kleidern und rosaroten Hosen.

Meranis Kanone ertönte, und Joan holte ihre Laterne hervor, zündete sie jedoch nicht an. Sie versteckte sich in einer ruhigen Ecke am äußersten Rand der Stadt und beobachtete, wie es allmählich dunkel wurde, bis sie kaum noch etwas sehen konnte und das beruhigende Gefühl hatte, von der Dunkelheit verborgen zu werden.

Joan hörte, wie die Wachen quietschend die Tore zuschlugen. Sie wartete noch etwas länger, bis die Dunkelheit die Farbe blauer Tinte angenommen hatte, dann machte sie sich auf den Weg über die unbefestigte Straße den Hügel hinauf. Sie war sich nicht sicher, wann genau der Mond aufging, und wollte nicht riskieren, Salim zu verpassen. Dort, wo die Straße eine Kurve beschrieb, verließ sie den Weg, stolperte ein kurzes Stück über unebenen Boden und fand dann einen äußerst flachen Stein zum Sitzen, um ihre Sandalen von Steinen und Kies zu befreien. Dann saß sie einfach nur da und lauschte mit einem zunehmend irrealen Gefühl auf das Pochen des Pulses in ihren Ohren. Sie erinnerte sich, dass ihr Vater einmal gesagt hatte, die Nacht sei eine andere Welt, und als sie dort saß, während die spärlichen Lichter von Maskat unter ihr flackerten, wusste sie endlich, was er gemeint hatte. Alles war möglich. Der Stein, auf dem sie saß, strahlte noch etwas Wärme vom Tag ab und hatte dieselbe Temperatur wie ihre Haut. Wie eine Fischgräte ging im Osten die silberne Sichel des Mondes auf. Und plötzlich wusste Joan, dass sie nicht allein war. Ruhig stand sie auf, obwohl ihr der Atem zu stocken schien, und drehte sich um.

Salim stand ebenfalls in der Dunkelheit. Im ersten Moment waren Joan seine Größe und seine Haltung fremd, weil sie es gewohnt war, ihn in Fesseln zu sehen. Doch dann erschienen ihr seine Silhouette und die Art, wie er sich bewegte, auf einmal überaus vertraut. Sie fragte sich, ob sie sich bedroht fühlen müsste. Sie dachte an den toten Gefängniswärter, und dass Salim im Krieg gegen den Sultan viele Männer getötet haben musste, um einen solchen Ruf zu erlangen. Im schwachen Mondlicht sah sie, dass in seinem Gürtel zusammen mit einem schlichten praktischen Khanjar eine Pistole steckte, auf dem Rücken trug er ein Gewehr und quer über der Brust einen Munitionsgürtel. Er war in Tunika und Sarong gekleidet und roch nach Weihrauch und Tabak. Sein Grinsen entblößte strahlend weiße Zähne.

»Sie warten wie ein Verbrecher in der Dunkelheit«, sagte er leise. »Ich wusste nicht, ob Sie kommen würden, nachdem Sie jetzt wissen, wer ich bin. Jetzt, wo Sie wissen, was Sie getan haben, indem Sie mich befreit haben.«

»Was habe ich denn getan?«, fragte Joan ängstlich.

»Freundschaft mit einem Feind Ihres Landes geschlossen, mit einem Feind Ihres Bruders«, antwortete er.

»Werden Sie wieder gegen sie kämpfen?«

»Natürlich. Wenn nicht, hätte meine Freiheit wenig Sinn.«

»Sie könnten irgendwo anders in Frieden leben. Sie könnten in die Wüste gehen.«

»Um was zu tun? Mich in ihr zu verlieren, bis ich nicht mehr weiß, wer ich bin – wie Maude?«

»Nicht zu wissen, wer man ist, ist gar nicht so schlecht«, sagte Joan leise, und Salim grinste erneut.

»Drehen Sie sich um.« Er trat hinter sie und stellte sich mit dem Rücken zum Mond. »Ich möchte Ihr Gesicht sehen.«

Joan folgte seiner Aufforderung. Der Mond leuchtete über seine Schulter, sodass sein Gesicht im Schatten lag. Er war nur ein weiterer dunkler Umriss, ein Teil der Dunkelheit um ihn herum, und der Mond schien hell in ihre Augen. Salim musterte sie eine ganze Weile. Der Moment dehnte sich aus, die Zeit um sie herum verging. Joan spürte, dass sie sich von allem entfernt hatten. Schließlich hob Salim eine Hand und berührte mit den Fingerspitzen die dunklen Locken an ihrer Schläfe. »Ich hatte sie mir heller vorgestellt«, murmelte er und strich mit dem Daumen über ihre Wange. Er beließ seine Hand dort, und einen Augenblick lang dachte Joan, er werde sie küssen. Die Vorstellung war beunruhigend, betörend. Doch dann ließ er die Hand sinken und wich zurück. »Sie sind so jung. Aber ich sehe keine Angst. Ich sehe eine Person, die es nicht leicht hat mit dem Leben, das man ihr gegeben hat.«

»Ich hatte Angst«, sagte Joan. »Ich habe Angst.«

»Nein.« Salim schüttelte den Kopf. »Das hat man Ihnen nur beigebracht. Sie haben gelernt zu denken, Sie *müssten* Angst haben.«

»Ich weiß nicht, was ich tun soll.«

»Ich auch nicht. Aber ich werde nicht nichts tun.«

»Was werden Sie dann tun?«

»Ich weiß es, kann es Ihnen jedoch nicht sagen. Es ist sicherer so. Aber ich möchte Ihnen etwas anbieten.« Er trat zur Seite, sodass etwas Licht auf ihre beiden Gesichter fiel, und Joan blickte zu ihm auf. Er verhielt sich so anders als der Mann, dem sie in Al-Dschalali begegnet war. Er war ein Kämpfer, ein Anführer. Sie müsste sich klein neben ihm fühlen, neben seiner Selbstsicherheit, doch stattdessen schien sich diese auf sie zu übertragen, genauso, wie ihr Vater sie einst mit seiner Zuversicht gestärkt hatte.

»Ich stehe tief in Ihrer Schuld, Joan. Ich verdanke Ihnen meine Freiheit. Ob Sie wussten, was Sie taten, oder nicht, Sie haben den Mut und die Freundlichkeit besessen, mich in einer Zeit zu besuchen, als ich nahe daran war zu verzweifeln. Sie haben mir Hoffnung gegeben. Sie möchten nicht nach England zurückkehren, aber Sie können nicht in Maskat bleiben. Ich muss mich noch für eine kurze Zeit versteckt halten – für zwei oder drei Tage. Ich muss abwarten, bis die Männer des Sultans den Mut verlieren und nicht weiter nach mir suchen. Doch dann steige ich auf den Dschabal al-Achdar, und ich biete Ihnen das an, was Sie sich gewünscht haben. Wenn Sie kommen, nehme ich Sie mit auf den Berg.«

Eine ganze Weile sagte Joan nichts. Sie konzentrierte sich darauf, ein- und auszuatmen, ihr Herz schlug langsam und laut, wie schwere Schritte, doch sie fühlte sich ganz leicht, losgelöst von der Erde – dasselbe Gefühl, das sie schon zuvor empfunden hatte, das Gefühl, sich in die Luft zu erheben oder womöglich zu stürzen. Salim wartete geduldig.

»Ich weiß nicht«, stieß sie schließlich hervor. Sie dachte an ihre Mutter, die allein und apathisch in ihrem gesteppten

Bettjäckchen zu Hause saß. Sie dachte an all die Dinge, die sie und Rory einander nicht gesagt hatten und die sie sich sagen mussten. Sie dachte an Daniel in den Bergen und an Charlie Elliot.

Und dann dachte sie an die Berge: an dieses riesige alte Gebirge, das während ihres Aufenthalts in Maskat jede Sekunde spürbar gewesen war – sie beobachtete, wartete –, und plötzlich spürte sie, wie sich in ihr etwas veränderte. Das war ihr Plan. Er war überstürzt, zu hastig entworfen und beängstigend, aber es war ihr Plan.

»Ich weiß nicht«, sagte sie noch einmal, obwohl das nicht stimmte. Sie wusste, dass sie davonlief, wenn sie mitging, dennoch wollte sie es tun und nicht mehr zurückblicken, woraufhin sie augenblicklich Gewissensbisse befielen.

»Sie müssen sich entscheiden«, sagte Salim sanft. »Ich kann nicht umkehren, wenn Sie Ihre Meinung ändern, und wenn ich einmal fort bin, werden Sie mich nicht mehr finden.«

»Ich weiß«, sagte sie, und sie glaubte ihm.

»Wissen Sie, was Sie tun möchten?«

»Ja. Ich glaube schon.«

»Und haben Sie den Mut dazu?« Die Frage schwebte zwischen ihnen, unbeantwortet. Salim blickte hinauf zum Mond, der jetzt zwei Handbreit über dem Horizont stand. »In zwei Tagen«, sagte er, »werde ich wieder hier sein. Übermorgen, um dieselbe Zeit. Dann breche ich auf. Wenn Sie möchten, dass ich Sie mitnehme, seien Sie ebenfalls hier.« Er wartete auf ein Zeichen, dass sie ihn verstanden hatte, und als sie nickte, drehte er sich um und verschwand. Sie hörte keinen Laut von ihm. Er ließ sie mit dem Gefühl eines leicht unter ihr wankenden Bodens zurück, als wäre sie nach einer langen Zeit auf See an Land zurückgekehrt.

Den Rest der Nacht verbrachte Joan im Haus von Maude – unten bei Abdullah, der den Finger auf die Lippen presste, als er sie einließ und ihr sein Bett im hinteren Zimmer überließ. Bevor er ging, reichte er ihr noch einen Krug mit Wasser und einen Becher sowie ein weiches, in Leinen gewickeltes Bündel. Sie öffnete es im Schein einer einzelnen Kerze und entdeckte die schwarze Abaya, die Maske und den Schleier.

»Ziehen Sie das an, wenn Sie mit ihm gehen«, sagte er. »Madam weiß nichts von diesem Plan.«

Joan nickte und bedankte sich bei ihm. Sie verbrachte eine schlaflose Nacht, in der ihre Gedanken immer und immer wieder zu den Bergen wanderten. Nachdem sie in greifbare Nähe gerückt waren, hatte sich ihr Sog noch verstärkt. Sie fühlte sich fast körperlich zu ihnen hingezogen. Doch sie hatte Salim nicht gefragt, ob sie je zurückkommen könnte, wenn sie mit ihm ging. Sie hatte ihn nicht gefragt, wohin sie gingen, was sie tun würden. War irgendetwas davon wichtig? Sie überlegte, ob es bei dieser Entscheidung einfach nur darum ging, ob sie dasselbe Leben weiterführen oder ein anderes wählen wollte und ob der erste Schritt in Richtung Freiheit der größte sein musste.

In der frühmorgendlichen Kälte klopfte Rory an die Tür und schien fast enttäuscht, Joan dort vorzufinden, wo sie behauptet hatte zu sein.

»Ich dachte, man würde mich vielleicht zum Frühstück einladen«, sagte Rory, als sie Seite an Seite fortgingen. Nach der schlaflosen Nacht brannten Joans Augen, sie blickte ihn an und verpasste den Augenblick zu antworten. Die Stille wirkte angespannt und belastend, doch Joan war zu müde, um sie aufzulösen. »Joan, wir fahren nach Hause«, sagt Rory. »Am Freitag kommt ein Schiff, das nach Aden fährt. Wir fliegen dann mit Aden Airways nach Kairo – Robert hat alles für uns arrangiert.«

Rory wartete, dass sie etwas darauf erwiderte, doch Joan schwieg. Genauso sicher, wie sie gewusst hatte, dass sie den Silvesterabend nicht mit Rorys Eltern in einem Cottage in Wales verbringen würde, wusste sie nun, dass sie nicht an Bord dieses Schiffes gehen würde. Als ihr die Konsequenzen dieses Gedankens bewusst wurden, rieselte ein Kribbeln durch ihren Körper. Sie überlegte, sich zu Rory umzudrehen und zu sagen: *Ich habe dich mit Daniel gesehen. Ich habe gesehen, wie du ihn geküsst hast. Ich weiß Bescheid. Du hast mich jahrelang belogen.*

»Und? Sagst du denn gar nichts? Ich persönlich kann es kaum erwarten«, sagte er. »Dieser Ort ist ganz anders, als ich ihn mir vorgestellt hatte. Hier gibt es nichts als öde Felsen.« Er blinzelte zum Himmel, als hätte ihn sogar der in gewisser Weise enttäuscht. »Wir haben erledigt, weshalb wir hergekommen sind – wir haben Dan gesehen und die Gibsons. Du hast Maude Vickery kennengelernt – du hast sogar quasi mit ihr gelebt. Und du bist allein in die Wüste gegangen, gegen alle Vorschriften. Du solltest glücklich sein.« Er steckte die Hände in die Hosentaschen, eine demonstrative Lässigkeit, die Joan ihm nicht abnahm. Sie erkannte eine Vorlage, wenn man sie ihr bot, ließ sie jedoch vorüberziehen, und so legten sie den Rest des Weges bis zur Residenz schweigend zurück.

Von da an stellte Rory demonstrativ Fragen wegen des Packens und betonte ständig, dass dies das letzte Mal sei, dass sie dieses oder jenes taten. Ach, und dass sie daran denken mussten, jenes zu tun, wenn sie nach Hause kamen. Joan quittierte jeden seiner Vorschläge mit einem unbestimmten Laut und lächelte dünn, als Marian sagte, wie sehr sie sie beide vermissen würde, auch wenn sie ihr durchaus glaubte.

Sie war von der Ungeheuerlichkeit ihres Vorhabens abgelenkt und wurde von der Angst verfolgt, dass sie es nicht in die Tat umsetzen würde, dass sie im entscheidenden Moment der Mut verließe.

»Deine Mutter und ich haben uns nie besonders gut verstanden«, sagte Marian eines Abends nach Gin und Wein. Ihre Stimme klang voll und weich und leicht verschleppt vom Alkohol. »Aber grüß sie herzlich von mir. Ich kann mir vorstellen, wie hilflos sie sich ohne deinen Vater fühlt. Wie niedergeschlagen, meine ich – und das kann ich gut nachfühlen. Er war die treibende Kraft in ihrem Leben, nicht wahr? Für euch alle.«

»Ja, ich glaube schon. Obschon *treibend* nicht ganz richtig klingt. Wohin auch immer er ging, wir wollten ihm alle folgen.«

»Natürlich. Sie waren sehr glücklich miteinander, nicht wahr?«

»Ja, sehr.«

Marian setzte ihr Glas ab, beugte sich zu Joan hinüber und senkte die Stimme, obwohl Rory und Robert auf die Terrasse hinausgegangen waren. »Wir haben sie kurz vor ihrer Hochzeit besucht. Ich erinnere mich, dass deine Mutter viele der Zweifel plagten, die dich vermutlich jetzt auch umtreiben, Joan, Liebes.«

»Oh«, sagte Joan unsicher. Sie hatte gehofft, ihre Zweifel wären in den zwei Wochen seit Bait al-Faladsch unbemerkt geblieben, doch andererseits schien Marian häufig mehr zu bemerken, als sie zeigte. Joan wollte eigentlich nicht mit ihr darüber sprechen. »Nun, ich habe gehört, dass kalte Füße ganz normal seien«, erwiderte sie mit einem vagen Schulterzucken. Marian nahm ihre Hand, um Joans ganze Aufmerksamkeit auf sich zu lenken.

»*Viele* der Zweifel«, sagte sie eindringlich. Joan blickte sie aufmerksam an, und als Marian sah, dass sie ihr zuhörte, ließ sie ihre Hand los und tätschelte sie verlegen. »Ja. Ich weiß noch, dass wir zum Einkaufen gingen, Olive und ich, und dein Vater war mit diesem Freund zu einem seiner Camping-Wochenenden gefahren – wie hieß der noch? James? Jim?«

»John.«

»Ja. Genau, John Denton, oder? Egal. Deine Mutter war die ganze Zeit über gereizt. Aber ich glaube, eigentlich sorgte sie sich am meisten darum, dass *er* vor der Hochzeit einen Rückzieher machen könnte – dein Vater, meine ich. Er war immer so ein anständiger Bursche. Am Ende hat sie so vieles an ihm geliebt, dass sie ihn lieber haben wollte – egal, in welcher Form oder in welchem Zustand –, als ihn nicht zu haben. Vielleicht hat sie ihm das am Ende gesagt – ich habe keine Ahnung. Aber die Hochzeit hat selbstverständlich stattgefunden.«

Marian setzte sich zurück und leerte ihr Glas, während Joan in ihres starrte und zu entschlüsseln versuchte, was sie gerade gehört hatte. Es ergab wenig Sinn. »Ich denke immer, man sollte besser nichts überstürzen«, schloss Marian und wandte den Blick ab, als habe sie das Interesse verloren.

»Ja, vermutlich«, sagte Joan verwirrt. Doch Marian *konnte* es nicht wissen. Sie konnte es unter keinen Umständen wissen, es sei denn, es war offensichtlich. Es sei denn, nur sie, Joan, wäre blind gewesen, doch das glaubte sie nicht. Nachdenklich ging sie zu Bett. Ihr Kopf kribbelte vor Müdigkeit, doch sie schlief unruhig und wachte immer wieder auf. Sie dachte an den Freund ihres Vaters, John Denton, an den sie seit Jahren nicht gedacht hatte. Er war Vertreter gewesen und hatte mit Ersatzteilen für Staubsauger gehandelt. In ihrer Kindheit war er alle paar Monate auf dem Weg irgendwohin vorbeigekommen, um mit ihnen zu Abend zu essen, und er und ihr Vater hatten bis spät in die Nacht zusammengesessen, sich unterhalten und gelacht. Wenn John bei ihnen war, ging von ihrem Vater so ein Leuchten aus, dass Joan eifersüchtig gewesen war, obwohl sie John mochte und sich geweigert hatte, ins Bett zu gehen, aus Angst, etwas zu verpassen. Sie versuchte, sich zu erinnern, ob sie John auf der Beerdigung ihres Vaters gesehen hatte, doch ihre Erinnerung an diesen Tag war verschwommen, sie war zu benommen gewesen und zu betäubt vor Schmerz. *Egal, in welcher Form oder in welchem Zustand.* Sie grübelte über Marians Worte nach, und jedes Mal, wenn sie dachte, gleich hätte sie die Lösung, entglitt sie ihr wieder. Es war, als versuchte sie, in einem beschlagenen Spiegel etwas zu erkennen, doch Marians generelle Botschaft war klar – dass eine Ehe funktionieren konnte, ungeachtet dessen, was man am anderen nicht mochte, solange es genügend gab, was man an ihm liebte. Joan dachte viel darüber nach und war schließlich alles andere als überzeugt davon, dass das wirklich immer zutraf.

Marian hatte jedoch ein Korn des Zweifels in ihr gesät. Der Tag von Salims Aufbruch nahte. Joan ersann ein Abschiedsessen mit Maude, damit sie im Sonnenuntergang ausgehen konnte und man sie bis zum Morgen nicht vermisste. Sie stellte sich die lange triste Nacht vor, die sie allein in der Stadt verbringen würde, wenn sie am Ende doch nicht mitgehen sollte. Wenn sie das Schiff nach Aden bestieg, zurück nach England flog und in das Haus in Bedford zurückkehrte, in dem sie aufgewachsen war. Wenn sie Rory heiratete und mit ihm in eine Maisonettewohnung in der Nähe des Bahnhofs zog. Sie stellte sich ihre Kinder vor. Das Weihnachtsessen mit den Hibbertses. All die Dinge, auf die sie sich gefreut hatte, bevor sie nach Oman gekommen war. Und nun staunte sie über das Gefühl, das sie in ihr auslösten – ein Gefühl von Erschöpfung, das sie herunterzog, als würde man einschlafen, obgleich man wach bleiben wollte. Zum Tee schrieb sie ihnen eine Nachricht – Rory und Robert und Marian, aber vor allem Rory. Sie ließ sie in ihrem Zimmer zurück, an einer nicht zu offensichtlichen Stelle, sodass man sie bei einem flüchtigen Blick von der Tür aus nicht gleich entdeckte, sie aber ganz gewiss bei einer gründlichen Suche fand. Dort stand: *Verzeiht, dass ich euch das antue. Verzeiht, dass ihr euch meinetwegen sorgt – versucht, es nicht zu tun. Ich bin in guten Händen, und ich bin mir sicher, dass wir uns wiedersehen.* Sie fragte sich, ob ein einziges Wort davon wahr war. Ob sie den Zettel später zerreißen, ihren Koffer packen und an ihrer Feigheit ersticken würde.

Als die Sonne am westlichen Himmel verwischte, ging Joan zu Rorys Zimmer hinauf und stand bebend vor seiner Tür. Sie hörte, wie er sich leise im Zimmer bewegte. Wahrscheinlich packte er oder zog sich für den Drink auf der Terrasse um. Sie hob die Hand, um anzuklopfen, zögerte jedoch, und als ihre Knöchel das Holz schließlich berührten, war es so vorsichtig, so verhalten, dass sie sich nicht sicher war, ob er es hörte. Doch die Geräusche im Inneren verstummten. Joan wurde bange, als sie sich vorstellte, er könnte tatsächlich die Tür öffnen. Sie konnte sich nicht vorstellen, ihn zu sehen und dann aufzubrechen. Wenn er nett zu ihr war, konziliant. Wenn er süß und zärtlich war und ihr ein Gefühl von Sicherheit gab, würde sie unweigerlich in den erdrückenden Schlaf fallen. Sie schloss die Augen. Sie hatte keine Ahnung, ob sie sich das wünschte oder nicht. Doch Rory öffnete nicht, die leisen Geräusche im Inneren setzten sich fort, und Joan klopfte nicht noch einmal an. Sie atmete behutsam ein und ging.

Sie nahm nichts als ihre kleine Reisetasche mit, in die sie ihre Kamera packte, sowie das Bündel, das Abdullah ihr gegeben hatte, und hielt in einer stillen Gasse an, um Abaya und Schleier überzuziehen. Ihre Hände zitterten. Sie dachte an den Berg, dass sie die Erste sein würde, die das Hochplateau betrat. Sie würde eine Pionierin sein, nicht die *arme Joanie*, das Nervenbündel. In ihrer Aufmachung schienen die Wachen am Tor sie kaum zu bemerken. Sie hätte jeder sein können. Und das entsprach genau ihrem Gefühl, als sie den Hügel hinaufging und ihre Entschlossenheit mit jedem Schritt wuchs, mit dem sie sich von ihrem vorigen Leben entfernte – sie konnte jeder sein, sie hatte die Wahl. Nicht einmal Maude hatte je den Gipfel des Dschabal al-Achdar gesehen. Joan verließ das normale Leben, darum galten jetzt keine normalen Regeln mehr.

Als sie zwischen den Felsen stand, wo sie Salim das letzte Mal getroffen hatte, und unten auf die Stadt und das Meer zurückblickte, fühlte sie sich so fern von jenem anderen Leben, dass sie sich fragte, ob es sie zweimal gab. Ob eine andere Version von ihr dort unten in der Residenz gerade ihre Sachen packte. Das Schiff, das jene Joan nach Aden bringen würde, lag bereits vor Anker. Sie beobachtete, wie ein kleiner Leichter zu ihm hinausfuhr, das Kielwasser als helles Band hinter sich. Jene Joan, die das Schiff bestieg, würde Rory nicht darauf ansprechen, was sie im Lager beobachtet hatte, weil sie nur dann bei ihm bleiben, ihn nur dann heiraten konnte. Ihr wurde klar, dass sie so tun musste, als ob das nie geschehen wäre, und sie wusste, wie schwierig das werden würde. Die Ehe wäre von Beginn an gefährdet. *Sie müssen nicht mit den Karten spielen, die man Ihnen gegeben hat*, hatte Maude gesagt, und Joan würde ihre Karten tauschen.

Als sie Salims leise Schritte hörte und Weihrauch und Metall roch, beschleunigte sich ihr Herzschlag. Ihre Entscheidung war gefallen. Es blieben nur noch Sekunden, sie rückgängig zu machen, und obwohl Joan wusste, dass sie das nicht tun würde, blieb die Angst – als würde sie sich am Rand einer Klippe bewegen und wissen, dass sie abstürzen konnte, auch wenn sie das überhaupt nicht wollte. Zunächst sagte Salim nichts. Er blickte sie ernst an, nickte, winkte sie zu sich heran und legte ihr seine Hand auf die Schulter.

»Ich wusste, dass Sie den Mut haben«, sagte er. »Aber seien Sie gewarnt – der Berg wird Sie verändern, und diese Veränderung können Sie nicht mehr rückgängig machen. Kommen Sie, folgen Sie mir. So leise wie möglich.« Er drehte sich um, entfernte sich weiter von der Straße und drang tiefer in die steilen, rauen Felsen vor. Joan folgte ihm schwer atmend und blickte nicht zurück.

Salalah und das Leere Viertel, Oman,
März 1909

Maude sah Nathaniel zwischen Fayes Tod und ihrer Abreise nach Arabien nur ein Mal. An Weihnachten, in Marsh House. Er hatte dieselben geröteten Augen und war ebenso rastlos, wie er als Junge gewesen war, wenn er von einem Besuch bei seiner Mutter in Nizza zurückgekehrt war. Faye war einem Tumor erlegen, der sie, wie man hörte, zunächst auf grausame Weise ihrer alabasternen Schönheit beraubt und ihr sodann das Leben genommen hatte. Maude war ihr nur ein einziges Mal begegnet. Und zu sehen, wie Nathan sie liebte, war so überaus schmerzhaft gewesen, dass Maude anschließend erkrankt war – nicht körperlich, doch sie war so niedergeschlagen gewesen, dass sie weder ausgehen noch jemanden treffen noch essen konnte. Da sie sich ihrer Schwäche schämte, verheimlichte sie ihren Zusammenbruch, vor allem vor ihrem Vater, und behauptete, dass sie mit den letzten Seiten ihres Manuskriptes ringe. Nathaniels dreijährige Ehe mit Faye war kinderlos geblieben und von beiderseitigen Krankheitsschüben getrübt gewesen. Sie hatten überwiegend in Tripoli gelebt, dann in Bagdad, und das strapaziöse Klima und der fehlende Komfort hatten ihren Tribut von Faye gefordert, die, wie es hieß, immer schwächer geworden war, obwohl sie sich nie beklagt hatte. Maude versuchte, das Mädchen nicht zu hassen, sie traf keine Schuld, doch es fiel ihr schwer. Ihr Tod löste in Maude eine derart schreiende Abwesenheit jeglichen Gefühls aus, dass sie Nathaniel eine Weile mied. Es war ihr unmöglich, Worte zu finden, und sie ertrug es nicht, seinen Schmerz zu sehen. Er bewirkte, dass sie sich unablässig und erbarmungslos stranguliert fühlte. Sie schickte eine offizielle Kondolenzkarte und hoffte, er wäre zu zerstreut, um zu bemerken, wie überaus unpassend das war.

An jenem Weihnachten in Marsh House, Weihnachten 1908, war Faye seit einem halben Jahr tot. Nathaniel wirkte älter, noch hagerer, als hätte ihm der Kummer die letzten Reste jungenhafter Sorglosigkeit genommen. Er stand nicht mehr mit offenem Jackett da, die Hände in die Hosentaschen geschoben, er lehnte sich nicht mehr geschmeidig an ein Kaminsims. Er stand aufrecht, leicht nach vorn gebeugt, als würde er sich für einen unvermuteten Angriff wappnen.

Maude fiel es noch immer schwer, sich mit der früheren Leichtigkeit mit ihm zu unterhalten. Sie liebte ihn noch wie eh und je, und sie litt noch immer darunter, dass all ihre Hoffnungen in dem Augenblick gestorben waren, als er ihr von Faye erzählt hatte. Fayes Tod war kein Grund, diese Hoffnungen wiederzubeleben. Es war klar, dass Nathaniel noch an ihrer Erinnerung hing, und selbst wenn nicht, wären seine Gefühle für Maude noch dieselben gewesen. Sie sprachen meist über Reisen, über ihre Pläne, das Rub al-Chali zu durchqueren – das Leere Viertel in der arabischen Wüste –, das noch nie von Süden nach Norden, auf dem längsten Weg, passiert worden war. Dass Maude, wenn es ihr gelang, die Erste sein würde, war für sie beinahe nebensächlich. Es verursachte ihr einen angenehm prickelnden Wonneschauer, aber sie hatte sich bereits einen Namen als Reisende gemacht, als Forscherin und Altphilologin. Ihre Bücher erhielten selbst von verschrobenen alten Wissenschaftlern wohlwollende Kritiken, wenn auch nicht ohne Neid. Einige hatten sogar aufgehört, ihr Lob durch den Zusatz *für eine Frau* zu relativieren. Doch was sie wirklich in das Leere Viertel zog, war seine Leere. Die ursprüngliche, unberührte Wüste, unerreicht in ihrer einzigartigen Erhabenheit. Auf ihren früheren Reisen hatte sie hier und da eine Kostprobe davon erhalten, und diese Kostproben hatten ihr Verlangen nur verstärkt, anstatt es zu stillen.

Nathaniel lauschte ihren Plänen, während sie gebratene Gans mit Johannisbeersoße aßen, im eintönigen grauen Nieselregen ausritten und mit dem Pfarrer bei Sherry und Shortbread beisammensaßen. Und während Nathan ihr zuhörte, kehrte allmählich die Begeisterung in seine Augen zurück. Also erzählte Maude mehr, denn zu sehen, wie er ihre Worte aufsog, erzeugte ein Glücksgefühl in ihrem Herzen.

»Vielleicht ist das die Antwort, Mo«, sagte er eines Abends spät, als nur sie beide vor dem Kamin saßen. »Ich weiß nicht, warum ich nicht früher darauf gekommen bin. Ich war einfach so erschöpft und ... ich weiß nicht. Es fiel mir so schwer zu denken, seit Faye ... gestorben ist. Überhaupt über irgendetwas nachzudenken. Aber die Wüste würde das alles ändern. Wie bei jenem ersten Mal in Ägypten, als ich so wütend auf die Welt und auf alle war. Dieser Frieden. Mir war es dort unmöglich, Wut zu empfinden. Es war unmöglich, sich an irgendetwas zu stören, es fiel einfach ... alles von mir ab. Gott, das brauche ich jetzt, Maude! Genau das brauche ich.« Mit leidenschaftlichem Blick beugte er sich zu ihr vor.

»Komm mit mir!«, sagte Maude unbesonnen. »Nimm dir eine Auszeit von deinem Dienst ... Die Kosten spielen keine Rolle. Bitte lass mich das für dich tun.« Doch kaum hatte sie es ausgesprochen, sah sie, wie das Feuer in seinen Augen ein wenig erlosch und die Erschöpfung ein kleines bisschen zurückkehrte. Und sie wusste, dass er allein fahren musste, dass er nicht ihr Begleiter sein konnte, ein Vickery-Anhängsel. Sie bemühte sich, den Stich zu ignorieren. Eine Weile saßen sie schweigend beieinander, während das Feuer schwelte und leise zusammenfiel. Als sie ihn ansah, war er ihr so vertraut wie sie selbst – und unendlich viel wertvoller. Vielleicht lag es daran, dass sie nach dem Rotwein beim Abendessen zu viel Brandy getrunken hatte, oder daran, dass es im Zimmer beinahe dunkel war, doch plötzlich musste Maude etwas aussprechen, das sie ihm schon vor Monaten hatte sagen wollen. »Wenn ich dir deine Last abnehmen könnte, würde ich es tun«, sagte sie, und ihr Herz schlug ihr bis zum Hals. »Wenn ich dich von deinem Schmerz befreien könnte, würde ich es sofort tun, auch wenn das bedeuten würde, dass ich ihn für immer spüre.«

»Ich weiß«, sagte er nach einer Pause sanft. Aber sie sah sofort, dass die Worte ihn weiter von ihr entfernt hatten, anstatt ihn ihr näherzubringen. Er stand auf und legte ihr einen Augenblick die Hand auf die Schulter, dann ging er. »Das weiß ich, Maude.«

Im darauffolgenden Jahr schrieb sie ihm aus Salalah, der südlichsten Stadt im Reich von Sultan Faisal bin Turki, wo der Palast, in dem der Sultan die meiste Zeit lebte, seine großen Fenster zum Meer öffnete, um die Brise einzufangen. Maude saß in einem Klappstuhl an der sandigen Küste, über ihr ein milchig grauer Himmel, und schwitzte leicht in der feuchtheißen, salzigen Luft. Ihr Brief an Nathaniel war fragil, das dünne Papier hatte sich gewellt. Sie schrieb auf einem Holztablett, das auf ihren Knien ruhte, und das Tintenfass wankte gefährlich, wann immer sie sich in ihrem Sitz bewegte. Das Meer und der Himmel hatten dieselbe Farbe, dasselbe Blau, der Sand einen hellen Lehmton. Es wirkte harmonisch, beruhigend, seltsam leblos.

Heute am späten Nachmittag habe ich meine letzte Audienz bei Seiner Hoheit Faisal bin Turki, schrieb sie. *Ich glaube, dass er mir die Erlaubnis zum Reisen geben wird, obwohl er diese vor mir noch keinem Ausländer gewährt hat. Er scheint irgendwie Gefallen an mir gefunden zu haben – oder vielleicht bin ich für ihn auch nur so etwas wie eine Neuheit. Im Allgemeinen werden die Frauen hier deutlich kürzer gehalten.*

Sie dachte intensiv nach und schrieb dann nicht, was sie eigentlich schreiben wollte, da der Brief von den Männern des Sultans verschickt wurde, und Maude war sich ziemlich sicher, dass diese ihn zuerst lesen würden. Sie hatte schreiben wollen: *Natürlich beabsichtige ich, ohnehin aufzubrechen, ob mit oder ohne Erlaubnis. Ohne wird es nur etwas komplizierter.* Sobald sie in der Wüste war, konnte nicht einmal der Sultan ihr etwas anhaben oder sie beschützen. *Dann wird alles von den Beduinenführern abhängen, von meiner Urteilskraft und von meinem Glück. Ich danke Gott, dass ich den lieben Haroun bei mir habe. Irgendwie habe ich das Gefühl, dass mir nichts Schlimmes widerfahren kann, solange er an meiner Seite ist, jammernd wie eine jungfernhafte Tante.*

Maude war in beiden Richtungen meilenweit die Einzige am Strand. Ein paar streunende Hunde suchten in der Gezeitengrenze nach Fischresten, und einige Möwen taten es ihnen gleich. Helle gelbe Krebse tippelten über den festen Sand in der Nähe des Wassers und bewegten sich mit erstaunlicher Geschwindigkeit in ihre Höhlen hinein und wieder heraus. Es würde noch Stunden dauern, bis die Fischer mit ihrem zweiten Tagesfang hereinkamen, und es waren Stunden vergangen, seit sie die erste Ladung an Land gebracht, die Boote gewendet hatten und erneut ausgelaufen waren. In

Ufernähe waren ein paar von ihnen zu sehen – weiße Einer und noch kleinere, einfachere Boote, in denen sie selbst nur ungern in See gestochen wäre. An der Küste gen Norden lagen die Ruinen der Stadt Surmurham, im Süden jene von Balid – sie war die Erste gewesen, der zu beiden Zugang gewährt worden war, um sie zu erforschen und zu kartografieren. Die Karten und Zeichnungen waren alles, was sie brauchte, um ihr Buch über Städte an den ehemaligen Weihrauch-Handelsstrecken von Arabien fertigzustellen. Die Reise in die Wüste unternahm sie nur für sich selbst, egal, was sie dem Sultan erzählt hatte.

Sie und Haroun hatten Zimmer in einem Kaufmannshaus am Hafenrand genommen. Die Böden waren sandig und die Wände voller Risse. Salz und Sonne hatten alle Oberflächen mit den Jahren ausgebleicht. Haroun mochte Oman nicht. Er beklagte sich in erster Linie über die Feuchtigkeit – dann über die Bremsen, über das schal schmeckende Wasser, den verschlagenen Blick der Omanis und die primitiven unzivilisierten Mitglieder des Qara-Stammes, die aus den Bergen herunterkamen, um spärlich bekleidet über die Märkte zu streifen. Da kam Haroun über den Strand zu Maude geeilt.

»Werte Madam, das Mittagessen für Sie ist zubereitet«, sagte er, als er sie erreichte, und wischte sich mit einem weißen Taschentuch die Stirn. Zum ersten Mal bemerkte Maude graue Barthaare in seinem schwarzen Schnurrbart.

»Ist es dir gelungen, frische Äpfel zu bekommen? Oder Erdbeeren?«, fragte sie auf Arabisch.

»Ich bitte untertänigst um Verzeihung, nein. Ich glaube, sie werden hier nicht angebaut«, sagte er.

»Wie schade«, seufzte Maude. »Ich hatte solch einen Appetit auf etwas Frisches, bevor wir uns auf unsere Reiseverpflegung beschränken müssen.« Sie reichte ihm ihr Schreibtablett, während sie aufstand. Ihre Kniehosen und ihre Bluse klebten an ihrer Haut. Obwohl sie auf ihren Reisen wenig Zugeständnisse an ihre Weiblichkeit machte, ging sie nicht so weit, in der Öffentlichkeit an ihren Kleidern zu zerren. Diverse Sandmücken waren unter das Netz ihres Huts gelangt und schwirrten aufreizend um ihre Augen. Maude nahm den Hut ab und schlug ihn angewidert aus. »Allmählich schließe ich mich deiner Meinung über die Insekten hier an, Haroun«, sagte sie. Ihr Diener nickte.

»Sie sind zahlreicher als Sandkörner in der Wüste«, erwiderte er schwermütig.

Als Maude sich nach dem Mittagessen umzog, dachte sie an ihren Vater. Der Sultan zog es vor, sie in weiblicher Kleidung zu empfangen, darum wählte sie ein langes Teestundenkleid aus weichem beigem Batist, das sich locker um ihre Taille und ihre Hüften schmiegte, obwohl sie schon lange kein Korsett mehr trug. Das Kleid kam zerknittert aus dem Koffer, daran konnte sie nichts ändern, doch Salalahs Feuchtigkeit hatte wenigstens den Vorteil, dass sie die Falten dazu ermunterte, sich auszuhängen. Maude legte einen Schal um ihre Schultern, damit sie ausreichend züchtig wirkte. *Es hat keinen Sinn, die Pferde scheu zu machen*, hatte sie ihrem Vater geschrieben, als sie ihm ihre merkwürdige Garderobenwahl schilderte. Er hatte zurückgeschrieben: *Wenn man in der Ferne reist, weit weg von den Annehmlichkeiten zu Hause, ist praktisches Denken weitaus wichtiger als Konventionen.* Neuerdings erteilte er ihr Ratschläge, die er ihr schon als Kind mitgegeben hatte, und schien sich dabei keineswegs bewusst zu sein, dass er sich wiederholte. In Maude regte sich zum ersten Mal Sorge um ihn, doch noch hatte sie keine Zeit, dieser nachzugehen. Bald, wenn sie von ihrer Reise zurück war. Stattdessen schrieb sie ihren Brüdern und instruierte sie, ihren Vater häufig zu besuchen und sich um ihn zu kümmern. John und Francis hatten sich schon früh, in ihren mittleren Jahren, bequem eingerichtet. Sie schienen ihre Schwester überaus anstrengend zu finden, und da sie sehr darauf bedacht waren, Maudes Vorwürfe zu vermeiden, taten die beiden meistens, was sie ihnen auftrug.

Zur vereinbarten Zeit und zitternd vor Aufregung begab sich Maude auf den Weg in den Palast. Es war recht kühl. Magere Omani-Soldaten und riesige, muskulöse Negersklaven in passenden blauen Tuniken bildeten die Wachen. Ein Brunnen plätscherte melodisch im Hof, durch die Flure hallte leise arabisches Gemurmel, und das Gezwitscher der Singvögel drang vom Garten herein. Maude wünschte, Nathaniel wäre bei ihr. Sie konnte ihn sich leicht vorstellen, wie er im Meer schwamm, im Schatten schlief. Wie die Sonne sich in den feinen Härchen an seinen Schläfen fing. Diese Gedanken lenkten sie ab, darum verbannte sie sie. Sultan Faisal bin Turki war ein kleiner, gut gebauter Mann Mitte vierzig, mit harten braunen Augen unter geraden Brauen, einer vollen Unterlippe und einem kurz geschnittenen Bart. Er trug den königlichen Turban, der wie seine Fahne aus roter Seide mit goldenen Streifen gefertigt war. Anfangs hatte er sich ihr gegenüber distanziert gezeigt, fast kühl – sie wusste, dass er nur eingewilligt hatte, sie überhaupt zu empfangen, weil er neugierig auf ihre Erscheinung war, ihre Fremdartigkeit, ihre Weiblichkeit. Das Ansehen, das sie in anderen Teilen der Welt genoss, interessierte ihn nicht. Doch nach und nach, im Lauf ihrer diversen Unterredungen, hatte sie bemerkt, dass er allmählich auftaute. Jetzt schien er beinahe zu lächeln, doch nur beinahe. Maude machte einen Knicks, dann nahm sie auf dem einfachen Holzstuhl Platz, den man ihm gegenüber aufgestellt hatte, etwas näher, als ihr angenehm war. Natürlich musste sie zu ihm aufsehen, und sie achtete sorgsam darauf, weder die Beine übereinanderzuschlagen noch die Arme zu verschränken. Er roch intensiv nach Rosenwasser, Weihrauch und Kaffee. Eine Weile tauschten sie die üblichen Höflichkeiten aus, dann beobachtete Faisal sie eine Weile intensiv, ohne zu blinzeln.

»Ich hoffe, Sie genießen Ihre Zeit in Salalah?«, sagte er.

»Sehr sogar, Eure Hoheit. Obwohl ich finde, dass Ihr einigen Eurer Untertanen mehr Anstand beibringen solltet.« Maude lächelte und wartete einen Augenblick, bis sich auf Faisals Gesicht Empörung abzeichnete, erst dann fuhr sie fort: »Die Sandmücken, Eure Hoheit. Die sind äußerst ungebärdig.«

»Aber wir sind alle Gottes Kreaturen, Miss Vickery«, sagte er und lächelte ganz kurz. »Ich bin froh, dass Ihnen Salalah gefällt. Sie sind herzlich eingeladen, Ihren Aufenthalt nach Belieben zu verlängern.«

»Mein Dank, Eure Hoheit. Ihr seid äußerst großzügig.« Maude wusste nicht, ob er wollte, dass sie ihm seine Ungeduld zeigte und ihn nach der Reise fragte, oder ob das verheerend wäre.

Erneut folgte langes Schweigen, dann lächelte der Sultan noch einmal, diesmal ein bisschen länger. »Sie dürfen sich im Reich nach Belieben bewegen, Miss Vickery. Ich fürchte in diesen wilden Gegenden um Ihre Sicherheit, aber Sie sind gewiss keine normale Frau. Und ich spüre Ihre Liebe für mein Land – für diese Dinge habe ich ein hervorragendes Gespür.«

»Ich danke Ihnen ergebenst, Eure Hoheit«, sagte Maude, atemlos vor Siegesfreude. Sie bewahrte eine unterwürfige Miene und achtete auf ihren Ton.

»Ich frage mich«, sagte Faisal und beugte sich mit funkelnden Augen ein wenig vor. »Ich frage mich, wen Sie mit dieser Zurschaustellung von Demut täuschen wollen.«

»Ich weiß, dass ich Euch niemals täuschen könnte, Eure Hoheit.«

Maude bestand darauf, die Beduinen kennenzulernen, die sie führen würden. Sie gehörten zum Stamm der Bait Kathir – der weniger feindselig als andere war –, und sie blickte jedem der Männer in die Augen, um seinen Charakter einzuschätzen. Sie feilschte mit ihnen um ihre Entlohnung, die die Beduinen in unverschämter Höhe von ihr forderten, und weigerte sich, mehr als die Hälfte im Voraus zu begleichen. Sie stritt mit ihnen über die Anzahl der Kamele, die sie kaufen musste, und von wem, und am Ende nahm sie sie mit auf den staubigen Markt in den Hügeln hinter Salalah, damit sie ihr bei der Auswahl der Tiere halfen. Verhielten sie sich zunächst respektlos, ja zeigten sogar unverhohlenen Spott für die kleine, fremdartige Frau mit dem verrückten Plan, die Wüste zu durchqueren, bemerkte Maude bald, dass sie sie widerwillig akzeptierten – und je härter sie mit ihnen stritt, desto mehr wuchs sie in ihrem Ansehen. Und Maude stritt hart.

Sie war glücklich, dass sie insbesondere die Dienste eines Mannes erworben hatte. Khalid bin Fatimah war von kräftiger Statur und besaß überaus intelligente Augen. Er hätte jedes Alter zwischen dreißig und sechzig haben können, und er beobachtete viel und hörte aufmerksam zu. Er sprach mit verhaltenem Respekt mit ihr, der weder unterstellte, dass sie ihn verdiente, noch, dass sie ihn nicht verdiente, was Maude überaus vernünftig schien. Er erklärte, welche Kamele in der Wüste nützlich waren, welche für die Berge, welche lahmen würden, wenn sie die unendlichen Schotterebenen durchqueren mussten, die einen Großteil des Rub al-Chali ausmachten, welche in den Dünen straucheln und sich weigern würden, sie zu überqueren. Die Herde, die sie schließlich zusammenstellten, bestand nur aus Weibchen, und bis auf eins wirkten alle fügsam und kooperativ, obwohl Maude bereits aus Erfahrung wusste, dass sogar das freundlichste Kamel seine Aussetzer haben konnte. Sie hatte eins in der Nähe der antiken nabatäischen Stadt Petra erlebt, das seinen tyrannischen Besitzer mit einem gut platzierten tödlichen Tritt mit dem Vorderhuf ins Jenseits befördert hatte. Maude stellte sich ihrem neuen, schlecht gelaunten Kamel vor – es war das kleinste der Herde –, indem sie es mit Datteln fütterte. »Ich weiß, wie das ist, wenn man klein ist und böse auf die Welt«, erzählte sie dem Tier. »Wir nennen dich Krümel, so wie mich früher. Und wenn du mich je beißen solltest, ziehe ich dir das Fell über die Ohren und mache Sandalen und Wasserflaschen daraus.« Krümel stieß mit ihrer behaarten Nase gegen Maudes Schulter, sodass sie gezwungenermaßen einen Schritt zurückweichen musste. Das Kamel knurrte tief in seiner Kehle und spähte unter seinen langen Wimpern zu ihr hinunter. Maude hätte schwören können, dass seine Augen amüsiert blitzten.

Morgen brechen wir auf, schrieb Maude in einem weiteren Brief an Nathaniel, einem, der erst am Ende der Reise abgeschickt werden würde – sofern sie jemals ihr Reiseziel erreichen würde. Khalid und Haroun schienen sich gut zu verstehen, und die anderen Beduinen beugten sich Khalid, so wie sie sich jedem beugten. Zufrieden dachte Maude, dass sie ihre Gruppe nicht besser hätte zusammenstellen können, selbst wenn sie es versucht hätte. Es gab drei jüngere Beduinen, die für Maude zunächst alle ziemlich ähnlich aussahen, mit ihrem verfilzten, schwarzen Haar, den dünnen Bärten, den verblassten Tuniken und ihren nackten Füßen. Alle trugen ein Gewehr mit Munitionsgürtel sowie einen Khanjar und hatten Kafias um die Köpfe geknotet. Einer von ihnen besaß eine kaputte Schweizer Armbanduhr, auf die er übermäßig stolz war. Maude mochte nicht darüber nachdenken, wie um alles in der Welt sie in seinen Besitz gelangt war. Sie lernte sogleich ihre Namen – Fatih, Ubaid und Kamal –, war sich anfangs jedoch nicht immer ganz sicher, ob sie den Einzelnen mit dem richtigen Namen ansprach. Es war auch ein älterer Mann dabei, der behauptete, die Wüste auf jede erdenkliche Weise durchquert zu haben. Sein Haar und sein Bart waren weiß, und er blickte aus Unmengen von Hautfalten auf die Welt. Sein Name war Sayyid, und die jüngeren Männer verspotteten ihn fröhlich, was Maude überraschte. Anscheinend zollte man Älteren nicht automatisch Respekt. Ziel des meisten Spotts war jedoch ein magerer Kerl mit Namen Majid, den Haroun in Salalah als Diener für diverse Arbeiten angeheuert hatte. Er sprach wenig, besaß die furchtsamen Augen eines Rehs und schien nicht älter als dreizehn zu sein.

Anfangs ritten sie stetig von der Küste aus nach Nordosten, über weite Schotterfelder mit vereinzelten kugelrunden Geoden, eigentümlichen Felsformationen und versteinerten Pflanzen. Die Kamele grasten unterwegs an kurzen dornigen Bäumen. Die Luft flirrte. Hin und wieder schreckten sie eine Gazelle auf, und die Beduinen schossen abwechselnd auf sie, lachten und warfen sich beiläufig Beleidigungen an den Kopf, wenn die Gazelle unversehrt entkam. Sie führten Vorräte an Mehl, Salz, Wasser, Datteln, Kaffee, Zucker, scharfen Zwiebeln und getrocknetem Ziegenfleisch mit sich. Als sie am vierten Tag eine Gazelle erlegten, stellte das frische Fleisch eine willkommene Abwechslung dar. In einer verschließbaren Dose verwahrte Haroun einen Vorrat an süßen Keksen, schwarzem Tee, glacierter Kokosnuss und türkischem Honig, die für Maudes exklusiven Gebrauch bestimmt waren. Er trug den Schlüssel zu der Kiste stets bei sich und wachte über ihn wie eine Burggräfin.

»Die Stammesangehörigen sind wie die Kinder hinter Süßigkeiten her, Madam«, erklärte er ihr voller Ernst. »Und sie werden sie stehlen wie die Kinder.«

»Haroun, unser Leben hängt von diesen Männern ab«, erinnerte Maude ihn amüsiert. »Wäre es schlimm, ein wenig mit ihnen zu teilen?« Murrend, wie schnell die Vorräte zur Neige gehen würden, reichte Haroun die Kiste mit dem türkischen Honig herum, und die Männer nahmen, so viel sie konnten, ehe er sie ihnen wieder entriss. Grinsend kauten sie, und der Puderzucker rieselte in ihre Bärte. Der junge Majid, der so etwas noch nie zuvor gegessen hatte, schloss in fassungsloser Seligkeit die Augen. Von da an reichte Maude ihm jeden Abend ein Stück, wenn niemand anders es sah.

Die Beduinen amüsierten sich über Maudes Zelt, ihr Feldbett, ihren Tisch, den Waschständer und den Stuhl. Sie gaben sich keine Mühe, ihre spöttischen Bemerkungen heimlich auszutauschen oder ihr Gelächter zu verbergen, wenn Haroun und Majid sich abends beeilten, Maudes Unterkunft herzurichten. Auch Haroun hatte ein Zelt, ein kleineres, und dann gab es noch ein kleines senkrechtes, das wie ein Kasperletheater aussah und Maude als Abort diente. Maude saß auf ihrem Stuhl am Feuer, trank Tee und tauschte Geschichten mit den Beduinen aus. Sie aßen alle gemeinsam. Die Männer buken abwechselnd Fladenbrot auf einem Blech über dem Feuer, in das sie Stücke getrockneten Ziegenfleischs und unweigerlich eine ordentliche Portion Sand einrollten. Dann folgten Datteln und Kaffee, der den ranzigen Geschmack des Wassers nicht überdecken konnte, das sie unter der heißen Sonne in Ziegenhäuten transportierten – dadurch war es jedoch ein kleines bisschen genießbarer. Die Beduinen tranken und aßen wenig. Sie wirkten auf Maude ebenso autark wie ihre Kamele und in der Lage, mit weit weniger zu überleben, als es möglich schien. Nach einer Woche erfuhr Maude, dass einer der jüngeren Männer, Fatih, der geschwätzigste unter ihnen, Khalids ältester Sohn war. Der Junge redete und sang ununterbrochen und buhlte mit unglaublichen Geschichten um die Aufmerksamkeit und die Anerkennung seines Vaters. Am Tag sangen die Männer Teile aus dem Koran oder Gebete oder ausufernde Volkslieder zu irgendeiner Melodie, die ihnen gerade in den Sinn kam. Wenn das Ende des Liedes erreicht war, begannen sie wieder von vorn. Nach diversen Stunden, in denen Maude still die Gesänge verfolgt hatte, stimmte sie eines Tages laut eine stürmische Interpretation von *Jerusalem aus Gold* an. Die Männer hörten amüsiert zu und brachen dann in fröhliches Gelächter aus.

Ihre Route richtete sich danach, wo die Kamele grasen konnten und wo es Wasserlöcher gab, und Maude versuchte, nicht an der Ineffizienz dieser Routen zu verzweifeln. Doch zehn Tage nach Beginn ihrer Reise war sie vollkommen bestürzt, wie wenig Strecke sie zurückgelegt hatten. Sie bestimmte ihre Position häufig mit ihrem Kompass und erstellte eine möglichst genaue Karte ihrer Route. Sie machte Fotografien, zeichnete die zerklüfteten Felsrücken, die sie passierten, die Flora und die Fauna, die sie sahen, deren Vorkommen allerdings recht überschaubar war. Große, hellgrüne Skorpione, schwarze Käfer, Krähen, Löffelfüchse und gelegentlich eine grimmig aussehende Eidechse mit einem Schwanz, dick wie eine Keule, die in ihre Höhle spurtete. An dem Tag, als Khalid eine Oryxantilope schoss, bat sie um eine halbe Stunde, in der sie die wunderschönen schwarzen Hörner und das weiße Fell zeichnete, makellos, bis auf die Blutspritzer um die Löcher an ihren Rippen, wo man sie getroffen hatte. Bald lag sie in Fleischfetzen über einem Weidengestell, um in der Sonne zu trocknen, bekam eine Sandkruste und zog Fliegen an. Das Fell und die Hörner verschwanden im Gepäck der Männer. Die Beduinen führten ein hartes Leben und hatten keine Zeit, die Schönheit der Natur zu entdecken. Voller Neugier betrachtete Khalid ihre Zeichnungen.

»Wir werden nicht viele von denen sehen«, sagte er schließlich. »Diese Wesen sind menschenscheu und können schnell laufen.«

»Gut so, sonst würden vielleicht keine mehr übrig bleiben«, sagte Maude.

»Es ist Gottes Wille«, stimme Khalid zu. »Jeder von uns hat Mittel zu leben und Mittel zu sterben.«

»Und dank Ihres scharfen Schusses haben wir ein Mittel, um zu Abend zu essen«, sagte sie, und der starke Mann lächelte.

Maude hatte bald genug von Datteln, die einen Gutteil ihrer Ernährung bildeten. Sie verursachten ihr Magenkrämpfe, und selbst an Tagen, an denen es nur wenig anderes zu essen gab, blieb sie stattdessen lieber hungrig. Am Ende des Tages schmerzte ihr Rücken von der unablässigen Schaukelbewegung des Kamels, und ihr Gesäß war taub und wund. Sie versuchte, hinter dem Höcker kniend zu reiten, wie es die Beduinen taten, stellte jedoch schnell fest, dass man diese Haltung von Kindesbeinen an gelernt haben musste, um sie einigermaßen erträglich zu finden. Eine Weile versuchte sie, neben ihrem Kamel herzugehen, doch die Erleichterung endete schnell, als sie merkte, wie schwach ihre Beine waren und wie kraftlos sie die Ernährung gemacht hatte. Durch die trockene Hitze sprangen ihre Lippen auf, und sie war durstig vom Erwachen bis zum Schlafen. Die Beduinen schienen ebenso wenig Schlaf zu brauchen wie Essen oder Wasser, und sie sprachen bis spät in die Nacht und hielten sie wach. Als eines Abends ein Streit über irgendwelche Spuren, an denen sie an jenem Tag vorbeigekommen waren, bereits in die zweite Stunde ging, musste sie sich auf die Zunge beißen, um nicht hinauszustürmen und um Ruhe zu bitten: Ob die Kamele alt oder jung gewesen waren, fett oder ausgehungert, schwer beladen oder leicht bepackt, um Geplündertes tragen zu können. Sie stellte fest, dass sie es nur ertragen konnte, indem sie stumm, in Gedanken, einen Brief an Nathaniel verfasste. *In mancherlei Hinsicht sind sie wie kleine Jungen, die sich um Kastanien balgen. Doch dann wieder streiten sie darüber, wie viele Männer sie getötet haben.*

Ihre Augen tränten unablässig, weil sie nur auf den leeren blendenden Himmel blickte, der sich in den niedrigen Sandhügeln spiegelte, die sie überquerten. Nachdem sie zwei Tage ständig getupft und dabei jedes Mal Sand hineinbekommen hatte, war Maude davon überzeugt, dass Khalid ihr die Lider mit einem Kholstift schminken musste. Die Beduinen trugen alle eine kleine Metalltube von dem Zeug mit sich, mit einem Stift im Deckel. Khalid zog den Stift fest am unteren Rand ihrer Augen entlang, und sie blinzelte heftig ob des brennenden und seltsam heißen, sandigen Gefühls. Doch nachdem es nachgelassen und sie sich daran gewöhnt hatte, stellte sie fest, dass es das Blenden milderte und sie sich deutlich wohler fühlte. An jenem Nachmittag sahen sie eine andere Gruppe Beduinen auf einer Anhöhe vor sich. Khalid starrte hinauf, während die anderen sich um ihn scharten. Er stieg ab, ging in die Hocke und warf zum Zeichen ihrer friedlichen Absicht eine Handvoll Sand in die Luft. Als die Geste nicht erwidert wurde, folgte dunkles Murren. Die fremden Männer starrten sie unverwandt an, und Maude fröstelte. Ihre Beduinen nahmen die Gewehre in die Hände und starrten ebenso unverwandt zurück.

»Ein Überfallkommando?«, fragte sie Sayyid neben sich. Der alte Mann nickte.

»Die gehören nicht zu Bait Kathir. Zu Rashid, vielleicht. Sie sind uns zahlenmäßig unterlegen und werden weiterreiten, aber wir müssen in der Dunkelheit auf sie achten.«

Es folgte eine unruhige, schlaflose Nacht, und als die Kamele knurrten, waren die Beduinen sofort auf den Beinen und griffen nach ihren Waffen. Andere Reisende, denen sie begegneten, waren freundlicher und hielten an, um sich ausgiebig mit ihnen zu unterhalten. Eines Tages verloren sie einen ganzen Nachmittag, weil sie gezwungen waren, Schutz vor einem Sturm zu suchen. Zunächst schien er nicht sehr stark zu sein. Maude versuchte erfolglos, die Männer zum Weiterreiten zu drängen, doch die Kamele legten sich hin, ihre Führer kauerten sich an ihre windabgewandte Seite und schlangen die Kafias um ihre Gesichter. Haroun und Majid kämpften, um die Zelte in dem wachsenden Sturm aufzubauen, und Maude stand mit dem Rücken zum Wind, fasziniert, wie der Sand sich in Streifen und Schwaden und seltsamen fingerähnlichen Ranken bewegte – genau wie Rauch. Er brannte überall, wo die Kleidung ihre Haut nicht bedeckte, und setzte sich dort fest. Man konnte unmöglich sprechen und nur schwer sehen. Maude wünschte, sie könnte ihn greifen, da er dem Wind eine körperliche Gestalt zu verleihen schien. Als sie gezwungen war, in ihr Zelt zu gehen, war sie von Kopf bis Fuß damit bedeckt, und ihre Ohren rauschten.

Am Morgen herrschte eine spürbare Stille, und der Himmel war makellos blau. Fröhlich verfluchten die Beduinen die Massen von Sandkörnern, während sie sie aus allem, was sie besaßen, herausschüttelten, sie von den Kamelen klopften und sie beim Frühstück zwischen ihren Zähnen mahlten. Im nächsten Atemzug erkannten sie stoisch an, dass der Wind Gottes Wille gewesen sei. Im kühlen Morgengrauen ging Maude ein Stück und stieg ein paar Felsen hinauf. Sie war hungrig, durstig, erschöpft und zutiefst glücklich. *Ich wünschte, du wärst hier bei mir*, schrieb sie im Geiste an Nathaniel. *Du bist der einzige Mensch, der dieses Gefühl mit mir teilen könnte, ohne es zu zerstören; der dieses Paradies mit mir teilen könnte, ohne es zu ruinieren.* Plötzlich wallte Optimismus in ihr auf. Gewiss, sie war immer davon überzeugt gewesen, dass sie in der Lage war, diese Reise zu unternehmen, aber vielleicht hatte sie sich so sehr damit beschäftigt, was alles schiefgehen und wie sie dies verhindern konnte, dass sie geradezu darauf gewartet hatte, dass eines dieser Übel eintraf. Erst in diesem Moment hörte sie auf zu warten. Sie sah das erfolgreiche Ende vor sich, obwohl es noch ein weiter Weg bis dorthin war. Und sie wüsste immer, dass ihr dies als Erster gelungen war – und noch dazu als Frau. Sie entschied, wie das Buch heißen sollte, das sie über diese Reise schreiben würde: *Arabien: Reisen umgeben von Wind und Sternen*. An jenem Morgen leuchtete noch immer ein einzelner Stern im Westen, ein winziger silberner Fleck, der gegen das Tageslicht ankämpfte.

Doch nach ein paar Tagen verebbte ihr Optimismus. Die Reise war die zermürbendste, die sie je unternommen hatte. Das Gelände war das erbarmungsloseste und eintönigste, das sie je erlebt hatte. Ihre täglichen Etappen fühlten sich allmählich an, als würden sie ein Loch graben, das nie tiefer wurde. Es kam Maude vor, als würde sie in einem Meer aus Staub und Schotter auf der Stelle treten. Als sie eines Abends ihr Lager aufschlugen, sehnte sie sich danach, sich hinzulegen und zu schlafen, doch Haroun schien ewig zu brauchen, um alles vorzubereiten. Von der Müdigkeit überreizt, fuhr Maude ihn an.

»Meine Güte, wieso, in Gottes Namen, dauert das so lange? In der Zeit, in der du ein Zelt aufbaust und Tee kochst, hätte ich mir ein ganzes Schloss aus Sand errichten können.«

»Ich bitte vielmals um Verzeihung, Madam«, sagte Haroun, verneigte sich und war ganz offensichtlich verzweifelt. »Es dauert nur noch ein paar Minuten.« Dann bemerkte Maude, dass er keuchte und dass ihm der Schweiß auf der Stirn stand, und sofort ergriff sie Reue.

»Haroun! Ist dir nicht wohl?«

»Es ist nichts, Sahib. Nur ein leichter Fieberschub.« Doch seine Hände waren kraftlos und unruhig, er wirkte benommen und hatte Ringe unter den Augen.

»Majid, bau, so schnell du kannst, Harouns Zelt auf«, wies sie den Jungen an. »Haroun, setz dich. Ich bestehe darauf. Du legst dich gleich hin.«

»Aber ...«

»Keine Widerrede. Majid und ich schaffen das schon.«

»Ja, Madam.«

Am Ende stand Maudes Zelt schief, und es überhaupt aufzubauen war ihnen nur mit Khalids Hilfe gelungen, und anschließend war keine Zeit mehr, Tee zu trinken. Maude klappte ihr Bett auseinander und breitete Laken und Decken darauf aus, um das restliche Mobiliar kümmerte sie sich nicht. Die Nacht war eiskalt, und sie zitterte am Feuer, während sie auf ihre Ration Brot und Fleisch wartete. Majid kehrte mit einem unberührten Teller aus Harouns Zelt zurück und berichtete, dass der Diener eingeschlafen sei.

»Gut«, sagte Maude überaus beunruhigt. »Er muss sich ausruhen. Ich hätte das früher bemerken müssen, es war selbstsüchtig von mir.« In ihrer Sorge vergaß sie sich und sprach auf Englisch, und Majid blickte sie verständnislos mit weit aufgerissenen Augen an. Am Morgen stand Haroun auf, zitterte jedoch am ganzen Leib und taumelte benommen, als er versuchte, das Frühstück zuzubereiten.

Majid half ihm, sich vom Lager ein Stück in die Felsen zu entfernen, und als er wieder zurückgekehrt war, fragte Maude ihn so behutsam wie möglich.

»Ist es die Ruhr, Haroun? Sprich offen, mit diesen Dingen kannst du mich nicht in Verlegenheit bringen.«

»Vielleicht sind es nur die Datteln oder das Wasser, Madam.«

»Vielleicht, und das hoffe ich. Aber ich sollte dir in jedem Fall ein Mittel anrühren.«

»Sie müssen Ihre Arznei aufsparen, Sahib. Vielleicht brauchen Sie sie noch.«

»Ich brauche sie jetzt, weil ich ohne dich nicht zurechtkomme, Haroun«, sagte sie und freute sich, ihn ein wenig lächeln zu sehen.

Die Beduinen protestierten lautstark dagegen zu bleiben, wo sie waren. Hier konnten die Kamele nicht grasen, und ihre Wasservorräte gingen zur Neige. Sie mussten weiter zur Quelle kommen, die, wie Sayyid erklärte, noch einen Tagesritt entfernt lag. Maude ließ sich nicht erweichen. Haroun konnte nicht reiten, und sie würde ihn auf keinen Fall über sein Kamel werfen, wie einer der Männer vorschlug, oder ihn zurücklassen. Es wurden einige finstere Blicke und brummige Worte getauscht und etwas abseits eine Diskussion geführt, die Khalid schließlich mit ein paar wohlüberlegten Worten beendete.

»Zwei reiten zur Quelle und füllen die Häute mit Wasser«, erklärte er Maude. »Die Kamele können zwei Tage lang Datteln fressen, vielleicht drei. Dann müssen wir weiter, sonst werden wir hier zugrunde gehen.«

»Sehr gut«, sagte Maude. »Danke. Ich bin mir sicher, dass er sich bis dahin erholt hat.«

Khalid nickte und ging. Maude fragte sich, ob die zwei jungen Männer, die man zur Quelle schickte, zurückkommen oder ob sie weiterreiten und ihr Glück woanders suchen würden. Wenn sie sich mit dem Großteil der Wasserhäute davonmachten, waren die, die zurückblieben, verloren. Plötzlich spürte sie sehr deutlich die Gefahr, in der sie sich befanden. Eine falsche Entscheidung, ein falscher Weg konnte den Tod bedeuten. Die Angst davor hatte sogar einen Geschmack, sie schmeckte nach Kupfer, nur ganz leicht, weit hinten im Hals.

Die Stelle, an der sie ihr Lager aufgeschlagen hatten, war von niedrigen Dünen aus festem Sand umgeben, auf denen ihre Füße kaum sichtbare Abdrücke hinterließen. Maude studierte die Karte, die sie gezeichnet hatte, als könnte sie auf ihr auch den Weg erkennen, der noch vor ihnen lag. Sie zeigte sie dem alten Sayyid und versuchte, aus ihm herauszubekommen, wie weit sie gekommen waren und wie weit sie noch von Uruk al-Schaiba entfernt waren, der Grenze aus gewaltigen Dünen, die ihr Angst einjagten, wann immer sie an sie dachte. Als sie von ihnen gehört hatte, hatte sie sogar vorgeschlagen, sie zu umgehen. Doch der alte Mann hatte gelächelt. Im Osten lag ein riesiges Treibsandgebiet, im Westen Wüste, in der es über so weite Strecken kein Wasser gab, dass es unmöglich war, sie lebend zu durchqueren. Kurzum, erst nachdem sie die Dünen überquert hatten, konnten sie nach Osten abbiegen und die Wüste in Richtung Berge verlassen, die zwischen ihnen und dem Meer sowie dem Ende ihrer Reise lagen. Der Sultan hatte sie gebeten, ihm eine Nachricht zukommen zu lassen, wenn sie Maskat erreicht hatte. Maude betrachtete das Gelände und stellte fest, wie leicht es war, auf den niedrigen, festen Dünen zu gehen. Sie deutete Khalid gegenüber an, dass es vielleicht gar nicht so schwer war, wie sie dachte. Doch der schüttelte den Kopf.

»Männer haben sich gegen die Dünen geworfen und sind an ihnen zerschellt wie Wellen, die sich an Felsen brechen. Sayyid ist der Einzige von uns, dem es bereits gelungen ist, sie zu passieren. Wir müssen alle darauf vertrauen, dass er uns sicher über sie hinwegführt. Und das wird er, so Gott will.«

»So Gott will«, echote Maude mit schwerer Stimme.

Als der zweite Tag anbrach, saß Maude bei dem schlafenden Haroun, und sie alle hielten wiederholt am Horizont Ausschau nach den Männern, die zur Quelle geritten waren. Ihnen blieb wenig anderes zu tun. Die Beduinen nahmen ihre Gewehre auseinander, säuberten sie von Sand und setzten sie erneut zusammen. Sie stritten und sangen. Fatih ging weg und kehrte Stunden später mit einem vertrockneten Bündel Borzeldorn zurück, den die Kamele wenig begeistert fraßen. Maude wusste, dass ihre Trägheit vom Durst herrührte. Haroun murmelte im Schlaf vor sich hin und schien dann ruhiger zu werden. Maude vermochte nicht zu sagen, ob das ein gutes Zeichen war. Sie mischte erneut Magentropfen an und fügte etwas Eisenpulver zur Stärkung hinzu, konnte ihn jedoch nicht wecken, um sie ihm zu verabreichen. Sein Gesicht war eingefallen und glänzte, sein Atem roch nach Schwefel. Maude dachte an seine Frau, die in Palästina allein mit ihren Kindern war, viele Meilen weit weg.

»Haroun«, sagte sie dicht an seinem Ohr. »Haroun, du musst gesund werden. Bitte. Ich befehle es dir! Ich kann dich nicht hier zurücklassen, aber wir müssen bald weiter. Darum musst du aufstehen und dich bereit machen. Hörst du mich?« Sie versuchte, gebieterisch zu klingen, doch stattdessen klang ihre Stimme leise und flehend. Sie schluckte. *Haroun hat mir ein wenig Angst eingejagt*, setzte sie ihren Brief, den sie im Geiste an Nathaniel schrieb, mit verzweifeltem Optimismus fort. *Wir mussten im falschen Moment anhalten, die Wasservorräte gingen zur Neige, doch er musste sich von der Ruhr erholen. Glücklicherweise hat er sich erholt, und wir sind wieder auf dem Weg.*

»Wir müssen ihn brandmarken. Das heilt ihn. Ich hatte letztes Jahr dieselbe Krankheit, mit diesem Brandzeichen hat man mich geheilt«, sagte Fatih, zog seinen Ärmel hoch und zeigte ihr drei kurze parallele Brandnarben auf seinem Unterarm.

»Unsinn«, entgegnete Maude. »Davon will ich nichts hören.« Fatih entfernte sich und murrte über die Dummheit der Ausländer, der Frauen und der Gottlosen.

»Sahib«, sagte Majid vorsichtig. »Ein Brandzeichen ist wirkungsvoll. Das könnte ihn retten.« Der Junge sah sie aus seinen großen ängstlichen Augen an, und Maude verkniff sich eine bissige Antwort. Sie schüttelte nur den Kopf.

Haroun starb beinahe lautlos, er verschied mit einem leisen Murmeln. Sein letzter Atemzug ging in den plötzlichen Freudenschreien und dem fröhlichen Gewehrfeuer unter, das ertönte, als man die Wasserträger am Horizont entdeckte.

Maude saß benommen neben ihm. Auf einmal hatte sie nicht die leiseste Ahnung, was zu tun war. Eine Weile blieb sie bei ihm im Zelt und weinte still an seiner Seite. Sie überzeugte sich jedoch davon, dass die Tränen getrocknet waren, bevor sie schließlich hinaustrat, um den anderen mitzuteilen, was geschehen war.

»Hätten wir ihn nur gebrandmarkt«, sagte Fatih, während die Beduinen die Dinge in die Hand nahmen, Haroun in seine Decke wickelten und ihn wegtrugen. Khalid sprach ein paar Verse aus dem Koran für ihn, dann bahrten sie ihn auf, um zu warten, bis sie bei Sonnenuntergang genügend Felsstücke und Steine gesammelt hatten, um sein dürftiges Grab zu bedecken. Maude beleidigte den Glauben ihres Freundes nicht, indem sie irgendein christliches Gebet an seiner Ruhestätte sprach. Sie suchte in ihrem Gepäck nach einem Andenken, das sie ihm hinterlassen konnte, doch Khalid warnte sie, dass alles, was sie zurückließ, von den Nächsten, die hier entlangritten, geraubt werde.

»Ich dachte, Grabstätten seien den Muslimen heilig? Geweiht für die Ewigkeit?«, entgegnete sie wütend.

»Mit Bedauern. Dies ist keine Grabstätte. Dies ist die Wüste, und obwohl es hier Glauben gibt, gibt es nicht immer Mitleid. Hat er Sie lange begleitet?«

»Ja. Er war ... Ich habe ihn sehr geschätzt.«

Maude schlief kaum, und wenn sie schlief, träumte sie von kaltem fließendem Wasser, von randvollen Gläsern, an die sie nicht herankam. Am Morgen fühlte sich ihr Mund ledrig an, und als sie aufbrachen, schienen nur Majid und sie düsterer Stimmung zu sein. Die Wüstenmänner wirkten unverändert. Wenn überhaupt, waren sie fröhlich, geradezu glücklich, zur Quelle weiterzureiten. *Die Beduinen haben kein Herz und keine Gefühle*, schrieb sie an Nathaniel, aber sie wusste, dass das nicht stimmte. Haroun war keiner von ihnen gewesen, und sie hatten schon viele Männer sterben sehen. Wenn sie zuließen, dass ihnen jeder Tod naheging, wären sie bald ausgelaugt und würden von ihren Gefühlen erdrückt.

Majid weinte ein wenig, als sie den Steinhaufen hinter sich ließen, wofür Maude ihm dankbar war, auch wenn sie vermutete, dass er mehr um seine eigene Haut fürchtete, als dass er um Haroun trauerte. Der Junge war noch magerer als zum Zeitpunkt seiner Ankunft. Es war schwer vorstellbar, dass er noch dünner werden konnte, ohne gänzlich zu verschwinden. Am Ende des Tages erreichten sie die Quelle, doch das Wasser war brackig und faulig, und die Kamele weigerten sich, es zu trinken. Der Geruch des ungenießbaren Wassers erfüllte die Luft, die Kamele brüllten empört, und ihre Führer fluchten. Maude riss sich zusammen, nahm einen Becher und trank einen großen Schluck. Es schmeckte schrecklich und würde ihr Krämpfe bereiten, aber es linderte ihren Durst. Sie füllte ihren Becher ein weiteres Mal und trank. Mit einem glucksenden Seufzer folgte das kleinste Kamel, Krümel, ihrem Beispiel. Dann gaben die Kamele eins nach dem anderen ihren Widerstand auf und traten vor, um ebenfalls zu trinken. Khalid, Fatih und die anderen schauten fassungslos zu, dann lachten sie vor Freude.

»Sie sind die Herrin der Kamele, Madam«, erklärte Ubaid grinsend. »Gott ist gut!«

Vier Tage lang ritten sie durch eine flirrende Salzwüste zwischen riesigen Wanderdünen aus Sand hindurch. Abgesehen vom Singen und Streiten war nur das Knirschen der Kruste unter dem breitbeinigen Gang der Kamele zu hören. Maude suchte in sich nach dem Optimismus, den sie noch vor Kurzem empfunden hatte, konnte ihn jedoch nicht mehr finden. Ohne Haroun fühlte sie sich schrecklich allein. Die Wüste schien endlos, Durst und Hunger begleiteten sie ständig. Das Wasser verursachte Diarrhö, was sie noch durstiger machte und noch stärker schwächte. Am Abend schafften Majid und sie es nicht, ihr großes Zelt sicher aufzustellen, und so benutzte sie fortan das kleine von Haroun. Ihr Mobiliar ließ sie als zusammengeschnürten Haufen auf dem Boden stehen. Es gab keine Süßigkeiten mehr, nur ein wenig Tee, doch Haroun hatte Majid beigebracht, wie man ihn zubereitete. Maude sprach sehr wenig. Sie spürte jedoch, dass Khalid ein Auge auf sie hatte. Er gab ihr kaum merklich das Gefühl, dass er auf sie aufpasste, und dafür war sie ihm dankbar. Sie bestimmte weiterhin ihre Position und führte die Karte fort, vernachlässigte jedoch ihre Notizen und fertigte auch keine Zeichnungen mehr an. Eines Morgens betrachtete sie ihre Hände – sie waren schmutzig, runzelig, zerkratzt und zitterig.

Dann erschien irgendwann gegen Mittag eine Düne vor ihnen am Horizont. Eine gewaltige, geschwungene goldene Masse, die sich in alle Richtungen erstreckte, so weit das Auge reichte. Sie befanden sich auf ihrer windabgewandten Seite, die weitaus steiler als die dem Wind zugewandte Seite war. Auf dem Gipfel ihrer abschüssigen Flanke befand sich ein zerfurchter Kamm, der aussah wie eine Welle, kurz bevor sie brach.

Maude betrachtete sie ungläubig, schweigend ritten sie weiter – sogar das Singen erstarb, als sie dem erschreckenden Hindernis immer näher kamen. Plötzlich verstand Maude. Die Dünen, die sie bis hierher auf beiden Seiten der Salzwüste gesehen hatten, waren Kinder gewesen, Miniaturen, verglichen mit diesem Monster und vermutlich mit den anderen, die noch dahinter lagen. Maude betete, dass sich ein offensichtlicher Weg eröffnen würde, wenn sie näher kamen, doch es war nichts zu sehen. Sie hielten im Schatten des schroffen Abhangs und starrten an ihm hinauf. Der Kamm befand sich zweihundert, vielleicht dreihundert Fuß über ihnen, das war schwer zu schätzen. Maudes Herz zog sich mit jedem Schlag zusammen. Die Beduinen schienen unruhig, und sogar der alte Sayyid sah mit gerunzelter Stirn an der Düne hinauf, als hätte er etwas Derartiges noch nie gesehen.

»Aber das ist *unmöglich*«, sagte Maude, sodass es jeder hörte. »Niemand kann mit einem Kamel eine solche Steigung bewältigen!«

»Sayyid hat es schon getan. Er wird uns einen Weg zeigen«, sagte Fatih und klang nicht im Geringsten überzeugt.

»Jetzt liegt unser Schicksal in Gottes Hand«, sagte Khalid mit besorgter Miene. »Möge er Erbarmen haben.«

Majid blickte ihn ängstlich aus seinen Rehaugen an.

»Das ist unmöglich!«, sagte Maude erneut, dann schwieg sie, verlegen ob der aufkeimenden Panik in ihrer Stimme. Die andere Möglichkeit war umzukehren, und das war äußerst riskant. Sie hatten nicht genug Wasser, um zur letzten Quelle zurückzugelangen, und wenn sie diese verpassten, was immer möglich war, würden sie sterben. Und auch, wenn sie es zurückschafften, starben damit alle Hoffnungen, die Durchquerung zu vollenden. All die Mühsal – und der Tod von Haroun – wäre sinnlos gewesen. Sie mussten weiterreiten.

Maude versuchte, sich zu sammeln. Sie versuchte zu schlucken, aber ihr Hals war zu trocken. Sie dachte an ihren Brief an Nathaniel, aber ihr Kopf war leer, und ihr fiel nichts ein, was sie hinzufügen konnte. Niemand würde ihr zu Hilfe kommen, niemand außer dieser Handvoll Männer wusste überhaupt, wo sie war. Sie wünschte, sie könnte die Düne als Herausforderung empfinden, aber der Gedanke, sich durch all diesen Sand zu kämpfen, weckte den Wunsch in ihr, sich hinzulegen und zu schlafen und vielleicht, wie Haroun, nie wieder aufzuwachen. Sie stiegen ab, legten die Kamele nieder und kochten Kaffee, während Sayyid erst einen Weg ging, dann einen anderen. Er runzelte die Stirn und murmelte leise Gebete vor sich hin. Er sah ganz so aus wie jemand, der keine Ahnung hatte, was als Nächstes zu tun war.

Dschabal al-Achdar, Dezember 1958

Stundenlang gingen sie durch die Dunkelheit nach Südwesten, fort von Maskat und der Küste in Richtung Dschabal al-Achdar. Joans Schienbeine waren schon bald mit Schrammen und blauen Flecken übersät, sie konnte die Felsblöcke in der Dunkelheit nicht erkennen, und ihre bleierne Müdigkeit machte sie ungelenk. Als sie aufsah, schienen die Sterne am tintenblauen Himmel zu verschwimmen. Sie atmete schwer – die Luft war frisch wie Wasser und hatte denselben mineralischen Geschmack. Salim lief als dunkle Gestalt mit sicherem Schritt immer voran, sodass sie nur ihn im Blick behalten und ihm folgen musste. Er blieb regelmäßig stehen, damit sie ihn einholen und zu Atem kommen konnte.

»Das wird eine lange Nacht«, sagte er und bot ihr aus seiner Flasche Wasser an. »Die Straße zu benutzen wäre zu riskant. Aber bis zum Morgen werden wir an einem sichereren Ort sein und uns ausruhen können.«

»Mir geht es gut«, sagte Joan, und das entsprach der Wahrheit. Sie fühlte sich, als könne sie fliegen, trotz des Schweißes, der sich unter ihren Achseln sammelte, trotz der blauen Flecken und ihres trockenen Mundes. Sie fühlte sich, als hätte sie die reale Welt hinter sich gelassen und eine völlig neue betreten, eine, in der sie unantastbar war. Wenn es eine Stimme in ihr gab, die sie davor warnte, dass sie gegen jede Norm verstieß, dann weigerte sie sich, auf sie zu hören. Sie dachte nicht an Rory, nicht an Robert oder an Marian und nicht einmal an Maude. Sie hatte sie alle bereits weit hinter sich gelassen und wollte nur vorankommen. Mit jedem Schritt näherte sie sich dem Berg.

Irgendwann ertönte vor ihnen eine leise Stimme aus der trüben Dunkelheit, die der Morgendämmerung vorausging. Joan stockte der Atem, doch Salim antwortete überaus gelassen. Die zwei Männer sprachen gedämpft miteinander, lachten leise und umarmten sich flüchtig. Joan hielt sich im Hintergrund und war mit ihrer schwarzen Maske und ihrem Umhang nur ein weiterer Schatten in der Dunkelheit. Sie erkannte zwei stämmige Maultiere, die in der Nähe angebunden waren.

»Kommen Sie, Joan. Wir können unsere Beine ein wenig ausruhen«, sagte Salim fröhlich. In der Dunkelheit konnte Joan nicht erkennen, ob der Mann, der die Maultiere gebracht hatte, überrascht war, sie zu sehen oder nicht. Salim bot ihr seine Hilfe an, doch Joan stieg rasch auf und setzte sich automatisch rittlings auf den Rücken des Tieres. Sie sammelte sich, während sie sich an die harte, ungewohnte Form des Sattels gewöhnte. Die Zügel waren steif und nicht aus Leder, sondern aus verknoteten Seilen. Als Joan sie in die Hand nahm, warf das Maultier vorwurfsvoll das Kinn in die Luft. »Ist ja gut«, beruhigte sie es leise. »Keine Sorge. Ich führe dich mit leichter Hand. Ich habe noch nie ein Maultier geritten«, sagte sie zu Salim. »Sind sie so stur, wie man sagt? Es sieht ganz lieb aus, mit seinen langen Ohren. Wie heißt es?« Es folgte eine überraschte Pause, dann lachte Salim leise.

»Es hat keinen Namen, es ist ein Maultier. Und niemand wird glauben, dass Sie eine Araberin sind, wenn Sie wie ein Mann reiten«, sagte er.

»Und ist es wichtig, dass man das glaubt? Ich kann nicht im Damensitz reiten; ich bin kein Mehlsack. In der Dunkelheit wird mich ohnehin niemand sehen.« Salim stieg auf sein eigenes Maultier und wandte den Kopf den Bergen zu.

»Gut. Aber in den nächsten Tagen wird es womöglich Situationen geben, in denen Sie tun müssen, worum ich Sie bitte. Bis wir an einem sicheren Ort sind«, sagte er in ernstem Ton.

»Ja, ich verstehe.«

Joan erinnerte sich an ihre Tagträume, in denen sie sich vorgestellt hatte, durch Arabien zu reiten. Ihr Traum war in Erfüllung gegangen, allerdings war es ganz anders, als sie es sich ausgemalt hatte. Wobei das auf die meisten Dinge zutraf, die man sich vorstellte. Ihre Augen fühlten sich heiß an, daher schloss sie sie einen Moment und dachte an ihren Vater und an all die Träume, die er sich nicht erfüllt hatte. Und dann sagte sie sich, was immer von jetzt an geschehen würde, sie würde es nie bereuen, dass sie Maskat verlassen hatte, egal, was als Nächstes passieren würde. Das, was sie in diesem Augenblick empfand, war es wert gewesen. »Sind wir im Wadi Samail?«, erkundigte sie sich, und Salim drehte sich zu ihr um und nickte.

»Wir durchqueren es, wir haben keine andere Wahl. Wir müssen leise sein, Joan. Es könnten Askaris in der Nähe sein – Feldposten. Viele sind insgeheim auf unserer Seite, aber nicht alle.«

»Sie meinen, es sind Doppelagenten?« Joans erster Gedanke war, dass sie das Colonel Singer mitteilen musste, doch dann stellte sie fest, dass sie gar nicht mehr wusste, auf welcher Seite sie eigentlich stand, und entschied sich dafür, auf keiner Seite zu stehen. Sie beschloss, so wenig wie möglich

über den Krieg nachzudenken. Sie nahm nicht an ihm teil.
»Was ist mit den Minen? Ist die Straße hier nicht vermint?«, fragte sie alarmiert.

»Ja, aber ich kenne die sicheren Abschnitte. Ahmed hat mir vorhin erklärt, wo wir die Straße kreuzen sollen.«

»Aber wie wollen wir unbemerkt bleiben, wenn das Wadi voller Wachen ist? Mein Bruder sagt, von dieser Seite sei es unmöglich, auf den Berg zu gelangen.«

»Ich bin froh, dass sie das noch immer denken«, sagte Salim, und Joan sah ein kurzes Grinsen in seinem Gesicht aufblitzen. »Aber wir müssen erst ein gutes Stück am Berg *entlang*reiten, ehe wir *hinauf*reiten. Sobald wir das Wadi durchquert haben, halten wir uns dicht am Fuß des Bergs. Für den Fall, dass wir uns verstecken müssen, gibt es dort Höhlen und Schluchten.«

Auf der anderen Seite des Wadis suchten sie sich behutsam einen Weg zwischen den großen Felsen am Fuß des Berghangs. Sie ritten ein kleines Stück den Hang hinauf, bis das Gefälle zu steil wurde, und wandten sich dann wieder Richtung Süden, um dem ausgetrockneten Flussbett zu folgen, das von der Küste wegführte und die Berge durchschnitt. Der Weg war überwiegend eben, und Joan war froh, dass sie für eine Weile keine Anhöhe erklimmen musste. Sie passierten schlafende Dattelhaine und Siedlungen aus zerfallenen Lehmhütten, die seit zwei Monaten oder seit zwei Jahrhunderten verlassen sein konnten. Der Morgen graute und offenbarte, dass der schwarze Fels in Wahrheit einen tiefen Goldbraunton hatte und die Bäume zinnfarbene Rinden und grüne ledrige Blätter. Joan überkam das gleiche surreale Gefühl, das sie bisher nur ein Mal in der einzigen anderen Nacht gehabt hatte, in der sie nicht schlafen gegangen war – in der Nacht ihres Abschlusses, als Rory sie das erste Mal geküsst hatte.

Das Gefühl, dass sie mit einer tief verwurzelten Gewohnheit brach und in der Folge etwas Bedeutsames geschehen müsse. Das letzte Mal war vermutlich etwas Bedeutsames geschehen, sie und Rory waren ein Paar geworden. Die Erinnerung daran schien sie jetzt jedoch durcheinanderzubringen. Sie erinnerte sich, dass Daniel in sich zusammengesunken zwischen ihnen gesessen und sie beide die Hände auf seinen Arm gelegt hatten. Sie hatten ihn gemeinsam gestützt. Was hatte das alles tatsächlich bedeutet? Wo hatten bei jedem die Loyalitäten gelegen? Sie wusste es nicht mehr. Zaghaft dachte sie an jenen anderen ersten Kuss – an Charlies. Der einzige Mann außer Rory, der sie auf diese Weise geküsst hatte – nicht dass die beiden Küsse überhaupt miteinander zu vergleichen waren. Sie fragte sich, was jener zweite Kuss bedeutete, ob er weniger aufrichtig gewesen war, wie Maude sie glauben machen wollte, oder ganz im Gegenteil, weitaus ehrlicher.

Bald hielten sie vor der Stadt Samail, wo sich in der über ihnen aufragenden Bergwand eine schmale Schlucht eröffnete. Sie stiegen ab und führten die Maultiere ein kurzes Stück die Felsspalte hinauf, dann hielten sie und versteckten sich unter einem flachen Felsvorsprung.

»Sie bleiben hier und ruhen sich etwas aus«, sagte Salim. Im Morgenlicht wirkte er menschlicher als noch in der Nacht. Seine Miene war äußerst konzentriert, was Joan achtsam werden ließ.

»Wohin gehen Sie?«

»In die Stadt, um mich umzuhören, dann komme ich zurück. Ruhen Sie sich aus, Joan, und halten Sie sich versteckt. Hier sind Sie sicher.« Joan nickte, setzte sich und lehnte sich mit dem Rücken gegen den Felsen. Sie löste den Schleier und kratzte sich die verschwitzte Kopfhaut. Ihr Haar würde drahtig und steif sein, wenn es trocknete, die Locken wirr und ungeordnet, aber das ließ sich nun einmal nicht ändern. Die Maultiere wirkten müde, und Joan wünschte, sie hätten eine Stelle gefunden, um sie zu tränken. Sie lehnte den Kopf gegen den Stein und schloss die Augen. Sofort zupfte die Erschöpfung an ihrem Bewusstsein, und sie ließ es zu. Diffuse Träume erwachten flackernd zum Leben. Das Geräusch eines Militärlasters, der sich keuchend durch das Wadi quälte, ließ sie aus dem Schlaf hochschrecken. Von ihrem Platz aus konnte sie einen kleinen Ausschnitt der Straße überblicken. Sie sah, wie der Laster vorbeifuhr. Sie erkannte die helle Haut des Fahrers und seines Beifahrers sowie die dunkle Haut der Soldaten, die hinten saßen. Ob sie schon nach ihr suchten? Ob sie überhaupt im Landesinneren nach ihr suchten? Sie konnten unmöglich ihr Ziel erraten. Durch das Röhren des Motors hörte sie Lachen, das sogleich wieder erstarb. Als ihr Herz in einen normalen Rhythmus zurückgefunden hatte, schlief Joan wieder ein.

Einige Stunden später kehrte Salim zurück und brachte einen Stapel warmer Fladenbrote mit. Auf seiner Stirn lag ein Film aus Schweiß und Schmutz, aber er wirkte ruhig und entschlossen. Joan bemerkte, dass er sich ebenso sicher über die Felsen bewegte wie die Maultiere. Er war in seinem Element.

»Ich hatte gehofft, dass wir unseren Weg jetzt fortsetzen könnten, aber wir müssen bis zum Nachmittag warten«, sagte er. »Was bedeutet, dass Sie sich länger ausruhen können.«

»Wohin gehen wir?«, fragte sie. Salim blickte sie an, und sie sah einen Ausdruck jungenhafter Freude hinter der Ernsthaftigkeit des erwachsenen Mannes aufblitzen.

»Nach Hause«, antwortete er lächelnd. »Wir folgen Wadi Samail auf die andere Seite des Berges, von wo aus der Aufstieg zum Gipfel weitaus angenehmer ist, nicht so steil, und dann gehen wir zunächst hinauf nach Tanuf, wo ich aufgewachsen bin. Das Dorf ist jetzt zerstört. Ihre Luftwaffe hat es letztes Jahr mit ihren Bomben vernichtet. Aber man kann dort noch immer Unterschlupf finden. Dann steigen wir weiter zu einem anderen Dorf hinauf, Misfat al-Abriyeen. Dort werden Sie die wahre Schönheit dieses Landes sehen. Und dort bleiben Sie und werden in Sicherheit sein.«

»Aber … kann ich nicht mit Ihnen auf das Plateau kommen?«

»Das ist zu unsicher.« Er schüttelte den Kopf.

»Nichts von alledem ist sicher. Bitte, Salim. Bitte nehmen Sie mich mit, wenn auch nur für einen Tag. Ich … will dort hinauf. Ich möchte die Erste sein. Sie haben gesagt …«

»*Warum* müssen Sie die Erste sein?«, fragte er tonlos. Verletzt schwieg Joan. Salim dachte eine Weile mit ernster Miene nach. »Ich will sehen, was ich tun kann, aber ich kann nichts versprechen. Wenn wir jedoch in Misfat angekommen sind und ich weitergegangen bin, kann ich Sie nicht aufhalten. Das will ich auch gar nicht. Ihr Leben gehört Ihnen.« Er nahm das Gewehr von seiner Schulter und lehnte es neben sich an den Felsen, richtete seinen Gürtel, lehnte sich zurück und schloss die Augen. Der Gedanke an das, was ihr bevorstand, beunruhigte Joan. An die Zeit, wenn sie nicht mehr in Salims Obhut sein würde, sondern allein für sich verantwortlich. Wenn sie nicht mehr von ihrem Vater geleitet wurde oder von Rory. Dieser Zustand war ihr fremd. Wenn sie es zuließ, würde sich die Unruhe vielleicht in Angst verwandeln, darum versuchte sie, ihr keine große Beachtung zu schenken. Sie schloss die Augen, um noch ein wenig zu schlafen, während eine warme Brise durch ihr Gesicht strich, die Maultiere hin und wieder mit den Hufen scharrten und seufzten und sie den Geruch der Berge und der fernen Wüste einatmete.

Drei weitere Tage und Nächte setzten sie ihre Reise auf diese Weise fort – sporadisch am Tag, stetig in der Nacht. Nach zwei Tagen hörte Joan auf zu fragen, ob sie bald am Ziel waren. Sie war sich nicht sicher, ob sie es wissen wollte. Sie war sich nicht sicher, ob sie überhaupt ankommen wollte. Solange sie unterwegs waren, wusste sie genau, was sie zu tun hatte. Was danach kam, wusste sie nicht. Sie versuchte, wie Maude zu denken und dem Nervenkitzel des Ungewissen etwas abzugewinnen. Mit Essen waren sie versorgt, manchmal schaffte Salim auf einem einsamen Beutezug etwas heran, manchmal brachte ihnen eine verschleierte Frau aus einem nahe gelegenen Dorf etwas vorbei. Salim tauschte Nachrichten mit ihnen, Worte, die Joan nicht verstand. Sie tranken an jedem offenen Faladsch, an dem sie vorbeikamen, und füllten Salims Flaschen auf. Das Gelände war unerbittlich. Als sie eine besonders hohe, raue Felswand passierten, hielten sie an, um die schartige monochrome Haut des Bergs zu betrachten.

»Keine ausländische Armee hat je erfolgreich den Grünen Berg eingenommen«, sagte Salim.

»Ja, das ist den Soldaten des Sultans durchaus bewusst. Aber es ist einem Gefangenen auch noch nie zuvor gelungen, aus Al-Dschalali zu entkommen. Bis zu Ihnen«, sagte sie. Salim schwieg, und sie sah beunruhigt zu ihm hinüber. »Ich habe mit alledem nichts zu tun«, sagte sie zögerlich.

»Nein«, bestätigte er, und während sie weiterritten, hielt Joan den Mund.

Hinter den Bergen öffnete sich Wadi Samail zu der gewaltigen Wüste, wo Nizwa Wache stand. Sie erreichten diesen Punkt eines Nachts in der Dunkelheit, und Salim bog nach Norden ab und erklomm die Hänge, die auf dieser Seite des Bergs eher stufenartig anstiegen. Joan sah sich um und meinte die funkelnden Lichter von Nizwa zu erkennen. Dort lag das Militärlager, dort waren Daniel und Charlie, nur wenige Meilen entfernt. Sie würden niemals glauben, dass sie hier war. Einen Augenblick wurde Joan mulmig, und ihre Brust war wie zugeschnürt. Auch sie konnte nicht glauben, dass sie hier war. Plötzlich erschien es ihr derart unmöglich, dass sie sich in jenem Augenblick nicht sicher war, ob irgendetwas davon real war. Die Reise, der unterbrochene Schlaf, die Dunkelheit – alles hatte eine vage, traumähnliche Anmutung, sodass sie fast glaubte, sie werde irgendwann aus einem Traum erwachen. Wenn sie schlief, zu erschöpft, als dass ihr der harte, kalte Boden etwas ausmachte, träumte sie, dass sie noch ritt. Manchmal, wenn sie ritt, träumte sie, dass sie noch schlief. Einmal träumte sie, sie sei wieder in Maskat und sei nie weggegangen, daraufhin wachte sie verwirrt auf, weil sie nicht wusste, wo sie war. Als die Erinnerung zurückkehrte, war sie erleichtert und fassungslos zugleich.

Die Maultiere stapften stoisch voran. Als sie höher kamen, sank die Temperatur, und Joan zitterte in der frühmorgendlichen feuchten Luft. Ihr gesamter Körper schmerzte vom Reiten. Die Erschöpfung hatte sich wie eine Decke über sie gebreitet, doch als sie die Trümmer von Tanuf erreichten, war sie ungemein beeindruckt. Schweigend brachten sie die Maultiere zum Stehen und sahen sich eine ganze Weile um. Kaputte Mauern blickten sie wie aus traurigen Augen mit ihren blinden Fenstern an, überall stapelten sich Schutt, zersplitterte Holzbalken, Keramik. Manchmal stand noch eine Mauer mit einem wunderschönen Torbogen, der ins Nichts führte.

»Lehmhütten sind stabil, wenn man sie pflegt. Wenn nicht, werden sie mit der Zeit weggespült. Sie werden wieder zu Erde«, sagte Salim ruhig. Er deutete auf eine Straße, auf ein zerstörtes Haus, das Joan nicht vom Rest unterscheiden konnte. »Dort haben wir viele Jahre gelebt. Ich erinnere mich noch, wie ich als Kind durch diese Straßen gerannt bin, um vor der Dunkelheit zu Hause zu sein.«

»Salim ... das tut mir leid. Es muss furchtbar sein, es so zu sehen.«

»Dinge verändern sich«, sagte er bitter. »Ob es uns gefällt oder nicht.«

»Sind viele Menschen ... umgekommen?«

»Nein, Gott sei Dank nicht. Man hat sie vor der Bombardierung gewarnt. Die Armee des Sultans wollte nur, dass wir uns nirgendwo mehr verstecken, nirgendwo mehr leben können. Aber das ist städtisches Denken – das ist britisches Denken. Die Menschen aus den Bergen brauchen nur den Berg, um zu leben.«

Sie suchten sich einen Weg durch die Trümmer zu dem offenen Faladsch mit seinem tiefen klaren Wasser, der unter einem ausladenden Tamarindenbaum hinwegfloss, als habe er noch nicht bemerkt, dass das Dorf, das er einst mit Wasser versorgt hatte, zerstört war. Salim entblößte seinen Oberkörper, stellte sich an den Rand einer hüfthohen Wanne, beugte sich vor und tauchte den gesamten Oberkörper ins Wasser. Joan starrte ihn an und versuchte zu verstehen, was so überraschend an seiner Erscheinung war, was nicht zusammenpasste. Er tauchte wieder auf, rang nach Luft und schüttelte in einem Tropfenregen die Nässe von sich. Joan wandte rasch den Blick ab, sah jedoch noch, dass er sie angrinste: »Wir nähern uns sicheren Orten, Joan, doch hier müssen wir noch vorsichtig sein. Hier patrouilliert regelmäßig die britische Luftwaffe. Aber wenn Sie baden möchten, dürfen Sie das gern tun.« Seine Stimme wirkte gelöster. Sie spürte seine Erleichterung darüber, dass sie Tanuf unentdeckt erreicht hatten, stellte sich jedoch kurz den irrsinnigen Moment vor, wenn sie

Daniel hier auf seinem Patrouillengang begegnen würde. Joan fühlte sich am ganzen Körper schmutzig, noch nie hatte sie so lange nicht gebadet. »Ich werde dort drüben Wache stehen, aber bitte ziehen Sie nicht all Ihre Kleider aus. Wahrscheinlich werden wir beobachtet, außerdem werden wir hier jemanden treffen.« Salim blickte zu einem langen Band weißen Wassers hinauf, das durch eine Spalte im Berghang über ihnen herabstürzte. »Bald werden Sie sehen, warum man ihn den Grünen Berg nennt«, rief er, während er sich entfernte.

Joan legte die Abaya und den Schleier ab sowie die Hosen darunter. Ihre Bluse war lang und reichte bis zur Mitte ihrer Schenkel. Sie bestand aus leichtem Batist und würde schnell trocknen, darum behielt sie diese an und stieg in den Faladsch. Das eiskalte Wasser raubte ihr den Atem. Sie strich sich mit den Fingern durch ihr Haar und befreite es von Staub und Schmutz. Sie trank etwas und fühlte sich ganz und gar wach, zum ersten Mal seit Tagen. Das Wasser hatte etwas an sich, es hatte Salim zum Lächeln gebracht, obwohl er von den Geistern seines zerstörten Dorfes umgeben war. Und es brachte Joan dazu, sich nicht um die Zukunft, die sie hinter sich gelassen hatte, zu sorgen oder um die unbekannte Zukunft, die vor ihr lag. Sie beschloss, keinen Plan zu fassen, sondern abzuwarten, was passierte, mehr nicht. Es war befreiend. Schwärme kleiner grauer Fische schossen um sie herum, und sie dachte an Charlie Elliot, der behauptet hatte, die Fische hätten seinen Rasierer gestohlen. Als sie spürte, wie sie sanft gegen ihre Finger und Zehen stießen, glaubte sie ihm schließlich, und sie ertappte sich dabei, dass sie sich wünschte, sie könnte es ihm erzählen. Sie wünschte, sie hätte auf seine Nachricht geantwortet und zumindest seine Entschuldigung angenommen. Sie legte sich auf das Wasser, paddelte mit den Händen gegen die Strömung an, schaute an dem leeren Berghang hinauf und dachte an Salims Haut, an seinen freien Oberkörper, den sie betrachtet hatte, während er sich gewaschen hatte. Über seinen Rippen waren Narben, er hatte breite Schultern mit schlanken Muskeln, so fest wie seine Knochen. Doch etwas schien nicht ganz zu stimmen, etwas, das sie so nicht erwartet hatte, obwohl sie bis zu jenem Moment gar nicht gewusst hatte, dass sie überhaupt irgendwelche Erwartungen gehabt hatte. Sie konnte es nicht benennen.

Joan streifte die Abaya und die Hosen wieder über, zog dann ihre Bluse aus und hängte sie über den niedrigen Ästen des Baumes zum Trocknen auf. Am Himmel hingen mit einem Mal dickbauchige Wolken, und der Wind trug ein paar kalte Regentropfen herüber. Sie schauderte. Ohne Sonnenschein wirkte der Berg trostlos, so tot wie das Dorf.

»Daniel hat mir von dem Regen hier erzählt. Dass manchmal in ein oder zwei Stunden der Regen eines ganzen Jahres fällt«, sagte sie und setzte sich neben Salim unter ein zum Teil erhaltenes Dach, auf einen Fleck Erde, der einmal das Zuhause eines Menschen gewesen war. Sie versuchte, sich mit dem Saum ihres Schleiers das Haar zu trocknen.

»Ja. Der Regen eines Jahres ist hier zwar nicht so üppig, wie Sie ihn kennen, aber es ist trotzdem viel. Das kann vorkommen. Das Wasser strömt an den Berghängen herunter wie Blut aus frischen Wunden. Die Wadis wachsen zu wütenden Flüssen an. Und dann, nur ein paar Stunden später, ist nichts mehr zu sehen.«

Sie schliefen den Großteil des Tages. Einmal erwachte Joan davon, dass Salim betete: von seinen leise gemurmelten Worten, dem zarten Knirschen von Kies unter seinen Knien. Eine Weile betrachtete sie sein Gesicht, während er kniete – seine Augen waren geschlossen, all seine Aufmerksamkeit nach innen gerichtet, ganz auf seinen Gott konzentriert. Als sie erneut erwachte, verschwand das graue Licht, und Salim saß ein Stück entfernt auf einer kaputten Mauer und reinigte sein Gewehr. Sie war hungrig, ihre Glieder steif, und sie lauschte auf das Geräusch, das sie geweckt hatte. Ein Schlurfen, das Klackern eines losen Steins. Sie setzte sich kerzengerade auf und rang nach Luft, doch Salim blickte im selben Moment auf und lächelte. Er rief etwas auf Arabisch, eine Antwort ertönte, und Joan entspannte sich. Sie griff nach Schleier und Maske und legte sie rasch an. Sechs Männer scharten sich um Salim, grinsten, klopften ihm auf die Schultern und packten seine Arme. Joan beobachtete die Zusammenkunft zurückhaltend.

»Das ist mein Cousin Bilal«, rief Salim ihr zu. »Ich habe ihm erklärt, er würde beim Gehen so viel Lärm machen, dass er sogar ein erschöpftes Mädchen aufweckt. Wir haben es nur Gott zu verdanken, dass er noch nicht erschossen wurde.«

»Wir beobachten dich seit zwei Tagen, Cousin. Wenn es sein muss, kann ich sehr leise sein«, entgegnete Bilal auf Englisch mit schwerem Akzent. Er war klein und mager, hatte katzenartige Wangenknochen und ein spitz zulaufendes Kinn.

»Als Maude mir als Junge beigebracht hat, Englisch zu sprechen, hat er sich vor der Tür herumgedrückt und gelauscht«, erklärte Salim. »Sie können die Maske abnehmen, wenn Sie möchten. Vor diesen Männern habe ich keine Geheimnisse. Sie sind meine Brüder.« Joan nahm die Maske ab, und die Männer starrten sie an. Salim grinste, und sie vermutete, dass er sie hatte schockieren wollen.

»Es ist mir eine Freude, Sie kennenzulernen, Bilal«, sagte Joan so ruhig wie möglich. »Sie alle, versteht sich.«

Der schnelle arabische Schlagabtausch der Männer riss für einige Zeit nicht ab. Sie gingen zurück in das Haus und spannten eine Plane über den offenen Teil. Ein Feuer wurde entzündet, Kaffee gekocht und Datteln herumgereicht.

»Ich habe ihnen erzählt, dass Sie mir zur Flucht verholfen haben und dass ich Sie, um meine Schuld wiedergutzumachen, vor einer Ehe gerettet habe, die Sie nicht wollten«, erklärte Salim Joan. »Jetzt wollen sie wissen, ob ich Sie zu meiner Braut nehme oder ob Sie bereits meine Konkubine sind.«

»Und was haben Sie ihnen erzählt?«, fragte sie. Salim blickte über das Feuer zu ihr herüber, der gelbe Schein spiegelte sich in seinen Augen.

»Ich habe ihnen erklärt, dass Sie Ihren eigenen Willen haben«, sagte er. »Aber sie haben es noch nicht ganz begriffen. Sie wissen nicht, wie die Dinge dort sind, wo Sie herkommen. Hassan bin Altaf dort drüben sagt, über Unglauben lasse sich nicht streiten.« Er lächelte. »Aber keine Sorge, ich habe mich für Sie verbürgt, und jetzt werden sie Sie schützen, als wären Sie ein Mitglied meiner Familie – ich bin bekannt für meine ungewöhnlichen Verbindungen.«

»Er ist bekannt dafür, ungewöhnlich zu sein«, korrigierte Bilal lachend.

Die Unterhaltung setzte sich auf Arabisch fort, und Joan saß still mit ihrem Kaffee daneben und beobachtete die Gesichter der Männer, in denen sich die Freude darüber widerspiegelte, Salim wiederzuhaben. Sie vermutete, dass Salim Daniel nicht erwähnt hatte und nichts von Charlie wusste, einem Freund und einem Bruder im feindlichen Lager. Dem Feind, der dieses Dorf zerstört hatte und diese Männer bezwingen würde, wenn er könnte. Sie versuchte, sich vorzustellen, wie diese heiteren hageren Männer versuchten, ihren Bruder zu töten. Sie versuchte, sich vorzustellen, wie Daniel versuchte, sie zu töten. Das ergab in ihren Augen keinen Sinn. Einer der Soldaten des Imam besaß den weißen Bart und die eingefallenen Wangen eines Großvaters. Sein Blick kehrte immer wieder zu ihr zurück. Er wirkte nicht abweisend, eher prüfend, als versuchte er zu ermitteln, was für ein Wesen sie war, mit ihrer jungenhaften Frisur und ihrem blassen unverhüllten Gesicht. Später, als das Feuer erloschen war und der Mond aufging, verschwanden die Männer.

»Warum bleiben sie nicht und schlafen hier?«, fragte Joan.

»Weil *Sie* hier schlafen«, erwiderte Salim schlicht. »Das gehört sich nicht.«

»Oh.«

»Ruhen Sie sich aus, wenn Sie können. Wir brechen vor der Morgendämmerung nach Misfat auf.«

»Ihr Freund, Hassan bin Altaf, ›bin‹ bedeutet doch ›Sohn von‹, nicht wahr? Aber ich dachte, Altaf wäre ein Frauenname? Eine der Dienerinnen in der Residenz heißt Altaf, da bin ich mir sicher.«

»Ja. Bei manchen Stämmen nimmt der Mann den Namen der Mutter als seinen Familiennamen an, nicht den des Vaters. In diesem Dorf und in anderen in dieser Region war das so Sitte.«

»Wenn Bilal Ihr Cousin ist ... bedeutet das dann, dass Sie noch mehr Verwandte hier haben? Tanten? Onkel?«

»Er ist mein Cousin, weil wir Schulter an Schulter aufgewachsen sind. Wir sind keine Blutsverwandten. Sie stellen eine Menge Fragen, Joan. Ruhen Sie sich lieber aus. Sie sind hier sicher, die Männer beobachten den Zugang zum Dorf.« Unter der Plane, neben der glühenden Asche des Feuers, rollte sich Joan in ihr Gewand, atmete den Geruch ihres Haars nach Rauch und Wasser ein und fiel in einen tiefen Schlaf.

Misfat al-Abriyeen war seitlich in den Berg hineingebaut, und seine Terrassen waren üppig bepflanzt. Zwischen den Häusern verliefen schmale Gassen und Steintreppen, dazwischen bildete der Faladsch ein kompliziertes Muster – eine steinerne Rinne mit einem grünen pelzigen Besatz, die als Netz mit diversen Armen und Schleusen durch das Dorf führte. Glitzernde Frösche retteten sich mit einem Sprung vor ihren Füßen, und die warme Wintersonne schien grün durch die Blätter der Palmen, der Feigen-, Granatapfel- und Zitronenbäume. Es blühten gelbe und weiße Frangipani-Blumen und pinkfarbene Bougainvillea – das Schillerndste, was Joan seit den indischen Frauen in Maskat gesehen hatte. Ganz in der Nähe lachte ein Kind. Salim wandte sich zu ihr um, schaute ihr ins Gesicht und lächelte.

»Sehen Sie? Ist das nicht das Paradies?«, fragte er. Und das war es, obwohl die Frauen auch hier verschleiert waren und die Männer, die sie sah, entweder lahm oder alt. Die gesunden und die jungen lebten alle weiter oben in Berghöhlen und kämpften für den Imam. »Wir gehen zu Bilals Mutter. Dort können Sie bleiben, wenn Sie mögen.«

»Wie lange?«

»Ich habe keine Antworten mehr für Sie, Joan. Von jetzt an muss ich alleine weiter und mit meinen Brüdern kämpfen.«

»Aber … Sie kommen doch zurück, oder? Sie kommen doch zurück und nehmen mich mit zum Plateau hinauf?«

»Ich werde es versuchen. Wenn der Krieg vorüber ist, werde ich hier leben. Wenn der Berg verloren ist, werde ich darum beten, mit ihm unterzugehen. Ich kann nicht zurück nach Al-Dschalali.«

»Nein«, sagte Joan. »Das verstehe ich.«

»Bedauern Sie Ihre Entscheidung? Würden Sie gern nach Maskat zurückkehren?«

»Nein, das ist es nicht. Es ist nur … Was wenn … Ich weiß nicht, was ich hier soll, verstehen Sie? Ich weiß nicht, was ich tun soll.«

»Joan«, sagte er und betrachtete sie kopfschüttelnd. »Ich kann Ihnen keinen Rat geben. Ich bin nicht Ihr Vater, nicht Ihr Bruder. So sehen Sie mich doch, oder?« Er hielt inne, doch Joan erwiderte nichts. »Ich frage mich«, fuhr er leise fort, »ob Sie je etwas anderes in mir sehen könnten?«

Seine Frage traf sie unvorbereitet, und sie schwieg, unsicher, was sie sagen sollte. Salim blickte ihr einen Moment tief in die Augen, als suchte er dort nach etwas. Dann gab er seine Suche auf, runzelte die Stirn und wandte den Blick ab. »Sie haben mir zur Freiheit verholfen, und ich habe dasselbe für Sie getan. Jetzt kann ich nichts mehr für Sie tun«, sagte er. Joan nickte. Das Gefühl, das sie befiel, das Gefühl, dass er keine Verantwortung mehr für sie übernehmen wollte, war ihr vertraut. Das kannte sie von Daniel.

»Was, wenn die britische Luftwaffe herkommt?«, fragte sie.

»Sollte das passieren, legen Sie Maske und Schleier an. Man wird Ihnen erlauben, mit den anderen Frauen zu gehen.«

»Ich würde … ich würde Sie sehr gern wiedersehen, Salim bin Shahin.« Plötzlich hatte sie Angst, plötzlich ahnte sie, dass er für immer gehen würde. Salim blieb vor einer krummen Holztür stehen und lächelte, während er mit der Faust dagegen schlug.

»Und ich Sie, Joan Seabrook. Wir werden uns wiedersehen, so Gott will«, sagte er.

»Reicht es denn nicht, dass *wir* es wollen?«, fragte sie, doch darauf erwiderte er nichts.

Und da war es wieder, dieses nagende Gefühl, dass ihr etwas an ihm seltsam vorkam, das sie jedoch nicht benennen konnte. Es war etwas, das er gerade gesagt hatte. »Aber der

Gipfel, Salim?«, sagte sie. »Sie haben gesagt, Sie würden mich mit hinaufnehmen.«

»Ich habe gesagt, ich würde es versuchen. Zunächst muss ich allein gehen. Ich muss mit unseren Anführern sprechen und mich informieren, was in meiner Abwesenheit geschehen ist. Wenn es möglich ist, komme ich zurück und hole Sie.«

Salim übergab sie in die Hände ihrer Gastgeberin, die nicht überrascht schien, sie zu sehen. Im Berg gab es, wie Joan erfuhr, ein eng gewobenes Nachrichtennetz – ein überaus effizientes System zur Übertragung von Informationen. Bald darauf verabschiedete sich Salim und ging. Nachdem er weg war, hatte Joan das Gefühl, dass das Letzte fort war, das ihr Halt gegeben hatte, und sie wusste, dass sie nun ganz auf sich allein gestellt war.

Bilals Mutter hatte einen dicken Bauch und war schwermütig und schweigsam, ohne dabei mürrisch zu wirken, und sie war durch eine Bindehautentzündung auf einem Auge erblindet. Sie hieß Farizah, und ihre Tage waren bestimmt von Gebeten, die sie in einem kleinen, einfachen Seitenzimmer der winzigen Moschee abhielt, die Joan zu betreten verboten war. Sie bereitete das Essen vor und flickte, putzte und machte Feuer. Sie wusch die Wäsche in einem tiefen Steinbecken, an dem sich alle Frauen versammelten, um zu singen und zu reden und einander zu beschimpfen. Mehr als jemals zuvor merkte Joan, wie sehr Oman tatsächlich aus der Zeit gefallen war. Nach Einbruch der Dunkelheit fand das Leben bei Kerzenlicht statt, und das Essen wurde über offenen Kohlen gekocht. Außerhalb des Hauses trugen die Frauen alle ihre Masken und Schleier, und dennoch schienen sie einander zu erkennen, noch ehe sie überhaupt ein Wort gewechselt hatten. Zuerst hatte Joan keine Ahnung, wie sie das anstellten, doch nach ein paar Tagen begann sie, Eigenheiten an Farizah und ihren zahlreichen Töchtern, Cousinen und Nachbarinnen zu erkennen – die auf eine bestimmte Art gebeugte Schulter, die Größe oder die Farbe einer Iris, die Anmut oder die fehlende Anmut eines Ganges. Sie erkannte an der Art, wie man sie beobachtete, dass ihr Maske und Schleier hier keine Anonymität verliehen.

Die Tage hatten einen besonderen Rhythmus, dem man sich nicht entziehen konnte, und waren für Joan von Schweigen bestimmt – von ihrem eigenen. Farizah und die anderen Frauen sprachen kein Englisch, abgesehen von einem Gruß und einem Dankeschön konnte Joan kein Arabisch verstehen. Farizah erteilte ihr Anweisungen, die Joan nicht verstand, sie verstand jedoch die Gesten, von denen ihre Worte begleitet waren. Joan sah zu und half, wann immer sie konnte. Maude hatte auf diese Weise jahrzehntelang zufrieden gelebt, und Joan versuchte, ebenfalls zufrieden zu sein. Auf eine sehr reale Weise trat sie in die Fußstapfen ihres Idols. Doch Maude hatte fließend Arabisch gesprochen, Joan hingegen fühlte sich ohne Sprache, ohne ihre Stimme wie abgeschnitten, sogar von sich selbst. Sie war einsam. Jede Nacht saß sie draußen und starrte zu dem endlosen Himmel hinauf, zu dem dicken Mond, der rot über der Wüste aufging und blass und silberig war, wenn er über dem Berg schwebte. Dass dies derselbe Himmel war, zu dem sie in England aufgeblickt hatte, schien Joan eine lachhafte Vorstellung zu sein. Es war wundervoll, dass ein kleines Stück der Magie, die sie als Kind empfunden hatte, wenn sie von Arabien geträumt hatte, in diesen Momenten wiederkehrte. Doch sie hatte sich bereits damit abgefunden, dass diese Magie in die Kindheit gehörte und man sie sich als Erwachsene nicht bewahren konnte. Sie gehörte in die Herzen jener, die noch an Zauberei glaubten.

Joan lernte, wohin die steilen Stufen zwischen den Terrassen führten. Sie lernte, wem die langhaarigen braunen Ziegen gehörten, die an den Büschen zwischen den Felsen grasten. Sie beobachtete Raben, die über dem zerstörten Bollwerk des alten Rundturms ihre Kreise zogen, und Turteltauben, die auf den Dächern umeinander warben. Die ganze Zeit über dachte sie nach, während sie die Fliegen von dem Fleisch vertrieb, das Farizah gerade vorbereitete, während sie an einem Ende eines durchnässten Lakens stand, um das Wasser aus ihm zu wringen. Sie dachte an ihre Mutter und an Daniel, ließ ihre Liebe für sie aufwallen und Eisenbänder um ihre Rippen schnüren. Sie dachte an Charlie Elliot, hinter dessen draufgängerischer Art sich eine tiefgründige Seele verbarg – eine bessere. Da war sie sich sicher, egal, was Maude sagte. Dann dachte sie an Rory.

Das dauerte länger, es war komplizierter. Sie setzte sich jeder Erinnerung aus, die sie an ihn besaß, jedem Erlebnis und jedem Gefühl. Sie dachte an die Male, an denen sie sich über ihn geärgert hatte, daran, wie er sie zum Lachen gebracht hatte. Sie grübelte und grübelte, bis sein Verrat an ihr Form und Gestalt annahm, bis sie ihn ganz klar vor sich sah und sein Ausmaß erkennen konnte. Und dann konzentrierte sie sich darauf und versuchte, ihre Gefühle zu bestimmen. Sie dachte daran, wie unbefangen er sich immer nackt vor ihr bewegt hatte, eher wie ein Bruder, und fragte sich erneut, ob sie nicht hatte sehen wollen, wen er wirklich liebte. Sie verbrachte einen ganzen Tag damit, sich ein Leben zu Hause ohne ihn auszumalen, doch es gelang ihr nicht. Die Trostlosigkeit, jeden Tag durch vertraute Straßen zur Arbeit zu gehen und entweder zu ihrer Mutter oder in eine Wohnung zurückzukehren, die sie mit einem anderen Mädchen teilte, war niederschmetternd. Ohne dass er sie aufheiterte, ohne die

Hochzeit und die Zukunft, der sie entgegengestrebt waren, ohne Kinder, die sie ablenkten, hatte ihr Leben keinen Sinn.

Nach der ersten Woche in Misfat, in der sie die Nächte durchschlief und tagsüber arbeitete, klärten sich ihre Gedanken allmählich. Der Rhythmus und die bodenständige Arbeit stärkten sie. Sie konnte sich nicht erinnern, je so ruhig gewesen zu sein, so wach oder einen so scharfen Verstand gehabt zu haben. Und ihr wurde bewusst, dass sie wartete. Sie wartete noch immer auf etwas oder auf jemanden, das oder der eine Entscheidung für sie traf oder ihr sagte, was zu tun sei. Und das verbotene Plateau des Dschabal al-Achdar wartete ebenfalls wie eine unvollendete Geschichte. Sie musste die Reise zu Ende führen, auf die sie sich begeben hatte. Das war das Einzige, was sie zweifelsfrei wusste. Sie versuchte, einige der Frauen nach dem Weg hinauf zu fragen, doch sie verstanden ihre Frage nicht, und Joan wusste mit ihren Antworten nichts anzufangen. Ohne eine Wegbeschreibung oder einen Führer aufzubrechen wäre töricht.

Das Leben im Dorf war einfach, auch wenn es ihr nicht leichtfiel. Joan gewöhnte sich an das Fehlen leiblicher Genüsse, an die fehlende Kommunikation, daran, nichts über die Welt dort draußen zu wissen. Sie versuchte, sich vorzustellen, wie es wäre, wenn sie für immer hier bliebe und sich für das Leben entschied, das Maude geführt hatte. Sie stellte sich vor, einen Omani zu heiraten, zum Islam zu konvertieren und ihre Tage hinter einer Maske zu verbringen, ohne dass jemand merkte, dass sie Britin war. Sie stellte sich vor, Salim zu heiraten, wenn er sie nahm. Die Vorstellung war beunruhigend, aber verlockend. Er war so viel älter und klüger als sie – ein so vollkommener Mensch. Sie stellte sich vor, dass ein Haufen kaffeebrauner Kinder an ihren Fersen hing, dass sie bei Sonnenaufgang erwachte, aus dem klaren Naturkreislauf des Berges trank. Wenn sie wollte, würde niemand je wieder von Joan Seabrook hören.

Es wäre einfach, aber sie glaubte nicht, dass sie es konnte. Sie glaubte nicht, dass es richtig war. Hin und wieder hallte das ferne Donnern der Artillerie durch das Dorf – das Rattern der Automatikgewehre oder das Kreischen der Motoren von den Venoms der britischen Luftwaffe. In den Sekunden danach schienen sogar die Blätter an den Bäumen wie erstarrt. Es folgte eine Stille, als würden alle gemeinsam den Atem anhalten, eine Pause, bevor die Welt sich weiterdrehte. Das Kriegsgeschehen war nah, und es erinnerte Joan ständig daran, dass die Zeit verging und dass die Welt, aus der sie sich entfernt hatte, ihr dicht auf den Fersen war. Es erinnerte sie fortwährend an Daniel. Sie sehnte sich danach, ihn zu sehen und mit ihm zu sprechen. Sie dachte an das letzte Mal, als sie ihn besucht hatte, und verfluchte sich dafür, dass sie ihm nicht mehr gesagt hatte.

Sie zählte die Tage nicht, sie versuchte auch nicht, den Überblick über die Dauer ihres Aufenthalts zu behalten, aber sie vermutete, dass sie mindestens schon zehn Tage im Dorf war, als sie den Entschluss fasste, dass sie gehen musste. Zu jenem Zeitpunkt hatte man mit Sicherheit bereits Olive Seabrook über das Verschwinden ihrer Tochter informiert, ebenso Daniel. Robert Gibson machte sich vermutlich Vorwürfe und vergeudete Zeit und Mittel, um nach ihr zu suchen. Rory musste verzweifelt sein. Sie hatte endlich eine Frage für ihn formuliert: Sie wollte von ihm wissen, was er für sie empfand und ob er nur um sie geworben hatte, um in Daniels Nähe sein zu können. Sie fühlte sich bereit, ihn diese Dinge zu fragen. Ihr Leben gehörte ihr, und es war ihr Recht zu tun, was sie wollte. Doch die Menschen, denen sie etwas bedeutete, hatten ebenso Rechte, die sie nicht ignorieren konnte. Langsam und unaufhaltsam realisierte Joan, dass sie nicht Maude Vickery war und dass dies nicht das Leben war, das sie führen wollte. Jeden Tag hielt sie nach Salims schlanker selbstsicherer Gestalt Ausschau, zurück ins Dorf schreitend, zurück in ihr Leben. Er *musste* sie mit hinauf zum Plateau nehmen. Sie konnte nicht zurückkehren, ohne ihr Ziel erreicht zu haben oder ohne ihn noch einmal wiederzusehen. Er hatte ihr geholfen zu fliehen. Er hatte ihr einen Weg gezeigt und sie bestärkt, und sie brauchte ihn noch einmal, bevor sie aus denselben Gründen zurückgehen konnte. Sie musste ihn sagen hören, dass sie den Mut besaß zurückzukehren und sich den Menschen zu stellen, die sie verlassen hatte – denn indem er das sagte, würde es zur Wahrheit werden.

Bald darauf, an einem kühlen Tag, an dem ein rastloser Wind ums Dorf strich, der nach Regen roch, kam Salim zurück. Joan half gerade einem winzigen, stillen Mädchen mit Namen Salwa, Wasserkrüge zu füllen, als sie ihn um eine höher gelegene Terrasse biegen sah, dicht am Fuß der Bergwand, und sie fragte sich, ob ihr Entschluss sein Erscheinen irgendwie heraufbeschworen hatte. Während ihr ein Schrei entwich, sprang sie auf und ließ platschend den Krug ins Wasser fallen. Salim drehte sich suchend nach ihr um. Als er sie entdeckte, lächelte er und winkte. Er war schwer bewaffnet, sein Gesicht wirkte erschöpft, doch nicht sein Körper. Mit leisem Lachen machte Salwa eine wissende Bemerkung, und Joan musste nicht Arabisch können, um sie zu verstehen. Sie hob den vollen Wasserkrug aus dem Trog und stellte ihn ab. Dann ging sie zu ihm.

»Sie haben noch nicht gelernt, sich ausreichend zurückzuhalten, Joan«, stellte er fest. »Eine Omani würde niemals so laut aufschreien.«

»Ich konnte nicht anders«, erwiderte Joan atemlos. »Ich habe nicht mehr gesprochen, seit Sie weggegangen sind.«

»Sind Sie einsam gewesen?« Als sie die Maske heben wollte, hielt er sie zurück. »Das dürfen Sie nicht, nicht hier in der Öffentlichkeit.«

»Nein. Doch, ein wenig«, sagte sie. »Aber ich habe ... sehr viel nachgedacht.«

»Gehen wir zum Haus, und Sie erzählen mir alles.«

»In Ordnung. Ich hole nur schnell das Wasser, das ich mitbringen sollte.« Sie gingen zusammen zurück zum Trog. »Wie geht es Ihnen, Salim? Was ist geschehen? Wir haben Bomben ... viele Explosionen gehört.«

»Mir geht es gut. Die Flugzeuge bombardieren unsere Höhlen und unsere Wachposten, oder zumindest versuchen sie es. Der Berg nimmt es gelassen und wir auch.«

»Warum sind Sie zurückgekommen?« Sie war ungeduldig, es zu erfahren, sie konnte es nicht erwarten, es zu hören.

»Ich bin zurückgekommen, um Sie zu holen. Und um Sie vor der Gefahr vor ...«

»Sie nehmen mich mit hinauf?«, unterbrach sie ihn, und er wirkte skeptisch.

»Ja. Aber ich muss Ihnen erst ein paar Dinge erklären.« Joan schloss einen Moment die Augen und blieb kurz stehen, sein *Ja* hatte eine elektrisierende Wirkung auf sie.

Im dunklen Haus setzten sie sich auf die staubige Matte und unterhielten sich. Salim roch nach Rauch und abgestandenem Schweiß. Seine Fingernägel waren schwarze Sicheln, und als Farizah ihm etwas zu essen gab, verschlang er es mit einer nicht nachlassenden Gier, die von Entbehrung zeugte. »Sie versuchen, jede Straße auf dem Plateau zu blockieren. Sie wollen uns aushungern oder dazu bringen, leichtsinnig unsere

Positionen zu verändern und uns dadurch zu verraten. Sie bemühen sich unablässig – *unablässig* –, einen einfachen Weg zum Plateau zu finden. Das wird ihnen nie gelingen. Sie suchen einen Weg, den Gipfel zu erreichen, ohne dass wir es mitbekommen. Sie wissen nicht, dass ihre Wachen und ihre Maultiertreiber uns umgehend informieren, sobald sie einen Plan fassen. Wir wissen, was sie vorhaben, lange bevor sie es in die Tat umsetzen. Wir fangen jeden Spähtrupp ab, wir unterbinden jeden Vorstoß. Sie werden *niemals* den Gipfel einnehmen. Sultan Said wird nie die Hoheit über den Berg erlangen.« Er sprach mit einer Leidenschaft, mit einer grimmigen Überzeugung, die irgendwie nicht ganz glaubhaft wirkte. In Joans Ohren klang es, als müsse er sich in gewisser Weise selbst überzeugen. Doch der Gedanke, dass diese heimtückischen Omani-Wachen Daniel verrieten, die Vorstellung, dass er in einen Hinterhalt geriet, wenn er meinte, sein Vordringen sei geheim, löste ein Frösteln in ihr aus. Als würde er das spüren, sah Salim sie schweigend an.

Eine Weile aß er stumm weiter, dann tauschte er ein paar Worte mit Farizah auf Arabisch. »Sie sagt, dafür, dass Sie eine gottlose Heidin seien, seien Sie immerhin keine Plage«, erzählte er Joan lächelnd. »Sie sagt, Sie seien ihr eine Hilfe.«

»Bitte sagen Sie ihr, dass diese Tage hier bei ihr mit zu den besten meines Lebens gehören«, sagte Joan und meinte es durch und durch aufrichtig. Salim warf ihr einen langen durchdringenden Blick zu, bevor er die Bemerkung übersetzte. Farizah nickte mit einem Schulterzucken, als habe sie sich das schon gedacht.

»Sie wollen also nicht hierbleiben?«, fragte er nach einer Weile, und Joan schüttelte den Kopf.

»Ich weiß nicht, wie mein Leben aussehen wird, aber es kann nicht nur das hier sein. Nicht für immer.«

»Sie denken aber doch nicht, dass Sie bei mir sein könnten? Im Kampf? Sie wissen, dass das unmöglich ist.«

»Ich weiß. Ich habe keinen Plan. Es ist erschreckend, aber … zugleich auch wieder nicht.« Diese Wahrheit überraschte sie. Dass sie in die Fremde eingetaucht war, in diese vollkommen *andere* Welt von Misfat al-Abriyeen, hatte ihr gezeigt, dass ihre Angst vor Veränderung nur eine Gewohnheit war, eine, mit der sie brechen konnte. »Wenn ich den Gipfel gesehen habe, kann ich zurückgehen. Ich habe gesagt, ich würde die Erste sein, und das werde ich. Zum ersten Mal in meinem Leben werde ich … die Führung übernehmen. Ich muss es tun, bevor ich irgendetwas anderes tun kann.«

»Ich nehme Sie mit. Wir brechen in der Morgendämmerung auf. Nur für einen Tag. Gestern haben wir die Briten den Berg hinunter zurück nach Nizwa getrieben. Es wird ein paar Tage dauern, vielleicht ein paar Wochen, bis sie es erneut versuchen. So ist das immer. Aber die Flugzeuge kommen, wenn sie kommen, und bombardieren, wenn sie bombardieren. Die Gefahr ist real, und ich kann Sie nicht vor ihr schützen. Und wir müssen uns versteckt halten – vor meinen Leuten ebenso wie vor Ihren. Diese Männer, die Sie kennengelernt haben, die mir gegenüber loyal sind, wissen von diesem Plan, aber niemand anders würde ihn billigen. Haben Sie verstanden? Das ist das Letzte, was ich für Sie tun kann, Schuld hin oder her.«

»Jede Schuld zwischen uns wird mehr als beglichen sein, Salim. Das ist sie bereits jetzt«, sagte sie. Salim nickte ernst.

»Wir sind uns einig. Ich bringe Sie innerhalb eines Tages hinauf und wieder herunter. Ich führe Sie zum Weg, der von hier nach unten führt, zurück zu Ihren Leuten. Danach muss ich mit all meiner Kraft dem Imam dienen.«

»Und vielleicht werden wir einander nie mehr wiedersehen, Salim.«

»Das werden wir, so ...«

»Gott will«, beendete Joan, und Salim lächelte.

»Sie lernen dazu«, sagte er.

Da sie wusste, wie früh sie aufstehen musste, schlief Joan fast gar nicht. Noch nicht einmal die Hühner rührten sich, als sie das Dorf nur mit einer Schmugglerlampe verließen, die Salim bei sich trug. Sie war so konstruiert, dass das Licht nach unten auf den Boden und nicht nach vorn strahlte. Als der Himmel wässriger zu werden begann, löschte Salim sie ganz. Er bewegte sich nahezu geräuschlos. Joan tat ihr Bestes, es ihm gleichzutun, doch der Weg führte steil nach oben, und schon bald war ihr Atmen das lauteste Geräusch weit und breit. Die Muskeln in ihren Beinen brannten, und ihr Herz raste, doch sie hielt mit und wollte nicht, dass Salim das Tempo verlangsamte. Die Steine bohrten sich spitz durch die Sohlen ihrer Schuhe. Manchmal musste sie auf allen vieren krabbeln und ihre Hände mitbenutzen. Joan konnte nicht erkennen, ob sie einem Weg folgten, aber Salim blieb nicht stehen. Nach einer Weile vergaß sie den Schweiß, der ihr über Gesicht und Rücken lief. Sie fand mit ihrem Atem und mit ihren Schritten in einen gleichmäßigen Rhythmus und konzentrierte sich darauf. Sie zählte bis hundert und fing dann wieder von vorne an und anschließend noch einmal und noch einmal. Sie dachte an nichts und setzte stur ihren Weg fort. Vor sich sah sie Salims gerade Schultern. Er blickte nicht zurück und sah nicht nach ihr. Eine Weile regnete es, doch als die Sonne aufging, trocknete der Himmel und wurde milchig-weiß, zu hell, um den Blick nach oben zu richten. Stunden vergingen, und Joan sah nichts als ihre eigenen stapfenden Füße, die sie immer wieder zwischen die Steine setzte.

Zuerst erkannte sie den toten Soldaten nicht als das, was er war. Die weißen Knochen, die aus den verwitterten Hautfetzen hervorlugten, bildeten eine merkwürdig abstrakte Form. Sie hielt an, weil Salim stehen geblieben war, und starrte auf die entstellte Leiche, bis sie ein Gesicht erkannte, Zähne, Zehen, einen verwitterten Brustkorb, einen zerklüfteten Fetzen, wo einst seine Genitalien gewesen waren. Sie schlug sich eine Hand vor den Mund, und Salim drehte sich mit ausdruckslosem Gesicht zu ihr um.

»Vermutlich gehörte er zu der Armee von Maskat und Oman. Letztes Jahr haben sie fast das Plateau erreicht, hatten sich jedoch überschätzt und wurden ausgeschaltet. Sie wurden ausnahmslos ausgelöscht. Einige sind in die Berge geflohen und dort verdurstet.« Joan konnte nichts sagen. Salims abgeklärte Art war ebenso schockierend wie die verdorrte Leiche. »Wenn er zum Berg gehörte, hätten seine Leute ihn geholt.« Der Tote war nackt ausgezogen worden, seine Stiefel und seine Waffen fehlten. Aasfresser hatten das weiche Fleisch herausgepickt, den Rest hatte der Berg ausgetrocknet. Auf seinem Schädel bewegten sich Reste weicher schwarzer Locken sachte im Wind. »Kommen Sie, wir dürfen keine Zeit verlieren«, sagte Salim und ging weiter, ohne sich noch einmal umzudrehen. Die Haut über Joans Schultern zog sich zusammen. Sie spürte, wie die unkontrollierbare Todesangst, die sie als Kind im Krieg gespürt hatte, in ihr widerhallte, wie die Luft in ihren Lungen dünner wurde. Sie stolperte hinter Salim her und wurde überdeutlich daran erinnert, dass sie sich in Gefahr befand.

Sie erreichten das Plateau, ohne dass sie es überhaupt bemerkte. Joan hatte sich vorgestellt, sie müsste sich fast senkrecht aufragende Stufen bis zu einer steilen Klippe hinaufplagen, doch auf der südlichen Seite gab es kein solches

Hindernis. Daher war dieser Zugang schwer bewacht, und Salim holte die weiße Flagge des Imam hervor, band sie an sein Gewehr und hielt es in die Luft, während sie weitergingen. Daniel hatte ihr erzählt, dass die weiße Flagge des Imam zu Beginn der Auseinandersetzung für Verwirrung gesorgt hatte – man hatte sie als Zeichen der Kapitulation missdeutet und die rote Flagge jener, die dem Sultan die Treue hielten, als Herausforderung. Der Boden wurde flacher, die Gipfel, einige von ihnen zehntausend Fuß hoch, umgaben sie wie gewaltige Wachen. Salim, dem der Aufstieg kaum etwas ausgemacht zu haben schien, bot Joan Wasser an.

»Sie sind da, Joan«, sagte er und lächelte zurückhaltend. »Sie haben es an einen Ort geschafft, den die gesamte Militärgewalt des Sultans nicht geschafft hat zu erreichen. Nicht einmal Maude ist hier oben gewesen. Kommen Sie mit, hier entlang.« Er führte sie zu einer Stelle an den Rand des Plateaus, über einem senkrechten Bergsturz, von wo aus man sehen konnte, wie sich die markanten Kämme in Richtung Küste entfernten. Sie schienen unendlich, wie die Wellen eines feindseligen, versteinerten Meeres. Joan verstand voll und ganz, warum es keiner Armee je gelungen war, ein solches Bollwerk einzunehmen.

»Befinden wir uns gegenüber von Matrah?«, fragte sie.

»Mehr oder weniger, ja.« Salim zuckte mit den Schultern. »Aber man kann es von hier aus nicht sehen.«

»Das macht nichts«, sagte Joan. Sie befand sich an dem Ort, zu dem sie so oft hinaufgeblickt hatte. Entgegen aller Wahrscheinlichkeit stand sie hier und blickte auf Matrah hinunter, anstatt in Matrah zu stehen, um hier heraufzuschauen und zu träumen. Sie hob beide Arme und winkte, sie war außer Atem und empfand ein geradezu irrwitziges Hochgefühl. Daniel war hinter ihr, in Nizwa. Sie hatte keine Ahnung, ob Rory heraufsah und nach ihr suchte – es war egal. Sie befanden sich auf einer Höhe mit den Wolken, und die Sonne warf einen Flickenteppich aus Licht und Schatten auf den Boden weit unter ihnen. Unablässig veränderte der Wind das Muster und trocknete Joans Haut und kühlte sie. Es war nichts außer dem Geräusch des Windes zu hören, und Salim stand neben ihr und passte auf. Wie es sich wohl anfühlte, hier an diesen ursprünglichen, rauen, wunderschönen Ort zu gehören?

»Was sehen Sie?«, fragte Salim.

»Alles und nichts«, erwiderte sie mit einem zarten Lächeln. »Ich sehe, dass ... nur sehr wenige Dinge unmöglich sind.«

Hier oben verlor die Zeit für Joan jegliche Bedeutung, jegliche Form und Größe. Sie hatte keine Ahnung, wie lange sie dort stand und von diesem weit entfernten Fleck aus auf ihr altes Selbst hinunterblickte. Als Salim sie am Ellenbogen fasste, um sie zum Gehen zu bewegen, war ihr kalt, aber sie war entschlossen.

»Kommen Sie, Joan. Wir müssen weiter«, sagte er.

»Jetzt schon? Wirklich?«

»Ja. Hören Sie das?« Joan strengte sich an. Zunächst vernahm sie nichts als das Summen des Windes, doch dann hörte sie es – das leise, stete Jammern einer Venom im Flug. Sie holte scharf Luft und suchte blinzelnd den Himmel ab, sah jedoch nichts als Wolken.

»Versuchen Sie nicht, es zu entdecken, laufen Sie nur, und zwar schnell!«, sagte Salim. Erschrocken folgte Joan ihm. Leichtfüßig rannte er über den unebenen Boden auf eine weit hinausragende Felsnase zu, und Joan stolperte, um mit ihm Schritt zu halten. Zunächst begriff sie nicht, was er vorhatte, bis er hinter einen gewaltigen Steinbrocken am Fuß des Felsvorsprungs trat und verschwand. Sie folgte ihm in die Öffnung einer Höhle, die sich in den Berg grub wie ein Wurmloch in einen Apfel. Im Inneren war es kühl und dunkel. Salim schob Joan weiter in die Höhle hinein, dann ging er in der Nähe des Eingangs in die Hocke und richtete den Blick gen Himmel. Joan spürte, wie sie die Angst in kurzen panikartigen Wellen überkam. Der Lärm nahm zu, je näher das Flugzeug kam. Sie schloss die Augen und wartete darauf, dass das Geräusch wieder nachließ – auf jenen Wendepunkt, wenn das Flugzeug vorbeigeflogen war, sich entfernte und sie sicher waren. Sie wartete und sehnte dieses Leiserwerden des Geräuschs herbei. Die Explosion traf sie völlig unvorbereitet.

Sie schien aus dem Boden zu kommen und direkt in ihre Knochen zu schießen, mehr als durch ihre Ohren in ihren Kopf einzudringen. Sie erschütterte ihren Schädel wie ein körperlicher Schlag, und sie schrie auf und legte instinktiv die Arme über den Kopf. Sie spürte, wie Salim ihr Handgelenk umfasste und die Erde unter ihnen bebte. Für eine Sekunde herrschte Dunkelheit um sie, und es folgte ein Augenblick reinen Schreckens: Sie war wieder zurück in Bedford, kauerte mit ihrer Mutter unter dem Küchentisch und wartete darauf, dass die deutschen Bomben auf ihr Haus fielen, wartete darauf zu sterben. Einen Moment hatte die Angst Joan fest im Griff, und sie war sich sicher, dass sie für immer in der Dunkelheit unter den Felsen gefangen sein würde. Eine Ladung Schotter fiel auf ihren Kopf, und die Luft füllte sich mit Staub, doch dann kehrten Licht und Ruhe zurück, und das Geräusch des Flugzeugs entfernte sich und mit ihm ein Teil der unerträglichen Angst. Eine Weile lauschte Joan auf das Rauschen des Atems in ihren Ohren, dann öffnete sie die Augen. Salim beobachtete erneut den Himmel. Nach einer Weile drehte er sich zu ihr um und grinste.

»Haben Sie keine Angst, der Berg hat ein dickes Fell. Jetzt sind Sie wirklich eine von uns, Joan – eine von den Soldaten des Imam, die sich vor den britischen Bomben verstecken«, sagte er fröhlich. Joan dachte an Charlie Elliots blasierte, fast übermütige Einstellung zur Gefahr und merkte, dass es eine gute Art war, mit ihr zurechtzukommen. Sie versuchte zu lächeln, und allein das Bemühen stärkte sie ein wenig. Ihre Hände zitterten unkontrolliert.

»Das war ... knapp!«, brachte sie schließlich zwischen zwei kurzen Atemzügen hervor. Salim legte den Kopf schief.

»Nicht wirklich. Die Schockwellen laufen schnell und heftig durch den Berg.«

»Das war nicht knapp?«, fragte Joan ungläubig, doch dann stockte ihr erneut der Atem. Hinter ihr, tiefer in der Höhle, bewegte sich jemand. »Salim!«, sagte sie vor Schreck laut und deutlich.

Sie krabbelte zurück in Richtung Eingang, als ein Streichholz entzündet wurde, eine Lampe aufleuchtete und eine Gestalt aus dem pechschwarzen Tunnel trat. Joans Herz setzte aus, doch im nächsten Augenblick erkannte sie Bilal, den Mann, den Salim als Cousin bezeichnete. Er schenkte ihr ein schiefes Grinsen, das nicht ganz seine Augen erreichte.

»Willkommen auf dem Dschabal al-Achdar«, begrüßte er sie und sprach anschließend nur noch auf Arabisch mit Salim. Geduckt folgten sie ihm tiefer in den Tunnel hinein, bis sich die Höhle zu einer Kammer öffnete, die einen Durchmesser von ungefähr dreißig Fuß maß. Das Licht tollte über die gekräuselten Wände, eine war ganz glatt, glitschig vom Wasser, das an ihr herunterlief. Die anderen Männer aus Salims Truppe hockten oder saßen in einem lockeren Kreis zusammen. In der Glut eines Feuers, von dem kaum Rauch aufstieg, wurde eine Kaffeekanne warm gehalten, und auf einer großen Zinnplatte lagen Reste einer Mahlzeit. Sie verfügten über allerlei Waffen – zwei Granatwerfer und eine, wie Joan vermutete, auseinandergebaute Panzerhaubitze sowie über Gewehre. Sie hatten ein tragbares Funkgerät, stapelweise Karten und Papier. Es gab Teppiche, Decken und Kissen. Joan hätte die Höhle als gemütlichen Schlafplatz bezeichnet, wäre da nicht diese feuchte Kälte gewesen und dieses beängstigende schwarze Loch am anderen Ende, wo sich die Höhle erneut verengte und dahinter fortsetzte. Bilal bemerkte, dass sie auf die gänzlich dunkle Ecke starrte.

»Die Höhle zieht sich noch viele Meilen hin«, erklärte er ihr. »Manchmal ist sie trocken, manchmal nass. Manchmal geht man, manchmal kriecht man wie ein Wurm. Selbst einhundert Männern in einhundert Jahren würde es nicht gelingen, eine Karte von allen Höhlen in diesem Berg zu erstellen.« Joan erschauerte. Hinter ihren Stimmen war die leise Musik von Wasser zu hören, das unsichtbar, aber stetig irgendwo tief in der Erde plätscherte.

Joan nahm einen Becher starken bitteren Kaffee an und wartete, während die Männer ausführlich miteinander sprachen. Einer von ihnen verschwand mit dem Funkgerät nach draußen und kehrte nach einer Weile mit Neuigkeiten zurück. Dann, als eine Entscheidung getroffen war, standen alle Männer auf, schulterten die Gewehre und gingen gebeugt nach draußen. Salim stand als Letzter auf, seine Miene wirkte besorgt.

»Was geht hier vor sich?«, fragte Joan.

»Wir müssen aufbrechen. Es hat eine Bewegung der britischen Truppen gegeben, mit der wir nicht gerechnet haben. Von diesem neuen Geschwader, das eingetroffen ist. Diesen Spezialisten.«

»Dem SAS?«

»Sie sind nicht weit weg, nicht weit genug. Wir können den Weg nicht zurückgehen, den wir heraufgekommen sind. Wir müssen einen neuen nehmen. Die anderen begleiten uns, bis wir in Sicherheit sind.« Er warf ihr einen harten Blick zu, doch er wurde schnell weicher. »Die anderen sind wütend auf mich. Ich hätte nicht zustimmen dürfen, Sie hier heraufzubringen. Es war töricht von mir.« Joan wurde allmählich bang ums Herz.

»Ich bin froh, dass Sie es getan haben. Aber ... wir kommen doch wieder hinunter, oder?«

»Sie schon. Vielleicht müssen Sie alleine gehen ... Vielleicht ist es sicherer so. Aber lassen Sie es uns erst so probieren. Legen Sie Ihren Schleier an.« Joan tat, wie ihr geheißen, und folgte Salim aus der Höhle, wo es Bindfäden regnete. Joans Umhang und ihre Kleidung darunter waren sofort durchnässt. Sie spürte die Feuchtigkeit kalt auf ihrer Haut, das glitschige Gefühl, als der Regen in ihre Schuhe eindrang. Ihre Zehen wurden taub, doch die Männer gingen schnell, und bald wurde ihr wieder warm. Sie wollte sich ausruhen, wollte sich noch einmal nach dem Plateau umdrehen und den Anblick für immer in ihrem Gedächtnis bewahren, aber dafür blieb keine Zeit.

Der Regen verschleierte den weiten Ausblick, den sie zuvor gehabt hatten. Er verschleierte die Luft und färbte sie grau, doch Salim sagte, das sei ein Segen, weil die Piloten so in den Bergen nichts sehen und nach Nizwa zurückkehren würden. Die Steine wurden zunehmend glatt, und Joan knickte mehr als ein Mal mit dem Knöchel um, während sie versuchte, mit den anderen Schritt zu halten. Bei Tageslicht und bergab fühlte sich Joan irgendwie angreifbarer, und sie spürte, dass ihr letzter Grund, ihre letzte Ausrede, noch nicht nach Maskat zurückzukehren, jetzt hinter ihr lag.

Sie befiel eine erdrückende Traurigkeit, ebenso grau und unbarmherzig wie der Regen. Schweigend und von Wolken umgeben stiegen sie immer weiter bergab, und Joan wusste ebenso wenig, was die Männer dachten, wie die Männer wussten, was in ihr vorging. Sie erreichten eine schmale Schlucht, sie war noch nicht einmal einen Arm breit, die sich steil wie eine Leiter nach unten schlängelte, um dort in ein Wadi zu münden, das weiter den Berg hinunterführte. Ein seichter Strom floss die Schlucht hinunter. Die Männer blieben stehen und sprachen gedämpft miteinander. Joan setzte sich, um ihre müden Beine auszuruhen. Sie war hungrig, obwohl ihr leerer Magen gegen den starken Kaffee rebellierte. Sie war durchnässt, und die Einsamkeit und die stete Gefahr bedrückten sie.

Salim wirkte abgespannt, auf der Hut. Der Mann, der zuvor das Funkgerät benutzt hatte, tat es erneut, und es folgte ein Schwall durch Rauschen verzerrtes Arabisch. Salim hörte zu, und seine Miene verdüsterte sich.

»Was ist los?«, fragte Joan. Ihre Kehle war wie zugeschnürt, als müsste sie weinen. Nichts kam ihr mehr unwirklich vor, alles wirkte sehr, sehr real.

»Im Wadi befinden sich Soldaten. Ein Trupp des Sultans. Sie sind ein ganzes Stück weiter unten in Deckung gegangen – unsere Männer haben sie unter Beschuss genommen, darum trauen sie sich nicht weiterzugehen. Wenn sie ihre Deckung aufgeben, müssen wir hierbleiben, um alle Überlebenden aufzuhalten, die versuchen, es weiter hinaufzuschaffen.« Joan hörte mit wachsender Unruhe zu. Salim warf ihr einen kühlen Blick zu. »Das geht Sie nichts an, Joan. Das ist Ihnen doch klar?«

»Ich weiß, ich weiß«, sagte sie, klang jedoch selbst für ihre eigenen Ohren nicht sehr überzeugend. »Müssen wir einen anderen Weg nach unten nehmen?«

»Nein.« Salim schüttelte den Kopf und wandte den Blick ab. »*Sie* werden diesen hier nehmen. Behalten Sie den Schleier auf und folgen Sie der Schlucht ungefähr siebenhundert Meter nach unten. Dort befindet sich auf der rechten Seite ein Weg, der nach Süden führt. Halten Sie sorgsam nach ihm Ausschau. Verpassen Sie ihn ja nicht und gehen Sie *nicht* bis ganz nach unten zum Wadi. Haben Sie das verstanden? Das ist das Beste für Sie. Dieser Weg ist sicher für Sie, aber nicht für mich. Tragen Sie Ihren Schleier, sodass die Vorhut sofort erkennt, dass Sie eine Frau sind. Man wird Sie weder aufhalten noch auf Sie schießen. Aber gehen Sie nicht bis ganz nach unten zum Wadi, wo sich die Soldaten aufhalten.«

»Aber … warum sollten sie ihre Deckung aufgeben und weiter heraufkommen? Werden sie nicht einfach warten, bis es dunkel ist, und dann wieder hinabsteigen?«

»Ihnen wird bald keine andere Wahl bleiben, als ihre Deckung aufzugeben«, antwortete Salim finster. Joan starrte ihn verständnislos an und merkte, dass Bilal sie taxierte. »Das Wadi wird sich bald mit Wasser füllen.«

Nervös leckte Joan Regentropfen von ihren Lippen. Unwillkürlich machte sie einen Schritt auf den Rand der Schlucht zu, dann blieb sie wie erstarrt stehen. Bilal folgte ihr mit seinem Blick, er lächelte nicht mehr. Klarer denn je zuvor begriff Joan, in welcher Gefahr sie sich befand und worin diese bestand. Allmählich dämmerte ihr, dass man ihr vielleicht verbieten könnte, den Berg jemals wieder zu verlassen. Sie wünschte, Salims Cousin würde kein Englisch verstehen.

»Wohin führt der Weg aus der Schlucht?«, fragte sie mit zitternder Stimme.

»Er führt einige Meilen seitlich am Berg entlang«, sagte Salim.

»Ich glaube, sie muss bei uns bleiben«, erklärte Bilal. »Es ist zu unsicher. Die Männer sind ganz in der Nähe.« Er sprach mit Salim, nicht mit Joan. Sein Ton war eisig, voller Argwohn. Salim biss die Zähne zusammen, seine Kiefermuskeln traten deutlich hervor.

»Joan hat mit alledem nichts zu tun«, sagte er wie versteinert. »Sie ist hier nicht sicher. Sie ist kein Soldat, und es wird ein Gefecht geben. Es ist das Beste so. Sie wird uns nicht verraten.« Während er sprach, blickte Salim aus seinen dunklen Augen suchend zu Joan, und Joan schüttelte ängstlich den Kopf. Jetzt war sie bereit – bereit, allein weiterzugehen. Bereit, auf ihre Begleitung zu verzichten.

»Ich werde Sie nicht verraten«, sagte sie. »Das schwöre ich Ihnen.«

»Sie gelangen zu einem Dorf namens Al Farra'ah«, sagte Salim. »Ich schicke vorab eine Nachricht. Man wird Sie dort aufnehmen, aber Sie müssen zügig gehen, um das Dorf vor Einbruch der Dunkelheit zu erreichen. Von da aus können Sie weiter hinabsteigen, den Berg verlassen und nach Nizwa laufen. Man wird Ihnen vom Dorf aus den Weg zeigen.«

Joan nickte, hörte ihm jedoch kaum zu. Sie dachte an die Männer, die im Wadi zwischen den Scharfschützen und dem steigenden Flusswasser festsaßen. Sie empfand wachsende Panik ihretwegen. Die Vorstellung, dass Daniel einer von ihnen sein könnte, raubte ihr den Atem. Sie starrte durch den unablässig fallenden Regen die Schlucht hinunter, dann trat sie an den Rand und sonderte sich ein wenig von den anderen ab. Sie hoffte, dass Salim ihr folgen würde, und war erleichtert, als er es tat. »Ich muss bleiben und kämpfen«, sagte er. »Wenn diese Soldaten die Schlucht erklimmen, müssen wir sie aufhalten. Und da unten sind noch mehr Männer, noch mehr Soldaten. Sie befinden sich ein Stück weiter unten im Wadi, außer Gefahr. Die wissen nicht, dass die anderen in der Falle sitzen. Oder wenn sie es wissen, scheinen sie ihnen nicht helfen zu wollen.«

»Bilal denkt, ich würde zu den Soldaten gehen und es ihnen verraten?«, fragte Joan. Und an dem kurzen Zögern, ehe er nickte, merkte sie, dass er das ebenfalls dachte. Sie blickten einander lange in die Augen, keiner sagte etwas. Aus dem Funkgerät hinter ihnen tönten erneutes Rauschen und ein paar undeutliche Worte. »Wird er mich überhaupt gehen lassen?«

»Wenn Sie jetzt nicht gehen, bin ich mir darüber nicht mehr so sicher. Je mehr Sie sehen, desto mehr könnten Sie verraten. Ich habe ihnen erklärt, dass ich Ihnen vertraue. Ich weiß nicht, ob das ausreicht. Es ist besser, wenn Sie jetzt gehen. Verstehen Sie?«

»Ja«, erwiderte sie. Ein Regentropfen landete auf ihrem Augenlid, und sie blinzelte ihn fort und ließ ihn zu ihrem Kinn hinunterrinnen.

»Es wäre mir lieber, wenn wir uns hier nicht trennen müssten«, sagte er.

»Nein. Das ist meine Schuld. Ich habe Sie dazu überredet, mich mit heraufzunehmen.« Sie versuchte, entschieden zu klingen und ruhig, aber der Gedanke, allein über den Berg zu laufen und bei drohender Dunkelheit ein fremdes Dorf zu suchen, erfüllte sie mit Angst.

»Sie müssen jetzt Ihrem eigenen Weg folgen, Joan. Sie brauchen mich nicht als Meister. Gehen Sie, schnell, und seien Sie vorsichtig. Blicken Sie nicht zurück. Gott sei mit Ihnen.«

Während sie die feindseligen Blicke Bilals und der anderen Männer hinter sich spürte, tat Joan, was Salim gesagt hatte. Ihre Beine zitterten, und tief in ihrem Inneren wusste sie, dass sie Salim nicht wiedersehen würde. Sie wusste auch, dass sie den Soldaten im Wadi helfen musste. Die Tatsache, dass

Daniel einer von ihnen sein konnte, genügte, selbst wenn sie herausfinden sollte, dass dies nicht der Fall war. Die Möglichkeit allein war Grund genug. Joan rutschte und stolperte die steile Schlucht hinunter. An einigen Stellen, an denen das Gefälle so stark war, dass ihr das Blut in den Adern gefror und ihre Beine weich wurden, setzte sie sich und stützte sich mit den Händen ab. Wasser strömte über die Felsen. Es stieg in ihre Schuhe. Das Leder quoll auf und rieb über ihre Haut. Nach wenigen Schritten spürte sie das schmerzhafte Brennen aufgeriebener Blasen an ihren Füßen. An einer Stelle rutschten ihr die Beine weg. Die Landung war hart und schmerzhaft, und ihr wurde ganz übel von dem Schrecken, dass sie nur knapp einem Absturz entgangen war.

Der Schleier schränkte ihr Sichtfeld ein, und das schwere durchnässte Gewand wickelte sich um ihren Körper und behinderte sie beim Gehen. Nach einer Weile riskierte sie einen Blick zurück nach oben, doch Salim und seine Männer waren verschwunden. Der gewundene Pfad in der Schlucht war schwer zu überschauen, und der Regen rann ihr in die Augen. Sie wandte sich ab und ging weiter hinunter, richtete den Blick nach rechts und entdeckte bald den Weg, den Salim ihr beschrieben hatte. Er hob sich deutlich von der Umgebung ab, stieg zunächst sanft an und verlief dann hoch über dem Wadi. Von dort konnte Joan sehen, dass bereits braunes Gebirgswasser unten in das Flussbett strömte. Der Regen stürzte die Schlucht und die umliegenden Steilwände hinunter und füllte es stetig mit Wasser. Die Soldaten mussten sich der Gefahr bewusst sein, der sie sich aussetzten. Sie mussten wissen, dass sie bald das Risiko eingingen, erschossen zu werden. Und wenn sie blieben, würden sie ertrinken. Als Joan sich in ihre Lage versetzte, zitterte sie vor Angst.

Sie drehte sich um. Direkt gegenüber dem Pfad befand

sich ein weiterer, oder anders betrachtet, war es derselbe Weg, nur dass er in die entgegengesetzte Richtung führte, hinunter ins Wadi, wo sich laut Salim noch mehr Soldaten befanden. Soldaten, die nicht ahnten, in welcher Gefahr ihre Kameraden schwebten. Erneut blickte Joan zurück auf den Weg, den sie gekommen war. Konnten Salim und die anderen sie möglicherweise sehen? Beobachtete Bilal sie durch seinen Feldstecher? Konnte einer von ihnen sie mit ihrem Zielfernrohr erfassen? Ihre Unentschiedenheit lähmte sie. Sie hatte Salim geschworen, ihn und die anderen nicht zu verraten, doch war es wirklich Verrat, wenn sie versuchte, diesen Soldaten zu helfen? Sie musste Salims Position oben an der Schlucht nicht preisgeben. Sie musste nichts über ihn und die anderen erzählen – nicht, wie viele sie waren, nichts über ihre Ausrüstung und die Höhle.

Sie grübelte und grübelte, während der Regen über ihren Rücken und ihre Beine strömte und von ihren Fingerspitzen troff. Seine Kälte ließ sie unentwegt frösteln, aber sie konnte sich nicht bewegen. Warum hatte Salim ihr von den anderen Soldaten, die sich weiter unten befanden, erzählt? Warum hatte er ihr genau erklärt, wie sie aus Bilals Sicht den gefangenen Männern helfen konnte, wenn nicht, um sie dazu zu bringen, genau das zu tun? Der Regen prasselte herunter. Joan meinte irgendwo einen Schuss gehört zu haben, war sich aber nicht sicher. In den wenigen Minuten, die sie dort stand, hatte sich der Gebirgsstrom im Wadi deutlich verstärkt, war breiter, tiefer, schneller geworden. Aber sie dachte an Daniel, und da merkte sie, dass sie mehr um die Männer in dem Wadi bangte als um sich selbst. Sie holte tief Luft und hielt den Atem an. Dann folgte sie dem Weg nach links und rechnete damit, einen Schrei oder eine Gewehrsalve zu hören oder sogar von einer Kugel getroffen zu werden.

Sie versuchte zu rennen, aber ihre Beine waren zu müde und wollten ihr nicht gehorchen, sie schaffte es lediglich, vorsichtig zu traben. Dass es abwärts ging, war hilfreich, auch wenn sie häufig ausglitt und strauchelte. Sie fühlte sich nackt, ausgeliefert, wie ein weithin sichtbares Ziel. Sie suchte mit dem Blick die gegenüberliegende Wand des Wadis ab und versuchte, irgendwelche Kämpfer zu entdecken, die die Männer der SAF gefangen hielten. Sie versuchte, die gefangenen Männer selbst zu entdecken, doch sie wagte es nicht, stehen zu bleiben und richtig zu schauen. Einmal dachte sie, sie hätte eine Bewegung wahrgenommen, einen dunklen Umriss von etwas, das rasch verschwand. Es hätte ein Stiefel sein können oder ein Gewehrkolben, der aus dem Blickfeld entfernt wurde. Sie hielt nach einem Orientierungspunkt Ausschau, nach irgendetwas, woran sie sich die Stelle merken und sie später beschreiben konnte, und ihr Blick fiel auf einen großen dreieckigen Felsen, der wie eine Nase hervorstand. Alle paar Schritte überprüfte sie den Wasserstand und stellte erschrocken fest, wie schnell er stieg. Das Rauschen des Flusses, das unablässige Lärmen des tosenden Wildwassers übertönte inzwischen den Regen. Es hatte die Farbe von Tee mit Milch und wand sich wie eine wütende Schlange. Der Strom wuchs derart schnell an, dass Joan langsam fürchtete, sie werde ohnehin zu spät kommen. Sie hatte keine Ahnung, wie weit die anderen Soldaten entfernt waren, ob sie rechtzeitig zu ihnen gelangen oder sie überhaupt finden würde. Ob sie genügend Zeit hatten, den Männern zu helfen, die in der Falle saßen. Ihr ging die Luft aus, und sie musste ihren Schritt zwangsläufig verlangsamen. Sie drückte den Handballen auf ihre Seitenstiche und schluchzte vor Verzweiflung. Ihr wurde klar, dass sie es hören würde. Sie würde hören, wenn die Männer gezwungen waren, ihre Deckung aufzugeben, und erschossen wurden. Die Vorstellung verursachte ihr Übelkeit.

Das hier ging sie jetzt etwas an, egal, was sie Salim gesagt hatte. Das Gefühl, dass Menschenleben in ihrer Hand lagen, war erschreckend und beängstigend und löste in ihr eine Fassungslosigkeit darüber aus, dass das so sein sollte. Mit dem Blick suchte sie die Berghänge vor sich nach Männern auf beiden Seiten des Krieges ab, bis sie anfing, Gestalten zu sehen, die nicht da waren, die verschwanden, sobald sie blinzelte. Sie versuchte, erneut zu rennen, ihre Lungen brannten, das Blut pochte in ihren Schläfen. Ob man sie sehen konnte – ein sich bewegendes schwarzes Staubkorn – oder ob sie in dem allgemeinen Chaos und Durcheinander unterging? Eine weitere Gestalt, die verschwand, wenn man blinzelte? Dann stand plötzlich ein Mann vor ihr, tauchte aus dem Nichts auf, und mit einem Aufschrei rannte sie geradewegs in ihn hinein. Joan spürte seine Hände auf ihren Armen und wehrte sich heftig. Die Maske verrutschte, und sie konnte nichts mehr sehen.

»Fass sie nicht an, du Trottel, das ist verboten«, hörte sie eine Stimme in einwandfreiem Englisch sagen. Sie hörte auf, sich zu wehren, und hätte sich vor Erleichterung beinahe auf den Boden sinken lassen. Noch immer um Atem ringend, richtete sie ihre Maske über den Augen, bis sie das fahle, schwermütige Gesicht des Mannes erkannte, neben dem sie einst, vor hundert Jahren, in der Residenz beim Abendessen gesessen hatte. Sie konnte sich nicht mehr an seinen richtigen Namen erinnern; nur an den Spitznamen, den Charlie ihm gegeben hatte.

»Der Lächelnde«, stieß sie keuchend zwischen zwei Atemzügen hervor. Der graugesichtige Mann stutzte und sah ihr forschend in die Augen.

»Was haben Sie gesagt?«, fragte er.

»Da sind … Da sind …« Sie bekam nicht genügend Luft. Stattdessen klammerte sie sich verzweifelt an den Mann, damit man ihr Gehör schenkte.

»Bringt sie eine Nachricht?«, fragte eine andere Stimme, die sie sofort erkannte, und Joan wusste nicht, ob sie lachen oder weinen sollte. Charlie Elliot trat neben den Lächelnden und blinzelte durch den Regen. Ein wasserfestes Cape, das er über dem Rucksack auf seinem Rücken trug, verlieh ihm eine merkwürdig buckelige Gestalt. Er war unrasiert, durchnässt, und hinter seinem einen Ohr steckte eine feuchte Zigarette. Er wirkte völlig entspannt. »Nun?«, sagte er und musterte sie von oben bis unten. »Haben Sie eine Nachricht für uns? Wo ist Ridwan – Ridwan, wir brauchen hier einen Übersetzer!«

»Charlie«, stieß Joan hervor. Charlie erstarrte. Während sie keuchend nach Luft rang, gelang es ihr zu sprechen. »Weiter oben im Wadi sind Männer gefangen – unsere Männer. Die Scharfschützen haben sie im Visier. Das Wasser steigt. Sie müssen bald ihre Deckung aufgeben. Sie … müssen … ihnen helfen«, endete sie und beugte sich keuchend nach vorn. Ihr Kopf drehte sich, vor ihren Augen tanzten dunkle Punkte.

»Wer, zum Teufel, steckt unter diesem Gewand?«, fragte Charlie, doch an seinem Zögern und seinem ungläubigen Tonfall erkannte sie, dass er es bereits wusste. Er konnte es nur nicht fassen.

»Ich bin es«, sagte sie, zog sich Maske und Schleier herunter und spürte das Tageslicht und den prasselnden Regen auf ihrem heißen Gesicht. »Joan Seabrook.«

Charlie starrte sie an. Der Lächelnde auch. Hinter ihnen tauchten weitere Männer auf und starrten ebenfalls. Joan spannte sich an, als erwarte sie einen Schlag. Sie hatte das Gefühl, der wäre fällig. Sie hob ihr Kinn, machte sich bereit und wartete. Dann blinzelte der Lächelnde, und Charlie beugte sich nach vorn. Joan verstand zunächst nicht, warum, bis sie merkte, dass er sich vor Lachen krümmte. Einen Moment lang war er machtlos dagegen, und Joan spürte, wie sie, zu ihrer eigenen Überraschung, ebenfalls lächelte. Nach all der Angst und all den Zweifeln und der so fremdartigen Welt in den letzten zwei Wochen war Charlies Lachen für sie das wundervollste Geräusch auf der ganzen Welt. In diesem Moment liebte sie ihn. Als er sich wieder gefasst hatte, wischte er sich mit der Hand durchs Gesicht.

»Joan? Ich kann es nicht erwarten zu hören, wie, in Gottes Namen, Sie hierhergekommen sind! Man hat überall nach Ihnen gesucht. Haben Sie versucht, Ihren Bruder zu finden? Auf die Idee, Sie könnten im Berg sein, ist niemand gekommen.«

»Ich kann es Ihnen erklären«, sagte sie und fragte sich, ob das stimmte. »Aber jetzt ...«

»Ja. Diese Männer. Erzählen Sie alles noch einmal, langsamer und so genau wie möglich. Kommen Sie hier aus dem Regen heraus. Woher Sie das alles wissen, können wir später klären.«

»Sie müssen ihnen sofort helfen! Das Wasser steigt so schnell ... Sie sind in schrecklicher Gefahr. Sobald sie gezwungen sind herauszukommen, werden sie erschossen!«

»In Ordnung. Sagen Sie mir, wo? Können Sie das? Wie viele Scharfschützen sind es? Wo befinden sie sich?« Die beiden Männer waren sofort wieder ernst. Sie verloren keine Zeit mit überflüssigen Fragen, und Joan spürte, wie Erleichterung sie durchströmte. So gut sie konnte, beschrieb sie ihnen, wo sie annahm, dass sich die gefangenen Soldaten befanden. Die Mienen der beiden Männer verdunkelten sich, und sie tauschten einen Blick. Dann nickte der Lächelnde und entfernte sich, um mit dem Rest der Truppe zu sprechen. Charlie blieb bei ihr und kaute auf seiner Lippe. Er verschwieg ihr etwas. Joans Angst kehrte mit aller Macht zurück und ließ sie erschaudern.

»Ist es ... Ist es ...« Sie musste schlucken, um die Frage herauszupressen. »Es ist Daniel, nicht wahr? Es ist seine Truppe, die dort gefangen ist. Ich weiß es.« Sie begann zu weinen, und die Tränen verloren sich in den Regentropfen. Charlie nickte, eine schlichte Geste, die sie zu erdrücken schien. Joan streckte den Arm aus und stützte sich Halt suchend am Felsen ab.

Mit ruhiger Professionalität machte sich der Rest der Gruppe mit einem einheimischen Führer und einem SAF-Übersetzer bereit zum Aufbruch. Joan musterte den Führer mit Unbehagen. Ob er auch ein doppeltes Spiel spielte und Salim und Bilal berichtete, was sie gerade getan hatte? Charlie kontrollierte seine Waffen und richtete seinen Rucksack. Er sah an Joan vorbei und nickte dem Lächelnden zu.

»Die Rebellen wissen, dass wir hier sind?«, fragte er.

»Ja. Aber sie wissen nicht, dass ich Sie informiert habe, dass die Männer dort oben in der Falle sitzen, dass sie in Gefahr sind. Sie glauben, dass Sie auf etwas warten – worauf, weiß ich nicht.«

»Gut. Sollten wir noch etwas wissen? Gibt es noch etwas, das irgendwie von Bedeutung sein könnte?«, fragte er. Joan schaute ihn an. Ihre Tränen waren versiegt, sie schienen sinnlos. Sie dachte an Salim, Bilal und die anderen oberhalb der Schlucht. Doch Charlie hatte nichts davon gesagt, dass er und sein Trupp weiter hinaufsteigen würden. Soweit ihr bekannt war, wussten weder sie noch die SAF überhaupt von der Schlucht. Sie war sich sicher, dass Salims Männer für die Rettung Daniels und der anderen nicht von Bedeutung waren, doch sie schwankte noch, da Charlie sie aufgefordert hatte, alles offenzulegen, sie aber Salim geschworen hatte, es nicht zu tun. Schließlich schüttelte sie den Kopf, sie wollte nicht riskieren, dass Salim durch ihr Handeln etwas zustieß.

»Nein«, sagte sie und betete, dass diese Lüge folgenlos blieb. »Nein, nichts.«

»Der Lächelnde begleitet Sie jetzt nach unten.«

»Was? Nein! Ich … ich muss wissen, dass Dan in Sicherheit ist, bevor ich gehe … Ich muss ihn sehen!«

»Hören Sie zu, Joan, das hier ist kein Spiel. Es könnte hier gleich um Leben und Tod gehen – das ist kein Ort für Sie. Sie sind nur im Weg. Ob Ihr Bruder das hier überstehen wird oder nicht, Sie müssen auf jeden Fall von diesem Berg herunter und an einen sicheren Ort – sofort.« Sie hatte Charlie noch nie in so ernstem Ton sprechen hören. Es brachte sie einen Moment lang zum Schweigen.

»Versprechen Sie mir, dass Sie ihn retten werden«, sagte sie dann wie ein Kind, das freundliche Lügen hören will. Sie ergriff Charlies Arm und starrte ihm in die Augen, verzweifelt auf der Suche nach einem Zeichen, das sie beruhigte. Nach einem Augenblick zeigte Charlie sein spöttisches Lächeln und hob mit seinen verschrammten schmutzigen Knöcheln ihr Kinn.

»Ich würde mir keine Sorgen machen. Wenn er nur ein bisschen wie Sie ist, wird er sich wahrscheinlich sogar selbst retten. Und jetzt gehen Sie.« Er hob einen Arm, um dem Rest der Männer das Signal zum Aufbruch zu geben. Dann drehte er sich um und stieg das Wadi hinauf.

Joan folgte ihm mit ihrem Blick, bis er hinter ein paar Felsen verschwunden war, erst dann drehte sie sich um. Sie hatte das bedrückende Gefühl, dass sie womöglich auch ihn nicht mehr wiedersehen würde. Der Lächelnde wartete auf sie, das Gewehr in den Händen.

»Ich kann mich nicht mehr an Ihren richtigen Namen erinnern«, sagte sie mit brüchiger Stimme.

»Corporal Walter Cox, Miss«, sagte er. »Gehen wir? Hier, nehmen Sie den.« Er reichte ihr ein Regencape, und sie schlängelte sich hinein, ihre Muskeln waren steif vor Kälte und Erschöpfung. »Sie sehen fix und fertig aus. Langer Tag?« Die Worte waren voller Ironie. Joan nickte.

»Ja. Ich glaube, er könnte sich als der längste Tag überhaupt herausstellen.« Der Weg war schmal, sodass sie im Gänsemarsch gehen mussten. Walter übernahm die Führung, sein Blick war überall, sein Finger am Auslöser.

»Es ist nicht allzu weit bis nach unten. Wenn ich sage, dass Sie in Deckung gehen sollen, fragen Sie nicht lange, warum, in Ordnung?«, sagte er äußerst ruhig. Joan nickte. »Mit etwas Glück gelangen wir unbemerkt nach unten.«

»Danke, Corporal Cox«, sagte sie.

»Ich kann mir vorstellen, dass Sie sich darauf freuen, wieder in sicheres Gebiet zu kommen. Nach Maskat und zu Ihrer Familie.« Walter wendete den Kopf zur Seite und blickte sie über seine Schulter hinweg an. Joan hatte das Gefühl, dass er sie misstrauisch beäugte. Sie wusste, dass ihr Empfang schwierig werden würde, eine brisante Angelegenheit. Jetzt fragte sie sich zum ersten Mal, ob man sie für ihr Vergehen bestrafen würde, dafür, dass sie die Gesetze missachtet und, wenn man es denn herausfand, sich mit Salim eingelassen hatte. Sie erwiderte nichts. Schweigend liefen sie weiter, und Joan beschloss, nicht darüber nachzudenken, solange Daniel nicht in Sicherheit war. Daniel, und auch Charlie Elliot, wie sie feststellte. Doch sie waren kaum zehn Minuten unterwegs, als hinter ihnen plötzlich Gewehrfeuer losbrach. Mit angehaltenem Atem drehte sich Joan um. Walter fasste sie am Arm, um sie aufzuhalten, seine Miene wirkte bestimmt, sein Blick entschieden. Sie versuchte, sich loszureißen, getrieben von dem Impuls, zu ihrem Bruder zurückzulaufen. Dann stürzte aus der Richtung, aus der sie kamen, eine Flutwelle das Wadi herunter und riss mit Donnergrollen Geröllsteine mit sich – eine trübe Sturzflut, der niemand trotzen konnte, ließ den Fluss auf die doppelte Breite anwachsen.

»*Daniel!*«, schrie Joan verzweifelt durch den dichten Regen. Walter riss erneut an ihrem Arm und drehte sie herum.

»Laufen Sie!«, bellte er. »Los!«

Das Leere Viertel, Oman, März 1909

Maude und die Beduinen wechselten kein Wort, während sie darauf warteten, dass Sayyid zurückkehrte. Die unbezwingbaren Dünen ragten über ihnen auf, schüchterten sie ein und ließen sie verstummen. Sayyid war vor sich hin murmelnd in nordwestlicher Richtung am Fuß der massiven Erhebung verschwunden und blieb drei Stunden fort. Maude hatte die Zeit damit verbracht, an der Düne hinaufzublicken, und allmählich die Form einer Welle erkannt. Die Wüste war ein Meer aus Sand, aus dem der Wind ebenso ungeheuerliche Formen schuf wie aus Wasser. Genau wie das Meer kräuselte sich die Wüste und bildete Kämme und Täler. Starke Winde wehten Sprühnebel von den Gipfeln, genau wie bei Wasser. Viele Wüsten waren einst Meere gewesen, wie Maude wusste. Sie hatte die antiken Höhlenmalereien gesehen und versteinerte Muscheln an den trockensten Stellen der Erde entdeckt. Sie fragte sich gerade, ob es in der Wüste auch Gezeiten gab – gewaltige, unsichtbare, sich langsam bewegende Tiden –, als ein erregter Schrei von Fatih Sayyids Rückkehr ankündigte. Die hängenden Schultern des alten Mannes machten jegliche Hoffnung zunichte, dass er einen Weg gefunden hatte, der die Düne hinaufführte. Vorhin hatte Maude probeweise hinaufzusteigen versucht. Der Sand war weich und gab nach. Immer wieder rutschte sie nach unten und war bald erschöpft. Und dabei wog sie weitaus weniger als ein Kamel. So beschlossen sie, ihr Lager für die Nacht aufzuschlagen.

Die Sonne verschwamm am westlichen Himmel. Schweigend zogen sie zu einem Felsvorsprung, der nicht weit entfernt lag und hinter dem ein paar kleine Teufelsbüsche wuchsen, die ungehörig grün waren. Die Kamele rissen gierig an ihnen und knurrten und rangelten untereinander. Maude und Majid richteten das kleine Zelt her, dann brühte der Junge den letzten Rest schwarzen Tees auf und servierte ihn Maude in einem Becher, an dessen Rand eine Sandkruste klebte.

»Wenn Haroun hier wäre, würde er dir dafür die Ohren langziehen«, sagte sie traurig zu ihm, allerdings auf Englisch, weil ihr die Energie fehlte, ihn richtig zu maßregeln. Der Tee schmeckte ohnehin intensiv nach Ziegenhaut – wie ihr ganzes Wasser. Sie hatten noch genug, um mit dem Aufbruch bis zum nächsten Tag zu warten. Aber nicht mehr. Alle wussten das, ohne dass einer von ihnen fragen, ohne dass sie darüber sprechen mussten. Es reichte für einen Tag hier und zwei Tage auf der anderen Seite. Das war der ganze Spielraum, der ihnen blieb. Sie mussten weiter, entweder über die Düne oder zurück, und darin lag eine gewisse Ruhe. Maude hatte bereits beschlossen, wenn Sayyid keinen Weg die Düne hinauffand, würde sie einen finden. Sie wusste, dass das verrückt war, dass sie wahrscheinlich scheitern würde, aber die Vorstellung, sonst umkehren zu müssen, ließ einen eisernen Entschluss in ihr wachsen. *Ich will in der Hölle schmoren, wenn ich den ganzen Weg hierhergekommen bin und nicht zumindest versuche hinaufzukommen*, schrieb sie ohne Tinte oder Papier an Nathaniel. Sie war froh, ihren unsichtbaren Brief wiederzuhaben, froh, dass sie den Willen aufgebracht hatte, ihre Erlebnisse erneut mit ihm zu teilen. Ohne das hatte sie nichts und niemanden mehr gehabt. Sie setzte auch ihr Tagebuch fort und fertigte Zeichnungen von der vor ihr liegenden Düne an. Der Wind, der zu Sonnenuntergang aufkam, jagte einen Sandteufel und wirbelte ihn neben ihrem Lager umher – ein kleiner Wirbelsturm aus Sand, der sich mit fröhlichem Zorn um sich selbst drehte. Sayyid bewegte die Lippen zu einem stummen Gebet, während er das Schauspiel beobachtete. Maudes Abendessen bestand aus trockenem Fladenbrot. Ehe sie wieder Datteln anrührte, würde sie lieber verhungern, und andere Vorräte hatten sie nicht mehr.

In jener Nacht waren die Beduinen leise, ihre Streitereien verstummt. Maude schlief rasch ein. Ihre Müdigkeit war wie ein starker Sog, gegen den sie den ganzen Tag anschwamm. Es war eine Erleichterung, sich ihm zu ergeben und von ihm hinabgezogen zu werden, sobald es dunkel wurde. Sie träumte von Marsh House und von ihrer Mutter, und in dem Traum war sie nie weggegangen und würde auch nie weggehen, und sie kämpfte heftig, um aufzuwachen und sich davon zu überzeugen, dass dem nicht so war. Dann erwachte sie von einem Schrei und setzte sich irritiert auf. Ihre Augen strengten sich an, um in dem schmutzigen Grau vor der Morgendämmerung etwas zu sehen. Sie lauschte. Plötzlich ertönte ein Schuss, und jemand stieß einen Schrei aus. Maude kroch aus ihren Decken, um den Kopf aus dem Zelt zu stecken.

»Räuber! Gott nehme ihre Augen!«, hörte sie Sayyid rufen. Um die verglühende Asche des Feuers herrschte ein Strudel aus Gestalten, die Sand aufwirbelten. Schreie, Flüche, das Knurren und Klagen der Kamele, in der Dämmerung blitzte helle Kleidung auf. Maude beobachtete mit klopfendem Herzen überall hastige verschwommene Bewegungen.

»Khalid!«, rief sie, konnte ihn in dem Handgemenge jedoch nicht entdecken. Ein weiterer Schuss ertönte, ohrenbetäubend nah, und der Sand vor dem Eingang zu Maudes Zelt stob auf.

Sie wich zurück, blinzelte und hustete, dann wurde ihr voller Entsetzen bewusst, dass sie im Zelt gefangen war. Auf Händen und Knien krabbelte sie hinaus und rannte los, um hinter den Felsen Schutz zu suchen. Sie kletterte hinauf, schlug sich die nackten Füße und Schienbeine auf und bekam vor Panik keine Luft. Es war nicht hell genug. Sie starrte auf die kämpfenden Gestalten und konnte anfänglich Freund von Feind nicht unterscheiden. Vier Männer versuchten, ihre Kamele und ihre Vorräte zu stehlen, und ihre Männer bekämpften sie mit den bloßen Händen, mit Messern und Gewehren. Ein Mann trottete bereits auf seinem eigenen Kamel davon, wobei er zwei von ihren mit sich nahm, darunter Krümel. »*O nein!*«, schrie Maude außer sich vor Wut. Wenn die Räuber erfolgreich waren und wenn sie sie am Leben ließen, würde dieses Leben nicht mehr lange währen. Ihre Empörung über die Diebe war alles beherrschend.

Verzweifelt sann sie über einen Weg nach, wie sie helfen konnte. Sie sah, wie Fatih mit dem Gewehr in den Händen hinter dem berittenen Mann herjagte, niederkniete und schoss. Er verfehlte sein Ziel und rannte weiter, um den Dieb nicht entkommen zu lassen. Dann ein weiterer Schuss direkt unter ihr. Maude blickte nach unten und entdeckte in den Felsen einen der Räuber, der erneut auf Fatih zielte. Das erste Mal hatte er danebengeschossen, doch beim zweiten Mal würde er vielleicht treffen. Unter sich sah Maude Khalids Gesicht, der nach oben blickte, während er auf die Felsen zuraste. Er hatte den Schützen bemerkt und die Gefahr erkannt, in der sich sein Sohn befand. Ihre Blicke trafen sich eine Sekunde, und im nächsten Augenblick sprang Maude auf. Mit ausgestreckten Händen stürzte sie sich zehn Fuß nach unten und landete direkt auf dem Mann mit dem Gewehr. Sie krallte sich in seine Kleidung und in sein Haar und versuchte, nicht locker zu lassen, während sie beide hart auf den Boden aufschlugen. Maude hörte, wie durch den Aufprall die Luft zischend aus den Lungen des Mannes entwich, doch mit der instinktiven Geschwindigkeit eines Kämpfers drehte er sich sofort um. Er hielt Maude mit seinem Gewicht unter sich gefangen, und im nächsten Moment drückte er seinen Khanjar an ihren Hals. Sie packte mit beiden Händen sein Handgelenk, während sich die Spitze in ihre Haut bohrte, warmes Blut troff ihren Hals hinunter. Maude nutzte die einzige Sekunde, die ihr blieb, bevor er zustieß, um mit aller Kraft so laut zu brüllen, wie sie konnte: »*Runter*, du *verfluchter Beduine!*«

Ob es daran lag, dass sie eine Frau war, oder daran, dass sie eine fremde Sprache sprach, Maude wusste es nicht, und es interessierte sie auch nicht. Der Mann zögerte, seine Augen weiteten sich, und sie stieß ihm, so fest sie konnte, das Knie in die Leiste. Er stöhnte auf und zuckte zusammen, dann war Khalid bei ihm, packte ihn von hinten und schnitt dem Mann mit seinem Khanjar den Hals auf. Ein Schwall Blut landete direkt auf Maude. Einen Augenblick traf sich der Blick des Mannes mit ihrem – er war voller ungläubiger Überraschung angesichts seines plötzlichen Endes. Das makellose Weiß seiner Augen und der starke Kontrast zu seiner schwarzen Iris beeindruckten Maude. Er war zu jung zum Sterben. Dann verdrehte er die Augen und sackte mit einem Gurgeln zusammen. Khalid schob ihn zur Seite, bevor er sich umdrehte, um über den Sand zu blicken. Mit jeder Sekunde wurde es heller. Fatih ging zu den drei Kamelen, unter ihnen

Krümel, die jetzt ziellos umherschlenderten. Der Räuber lag reglos im Sand.

»Gott sei Dank«, sagte Khalid. Er wandte sich an Maude und trotzte jeder Konvention, indem er ihr die Hand reichte, um ihr beim Aufstehen zu helfen. Sie wischte sich mit ihrem schmutzigen Ärmel durchs Gesicht. Das Blut des Mannes war zwischen ihren Zähnen, in ihren Augen und klebte in ihrem Haar. »Sie haben sich wie ein Falke auf ihn gestürzt«, sagte er. »Sie haben Fatih gerettet, das war mutig. Nicht wie eine Frau.« Ruhig zollte er ihr Anerkennung, was Maude die Kraft verlieh, nicht in Tränen auszubrechen. Sie zitterte unkontrolliert und hoffte, dass Khalid es nicht bemerkte. Das Blut des toten Mannes hinterließ einen salzigen, metallischen Geschmack auf ihrer Zunge.

Majid war tot. Zwei der Angreifer ebenfalls, und die anderen beiden Männer hatten aufgegeben und waren mit leeren Händen geflohen. Majids Augen wirkten entspannt, sie hatten einen versonnenen Ausdruck, keinen ängstlichen mehr. Maude schloss sie mit ihrer schmutzigen Hand. Er hatte eine einzelne tiefe Stichwunde in der Brust und einen kleinen Flecken dunkelroten Bluts an der Unterlippe. Maude fragte sich, ob irgendwo eine Mutter auf ihn wartete. Sie wusste nicht, was sie bei seinem Tod empfinden sollte. Plötzlich kam ihr der Gedanke, dass sie ebenso rau, leer und unerschütterlich wurde wie die Wüste. Khalid untersuchte das Kamel des Mannes, den Fatih erschossen hatte, und verkündete, dass es ein nützliches Tier sei, wenn auch hässlich, untergewichtig und besser geeignet für Schotter als für Dünen. Sie würden es so weit mitnehmen, wie es ging, und es dann schlachten. Fatih und die anderen jungen Männer waren ganz erfüllt von ihrer Rolle bei diesem Sieg und überboten sich lauthals gegenseitig mit ihren Prahlereien. Sie machten ein Feuer, um Kaffee zu kochen, und für eine Weile vertrieb der Triumph alle Gedanken an die bevorstehende Herausforderung und die Gefahr, in der sie sich befanden.

»Sogar der alte Sayyid hat gegen sie gekämpft«, bemerkte Fatih. »Er hat das Geschirr von dem Kamel des Langbärtigen durchtrennt, sodass der nur langsam reiten konnte, darum konnte ich ihn treffen!«

»Sogar der alte Sayyid, sagst du!«, brummte der alte Mann. »Ich habe zwanzig solcher Männer getötet, als du noch an der Brust deiner Mutter gesaugt hast, mein Junge.«

»Bei der Dame solltest du dich bedanken, Fatih«, sagte Khalid und deutete mit der Spitze seines Khanjars auf Maude. Er hatte es benutzt, um das getrocknete Blut unter seinen Fingernägeln zu entfernen. »Sie hat sich auf den Mann geworfen, der dich, ohne zu zögern, erschossen hätte, obwohl sie keine Waffe hatte. Nur ihre Hände und ihre Wut. Wie ein Wanderfalke hat sie sich auf ihn gestürzt. Damit hat er nicht gerechnet.« Maude beobachtete, dass sich bei dieser Neuigkeit leichter Widerwille auf Fatihs Gesicht abzeichnete, doch er schluckte ihn hinunter.

»Gott ist gnädig, und ich danke Ihnen, Madam. Ich denke, wir sollten Sie von nun an Shahin nennen«, sagte er, das arabische Wort für Wanderfalke. Die anderen nickten und sahen Maude voller Respekt und voller Wärme an.

Das erbeutete Kamel trug eine gut halb volle Wasserhaut bei sich. Fatih betete zu Gott und gab drei *feu de joie* ab, als er sie entdeckte. Sie bewegten sich in südöstlicher Richtung, immer dicht am Fuß der monumentalen Düne. Es war kein Wasser übrig, mit dem Maude sich waschen konnte. Sie hatte versucht, sich bestmöglich mit ein paar Händen voll Sand und einem trockenen Tuch zu reinigen, das sie aus ihrer Bluse gerissen hatte, doch das Blut zog an ihrer Kopfhaut, als es trocknete. Ihr linkes Ohr juckte, und als sie sich kratzte, setzten sich Splitter, die an rostiges Metall erinnerten, unter ihre Nägel. Ihre Erinnerung an die schwarz-weißen Augen des Angreifers war noch sehr real. Sie war sich sicher, dass sie ihm in ihren Träumen wiederbegegnen würde. Doch sie bedauerte nicht, dass er tot war, das konnte sie nicht. Er hatte den Tod in ihr Lager gebracht, und sie empfand kein Mitleid, dass er von ihm wie ein Bumerang getroffen worden war. *Ich habe gesehen, wie ein Mann gestorben ist*, schrieb sie an Nathaniel. *Er war jung, aber er hätte uns getötet, wenn er gekonnt hätte. Die Beduinen nennen mich jetzt Shahin.* Sie empfand unwillkürlich Stolz über ihren neuen Namen, der ebenso sehr von seiner Poetik herrührte wie von dem Beweis, dass man sie nun endlich vollauf akzeptierte. Es war ein kühler, beherrschter Stolz, eine stille Befriedigung. Sie konnte an jenem Tag kein wirkliches Glück empfinden. Dann, spät am Vormittag, als die Sonne heiß und hoch am Himmel stand, steuerte Sayyid auf die Düne zu. Er spähte hinauf und blickte an ihr entlang, dann drehte er sich um und winkte sie zu sich heran.

»Gott sei uns gnädig, hier müssen wir hinaufsteigen«, sagte er mit offensichtlicher Erleichterung.

»Bist du sicher?«, fragte Maude. Die Oberfläche der Düne war von einer halbrunden Scharte durchbrochen, einer Kerbe, die diagonal nach oben verlief, sie war zwar noch immer erschreckend steil, aber immerhin nicht senkrecht.

»Gott ist mein Zeuge, das ist die Stelle«, sagte der alte Mann. Sie standen eine Weile Schulter an Schulter, starrten hinauf und sinnierten darüber, was ihnen bevorstand.

»Dann haben wir keinen Grund, noch länger zu warten. Fangen wir an«, sagte Maude schließlich. Sayyid musterte sie einen Augenblick von oben bis unten, ihre kleine, magere

Gestalt, die von einer Kruste aus Blut und Sand überzogen war. Aus seinem Gesicht sprach keine Zuversicht, als er nickte.

Es war klar, dass die Kamele mit jeglichem zusätzlichen Gepäck auf ihren Rücken keine Chance hatten, dort hinaufzukommen. Maudes Zelt, die Kochausrüstung und das Mobiliar, sogar ihr Klappstuhl, blieben als trauriger Haufen auf dem Boden zurück. Von da an trug sie nur noch eine Decke und ihre kleine Segeltuchtasche mit Papieren und persönlichen Sachen bei sich und würde fortan bei den Männern am Feuer schlafen. Sie empfand kein Bedauern darüber und bereute es nicht, die anderen Dinge zurückzulassen. Sie bedauerte nur, überhaupt Geld und Mühe in sie investiert und sie so weit getragen zu haben. Diese sperrigen Gegenstände gehörten in eine freundlichere Welt zu einer freundlicheren Maude, nicht zu Shahin und zu dieser Reise, die jede andere, die sie je unternommen hatte, in den Schatten stellte. Nachdem sie nur noch alles Lebensnotwendige bei sich hatten, gestattete Khalid jedem von ihnen, einen Mund voll Wasser zu trinken, nur einen.

»Das werden wir noch brauchen«, sagte er. Die Stimmung war erneut finster, sogar Fatih schwieg. Dann begann Sayyid, leise zu singen, und führte sein Kamel voran.

Der helle, feinere Sand war härter, dichter, es war leichter, darauf zu gehen. Der dunklere, gröbere und gelbere Sand gab nach und rutschte weg, zog an ihren Füßen oder ergoss sich lawinenartig nach unten und konnte leicht einen Menschen oder ein Kamel mit sich den Hang hinunterreißen. Das begriff Maude binnen kurzer Zeit. Sie hatte nicht gewusst, dass ihr Herz derart schnell schlagen oder sich so schwerfällig anfühlen konnte. Sie hatte nicht gewusst, dass man so heftig atmen konnte, ohne ohnmächtig zu werden. Helle Flecken tanzten vor ihren Augen, und sie konnte nicht schlucken. Ihr Durst griff wie Klauen nach ihrem Hals.

Manchmal dachte sie, sie würde noch immer gehen, bis Schreie wie *Shahin! Madam!* sie weckten und sie feststellte, dass sie im Sand saß, Krümels Halfterstrick hielt und ins Leere starrte. Sie stiegen weiter hinauf, sanken bis zu den Knien ein, fluchten, beteten. Am leichtesten war es, sich am Rand der schmalen Rinne zu bewegen, durch die Sayyid sie nach oben führte, aber das hatte seine Tücken. Eines der Kamele geriet zu dicht an den Rand und rutschte mit gespreizten Beinen den ganzen Weg zurück bis zum Fuß der Düne. Dort stand es niedergeschlagen und mit hängendem Kopf, die Flanken hoben und senkten sich unter seinem schweren Atem. Als Kamal hinunterging, um es zu holen, tat es keinen einzigen Schritt mehr in Richtung Düne, egal wie sehr er es zu überreden versuchte. Mit Tränen in den Augen nahm der junge Mann ihm das Zaumzeug ab, warf Decke und Wasserhaut, die das Kamel getragen hatte, über seine Schulter und stieg ohne das Tier erneut die Düne hinauf.

Es dauerte drei Stunden, die längsten drei Stunden, die Maude je erlebt hatte. Einmal schwankte sie selbst am Abgrund und rutschte ab. In dem Moment hatte Krümel sie gerettet, mit der Sturheit, zu der nur ein Kamel fähig war, hatte er wie angewurzelt dagestanden, während Maude an der Führerleine baumelte. Schließlich hatte sie die Arme um die vernarbten Knie des Kamels geschlungen und sich hinaufgezogen, bis sie in Sicherheit war. Aus Dankbarkeit hatte sie anschließend die Knie des Kamels geküsst, denn ihr war klar, wenn sie bis ganz nach unten gerutscht wäre, wäre sie dort geblieben, genau wie das erschöpfte Kamel von Kamal. Sie schämte sich nicht, vor Erleichterung zu stöhnen, als sie den Gipfel erreichten und sie sich endlich hinlegen durfte. Sie schloss die Augen. Khalid brachte erneut die Wasserhaut und hob väterlich ihren Kopf an, um ihr einen weiteren Schluck zu verabreichen. Die Sonne schien erbarmungslos herab. Maudes Lippen fühlten sich hart und ausgetrocknet an, und sie sprangen auf, wenn sie sie bewegte. Sie ruhten sich über eine Stunde aus. Zwei Raben verspotteten sie, indem sie mit äußerster Leichtigkeit zu jenem Gipfel hinaufflogen, der ihrer Gruppe fast das Leben gekostet hätte. Sie pickten ein paar vereinzelte Haare aus dem Fell der Kamele und stolzierten überheblich über ihre Rücken. Als Maude in der Lage war, sich aufzusetzen, blickte sie den Weg zurück, den sie gekommen waren – flacher Sand zwischen fernen Felswänden –, und konnte kaum glauben, wie weit weg ihr das erschien, obgleich sie noch so nah waren. Dann blickte sie in die andere Richtung, in der sie ihren Weg fortsetzen mussten. Unter ihnen lag eine Reihe niedriger Wanderdünen, die in einer weiteren gewaltigen Dünenkette mündete. Und in einer nächsten und dahinter in noch einer. Sie sah nichts als Sand. Zum ersten Mal verzweifelte Maude. Sie fühlte sich innerlich ausgehöhlt wie eine leere Muschel. Sie wusste, dass sie dort sterben würde – wahrscheinlich würden sie alle dort sterben.

Dann hörte sie einen ungewohnten Klang. Khalid sang. Ubaid und Kamal stimmten mit ein, dann Fatih. Die Melodie war betörend, vertraut, und die Worte und Silben ergaben fast einen Sinn, aber nicht ganz. Es war kein Arabisch, aber auch nicht wirklich Englisch. Dann begriff sie: Sie versuchten, *Jerusalem aus Gold* zu singen. Maude schloss einen Augenblick die Augen, weil die Melodie und die Bedeutung dieser Geste etwas so tief in ihr berührten, dass sie es kaum aushalten konnte. Mit dünner, heiserer Stimme fiel sie in den Gesang mit ein.

Khalid lächelte, als sie sich hochrappelte, ihre Muskeln zitterten vor Anstrengung.

»Shahin ist bereit weiterzugehen«, verkündete er den anderen. Sie erhoben sich aus dem Sand und klopften ihn aus ihren Kleidern.

»Dieser Aufstieg war der schwierigste«, erklärte Sayyid. »In den anderen Ketten kann ich bessere Wege finden, keine Angst, Shahin. Sie sind beschwerlich und lang, aber weniger steil.« Er sprach in aufmunterndem Ton mit ihr, und da verstand Maude, dass der alte Mann nicht damit gerechnet hatte, dass sie es überhaupt so weit schaffen würde. Sie straffte, so gut es ging, die Schultern und nickte, sagen konnte sie nichts.

Jegliche Erleichterung, die sie beim Abstieg an der sanfteren windzugewandten Seite empfand, wurde durch den Anblick des steilen Anstiegs, der noch vor ihnen lag, zunichtegemacht. Doch Sayyid hielt Wort und führte sie über einen Weg, der sich den Kamm hinaufwand und nicht über den Hang selbst führte. Es war anstrengend und schien ihren Knochen das Letzte abzuverlangen, doch noch bevor die Sonne unterging, hatten sie die zweite Dünenkette überwunden und schlugen an ihrem Fuß ihr Lager auf. Genau dort, wo sie heruntergekommen waren, sie waren zu ausgelaugt, um noch einen Schritt zu tun. In der Nähe befand sich ein Krater im Sand, ungefähr hundert Fuß breit und sechzig tief, die Wände stürzten senkrecht nach unten. Maude konnte sich nicht vorstellen, welcher Wind ihn aus einer Laune heraus erschaffen hatte, und die Vorstellung, dort in die Dunkelheit zu stürzen, ließ sie frösteln. Da würde man nie wieder herauskommen. Maude hielt sich so nah am Feuer auf, dass ihr die Augenlider brannten, als sie zu schlafen versuchte. Sie wandte das Gesicht dem Himmel zu, der kühlen Nachtluft und den sorglos glitzernden Sternen. Während sie hinaufschaute, ließ sie ihre Gedanken in den weiten Himmel wandern. Trotz des Durstes und der Anstrengung, trotz der Todesgefahr stellte sie mit äußerster Klarheit fest, dass sie nirgendwo anders sein wollte.

Khalid wachte streng über ihre Wasservorräte, so streng, dass Maude nicht wusste, ob sie mit so wenig durchhielt. Sie überlegte, ihn anzuweisen, ihr mehr zu geben, doch sie wusste, dass das sinnlos war. Sie war nicht mehr ihre Anführerin – war sie das überhaupt je gewesen? Hier draußen in der Wüste war Khalid der Einzige, der sie zusammenhielt und für Maudes Sicherheit sorgte, so weit das auf dieser verrückten Reise, die sie ersonnen hatte, möglich war.

In der Mitte des zweiten Tages entdeckten sie Spuren. Sayyid betrachtete sie, und Fatih betrachtete Sayyid. Er wollte ein ebenso guter Fährtenleser sein wie der alte Mann.

»Vier Männer. Sie haben sich verlaufen, sie haben sehr wenig bei sich. Eines der Kamele ist fast am Ende, ein anderes wird zunehmend schwächer«, sagte er.

»Woher wissen Sie, dass sie sich verlaufen haben?«, sagte Maude.

»Sehen Sie dort.« Sayyid deutete in die Richtung, aus der die Spuren über eine große Düne auf sie zukamen, und dann in die Ferne, wo sie erneut auftauchten und zurückliefen. »Sie sind im Kreis gegangen und haben versucht, einen Weg durch die Kette zu finden. Sie sind zurückgegangen. Offenbar hoffen sie, ihre Schritte zurückverfolgen und so hinauszugelangen zu können.«

»Räuber?«

»Nein. Reisende. Ihre Kamele stammen von der Batinah-Küste, darum tun sie sich hier so schwer. Sie sind in schlechter Verfassung.«

»Sollten wir den Spuren folgen und ihnen helfen?«, fragte Maude. Von Fatih und Ubaid ertönte sofort lautstarker

Protest. Maude blickte zu Khalid, und er schüttelte ebenfalls den Kopf.

»Wenn wir sie sehen, werden wir ihnen helfen. Aber wir können nicht den Kurs ändern, um sie zu suchen, sonst bringen wir uns selbst in Gefahr.« Sie setzten ihren Weg fort und verwischten die Abdrücke der Fremden mit ihren eigenen.

Maude starrte auf die Spuren und empfand Mitleid und große Angst, wenn sie sich in ihre Lage versetzte. Sie würden zweifellos als Skelett in der Wüste enden. Sie dachte an die Raben und an wehrlose blinde Augen. Daran, wie rasch in der Wüstensonne das Blut trocknete, und selbst wenn die verirrten Männer sie von Weitem sahen, würden sie wahrscheinlich zu durstig sein, um sie zu Hilfe zu rufen.

Sie brauchten zwei weitere Tage, um die Dünen zu überwinden. Zwei weitere Tage, die sie sich mit fuchtelnden Armen nach oben kämpften und nach unten rutschten, die Kamele anschrien und sie mit der Gerte antrieben, zu durstig, um zu schwitzen, zu durstig, um zu reden. Hin und wieder flatterte Maudes Herz seltsam in ihrer Brust, wie ein in einem Glas gefangener Schmetterling, ein plötzlicher Anfall kurzer, unregelmäßiger Schläge, von denen ihr schwindelig wurde. Wenn das geschah, musste sie anhalten und auf die Knie gehen, bis es vorbei war. Einmal blieb sie auf den Knien sitzen, bis Khalid kam, ihr unter die Arme griff und sie hochzog. Er gab ihr einen Schluck Wasser, nicht mehr, dann schleppten sie sich weiter. Maude versuchte, nicht zu denken. Sie versuchte, nicht darüber nachzudenken, wie weit sie gekommen waren oder wie weit sie noch gehen mussten. Sie dachte nicht an zu Hause oder daran, wohin sie gingen. Sie dachte nicht an ihre Brüder oder an ihren Vater. Eine Weile dachte sie sogar nicht einmal an Nathaniel. In ihrem Kopf war Platz für ihren Willen, abwechselnd die Füße zu heben, jeden einzelnen Schritt zu tun, für etwas anderes hatte sie nicht die Kraft. Dann hielten sie am Fuß einer flachen Anhöhe, im Schatten der Düne, die hinter ihnen lag, und zunächst verstand Maude nicht, warum.

»Shahin, ich habe Sie über die Dünen geführt«, sagte Sayyid, um sie aufzumuntern. Maude blickte auf. Vor ihnen lagen niedrige, flache Dünen aus hellem, festem Sand, keine großen Dünenketten mehr. Der Horizont flimmerte in weiter Ferne. Maude schluckte, was schmerzhaft war.

»Wir sind durch?«, flüsterte sie.

»Wir sind durch«, erwiderte Khalid.

»Danke«, sagte sie zu Sayyid, und dann blickte sie zu den anderen. »Mein Dank gilt euch allen.« Dann setzte sie sich.

An jenem Abend schlachteten sie das Kamel des Räubers. Es starb kampflos und sank gehorsam in den Sand, während die anderen Tiere, die nicht weit entfernt standen, an ihren Fesseln zogen, weil sie sein Blut rochen. Der Großteil des Fleisches wurde in Streifen geschnitten und auf den Trockenrahmen gespannt. Doch Fatih bereitete auch einen Eintopf mit etwas von ihrem kostbaren Wasser. Es war kaum mehr als gekochtes Fleisch und Leber mit Salz, aber es schmeckte wie ein Festessen, als sie ihr Brot hineintunkten.

»Wir befinden uns nur noch einen Tagesritt von der Quelle entfernt. Ich würde ihn auch mit geschlossenen Augen finden«, versicherte Sayyid Khalid, als der den verschwenderischen Wasserverbrauch hinterfragte. Mit vollem rumorendem Bauch verbrachte Maude die kostbaren Momente vor dem Schlafen damit, ihre Karte zu aktualisieren, und notierte alle Details, an die sie sich erinnern konnte.

»Werden andere weiße Männer Ihre Karte benutzen, Shahin?«, fragte Ubaid. Der Schein des Feuers betonte die eingefallenen Wangen des Mannes, seine Augen standen schräg nach oben. Er besaß das Gesicht einer Wildkatze. »Werden sie in die Wüste kommen und ihr folgen?«

»Das ist nicht sehr wahrscheinlich«, sagte sie lächelnd. »Die meisten weißen Menschen haben noch nie von Oman gehört, geschweige denn den Plan gefasst herzukommen. Gott sei es gedankt.«

»Warum zeichnen Sie es dann auf?«

»Damit ich es nie vergesse. Damit ich der Welt zeigen kann, wo ich gewesen bin und was ich getan habe.«

»Die Dünen bewegen sich, Gottes Hand verändert sie. Bäume sterben. Brunnen trocknen aus. Es kann plötzlich Regen fallen, er kann Blumen wachsen lassen und den Sand grün färben.«

»Ja, ich verstehe. Es ist eine Momentaufnahme – von *diesem einen* Moment. Verstehen Sie?«, sagte sie. Ubaid zuckte mit den Schultern und ließ sie allein.

Am Morgen kreuzten sie erneut die Spuren der Fremden. Sayyid betrachtete sie nachdenklich.

»Sie haben einen von ihnen in den Dünen zurückgelassen«, sagte er. »Sie bewegen sich langsam vorwärts, der Durst hat ihnen den Verstand geraubt. Sie können nicht mehr geradeaus gehen.«

»Sie werden bald sterben«, stellte Fatih sachlich fest.

»Sind sie in der Nähe?«, fragte Maude. Sayyid nickte.

»Diese Spuren stammen von gestern Nacht. Sie haben nicht angehalten, um zu schlafen. Sie können nicht weit sein.«

»Da wir nah am Brunnen sind, alle einen vollen Bauch haben und kein Wasser mehr sparen müssen, nachdem wir die Dünen passiert haben, könnten wir nicht ein kleines Stück vom Weg abweichen und versuchen, sie zu finden?«, fragte sie. Die Männer schweigen, und sie spürte ihren Widerwillen.« Versetzt euch in ihre Lage. Ihr wisst, was richtig und was gut ist.«

»Gott ist gnädig«, stimmte Khalid ihr zu. »Shahin hat recht. Wir folgen ihnen einen halben Tag. Wenn wir sie bis dahin nicht gefunden haben, setzen wir unseren Weg fort, und sie gehen mit Gott.« Er blickte zu Maude, und sie nickte. Fatih zog ungeduldig am Halfter seines Kamels und folgte den Spuren. Die anderen wendeten und reihten sich hinter ihm ein. Die Sonne brannte, der helle Sand blendete. Maude hielt an, um einen Kholstrich unter ihre Augen zu ziehen, bevor sie ihnen folgte.

Nach einer knappen Stunde sahen sie die verirrten Reisenden vor sich. Vier dürre Kamele saßen träge im Sand, ihre Reiter im zurückweichenden Schatten einer Düne. Es waren drei Männer, einer saß aufrecht, die anderen hatten sich erschöpft hingelegt. Ihre Besitztümer lagen verstreut um sie herum, als hätten sie einen halbherzigen Versuch unternommen, ihr Lager aufzuschlagen – Decken und ein Kochtopf, eine schlaffe Wasserhaut, Gewehre und Munitionsgürtel. Der sitzende Mann bemerkte sie nicht, bis sie fast vor ihm standen, dann nahm er eine Handvoll Sand und warf ihn in die Luft, um seine freundschaftliche Absicht zu signalisieren. Er war schwach, seine Bewegung schleppend.

»Friede!«, rief Khalid, als der Mann versuchte, nach seinem Gewehr zu greifen. »Wir wollen euch helfen, wenn ihr Hilfe braucht.«

»Gott ist barmherzig! Er hat euch zu uns geführt. Wir sterben, wir haben kein Wasser mehr«, krächzte der Mann. Sein Kinn war schlaff, sein Gesicht von Angst gezeichnet, und in seinen Augen lag ein verwirrter Ausdruck.

»Er stammt aus dem Norden. Seid vorsichtig«, sagte Khalid leise, als sie sich ihm näherten. »Durst kann einen Menschen in den Wahnsinn treiben.« Er ging mit einer Wasserhaut zu ihm und verabreichte dem sitzenden Mann kleine Schlucke. Sayyid und Ubaid traten zu einem der liegenden Männer, Fatih und Kamal zu dem anderen. Maude blickte zu Letzterem, er war größer als die anderen. Ihr Blick wurde starr. Ihre Gedanken verlangsamten sich und nahmen jedes Detail auf, sie konnte nicht glauben, was sie sah, was sie unmöglich sehen *konnte*.

Sie trat neben Fatih und starrte hinunter auf den Mann. Ihr Atem setzte aus. Ein großer Mann mit einem fuchsähnlichen Gesicht, dunklem Haar und Bart, doch seine Haut pellte sich und hatte das verbrannte Aussehen eines weißen Mannes. Ihre Beine gaben nach, während ihre Gedanken rasten. Sie fasste den Mann an der Schulter und schüttelte ihn heftig, voller Angst, dass er bereits tot war.

»Das kann nicht sein«, flüsterte sie. Fatih schaute sie verständnislos an.

»Was haben Sie, Shahin?«, fragte er. Maude schüttelte weiter, bis der Mann schwach den Kopf drehte und nur für den Bruchteil einer Sekunde die Augen öffnete. Erleichtert brach Maude zusammen und rang nach Luft.

»Nathaniel?«

Nizwa und Maskat, Dezember 1958

Als sie den Fuß des Bergs erreichten, wusste Joan nicht zu sagen, wie lange sie gegangen waren. Ihre Gedanken waren weit hinter ihnen zurückgeblieben, in dem überfluteten Wadi, in dem drei Männer, die ihr etwas bedeuteten, kämpften und womöglich starben – derjenige, der ihr am meisten am Herzen lag, schwebte in der größten Gefahr. Sie verließen die steilen Felsen und bewegten sich durch das flachere Vorland nach Süden. Walter Cox führte sie zu einem Außenposten der Askaris in einem alten Rundturm mit einer Funkantenne auf dem Dach.

Im Unterland regnete es nicht. Der Boden war trocken, obwohl der Himmel metallisch grau war und ein rastloser Wind die Wolken vor sich her trieb. Joan war wie betäubt vor Erschöpfung. Sie erinnerte sich daran, dass Salim Kontakt zu den Askaris hatte und dass sie Verräter waren, aber sie hatte keine Ahnung, wie und wem sie das mitteilen sollte. Das war unmöglich, ohne genau zu erklären, wo sie gewesen war und mit wem. Im Turm empfing sie ein untersetzter Mann mit unruhigem Blick und einer kurzen Nase, die tief in sein Gesicht eingebettet war. Er musterte Joan von oben bis unten mit offensichtlichem Interesse, und sie bemerkte, dass sie die Maske und den Schleier oben auf dem Berg zurückgelassen hatte. Ohne sie fühlte sie sich nackt. Die Luft in dem kleinen

Turmzimmer war muffig, es roch unangenehm nach ungewaschenen Männern. In der Holzdecke befand sich eine Falltür, aus der eine Strickleiter herabhing. Oben waren Schritte zu hören, und ein neugieriges Gesicht erschien kopfüber aus der Luke, um zu sehen, was unten vor sich ging.

Die Kommunikation zwischen Walter und den Askaris war schwierig – sie sprachen nur ein bisschen gebrochenes Englisch und er nur wenig Arabisch, aber schließlich durfte er ihr Funkgerät benutzen, um die Militärbasis in Nizwa anzurufen.

»Es wird nicht lange dauern«, erklärte er Joan. »Die schicken uns einen Jeep von der Basis. Ungefähr eine Stunde.«

»Danke, Corporal Cox«, sagte Joan. »Danke, dass Sie mich herunterbegleitet haben. Ich weiß, dass Sie wahrscheinlich lieber oben bei Ihren ... Kameraden geblieben wären.« Bei dem Wort war sie sich nicht ganz sicher.

»Ja. Das ist richtig.«

»Ich habe Ihre Zeit vergeudet. Ich bin eine Last«, sagte sie. Walter warf ihr einen neutralen Blick zu, weder freundlich noch unfreundlich. Dann lenkte er ein.

»Ich habe keine Ahnung, wie Sie dort hinaufgelangt sind oder was Sie gedacht haben, wo Sie da mitspielen. Aber wenn Sie nicht heruntergekommen wären, um uns von den Jungs im Wadi zu berichten, dann würden die jetzt sicher noch tiefer in der Klemme stecken. Hoffen wir, dass der Colonel Ihnen gegenüber deshalb Nachsicht walten lässt. Darauf würde ich mich an Ihrer Stelle allerdings nicht verlassen.«

Als sie den Motor eines Jeeps hörten, nickte Walter ihr zu. Sie standen auf, und Joan zuckte zusammen, als sie die steifen Muskeln und Gelenke bewegte. Sie sehnte sich danach, sich hinzulegen und zu schlafen, und fragte sich, wie lange es dauern würde, ehe sie das tun konnte. Sie wappnete sich, während sie hinausgingen, aber natürlich saß nicht Colonel Singer am Steuer, sondern ein Omani-Soldat, den sie noch nie zuvor gesehen hatte. Er trug einen kakifarbenen Drillich und kaute auf einer Nelke, deren Geruch ihn umgab. Er starrte Joan an, als diese ihre durchnässte Abaya auszog und in ihren Händen zusammenfaltete. Ihre Hose und ihre Bluse waren ebenso nass. Auf dem Boden des Jeeps lagen überall Sandsäcke. »Es könnte Landminen geben«, sagte Walter, als Joan über sie stieg. »Oft nutzen die Sandsäcke gar nichts, aber sie sind besser als nichts.«

»Die Askaris sollen doch das Legen von Landminen verhindern«, sagte Joan vorsichtig. Walter nickte.

»Ja, das sollen sie. Die Hälfte von ihnen steckt allerdings mit Talib und bin Himyar unter einer Decke«, sagte er, und Joan nickte. Sie war erleichtert, dass diese Tatsache offenbar bereits bekannt war. Mit röhrendem Motor schossen sie los. Schotter spritzte auf, und der Lärm und die Schnelligkeit des Fahrzeugs erschienen Joan nach ihrer langsamen friedlichen Zeit auf dem Berg waghalsig. Sie blickte hinaus auf die verschwimmende Landschaft, während man sie immer weiter von ihrem Bruder fortbrachte. Bald musste sie die Augen schließen, weil ihr Kopf davon schmerzte. Sie sprach ein stummes Gebet, dass Charlie Daniel erreicht und ihn gerettet hatte, obgleich sie nicht genau wusste, an wen sie es richtete.

Das Militärlager in Nizwa befand sich außerhalb der alten Stadt. Als sie die Stadtmauern, die Paläste und die gewaltige Festung vom Boden aus sah, nachdem sie diese auf ihrer anderen verbotenen Reise bereits aus der Luft betrachtet hatte, überkam Joan ein merkwürdiges Gefühl von Erkenntnis und

Schuld. Ihre Sehnsucht danach, diese verbotenen Orte zu erforschen, kam ihr jetzt kindisch vor, verglichen mit dem, womit Daniel konfrontiert war. Verglichen mit dem, was passieren konnte. Jede Genugtuung, die sie angesichts ihrer Abenteuer empfunden haben mochte, verblasste. Sie verlor das Gefühl, einen Grund zu haben, sich zu brüsten, nicht einmal vor sich selbst. Auf Walters Bitte hin fuhr der Jeep sie direkt zu Colonel Singers Einsatzzelt. Als sie aus dem Wagen stiegen, zwinkerte Walter Joan zu. »Es ist vielleicht besser, wenn Sie einen Moment hier draußen warten. Lassen Sie mich ... die Situation zunächst erklären«, sagte er. Stumm nickte Joan. Sie sah der Begegnung mit Colonel Singer mit einem gewissen Fatalismus entgegen und empfand starke Verlegenheit, aber keine wirkliche Angst. All ihre Angst war bei Daniel auf dem Berg, und nicht einmal die zwar unwahrscheinliche, aber dennoch existierende Möglichkeit, Insassin in Al-Dschalali zu werden, konnte da mithalten. Da es keine Sitzgelegenheit gab, stand sie vor dem Zelt. Sie steckte die Hände in die Taschen und verlagerte ihr Gewicht von einem zitternden Bein auf das andere.

Es verging über eine halbe Stunde, bis Walter wieder auftauchte, und inzwischen war es Joan schwindelig. Er bemerkte ihre Blässe, und auf seinem schwermütigen Gesicht erschien ein entschuldigender Ausdruck. »Sie sehen ja vollkommen erledigt aus«, murmelte er. »Verzeihen Sie. Ich habe vergessen, dass Sie all das nicht gewohnt sind.«

»Gibt es irgendwelche Neuigkeiten?«, fragte sie. Walter schüttelte den Kopf.

»Gehen Sie rein, Colonel Singer möchte mit Ihnen sprechen. Ich lasse Ihnen heißen Tee und etwas zu essen bringen, und ich spreche mit dem Quartiermeister, dass Sie ein Zelt bekommen.« Noch bevor Joan etwas erwidern konnte, war er verschwunden. Auf wackeligen Beinen ging sie ins Zelt und erinnerte sich plötzlich deutlich daran, wie sie einst zum Schuldirektor zitiert worden war, weil sie mit Farbe nach einem Mädchen geworfen hatte, das sie zuvor an den Haaren gezogen hatte. Wie ängstlich sie gewesen war, wie schockiert und bestürzt, dass sie gegen die Konventionen verstoßen hatte. Sie hatte ihr ganzes Leben Angst gehabt, gegen die Konventionen zu verstoßen, dabei stellte sich heraus, dass es überhaupt nicht beängstigend war, es zu tun. Es stellte sich vielmehr heraus, dass es sich anfühlte, als habe sie endlich zu leben begonnen. Sie blinzelte ob der Dunkelheit in dem Zelt und entdeckte den Colonel hinter einem langen Schreibtisch voller Papiere. Auf der einen Seite stand ein Funkgerät, vor dem ein Mann mit Kopfhörern auf den Ohren saß. Er blickte nicht auf, als Joan hereintrat, Colonel Singer allerdings schon.

Singer sah sie eine ganze Weile ausdruckslos an. Seine blauen Augen verrieten keinerlei Emotion, seine Miene wirkte konzentriert, ruhig, taxierend. Sein harmlos wirkendes Gesicht war völlig unbewegt.

»Miss Seabrook«, sagte er schließlich. »Setzen Sie sich. Sie haben ja offenbar eine anstrengende Zeit hinter sich.«

»Danke«, sagte Joan und sank erleichtert in den Feldstuhl.

»Nun. Wären Sie so freundlich, mir zu erklären, wie Sie auf den Dschabal al-Achdar gekommen sind und woher Sie wussten, wo sich Ihr Bruder befindet? Ich vermute, Sie haben irgendwie mit ihm in Kontakt gestanden.«

»O nein, keineswegs. Ich bin durch Zufall auf sie gestoßen.«

»Auf einem riesigen Berg, der sich in der Hand der Rebellen befindet, sind Sie zufällig auf die Truppe Ihres Bruders gestoßen?«

»Ja. Schließlich ... gibt es nur wenige passierbare Wege in den äußeren Steilwänden.«

»Verstehe. Und wie sind Sie überhaupt auf den Berg gelangt? Robert Gibson ist durchgedreht, und ich bin mir sicher, Ihren Verlobten wird es auch interessieren, dass man Sie gefunden hat.«

»Ich ... ich musste einfach ... Wir hatten einige Schwierigkeiten, ich und ... mein Verlobter. Ich musste einfach weg.«

»Sie haben sich also allein auf feindliches Gebiet begeben, obwohl es ausdrücklich verboten ist. Obwohl es äußerst dumm ist.«

»Ja.«

»Unsinn. Ich fürchte, das nehme ich Ihnen nicht ab.«

»Haben Sie schon etwas von den Männern auf dem Berg gehört? Hat Charlie es geschafft, die Männer, unter denen sich mein Bruder befindet, herunterzuholen? Bitte, ich muss es wissen.« Ein Kellner mit einer weißen Schürze brachte ein Tablett mit Brot, Obst und Tee herein und stellte es auf dem Schreibtisch vor Joan ab. Sie griff sofort danach, doch Singer zog es zu sich herüber, sodass sie nicht mehr herankam.

»Das muss warten. Wir unterhalten uns noch«, sagte er, und Joan wurde ihre Lage bewusst. Sie schluckte.

»Dürfte ich wenigstens ein Glas Wasser bekommen?«, bat sie leise. Der Colonel schenkte ihr ein Glas aus dem Krug neben sich ein und schob es zu ihr hinüber.

»Sie galten zweieinhalb Wochen als vermisst. Man hat sie aufgegriffen, als Sie den Berg *herunter*kamen, nachdem Sie an gegnerischen Kämpfern und der Gruppe Ihres Bruders vorbeigekommen sind, und zwar als Araberin verkleidet. Erklären Sie mir das.« Er starrte Joan an.

Sie trank einen Schluck Wasser und realisierte, dass sie

ihm das auf keinen Fall erklären durfte. Sie konnte keine Geschichte erfinden, die nur im Entferntesten überzeugend klang, und sie durfte ihm nicht die Wahrheit sagen. Sie konnte nicht zugeben, dass sie Salim kannte, ohne dass man hinterfragen würde, wie sie ihn kennengelernt hatte. Und ganz sicher würde man sich dann an die verschleierte Frau erinnern, die ihn in Al-Dschalali besucht hatte. Sie schwieg, bis das Schweigen angespannt und unangenehm war. »Soweit ich weiß, haben Sie ein quasi freundschaftliches Verhältnis zu Maude Vickery gepflegt, solange Sie in Maskat waren«, sagte Colonel Singer schließlich.

»Das dachte ich ... bis ...« Joan stockte, sie dachte daran, wie kühl Maude sie nach Salims Flucht behandelt hatte. »Was hat Maude damit zu tun?«, fragte sie stattdessen.

»Wir wissen, dass sie den Anspruch des Imam auf die Hoheitsgewalt über das Landesinnere unterstützt, Sultan Said hat es schon lange vermutet. Sie hat viele Jahre in den Bergen gelebt, bevor er sie nach Maskat eingeladen hat. Das hat er in erster Linie getan, um ein Auge auf sie zu haben und sie davon abzuhalten, Imam Ghalibs Kasse weiterhin großzügige Geldspenden zukommen zu lassen.«

»Davon weiß ich nichts.« Joan hielt inne und erinnerte sich an die diversen fremden Männer, die sie über Wochen in Maudes Haus hatte kommen und gehen sehen. Sie dachte an die schweren Taschen und Pakete, die sie häufig bei sich getragen hatten. »Ich habe stets angenommen, sie unterhalte gute Beziehungen zu Sultan Said und ebenso zu den Sultanen vor ihm«, sagte sie.

»Ich wage zu sagen, sie unterhielt gute Beziehungen. Oder gab vor, sie zu unterhalten.«

»Ich verstehe immer noch nicht, was Maude Vickery damit zu tun hat, dass ich auf dem Berg gewesen bin.«

»Ich auch nicht. Aber ich hoffe, dass sich die Angelegenheit mit der Zeit klären wird«, sagte Singer. Das Schweigen kehrte zurück. Er beugte sich auf seinen Ellenbogen vor und tippte mit den Daumen auf die Schreibtischplatte.

»Es gibt Regeln, Miss Seabrook. Das hier ist nicht England. Sie können nicht einfach gehen, wohin Sie wollen, und erwarten, dass das ohne Folgen bleibt.« Joan spürte das Gewicht seines prüfenden Blicks auf sich, seinen Argwohn. Ihr Kopf schmerzte erneut, und ihr war übel vor Hunger.

»Ich bin sehr müde, Colonel Singer«, sagte sie leise. »Bitte, würden Sie mir sagen, ob Daniel in Sicherheit ist?« Der Colonel schien einen Augenblick länger zu überlegen, dann schob er das Teetablett zu ihr hinüber.

»Ich werde dieser Sache auf den Grund gehen, Miss Seabrook, seien Sie sich dessen gewiss. Wir haben noch nichts von den Männern auf dem Berg gehört. Es ist ein verflixtes Fiasko. Obwohl wir versuchen, sie zu überraschen, scheinen diese Mistkerle immer zu wissen, dass wir kommen und woher.«

»Die Maultiertreiber«, sagte Joan, ohne nachzudenken. Singer starrte sie wütend an.

»Ach ja? Ich habe es schon vermutet. Trinken Sie etwas Tee, Miss Seabrook, und dann ruhen Sie sich aus. Und rühren Sie sich nicht vom Fleck! Habe ich mich klar ausgedrückt? Wenn es etwas Neues gibt, schicke ich jemanden zu Ihnen.«

Ein junger Soldat brachte Joan in ein Offizierszelt, das man hastig für sie freigeräumt hatte. Auf dem Bett lagen Kopfkissen und Decke, aber keine Laken, vor dem Schreibtisch war ein Feldstuhl so herausgerückt, als habe gerade noch jemand dort gesessen. Joan ließ sich mit dem Essenstablett nieder und stocherte ein wenig darin herum. So hungrig sie auch war, sie war zu müde und zu besorgt, um etwas zu essen. Sie fragte sich, ob dies Daniels Zelt gewesen war. Würde er je zurückkommen, um es wieder in Besitz zu nehmen? Als sie sich hinlegte, dachte sie an den Kuss, den sie in seinem Zelt in Bait al-Faladsch beobachtet hatte. Sie fragte sich, ob Rory, wenn er wüsste, in welcher Gefahr sich Daniel befand, ebenso um ihn bangen würde wie sie. Ob sich die beiden so sehr liebten, wie sie Rory geliebt hatte, so sehr, wie sie Daniel liebte, oder ob das etwas ganz anderes war. Es entzog sich ihrem Verständnis. Sie fühlte sich benommen, durch ihren Kopf schwirrten zahlreiche Gedanken und Ängste, und augenblicklich fiel sie in einen traumlosen Schlaf.

Als sie erwachte, war sie verwirrt, weil draußen hell die Sonne schien und sie keine Ahnung hatte, wie spät es war oder gar welcher Tag. Ein plötzlicher Lichteinfall hatte sie geweckt, als hätte jemand die Tür zum Zelt geöffnet. Im nächsten Moment realisierte sie, dass jemand hereingekommen sein musste. Noch schläfrig richtete sie sich auf, dann sank die Matratze ein, weil sich jemand neben sie setzte, und Joan stockte der Atem. Es war Daniel, sein Gesicht war schmutzig und verschrammt, aber es zeigte den Ansatz eines schiefen Lächelns. Wortlos, von Erleichterung überwältigt, schlang Joan die Arme um ihn und hielt ihn fest. Eine ganze Weile konnte sie nichts sagen.

»Ich habe solche Angst um dich gehabt, Dan«, sagte sie schließlich gedämpft an seiner Schulter. »*Warum* musst du nur beim Militär sein? Du hättest jeden anderen Beruf auf der ganzen Welt ergreifen können!«

»Darauf will ich nicht antworten«, sagte Daniel. »Du hast vielleicht Nerven, von wegen du hast Angst um mich gehabt –

was meinst du, wie ich mich gefühlt habe, als ich hörte, dass du vermisst wirst? Und jetzt auch noch, dass du oben auf dem Berg warst? Joan, was, zum Teufel, *tust* du hier?«

»Ich ...« Joan rückte von ihm ab, hielt jedoch weiter mit beiden Händen seine Oberarme fest, als könnte er sonst verschwinden. »Nun, ich wusste, dass ich es schaffen kann, darum habe ich es getan. Ich kann es dir nicht genau erklären. Noch nicht. Ich glaube ... ach, ich glaube, dann wärst du wütend auf mich.«

»Ich bin auch so wütend auf dich«, sagte er, lächelte jedoch dabei. »Nun, ich will es zumindest sein. Aber man hat mir erzählt, dass du den Rettungstrupp zu uns hinaufgeschickt hast und wir ohne dich in ernsthafte Schwierigkeiten geraten wären. Wie kann ich dir da böse sein?« Er holte tief Luft. »Aber ich bin es trotzdem. Wie konntest du nur so etwas Dummes tun, Joan? Und so leichtsinnig sein? Was, um alles in der Welt, hast du dir dabei gedacht?«

Joan blickte hinunter auf ihre schmutzigen, kaputten Fingernägel und spürte, dass sie sich erneut auf unbekanntes Terrain begab, in eine andere Art von Gefahr. Als sie den Kopf hob, merkte sie, dass Daniel sie beobachtete. Sie sah Liebe in seinen Augen und Vertrauen, und das gab ihr Mut.

»Ich bin fortgelaufen. Vor Rory und vor unserer Verlobung. Davor, nach Hause zurückzukehren, und davor, dass alles so weitergeht wie bisher«, sagte sie leise. Als sie Rorys Namen erwähnte, schluckte Daniel. Joan sah ihn forschend an und bemerkte einen Anflug von Unsicherheit in seinen Augen.

»Warum?«, fragte er. »Habt ihr euch gestritten?« Die Frage klang falsch und hohl, und beide spürten es.

»Ich habe mich schon eine ganze Weile gefragt, warum unsere Verlobungszeit so lange andauert. Warum ich ihn nicht dazu bewegen konnte, sich auf einen Hochzeitstermin festzulegen. Ich habe mir schon länger Sorgen gemacht, dass er mich eigentlich gar nicht wirklich heiraten will. Und jetzt ...« Joan schluckte, ihr Mund war trocken vor Aufregung. »Jetzt weiß ich, warum.« Sie zögerte, aber Daniel sagte nichts. Er bewegte nicht einen Muskel. »Ich glaube ... dass du der Grund bist, Dan. Ich glaube, Rory liebt dich, nicht mich. Ich glaube, er wollte mich heiraten, damit er ... immer in deiner Nähe sein kann. Ich glaube ...« Sie verstummte, weil Daniel abrupt aufstand und rasch zwei Schritte vom Bett wegtrat. Er stand mit dem Rücken zu ihr, die Arme vor der Brust verschränkt. Joan wartete, doch er sagte nichts. »Ich täusche mich doch nicht, oder?«, fragte sie leise. »Ich bin ... ich bin nicht wütend. Zumindest scheine ich das nicht zu sein. Vielleicht sollte ich es sein. Darüber habt ihr euch gestritten, stimmt's? Wegen der Hochzeit. Er wollte mich nicht wirklich heiraten. Habe ich recht?« Es folgte ein langes, eindringliches Schweigen.

»Doch, das wollte er. Er wollte einen Termin festlegen. Er hätte dich schon vor Jahren geheiratet, wenn ich ihn gelassen hätte. Er liebt dich – ganz sicher. Genau wie ich. Er hat mir versprochen, dass er dir ein guter Ehemann sein würde, aber wie ... wie hätte ich das zulassen können? Wie hätte ich zulassen können, dass du dich da blind hineinbegibst?«

»Du hast zugelassen, dass ich mich blind mit ihm verlobt habe! Du hast zugelassen, dass ich mich in ihn *verliebt* habe!«, schrie sie, ihr plötzlich aufwallender Zorn überraschte sie. Dann merkte sie, dass sie nicht zornig war, sie fühlte sich verraten. Es tat schrecklich weh. Tränen traten ihr in die Augen und liefen über ihre Wangen. »Du hast zugelassen, dass ich Jahre damit vergeudet habe, ihn zu lieben.«

»Ich wollte es dir sagen. Ich hätte es dir gesagt, das schwöre ich ... Ich ...« Daniel ließ den Kopf sinken. Er drehte sich um, konnte ihr jedoch nicht in die Augen sehen. Sein Gesicht war voller Schmerz.

»Wann? Wann hättest du es mir gesagt?«

»Bald. Ich hätte nicht zugelassen, dass du ihn heiratest. Wirklich. Rory meinte, es sei der einzige Weg – der beste Weg –, aber das stimmt nicht. Er sagte, es habe bei Mum und Dad funktioniert, also könnte es das auch bei uns, verstehst du? Aber er ... er hat dich als Mittel zum Zweck benutzt, und ich konnte nicht ... Das konnte ich nicht ertragen. Du hast dich immer um mich gekümmert, du bist so lieb gewesen, und ich liebe dich ...«

»Liebst du ihn?«, fragte sie. Das alles war ein seltsamer, unverständlicher Wirrwarr, und sie hatte keine Ahnung, wo ihr Platz in alledem war. Daniel runzelte die Stirn. Er wand sich, als wollte er wegrennen, könnte sich jedoch nicht vom Fleck bewegen.

»Ja. Ich ... ich habe ihn immer geliebt. Es ist so ... schwierig. Es ist so schwer für Leute wie uns. Verstehst du das, Joanie?«

»Ich verstehe überhaupt nichts«, sagte sie kopfschüttelnd. »Das ist das Einzige, was ich weiß. Kenne ich ... kenne ich dich überhaupt, Dan? Kenne ich Rory? Ich weiß gar nichts mehr.«

»Natürlich kennst du mich!« Daniel hob den Kopf. Er kam zurück zum Bett, setzte sich erneut zu ihr und fasste ihre Hände. »Sieh mich an – bin ich jetzt ein anderer Mensch? Bin ich nicht mehr dein Bruder?« Er wirkte ängstlich, verzweifelt, und das konnte Joan nicht ertragen.

»*Natürlich* bist du noch mein Bruder«, antwortete sie mit tränenerstickter Stimme. »Natürlich bist du das!«

Sie hielten einander lange in den Armen, bis Joans Tränen versiegten und Daniels Zittern sich gelegt hatte. Er rückte von ihr ab, zog sich die Manschette seines Ärmels über die Hand und tupfte ihr damit das Gesicht trocken.

»Du siehst furchtbar aus, wenn du weinst«, stellte er fest, und sie lachte.

»Na, vielen Dank. Das ist ja sehr nett.«

»Wir werden das alles klären, Joanie, versprochen. Sobald wir wieder alle zusammen sind, in Maskat oder wo auch immer, gibt es keine Geheimnisse mehr. Wir machen uns nichts mehr vor. Zumindest untereinander. Alles kommt wieder in Ordnung. Zwischen *uns* kommt alles wieder in Ordnung. Nicht wahr?« Offensichtlich brauchte er ihre Bestätigung, doch Joan wusste es einfach nicht. Sie wusste nur, dass eine Veränderung bevorstand und dass sie selbst auch ihre Geheimnisse hatte.

»Ich habe dir vom Berggipfel aus zugewinkt«, sagte sie stattdessen leise.

»Was? Du bist auf dem Plateau gewesen?«, fragte er ungläubig. Joan nickte.

»Wenn all das vorbei ist, kann ich dir davon erzählen. Aber jetzt darf ich dir nicht mehr sagen. Ich habe es versprochen.«

»Wem hast du das versprochen?«, fragte er, doch Joan sah ihn nur entschuldigend an. »Hör zu, wenn du etwas weißt, Joan ... musst du es mir sagen. Ich habe gestern in diesem Flussbett drei meiner Männer verloren. Wenn du Elliot nicht hinaufgeschickt hättest, hätte es uns vielleicht alle erwischt. Und es sind nicht alle wieder mit heruntergekommen. Die Situation ist ... ist immer noch sehr heikel. Also, bitte, wenn du noch etwas weißt, dann sag es mir jetzt.«

»Wer ist nicht wieder mit heruntergekommen? Was soll das heißen, heikel?« Daniel wandte den Blick ab und kniff sich in die Nasenwurzel. Offensichtlich war er sich unsicher, wie viel er ihr erzählen sollte.

»Nachdem sie uns die Scharfschützen vom Hals geschafft hatten, haben Elliots Männer eine Schlucht entdeckt, einen neuen Weg hinauf zum Gipfel. Danach hatten wir gesucht. Elliot hat eine Handvoll Männer mitgenommen und ist mit ihnen losgezogen, um die Schlucht zu erkunden. Seitdem ... haben wir nichts mehr von ihnen gehört.«

»Was?« Joan wurde eiskalt.

»Nachdem sie längst hätten zurück sein müssen, sind ihnen andere Männer gefolgt. Aber sie haben keine Spur von ihnen entdecken können. Keine Leichen, nichts, ein paar Scharfschützen haben Warnschüsse abgegeben und die Schlucht abgeriegelt. Das Ganze ist äußerst seltsam, und es ist ... Das kann nichts Gutes bedeuten.«

»O nein! Warum ist er nur dort hinaufgegangen? Ich dachte ... ich dachte, er würde dich retten und wieder herunterkommen! Es hat so fürchterlich geregnet ... Die Flut ... Ich dachte, ihr würdet alle zusammen wieder herunterkommen!«

»Joan, was weißt du?« Daniel packte sie an den Schultern und schüttelte sie. »Du musst es mir sagen. Es ist ernst.«

»Nichts!« Joan dachte verzweifelt nach. »Wenn ... wenn ihr in der Schlucht keinen Hinweis auf sie gefunden habt, dann weiß ich nichts, was euch weiterhelfen könnte. Es tut mir leid. O Gott, es tut mir so leid!«

Daniel stand auf und musterte sie eine ganze Weile mit fassungsloser Miene. Draußen ertönte das Röhren eines Motors, schnelle Schritte waren zu hören. Daniel blickte hinaus und blinzelte gegen das Sonnenlicht an.

»Was ist da los?«, fragte Joan und trat hinter ihn. Daniel ließ die Zeltklappe herunterfallen.

»Ich weiß es nicht, aber ich muss es herausfinden. Der Colonel schickt dich jedenfalls zurück nach Maskat – das sollte ich dir sagen. Es ist ein Flugzeug auf dem Weg hierher, das dich zurückbringen wird. Ich weiß nicht, was in dir vorgeht, Joanie.« Er schüttelte den Kopf. »Aber mir bleibt nichts anderes übrig, als dir zu glauben, wenn du sagst, dass du uns nicht helfen kannst.«

»Du … du gehst doch nicht etwa wieder auf den Berg, oder?«, fragte sie ängstlich.

»Wahrscheinlich schon. Im Gegensatz zu dir, Joan, gehe ich dorthin, wohin man mich schickt«, sagte er mit einem freudlosen Lächeln. »So läuft das beim Militär.«

»Wir sollten eigentlich gar nicht hier sein, die Briten, meine ich. Das ist nicht unser Kampf.«

»Tja, selbst wenn das stimmt, spielt es keine Rolle. Es ist nicht meine Aufgabe, die Politik der Regierung zu hinterfragen, und ich wage zu behaupten, dass die Regierung ein bisschen mehr von diesen Dingen versteht als du. Bleib hier. Wenn ich etwas erfahre, sage ich dir Bescheid. Wir werden … wir werden richtig reden, wenn all das hier vorbei ist. Wir klären das alles.« Er küsste sie auf die Wange und drückte ihren Arm, dann wandte er sich zum Gehen.

»Warte«, rief Joan und griff nach seinem Arm. Sie konnte es nicht ertragen, sich so schnell schon wieder von ihm lösen zu müssen, ihn so schnell wieder gehen zu lassen, auf direktem Weg zurück in die Gefahr. Sie schloss fest die Augen, versuchte, ihre wirren Gedanken zu ordnen, und kam schließlich zu dem Schluss, dass sie alles für Daniels Sicherheit tun musste. »Warte … Salim bin Shahin war dort oben. Am oberen Ende der Schlucht.«

»Der Mann, der aus Al-Dschalali entflohen ist?«, fragte Daniel, und Joan nickte. »Woher, in drei Teufels namen, weißt du das?« Er warf ihr einen skeptischen Blick zu, doch diesmal konnte sie nur den Kopf schütteln.

»Er hat dort oben mit sechs anderen Männern gewartet. Vielleicht ... vielleicht haben sie Charlie und die anderen gefangen genommen?«

»Warum sollten sie das tun?«

»Das weiß ich nicht. Ich schwöre es dir, Dan, ich weiß nicht, warum. Mehr weiß ich wirklich nicht.«

Daniels Miene war so abweisend, so voller Wut und Misstrauen, dass es ihr einen Stich versetzte. »Bin ich jetzt ein anderer Mensch, Dan? Bin ich nicht mehr deine Schwester?«, fragte sie.

»Doch, du bist noch meine Schwester«, erwiderte er ruhig. »Aber ich glaube, dass du vielleicht auch ein anderer Mensch bist.«

Eine Weile wartete Joan, dass Daniel zurückkam, aber aus einer halben Stunde wurde eine Stunde, und ihre Unruhe wuchs. Sie wollte ihn noch einmal sehen, ehe sie das Lager verließ. Sie rechnete damit, erneut von Colonel Singer verhört zu werden, aber als sie aus dem Zelt und in den staubigen Sonnenschein hinaustrat, waren dort kaum Soldaten zu sehen. Das Lager fühlte sich verlassen an. Sie ging in die Messe, wo ein paar Männer beim Mittagessen saßen, und wich vor ihren neugierigen Blicken zurück. Sie entdeckte niemanden, den sie kannte, keinen Briten, den sie nach Informationen fragen konnte, und als sie wieder zu dem Zelt kam, das man für sie geräumt hatte, trat ihr ein belutschischer Soldat entgegen. Er grinste und zeigte eine Reihe Zahnlücken.

»Gut!«, verkündete er und nickte dabei heftig mit dem Kopf. »Sie kommen. Bitte. Zum Flugzeug. Jetzt.«

»Warten Sie, wo sind denn alle? Ich muss mit dem Colonel

sprechen, mit Colonel Singer«, sagte Joan. Doch der junge Mann wackelte erneut mit dem Kopf.

»Flugzeug jetzt«, wiederholte er, und Joan blieb keine andere Wahl, als ihm zu folgen. Während sie aus dem Lager zur Startbahn gefahren wurde, suchte sie mit den Blicken überall nach Daniel, konnte ihn jedoch nirgends entdecken. Sie suchte noch immer, als sie die Stufen zum Flugzeug hinaufstieg, und fühlte sich klein, unbedeutend und so, als hätte man sie achtlos fallen lassen. Als sie sich setzte und ihren Sicherheitsgurt anlegte, kam ihr der Gedanke, dass sie einen Stein ins Rollen gebracht hatte, aus dem eine Lawine geworden war, und jetzt nur zusehen konnte, zu welcher Größe diese anwachsen würde. Das Flugzeug erhob sich schlingernd in die Luft, und noch immer starrte Joan aus dem Fenster, als könnte sie auf dem sich entfernenden Boden eine Nachricht entdecken. Salim hatte Charlie Elliot und seine Männer in seiner Gewalt, da war sie sich sicher. Doch sie hatte keine Ahnung, was die beiden Männer jeweils tun würden. Und sosehr sie sich auch anstrengte, sie konnte sich nicht vorstellen, wie beide lebend davonkommen sollten.

Rory erwartete sie in Bait al-Faladsch. Joan entdeckte ihn durch die braunen Staubwolken, wie er mit wehendem Haar neben der Landebahn stand, während das Flugzeug langsam ausrollte und schließlich zum Stillstand kam. Ihr Herz zog sich schmerzhaft zusammen, und sie wünschte sich, dass er nicht gekommen wäre. Als er sie sah, zuckte er zusammen, richtete sich gerade auf und winkte eifrig, stutzte dann und ließ den Arm sinken. Joan lächelte. Er hatte keine Ahnung, wie er mit ihr umgehen, wie er sich bei ihrem Wiedersehen verhalten sollte – keinen Deut mehr als sie.

Es erklärte, weshalb er zur Militärbasis gekommen war,

und zwar allein, damit sie das Schlimmste ohne Publikum hinter sich bringen konnten. Sie umarmten sich kurz und drückten sich dabei fest. Sein Geruch und seine Gestalt waren Joan so vertraut, dass sie eine zarte Traurigkeit befiel, eine Erinnerung an ein Gefühl. Ihr wurde klar, dass sich bereits alles zwischen ihnen verändert hatte, auch ohne dass sie ein Wort gesagt hatte. Rory hatte dunkle Ränder unter den Augen. Er roch muffig, und sein Gesicht wirkte angespannt, weniger beweglich als zuvor. Er küsste sie auf die Stirn und nahm ihre Hand.

»Ich habe mir solche Sorgen um dich gemacht, Joan«, sagte er.

»Das tut mir leid. Das wollte ich nicht.«

»Ich werde dich nicht fragen, wo du warst. Oder ... mit wem. Die Hauptsache ist, dass du heil wieder zurückgekommen bist.«

»Ich habe Dan getroffen. Er ist in Sicherheit ... zumindest für den Moment.«

»Gut. Gut, das freut mich sehr zu hören.« Rory schluckte schwer, und Joan wartete darauf, seinen Verrat zu fühlen, den Schmerz darüber, die Empörung. Doch wenn sie je derartige Gefühle gehabt hatte, schienen sie mit ihrer inneren Befreiung verschwunden zu sein. Sie waren mit dem Wind auf dem Gipfel des Bergs hinweggeweht oder von dem klaren Wasser in Misfat hinweggespült worden oder in dem steten Rhythmus verstummt, in dem sie die uralten Felsen des Dschabal al-Achdar erklommen hatte. Eine derartige Erlösung hatte Rory nicht erfahren. Sie konnte seine Gedanken nur erraten, aber sie sah, dass er litt. Sie drückte seine Hand.

»Es kommt alles wieder in Ordnung, Rory«, sagte sie leise. Er zwinkerte ihr zu, verwirrt, als ob er etwas sähe, das er nicht erwartet hatte.

Joan drehte sich um und blickte zu dem schlummernden Bergriesen hinauf. Er lag nun wieder in der Ferne im Dunst und erschien erneut unüberwindlich. Doch sie konnte ihn noch unter ihren Füßen spüren, sah noch den Blick von seinem Gipfel vor sich. Schweigend gingen sie zu dem wartenden Wagen und fuhren über die sechs Meilen lange Schotterpiste, die sie nach Maskat brachte. Neben ihnen glitzerte jadegrün und silbrig das Meer. Joan schaute hinunter auf ihren Verlobungsring. Es saß Schmutz in der Fassung und machte den Topas und die winzigen Diamantsplitter stumpf. Sie polierte ihn an ihrer Bluse, bis er ein wenig besser aussah, dann zog sie ihn vom Finger und reichte ihn Rory. Er hinterließ einen blassen Abdruck auf ihrer gebräunten schmutzigen Haut. Rory nahm ihn entgegen und öffnete den Mund, als wollte er etwas sagen. Doch schließlich saß er nur da und hielt den Ring in seiner geschlossenen Hand, während in seinen Augen Tränen glänzten.

»Es kommt alles in Ordnung«, versicherte Joan ihm wieder.

»*Wie?*«, fragte Rory und holte zitternd Luft. Er schüttelte den Kopf und blickte aus dem Fenster, gebeugt, elend.

»Du wirst einen Weg finden«, sagte sie. Plötzlich kam ihr eine Bemerkung in den Sinn, die Daniel gemacht hatte und die im Strudel ihrer Unterhaltung untergegangen war. *Es hat bei Mum und Dad funktioniert.* Joan spürte geradezu körperlich, wie die Erkenntnis sie traf, als leichter Stoß in ihrem Rückgrat.

In der Residenz umarmte Robert sie, bis sie keine Luft mehr bekam, dann schüttelte er traurig und ungläubig den Kopf.

»Was, um alles in der Welt, ist passiert, Joan?«, fragte er.

»Vergiss es, sieh dir das arme Mädchen doch an!« Marian

trat zu ihr und schloss sie in die Arme. »Sie braucht jetzt ein Bad, etwas Tee und Ruhe. Du kannst sie später ausfragen«, erklärte sie mit Nachdruck.

»Danke«, sagte Joan leise, als sie hinaufgingen.

Marian schürzte die Lippen.

»Du wirst uns einiges erklären müssen. Aber ich dachte, du brauchst vielleicht erst ein bisschen Zeit, um dich zu sammeln.«

»Ich habe wohl für einige Aufregung gesorgt?«

»Das ist milde ausgedrückt. Ein kleiner Rat – versuch nicht, es zu beschönigen. Diesmal wird Robert nicht mit einem Lächeln über die Angelegenheit hinweggehen.«

»Nein. Ich auch nicht.«

Vor der Tür zu ihrem Zimmer fasste Marian sie an den Schultern und küsste sie auf die Wange. »War denn ein derart drastisches Vorgehen wirklich notwendig? Zu verschwinden, meine ich? Der arme Mann hat unglaubliche Ablenkungsmanöver veranstaltet, damit nur britische Ohren von deinen Eskapaden erfahren und niemand anders. Er hätte in Teufels Küche geraten können.« Sie seufzte und schüttelte den Kopf. »Egal. Jetzt bist du wieder da. Ich hoffe, du hast erreicht, was auch immer du damit beabsichtigt hast.«

»Das habe ich, Marian«, antwortete Joan und merkte, wie sehr das stimmte. »Das habe ich wirklich.« Dann dachte sie an Charlie Elliot und an Salim, sie erinnerte sich an Bilals unterschwellige Feindseligkeit und an die drei toten Männer im Wadi. Und sie war sich nicht mehr sicher, inwieweit sie dafür die Verantwortung trug oder nicht. Die Möglichkeit, dass Charlie nie aus der Schlucht zurückkehrte, lag wie ein gefährlicher Abgrund vor ihr, in den sie gedankenlos hineinstürzen könnte und verloren wäre.

Joan nahm ein langes Bad. Mit dem warmen Wasser schwappten Wellen der Müdigkeit über sie, denen sie nicht widerstehen konnte, und sie döste vor sich hin. Es schien ihr ewig her zu sein, seit sie fortgegangen war, um Salim jenseits von Maskats Toren in der Dunkelheit zu treffen. Es fühlte sich an, als wären seither Jahre vergangen und nicht nur Wochen. Als sie aus der Wanne stieg, fand sie in ihrem Zimmer ein Tablett mit Tee vor, der inzwischen lauwarm und abgestanden war. Sie trank ihn dennoch und aß die drei Scheiben Honigkuchen, die daneben lagen. Sobald sie sich angezogen hatte, suchte sie Robert in seinem Büro auf. Er blickte auf und sah sie düster an, als sie vor ihm Platz nahm. Doch sie entdeckte keinen Ärger in seinem Gesicht. Nur Enttäuschung, Erleichterung und große Müdigkeit. Er erinnerte noch immer an einen Löwen, zu groß für seinen Stuhl, zu groß für den Schreibtisch. Der Stift in seiner Hand wirkte zu klein für ihn, und er beugte sich etwas ungelenk nach vorn, als passte er nicht in diese Welt.

»Es tut mir leid, dass ich dich in so große Schwierigkeiten gebracht habe, Onkel Bobby«, sagte sie aufrichtig.

»Das glaube ich dir, Joan.« Er atmete langsam ein. »Gott sei Dank ist es mir gelungen, dein Verschwinden vor Gouverneur Shahab geheim zu halten. Ich verstehe nur nicht, warum du überhaupt weggelaufen bist. Warum, in Gottes Namen, hast du das getan? Und wo, um Himmels willen, bist du gewesen?«

»Ich war auf dem Berg.«

»Auf dem Berg? Du kannst doch unmöglich den … Dschabal al-Achdar meinen?«

»Doch. Ich habe den Gipfel bestiegen. Eine Weile habe ich in einem Dorf namens Misfat al-Abriyeen verbracht …« Joans Stimme erstarb, während sie nachdachte. Sie war entschlossen, jede seiner Fragen so umfassend und ehrlich zu beantworten, wie sie konnte. Sie hatte keine Angst vor ihm. Sie vertraute ihm zutiefst. »Zuerst war es wundervoll. Erholsam.«

»Erholsam?«, wiederholte Robert ungläubig. »Wenn du dich hättest erholen wollen, hättest du dann nicht nach Wales flüchten können?« Er stand auf, trat ans Fenster und verschränkte die Hände auf dem Rücken. Joan wartete darauf, was er als Nächstes fragen würde. »Vielleicht«, sagte er leise. »Vielleicht gibt es ein paar Dinge, nach denen ich besser nicht frage, Dinge, von denen ich besser nichts weiß.« Er warf ihr über seine Schulter hinweg einen gerissenen Blick zu. »Du trägst deinen Verlobungsring nicht.«

»Nein. Die Verlobung ist ... gelöst.«

»Wie schade. Aber ich kann nicht sagen, dass es mich überrascht.«

Robert schwieg eine ganze Weile. Joan wollte etwas über Charlie Elliot sagen. Sie wollte sich nach Neuigkeiten erkundigen, obwohl sie nicht wusste, ob Robert benachrichtigt würde, wenn es welche gab. Sie verkniff sich die Frage und wartete ungeduldig, während Robert ihr weiterhin den Rücken zuwandte und aus dem Fenster starrte. »Dein Vater ist einmal weggelaufen, weißt du«, sagte er schließlich.

»Wann? Das wusste ich gar nicht.«

»Als wir elf waren. Wir hatten vor, um Mitternacht aus dem Internat zu fliehen. Es war Davids Idee. Man hat ihn schikaniert, weißt du. Er war immer so anständig, so reizend, so voller Heiterkeit. Solche Menschen ziehen immer die Aufmerksamkeit derer auf sich, die nicht so glücklich sind, nicht so freundlich, verstehst du? Menschen sind neidische Wesen. Ich hatte keine Ahnung, wohin wir gehen würden, und David sagte, er habe alles geplant. In der Nacht zuvor schlichen wir uns in die Küche und stahlen ein paar Kekse und zwei Orangen. David versteckte sie in seinem Kopfkissenbezug.« Robert drehte sich um und lächelte in die Vergangenheit. Er trat neben sie.

»Was ist geschehen?«

»Ich bin nicht aufgestanden. Ich habe tief und fest geschlafen, als er mich in der Nacht, für die wir die Flucht geplant hatten, weckte. Im Schlafsaal war es kalt, und draußen regnete es. Ich konnte hören, wie der Regen gegen das Fenster peitschte. Ich wollte einfach nicht gehen. Ich hatte es warm und gemütlich, und ich weigerte mich aufzustehen, obwohl ich wusste, dass ich ihn ganz schrecklich hängen ließ. Dein Vater ist trotzdem gegangen. Allein. Am nächsten Morgen fand man ihn durchnässt und zitternd auf einer Bank am Bahnhof. Sein gespartes Geld hatte nicht für eine Fahrkarte gereicht.«

Robert lächelte erneut. »Aber bei Gott, er hatte es immerhin versucht, egal, wie warm und gemütlich sein eigenes Bett gewesen war. Und er verzieh mir sofort, dass ich ihn im Stich gelassen hatte. *Beim nächsten Mal*, sagte er zu mir, als der Direktor mit ihm fertig war und er vor Schmerzen kaum noch sitzen konnte, *beim nächsten Mal nehme ich den Bus*.«

Joan überlegte einen Moment, sie sah ihren Vater vor sich, wie er auf der Bank saß, unbesiegt. Sie war dankbar für jede neue Geschichte über ihn.

»Ich dachte, Dad hätte eine glückliche Schulzeit gehabt«, sagte sie. »Das hat er uns immer erzählt. Und er hat sein ganzes Geld dafür gespart, Dan aufs Internat zu schicken, obwohl sie sich das eigentlich gar nicht leisten konnten.« Joan stellte fest, dass sie Daniel vor sich sah, wenn sie sich ihren Vater als Jungen vorstellte – der gleiche magere Körper, die gleiche unbändige Abenteuerlust. »Dan ist genauso, weißt du«, sagte sie. »Er war immer unterwegs und hat stets getan, was er nicht tun sollte. Er war immer auf Abenteuer aus.«

»Ich habe dir diese Geschichte erzählt, weil *du* mich an ihn erinnerst, Joan«, sagte Robert. »Wenn er hier wäre, würde er alles hören wollen, was du gesehen und erlebt hast. Aber das hier ist eine ernste Angelegenheit.« Er schüttelte den Kopf. »Du hast dich in große Gefahr gebracht, und du hast den Menschen, die dich lieben, große Sorgen bereitet und in Kauf genommen, deiner Regierung einen Haufen Unannehmlichkeiten zu bereiten. Gott sei Dank ist es uns gelungen, deine Exkursion geheim zu halten. Singer schlägt ausnahmsweise einen weichen Kurs ein, da dein Eingreifen geholfen hat, die Männer im Wadi zu retten. Dein Vater konnte einem nie lange böse sein, und ich glaube, das kann ich auch nicht. Nicht, wenn es um dich und deinen Bruder geht.« Er klopfte ihr mit seiner großen Pranke auf die Schulter, lächelte zu ihr herunter und kehrte dann zu seinem Stuhl zurück. »Aber ihr werdet nach Hause reisen müssen. Du und Rory, sobald es möglich ist. Das verstehst du doch?«

»Ja«, erwiderte Joan, und ihre Kehle schnürte sich bei dem Wort zusammen. »Ja, das verstehe ich.«

»Was immer zwischen euch jungen Leuten vorgefallen ist, du wirst das schon bestmöglich regeln. Du hast mein vollstes Vertrauen, mein liebes Mädchen. Aber wegzulaufen ist selten eine Lösung. Es verschafft dir Zeit, sonst nichts.«

»Ja. Aber die Zeit habe ich gebraucht, verstehst du. Zeit festzustellen, dass ich auch eine andere sein kann. Anders als dieselbe alte Joan. Dafür brauchte ich einen Beweis.« Sie blickte zu Robert und suchte verzweifelt nach einem Zeichen, dass er sie verstand. Er lächelte erneut und schüttelte sanft den Kopf.

»Mein armes Mädchen. Hör mir zu, an der alten Joan war nichts, aber auch gar nichts verkehrt, und daran hat sich nichts geändert. Aber vielleicht kennst du dich jetzt ein kleines bisschen besser, und das ist nur gut so.«

»Danke, Onkel Bobby.«

»Für den Rest deines Aufenthalts wirst du hier in Maskat bleiben. Bitte. Wenn du dich außerhalb der Stadttore bewegen willst, muss ich darauf bestehen, dass du mich informierst.«

»Ja. Versprochen.«

»Dann geh jetzt und ruh dich ein bisschen aus, und wir reden nicht mehr darüber.«

Joan erwog, Rory aufzusuchen, doch sie wusste nicht, was sie ihm hätte sagen wollen. Offensichtlich musste sie ihm nicht erklären, weshalb sie die Verlobung gelöst hatte. Offensichtlich wollte er nicht wissen, wie sie die Wahrheit herausgefunden hatte. Fasziniert von der weichen, frisch entblößten Haut an dem Finger, auf dem der Ring seiner Großmutter während der letzten zwei Jahre gesessen hatte, kehrte der Daumen ihrer linken Hand immer wieder dorthin zurück. Probeweise dachte sie an zu Hause: an ihre Mutter und daran, wie leer sich das Haus ihrer Kindheit ohne Daniel und ihren Vater anfühlte. Sie dachte an die Stelle im Bedford Museum, um die sie sich beworben hatte, und wie unbedeutend ihr diese jetzt erschien.

Sie versuchte, unvoreingenommen zu bleiben, doch das erfüllte sie mit Leblosigkeit, eine noch nie gekannte Müdigkeit breitete sich in ihrem Körper aus. Als ihr bewusst wurde, dass sie keine Ahnung hatte, welches Datum heute war, ging sie in eines der leeren Büros und suchte einen Kalender. Es war der zweiundzwanzigste Dezember. So oder so würde Olive

Seabrook Weihnachten ohne Joan und Rory verbringen. Joan ging in ihr Zimmer und legte sich hin, doch ihr ging zu vieles durch den Kopf. Sie hatte Angst um Daniel, Charlie und Salim, und sie zweifelte an ihnen. Sie war unruhig, lag eine ganze Weile wach und schlief erst in den frühen Morgenstunden ein.

»Wir haben versucht, dich zu wecken, aber nicht sehr beharrlich«, sagte Rory, als sie sich spät an den Frühstückstisch setzte. »Wir dachten, es sei besser, du ruhst dich aus, nach allem, was du durchgemacht hast.«

»Danke. Ich fühle mich auch besser«, sagte Joan und dachte, dass Rory keine Vorstellung davon haben konnte, was sie durchgemacht hatte. Ihr fielen seine hängenden Schultern auf, und dass er ihr kaum in die Augen sehen konnte. Und sie stellte fest, dass dies auch umgekehrt auf sie zutraf. Die rosa Blüten der Oleanderbüsche in den Töpfen wippten im Wind. »Hast du Kontakt zu Mum gehabt, während ich ... weg war?«, fragte sie. Rory nickte.

»Wir haben ihr nicht gesagt, dass du weg warst. Wir dachten, wir warten, bis wir Genaueres wissen, damit sie sich nicht zu sehr sorgt.«

»Oh, das hast du gut gemacht. Gott sei Dank. Da bin ich aber froh.« Joan atmete erleichtert aus. Sie merkte, dass sie die Hände zu Fäusten geballt hatte, und streckte die Finger.

»Dann hast du zwischendurch also tatsächlich an sie gedacht?«, fragte er kalt. Joan sah ihn abweisend an.

»Rory, bitte lass ...«

»Joan, bist du so lieb und reichst mir die Butter?«, unterbrach Marian sie. Joan schluckte ihre wütende Bemerkung hinunter. »Danke«, sagte Marian. Sie strich Butter auf eine

Toastscheibe und schob sie zu Joan hinüber. »Hier, iss. Du bist schrecklich abgemagert während der Zeit, in der du fort warst. Ihr zwei habt ganz offensichtlich einiges zu besprechen, ich lasse euch jetzt allein. Aber wie mein altes Kindermädchen zu sagen pflegte: Reden ist Silber, Schweigen ist Gold.« Marian stand auf und schlang die Ärmel ihres weißen Pullovers, die über ihrer Brust lagen, umeinander. Neuerdings war die Morgenluft frisch, der Himmel blass.

Als sie gegangen war, aß Joan schweigend den Toast, und Rory starrte mit zusammengebissenen Zähnen auf die Tischplatte.

»Wenn wir wollten, könnten wir beide über einiges wütend sein«, sagte sie vorsichtig. »Vielleicht habe ich mich in letzter Zeit nicht gut benommen und zu wenig an andere gedacht. Aber ... ich bin mir sicher, wenn du darüber nachdenkst, findest du auch einiges, was du dir vorwerfen kannst. Darum wäre es vielleicht besser ... wir würden nicht streiten. Über nichts von alledem. Meinst du nicht? Rory?« Sie wartete. Er antwortete nicht gleich. Der Wind hob das Tischtuch an den Ecken an und strich Rorys Locken in seine Stirn.

»Sie hat einen Brief geschrieben, deine Mum. Er ist angekommen, kurz nachdem du weg warst. Du hast die Stelle im Museum nicht bekommen.«

»Ach«, sagte Joan. »Was hat sie noch geschrieben? Geht es ihr gut?« Rory blickte auf.

»Macht dir das denn gar nichts aus? Ich dachte, die Stelle sei dein Traum?«

»Das war sie. Ja.« Sie überlegte. »Sie erscheint mir jetzt nicht mehr so wichtig.«

»Ohne einen Ehemann, der für dich sorgt, wirst du irgendwie Geld verdienen müssen«, bemerkte er kühl. »Oder willst du für immer mit Olive zu Hause hocken?«

»Ach, bitte, hör auf, Rory. Du benimmst dich wie ein Kind.«

»Und du – du benimmst dich ... wie ...« Er stand abrupt auf und kratzte mit dem Stuhl über die Fliesen. »Wie jemand, den ich überhaupt nicht *kenne*.« Er schritt von dannen, und Joan schaute ihm hinterher und wunderte sich, wie ruhig sie blieb.

Sie blickte hinüber zu Al-Dschalali und dachte daran, was passiert wäre, wenn sie nicht getan hätte, worum Maude sie gebeten hatte, und Salim nie besucht hätte. Er wäre nie geflohen, und sie wäre nie in die Berge gegangen. Charlie Elliot würde jetzt nicht vermisst, sein Schicksal wäre nicht ungewiss, und vielleicht wäre Daniel im Wadi ertrunken. Vieles war passiert, Gutes und Schlechtes, seit sie diese Entscheidung getroffen hatte. Sosehr sie sich auch bemühte, Joan bedauerte sie nicht. Doch als sie allein auf der Terrasse saß, fühlte sie sich weit von Salim entfernt, weit von Charlie und von Daniel. Und von Rory. Sie konnte sich nicht daran erinnern, sich je so allein gefühlt zu haben, und obwohl das nicht unbedingt schlecht war und sich nicht beängstigend anfühlte, war ihr klar, dass sie das auf die Dauer nicht aushalten würde. Zum ersten Mal seit ihrer Rückkehr dachte sie an Maude. Salim konnte jetzt nie mehr nach Maskat zurückkehren. Sehr wahrscheinlich würde ihn Maude nie wiedersehen. Joan stellte sich die kleine alte Frau vor, oben in ihrem schmuddeligen Haus mit Abdullah als Gesellschaft. Was war los mit Maude Vickery? Sie dachte daran, mit welcher Sorgfalt sie Salims Flucht geplant hatte und wie kühl sie zu Joan gewesen war, nachdem diese ihre Mission erfüllt hatte. Sie dachte daran, was ihr an Salim aufgefallen war, während sie zusammen auf dem Dschabal al-Achdar gewesen waren. Nachdem ihr

Kopf jetzt wieder ganz klar war, wusste sie plötzlich, was es bedeutete. Sie dachte daran, wie schnell und leicht sich die Nachrichten auf dem Berg verbreiteten. Sie dachte an Charlie, der von Salim gefangen gehalten wurde, und ihr Herzschlag beschleunigte sich. Sie stand auf, hinterließ Robert eine Nachricht, dass sie Maude besuchen würde, und machte sich sofort auf den Weg.

Abdullah lächelte, als er sie hereinließ. »Sie sind zurück, Sahib«, sagte er. »Madam hat sich schon gefragt, ob Sie auf dem Berg bleiben und Salim heiraten würden.«

»Nein«, sagte Joan und lächelte ebenfalls, allerdings zurückhaltend. »Obwohl das vielleicht kein schlechtes Leben wäre. Wenn der Krieg vorüber ist.«

»Wir haben nicht damit gerechnet, Sie hier noch einmal zu sehen«, bemerkte er, als Joan zur Treppe ging, und sie wusste nicht genau, was er damit meinte. Maudes Rollstuhl stand an ihrem Schreibtisch, sie saß über eine Seite gebeugt und schrieb. Der Ring aus Zinn mit dem blauen Stein, der zuvor stets unberührt auf der Stiftablage gelegen hatte, lag jetzt neben ihrer Hand auf dem Papier.

»Hallo, Miss Vickery«, sagte Joan und ging langsam zu ihr. Die Salukis schnarchten.

Maude schürzte die Lippen und beendete ihren Satz, erst dann legte sie den Stift ab und blickte auf. Sie blinzelte ein paarmal, um besser sehen zu können.

»Joan! Und zurück in Maskat? Ich habe eher damit gerechnet, dass Sie in den Bergen oder in der Wüste bleiben und nie mehr zurückkehren. Gott weiß, ich würde es tun, wenn ich könnte.«

»Ich habe daran gedacht.«

»Wo hat er Sie hingebracht? Nach Tanuf? Al Farra'ah?«

»Misfat al-Abriyeen.«

»Ah!« Maude setzte sich in ihrem Stuhl zurück und verschränkte die Hände in ihrem Schoß. »Sie Glückspilz. Ist das nicht der schönste Ort, an dem Sie je waren? Und dennoch sind Sie zurückgekommen?« Sie schüttelte den Kopf, als sei sie enttäuscht. Joan sah sie durchdringend an.

»Es ist einiges passiert«, sagte sie, und in der folgenden Pause begriff sie, dass auf dem Berg kaum etwas geschah, von dem Maude nichts wusste. Maude brummte verächtlich.

»Nun ja. Sie hätten nie dort hinaufgehen dürfen. Sie gehören nicht dorthin. Als ich herausgefunden habe, was Salim getan hat, war ich sehr wütend auf ihn.« Joan holte tief Luft, um sich zu fassen.

»Salim ... Salim ist Ihr Sohn, nicht wahr, Miss Vickery?« Als er sich im Faladsch in Tanuf gewaschen hatte, war Joan die helle Haut auf seinem Rücken aufgefallen und dass sein dunkler Teint, den sie für angeboren gehalten hatte, nur von der Sonne herrührte. Er begann dort, wo seine Kleidung endete. »Er hat mir erzählt, dass die Einwohner von Tanuf den Namen der Mutter als Nachnamen annehmen. Shahin ist der Name, den die Beduinen Ihnen gegeben haben, als Sie die Wüste durchquert haben. Stimmt's? Salim bin Shahin ist Ihr Sohn.«

Maude starrte Joan an, ohne zu blinzeln. Wenn sie irgendetwas dabei empfand, dass Joan diese Zusammenhänge durchschaut hatte, zeigte sie es nicht.

»Na und?«, gab sie schließlich zurück.

»Warum haben Sie es mir nicht einfach erzählt? Warum diese Lügen und diese Heimlichtuerei?«, fragte sie, aber Maude antwortete nicht. »Vermutlich ... vermutlich hätte man Ihnen nicht gestattet, in Maskat zu bleiben, wenn Ihre Beziehung zu einem solchen Mann bekannt geworden wäre? Als wir uns zum ersten Mal begegnet sind, haben Sie mir erzählt, die

Salukis seien ein Geschenk von bin Himyar. Suleiman bin Himyar, dem Herrscher über den Grünen Berg. Einer der Männer, die jetzt Krieg gegen Sultan Said führen. Tanuf war sein Heimatdorf.«

»Na und, Miss Seabrook?«

»Sie haben mir einreden wollen, dass Sie eine gute Freundin des Sultans seien – und von seinen Vorgängern –, dabei haben Sie die ganze Zeit über die Rebellen unterstützt. Sie haben ihnen Geld geschickt. Und Ihr Sohn ist einer ihrer Anführer.«

»Sie können denken, was Sie wollen, Joan. Vor allem über Dinge, die Sie nichts angehen.«

»Aber jetzt gehen sie mich etwas an, Miss Vickery. Sie sind zu meiner Angelegenheit geworden, nachdem Salim Männer als Geiseln genommen hat, Männer, die ich unabsichtlich zu ihm geschickt habe.«

»Ach, haben Sie das?« Maude beugte sich vor, ihr Stuhl knarrte. »Das hat er gar nicht erwähnt. Kein Wunder, dass Sie sich so echauffieren. Nun, jetzt haben Sie nichts mehr damit zu tun. Warum vergessen Sie es nicht einfach? Sie wollen heiraten, auf Sie wartet ein anderes Leben.«

Von jetzt auf gleich war Joan dermaßen wütend, dass es ihr die Sprache verschlug. Sie stand stumm da, während Abdullah das Tablett mit dem Tee hereinbrachte. Sie hatte bereits zehn oder fünfzehn Mal erlebt, dass er das tat, doch diesmal stellte er es ab und blieb. Er sah durchdringend zu Maude hinab.

»Sie ist nicht unser Feind«, erklärte er ruhig. Maude starrte ihn wütend an, und er wandte sich zum Gehen.

Ohne darauf zu warten, dass man sie dazu aufforderte, und um zu demonstrieren, dass sie nicht einfach gehen würde, setzte sich Joan in den Stuhl, der am nächsten bei der alten Frau stand.

»Der Mann ist mit dem Alter weich geworden«, brummte Maude.

»Vielleicht erinnert er sich ja daran, dass ich seinen Sohn in Al-Dschalali besucht und ihm zur Flucht verholfen habe«, bemerkte Joan.

»Seinen Sohn? Sie glauben, Abdullah wäre Salims Vater? Nein, mein Kind. Er ist mein Sklave, vielleicht ist er mein Freund, aber er ist niemals mehr gewesen.«

»Ach. Ich dachte …«

»Ich weiß, was Sie dachten. Warum schenken Sie uns keinen Tee ein? Ich nehme an, dass die anderen auch bald hier sein werden.«

»Welche anderen, Miss Vickery?«

»Das werden Sie schon sehen. Offensichtlich haben Sie ja vor zu bleiben. Und wenn Sie schon da sind«, sagte sie und lehnte sich mit einem zurückhaltenden Lächeln in ihrem Stuhl zurück, »erzählen Sie mir alles, was Sie gesehen haben. Ich kann nicht mehr zurück und es mit eigenen Augen sehen.«

»Miss Vickery, bitte … Wenn es eine Möglichkeit gibt, wie Sie Captain Elliot und den anderen helfen können, würden Sie das tun? Würden Sie um seine Freilassung bitten?«

»Um seine Freilassung? Machen Sie sich nicht lächerlich. Ich habe diesen jungen Narren genau, wo ich ihn haben will.«

»*Wofür* haben wollen, Miss Vickery?« Joans Herz schlug ängstlich. Sie saß auf der Stuhlkante, gebannt von einem Gefühl, das sie nicht einordnen konnte. Die kleine alte Frau wartete und tippte die Daumen aneinander.

»Tee und die Chance, dass Sie mir von Ihrer Reise erzählen. Das ist alles, was ich Ihnen momentan anbieten kann, Joan.«

Eine Weile schwieg Joan empört und nippte an ihrem Tee, dann begann sie steif zu erzählen. Sie schilderte knapp, wo sie gewesen war. Indem sie darüber sprach, erwachte allerdings erneut die Erinnerung an die Magie, und ihre Beschreibungen wurden ausführlicher. Sie berichtete Maude alles, woran sie sich erinnern konnte, von allem, was sie gesehen und getan hatte, von jedem, dem sie begegnet war. Von den Frauen, an deren Seite sie in Misfat al-Abriyeen gelebt und gearbeitet hatte, und wie ruhig das Dorf gewesen war, da alle jungen Männer fort waren und kämpften. Von der Bombe, die neben ihnen auf dem Plateau eingeschlagen war. Von der Höhle und dem unendlichen Ausblick – der Krönung all dessen. »Sie sind also auf dem Gipfel gewesen. Oben auf dem Plateau«, sagte Maude nach einer langen Pause. Joan nickte.

»Und ich war die Erste«, antwortete sie und empfand eine tiefe Zufriedenheit, die ein ungewöhnliches Kribbeln in ihr bewirkte. »Die erste westliche Frau, die ihn je gesehen hat.«

Maude betrachtete sie einen Augenblick.

»In der Tat. Und dennoch sind Sie zurückgekehrt und werden zweifellos darüber schweigen, wenn Sie nicht in Teufels Küche kommen wollen.«

»Als wir uns das erste Mal begegnet sind, haben Sie mir erklärt, ich müsse die Erste sein, die etwas tut, sonst sei es nichts wert.«

»Hm. Nun, manchmal ist es so oder so nichts wert.«

»Wie können Sie so etwas sagen? Das glaube ich Ihnen nicht. Und für mich wird es immer etwas bedeuten, auch wenn niemand anders je davon erfährt. Ich bin wieder zurückgekehrt, weil …« Joan verstummte und strich sich mit dem Daumen über den nackten Finger. Sie schüttelte den Kopf. »Wie sich herausgestellt hat, bin ich nicht wie Sie.«

»Nun, das hätte ich Ihnen gleich sagen können. Aber in welcher Hinsicht?«

»Ich bin ... keine Forscherin. Ich bin nicht unerschrocken. Ich fand es einsam. Es war natürlich auch nicht gerade hilfreich, dass ich mit niemandem reden konnte, aber es lag nicht nur daran. Ich habe festgestellt, dass ich ... nicht alle Verbindungen zu meiner Heimat kappen will und zu meiner Familie. Ich glaube, man nennt das Heimweh.« Joan lächelte ein bisschen traurig. »Ich konnte mir nicht vorstellen, für immer dort zu bleiben und mir ein neues Leben aufzubauen. Ein derart fremdes und anderes Leben. Also, keine große Pionierin, so, wie es aussieht.« Maude musterte sie mit einer Miene, die Joan bei ihr noch nie gesehen hatte.

»Sie meinen, Heimweh zu haben bedeutet, keine Pionierin zu sein?«, fragte sie leise. Es folgte eine Pause, dann wandte Maude den Blick ab. »Sie haben Ihren Ring abgenommen. Doch keine Hochzeit?«

»Nein. Dieses Abenteuer ist vorbei.«

»Schön und gut, wage ich zu behaupten.« Maude seufzte ein wenig und lehnte sich in ihrem Stuhl zurück.

»Ja«, sagte Joan traurig. »Sie haben mir schon erklärt, dass die Ehe einen fesseln würde.«

»Ja. Die Ehe mit dem falschen Mann auf jeden Fall.«

»Vielleicht gibt es im Leben nicht nur diese zwei Varianten. Vielleicht muss man nicht heiraten und sich gefangen fühlen oder alle Verbindungen zu dem kappen, was einem vertraut ist und was man liebt. Vielleicht gibt es einen Mittelweg.«

»Vielleicht haben Sie ihn ja gefunden. Oder werden ihn finden«, erwiderte Maude schroff, und Joan nickte. »Mir ist das nicht gelungen. Haben Sie Tanuf gesehen?«

»Ja«, sagte Joan. Als sie die geisterhaften Ruinen von bin Himyars Dorf beschrieb, schwammen Tränen in Maudes

Augen. »Noch ein Zuhause, das ich einst hatte und in das ich nie mehr zurückkehren kann. Ich war glücklich dort, als Salim noch ein Junge war«, flüsterte sie. »Eine Weile war ich glücklich. Salim bedeutet ganz, makellos. Und das war er. Und das ist er, trotz allem. Mein Sohn.« Sie schüttelte traurig den Kopf.

»Er ist mir respektvoll und freundlich begegnet. Er ist ein guter Mann, und er ist ... gerecht«, sagte Joan vorsichtig.

»Das müssen Sie mir nicht erzählen«, entgegnete Maude, aber es klang nicht unfreundlich.

»Meinen Sie nicht, er würde gern Gnade walten lassen? Sich als freundlich erweisen und als gerecht? Diese Männer, Charlies Männer ...« Ein lautes Klopfen unten an der Tür ließ sie verstummen. Maudes Kopf schnellte hoch, ihre Augen glänzten. »Was haben Sie?«, fragte Joan.

»Endlich ist es so weit«, erklärte Maude. Sie klammerte sich mit den Fingern an die Stuhllehnen und ließ sie wieder los, dann verlagerte sie ihr Gewicht. War sie aufgeregt oder ängstlich?

»Was ist so weit? Wer ist da gekommen?«, fragte Joan.

Joan stand auf, als laute Schritte von der Treppe heraufhallten, und beobachtete erstaunt, wie Colonel Singer, Robert Gibson und Lieutenant Colonel Burke-Bromley, der SAS-Befehlshaber, nacheinander ins Zimmer traten. Völlig perplex dachte sie einen Moment, sie wären ihretwegen gekommen. Sie wich einen Schritt zurück und unterdrückte den Drang wegzulaufen.

»Gentlemen«, sagte Maude, die Stimme angespannt vor Emotionen. »Sie sind ein wenig früher gekommen, als ich Sie erwartet habe, aber das macht nichts. Darf ich Ihnen einen Tee anbieten?«

»Miss Vickery, das ist nicht der Zeitpunkt, um respektlos zu sein«, sagte Singer streng.

»Also keinen Tee?«, sagte sie unschuldig, und Joan bemerkte, dass sich die alte Frau amüsierte. Hinter den Männern erschien Abdullah im Türrahmen, groß, mit wütendem Blick, unerbittlich.

»Ich werde das alles aufklären, das versichere ich Ihnen«, fuhr Singer fort. »Aber momentan sieht es so aus, als bliebe uns nur wenig Zeit. Menschenleben stehen auf dem Spiel.«

»Oh, das stimmt. Allerdings. Besonders das eines Mannes«, sagte Maude.

»Miss Vickery, was geht hier vor? Was haben Sie getan?«, fragte Joan. Die drei Männer schienen sie erst jetzt zu bemerken, und Joan schreckte vor ihren forschenden Blicken zurück. Robert zog die Stirn kraus, verschränkte die Arme und sah ihr nicht in die Augen.

»Und Miss Seabrook. Na, wie nett, dass wir *Sie* hier treffen«, sagte der Colonel säuerlich.

»Ich würde an Ihrer Stelle den Mund halten, Joan; diese Burschen wirken ziemlich angespannt. Sie wollen doch nicht, dass sie herausfinden, wie ihre Männer zu Geiseln wurden, oder?«, sagte Maude, und Joan spürte, wie ihr das Blut in den Kopf schoss und ihre Wangen brannten.

»Ich weiß nicht genau, was geschehen ist, aber das scheinen die Fakten zu sein: Aufständische haben Captain Elliot und sieben seiner Männer auf dem Gipfel des Dschabal al-Achdar als Geiseln genommen. Einer der Aufständischen ist Salim bin Shahin, der erst kürzlich aus Al-Dschalali geflohen ist. Bin Shahin hat einen Boten nach unten gesandt, der uns darüber informiert hat, dass die Männer morgen bei Sonnenaufgang exekutiert werden, angefangen mit Elliot, es sei denn, wir akzeptieren *Ihre* Forderungen. In welcher Verbindung Sie zu ihm stehen oder was, zum Teufel, hier vor sich geht, damit kann ich mich jetzt nicht befassen. Mir bleibt nichts anderes übrig, als Ihnen zuzuhören. Also, Miss Vickery, raus damit.«

Stille legte sich über den Raum. Sogar die Hunde hatten aufgehört zu schnarchen, waren aufgewacht und blickten verwundert auf die vielen Eindringlinge. Joan sah von Colonel Singer zu Maude und wieder zurück zu Singer. Sie war verwirrt, doch sie erinnerte sich an das Abendessen in der Residenz, als Maude Charlie begegnet war, wie feindselig sie sich ihm gegenüber gezeigt hatte. Joan dachte an all die hasserfüllten Worte, die Maude über Nathaniel Elliot gesagt hatte, und eine schreckliche Angst wuchs in ihr. Alle beobachteten Maude, alle warteten darauf, dass sie etwas sagte. Langsam und zitternd schob sie sich an den Rand des Rollstuhls vor, richtete sich zu ihrer zwergenhaften Größe auf und schwankte. Instinktiv trat Joan vor und nahm ihren Arm, um sie zu stützen.

»Ich will, dass Sie Nathaniel Elliot herschaffen«, verkündete Maude mit herrischer Stimme.

»Sie möchten *was*?«, fragte Robert.

»Nathaniel Elliot. Ich vermute, Sie haben alle schon von ihm gehört? Charles Elliots berühmter Vater. Ich will, dass er hierhergeflogen und in dieses Zimmer gebracht wird und dass er mir ins Gesicht sieht. Das ist meine Forderung, und das ist der Preis für die Freilassung dieser jungen Männer. Ich weiß, dass Sie das veranlassen können, und ich weiß, dass das Militär ihn innerhalb von vierundzwanzig Stunden herschaffen kann. Joan hat mir erzählt, dass dieser Einsatz in den Bergen möglichst glatt, schnell und mit einem Minimum an Opfern und peinlichen Pannen verlaufen soll«, erklärte sie, und Joans Gesicht glühte erneut. »Nun, wenn Sie auch nur die geringste Chance haben wollen, Ihre Vorstellung von einem reibungslosen Ablauf dieses Manövers zu realisieren, schlage ich vor, dass Sie sich darum kümmern. Und wie Sie selbst gesagt haben, das Leben von Mr. Elliots Sohn steht auf dem Spiel.«

Das Leere Viertel, Oman, April 1909

Es dauerte eine Weile, bis Maude davon überzeugt war, dass er wahrhaftig da war. Nathaniel Elliot war da, am Fuß der Uruk-al-Schaiba-Dünen, und sie hatte ihn gefunden. Sie glaubte, sie sei verrückt geworden, habe Wahnvorstellungen vom Durst und von der Erschöpfung. Sie dachte, sie würde das alles nur träumen. Lange Zeit saß sie neben ihm und flößte ihm Wasser ein. Beinahe hätten sie ihn und die Männer, die ihn begleiteten, ihrem Schicksal überlassen. Sie dankte Gott dafür, dass sie die Beduinen überredet hatte, einen Umweg zu machen.

Maude hielt Nathaniels Hand, während er schlief, während das Wasser langsam in seinen sterbenden Körper sickerte und ihn zurück ins Leben holte. Sie versuchte, sich vorzustellen, wie, um Himmels willen, er hierhergekommen war. Eigentlich sollte er in Berbera sein, in Britisch-Somaliland, Hunderte von Meilen entfernt am Golf von Aden. Dorthin hatte sie den Brief schicken wollen, den sie ihm geschrieben hatte. Sie schaute in sein Gesicht und wartete ungeduldig darauf, dass er aufwachte und ihr alles erklärte. In die Fältchen um seine Augen hatten sich Sand und Schmutz gesetzt, die Haut auf seinem Nasenrücken pellte sich, die darunter war zart und rosa. Maude nutzte etwas von ihrem kostbaren Wasser, um ein Tuch zu befeuchten, und reinigte damit, so behutsam wie möglich, sein Gesicht. Er trug die Reste eines Leinenhemds mit einem steifen Kragen und einen grauen Nadelstreifenanzug. Maude erkannte ihn wieder, sie hatte ihn zuvor schon an ihm gesehen, in England. Es war, als hätte ihn irgendeine riesige, allmächtige Hand dort aufgelesen und hier fallen lassen. Kein Wunder, dass er sich dabei verirrt hatte.

Er schlief lange, und dann, als die Sonne unterging, setzte er sich zitternd auf und bat in gebrochenem Arabisch um mehr Wasser. Ruhig und mit einem Lächeln auf den Lippen korrigierte Maude seine Aussprache, und er blickte sie an. Es dauerte einen Moment, bis sie in seinem Gesicht las, dass er sie erkannte.

»Maude? Das ist unmöglich!«, sagte er. Seine Stimme klang heiser und dünn.

»Wie meinst du das, das ist unmöglich? Ich *soll* hier sein!«, sagte sie. »Aber du … Nathan, wie kommt es, dass *du* hier bist?« Sie nahm erneut seine Hand, aber er antwortete nicht. Er hatte sich noch nicht von dem Schock erholt, dass sie es war, die hier vor ihm saß. Er hob seine Hand, legte sie um ihr Kinn und drehte ihr Gesicht erst in die eine, dann in die andere Richtung.

»Ich kann es nicht glauben«, murmelte er. »Ich fasse es nicht. Du siehst wie ein Beduine aus. Deine Augen … deine Kleider. Du siehst aus wie ein Beduinenjunge! Aber du bist es … Du bist es …«

»Ich bin es. Du bist jetzt in Sicherheit. Es ist nicht mehr weit bis zur Quelle, wir kennen den Weg. Und wir haben Wasser und Kamelfleisch, das können wir mit euch teilen.« Nathaniel biss die Zähne zusammen, eine einzelne Träne perlte von seinen schwarzen Wimpern.

»Ich dachte, wir wären tot. Ich dachte, ich wäre tot. Als ich das Wasser in meinem Mund gespürt habe, dachte ich, ich bilde mir das ein. Ich habe mir so vieles eingebildet, was uns hätte retten können, und jedes Mal hat es sich als Irrtum herausgestellt, und meine Hoffnung wurde zunichtegemacht. Ach, das war unerträglich! Bitte verschwinde nicht wieder, Maude; bitte sei keine Halluzination. Sei bitte *real*, Maude ...«

Er schlief wieder ein und murmelte dabei noch immer ihren Namen. Maude hielt fest seine Hand, dicht an ihrem Gesicht, und weinte eine Weile stumm in sich hinein, sodass seine Knöchel nach ihren salzigen Tränen schmeckten, als sie diese küsste. Sie bemerkte, dass Khalid in der Nähe saß und sie beobachtete. Sein Sohn und Ubaid machten Feuer und spannten ein Dach aus Decken. Maude machte sich los, ließ Nathaniel schlafen und ging zu Khalid hinüber.

Der Beduine deutete mit dem Kinn auf die Männer, die sie gerettet hatten. »Diese zwei sind Bani Kitab. Das sind Freibeuter, ich vertraue ihnen nicht. Der weiße Mann hat sie in Buraimi angeheuert, von dort sind sie vor drei Wochen aufgebrochen. Er hat sie in Dienst genommen, damit sie ihn durch die Wüste nach Salalah führen. Aber Sie kennen ihn, Shahin? Woher? Wer ist er?«

»Ja, ich kenne ihn. Es ist ... nahezu unbeschreiblich. Ich kenne ihn, seit wir Kinder waren. Er ist ... er ist ein Reisender, wie ich. Aber ich hatte keine Ahnung, dass er plante hierherzukommen. Er hat es mir nicht erzählt ...«

Maude stutzte. Zum ersten Mal wurde ihr bewusst, wie seltsam es war, dass sie nichts von seinem Vorhaben gewusst hatte.

»Ist er Ihr Bruder, Ihr Cousin?«

»Nein, wir sind nicht verwandt.« Sie merkte, wie unangemessen es ihm erschien, dass sie neben ihm gesessen und seine Hand gehalten hatte. »Aber wir sind wie Familie füreinander.«

Khalid nickte, und sein Blick ruhte auf Nathaniels schlaffem Körper. »Was sollen wir tun?«, fragte Maude.

»Lassen wir sie bis morgen ausruhen. Wir geben ihnen ein wenig zu essen und zu trinken. Dann reiten wir weiter zur Quelle, so Gott will, erreichen wir sie bei Sonnenuntergang. Das ist ein guter Ort, um etwas zu verweilen. Dort stehen ein paar Bäume, und es gibt einen Teich. Aber wir dürfen nicht zu lange bleiben, sonst reicht unser Essen nicht für den Rest der Reise.«

»Ich verstehe. Vielleicht sind noch andere an der Quelle, die uns etwas verkaufen können?«

»So Gott will«, stimmte Khalid zu und hob die Brauen. »Der Weg, der vor uns liegt, ist noch immer weit und gefährlich. Wir müssen unserer Route treu bleiben, wenn wir die Wüste durchqueren wollen.« Er sah sie durchdringend an, um seinen Standpunkt zu unterstreichen. Dann hockte er sich ans Feuer, wo Kamal dabei war, Kaffee zu kochen. Maude spürte sein Unbehagen. Die Belastung durch die zusätzlichen Männer gefiel ihm ebenso wenig wie die Verzögerung. Maude vermutete, dass ihm ihre unzureichend definierte Beziehung zu Nathaniel ebenfalls missfiel. Sie beobachtete den Beduinen eine Weile, ehe sie zu Nathaniel zurückkehrte, um sich selbst ein wenig auszuruhen. Sie konnte keine Rücksicht auf die Gefühle des Beduinen nehmen oder auf seine Gedanken. Sie war zu erfüllt von ihrer Erleichterung, von dem Wunder, dass Nathaniel da und in Sicherheit war.

Als die Kälte der Nacht sie weckte, tranken die drei Männer noch mehr Wasser und aßen Fladenbrot und Datteln, die sie ihnen anboten. Das Brot war angesengt und voller Sand, die Datteln mittlerweile hart und trocken, aber die Männer aßen, als hätten sie ein Jahr lang nichts zu essen bekommen. Maude bemühte sich, Nathaniel nicht zu beharrlich auszufragen, aber sie konnte nicht anders.

»Eigentlich soll ich nach Heuschrecken forschen ... Das Ministerium hat entschieden, dass ich hier nach den Brutstätten der großen afrikanischen Schwärme suchen soll. Ich konnte mein Glück kaum fassen. Ich wusste sofort, dass ich ins Leere Viertel vordringen und versuchen würde, es zu durchqueren. Ich wusste nicht genau, wo du warst, wann du deine Durchquerung geplant hattest und auf welcher Route. Ich wusste, dass du im Süden starten würdest ... Die Chance, dass wir uns begegnen, war verschwindend gering, Maude.« Er schüttelte den Kopf, seine Miene wirkte gequält. »Wenn du mich nicht gefunden hättest, wäre ich gestorben. Ich wäre tot.«

»Hör auf. Ich habe dich gefunden, und du bist nicht tot«, entgegnete Maude, die Freude färbte ihre Wangen. Sie überlegte einen Moment. »Ich wusste gar nicht, dass du ... dass du das Rub al-Chali durchqueren wolltest. Ich dachte, das wäre *mein* Traum«, sagte sie.

»Na hör mal, Maude! Welcher Forscher würde das nicht probieren wollen? Aber wärst du nicht gewesen, wäre ich nur als weiterer gescheiterter Versuch verzeichnet worden. Ein weiterer kühner Narr, der dabei gestorben wäre.« Er klang verzweifelt, bitter und selbstironisch. Der Feuerschein zuckte über sein hageres Gesicht und glänzte in seinen Augen. Maude lächelte ihn zärtlich an.

»Lieber ein toter Held als ein lebendiger Wurm, würde mein Vater sagen.«

»Aber ich bin der Wurm, Maude. Verstehst du denn nicht? Ich bin kein toter Held, oder? Also muss ich der Wurm sein.«

Sie bemerkte, wie ausgemergelt sein Körper war und dass er scharf und ungewaschen roch. An einem seiner Vorderzähne fehlte eine Ecke, und seine Lippen waren blass und rissig. Plötzlich überlegte sie, wie sie selbst wirkte ... Nathaniel hatte gemeint, sie sehe aus wie ein Beduinenjunge. Ihre Augen waren immer noch mit Kholstift geschminkt, ihr Haar war verfilzt und lag platt an ihrem Kopf an. Ihre Kleider waren fast zu Lumpen zerrissen, und sie roch auch nicht besser als er. Sie war es gewohnt, unscheinbar zu sein. Jetzt aber hatte sie ihre Weiblichkeit vollkommen eingebüßt. Aus alter Gewohnheit presste sie die Lippen aufeinander, damit sie sich ein wenig röteten, doch sie waren zu trocken, und sie spürte, dass sie aufspringen würden, wenn sie weitermachte. Sie versuchte, nicht daran zu denken. Nathaniel hatte sehr deutlich gemacht, dass er ohnehin nicht auf diese Weise an ihr interessiert war – nicht an ihr als Frau. Da machte es keinen Unterschied, ob sie noch wie eine aussah. Eine Weile schwiegen sie, während die Beduinen Neuigkeiten und Geschichten mit den Männern aus Buraimi austauschten.

»Als wir aufgebrochen sind, waren wir zu fünft. Plünderer haben einen unserer Männer getötet und uns die Hälfte der Wasserhäute gestohlen. Einen weiteren Mann haben wir in den Dünen verloren. Diese teuflischen Dünen! Niemand konnte sie bezwingen. Aber ... ihr habt es natürlich geschafft. Du hast es geschafft, nicht wahr, Maude?«, fragte Nathaniel verzweifelt.

»Ja«, erwiderte sie mit einem Funken Stolz. »Ja, das habe ich. Aber es war verflucht hart. Eines der schwierigsten Dinge, die ich je getan habe, aber Sayyid hat uns sicher durch sie hindurchgeführt. Wir haben ein Kamel verloren, das ist alles.« Nathaniel nickte bedächtig und starrte in die Flammen.

Weil sie nicht wollte, dass er dachte, ihre eigene Reise sei ganz ohne Zwischenfälle verlaufen, erzählte Maude Nathaniel von dem Verlust Harouns. Von der Krankheit, die er erlitten hatte, und von Majids Tod durch die Hände der Räuber. Sie berichtete ihm von dem Mann, auf den sie sich gestürzt hatte, und wie er gestorben war. »Khalid hat davon gesprochen, dass es an der Quelle, zu der wir reiten, einen Teich gibt. Das hört sich nach einer anständigen Oase an«, sagte sie nach einer Pause.

»Ein Teich? So nah?«

»Ja. Und ich hoffe, dass es stimmt. Ich sehne mich danach, mich zu waschen. Ich sehne mich unendlich danach. Das Blut dieses Mannes klebt noch immer an mir.« Sie erschauderte. Nathaniel sah sie erstaunt an.

»Du bist unglaublich, Maude. Das wusste ich zwar schon, aber mir war nicht klar ... wie unglaublich. Wenige Männer hätten getan, was du getan hast. Nur wenige Männer und keine andere Frau.«

»Wenige Männer? Soviel ich weiß, hat es keiner getan, bis jetzt. Keiner aus Europa jedenfalls.«

»Ja. Du bist die Erste.« Erneut klang er verzweifelt, darum lächelte Maude.

»Erst muss ich noch nach Maskat kommen. Ich habe einen langen Weg hinter mir, aber ... man soll den Tag nicht vor dem Abend loben ...«

»Aber der schwierigste Teil liegt hinter dir. Du bist ein Wunder, Maude Villette Vickery. Ein Wunder.« Er erhob seinen Kaffeebecher auf sie. »Wie nennen deine Männer dich?«

»Shahin«, erklärte sie ihm verlegen. »Das bedeutet Falke. Wanderfalke, um genau zu sein. Weil ich mich auf diesen Kerl gestürzt habe, weißt du?« Nathaniel nickte, und zum ersten Mal lächelte er.

»Das passt perfekt zu dir, Maude.«

In jener Nacht konnte Maude lange nicht einschlafen. Sie lag in diskretem Abstand zu Nathaniel auf dem Rücken und blickte zu den Sternen hinauf. Ihr Gesicht war kalt, feucht vom Tau. Sie dachte viel nach und merkte, dass sie nie in ihrem Leben glücklicher gewesen war als in diesem Moment, in dem sie aus dem Augenwinkel sah, wie sich Nathaniels Brust beim Atmen hob und senkte. Sie spürte die Wärme, die stetig aus der Glut herüberwaberte, und schlief mit dem schwachen Geruch von Rauch in der Nase ein.

Am Morgen fühlten sich die drei geretteten Männer schon kräftiger. So brachen sie im Morgengrauen auf und teilten das zusätzliche Gepäck zwischen den aus dem Süden stammenden Kamelen auf, mit denen Maude reiste, da ungewiss war, ob es Nathaniels Batinah-Kamele bis zur Quelle schaffen würden. Es war ein langer Tagesritt. Maude beobachtete Nathaniel so verstohlen wie möglich, doch er hielt sich auf seinem Kamel und schwankte nur ein paarmal. Als sie spät am Tag eine niedrige Düne überquerten und am Horizont einen grünen Flecken entdeckten, nickte Sayyid zufrieden.

»Noch eine Stunde, dann sollten wir dort sein«, sagte Maude aufmunternd. Nathaniel nickte, den Blick auf den Traum von Wasser gerichtet, der immer näher rückte.

»Sieht aus, als würdest du dein Bad bekommen, Maude«, sagte er. Die Beduinen waren an jenem Tag ungewöhnlich still gewesen. Niemand hatte gesungen, und sie hatten weder viel gestritten noch lange Geschichten gesponnen. Doch dann umwehte sie eine muntere Brise und trug den unverkennbaren Duft von Grün und Lebendigkeit zu ihnen herüber. Alle bemerkten es sofort, beim ersten Atemzug, und Fatih lachte und hob zu einem langen verspielten Lied an, das sie den Rest des Wegs bis zur Quelle begleitete.

Maude bekam ihr Bad. Die Oase war kein Paradies, aber nach der erbarmungslosen Trockenheit der Wüste erschien sie ihnen wie ein Wunder. Wasser quoll aus dem Boden in einen flachen grünen Teich, der ungefähr dreißig Fuß maß, floss durch einen schmalen Kanal und verschwand dann in rissigem Matsch. Der Rand war von Dattelpalmen gesäumt, und etwas weiter hinten wuchsen kleinere Akazien und Teufelsdorn. Die Kamele tranken geräuschvoll von dem Wasser, verschwanden dann, um sich an dem Festmahl aus harten stacheligen Blättern zu ergötzen, und grasten stumm vor sich hin. Khalid trank ein wenig, dann begann er, die Wasserhäute zu füllen. Ubaid, Fatih und Kamal bespritzten sich gegenseitig und sprangen mit nackten Füßen durch den seichten Teich. Maude tauchte komplett angezogen hinein. Sie spürte, wie sich das lauwarme Wasser über ihrem Gesicht schloss. Es rauschte und kitzelte in ihren Ohren. Solange sie die Luft anhalten konnte, lag sie unter der Wasseroberfläche, genoss die Abgeschiedenheit und versuchte, sich daran zu erinnern, wann sie das letzte Mal geschwommen war. Wasser war ein so seltenes Element geworden, dass es in ihrem Kopf kaum noch vorkam.

So gut sie konnte, rieb sie den Sand und das Blut aus ihrem Haar, von ihrer Haut und ihrer Kleidung, dann stieg sie lächelnd heraus, den Bauch voll Wasser. Sie erzählte den Männern vom Meer an der Südküste Englands, von der Themse und den walisischen Wasserfällen, vom Lake District sowie dem Regen, der das ganze Jahr hindurch dort fiel. Sie hörten zu und lachten, und sie spürte, dass sie ihr nicht glaubten. Die Männer aus Buraimi schienen sich gut von den Entbehrungen und der Katastrophe, die sie fast ereilt hätte, erholt zu haben. Nathaniel trank in großen Schlucken und schlief dann einige Stunden, ehe Maude ihn zum Abendessen weckte.

Eine große Beduinenfamilie hatte ihr Lager auf der einen Seite der Oase aufgeschlagen. Mehrere Generationen verschleierter Frauen und Kinder und ein zahnloser alter Mann lebten unter Decken und Häuten, die sie zwischen den Akazienbäumen gespannt hatten. Sayyid und Khalid setzten sich zu ihnen und unterhielten sich eine ganze Weile. Mit ein paar von Maudes silbernen Maria-Theresien-Talern erwarben sie von ihnen Mehl und Salz sowie Milch von ihren Ziegen.

Nathaniel aß gut, es würde noch etwas dauern, bis er wieder ganz bei Kräften war, aber seine Augen wirkten schon glänzender und seine Bewegungen sicherer. Er fragte Maude nach ihrer Route aus und nach ihrer Planung, und wie sie so lange mit dem Essen aus Salalah ausgekommen waren. Maude zeigte ihm ihre Karte und ihr Tagebuch. Sie berichtete ihm von der Oryxantilope und der Gazelle, von den Hasen, die sie gelegentlich geschossen oder mit Fallen gefangen hatten, und von dem geschlachteten Kamel. Sie fragte ihn im Gegenzug nach seiner Route aus, und wie er vorgehabt hatte, nach Salalah zu gelangen. Er hatte ebenfalls eine Karte gezeichnet, aber sie war konfus und endete kurz vor dem Punkt, wo er schließlich zusammengebrochen war. Er schüttelte den Kopf, als er sie noch einmal ansah.

»Jämmerlich. Wir waren hoffnungslos verloren, siehst du? Wir sind tagelang sinnlos umhergeirrt.« Er seufzte. »Schrecklich, wie schnell alles vorbei sein kann. Ein Missgeschick, eine falsche Entscheidung, ein Überfall, und das war's. Wir hätten den Tod verdient. Gewiss hätten wir hier sterben sollen.«

»Das glaube ich nicht«, sagte Maude.

»Warum nicht?«

»Ich weiß nicht. Ich … ich bin nicht besonders gläubig, wie du weißt, und vielleicht hat unser Gott es auch einfach nicht bis hierher geschafft. Die Beduinen sprechen von Dschinn und Geistern. Sie glauben genauso sehr an sie, wie sie an Gott glauben. Und sie sagen, wir hätten alle einen Quarin, einen Dschinn, der einen überallhin von Geburt an begleitet. Khalid würde sagen, dass dein Quarin meinen gesucht hat und dass sie beschlossen haben, mich zu dir zu führen. Ich glaube nicht daran, aber ... die Chance, dass wir euch finden, war so gering, dass ich das als sicheres Zeichen dafür deuten würde, dass du *nicht* hier sterben solltest. Ganz im Gegenteil. Verstehst du?«

»Ach, Maude«, sagte er, schlang die Arme um die Knie und stützte das Kinn auf ihnen ab, genau wie er es als Junge getan hatte. Die Haltung ließ sie die unerträgliche Liebe, die sie für ihn empfand, wie einen Stich spüren. »Vielleicht *wusstest* du, dass ich in der Nähe bin. Du bist in so vielerlei Hinsicht außergewöhnlich, warum nicht auch in dieser?« Maude sagte nichts und wandte beschämt den Blick ab. Sie dachte, dass vielleicht die Liebe sie zu ihm geführt hatte, doch das wagte sie nicht auszusprechen.

Sie blieben zwei ganze Tage und drei Nächte in der Oase. Die Kamele belebten sich durch Grasen, Wasser und Ruhezeiten. Am Abend vor ihrem Aufbruch traf eine weitere Beduinenfamilie mit einer kleinen Ziegenherde ein. Sie waren bereit, ihnen eine Ziege zu verkaufen, und Ubaid grillte sie auf einem Spieß über dem Feuer. Der Geruch des gegarten Fleischs zog Maude und Nathaniel in seinen Bann. Sie sprachen von zu Hause und von ihrer Familie. Nathaniel erzählte von Faye und von den Kindern, die sie während ihrer kurzen Ehe durch Fehlgeburten verloren hatte. Dabei füllten sich seine Augen mit Tränen, aber er blieb ruhig. Er war traurig, doch er litt nicht mehr. Maude bemerkte es und versuchte, sich keine Hoffnungen zu machen. Das war allerdings nicht leicht. Sie waren beide noch jung und nun beide wieder frei. Sie erinnerte sich an die Umstände und an ihr Aussehen und unterdrückte diesen Gedanken entschieden. Sayyid teilte das Ziegenfleisch auf, und sie nahmen sich nacheinander ihren Anteil – immer das kleinste Stück, wie es die Sitte vorschrieb. Sie aßen schweigend, während ihnen das Fett am Kinn herunterrann und das Feuer heiß auf ihren Gesichtern brannte. Anschließend entfernten sich Maude und Nathaniel ein Stück von den anderen, gingen zum Wasser, setzten sich und lehnten sich mit dem Rücken an den gebogenen Stamm einer Dattelpalme.

»Reizt es dich nie, dir etwas zu essen zu nehmen, wenn du nicht dran bist, und zwar das größte Stück, nur um zu sehen, was sie sagen?«, fragte Nathaniel lächelnd.

»Ja. Jedes Mal«, bestätigte Maude, und sie lachten.

Die Nacht war tiefschwarz, die Sterne glitzerten auf der Wasseroberfläche des Teichs, und in ihrem Licht konnte Maude gerade eben noch Nathaniels Silhouette neben sich ausmachen. Er roch nach dem grünen mineralhaltigen Wasser, in dem sie sich gewaschen hatten. Es hatte das Haar fest werden lassen. Maude hatte ihres im Nacken zu einem Knoten zusammengebunden, Nathaniels stand in wilden Büscheln von seinem Kopf ab. Noch immer lachend versuchte Maude, es ihm zu glätten.

»Du siehst aus wie ein Räuber«, stellte sie fest.

»Und du siehst aus, als würdest du hierhergehören, Mo.« Sie nahm das Lächeln in seinen Worten wahr. Sie hörte auf, sein Haar an den Kopf zu drücken, und ließ die Hand einen Augenblick zu seiner Wange hinuntergleiten. Das Schweigen zwischen ihnen wandelte sich, dehnte sich aus und fühlte sich fremd an. Verlegen ließ Maude die Hand sinken. Eine ganze

Weile sagten sie nichts. Sie wusste nicht, was in ihm vor sich ging, und sie hoffte, dass diese ungewollte Erinnerung an ihre Gefühle, die sie für ihn hegte, keine weitere Beachtung fand.

»Vielleicht ist das ja so«, sagte er schließlich. »Ich meine, vielleicht gehörst du ja hierher. Ich kann mir nicht vorstellen, dass du in ein Leben mit festlichen Abendessen und Salons zurückkehrst.«

»Nun, ich glaube, das muss ich irgendwann, schon allein, um Vater zu sehen. Aber ja, ein solches Leben interessiert mich wirklich nicht im Geringsten.«

»Das hast du immer gesagt, und du hast dich daran gehalten, Maude. Das tun nur sehr wenige Menschen. Die meisten lassen ihr Leben von der Welt gestalten, aber du hast deines selbst gestaltet.«

»Du doch auch. Du hättest in England bleiben und eine langweilige Stelle annehmen können, wie John und Frank. Aber du wolltest forschen, und das hast du getan. Du wolltest heiraten, und das hast du getan …«

Sie verstummte und wünschte, sie hätte es nicht erwähnt.

»Ja. Und ich muss es noch einmal sagen: Du hast immer gesagt, du würdest nicht heiraten und würdest dich nicht durch eine Familie binden lassen, und das hast du auch nicht getan. Du bist außergewöhnlich, Maude. Du bist so stark und so bestimmt.«

Maude fühlte sich etwas atemlos. Sie konnte nicht glauben, dass sie wirklich sagen würde, was ihr auf der Zunge lag, und rechnete irgendwie damit, dass die Worte ihr nicht über die Lippen kommen würden. Doch etwas an der Dunkelheit und der Urwüchsigkeit der Umgebung und den fernen Sternen sagte ihr, dass dies das letzte Mal war, das allerletzte Mal, dass sie es versuchen konnte.

»Es … es gibt nur einen Mann, den ich heiraten würde«,

gestand sie leise und bekam keine Luft mehr. Nathaniel nahm in der Dunkelheit ihre Hand und drückte sie.

»Ja. Ich habe ... ich habe mich gefragt, ob das immer noch so ist. Aber du liebst mich, nicht wahr, Maude?«

»Ich habe dich immer geliebt«, stieß sie hervor.

»Ich glaube, du liebst mich mehr als jeder andere Mensch auf der Welt.«

»Ja.«

»Und warum sollten wir nicht heiraten? Welches Paar kennt einander besser? Ich weiß, dass es auf der ganzen Welt keine mutigere, klügere und anständigere Frau als dich gibt, Maude.« Er drückte ihre Hand so fest, dass es beinahe schmerzte, und das Gefühl war ihr willkommen. »Ich verdanke dir mein Leben, darum sollte ich es dir schenken. Mein Leben, meine ich.« Er drehte sich zu ihr um, doch seine Gesichtszüge blieben in der Dunkelheit verborgen. Maude wollte etwas sagen, nur fehlten ihr die Worte. Wie Nathaniel, bevor sie ihn gerettet hatten, dachte jetzt sie, sie würde ihr Glück nur träumen – sie dachte, sie würde halluzinieren.

»Nun, was sagst du, Maude? Lass einen Kerl nicht warten. Willst du mich heiraten?«

Er nahm ihre Hand, führte sie an seine Lippen und küsste sie innig.

»Natürlich will ich.« Die Überraschung wühlte sie auf und ließ ihre Stimme zittern.

Maude richtete sich auf die Knie auf, tastete nach ihm und fand seinen Mund, um ihn zu küssen. Ihre von der Reise geschundenen Körper fühlten sich hart an, als sie sich aneinanderdrängten. Als Nathaniel seine schlanken Hände um Maudes Taille legte, berührten sich seine Fingerspitzen in ihrem Rücken.

»Du bist wie ein kleiner Vogel, Mo«, flüsterte er erstaunt.

»Wie kann ein so kleiner Körper so stark sein?« Er küsste sie voller Gefühl und ließ sich mit ihr auf den Boden sinken. Maude gab sich ihm ganz und gar hin, überwältigt von seiner Berührung und seinem Geschmack, davon, wie warm er sich auf ihrer Haut anfühlte, wie verbunden mit ihr. Sie glaubte nicht, dass es wirklich passierte. Als sie sich liebten, entschied sie, wenn es ein Traum war, war er so wundervoll, dass sie nicht aus ihm erwachen wollte. Sie scherte sich kein bisschen um den Anstand, um die Konventionen oder darum, dass sie bis zur Hochzeit hätten warten sollen. Sie gehörte bereits so viele Jahre ihm, dass ihre Vereinigung lange überfällig und richtig schien. Vollkommen richtig. Sie strich mit ihrer Zungenspitze über seinen abgebrochenen Zahn, spürte, wie sie sich daran schnitt, und schmeckte Blut. Seine Barthaare strichen rau über ihre empfindlichen Lippen und schienen zu glühen. Als er zwischen ihre Beine sank, spürte sie einen Stich und einen seltsamen Schmerz. Jedes Gefühl war ihr willkommen.

In eine Decke gewickelt, erwachte Maude im Morgengrauen am Wasser. Nathaniel lag nicht neben ihr, und als sie sich aufsetzte, zuckte sie zusammen, ihr Rücken schmerzte und war steif. Für eine Sekunde schien alles wie immer zu sein, dann kehrte die Erinnerung zurück, begleitet von Angst und zurückhaltender Freude. Trotz ihres wunden Mundes und seines Geruchs auf ihrer Haut blickte sie sich mit dem bangen Gefühl um, dass sie das alles nur geträumt hatte. Dann sah sie ihn aus einem der Beduinen-Lager auf sich zukommen. Als er bemerkte, dass sie wach war, lächelte er und sank neben ihr auf die Knie.

»Ich hoffe, du hast nichts dagegen, aber du hast mir einen kleinen Kredit gegeben. Ich habe mir einen Taler aus deiner

Tasche genommen. Das war ungehörig von mir, aber meine Motive waren ehrenhaft.« Er nahm ihre Hand.

»Natürlich. Was immer du brauchst«, sagte Maude. Sie errötete, als sie ihn ansah, obwohl er gelassen wirkte. Sie fragte sich, ob ihm klar war, dass sie in der letzten Nacht zum ersten Mal mit einem Mann zusammen gewesen war.

»Ich habe mir überlegt, dass es sich für eine verlobte Frau gehört, einen Ring zu tragen. Hier – es ist nicht gerade ein Diamant, aber fürs Erste muss er genügen.« Er schob einen schweren Ring aus Zinn über ihren Finger. Er war schlicht gefertigt, die Art von Schmuck, wie ihn die Beduininnen trugen, mit einem gedrehten Ring und einer soliden Fassung, in der ein grober eckiger blauer Lapis saß.

»Er ist vollkommen«, sagte sie.

»Ich gebe dir den Taler wieder, sobald wir in der Zivilisation zurück sind.« Nathaniel stand auf und zog sie hinter sich nach oben. »Komm. Trink einen Kaffee.«

Maude tischte Khalid und den anderen die kleine Lüge auf, dass in England eine Verlobung ebenso gut wie eine Hochzeit sei. So erregte es weniger Anstoß, wenn Nathaniel und sie einander berührten und einander zulächelten. Sie war sich nicht sicher, ob Khalid ihr die Schwindelei wirklich abnahm. Er beobachtete Nathaniel mit neutraler Miene, nicht feindselig, aber auch alles andere als freundlich. Maude dachte eine Weile über sein Verhalten nach und fragte sich, ob Khalid sie mittlerweile als Familienmitglied betrachtete, das er beschützen musste. Sie liebte die Vorstellung. Fatih und Ubaid grinsten, klopften Nathaniel auf die Schulter, und als sie mit den ersten Sonnenstrahlen aufbrachen, sangen sie ein Lied für den Bräutigam. Maude blickte sich hin und wieder nach der Oase um. Sie verließ sie nur ungern. Es war ein sicherer Ort und einer, den sie nie vergessen wollte. Viel zu schnell lag sie nur noch als verschwommener Fleck am Horizont, nicht mehr als ein Schimmer, der ebenso gut eine Illusion sein konnte. Die Kamele bewegten sich mit langen, gleichmäßigen Schritten. Sie ritten hintereinander her, und Maudes Hochgefühl ordnete sich bald dem Ernst der Reise unter, der Notwendigkeit durchzuhalten. Doch in regelmäßigen Abständen schaute sie auf ihre linke Hand hinunter, wo sie das ungewohnte Gewicht des Rings mit dem Lapis spürte, und dabei lächelte sie jedes Mal. Einmal drehte sich Nathaniel um und erwischte sie dabei. Er hatte eine Kaffa um seinen Kopf geschlungen und sie über seinen Nasenrücken gebunden, damit die Sonne seine Haut nicht weiter verbrannte, doch Maude bildete sich ein, in seinen Augen ein Lächeln zu erkennen.

Den Tag über sprachen sie wenig. Maude hatte immer gewusst, dass sie gut zusammen reisen könnten. Nathaniel erwartete nicht, dass man ihn in irgendeiner Weise bevorzugte, erwartete keine Sonderbehandlung, nur weil er Brite war. Am Abend saßen sie dicht beieinander, ohne sich zu berühren, und schliefen nicht noch einmal miteinander. Sie waren sich einig, dass das ohne Bäume und den Teich und ohne dass sie sich irgendwie verstecken konnten, unweigerlich zu Ärger führen würde. Sie schmiedeten Pläne, wo und wann sie heiraten und wohin sie anschließend reisen würden.

»Du musst nicht mehr arbeiten, wenn du nicht willst«, erklärte Maude, als Nathaniel laut darüber nachdachte, wohin ihn seine Arbeit als Nächstes führen würde. Er verstummte und dachte einen Moment nach.

»Das hatte ich ganz vergessen«, sagte er mit einem schwachen Lächeln. »Wie schlau von mir, eine so wohlhabende Frau zur Braut zu nehmen.«

»Wenn du nur gewollt hättest, hättest du das schon vor langer Zeit haben können.«

»Manche Dinge brauchen eben ihre Zeit, nicht wahr?«

»Ja. Ja, das stimmt wohl.« Glücklich nahm sie seine Hand und vergaß, wie unansehnlich, mitgenommen und schmutzig sie war.

Drei Tage nachdem sie die Oase verlassen hatten, beobachtete Maude über das Feuer hinweg, wie Nathaniel gedankenverloren in die Flammen starrte. Seine Miene wirkte bedrückt und sorgenvoll. Er blinzelte gegen den steten Wind an, der ihm die Sandkörner ins Gesicht trieb. Er wirkte weit entfernt, nicht erreichbar für sie. Maude wartete, bis sie mit dem Essen fertig waren, dann fragte sie ihn, was ihn bedrücke.

»Nichts, eigentlich. Nichts, was ich nicht verdient hätte«, erwiderte er bitter.

»Erzähl es mir, bitte. Was hast du?«

»Ich bin einfach … Ich bin so wütend auf mich selbst. Wenn wir nach Maskat kommen, werde ich mich zum Gespött machen. Verstehst du? Ich habe nicht deinen Ruf als Wissenschaftlerin, Maude, aber ich war gerade dabei, mir einen Namen als Reisender zu machen. Und jetzt wäre ich bei meinem ersten ernsthaften Versuch, die Wüste zu durchqueren, gestorben, wenn ich nicht gerettet worden wäre. Von einer –«

»Von einer Frau?«, fragte Maude. Die Bemerkung erschreckte sie.

»Von einer in keinerlei Hinsicht normalen Frau, aber …« Niedergeschlagen schüttelte er den Kopf. »Aber dennoch von einer Frau.«

»Von deiner Verlobten vielmehr. Wer hätte dich besser retten können?«, fragte sie in, wie sie hoffte, heiterem Ton. Doch

Nathaniel lächelte nicht. »Nathan ... wir werden noch so viele andere Reisen machen. Ich muss dich nicht immer begleiten, wenn du das nicht willst. Ich verstehe ... ich verstehe es, wenn jemand das Bedürfnis hat, allein zu sein und seinen eigenen Weg zu gehen. Das ist mir durchaus vertraut. Und außerdem muss niemand wissen, was diesmal geschehen ist.« Sie dachte einen Augenblick darüber nach. »Wir sagen einfach, wir hätten uns in Maskat getroffen. Schließlich hattest du nur den Auftrag, nach Heuschrecken zu forschen«, sagte sie, aber Nathaniel schüttelte den Kopf.

»Ich habe der Königlich Geographischen Gesellschaft geschrieben und *The Fortnightly Review* sowie ein paar anderen Zeitschriften. Ich habe sie darüber informiert, dass ich das Leere Viertel durchqueren würde.« Er lächelte bitter. »Ich dachte, wenn ich das tue, *muss* ich es schaffen, verstehst du? Dann dürfte ich nicht versagen.«

»Ach, Nathan!« Maude nahm seinen Arm und hielt ihn fest. »Aber das spielt doch keine Rolle! Wirklich nicht. Du wirst es ein anderes Mal tun, auf andere Weise.«

»Du hast leicht reden. Du hast es schließlich schon geschafft, nicht? Die großartige Maude Vickery triumphiert erneut. Oder ich sollte wohl sagen, die großartige Shahin.«

Maude wich verletzt zurück und ließ von seinem Arm ab.

Nathan schüttelte den Kopf. »Es tut mir leid! Bitte verzeih mir, Maude. Ich bin wütend auf mich, nicht auf dich. Ich kann mich selbst nicht ertragen.«

»Geht es nicht darum, hier zu sein, Nathan? Geht es nicht um die Magie dieses Ortes, um seine Unberührtheit? Darum, herzukommen und ... sich selbst zu begegnen? Geht es immer nur darum, der Erste zu sein?«

»Es geht darum, dort zu sein, wo noch niemand zuvor gewesen ist. Das weißt du. Das kannst du nicht leugnen.«

»Zum Teil. Ja, das weiß ich. Aber ist das alles?«

»Ich hatte nur gedacht ... Ich dachte, meine Zeit wäre gekommen. Das ist alles, Maude. Stattdessen war es die größte Katastrophe meines Lebens. Nun. Ich muss mich den Konsequenzen stellen. Und wenn ich verspottet werde, habe ich es nicht anders verdient.« Lange saßen sie schweigend nebeneinander, während der Wüstenwind fauchend an den Flammen zerrte. Maude betrachtete Nathaniels Profil im Schein des Feuers. Er schien weit weg zu sein, und das war ihr unerträglich. Sie dachte an ihre Kindheit, als ihre Brüder Ränke geschmiedet, ihre Position ausgespielt und Maude und Nathaniel auf den dritten und vierten Platz verwiesen hatten. Sie erinnerte sich daran, wie Nathaniel nach jedem Besuch bei seiner Mutter darum kämpfen musste, wieder zu sich zu kommen. An die Jahre, die er nach seinem Studium geduldig gearbeitet und auf die Chance zu reisen gewartet hatte, während Maude mit dem Geld der Vickerys bereits mit dem Reisen begonnen und nie aufgehört hatte. Sie dachte an das Siechtum ihrer Mutter, und wie sehr es sie gequält hatte, auch nur diese kurze Zeit auszuharren, die sie bei ihr verweilen musste. Sie dachte an die vielen, vielen Male, die sie sich gewünscht hatte, dass Nathaniel an ihrer Seite wäre und alles mit ihr teilte.

»Wir teilen es uns einfach, Nathan«, sagte sie schließlich.

Nathan blickte sie verständnislos an. Maude konnte den niedergeschlagenen Ausdruck in seinem Gesicht nicht mehr ertragen.

»Was teilen wir, Mo?«

»Das hier.« Sie deutete in einer umfassenden Geste auf den funkelnden Himmel und die endlose Dunkelheit um sie herum. »Wenn wir nach Maskat kommen, sagen wir, dass wir die Reise gemeinsam unternommen haben. Wer wollte uns widersprechen?«

»Nun ja, die Beduinen vielleicht«, erwiderte er nachdenklich.

»Unsinn. Niemand wird sie fragen, und außerdem tun sie für die entsprechende Bezahlung durch Waffen und Taler alles, worum man sie bittet. Ich habe sie wirklich gern, aber nur ein Narr würde behaupten, dass sie nicht käuflich seien.« Sie hielt inne. Je länger sie darüber nachdachte, desto leichter erschien es ihr. »Du kannst den Zeitungen erzählen, dass du deine Pläne geändert hättest, dass wir uns im Vorwege ausgetauscht hätten und du nach Süden gereist wärst, um die Wüste stattdessen mit mir gemeinsam in nördlicher Richtung zu durchqueren. Hast du dich im Norden offiziell mit jemandem getroffen, bevor du aufgebrochen bist? Mit jemandem, der uns einen Strich durch die Rechnung machen könnte?«

»Nein.« Er überlegte. »Nein. Nur mit einheimischen Beamten, die kein Englisch sprechen und kein Interesse an mir zeigten, nachdem sie einmal meine Papiere gesehen hatten.«

»Nun, dann ist es an uns, diese kleine Geschichte zu spinnen.«

»Das gefällt mir nicht, Maude.«

»Ich weiß. Aber ist dir die Alternative lieber? Du wirst zurückkehren und das Leere Viertel auf anderem Weg durchqueren, einem Weg, den niemand vor dir genommen hat. Ganz sicher, Nathan, das weiß ich. All das verschafft dir lediglich Zeit, hilft dir, dein Gesicht zu wahren und nicht aufzugeben.« Sie sah ihm an, dass er nicht ganz überzeugt war, obwohl er es gern gewesen wäre.

»Außerdem«, hob sie erneut an, diesmal sanfter. Sie nahm erneut seinen Arm und brachte ihn dazu, sie anzusehen. »Außerdem, Nathan; du *warst* bei mir. Ich habe bei jedem Schritt auf dieser Reise an dich gedacht. Ich … ich hätte aufgegeben, wenn mich der Gedanke an dich nicht weitergetrieben hätte. Also, wie du siehst, warst du dabei. Du *hast* die Wüste mit mir durchquert.«

Nathaniel legte seine Hand, die auf seinem Arm lag, auf ihre und umfasste sie fest. Irgendein überwältigendes Gefühl verzerrte seine Gesichtszüge und trieb ihm die Tränen in die Augen.

»Du überraschst mich, Maude«, flüsterte er angespannt. »Du bist so viel besser als ich. Ich glaube nicht, dass es je einen großzügigeren Geist gegeben hat.«

»Es gibt *nichts*, das ich nicht mit dir teilen würde, Nathan«, sagte sie und meinte es durchaus ernst. Er wandte sich zu ihr um, lehnte seine Stirn gegen ihre, und Maude lächelte. Ihr Herz zog sich fest zusammen. Die Luft in ihren Lungen schien sich zu vermehren. Sein Glück, wurde ihr in diesem Augenblick klar, bedeutete ihr so viel mehr als ihr eigenes.

In jener Nacht ließ der Wind nach, und es war nicht allzu kühl. Die Temperatur stieg mit jedem Tag, den der Sommer näher rückte. Abgesehen von Sayyids leisem Schnarchen und dem gelegentlichen Seufzen der Kamele waren keine Geräusche zu hören, und Maude schlief tief und fest. Sie fühlte eine so große innere Ruhe, dass keine Träume sie heimsuchten, und erwachte erholt und mit dem Gefühl, dass sie sich auf der Heimreise befanden. Es war ein bittersüßer Gedanke – sie wollte die Reise beenden und auch wieder nicht beenden, sie wollte nach Hause zurückkehren, und zugleich wollte sie nicht nach Hause zurückkehren. Doch jetzt hatte sie Nathaniel an ihrer Seite. Wenn sie nach Hause fuhr, um ihren Vater zu besuchen, würde sie einen Verlobten an ihrer Seite haben, den ihr Vater akzeptieren würde, sobald er die Überraschung verdaut hatte. Als sie aufbrachen, war Nathaniel immer noch gedämpfter, nachdenklicher Stimmung, aber im Lauf des Tages schien sich seine Laune zu bessern. Maude ritt am Ende der Reihe und sah, wie er sich umständlich mit Sayyid und Ubaid unterhielt. Es wurde gelächelt, gestikuliert und genickt, und Maude vermutete, dass es ihm noch immer nicht leichtfiel, Arabisch zu sprechen. Sie freute sich jedoch, dass er sich bemühte, die Männer kennenzulernen, dass er wieder lebendig wirkte.

Sie kamen gut voran, und am Ende des Tages schlugen sie ihr Lager in einer weiten Senke mit Steinbrocken und verkümmerten Bäumen auf, die von Felsvorsprüngen umgeben war. Endlich näherten sie sich dem Ende des Sandmeers und gelangten somit auf festeren Boden, der sie zu den Ausläufern der hohen Berge führen würde und weiter nach Maskat.

»Wie heißt dieser Ort, Sayyid?«, erkundigte sich Maude mit dem Stift in der Hand und ihrer Karte auf den Knien.

»Jener Berg am Horizont ist der Dschabal Fahud, Shahin«, erklärte der alte Mann. »Wir müssen keine Dünen mehr überqueren. Nur noch Felsen.« Sie aßen das letzte getrocknete Kamelfleisch zum Abendessen, zusammen mit den üblichen sandigen Fladenbroten, und Maude und Nathaniel träumten davon, was sie essen würden, wenn sie erst zurück in England wären.

»Gegrilltes Hähnchen«, sagte Nathaniel. »Saftiges, weißes Fleisch mit einer knusprigen goldenen Haut, Kartoffeln à la dauphinoise und Bratensoße mit einem Schuss Madeira.«

»Ich sehne mich am meisten nach Erbsensuppe. Von allen Dingen auf dieser Welt. Mit Minze und aus frischen Erbsen, die man gerade erst im Garten gepflückt hat. Dieses *Grün* – kannst du es dir vorstellen? Ich kann mich nicht mehr genau an den Geschmack erinnern, aber ich *verzehre* mich danach.«

»Diese pikanten Hammelnierchen, die wir in Oxford vor deiner mündlichen Prüfung gegessen haben. Diese pfeffrige Sahnesoße und die frische Petersilie, weißt du noch?« Sie hörten auf, als sich ihre Mägen vor Hunger zusammenkrampften.

Maude erwachte im Morgengrauen und dachte zunächst, alles sei in Ordnung. Dann spürte sie, dass sich auf ihrer Brust etwas bewegte, und hob den Kopf, um nachzusehen, was es war. Auf ihrem Brustkasten saß eine Walzenspinne. Als Maude den Kopf bewegte, drehte diese sich zu ihr um und saß ihr Auge in Auge gegenüber. Vor Entsetzen stieß Maude ein leises ersticktes Stöhnen aus. Es war das einzige Geräusch, das sie von sich geben konnte. Die Spinne war riesig, hell und behaart. Ihre vorstehenden schwarzen Augen blickten völlig leer. Obwohl Maude stets ihre Stiefel und ihre Bettwäsche untersuchte, war sie noch nie zuvor einer begegnet. Jetzt konnte sie sich nicht rühren. Sie fragte sich, wie lange das Tier schon dort saß, ob es mit seinem gigantischen Kiefer ein Loch in sie hineingefressen hatte, das sie nur noch nicht spürte. Maudes Haut bebte vor Abscheu, sie war wehrlos. Es schien irgendwie ein schlechtes Omen zu sein, dass sie sich beim Aufwachen einem derart seelenlosen Wesen gegenübersah.

»Nathan!«, rief sie schließlich mit leiser, erstickter Stimme. Sie hatte sich keine fünf Fuß von ihm entfernt schlafen gelegt, doch jetzt spürte sie, dass er nicht in ihrer Nähe war. Sie nahm an, dass er schon aufgestanden war, vielleicht war er zum Jagen gegangen, oder er kümmerte sich um sein Kamel. Sie lag reglos da, bis sie realisierte, dass es insgesamt viel zu still war, das Lager schien ihr deutlich zu leer zu sein. Minuten vergingen, und eine fürchterliche Angst wuchs in ihr –

das bedeutete nichts Gutes. Etwas stimmte hier überhaupt nicht. Um sie herum war zu viel Platz, und es war zu leise. Sie konnte den Blick nicht von der Spinne lösen, und es dauerte eine ganze Weile, bis ihr ihre Muskeln gehorchten. Dann rollte sie sich mit einem Schrei abrupt zur Seite, schleuderte die Kreatur fort und rappelte sich hoch. Wie von Sinnen riss sie an ihrer Kleidung, damit sie nicht gebissen wurde und für den Fall, dass noch weitere Spinnen auf ihr saßen.

Als sie fertig war und sich umblickte, traute sie ihren Augen nicht. Khalid und Fatih lagen an entgegengesetzten Enden des Lagers, beide schienen zu schlafen. Bis auf drei waren alle Kamele verschwunden – nur die drei schwächeren aus Batinah waren noch angepflockt. Nathaniel und die anderen Männer, die Kamele und ihre Ausrüstung waren nirgends zu sehen. Auf dem Boden bemerkte sie helle Umrisse. Maude ging hinüber, um sie zu untersuchen, und konnte es nicht fassen. Die Umrisse entpuppten sich als Wasserhäute, eine war voll, drei hatte man ausgeleert, der Boden um sie herum war noch feucht. Verunsichert und ängstlich ging Maude zu Khalid. Er lag da, als würde er schlafen, doch über seiner linken Braue hatte er eine Wunde. *Plünderer*, dachte Maude und war ratlos, wie sie das hatte verschlafen können. Sie ging auf die Knie und schüttelte Khalid heftig, bis er aufwachte und wankend zurückwich.

»Khalid, verzeihen Sie mir. Sie *müssen* aufwachen!«, sagte sie.

»Was ist passiert?« Er tastete mit den Fingern nach seiner Braue und verzog das Gesicht.

»Ich weiß es nicht. Ich weiß es nicht.« Maude bekam nicht genügend Luft. »Es müssen Plünderer gekommen sein. Aber ich verstehe nicht … Ich verstehe das nicht.«

Gemeinsam weckten sie Fatih, den man ebenfalls bewusstlos geschlagen hatte. Maude erklomm einen nahe stehenden Felsen und suchte den Horizont ab, doch sie entdeckte kein Zeichen von den anderen Beduinen oder von Nathan und ihren Kamelen. Eine unbändige lähmende Angst um ihn ergriff sie, um sie alle. Sie zitterte am ganzen Leib. »Ich verstehe das nicht«, sagte sie erneut, als sie wieder herunterkam. Khalids Miene war düster. Fatih untersuchte derweil den Boden auf der östlichen Seite des Lagers.

»Sie haben uns genügend Wasser dagelassen, damit wir zurück zur Quelle reiten können. Für einen Vier-Tages-Ritt. Damit wir dort die anderen Häute auffüllen können, bevor wir weiterreiten. Auch das Essen, das sie uns gelassen haben, reicht bis dorthin, wenn wir sorgsam damit umgehen, aber nicht weiter«, stellte Khalid fest. Seine Stimme klang angespannt vor Wut.

»Von wem sprechen Sie?«, fragte Maude. »Wer? Wir können nicht zurück zur Quelle reiten! Wo sind die anderen?«

»Gott verfluche sie! Sie haben sich in der Dunkelheit davongeschlichen wie Diebe. Und genau das sind sie! Sie haben das Wasser in den Sand geschüttet!«, sagte Fatih, als er von seiner Untersuchung zurückkam. »Gott möge ihre Gesichter schwärzen! Wenn ich den alten Sayyid je wiedersehe, schneide ich ihm die Kehle durch!«

»Sayyid wäre nicht freiwillig mitgegangen. Sie müssen ihn gezwungen haben«, sagte Khalid.

»Was ist passiert?«, fragte Maude atemlos, doch sie beschlich eine fürchterliche Ahnung. Die Männer hatten all ihren Besitz mitgenommen. Die Stelle, an der Nathaniel gelegen hatte, war leer, nur der Abdruck seiner Decke war geblieben.

»Sehen Sie sich die Spuren an. Sie haben alles auf die andere Seite der Felsen geschafft. Damit wir sie nicht hören, haben sie die Kamele dorthin geführt und sie dann erst beladen. Sie haben sich wie der Teufel davongeschlichen! Sie haben sich wie der Teufel aus dem Staub gemacht!« Fatih war so außer sich, dass er kaum noch sprechen konnte. Speichel mischte sich in seine wütenden Worte. Khalid stand wie angewurzelt da und starrte mit gierigem Blick gen Westen.

»Wir müssen zurück zur Quelle reiten. Ich weiß nicht, wo wir als Nächstes Wasser finden, das weiß nur Sayyid. Wir können ihnen nicht einfach auf gut Glück folgen. Auf diesem harten Boden ist es schwierig, Spuren zu lesen. Sayyid weiß das«, erklärte er ruhig.

»Aber warum? Warum?«, fragte Maude verzweifelt. Khalid bedachte sie mit einem strengen Blick.

»Dieser Mann hat Sie verraten, Shahin«, sagte er. »Ich habe große Gier bei ihm gesehen, die ich nicht zu deuten wusste. Jetzt, wo es zu spät ist, verstehe ich, was es bedeutete.«

»Nein! Nein, Sie täuschen sich. Es müssen Plünderer hier gewesen sein … Sie haben sie irgendwie vertrieben.« Khalid sah sie durchdringend an und sagte nichts, und seine Unerbittlichkeit ließ Maude die Wahrheit erkennen. Sie lief zu der Tasche mit ihren Sachen und sah, dass sie offen stand. Als sie den Inhalt durchwühlte, stellte sie fest, dass ihre Karte, ihr Kompass und das Tagebuch verschwunden waren. Sie krümmte sich zusammen und bekam eine Weile keine Luft. Das Blut pochte in ihrem Kopf.

Als sie schließlich wieder aufstehen konnte, suchte Maude nach Nathaniel. Es war dumm, sinnlos. Sie klammerte sich an die Hoffnung, dass es nur eine Illusion war. Nach einer Weile, als sie einsah, dass er fort war, und begriff, was er getan hatte, erlitt sie eine Art Anfall. Sie hörte auf, seinen Namen zu rufen, hörte auf, ihn zu suchen. Beendete diesen ganzen irrsinnigen Optimismus und tat nicht mehr, als würde er sich nur vor ihr verstecken. Sie brach zusammen, kauerte sich auf dem Boden und bemerkte die Steine nicht, die sich in ihren Körper bohrten.

Maskat, Dezember 1958

Vierundzwanzig Stunden lang blieb Joan nichts anderes übrig, als zu warten. Colonel Singer hatte Robert dazu angehalten, sie in der Residenz unter eine Art Hausarrest zu stellen, obwohl sie heimlich belauschte, wie Robert dem Colonel gegenüber nachdrücklich betonte, dass Joan in dem ganzen Unterfangen nicht mehr als eine Schachfigur gewesen sei, nichts Hilfreiches wisse und selbst nicht in Maudes Plan eingeweiht gewesen sei. Damit gab Robert seine Überzeugung weiter, zu der er nach einer Unterhaltung mit Joan gelangt war, in der sie ihm all das versichert hatte.

»Vergessen Sie's, diese junge Dame hat fürs Erste mehr als genug Abenteuer erlebt. Behalten Sie sie hier, und passen Sie gut auf sie auf, Mr. Gibson«, hatte der Colonel streng entgegnet. Joan erinnerte sich an den konfusen, regendurchnässten Augenblick neben dem Wadi, in dem sie Charlie von Salim hätte erzählen können, es aber nicht getan hatte. Ihr war bewusst, dass sie zumindest teilweise log. Sie machte sich Vorwürfe, und obwohl Salim ihr vieles nicht erzählt hatte, hatte er sie jedenfalls nicht in Gefahr gebracht. Joan sah keinen Sinn darin, den Colonel noch mehr zu erzürnen, indem sie ihre Bekanntschaft mit Salim erwähnte. Damit war niemandem geholfen. Sie lauschte weiterhin und hörte, dass man einen Versuch unternommen hatte, die Geiseln zu retten, dieser jedoch kläglich gescheitert war. Es gab keinen Hinweis auf die Männer, und die Schlucht war durch Scharfschützen gesichert. Beim Militär kam man zu dem Schluss, dass man Maudes Forderung unweigerlich nachkommen müsse, wenn man nicht in die Verlegenheit geraten wollte, eine ganze Einheit hoch ausgebildeter Männer zu verlieren.

»Es ist dir also offiziell verboten, dich von hier wegzubewegen«, sagte Rory, als er zu ihr auf die Terrasse kam. Er stand vor ihrem Stuhl, die Augen hinter einer Sonnenbrille verborgen, ein kaum sichtbares Lächeln im Gesicht. »Ich frage mich, ob dich das aufhalten kann. Schließlich war es dir beim ersten Mal auch verboten.« Sein Ton wirkte, als bemühe er sich um Leichtigkeit, was sie als Friedensangebot verstand.

»Es wird mich aufhalten«, antwortete sie. »Außerdem muss ich gerade nirgendwohin. Willst du dich nicht setzen, Rory? Ich möchte dich etwas fragen.«

Rory zog einen Stuhl herum, sodass er ihr gegenübersaß, und nahm Platz. Er trug ein frisch gebügeltes Hemd und hatte sich rasiert. Als er die Sonnenbrille abnahm, sah es aus, als habe er gut geschlafen, seine Augen waren weniger gerötet und geschwollen. Der Himmel zeigte ein milchiges Weiß, eine geschlossene Wolkendecke, und die Luft war mild.

»Ich verstehe immer noch nicht ganz, warum du fortgehen musstest«, sagte er.

»Du meinst, wie ich von dir und Dan erfahren habe?«, fragte sie und sah, dass er zusammenzuckte. »Ich habe euch gesehen, in seinem Zelt, als wir das eine Mal zum Abendessen dort waren. Ich habe gesehen, wie ihr euch ... geküsst habt.« Rory wandte den Blick ab und starrte auf die gesichtslosen Felsen hinter ihr, als wünschte er sich, in ihnen zu verschwinden. Die Luft schien aus seiner Brust zu entweichen und mit ihr alle Selbstgerechtigkeit. Sein Körper sank in sich zusammen, ebenso seine Gesichtszüge.

»Ich ... ich wollte nicht, dass du es auf diese Weise erfährst«, sagte er.

»Ich nehme an, du wolltest nicht, dass ich es überhaupt erfahre. Andernfalls hättest du es mir irgendwann in den letzten fünf Jahren erzählen können.«

»Du musst ... du musst uns hassen. Und mich vermutlich besonders.« Er klang jämmerlich.

Joan zögerte und ließ ihn noch ein wenig leiden.

»Es war ... eine Umstellung. Aber ich hätte es gern viel früher gewusst. Es ist besser, es zu wissen. Und es hat keinen Sinn, sich zu wünschen, dass die Dinge anders wären, als sie es sind, oder?«

»Das habe ich mir manchmal gewünscht«, gestand Rory leise. Er schüttelte den Kopf. »Aber nein. Das hat keinen Sinn.« Er klammerte sich an die Stuhllehnen, genau wie Maude es manchmal tat. Joan blickte auf seine Hände, die ihr so vertraut waren, und erinnerte sich, wie sicher sich diese immer angefühlt hatten. In unerwarteten Momenten wie diesem empfand sie dieselbe Traurigkeit, die sie auch verspürt hatte, als sie ihn nach der Landung umarmt hatte. Dasselbe brennende Gefühl, als würde sie hilflos treiben. Rory holte tief Luft.

»Ich ... ich weiß nicht, wie das Leben aussieht, wenn wir wieder zu Hause sind«, sagte er. Joan nickte und sah, wie ängstlich er war.

»Ich werde es niemandem erzählen, wenn es das ist, woran du denkst. Und ich weiß auch nicht, wie das Leben aussehen wird, außer dass es anders wird. Jedenfalls für mich. Ich glaube, wir sollten uns eine Zeit lang nicht sehen. Vielleicht macht es das leichter. Du weißt, man sollte das Pflaster mit einem ...«

»Mit einem Ruck herunterreißen? Ich glaube kaum, dass das das Gleiche ist.«

Joan wartete eine Minute, bis Rory die Hände von der Lehne löste und sich in seinem Stuhl entspannte.

»Ich nehme an, Dan erzählt dir alles«, tastete sie sich vor. Rory zuckte mit den Achseln. »Die Auseinandersetzung, die er mit meiner Mum hatte, als er das letzte Mal zu Hause war, nachdem Dad schon gestorben war ... Ging es dabei ... darum? Ging es dabei um dich und um ihn?«

»Nicht ganz. Nicht speziell um mich.«

»Aber um die Tatsache, dass Dan ...« Joan stellte fest, dass sie nicht wusste, welches Wort sie benutzen sollte. Welches war das richtige, welches klang nicht abwertend? »Die Tatsache, dass Dan homosexuell ist?«, versuchte sie es schnell. »Hat er ihr das gesagt, meine ich?« Rory sah sie mit einem Ausdruck an, den sie noch nie bei ihm gesehen hatte.

Aber er nickte, woraufhin Joan einatmete und fortfuhr. »Rory ... war mein Dad auch so?« Ihr schlug das Herz bis zum Hals, so schnell, dass es flatterte. Sie hatte keine Ahnung, warum die Antwort so wichtig für sie war. Rory nickte erneut. »Wusste es Mum?«, fragte sie. Jetzt wollte sie alles wissen, und zwar schnell. Sie wollte das Pflaster herunterreißen.

»Ja. Na ja, Dan sagte, man habe nie darüber gesprochen, aber er glaubte, dass sie Bescheid wusste. Dein Vater meinte, sie habe es gewusst.« Rory blickte sie aufmerksam an. »Ist das wichtig? Hättest du ihn weniger geliebt, wenn du es gewusst hättest? Liebst du ihn jetzt weniger?«

»Nein, natürlich nicht! Es ist nur ein ... ein sehr merkwürdiges Gefühl, etwas so Wichtiges von jemandem nicht gewusst zu haben, den man so sehr geliebt hat ... Es ist komisch, dass ich es nie bemerkt habe. Und dasselbe gilt für Dan. Die wichtigsten Menschen in meinem Leben, und ich habe es nie bemerkt. Ich komme mir dumm vor – blind.« Sie dachte einen Moment nach. »Hat die Familie Dad deshalb enterbt?«

»Das weiß ich nicht, Joan.«

»Ich frage mich, ob Dad Mum geheiratet hat, weil er Angst hatte, etwas Illegales zu tun ...«

»So wie ... wir zu sein ist nicht illegal«, entgegnete Rory. »Und es existiert schon seit Urzeiten.«

»Mit einem anderen Mann zu schlafen aber schon.«

»Meinst du, das weiß ich nicht? Warum, meinst du, müssen wir uns verstecken und lügen und ...«

»Ahnungslose Frauen heiraten?« Daraufhin verzog Rory unglücklich das Gesicht und blickte zur Seite.

»War dein Dad kein guter Ehemann? Hätte ich es nicht sein können?«, fragte er leise.

»Er war ein wundervoller Vater. Der beste. Aber ich habe keine Ahnung, ob er ein guter Ehemann war.«

»Deine Mum hat zu Dan gesagt, er sei nicht länger ihr Sohn. Er sei für sie gestorben. Das war knallhart. Ich glaube, er dachte ... Ich glaube, er dachte, sie würde es verstehen, weil sie das von deinem Dad gewusst hat. Aber das hat sie nicht.«

»Armer Dan«, sagte Joan. »Ich wünschte ... Am meisten wünschte ich, er hätte es mir erzählt. Ich wünschte, er hätte sich mir schon vor langer Zeit anvertraut.«

Joans Gefühl, nichts weiter tun zu können, als zu warten, verstärkte sich, als sich der Tag dem Ende neigte. Joan blieb auf der Terrasse sitzen, ihre Geduld zerfaserte allmählich, während sie zuschaute, wie das Licht verblasste. Sie schrieb einen Brief an Daniel und dann noch einen an ihre Mutter, den sie jedoch nicht abzuschicken gedachte, da sie vor ihm zu Hause eintreffen würde. Sie wollte einfach nur ihre Gedanken ordnen. Als sich ihre Hand verkrampfte und ihre Augen kaum noch das Papier erkannten, hörte sie auf und blickte auf ihre braunen Ledersandalen hinunter, die ihr bei ihrer Ankunft in Maskat so mädchenhaft erschienen waren. Jetzt waren sie abgewetzt und hinüber. Sie hatte sie auf dem Berg getragen und in Al-Dschalali, in der ausgetrockneten Schlucht, auf dem Weg zu ihrem Bruder, und als sie zurück in Maskat war. Es schien ihr lange her, seit sie das Wadi hinuntergeeilt war und Charlie Elliot hinaufgeschickt hatte, um Daniel zu retten. Und diese ganze Zeit über war Charlie auf dem Berggipfel bei Salim und den anderen. Hatte er Angst? Bestimmt, er war nicht dumm. Aber sie hatte Schwierigkeiten, ihn sich ängstlich vorzustellen. Oder zumindest, sich vorzustellen, dass er seine Angst zeigte. *Lieber Charlie*, begann sie einen weiteren Brief, den sie niemals abschicken würde. *Ich finde es furchtbar, dass du in Gefahr bist. Ich wollte weder dir noch irgendjemand anderem je Schaden zufügen. Ich habe mich bemüht, das Beste zu tun, aber vielleicht habe ich keine Ahnung, was das Beste ist, und sollte mich aus allem heraushalten.* Sie dachte an Charlies Lachen, als sie an jenem Tag auf dem Berg Maske und Schleier abgenommen hatte, daran, dass es stets sein erster Impuls war, dem Leben ein Lächeln zu schenken. *Dein Vater ist auf dem Weg hierher. Bald wirst du hier unten und in Sicherheit sein*, schrieb sie und hielt einen Moment inne. *Ich muss immer wieder an unseren Kuss denken – ich kann mich ganz deutlich an ihn erinnern. Ich glaube, es war vielleicht mein erster richtiger Kuss überhaupt, und ich bin froh, dass ich ihn mit dir erlebt habe.* Wieder hielt sie inne, riss das Blatt vom Block und zerknüllte es fest in ihrer Faust.

Als sie Robert am frühen Morgen an ihre Tür klopfen hörte, war Joan sofort wach. Es war Weihnachten. Kurz dachte sie an ihre Mutter und an zu Hause, daran, wie Daniel als Junge auf dem Bauch gelegen und das Krippenspiel unter dem Weihnachtsbaum betrachtet hatte. Aber all das schien weit weg und unerreichbar. Sie riss die Tür auf, ohne sich darum zu scheren, dass Robert sie im Pyjama sah. Sein Gesicht war ernst. Er war angezogen und frisch rasiert.

»Was ist passiert? Gibt es Neuigkeiten?«

»Nathaniel Elliots Flugzeug ist soeben in Bait al-Faladsch gelandet. Er ist jetzt auf dem Weg zu Maude Vickery. Sie hat darum gebeten, dass du und ich dabei sind. Sie möchte Zeugen, wie sie sagt. Wofür genau, wissen wir immer noch nicht, aber wir tun, was sie verlangt.«

»Ich glaube, ich ahne etwas. Warte, ich ziehe mich an«, sagte Joan und schloss die Tür. Sie streifte die zerknitterte Hose und die Bluse über, die sie schon gestern getragen hatte, strich sich mit den Fingern durch ihr wirres Haar und spritzte sich etwas Wasser ins Gesicht. Kurz streifte der Blick ihr Spiegelbild – sie war dünner geworden, und ihre Haut war gebräunter. Sie wirkte älter als bei ihrer Ankunft. Sie hätte sich niemals träumen lassen, dass sie einmal Nathaniel Elliot begegnen würde. Unter welchen Umständen hätte das auch geschehen sollen? Vor Nervosität rumorte ihr Magen, und als sie hinausging, um mit Robert im Wagen das kurze Stück nach Maskat zu fahren, wünschte sie sich im Stillen inständig, dass alles gut ausging. Sie wusste allerdings nicht, ob das überhaupt möglich war. Sicherlich nicht für alle.

Sie trafen vor Nathaniel Elliot bei Maude ein, und Abdullah empfing sie schweigend. Der alte Mann wirkte besorgt. Joan kannte ihn inzwischen gut genug, um das zu erkennen. Er war zwar nicht Salims biologischer Vater, aber er hatte ihn wie seinen Sohn großgezogen. Joan nahm seine Hand, als sie an ihm vorbeiging, und drückte sie fest. Abdullah nickte ihr zu, ehe sie die Treppe hinaufgingen. Maude hatte ihren Rollstuhl vor dem Schreibtisch positioniert. Sie sah gepflegt aus. Ihre Kleider mochten alt und abgetragen sein, aber sie waren sauber. Die Bluse mit Spitzenkragen war ordentlich in einen langen Rock aus Filz gesteckt, auf ihrer Brust haftete eine kleine grüne Metallbrosche. Das Haar hatte sie zurückgekämmt und im Nacken zu einem makellosen Knoten frisiert. Ihre Augen erschienen klar und scharf. Sollte sie in Erwartung dieses Treffens nicht viel geschlafen haben, so sah man es ihr zumindest nicht an. Lediglich ihre Reglosigkeit verriet eine gewisse Anspannung, ihre statuenhafte Haltung, die wirkte, als habe sie diese sorgsam bedacht eingenommen und würde sie nun mit eiserner Willenskraft aufrechterhalten. Die Hände hatte sie in ihrem Schoß verschränkt, und der Ring mit dem blauen Stein, der immer auf ihrem Schreibtisch gelegen hatte, saß nun auf ihrem Ringfinger. Joan bemerkte, dass der Daumen ihrer linken Hand regelmäßig zu dem ungewohnten Schmuckstück glitt und daran herumnestelte. Allmählich ahnte sie, was der Ring bedeuten könnte.

Als Maude sie sah, räusperte sie sich.

»Gut. Treten Sie ein und nehmen Sie Platz. Ich möchte, dass so viele Menschen wie möglich hören, was hier gesprochen wird«, sagte sie. Ihre Stimme klang rau und fest. Joan beobachtete sie genau, dachte an ihre Reaktion auf Charlie Elliot und fragte sich, was geschehen würde, wenn sein Vater hereinkam.

»Erzählen Sie mir noch mal, wie lange es her ist, seit Sie ihn das letzte Mal gesehen haben?«, forderte Joan sie auf.

»Neunundvierzig Jahre, acht Monate und einundzwanzig Tage«, antwortete Maude. Über ihre Schulter hinweg warf sie einen Blick auf den Reisewecker auf ihrem Schreibtisch, und zum ersten Mal bröckelte ihre Haltung ein wenig. Schnell wie ein Schatten huschte ein gequälter Ausdruck über ihr Gesicht und verschwand sogleich wieder.

»Sie müssen das hier nicht zu Ende bringen«, sagte Joan vorsichtig. »Was immer Sie geplant hatten ... Sie können jetzt eine Nachricht schicken, dass man die Männer freilässt, dann wäre es vorbei.«

»Ach, seien Sie still, Joan«, wies Maude sie zurecht. »Ich habe sehr lange auf diesen Moment gewartet.« Robert tätschelte Joans Hand, als wollte er sie nach dieser Kränkung trösten. Sie nahm sie und hielt sie fest. Er war still, und Joan spürte seine Ratlosigkeit. Er fühlte sich überfordert. Die Situation war ungewöhnlich und höchst angespannt. Dann drang von draußen Motorengeräusch herein, und ohne nachzudenken, standen sie beide auf und wandten sich beklommen zur Tür.

Langsam, aber stetig stieg Nathaniel Elliot die Treppe herauf.

»Hier hinein?«, hörten sie ihn mit fester, aber vom Alter dünner Stimme fragen, und Joan spürte, wie Maude in ihrem Stuhl erstarrte. Ihr eigener Puls beschleunigte sich. Sie war elektrisiert und konnte kaum stillstehen. Nathaniel trat vor Singer und Burke-Bromley in den Raum, mit der rechten Hand stützte er sich schwer auf einen Gehstock. Joan erkannte ihn sofort von dem Foto wieder, das Charlie ihr gezeigt hatte. Sie spürte, wie Maude neben ihr den Atem anhielt. Nathaniels Größe wurde durch seine gebeugten Schultern und den krummen Rücken gemindert. Sein magerer Körper strahlte jetzt die knochige Zartheit des Alters aus. Seine freie Hand zitterte auffällig, er hatte knorrige Finger und Altersflecken.

Nathaniel durchmaß den Raum und trat vor Maude. Schweigend musterten sich die beiden eine ganze Weile. Die Stille war aufgeladen, offenbar war der Augenblick so bedeutungsvoll, hatte so lange auf sich warten lassen, dass selbst Colonel Singer, der sichtlich angespannt und ungeduldig war, es nicht wagte, ihn zu stören. Maudes Rippen hoben und senkten sich schnell, sie atmete flach, doch sie blinzelte nicht, und Joan konnte ihre Gefühle nicht erahnen. Schließlich räusperte sich Nathaniel leise. »Hallo, Mo«, sagte er mit zitternder Stimme.

»Nathan«, erwiderte Maude. »Es ist eine Weile her.«

Die Stille kehrte zurück, und Nathaniel schien unter ihrem Gewicht zu schrumpfen. Er schwankte, ebenso sein Stock, und Joan ging zu ihm und fasste ihn am Arm.

»Kommen Sie, setzen Sie sich, Mr. Elliot«, sagte sie. Nathaniel nickte und ließ sich von ihr zum Sofa führen, wo er sich steif niederließ. Maude löste nicht eine Sekunde den Blick von ihm. Ihre Augen waren geweitet und glänzten.

»Du bist *alt* geworden, Nathan«, stellte sie fest und klang überrascht.

»Das soll vorkommen, obwohl du noch genauso aussiehst wie eh und je, Maude. Abgesehen davon«, sagte er und deutete auf den Rollstuhl. »Hattest du einen Unfall?«

»Nein. Ich bin auch nur alt geworden.« Joan musterte Maude und versuchte, in ihrem Gesicht zu lesen. Sie sah sonderbar aus, begierig, fast verzweifelt. Mehr als alles andere drückte ihre Miene Verlangen aus. Nathaniel wich vor ihrem Blick zurück, als fühlte er sich von ihm abgestoßen.

»Was soll das alles, Maude?«, fragte er knapp.

»Ich will, dass du es ihnen sagst.« Maudes Blick wurde dermaßen hart, dass er sogar Joan Angst einjagte.

»Was macht das für einen Unterschied?«

»Was das für einen Unterschied macht? Für dich vielleicht nur die Entscheidung, ob einer deiner Söhne lebt oder stirbt. Aber für mich? Einen großen Unterschied. Es macht einen außerordentlich großen Unterschied. Ich will, dass du es vor all diesen Leuten aussprichst, damit es später nicht widerlegt oder zurückgenommen werden kann. Ich will, dass du es ihnen erzählst, und ich will, dass sie es dem Rest der Welt mitteilen.«

»Dem Rest der Welt?«, echote er. »Maude ... das *interessiert* doch niemanden. Die Geschichte ist ewig her!«

»*Mich* interessiert es!« Maudes plötzlicher Ausruf zerschmetterte die empfindliche Stille. Anschließend bewegte sie weiter stumm den Mund, als brächte sie die Worte nicht über die Lippen, als erschienen sie ihr ungeheuerlich. »Du ... du hast mir *alles* genommen, Nathaniel.« Als sie den Satz hervorstieß, erschütterte er wie ein Krampf ihren gesamten Körper, als habe sie einen Schluchzer unterdrückt.

Nathaniel nickte. Er strich sich mit der Zunge über die trockenen Lippen und schluckte angestrengt.

»Ich weiß«, flüsterte er. »Das weiß ich.«

»Dann erzähl es ihnen.« Maude klammerte sich an die Lehnen ihres Rollstuhls, ihre Hände wirkten wie die Krallen eines kleinen Falken. »Erzähl es ihnen, oder ich lasse an deinem Sohn einen Brudermord verüben.«

»Was? Was willst du tun?« Er schüttelte verwirrt den Kopf, aber Joan hatte das Gefühl, als fiele ein Puzzleteil an seinen Platz.

»Salim ist Mr. Elliots Sohn, nicht wahr, Maude? Er ist Charlies Bruder«, drängte sie.

»Ja. Ich habe einen Sohn von dir geboren, Nathan. Nachdem du mich in der Wüste dem Tod überlassen hast.«

»Das ist unmöglich ... Nein, das kann nicht sein«, sagte er entschieden.

»Nicht?« Maude beugte sich vor und durchbohrte ihn mit ihrem Blick. »Sieh mir in die Augen und sag mir, dass das nicht sein kann.« Sie war vollkommen außer sich. Nathaniel schwieg. Er blickte auf den Boden und sank in sich zusammen.

»Miss Vickery«, sagte Joan leise, vorsichtig. »Weiß Salim, dass er seinen eigenen Bruder als Geisel gefangen hält? Weiß er das?«

»Natürlich nicht«, zischte die alte Frau. »Ich habe ihm nie von dir erzählt, Nathaniel. Ich habe ihm erklärt, dass ich einen Ehemann hatte, der gestorben sei. Du bist *nichts* für unseren Sohn.«

»Oh, aber Sie müssen es ihm sagen! Es ist niederträchtig, ihm nicht ... Niederträchtig!«, sagte Joan.

»Sie sind hier, um aufzupassen und zuzuhören, das ist alles, Joan«, wies Maude sie zurecht, wobei sie Nathaniel weiterhin nicht aus den Augen ließ. Joan wandte sich an Colonel Singer.

»Jemand muss es ihm sagen! Salim würde seinem eigenen Bruder niemals etwas antun, da bin ich mir sicher! Sie müssen einen Boten zu ihm hinaufschicken. Ich gehe selbst! Ich kann sicher hinaufgelangen, ich brauche nur einen Schleier. Bitte, Sie müssen ...«

»Es reicht, Joan! Er muss es nicht wissen«, sagte Maude.

»Eher würde ich im Pyjama dort hinaufsteigen, als Sie wieder da raufzuschicken, Miss Seabrook«, sagte Colonel Singer ungehalten. »Fürs Erste geht hier niemand irgendwohin.«

»Ich habe noch einen Sohn?«, flüsterte Nathaniel ergriffen. Er hatte Tränen in den Augen, aber ihr Anblick ließ Maude nur noch harscher werden.

»Wenn du nicht tust, was ich dir sage, wird es bald dein einziger sein.«

»Was soll ich tun?«

»Die Wahrheit sagen. Ich will, dass du ihnen die Wahrheit sagst. Dass du ihnen erzählst, wer 1909 als Erstes das Rub al-Chali durchquert hat.«

Erneut folgte ein langes Schweigen. Joan und Robert tauschten hilflose Blicke. Colonel Singer verschränkte die Arme und taxierte Nathaniel Elliot mit strengem Blick. Burke-Bromley, Charlies Befehlshaber, verriet seine Ungeduld, indem er mit den Fingern auf seine Unterarme trommelte. Nathaniel Elliot räusperte sich erneut und blickte auf. Seine Wangen waren gerötet, sein Blick ruhig.

»Nun gut. Wahrscheinlich ist es nicht so wichtig. Verglichen mit Charlies Sicherheit. Du warst die Erste, Maude. Du hast als Erste die Wüste durchquert. Ich … ich habe dich hintergangen.« Maude schloss fest die Augen. Sie atmete langsam und tief ein.

»Wie kannst du es wagen zu behaupten, das sei nicht wichtig, nachdem du mein Leben zerstört hast, Nathaniel? Nachdem du all diese Jahre deine Lüge aufrechterhalten hast, nachdem du meine Notizen und meine Karte als deine ausgegeben hast. Nachdem du mich erst in Verruf gebracht, mich dann belogen und mich schließlich dem Tod überlassen hast … Wie kannst du es da *wagen* zu behaupten, das sei nicht wichtig?!«

»Ich habe dich nicht dem Tod überlassen! Da war ich mir ganz sicher. Wir haben euch das Nötige dagelassen, dass ihr sicher ankommen würdet, sobald ihr zu der Quelle zurückgeritten wart …«

»Du hast unseren Führer und unseren Fährtenleser mitgenommen. Sayyid. Was, wenn wir die Oase nicht wiedergefunden hätten? Was dann? Hast du daran auch nur einen Gedanken verschwendet?«

»Ja, das habe ich. Natürlich habe ich das!«

»Und trotzdem hast du es getan«, stellte Maude niedergeschlagen fest. Sie schluckte, ihre Augen glänzten. Sie senkte den Blick und zog den Ring mit dem blauen Stein von ihrem

Finger. Sie schleuderte ihn auf Nathaniel. Der Ring traf ihn am Bein, dann landete er auf dem Boden zu seinen Füßen. »Hiermit löse ich unsere Verlobung, Nathan«, sagte sie leise. Der alte Mann starrte auf den Ring, als hätte sie eine Spinne nach ihm geworfen. Er zitterte, und endlich rannen Tränen aus seinen Augen. »Jetzt rede endlich. Los. Erzähl ihnen alles.«

Und Nathaniel Elliot begann zu sprechen. Er erzählte ihnen, wie einer seiner Führer in der Oase einen Plan ersonnen hatte, der es Nathaniel ermöglichte, immer noch der Erste zu sein, der die Wüste durchquert hatte. Wie er diese Auszeichnung immer noch für sich beanspruchen könnte, indem er Maudes Karten stahl und ihnen einen ausreichenden Vorsprung verschaffte. Wie er Maudes Beduinen einen nach dem anderen gekauft hatte und der junge Ubaid ihn gewarnt hatte, nicht Khalid anzusprechen, da dieser Shahin gegenüber loyal bis zum Tod sei, und seinen Sohn Fatih infolgedessen auch nicht. Wie einfach es gewesen war, nachdem er Maskat erreicht hatte, ein Telegramm zu schicken, in dem er seinen Erfolg verkündete, und anschließend mithilfe von Maudes Tagebuch und Karte darüber zu schreiben. Wie niemand je an ihm gezweifelt hatte.

»Ich habe immer damit gerechnet, dass du mich verfolgst, Maude. Dass du für dich eintrittst und mich verrätst. Aber das hast du nie getan ... Du hast es nie getan.« Ungläubig schüttelte er den Kopf. »Es war eine verrückte, verzweifelte und abscheuliche Tat von mir, und ich habe nicht damit gerechnet, dass ich damit durchkomme. Warum hast du nie etwas gesagt, Maude?«, fragte er und blickte sie an. Die Vergangenheit schwebte wie ein Furcht einflößender Schatten über ihm und drückte ihn nieder.

»War es so wichtig, Nathan?«, fragte sie, anstatt ihm zu

antworten. »War es so wichtig, das Gesicht zu wahren und zu gewinnen, dass du mich einfach so links liegen lassen konntest? Mich, die dich mehr geliebt hat, als irgendjemand es je könnte?«

»Es … damals schien es mir so«, sagte er traurig. »Junge Männer sind törichte Wesen, obgleich sie sich für weise halten. Ich hätte dir nie einen Antrag machen dürfen, Maude. Ich wollte, dass deine Liebe für uns beide reicht, aber das tat sie nicht. Als du gesagt hast, du würdest deinen Sieg mit mir teilen, wusste ich, dass es niemals funktionieren würde. Ich … ich hätte nicht dasselbe für dich getan, Maude. Da wusste ich, dass ich ein nichtswürdiges Wesen bin, und ich war irgendwie verzweifelt. Es schien mir wichtiger als alles andere, dass ich gewinne.« Er schüttelte sanft den Kopf, ohne sich die Tränen aus dem nassen Gesicht zu wischen. »Töricht«, sagte er noch einmal leise. »Ich hätte dich nie bitten dürfen, mich zu heiraten.«

Joan sah, wie Maude bei dieser Bemerkung zurückschreckte. Sie sah, wie sehr sie diese Worte verletzten und dass Maude ihn nach all den Jahren, die seither vergangen waren, noch immer liebte. Joan konnte nur erahnen, wie wütend sie seine Äußerung machen musste und welchen Schmerz er ihr zugefügt hatte.

»Ich habe nichts gesagt, weil ich wusste, dass man mir nicht glauben würde. Hier in Maskat habe ich einen Vorgeschmack darauf erhalten, einen Eindruck, wie man mich aufnehmen würde. Eine Frau, halb wahnsinnig aus der Wüste zurückgekehrt, die versucht, den Sieg für sich zu beanspruchen. Und dann habe ich festgestellt, dass ich … ein Kind erwartete. Ich war unverheiratet. Ich konnte nicht nach Hause zurückkehren …« Sie schüttelte den Kopf und atmete schwer. »Ich habe meinen Vater nie mehr wiedergesehen, weißt du?

Ich war noch nicht einmal bei seiner Beerdigung. Warst du dort?«

»Ja. Natürlich. Und ich ... ich habe einen meiner Söhne Elias genannt, im Gedenken an ihn.«

»Du hast Nerven, nach dem, was du mir angetan hast.« Sie blickte zu ihm hoch und wirkte jetzt erschöpft.

»Maude ...«, hob Nathaniel an, doch sie unterbrach ihn mit einer knappen Geste.

»Hör mir zu, Nathaniel«, sagte sie, und er schwieg. »Du hast alles in meinem Leben zerstört. Verstehst du das? Du hast mir *alles* genommen.«

»Ja. Ich verstehe.« Seine Worte klangen dumpf, am Rande der Verzweiflung.

»Ich habe die Wahrheit niedergeschrieben. Ich habe meine Reise, soweit ich mich an sie erinnern konnte, festgehalten.« Maude deutete auf einen Papierstapel auf ihrem Schreibtisch und blickte sich unter den versammelten Zeugen um. »Einer von Ihnen darf das für mich veröffentlichen. Vielleicht Sie, Joan. Sie brauchen schließlich eine Arbeit. Hast du noch meine Originalkarte, Nathan? Und mein Tagebuch?«

»Nein. Nein, ich habe alles verbrannt«, gestand Nathaniel. »Ich durfte nicht riskieren, dass irgendjemand sie entdeckt. Und ich ... ich konnte es nicht ertragen, deine Schrift zu sehen, Maude. Die Schuld ...«

»Ich will *nicht* hören, wie du gelitten hast!«, schrie Maude und schlug mit der Hand auf die Armlehne ihres Rollstuhls. »Aber du *wirst* leiden! Du wirst leiden. So, wie ich gelitten habe.«

»Wie meinen Sie das?«, schaltete sich Colonel Singer ein, während sich auf Nathaniels Gesicht Unglaube und Angst abzeichneten. Seine Augen weiteten sich wie bei einem Kind.

»Du kannst nicht meinen ... Nicht Charlie«, flüsterte er.

»Du hast gesagt, wenn ich gestehe, wäre er in Sicherheit! Das hast du gesagt!«

»Du bist nicht der Einzige, der ein Versprechen brechen kann«, entgegnete sie kalt.

»Nicht meinen Charlie ... Ich darf ihn nicht auch noch verlieren«, sagte Nathaniel kopfschüttelnd. »Bitte, Maude. Bitte, nicht meinen Charlie.«

»Schicken Sie jemanden hoch zu Salim! Schicken Sie mich«, wandte sich Joan an den Colonel und an Burke-Bromley. Verzweifelt sprang sie auf. »Informieren Sie Salim, dass Charlie sein Bruder ist!«

»Es ist zu spät«, erwiderte Maude. Alle wandten sich zu ihr um. Joan hatte das Gefühl, sie müsste sich übergeben. Ihre Kehle war fürchterlich eng, als würde sie ersticken. »Es ist zu spät. Wahrscheinlich ist er schon tot.«

Maskat, Nizwa und Tanuf, Oman, April 1909

Die Nachwirkungen von Nathaniels Verrat lähmten Maude für lange Zeit, wie betäubt lag sie auf dem Boden. Als die Sonne unterging, entzündete Khalid ein Feuer, das blasse, gierige, hohe Flammen spie, und Maude spürte die Hitze auf ihrem Gesicht. Ihr Körper war kalt und steif geworden. Der Schock hatte ihre Seele aufgelöst, und es fühlte sich an, als hätte sich etwas Dunkles und Fremdes an ihre Stelle geschlichen.

»Wir müssen sie verfolgen!«, hörte sie Fatih immer und immer wieder sagen. »Gott bringe eine Plage über sie! Dafür werden sie sterben. Wir haben schon zu lange gewartet.«

»Wir können nicht weiterreiten«, erklärte Khalid ihm stets aufs Neue. Er brachte Maude einen Teller mit Fleisch und Brot und stellte ihn neben ihr ab. »Shahin, Sie müssen etwas essen. Ich weiß, dass Sie mich hören. Sie müssen aufstehen. Das ist keine Lösung«, sagte er, doch Maude konnte nichts erwidern. Ihre Gedanken erreichten ihren Körper nicht, nicht ihre Knochen oder ihr Blut. Sie konnte sich nicht überwinden zu sprechen, nicht, sich zu bewegen. Erst, als sie sie brandmarkten, kam sie wieder zu sich.

Am nächsten Tag, die Sonne ging unter, kam mit dem schwindenden Licht ein Wind auf und strich kalt über die Dünen. Khalid zitierte Verse aus dem Koran, während er im

Kreis um Maude herumlief und das Eisen im Feuer zu glühen begann. Der Wind peitschte seine Worte fort und trug sie gen Himmel. Über ihren Köpfen begingen die Sterne ein ausschweifendes Fest. Einer von ihnen blitzte als Sternschnuppe durch die Dunkelheit und sah wunderschön aus, als er verglühte. Maude beobachtete es, wünschte sich jedoch nichts. Sie wusste, was Khalid vorhatte, doch es war ihr egal, es machte ihr keine Angst. Fatih setzte sie auf und neigte ihren Kopf nach vorn. Khalid umwickelte seine Hand mit einem Tuch, nahm das glühende Eisen aus den Kohlen und presste es auf ihren Nacken.

Der Schmerz war grell und unvorstellbar. Ein plötzliches weißes Licht, das die Nacht auslöschte. Unmöglich zu erdulden, und Maude blieb keine andere Wahl, als zu schreien. Sand wehte in ihren Mund und setzte sich zwischen ihre Zähne. Sie wehrte sich gegen den Griff der Männer und nahm den Geruch ihrer angesengten Haare wahr, ihrer verbrannten Haut. Sie schrie und schrie noch, als sie das Eisen wegnahmen, und vielleicht verstanden die Männer, dass sie mehr herausschrie als nur den Schmerz über das Brandzeichen. Ein Schmerz, verursacht durch eine noch viel größere Gewalttat. Und dass sie schreien musste, damit ihre Heilung einsetzte. Es war der Laut des dunklen Wesens in ihr. Ihr Herz war gebrochen, und sie war sprachlos vor Wut, und als sie in den schwarzen und silberfarbenen Himmel blickte, fühlte sie sich so kalt wie die Sterne und ebenso einsam. Sie fragte sich, ob sie je wieder etwas anderes empfinden würde.

Am nächsten Tag brachen sie auf und ritten zurück in Richtung Oase. Maude war noch immer schweigsam, aber sie war bei Bewusstsein und konnte reiten. Die Wunde in ihrem Nacken schmerzte unablässig. Sie ließ sich von Khalid führen, verlor das Zeitgefühl und achtete nicht auf den Weg. Sie sorgte sich nicht wegen ihres zur Neige gehenden Wassers. Sie traf keine Entscheidungen. Ungefähr einen Monat später erreichten sie Maskat, und die Wachen an den Stadttoren beäugten sie argwöhnisch: drei Beduinen in Lumpen, einer von ihnen noch ein Junge, mit den blutleeren rissigen Lippen Verdurstender, ritten auf Batinah-Kamelen heran, die drohten, jeden Augenblick zusammenzubrechen. Maude delirierte fast. Der Anblick der Stadt und der großen, eckigen Tore verblüffte sie so sehr, dass sie einen Augenblick dachte, sie wäre ganz bis nach London geritten. Sie sah sich um und erwartete, dass man ihre Ankunft irgendwie feiern würde, mit einem Willkommensfest oder mit Wimpeln in den Farben der britischen Nationalflagge. Doch natürlich gab es nichts dergleichen, nur alten Stein und Lehmziegel, die in der Sonne schmorten.

Die Wachen wiesen sie an, die Kamele am Tor zu lassen. Sie musterten sie misstrauisch, reichten jedoch jedem Reisenden einen Becher Wasser. Maudes schmeckte wie Blut, und fassungslos ob dieses Betrugs spie sie den ersten Schluck aus. Sie wischte sich mit der Hand über den Mund und erwartete, dass rote Flüssigkeit daran kleben würde. Zu dritt gingen sie langsam durch die Stadt hinunter zum Hafen, wo das Glitzern des Meeres sie blendete und ihnen unwirklich erschien. Gequält starrten sie auf all das Wasser, das man nicht trinken konnte. Dann ging Maude auf wackeligen Beinen zur Tür der britischen Residenz und klopfte an.

Sie vergaß den Namen des Wesirs, kaum dass man ihn ihr genannt hatte. Das ärgerte sie, denn sie hatte ihn einst gewusst, ehe sie damals von Salalah aufgebrochen war. Er war ein großer Mann mit tief liegenden Augenhöhlen, und Maude merkte, dass ihre Gedanken abschweiften, während er sprach. An der

Wand hing ein Porträt von König Edward VII., und das Sonnenlicht, das sich im Meer spiegelte, tanzte über die Decke. Die Narben in ihrem Nacken juckten fürchterlich. Sie stürzte den Tee hinunter, den man ihr reichte, und verbrühte sich die Kehle.

»Nehmen Sie«, sagte der Wesir, und sie blickte auf und stellte überrascht fest, dass er neben ihr stand und ihr ein Taschentuch reichte. »Scheußliches Pech, auf den letzten Metern noch zu verlieren. Aber fassen Sie Mut, bald sind Sie wieder zu Hause, im Schoß Ihrer Familie, ein weitaus angemessenerer Ort für eine junge Dame.« Er tätschelte ihr unangenehm die Schulter, und Maude bemerkte, dass sie weinte – laut und vernehmlich. Sie konnte sich nicht erinnern, damit angefangen zu haben.

»Aber *ich* habe das Rub al-Chali durchquert, nicht Nathaniel. Verstehen Sie? Er hat es nicht geschafft ... Er hat sich verirrt. Wir haben ihn gefunden, und er ... er ...«

»Na, na, Miss Vickery, das reicht. Mr. Elliot befindet sich bereits auf dem Rückweg nach England. Ich habe persönlich seine Karte von der Durchquerung gesehen. Er ist mit einer großen Gruppe Stammesmänner eingetroffen, die mit ihm gemeinsam die Wüste durchquert und seinen Erfolg bestätigt haben ...«

»Aber die Hälfte dieser Männer hat die Wüste mit *mir* durchquert! Er hat sie gekauft, das ist alles ...« Sie verstummte, weil sie einsah, dass es aussichtslos war. Das unbehagliche Mitleid des Wesirs wich Gereiztheit. Sie bedeutete ein Ärgernis für ihn, mehr nicht. Er konnte es nicht erwarten, sie wegzuschicken. Als wollte er das bestätigen, setzte sich der Wesir wieder auf seinen Platz, räusperte sich, legte die Fingerspitzen aneinander und sagte: »Wie der Teufel es will, läuft übermorgen ein Frachter aus. Ich bin mir sicher, dass wir

Ihnen an Bord einen Platz besorgen können. Es entspricht vielleicht nicht ganz dem Standard, den Sie gewohnt sind, aber Sie können dann von Salalah oder von Aden aus etwas Besseres arrangieren.« Maude taxierte ihn und fragte sich angesichts ihrer Erscheinung, was er genau meinte, welchen Standard sie gewohnt sei.

Eine Weile saß sie schweigend da, und das saubere Stofftaschentuch fühlte sich unglaublich weich in ihrer Hand an. Es war etwas überaus Konventionelles, so zutiefst britisch. Sie betrachtete es und sah, dass jemand seine Initialen in die Ecke gestickt hatte. Auf ihrem Mittelfinger saß der Verlobungsring mit dem Lapis, den Nathaniel ihr erst vor wenigen Wochen geschenkt hatte. Maude brach erneut in Tränen aus und hasste sich dafür, weil sie weinte, da es niemanden gab, der für sie Initialen in ein Taschentuch stickte. In ihr brannte ein Schmerz, eiskalt wie der tiefste Winter. Sie war sich nicht sicher, ob sie ihn ertrug. Der britische Beamte mit den tiefen Augenhöhlen bot ihr ein Zimmer in der Residenz an, bis das Schiff ablegte, doch Maude lehnte ab und stand mit wackeligen Beinen auf. »Können Sie hier in Maskat irgendwo unterkommen?« Er klang skeptisch, aber nicht wirklich interessiert. Sie wusste, dass er es nicht überprüfen würde.

»Ja. Ich habe Freunde hier«, erklärte sie ihm. Er nickte aufmunternd.

»Sie brauchen jetzt Ruhe, Miss Vickery. Sie haben ganz offensichtlich mehr Abenteuer erlebt, als vernünftig gewesen wäre. Na dann, ab mit Ihnen. Ich spreche mit dem Kapitän des Frachters. Und lassen wir doch dieses alberne Gerede über die Wüste und Doppeldurchquerungen, ja?« Maude entgegnete nichts. Sie blickte ihn ein letztes Mal an und hatte das Gefühl, einer anderen Religion, einer anderen Rasse, einer anderen Spezies anzugehören. Doch sie war zu schwach, um ihm zu widersprechen oder ihn zu verspotten. Und sie war auch zu schwach, um zu kämpfen. Nathaniel hatte ihr alles genommen. Wenn sie in sich hineinsah, war dort nichts mehr.

Khalid brachte sie zu einem kargen Zimmer in Matrah, das sich in der obersten Etage eines Hauses befand, in einer schmalen Gasse, in der es nach Ziegenhäuten stank. Sie legte sich auf eine gewebte Matte unter ein mit Palmwedeln gedecktes Dach, in dem es von Ungeziefer nur so wimmelte, und schlief. So gingen einige Tage ins Land. Khalid weckte sie von Zeit zu Zeit, um ihr Brot und Wasser zu bringen, und blieb, bis sie es zu sich genommen hatte. Hin und wieder erwachte sie, weil draußen Stimmen zu hören waren oder weil es im Zimmer so warm war, dass ihr der Schweiß in den Augen brannte. Ein- oder zweimal wachte sie auf und versuchte aufzustehen, doch das Zimmer drehte sich um sie, und ihr wurde übel. Sie ließ sich auf den Boden zurücksinken, den Mund voller Speichel, und war sich sicher, dass sie sich übergeben musste. Fliegen streiften ihr Gesicht. Ihr Kopf war leer.

Eines Tages trat Fatih mit entschlossener Miene ins Zimmer, starrte dann jedoch nur mit verschränkten Armen auf sie hinunter und verschwand wieder, ohne ein Wort zu sagen. Schwach, wie sie war, würde Khalid sie nicht hier zurücklassen, doch Fatih und er wollten eigentlich aufbrechen. Sie hatten in Maskat Geschäfte zu erledigen und vergeudeten ihr Geld für die Unterkunft. Sie wusste, dass sie für sie zur Last geworden war. Dass sie aufstehen musste. Allein der Gedanke erschöpfte sie.

Der Sommer schnappte bereits nach den Fersen des Frühlings, mit jedem Tag wurde es heißer. Maude erschauderte bei der Vorstellung, sie müsste sich bei dieser unbarmherzigen

Hitze in der Wüste aufhalten. Obwohl ihre Haut wettergegerbt war, spürte sie, wie die Sonne auf ihr brannte, als sie voll bekleidet am Strand von Matrah im Meer schwamm. Getrieben von dem Bedürfnis, sich von ihrem eigenen Gestank zu befreien, hatten ihre Beine sie so weit getragen. Der feuchte Sand unter ihren Füßen erinnerte sie an England. Als Nathaniel sich in ihre Gedanken drängte, gab sie dem nach. Sie sah ihn vor sich, wie er mit elf Jahren Muscheln untersuchte, die sie gesammelt hatte, wie er die Arten bestimmte und die beste und die zweitbeste auswählte. Nathaniel war ebenfalls ihr Zuhause, und zu beidem konnte sie nicht zurückkehren.

Das Wasser war erfrischend und tröstend und ließ sie vergessen. Maude trieb auf dem Meer, paddelte sanft mit den Armen und starrte zu dem dunklen Bergmassiv des Dschabal al-Achdar hinauf. Der von Dunst verhangene Berg schien sie zu locken. Er schien ihr einen Ort zu bieten, an dem sie sich verstecken konnte. Sie ließ sich im Wasser treiben und dachte an Nathaniel, obwohl es ihr nicht guttat. Sie wusste nicht, ob sie ihn noch liebte, ob sie sich noch nach ihm sehnte. Der Gedanke an ihn bewirkte, dass etwas in ihr vor Schmerz aufheulte. Sie versuchte, ihn sich in England vorzustellen, wie er seinen Erfolg feierte, seinen bedeutsamen Triumph. Sie stellte sich vor, wie es wäre, wenn sie ihm diesen ließ, wenn sie seine erfundene Geschichte nicht anfocht. Sie stellte sich vor, wie Nathaniel Elias Vickery besuchte, dieser ihm gratulierte und sich bei Nathaniel nach Maude erkundigte, danach, ob er etwas von ihr gehört habe, solange er in Arabien war. Glaubten sie, sie sei tot? Ließ Nathaniel sie das denken? Wut brandete heiß in ihr auf und erstarb genauso schnell wieder. Ihr fehlte schlichtweg die Energie, wütend zu sein, und in dem Moment wurde ihr klar, dass sie noch nicht zurückgehen konnte. Weder, um Nathaniel zu überlassen, was er ihr gestohlen hatte, noch, um den Versuch zu unternehmen, es ihm zu entreißen. Sie konnte einfach nicht. Sie würde ihrem Vater schreiben, damit er wusste, dass sie am Leben war, das war alles. Sie war am Leben, aber sie war in keiner guten Verfassung.

Als sie feststellte, dass sie schwanger war, bot Khalid ihr an, sie zu heiraten. Sie war so dünn, so mager, dass sie mit ungläubigem Entsetzen sofort verstand, was es bedeutete, als sich ihr Bauch trotz fortwährender Übelkeit zu runden begann. Inzwischen hatte sie eigentlich beschlossen, nicht mehr zu weinen, aber sie konnte nicht anders. Als Khalid sie schluchzend vorfand, erzählte sie es ihm, ohne darüber nachzudenken.

»Ist das in Ihrem Land eine Schande?«, erkundigte er sich ruhig und ernst.

»O ja«, erwiderte sie verzweifelt. »Wenn ich es ihm erzähle, wird er mich dann vielleicht doch heiraten? Vielleicht sollte ich es Nathaniel sagen?«, sprach sie ihre Gedanken aus, panisch und voller Hoffnung.

»Einen solchen Mann würden Sie noch wollen?«, fragte Khalid, und seine Miene verfinsterte sich. Maude wagte ihm nicht zu sagen, dass dem so war. Aber je länger sie darüber nachdachte, desto klarer wurde ihr, dass das auch nicht stimmte. Sie wollte den Nathaniel wiederhaben, den sie meinte, gekannt zu haben. Sie wollte sich selbst zurück, so, wie sie vorher gewesen war. Sie wollte beide nicht so, wie sie jetzt waren – ihn nicht und sich selbst nicht. Sie schüttelte den Kopf. »Würden Sie dann einen anderen nehmen? Es wäre mir eine Ehre«, sagte er, und die Freundlichkeit und der Anstand seines Angebots trieben ihr erneut die Tränen in die Augen.

»Und würden Sie denn eine Ungläubige nehmen?«, fragte sie zurück. Sie stellte fest, dass sich ihr Glaube an Gott gänzlich aufgelöst hatte, ob christlich oder was auch immer. Er war irgendwo in der Wüste verglüht, wann, wusste sie nicht. Vielleicht hatte ihn das dunkle Wesen vertrieben, das in sie gekrochen war, als Nathaniel sie verlassen hatte.

»Sie müssten nur geloben, an Gott zu glauben, und wie eine gute Muslimin leben ...«, sagte Khalid und verstummte. Sie sah, was das für eine schwere Aufgabe für ihn bedeuten würde.

»Es wäre eine Lüge«, sagte sie ruhig. »Sie haben etwas Besseres verdient.«

Sie waren in Nizwa. Maude hatte sich dem Stellvertreter des Sultans vorgestellt, dem Wali, und war zu einem feierlichen Abendessen mit den dort ansässigen Scheichs eingeladen worden. Es wurde bergeweise Reis mit fettigem Ziegenfleisch serviert, dann äußerst süßes Gebäck. Es erinnerte sie an Haroun und die Süßigkeitenkiste, die er so streng bewacht hatte, als sie Salalah verließen. Es schien ihr unendlich lange her zu sein. Offenbar schätzte der Wali ihre vollkommene Freudlosigkeit und ihr sonderbar ernstes Auftreten und erteilte ihr die Erlaubnis zu bleiben. Khalid und Fatih zog es zurück nach Süden, in ihre vertraute Umgebung und zu ihren Familien. Maude spürte Fatihs wachsende Unruhe, er wollte aufbrechen, ehe es der Hochsommer unmöglich machte, doch Khalid weigerte sich noch immer, sie ihrem Schicksal zu überlassen.

»Shahin, was wollen Sie tun?«, fragte er täglich mit solcher Geduld, dass ihr klar war, er würde warten, bis sie es wusste, egal, wie lange es dauerte.

»Sie sollten abreisen«, erklärte sie ihm jedes Mal. »Sie

schulden mir nichts. Sie waren der treueste Begleiter, den ich mir je hätte wünschen können.«

»Freunde schulden einander nichts, das ist wahr«, sagte er. »Aber ich kann nicht gehen, bevor ich nicht weiß, was Sie tun werden.« Sie bezahlte ihn dafür, dass er blieb, für seine Zeit. Khalid nahm die Münzen widerwillig an, kaufte davon Lebensmittel und Kleider für sie und bezahlte ihre Unterkunft. Schließlich merkte sie, dass er die Wahrheit sagte – mit ihrer Unentschiedenheit konnte sie die beiden endlos dort festhalten.

Sie wohnten in einem Haus in den verwinkelten Gassen um den Suk, wo der Gestank nach Blut, Ruß, Schweiß und Fäulnis fast unerträglich war. Nizwa, das waren Fliegen, Müll und wilde Hunde, die sich mit gefletschten Zähnen auf einen stürzten. Das war das Klagen der Muezzin aus den Moscheen und die panischen Schreie der Ziegen, die man festband, um ihnen die Gurgel durchzuschneiden. Maude sehnte sich nach der Leere und der Stille der Wüste, doch sie sehnte sich nach dem *Vorher*. Sie sehnte sich danach, wieder der Mensch zu sein, der sie zuvor gewesen war, und sah allmählich ein, dass sie weder das eine noch das andere zurückhaben konnte – weder die Wüste noch den Frieden, den sie dort empfunden hatte. Stattdessen wanderte ihr Blick immer wieder zu dem Berg, kahl, riesig und ungebärdig. Fern. Sie wollte fernab sein. Sie konnte sich vorstellen, dort Frieden zu finden und Stille. Sie konnte sich die felsige Kälte der Luft vorstellen, die frei von menschlichem Gestank war. Khalid reagierte skeptisch, als sie ihm ihre Entscheidung mitteilte. »Ich weiß nichts über den Berg oder die Menschen dort«, sagte er beunruhigt.

»Ich auch nicht«, erwiderte Maude. »Aber ich werde es herausfinden. Wie ich gehört habe, gibt es dort oben Dörfer und Gärten voller Früchte und Blumen. Es klingt nach einem guten Ort, um dort zu leben. Ich bestehe darauf, dass Sie und Fatih sich auf den Heimweg machen.«

»Wollen Sie es uns nicht gleichtun? Wollen Sie nicht auch nach Hause zurückkehren, Shahin?«

»Ich habe kein Zuhause mehr.« Maude strich sich über ihren runden Bauch, eine Geste, die ihr inzwischen schon gar nicht mehr bewusst war. »Ich muss mir ein neues suchen.«

»Vielleicht sind Sie dort nicht willkommen. Sie sollten nicht allein gehen«, entgegnete er stur.

»Ich werde einen Führer anheuern«, versicherte sie ihm. »Und ich werde als Junge reisen. Ich komme zurecht, Khalid. Bitte kehren Sie nach Hause zurück.«

Fatih schüttelte ihr die Hand und wünschte ihr alles Gute. Er konnte seine Freude, dass sie nun endlich aufbrachen, nicht verhehlen. Maude machte ihm Geschenke – ein neues Hemd, einen Munitionsgürtel, einen verzierten Ledersattel –, die er fröhlich annahm, ohne sich zu überschwänglich dafür zu bedanken. Khalid reagierte anders, ruhiger. Er nahm ihre Hand, was in der Öffentlichkeit möglich war, da Maude sich als junger Mann verkleidet hatte. Er hielt sie lange Zeit in seiner und ließ den Blick durch ihr Gesicht wandern, als suchte er dort etwas, was er verloren hatte. Oder im Begriff war zu verlieren.

»Ich hoffe, Sie werden mich einmal besuchen, wenn Ihr Baby auf der Welt ist«, sagte er, doch sie wussten beide, dass sie sich nie mehr wiedersehen würden.

»Vielleicht werde ich das eines Tages tun. Ich würde gern in die Wüste zurückkehren. Eines Tages«, sagte Maude und verstummte, weil sie sich nicht traute weiterzusprechen.

»So Gott will«, sagte er leise. Maude drehte sich um und eilte davon, noch bevor sie auf ihre Kamele gestiegen waren. Sie ertrug es nicht, sie davonreiten zu sehen.

In den kargen Ausläufern unterhalb des Bergs stießen Maude und ihr Führer auf eine Höhle voller Männer, eine breite, flache Einbuchtung im Felsen, die von Stimmen und Schritten widerhallte. Geld wechselte die Hände, es war schmierig und ebenso widerlich wie der Geruch so vieler unrasierter ungewaschener Gesichter. Es wurde gehandelt wie auf einem Marktplatz, aber da war noch etwas anderes, etwas Dunkleres. Dies war ein Ort kalter abgrundtiefer Verachtung voll gieriger, hämischer Seitenblicke. Eine Sklavenauktion, wie Maudes Führer ihr erklärte, Frauen waren hier nicht erlaubt. Maude mochte ihren Führer nicht, der für einen Mann von derart begrenztem Verstand recht überheblich war. Sie ignorierte ihn und ging hinein, um sich die Sache genauer anzusehen.

Sie kam an großen Sklaven vorbei, die Entschiedenheit ausstrahlten, die Arme verschränkten und eine abfällige Miene aufsetzten. Und an anderen, die unsicher auf den Beinen wankten, die Gesichter zerkratzt, die Knöchel gefesselt. Ein paar Männer standen lachend um einen großen, dünnen Mann, der auf einem Fuß hüpfte und um sein Gleichgewicht rang. Maude belauschte sie eine Weile und erfuhr, dass er in die Sklaverei hineingeboren worden, jedoch geflüchtet war. Daraufhin hatte ihn sein Besitzer dazu verdammt, sich dem würdelosen Spektakel auf dem Marktplatz auszusetzen. Man hatte ihn ausgepeitscht, und er hüpfte, weil er aufgrund einer tiefen, eitrigen Wunde an der rechten Wade nicht auftreten konnte.

»Narr. Vielleicht siehst du jetzt ein, dass du mehr Dankbarkeit hättest zeigen sollen?« Der Mann, der ihn verkaufte, war jung und gut aussehend, seine Miene jedoch boshaft. »Niemand wird einen lahmen Sklaven kaufen. Du wirst in dieser Höhle zugrunde gehen wie ein Hund, denn ich werde dich nicht wieder mit zurücknehmen.« Er versetzte dem Sklaven einen Tritt, mit dem er ihn auf den Rücken in den Staub beförderte. Der Mann, den Maude bereits auf über dreißig schätzte, blickte zu seinem Besitzer mit einer derart würdevollen Mischung aus Trotz und Demut auf, dass Maude ihn sofort mochte.

»Wie viel wollen Sie für ihn haben?«, fragte sie seinen Besitzer.

Sie kamen nur langsam voran, während Abdullah sich erholte. Maude behandelte ihn wie einen Bediensteten, nicht wie einen Sklaven. Sehr bald begann sie, ihn wie einen Freund zu behandeln. Er war intelligent und emsig und strahlte eine angenehme Ruhe aus. Als sie das Dorf Tanuf erreichten, machten sie halt, damit sein Bein ausheilen konnte. Und weil ausladende Tamarindenbäume dort Schatten spendeten und es einen frei zugänglichen Faladsch gab, an dem kreischende Kinder spielten. Maude hatte das zwingende Gefühl, einen Ort gefunden zu haben, an dem sie bleiben konnte. Wie ein Kind in den Schoß seiner Mutter schmiegten sich Tanufs Häuser an eine gewaltige abschüssige Steinplatte. Es gab einen Wald aus Dattelpalmen, deren ledrige Blätter in der Brise rasselten. Die Frauen verbargen ihre Gesichter, lachten jedoch viel. Maude legte ihre Jungenkleidung ab und einen Schleier an und bat um eine Audienz beim Scheich, bin Himyar, der sich selbst als Herr über den Grünen Berg bezeichnete. Sie ersann eine Geschichte über ihren Ehemann, den Räuber vor Nizwa ermordet hätten, und bat darum, bleiben zu dürfen, bis sie ihr Kind sicher zur Welt gebracht habe. Eine stattliche Summe Maria-Theresien-Taler half, ihn zu überzeugen. Abdullah und sie hatten sich bald in die Struktur des Dorfes eingewoben und wurden nicht aufgefordert weiterzureisen.

Als ihr Sohn zur Welt kam, nannte Maude ihn Salim, weil er vollkommen war und ganz und weil sie sich zum ersten Mal, seit sie die Wüste verlassen hatte, ebenfalls wieder ganz zu fühlen begann. Sie suchte in seinem Gesicht nach Ähnlichkeiten mit Nathaniel, entdeckte jedoch keine. Seine dunklen Augen und Haare hätte er auch von Elias haben können. Später im Jahr ging sie nach Maskat, um Vereinbarungen mit der britischen Bank zu treffen und um nach Hause zu telegrafieren. Auf diese Weise erfuhr sie vom Tod ihres Vaters und von ihrem Erbe. Sie blieb in Tanuf und sah zu, wie Salim aufwuchs.

Sie lief über die Berge und Hänge um das Dorf herum, manchmal stieg sie durch eine der Schluchten zum Zentralmassiv und starrte zum Plateau hinauf. Doch sie versuchte nie, weiter hinaufzusteigen. Das Ticken der Uhr hatte endlich aufgehört. Wie so vieles andere hatte es die Wüste nicht überlebt. Die hohen Berge, den Gipfel und die weiter führenden Wege nahm Maude wie eine sanfte Bewegung in ihrem Augenwinkel wahr, die stets ihren Blick auf sich zog. Doch der Drang, diesen Wegen zu folgen und diese zu erobern, gehörten zu einem Menschen, den sie nicht mehr kannte.

Sie trat allein in die Dunkelheit hinaus, betrachtete die Sterne und wehrte sich nicht gegen die neue Ordnung der Dinge oder gegen den neuen Menschen, der sie geworden war. Das dunkle Wesen lauerte noch immer in ihr. Wenn sie danach suchte, fand sie es leicht. Aber sie verabscheute es, fürchtete die Gedanken, die aus ihm aufstiegen. Das Gefühl, dass es in ihr wütete und sie zerriss. Das Gefühl, innerlich vergiftet zu sein. Sie liebte Salim und sprach nie von seinem Vater. Sie versuchte, gar nicht an ihn zu denken, so schwer es ihr auch fiel. Sie beobachtete die Sterne, die sich langsam über den Berg schoben und ihre endlosen Bahnen zogen, und sie weigerte sich jahrelang, sich zu fragen, worauf sie wartete. Sie schlief tief und träumte von der Wüste. Nacht für Nacht träumte sie von der Wüste.

Maskat, Dezember 1958 und Januar 1959

Eine Fregatte der Kriegsmarine ankerte im offenen Meer vor dem Hafen, sie war zu groß, um näher an die Küste heranzufahren. Die halbe Besatzung war auf Booten an Land gekommen, und die Männer verteilten sich in der Stadt, um Kaffee zu trinken und Andenken zu kaufen und sich daran zu erinnern, dass man in der Öffentlichkeit nicht rauchen durfte. Joan sah das Schiff fortwährend aus dem Augenwinkel – glattes hellgraues Metall, die Oberdecks ein Wirrsal aus Schornsteinen, Geschützen und Antennen. Es wirkte wie ein Fremdkörper gegen den Vordergrund aus kleinen Booten, braunen Felsen und Steingebäuden – viel zu groß, zu sauber und zu modern. Es war eine ständige Erinnerung an die Welt, in die Joan bald zurückkehren würde. Wann immer sie am offenen Fenster vorbeikam, blieb sie stehen und starrte hinaus auf das Schiff, dann auf Al-Dschalali, Merani mit seinen Kanonen und auf die an die Hafenmauern geschriebenen Namen – die Namen von Schiffen von überall aus der Welt, die im Lauf der Jahrhunderte in Maskat angelegt hatten. Sie verstand jetzt besser, warum so viele Seeleute diese undankbare Aufgabe auf sich genommen und das gefährliche Erklimmen der Hafenmauer gewagt hatten. Der Ort trieb einen dazu an, einen Beweis zu hinterlassen, einen Beweis dafür, dass man ihn entdeckt, gesehen und überlebt hatte. Das rührte daher, dass er sich vor dem Rest der Welt versteckt hielt. Man hatte das Gefühl, man sei über einen Schatz gestolpert, und das hatte etwas Magisches an sich. Joan wollte ebenfalls ihren Namen auf diese Hafenmauern schreiben. Sie hatte das Gefühl, dass Oman seinen Namen bereits auf ihr hinterlassen hatte. Vielleicht, entschied sie, genügte das auch.

Der Weihnachtstag war der ruhigste und zugleich ungewöhnlichste, den Joan je erlebt hatte. Morgens ging sie los, um ihrer Mutter ein Telegramm zu schicken, in dem sie ihr versprach, bald zurückzukehren. Die Weihnachtsdekoration, die die Angestellten angebracht hatten, wirkte glanzlos und unpassend. Es gab keine Geschenke, bis auf ein paar bescheidene, die die Gibsons untereinander tauschten, und die Umschläge, die sie dem Personal überreichten. Marian tat ihr Bestes, um alle aufzumuntern, spielte Schallplatten und servierte den Aperitif bereits zu früher Stunde. Doch dass es keine Neuigkeiten von Charlie gab, belastete Joan so sehr, dass sie sich nicht überwinden konnte zu lächeln. Die Küche der Residenz brachte ein halbwegs weihnachtliches Mittagessen zustande, mit Perlhuhn, dünner Bratensoße und zerkochtem Gemüse. Joan und Rory setzten sich zu Robert und Marian und ein paar Männern von der Öl-Gesellschaft sowie der britischen Bank, die nicht die Erlaubnis erhalten hatten, nach Hause zu fahren. Joans Zunge fühlte sich hölzern an, und ihr war flau im Magen. Sie wünschte, Daniel wäre bei ihr, auch wenn ihr klar war, dass er ihr unangenehme Fragen stellen würde. Zumindest wusste sie ihn in Sicherheit – er saß beim Weihnachtsessen mit seiner Einheit unten in Nizwa. Sie dachte an vergangene Weihnachtsfeste in Bedford und stellte fest, dass ihr im fortgeschrittenen Erwachsenenalter dieser Zauber abhandengekommen war.

Es war unmöglich, irgendjemandem zu erklären, warum der Gedanke, dass Salim Charlie etwas antun könnte, für sie besonders grauenhaft war. Sie konnte niemandem erzählen, wie gut sie Salim kannte oder was zwischen ihr und Charlie vorgefallen war. Oder dass sie Charlie und seine Männer mit ihrem Schweigen in die Hände der Geiselnehmer getrieben hatte. Sie konnte nicht erklären, dass sie sich verantwortlich fühlte und dass sie Angst hatte. Der Druck der Verantwortung stieg in ihr an, bis ihr Kopf pochte und sie das Gefühl hatte, die Welt um sie herum würde zurückweichen.

Am zweiten Weihnachtsfeiertag dann wurde Robert vom Frühstückstisch ans Telefon gerufen. Joan sah ihm hinterher, ihr war übel vor Angst, dass man die Leichen der SAS-Männer gefunden hätte. Klirrend ließ sie die Gabel fallen und umklammerte mit der Faust das Tischtuch. Marian drückte ihren Arm.

»Noch wissen wir nichts«, sagte sie tröstend. »Warte es ab.«

Als sie Roberts Schritte durch den Flur zurückkommen hörte, hielt Joan den Atem an. Am liebsten wäre sie davongelaufen, doch als er hereinkam, lächelte er. Erleichterung erfasste sie, ließ sie schwindelig werden und das Zimmer vor ihren Augen verschwimmen.

»Es geht ihnen gut, sie sind zurück im Lager«, sagte Robert.

»Alle?«, erkundigte sich Joan.

»Bis auf den letzten Mann. Anscheinend sind sie gerade zu Fuß am Stützpunkt in Nizwa eingetroffen – erschöpft, aber unversehrt. Sie sind zwei Tage lang ohne Essen, ohne Wasser und ohne Pause durchgelaufen. Man muss sie freigelassen haben, gleich nachdem Nathaniel Elliot eingetroffen war. Die Rebellen müssen irgendwie davon erfahren haben. Vielleicht haben sie gesehen, wie sein Flugzeug gelandet ist. Jedenfalls hat das alte Mädchen geblufft!«

»Oh, Gott sei Dank«, sagte Joan, Tränen brannten in ihren Augen.

»Na, siehst du? Habe ich nicht gesagt, es kommt alles wieder in Ordnung?«, sagte Marian, aber Joan war zu überwältigt, um antworten zu können. Sie schwieg eine ganze Weile, während sich die anderen unterhielten und Robert nach oben ging, um Nathaniel mitzuteilen, dass sein Sohn in Sicherheit war. Es gab noch eine letzte Sache, die Joan beunruhigte, und als Robert wieder herunterkam, nahm sie ihn zur Seite.

»Die Männer sind freigelassen worden, sagst du? Man hat sie einfach gehen lassen? Es hat kein Gefecht gegeben, um sie zu befreien? Keine … Gewalt?«

»Überhaupt keine. Wer weiß, wo bin Shahin und sein wilder Trupp jetzt sind«, sagte er. Joan schloss einen Augenblick die Augen und ließ die Nachricht wirken. Im Moment waren alle drei in Sicherheit: Daniel, Charlie und Salim. Als der Druck von ihr wich, fühlte sie sich schwach. »Ich nehme an, dass der junge Charles bald herkommen wird, um seinen Vater zu sehen. Nachdem er sich ein paar Tage erholt hat, versteht sich«, sagte Robert.

Nathaniel Elliot hatte seit seiner Ankunft bei ihnen in der Residenz gewohnt, er hatte sich von dem Aufruhr seiner spontanen Reise und dem plötzlichen Schock angesichts von Maudes Plan erholt. Meist hielt er sich in seinem Zimmer auf und ließ sich dort auch die Mahlzeiten servieren.

»Ich nehme an, er schämt sich, der Arme«, sagte Marian. »Ich wünschte, man könnte ihn irgendwie davon überzeugen, dass sich niemand darum schert, was vor all den Jahren passiert ist.«

»Ich glaube, das ist nicht ganz richtig, Marian«, bemerkte Robert. Es hatte ihn zutiefst erschüttert, was Maude getan und ans Licht gebracht hatte. Er schien weder zu wissen, wie er sich einem Menschen gegenüber verhalten sollte, dem ein derartiges Unrecht widerfahren war, noch Nathaniel gegenüber, dem verharmlosenden Übeltäter. Aber er nahm die Angelegenheit sehr ernst. Nur Roberts unermüdliche Einwirkung auf Sultan Said und Gouverneur Shahab hatte Maude es zu verdanken, dass es ihr gestattet war, in ihrem Haus zu bleiben, bis sie mit dem Rest von ihnen abgeschoben wurde, und dass man sie nicht direkt nach Al-Dschalali gebracht hatte. Solange sie sich im Geltungsbereich des omanischen Rechtssystems befand, war sie vor der Bestrafung des Sultans allerdings nicht sicher. Die Militärangehörigen hatten sich aus der ganzen Sache herausgehalten und waren nach Nizwa zurückgekehrt. Nachdem sie Nathaniel das Geständnis abgerungen hatte, auf das sie so lange gewartet hatte, war Maude verstummt. Sie wies alle Besucher ab und schien sich nicht darum zu scheren, welche Strafe ihr bevorstand, sei es vonseiten der omanischen oder der britischen Regierung. Als Joan Robert fragte, wofür man sie anklagen könnte, zuckte er nur mit den Schultern.

»Ich bezweifle, dass die Regierung Ihrer Majestät auf Vergeltung aus ist, nachdem die gesamten Umstände bekannt sind«, antwortete er unsicher. »Das Militär scheint es auch nicht zu sein, nachdem die Männer jetzt in Sicherheit sind.«

Maudes Besuchssperre schloss auch Joan ein, was sie als quälend empfand. Sie war sprachlos gewesen, weil sich alles, was sie über Maude und Nathaniel zur damaligen Zeit gelesen hatte, als Lüge erwiesen hatte. Sie hatte dumm und fassungslos dagesessen und geschwiegen, und jetzt sehnte sie sich danach, Maude zu sagen, dass sie nicht mal annähernd erahnen konnte, welches Unrecht ihr widerfahren war.

Sie hatte keine Ahnung, wie sie es ausdrücken würde – vermutlich gab es keine angemessenen Worte –, dennoch verlangte es sie danach, Maude überhaupt etwas zu sagen. Ein paar Mal ging sie die Treppe der Residenz hinauf, um Nathaniel zu besuchen, klopfte schüchtern an seine Tür und fühlte sich beklommen. Nathaniel ließ sie herein und gab sich höflich, aber er sprach nicht darüber, was vor all diesen Jahren in der Wüste passiert war. Er schaute viel hinaus aufs Meer und auf die Boote, wobei ihn das Sonnenlicht blendete.

»Ich hätte nie gedacht, dass ich einmal nach Maskat zurückkehren würde«, sagte er abwesend. »Ich wollte das nie.«

Joan wäre gern wütend auf ihn gewesen, doch es war ihr unmöglich. Sie wollte in Maudes Namen empört sein und froh, dass sie endlich die Wahrheit ans Licht gebracht hatte, wenn sie sich Maudes langes, einsames Leben vorstellte und all die Dinge, die sie nie besessen oder verloren hatte. Doch all diese Gefühle entglitten ihr, wenn sie Nathaniel ins Gesicht sah. Das Leben hatte ihm genauso viel genommen, stellte sie fest. In diesem Mann wohnte keine Niedertracht und gewiss kein Ruhm. »Es war die Scham, wissen Sie«, sagte er eines Nachmittags aus dem Nichts heraus, als sie sich bei einer Partie Backgammon gegenübersaßen.

»Die Scham zuzugeben, was ich getan hatte. Ich war zu feige. Und je mehr Jahre vergingen, desto größer wurde die Scham.«

»Mein Vater hat immer gesagt, wer betrogen habe, könne keinen Stolz über seinen Sieg empfinden«, sagte Joan. Nathaniel lächelte traurig. »Dasselbe habe ich meinen Kindern auch beigebracht, weil es durch und durch wahr ist.«

An Silvester, am späten Nachmittag, überredete Joan schließlich einen besorgten Abdullah dazu, sie hereinzulassen, obwohl Maude von oben herunterrief.

»Ich habe doch gesagt, keinen Besuch!« Sie klang missmutig.

»Pech gehabt«, rief Joan zurück, während sie nach oben ging. Maude saß nicht in ihrem Rollstuhl, sondern auf einem Stapel Kissen in einem der niedrigen Fenster, sodass sie nach Osten blicken konnte. Gegen das Licht kniff sie die Augen zusammen, und ihr Gesicht glänzte nass. Joan setzte sich neben sie, Schulter an Schulter. Sie schlug die Beine übereinander und wartete eine Weile. Es war zutiefst beunruhigend, Maude weinen zu sehen, obwohl der Grund für die Tränen nicht schwer zu erraten war. »Was werden Sie tun, wenn wir zurück sind?«, fragte Joan schließlich.

»England«, sagte Maude schniefend. »Dort bin ich seit 1909 nicht mehr gewesen. Es hat sich vermutlich ein wenig verändert.«

»Ja, ziemlich«, bestätigte Joan. »Haben Sie Angst?«

»Hätten Sie etwa keine?«

»Doch, natürlich«, sagte Joan lächelnd. »Aber Sie haben nie Angst vor beängstigenden Dingen gehabt, oder, Miss Vickery?«

»Ich weiß es nicht«, sagte Maude. »Ich kann mich nicht daran erinnern. Ich kann ... ich kann mich kaum noch daran erinnern, wer ich bin. Und ich erinnere mich nicht an England – wie es ist, dort zu sein, meine ich. An den Geruch ... die Menschen.« Sie schüttelte den Kopf. »Ich gehöre nicht dorthin. Ich weiß nicht, ob ich vor all diesen Jahren dorthin gehört habe. Und jetzt ...«

Eine Weile saßen sie schweigend nebeneinander, während die Sonne in Richtung Felsen schlich und ein Möwenschwarm am Himmel kreiste und stritt. Es gab so vieles, was Joan sie fragen, so vieles, was sie ihr sagen wollte, und obwohl sie

Maude nicht noch mehr aufwühlen wollte, konnte sie nicht schweigen.

»Captain Elliot ist in Sicherheit. Seine Männer auch. Sie sind auf dem Weg von Nizwa hierher. Wie es aussieht, waren sie bereits unterwegs den Berg hinunter, nachdem Nathaniel bei Ihnen eingetroffen war. Aber ich nehme an, das wussten Sie bereits.«

»Natürlich«, erwiderte Maude. »Ich hätte dem Jungen nie etwas angetan. Es verhält sich vielmehr so, dass die Männer sehr wahrscheinlich erschossen worden wären, wenn ich nicht eingegriffen hätte. Ich wollte ... ich wollte Nathaniel nur Angst einjagen. Verstehen Sie? Ich wollte ihn nur den Bruchteil dessen fühlen lassen, was ich empfunden habe ...«

»Ich kann es nicht fassen, was er Ihnen angetan hat, Miss Vickery. Dass er Sie dermaßen betrogen hat«, sagte sie. Maude schnalzte mit der Zunge und holte Luft.

»Ich damals auch nicht ... Aber ... jetzt verstehe ich die Menschen ein bisschen besser. Manche ertragen es nicht, wenn man ihnen hilft – wenn man sie rettet. Sie halten das Gefühl nicht aus, jemandem verpflichtet zu sein. Das nährt eine Wut in ihnen, eine Art Wahnsinn, bis sie einen dafür hassen. Und dann sind sie zu allem fähig.«

»Aber ... Sie haben ihn gewinnen lassen, Miss Vickery«, sagte Joan. »Damals, als es passiert ist, und in den ersten Jahren danach, als Sie die Dinge vielleicht noch hätten ändern können ... Sie haben ihn gewinnen lassen. Ich verstehe nicht, warum Sie das getan haben.«

Maude holte tief Luft und schüttelte den Kopf. »Man hätte mir nicht geglaubt. Er hat meine Karte nachgezeichnet, hat mein Tagebuch in seiner Schrift kopiert. Und er war ein *Mann*. Damals hatten die Menschen nicht die geringste Ahnung, wozu eine Frau fähig ist.«

»Vielleicht hätten sie Ihnen zugehört, wenn Sie einen ausreichend großen Skandal verursacht hätten. Sie hätten auf Ihren Ruf zurückgreifen können, und Sie hatten den Namen Ihrer Familie auf Ihrer Seite ...«

»Und ein uneheliches Kind im Bauch. Vielleicht sorgt so etwas in den Fünfzigern nicht mehr für Gerede, aber damals war es eine Katastrophe.«

»Nein«, gab Joan zu. »Es sorgt auch heute noch für Gerede. Aber das ist nicht die einzige Weise, auf die Sie ihn haben gewinnen lassen. Ich dachte, Sie hätten das hier freiwillig als Ihr Zuhause gewählt. Aber Sie haben es sich nicht ausgesucht, stimmt's? Sie sind ins Exil gegangen. Sie haben zugelassen, dass Nathaniel Sie aus Ihrem eigenen Leben verbannt. Selbst wenn Sie hätten warten müssen, bis Salim alt genug war, dass Freunde oder ein Kindermädchen auf ihn hätten aufpassen können – oder Abdullah –, hätten Sie weiterhin reisen können, forschen und schreiben. Sie hätten Ihr altes Leben fortsetzen können. Aber Sie haben ihn *gewinnen* lassen, Maude – auf jede erdenkliche Weise.« Sie schüttelte den Kopf. Maude sah sie aus müden, schmerzerfüllten Augen an.

»Ja«, sagte sie leise. »Ja. Er hat mir das Herz herausgerissen.« Sie wischte sich durch das Gesicht und putzte sich die Nase. »Zumindest werden die Leute jetzt erfahren, wie er es gemacht hat. *Sie* werden dafür sorgen, dass die Leute es erfahren, nicht wahr, Joan?«

»Ja, das werde ich, versprochen. Aber ...« Sie verstummte und suchte nach Worten. Sie hatte sagen wollen, genau wie Nathaniel, dass das jetzt kaum noch eine Rolle spielte. Sie schwiegen eine Weile, dann nahm sie Maudes Hand und drückte sie. »Dieser wilde Plan, den Sie ausgeheckt haben, um Nathaniel hierherzuschaffen ... Warum haben Sie damit bis jetzt gewartet? So lange, bis es zu spät war? Warum haben

Sie gewartet, bis Sie nicht mehr reisen können, bis eine Ewigkeit vergangen ist und die Leute Sie vergessen haben?«

»Weil«, sagte Maude, wandte sich ab und blickte auf den sich auflösenden Horizont, »weil ich zum ersten Mal eine Chance dazu gesehen habe. Meine erste Chance – meine einzige Chance. Sie sind hierhergekommen und haben mich gefunden, Joan, Sie haben mir diese Chance verschafft. Und Sie haben es noch nicht einmal gemerkt, liebes Mädchen.«

Als Maude allmählich wegdämmerte, half Joan Abdullah, sie auf ihr Bett zu heben.

»Werden Sie sie begleiten? Nach England, meine ich?«, flüsterte Joan dem alten Mann zu, als sie Maude im Zimmer hinter sich zurückließen. Abdullah nickte.

»Wohin auch immer Madam geht, ich werde an ihrer Seite sein.«

»Und ich natürlich auch. Zumindest am Anfang. Ich werde helfen, wo ich kann.«

Abdullah nickte erneut mit einer rätselhaften Miene, die fast wie ein Lächeln wirkte, als er die Tür hinter ihr schloss.

Joan ging hinunter ans Meer und setzte sich auf die Mauer vor den Zollgebäuden, wo Ballen von getrockneten Fischen, Datteln und Feuerholz auf ihre Verschiffung warteten. Die Küste roch nach Fisch und Algen und gärte unter der Wärme des Tages. Sie beobachtete die kleinen Krebse, die hierhin und dorthin rannten, und einen streunenden Hund, der sich im Sand wälzte. Sie dachte an Maude Vickery. Und während sie über sie nachdachte, wurde ihr klar, dass Maude, indem sie Nathaniel hierhergeschafft und endlich die Wahrheit ans Licht gebracht hatte, erneut alles verloren hatte – den Ort, der ihr Zuhause geworden war, und jede Chance, ihren Sohn wiederzusehen. Sosehr sie es versuchte, Joan war sich nicht sicher, ob die Wahrheit das wert war oder ob Maude unwissentlich zugelassen hatte, dass Nathaniel ein letztes Mal ihr Leben zerstörte. Sie spürte eine drückende Sorge, ohne sagen zu können, woher sie rührte. Erst nach einer Weile fand sie den Grund dafür – an alledem konnte sie nichts ändern, nichts lindern. Der Lauf von Maude Vickerys Leben war vorgezeichnet, ihr blieb nichts anderes übrig, als diesem Weg zu folgen. Eine Pionierin würde Maude nie mehr sein können.

Als sein Sohn am Neujahrstag in der Residenz eintraf, kam Nathaniel aus seinem Zimmer nach unten. Joans Herz zog sich seltsam zusammen, als Charlie eintrat. Er trug eine saubere, ordentliche Tropenuniform, war frisch rasiert und hatte die sonnengebleichten Haare ordentlicher zurückgekämmt, als sie es je bei ihm gesehen hatte. Lächelnd stellte sie fest, dass er sich für seinen Vater herausgeputzt hatte. Eine Platzwunde auf seiner Stirn war mit drei kleinen Stichen genäht, und der Bluterguss darum herum hatte sich bis zu seinem linken Auge ausgebreitet. Abgesehen davon war er nach seinem Aufenthalt auf dem Berg unversehrt. Joans Blut pulsierte in ihren Adern, obwohl sie sich eigentlich ruhig fühlte, und sie war froh, dass niemand es sehen oder hören konnte. Sie entschied, dass das vor allem der Erleichterung geschuldet war, die sie empfand. Erleichterung darüber, dass Charlie heil zurück war und dass ihre Lüge ihm oder den anderen Männern keinen Schaden zugefügt hatte. Sie mochte nicht daran denken, wie ihr Leben ausgesehen hätte, wenn die Dinge nach seiner Gefangennahme nicht so glimpflich verlaufen wären – wenn Maude ihre Drohung wahr gemacht hätte und an Joans Händen für den Rest ihres Lebens Blut geklebt hätte. In diesem Moment realisierte sie, wie leicht es war, in der Kürze eines Augenblicks die falsche Entscheidung zu treffen, einen Fehler zu begehen, der das ganze Leben für immer veränderte.

Sie mochte versucht haben, das Beste zu tun, aber Joan hatte dennoch das Gefühl, dass sie glücklich davongekommen war.

Nathaniel weinte schamlos, als er seinen Sohn umarmte.

»Böse Verletzung«, bemerkte er, und Joan wusste nicht zu sagen, ob er die Wunde auf Charlies Stirn oder die ganze Geschichte meinte. »Es tut mir leid, mein Junge. Offensichtlich habe ich dich in eine üble Lage gebracht.«

»Unsinn!« Charlie grinste. »Das war mein eigener Fehler – ich bin ihnen direkt in die Arme gelaufen. Ist nichts passiert.«

»Da bin ich mir nicht so sicher«, sagte Nathaniel kopfschüttelnd. Charlie wollte etwas sagen, hielt jedoch inne, und sein Lächeln verblasste ein wenig.

»Kommt mit auf die Terrasse. Alle zusammen«, sagte Marian, bevor die Stille unangenehm werden konnte. »Dort gibt es Eiskaffee oder für den, der es braucht, auch etwas Stärkeres. Ich glaube, ich könnte etwas vertragen.« Charlie und sein Vater steckten eine ganze Weile die Köpfe zusammen und führten ein intimes Gespräch. Joan bemerkte die Ähnlichkeiten zwischen den beiden, von ihrer Haltung und ihren Gesten bis hin zu der breiten Stirn und der Augenform. Sie fragte sich, ob Charlie überhaupt etwas von seiner Mutter geerbt hatte, abgesehen von seinem hellen Haar. Und als sie ihn betrachtete, entdeckte sie auch Ähnlichkeiten mit Salim. Sie waren die ganze Zeit über da gewesen, sie hatte sie nur nicht bemerkt: der kantige Kiefer, der schmale Nasenrücken, die breiten Schultern. Joan wagte es nicht, sich bei irgendjemandem nach Neuigkeiten über Salim zu erkundigen. Sie lechzte danach, Charlie zu fragen. Sie wusste, dass Nathaniel auf Singer und Burke-Bromley eingewirkt hatte, jenem Mann, seinem Sohn, gegen den sie auf dem Berg gekämpft hatten, eine Nachricht zukommen zu lassen.

Als sich Nathaniel erschöpft auf sein Zimmer zurückzog, um sich vor dem Abendessen noch etwas auszuruhen, sah sie ihre Chance gekommen und setzte sich auf der Terrasse zu Charlie.

»Frohes neues Jahr, Joan.«

»Frohes neues Jahr, Charlie«, sagte sie. »Schön, Sie zu sehen – wohlbehalten, meine ich … Ich nehme an, Sie haben gehört, was zwischen Maude und Ihrem Vater vorgefallen ist?« Charlie nickte betrübt. »Ich habe ihn auf seinem Zimmer besucht«, sagte sie. »Ich dachte, er wäre sehr … erhaben. Doch vielleicht ist jetzt nicht die richtige Zeit, sich erhaben zu geben.«

»Nein, er war immer zurückhaltend«, widersprach Charlie. »Er hat damals etwas Schreckliches getan, aber Gott weiß, wie leid es ihm tut. Ich habe ihn noch nie so unglücklich gesehen, doch da ist auch noch etwas anderes … Ich denke, dass er fast *erleichtert* ist, dass es endlich heraus ist. Als wäre eine Last von ihm genommen, verstehen Sie? Wenn ich zurückdenke, ist er immer ein … trauriger Mann gewesen. Immer zurückhaltend, wenn es darum ging, seine zurückliegenden Erfolge zu feiern.« Joan sagte eine Weile lang nichts, und Charlie sah sie skeptisch an. »Können Sie sich nicht vorstellen, dass ich deshalb kein bisschen schlechter von ihm denke?«

»Doch! Doch, ich …«

»Würde Ihnen das nicht genauso gehen? Würden Sie Ihren Vater weniger lieben, wenn Sie herausfänden, dass er Geheimnisse vor Ihnen gehabt hat oder irgendetwas getan hat, worauf er nicht stolz ist?« Er sah sie durchdringend an, und Joan schluckte.

»Nein«, sagte sie vollkommen aufrichtig. »Nein, das würde ich nicht.«

Charlie blinzelte und nahm einen Schluck von seinem Drink.

»Nun dann«, sagte er. Er dachte einen Moment nach, dann schüttelte er den Kopf. »Ich hasse Geheimnisse, aber ... ich bin mir einfach nicht sicher, wie viel davon ich meiner Mutter sagen soll. Sie ist sehr gebrechlich ... Ich will nicht, dass sie sich aufregt.«

»Ich glaube, es wird ein Schock für sie sein, wenn sie erfährt, dass Ihr Vater vor ihrer Hochzeit mit einer anderen Frau verlobt war. Und dass er einen Sohn mit einer anderen Frau hat.«

»Und dass er diese Frau beinahe umgebracht hätte. Das wird sie ganz sicher schockieren. Würde Sie das nicht schockieren?«

»Es ist niederschmetternd, ja. Aber ... es ist schrecklich lange her. Ihre Eltern haben seither ihr ganzes Leben miteinander verbracht.«

»Salim bin Shahin ist aber nicht die Vergangenheit. Er ist sehr real.«

»Ja. Das stimmt wohl«, sagte Joan. »Andererseits, muss nicht Ihr Vater entscheiden, wie viel er Ihrer Mutter erzählt und wann? Es sind schließlich *seine* Geheimnisse.«

»Das stimmt, ja«, gab Charlie zu.

»Ihr ältester Bruder hieß Elias, nicht wahr? Wussten Sie, dass er nach Maudes Vater, Elias Vickery, benannt war? Ich habe gehört, wie Ihr Vater das sagte. Er muss sein ganzes Leben lang an die Vickerys – und an Maude – gedacht haben.«

»Ja«, bestätigte Charlie leise. »Ja, ich glaube, das hat er.«

Einen Moment lang schweigen sie, und Joans Kopf schwirrte von all den Dingen, die sie sagen wollte. »Wie auch immer«, unterbrach Charlie ihre Gedanken. »Sie schulden mir einen langen und ausführlichen Bericht über Ihre Zeit auf dem Berg, Joan. Singer sagte, er habe keine Ahnung, was geschehen sei, Sie würden sich ausschweigen.«

»Ich glaube, es ist am besten so«, sagte Joan. »Ich weiß nichts Hilfreiches, und da Sie sicher wieder unten angekommen sind ...« Sie verstummte. »Ich hoffe, er lässt es nicht an Dan aus. Und ... es tut mir leid.«

Charlie runzelte nachdenklich die Stirn. »Ich frage mich, was Ihnen leidtut. Es sei denn ... Ich habe mich gewundert, wie leicht wir von dieser zusammengewürfelten Truppe festgesetzt worden sind. Es war fast, als hätten sie gewusst, dass wir diese Schlucht hinaufkommen und wer wir waren. Und sie haben es sorgfältig gemieden, auf uns zu schießen. Ich frage mich, ob die Maultierführer die Einzigen sind, die ein doppeltes Spiel gespielt haben.« Er musterte sie durchdringend, und Joan merkte, wie sie errötete.

»Es war nicht ... mit Absicht. Ich habe nicht verraten, wer Sie sind«, sagte sie. »Allerdings ... fürchte ich, dass ich Maude vom SAS erzählt habe und dass Sie hier sind. Mir war nicht klar, was sie mit dieser Information anstellen würde. Ich habe geahnt, dass Salim wusste, dass ich Sie hinaufschicken würde, um Dan zu helfen. Und offensichtlich hat er geahnt, dass Sie die Schlucht entdecken würden. Aber ich dachte, Sie würden alle sofort wieder herunterkommen, verstehen Sie?«

»Wen haben Sie beschützt? Ihn oder uns?«

»Sie beide. Sie alle.«

»Interessant. Ich ... komme einfach nicht damit klar, dass er mein Bruder ist.«

»Ich weiß. Ich habe es zu spät herausgefunden, zu spät, um es Salim zu sagen.«

»Glauben Sie, dass es einen Unterschied gemacht hätte?«

»Ganz bestimmt. Er hätte nie seinem eigenen Fleisch und Blut etwas angetan, da bin ich mir sicher.«

»Vielleicht haben Sie recht, aber ich bin mir da nicht so sicher – er ist durch und durch Soldat. Aber ein anständiger.

Entschieden, stark, offensichtlich intelligent.« Charlie hielt inne und grinste. »Eigentlich mochte ich ihn, was angesichts der Umstände schon etwas heißt.«

»Ja«, sagte Joan. »Ich mag ihn auch. Was ist dort oben geschehen? Als Sie gefangen genommen wurden?«

»Nicht viel. Wenn sie wollen, bewegen sich die Araber wie Katzen. Wir hatten keine Ahnung, dass sie überhaupt da waren, bis sie uns umstellt hatten. Sie haben uns zu einer Höhle gebracht und uns dort unter ständiger Bewachung festgehalten. Wir konnten hören, wie die Flugzeuge über uns hinwegflogen, aber wir konnten ihnen kein Zeichen geben. Sie haben uns nicht gesagt, was vor sich geht, aber ich bin davon ausgegangen, dass sie uns früher oder später umbringen würden.« Er zuckte die Schultern, doch eine Sekunde huschte der Schatten jener Angst über sein Gesicht. »Aber sie haben uns zu essen gegeben, und sie haben uns nicht unnötig grob behandelt ...«

»Wie sind Sie dann zu der Platzwunde auf Ihrer Stirn gekommen?«

»Das war mein Bruder.« Charlie lächelte. »Er hat mich eiskalt bewusstlos geschlagen – ich hatte es geschafft, mich zu befreien, und bin weggelaufen. Ich hatte noch nie solche Kopfschmerzen wie in dem Moment, als ich wieder aufgewacht bin, aber zumindest hat er nicht auf mich geschossen. Und er hat dafür gesorgt, dass es auch kein anderer tut.« Er holte tief Luft. »Dann haben sie uns gehen lassen. Einfach so, sie haben kein Wort darüber verloren, warum. Sie haben uns den Weg nach Nizwa gezeigt und uns erklärt, wir sollten losgehen. Ich dachte, sie würden uns vielleicht in den Rücken schießen ...« Er zuckte erneut mit den Schultern. »Aber hier bin ich, gesund und munter, nach meinem ersten und möglicherweise einzigen Besuch bei meinem großen Bruder, Salim.

Meinem *Bruder*. Als der Colonel es mir gesagt hat, habe ich es nicht geglaubt. Ich habe mich daran gewöhnt, keine Brüder mehr zu haben.«

»Ja«, sagte Joan sanft. »Das muss … sehr merkwürdig sein.«

»Deutlich mehr als merkwürdig. Ich würde ihn gern kennenlernen, aber ich kann mir nicht vorstellen, wie das möglich sein sollte.«

»Vielleicht … nach dem Krieg.« Schon während sie es aussprach, wusste Joan, wie unwahrscheinlich das war. Und an Charlies traurigem Lächeln erkannte sie, dass er es auch wusste.

»Trotzdem«, sagte er achselzuckend. »Wenigstens habe ich es so auf das Plateau geschafft, nicht wahr?«

»Ja, aber ich war vor Ihnen dort«, warf Joan lächelnd ein.

Auch sie wünschte sich, sie könnte Salim noch einmal sehen. Sie hegte zwar eine gewisse Hoffnung, aber sie war gering. Sie wusste, dass die Armee vorhatte, die Herzen und den Verstand der Männer im Landesinneren zu gewinnen, sobald der Imam besiegt war – die SAF-Pioniere hatten mehr versöhnliche Flugblätter als Bomben abgeworfen. Ob sich diese Milde allerdings auch auf die Anführer und Lieutenants bezog, war eine andere Sache. Doch Salim war schließlich nicht irgendein Lieutenant. Er war von Geburt her Brite, obwohl er das noch nicht wusste, und sie hoffte, dass irgendetwas für ihn geregelt werden konnte. Sehr wahrscheinlich würde er verschwinden, wenn der Krieg verloren war, und die Vorstellung störte sie nicht. Was sie nicht ertragen konnte, war der Gedanke, dass er für immer nach Al-Dschalali zurückkehren müsste.

»Eines Tages«, sagte Charlie und unterbrach ihren Gedankengang. »Eines Tages in nicht allzu weiter Ferne setzen Sie und ich uns bei einer Flasche Wein zusammen, und Sie erzählen mir die *ganze* Geschichte. Ich bestehe darauf.« Er bemühte sich, streng zu klingen, doch in seinen Augen funkelte etwas Verschlagenes.

»In Ordnung«, sagte Joan. »Eines Tages werde ich es Ihnen erzählen.« Sie stellte fest, dass sie das wollte, dass sie sich darauf freute. Es gab nicht viele Menschen, denen sie jemals die ganze Geschichte anvertrauen konnte, und sie wollte nicht, dass dieser bedeutsamste Augenblick in ihrem Leben in der Dunkelheit verschwand. Sie wollte ihn nicht für sich behalten, nicht, dass er mit den Jahren immer mehr verblasste, so, wie es bei Maude gewesen war.

Sie gingen zum Abendessen in den Speisesaal, und obwohl sie nur zu acht waren – der Commander und der Erste Offizier der Fregatte waren zu ihnen gestoßen –, suchte sich Rory den Platz, der am weitesten von Charlie Elliot entfernt war.

»Ich glaube, Ihr Verlobter mag mich nicht besonders«, raunte Charlie Joan leise zu.

»Mich mag er im Moment auch nicht besonders«, erwiderte sie. »Und er ist nicht mehr mein Verlobter.« Ihre linke Hand ruhte auf dem Tischtuch, und sie sah, wie Charlie auf sie hinabblickte. »Ach. Und Sie haben ihm gesagt, dass Sie die Verlobung lösen, weil Sie ganz schrecklich in mich verliebt sind? Dann wundert es mich nicht, dass er sauer ist.« Er stupste sie mit der Schulter an und lächelte, und die Art, wie er sie ansah, ließ den Widerspruch auf ihren Lippen ersterben. Darum lächelte sie nur zurück und verdrehte andeutungsweise die Augen.

Anschließend unterhielt sich Charlie mit seinem Vater, der wieder heruntergekommen war, und Joan überließ sie ihrem Wiedersehen. Sie versuchte, Rorys Blick einzufangen, doch er hielt ihn die ganze Zeit auf seinen Teller gerichtet und sah nur so häufig auf, wie es der Anstand Marian gegenüber gebot, die vis-à-vis von ihm saß. Er hatte so gut wie nichts zu den Enthüllungen über Maude und Nathaniel gesagt und ebenso fast nichts zu Joans Rolle in der ganzen Angelegenheit. Er mied sie und behandelte sie, als würde er sie kaum kennen. An Joan nagte das Gefühl, dass sie einiges zu besprechen hatten, doch andererseits, wenn sie richtig darüber nachdachte, auch wieder nicht. Vielleicht mussten sie sich auf einen offiziellen Grund für ihre Trennung einigen, aber das war auch schon alles, und das konnten sie im Flugzeug tun. Rory und Daniel hatten deutlich mehr zu bereden, obwohl es schwer sein würde, eine Gelegenheit dazu zu finden. Sie fragte sich, ob ihr Drang, mit ihm zu reden, eher der Gewohnheit geschuldet war, aber das stimmte nicht. Er war jahrelang ihr bester Freund gewesen, und diese neue Distanz zwischen ihnen fühlte sich wie ein klaffender Riss an. Sie hatte keine Angst mehr, ohne ihn zu sein, aber sie wollte nicht, dass er ganz aus ihrem Leben verschwand, und das sollte er wissen. Vielleicht würde die Zeit das ohnehin weisen.

Joan blieb nach dem Essen bei den Männern sitzen und scherte sich keinen Deut um den gereizten Blick des Marine-Commandeurs oder um die Tatsache, dass Rory mit einem kaum hörbaren *Gute Nacht* ins Bett schlich.

Marian blieb ebenfalls bei ihnen.

»Ganz recht, Joan«, sagte sie. »Ich genieße einen Brandy ebenso wie ein Mann.« Robert setzte sich neben Joan, legte den Arm um ihre Schultern und drückte sie, bis sie quietschte.

»Ich werde dich schrecklich vermissen, kleine Joan«, sagte er. Sein Gesicht war vom Wein gerötet, strahlte jedoch Aufrichtigkeit aus. »Ohne deine Gesellschaft wird es hier wieder sehr ruhig und … geschäftsmäßig zugehen.«

»Ich werde euch auch vermissen«, erwiderte sie. »Und Bedford wird mir wohl noch ruhiger vorkommen. Ganz schön eintönig.« Der Gedanke an die Abreise versetzte sie in leichte Panik. Daniel, Charlie, Salim, die Wüste und die Berge zu verlassen. Sie war in gewisser Weise bereit zurückzugehen – ihre Mutter zu sehen und herauszufinden, wie ihr neues Leben aussehen würde –, aber in anderer Hinsicht wollte sie es auch nicht. Zumindest wusste sie, dass ihr Leben *anders* sein würde. Sie könnte nie zurückgehen, wenn sie denselben engen Pfad wie zuvor beschreiten müsste.

»Ich kann mir vorstellen, dass das eine große Umstellung wird«, sagte Robert freundlich.

»Wenigstens kann ich an Maudes Unterlagen arbeiten.« Sie waren oben in ihrer Tasche sicher verstaut. »Ich muss einen Verlag dafür finden, obwohl das nicht schwer sein dürfte. Ich kann mir vorstellen, dass Maude Vickery bald deutlich bekannter sein wird. Hat Rory dir erzählt, dass ich die Stelle im Museum nicht bekommen habe?«

»Ja, das hat er. Es tut mir schrecklich leid, Joan.«

»Nein, das ist schon in Ordnung. Sie schien mir sowieso nicht mehr ganz das Passende zu sein. Ich bin ... Ich freue mich darauf, Mum zu sehen«, sagte sie.

Sie war aber auch nervös. Das Gespräch, das ihnen bevorstand, war mit keinem Gespräch vergleichbar, das sie je zuvor geführt hatten. Doch der Gedanke daran, wie respektlos Maude über ihre eigene Mutter gesprochen hatte und wie gleichgültig sie bis zu Antoinettes Tod ihr gegenüber geworden war, bestärkte Joan darin, die Dinge zu klären. Vielleicht hatten sie beide, sie und Maude, mehr zu ihren Vätern aufgesehen, doch Joan liebte ihre Mutter und wollte nicht, dass Groll in ihr wuchs oder Abstand zwischen ihnen entstand. »Es fühlt sich an, als hätte ich sie seit Jahren nicht gesehen«, sagte sie.

»Ich frage mich, ob sie dich noch wiedererkennt«, sagte Robert und warf ihr einen listigen Blick zu. Joan hielt überrascht inne. Wie viel verstand er? »Nachdem du so braun und schlank bist«, fügte er an und nippte an seinem Brandy. »Du siehst sehr erwachsen aus. Ich sollte aufhören, dich kleine Joan zu nennen.«

»Nein, bitte nicht, Onkel Bobby.« Joan lächelte. »Niemals.«

»Hast du deine Zeit in Arabien denn genossen?«

»Es war die beste Zeit meines Lebens«, sagte sie offen.

»Nun, zu Hause musst du dich natürlich erst einmal um einiges kümmern. Aber danach schreib mir oder ruf mich an. Ich habe gerade von einer Stelle im Konsulat in Aden gehört. Ich habe mich gefragt, ob du vielleicht interessiert wärst, dich dort zu bewerben.« Er beobachtete sie genau und lächelte über ihre ungläubige Miene.

»*Wirklich?*«

»Na, freu dich nicht zu sehr. Es ist die dritte Assistenz der Assistentin eines Attachés oder so etwas in der Art. Du wirst schrecklich viel Tee kochen müssen und gelbbraune Akten hin und her schleppen. Aber wer weiß, vielleicht ist es ein guter Ausgangspunkt.«

»Ich will die Stelle haben!«, sagte Joan sofort. Aufregung schoss durch ihren Körper wie ein elektrischer Schlag. »Das heißt, ich würde mich sehr gern dort bewerben«, fügte sie höflich hinzu, und Robert lachte.

Am letzten Morgen ging Joan zu Maude, um zu sehen, ob sie Hilfe brauchte, ehe sich alle treffen würden, um zusammen nach Bait al-Faladsch zu fahren. Von dort würde sie ein Militärflugzeug nach Aden bringen, damit sie von da nach Kairo und dann mit der BOAC weiter nach London fliegen konnten. In der Kühle des frühen Morgens klopfte sie an die Tür aus Akazienholz, und nach einem Moment klopfte sie noch einmal, fester. Sie versuchte, nicht an ihre Abreise zu denken. Sie versuchte nicht, sich umzusehen oder letzte Blicke zu werfen. Es war zu schwer. Sie musste einen Schritt nach dem anderen tun, obwohl sie unwillkürlich immer wieder an die Stelle in Aden denken musste und an die Möglichkeit, die sie ihr bot – wie eine Weggabelung. Jedes Mal befiel sie unvermindert dieselbe Aufregung.

»Abdullah?«, rief sie und legte ihr Ohr an die Tür, im Inneren herrschte Stille. Enttäuscht klopfte sie noch einmal, dann versuchte sie, die Klinke hinunterzudrücken. Die Tür gab nach und schwang weit auf, als sie dagegenstieß. »Miss Vickery – Maude? Abdullah?«, rief sie in die Dunkelheit. Als sie eintrat, krampfte sich Joans Magen zusammen. Sie holte tief Luft, atmete den typischen Geruch des Hauses nach altem Rauch und Ammoniak ein und ging nach oben. Sie wusste, was sie dort vorfinden würde. Das Haus wirkte eindeutig verlassen.

Keine Maude, keine Gazelle, kein Abdullah mit seinem Teetablett. Nur die Salukis waren geblieben. Sie standen auf und streckten sich, als Joan eintrat, als machten sie sich zum Aufbruch bereit. Maudes Bett war ordentlich gemacht, ihre Bücher und Zeitschriften in den Regalen gestapelt. Ihr Rollstuhl stand verlassen vor dem Schreibtisch, und auf dem Schreibtisch selbst lag ein Blatt Papier mit dem blauen Lapis-Ring, der bei der Begegnung zwischen Maude und Nathaniel auf dem Teppich zurückgeblieben war. Auf dem Papier stand eine Nachricht für Joan:

Danke für Ihre Hilfe, Joan – wenn auch zum Teil unwissentlich. Verwerten Sie meine Unterlagen gut und bitte, finden Sie ein Zuhause für meine Hunde, sie sind zu alt, um zu reisen. Machen Sie mit dem Ring, was Sie möchten. Herzliche Grüße, und nun los, MVV.

Tränen verschleierten Joans Blick, und sie vermochte nicht zu sagen, ob es Tränen des Glücks oder der Trauer waren. Wahrscheinlich beides. Irgendwie war sie nicht überrascht. Sie hatte sich Maude nicht in England vorstellen können, auch nicht Abdullah. *Wohin auch immer Madam geht, ich werde an ihrer Seite sein*, hatte er gesagt, als sie ihn das letzte Mal gesehen hatte. Sie erinnerte sich an sein rätselhaftes Lächeln, und ihr wurde klar, dass sie nie vorgehabt hatten, Oman zu verlassen.

Wohin, zum Teufel, ist sie gegangen? Joan hörte bereits Singers Stimme, seinen gereizten Tonfall. Maude hatte keinen Hinweis auf ihr Ziel hinterlassen, aber Joan hegte die Hoffnung, dass sie vielleicht auf den Berg gegangen war, um Salim zu treffen, um einen Schleier und eine Maske anzulegen und sich zwischen den Menschen, bei denen sie zuvor gelebt hatte, zu verstecken. Aber vielleicht – und Joan schloss die Augen und wünschte es sich inständig – hatte sie es irgendwie zurück in die Wüste geschafft und würde in ihrer weiten, faszinierenden Ruhe verschwinden, nach der sie sich so sehnte. In einem kurzen Anflug von Panik dachte Joan, dass sie keinen Beweis dafür hatte, dass sie Maude Vickery tatsächlich begegnet, dass sie ihre Freundin gewesen war. Dann erinnerte sie sich an das Foto, das Abdullah heimlich unten am Meer von ihnen gemacht hatte. Der Film befand sich sicher in seiner Dose und wartete darauf, entwickelt zu werden. Eine Weile stand sie in dem leeren Zimmer, lauschte auf das Summen der Fliegen und den Wind, der durch das Fenster drängte. Draußen war es hell und sonnig, das Licht war intensiv und blendete. Genau wie Maude. Joan war sich ziemlich sicher, dass sie Maude nie wiedersehen würde. Nach einer Weile pfiff sie nach den Hunden und suchte ihre Leinen. Als sie ging, folgten sie ihr auf den Fersen.

»Nun, sie sollte nicht allzu schwer zu finden sein«, sagte Robert erregt, als sie es ihm berichtete. »Sie kann schließlich kaum laufen. Und dieser Sklave ist einen Fuß größer als die meisten Männer hier. Doch, ja, sie sollten leicht zu finden sein.« Er schüttelte den Kopf und raufte sich die Haare, und Joan sagte nichts, weil sie wusste, dass Maude niemals gefunden werden würde, es sei denn, sie wollte es.

»Ach, sind die nicht hübsch?«, rief Marian aus, als sie die Salukis sah. »Wie konnte sie es über sich bringen, sie zu verlassen?«

»Sie brauchen ein Zuhause«, bemerkte Joan lächelnd und reichte Marian die Leinen.

»Oh!«, sagte diese überrascht. Sie überlegte einen Moment, doch dann lächelte sie. »Hervorragend.«

»Colonel Singer wird an die Decke gehen. Ebenso der Gouverneur. Und der Sultan. Teufel und Verdammnis! Vernichte diese Frau«, sagte Robert.

»Unsinn«, widersprach Marian unbekümmert. »Nichts ist ihnen willkommener als eine Ausrede, sich aufzuregen und mit den Armen zu fuchteln. Wenn es ihnen so wichtig gewesen wäre, sie festzusetzen, hätten sie Wachen an ihrer Tür postieren müssen.«

»Vermutlich haben sie nicht damit gerechnet, dass von einer kleinen alten Dame in einem Rollstuhl eine große Fluchtgefahr ausgeht.«

»Nun«, sagte Marian spitz und ging in die Hocke, um die Ohren der Salukis zu kraulen. »Da habt ihr es. Wie gewohnt habt ihr die Frauen unterschätzt.«

Entgegen aller Wahrscheinlichkeit hatte Joan gehofft, dass Daniel an der Startbahn in Bait al-Faladsch erscheinen würde, um sie zu verabschieden, aber natürlich konnte er das nicht.

Er war unten in Nizwa, noch immer im Einsatz. Singer war da und wachte mit einem Gesicht wie ein Gewittersturm darüber, dass keiner von ihnen floh, ehe sie sicher in der Luft waren. Er hatte sich geweigert, Joan zu sagen, ob sie nach Maude suchten oder nicht und ob sie es vorhatten. Joan umarmte Robert und Marian, die lange blonde Saluki-Haare an ihrer makellos weißen Jacke hatte, doch das schien sie kein bisschen zu stören. Joan blickte sich auf dem staubigen, verlassenen Gelände um. Sie dachte, dass es merkwürdig schmerzhaft war, dass alles ohne sie weitergehen würde. Sie wollte sich gerade absondern, um den Colonel zu bitten, Daniel einen Brief von ihr zu übergeben, als sie der Anblick einer großen, schlaksigen Gestalt rettete, die von den Baracken herüberkam. Natürlich verabschiedete er sich von seinem Vater. Dennoch, Joan musste unwillkürlich lächeln.

»Ach, nein!«, sagte Rory säuerlich und zwinkerte, als er ihrem Blick folgte. »Er ist ein unausstehlicher Angeber.« Joan blickte ihn überrascht an, zunächst schuldbewusst und dann unsicher, was sie empfinden oder sagen sollte.

»Er ist gar nicht so schlecht. Nicht, dass ich ihn besonders gut kenne«, sagte sie vorsichtig. Rory stieg ins Flugzeug, ehe Charlie sie erreichte. Nathaniel umarmte seinen Sohn fest, leise wechselten sie ein paar Worte, während Charlie seinem Vater die Stufen zum Flugzeug hinaufhalf, dann kam er zurück nach unten und ging auf Joan zu.

»Nun, auf Wiedersehen, nehme ich an«, sagte er.

»Auf Wiedersehen«, entgegnete Joan. »Würden Sie mir wohl einen kleinen Gefallen tun? Würden Sie den bitte Daniel geben, wenn Sie ihn das nächste Mal sehen? Ich wollte Colonel Singer darum bitten, aber er sieht aus, als wolle er mir lieber ein paar hinter die Löffel geben, als einen Gefallen tun.«

»Ja, das kann ich machen.« Charlie nahm den gefalteten Umschlag und betrachtete ihn einen Moment lang nachdenklich. »Es ist schade, dass Sie abreisen müssen«, sagte er leichthin. »Hier wird nicht viel Unterhaltung geboten.« Er lächelte, aber hinter seinen Worten lag etwas Ernstes.

»Ich hoffe, eine Stelle in Aden zu bekommen. Ich könnte also schon in ein paar Wochen wieder in der Gegend auftauchen und dann für längere Zeit.«

»Wirklich?« Er blickte sich nach der kargen Landschaft und dem bedrohlichen Berg um. »Sind Sie völlig verrückt geworden?« Joan lächelte kurz zu ihm hoch. »Na, Sie schulden mir noch einen Drink und eine Geschichte. Vielleicht komme ich runter und besuche Sie dort«, sagte er.

»In Ordnung. Es war nett, Sie kennenzulernen, Charlie.« Sie blickte an ihm vorbei zu Colonel Singer, der sie mit finsterem Blick taxierte. »Ich gehe besser an Bord. Bevor Singer herüberkommt und mich höchstpersönlich hineinschafft.«

»Ich habe mich auch gefreut.« Charlie streckte die Hand aus, und als Joan diese nahm, um sie zu schütteln, zog er sie dichter zu sich und küsste sie innig auf die Wange. Der Kuss ließ das Blut unter ihrer Haut surren – beunruhigend, aber alles andere als unangenehm. »Vielleicht finden Sie ja die Zeit, mir einen Brief zu schreiben? Sonst höre ich nur von meiner Mutter, und die schreibt mir hauptsächlich, dass ich saubere Socken tragen soll.«

»In Ordnung«, willigte Joan ein, die Idee gefiel ihr sofort. »In Ordnung, das mache ich. Aber ich warne Sie, die Neuigkeiten aus Bedford sind vermutlich alles andere als aufregend.«

»Die Aufregung wird von dem Wissen herrühren, dass Sie ihn geschrieben haben«, entgegnete er gewinnend. Dann grinste er und ließ von ihr ab. »Gute Reise, Joan Seabrook. Schreiben Sie mir von Ihren Plänen, damit wir uns zu diesem

Drink verabreden können.« Er trat zurück, damit sie an Bord gehen konnte, und für eine Sekunde verspürte Joan den Drang, ihm hinterherzugehen und nah bei ihm zu bleiben.

Charlie stellte sich zu Robert und Marian, während die Motoren des Flugzeugs stotternd zum Leben erwachten und sie langsam auf die Startbahn zu rollten.

Nathaniel Elliot lehnte den Kopf gegen den Sitz und schloss die Augen, er wirkte ermattet. Bevor er einschlief, berührte Joan ihn sanft am Arm. Auf ihrer Handfläche hielt sie ihm den Lapis-Ring entgegen.

»Den hat Maude zurückgelassen. Ich glaube, der gehört eigentlich Ihnen.« Mit unbeschreiblich trauriger Miene schaute Nathaniel auf den Ring. Er schüttelte den Kopf.

»Ich will ihn nicht haben. Tun Sie damit, was Sie möchten, Miss Seabrook. Behalten Sie ihn, wenn Sie mögen.« Er schloss erneut die Augen. Versuchsweise schob Joan den Ring auf den kleinen Finger ihrer rechten Hand. Er passte perfekt. Sie wusste nicht, ob sie ihn tragen sollte oder wollte. Sie ließ ihn vorerst dort und reckte den Hals, um Robert, Marian und Charlie zu winken. Sie sah, dass Charlie ihren Brief an Daniel in seine Hemdtasche schob, und war froh zu wissen, dass ihr Bruder ihn erhalten würde.

Sie hatte ihm darin von ihrer Absicht berichtet, von zu Hause auszuziehen, unabhängig davon, ob sie die Stelle in Aden bekommen würde oder nicht. Sie hatte ihm geschrieben, dass sie wusste, was zwischen ihm und ihrer Mutter vorgefallen war. Dass Rory ihr von dem Gespräch erzählt hatte. Und dass, wenn ihre Mutter ihre Meinung nicht ändern würde, sie Joan ebenso wie Daniel verlieren werde. Es war dramatisch, und wahrscheinlich würde Joan Olive niemals so etwas Hartes sagen oder antun, aber in ihrem Herzen fühlte sie es genau so. Sie waren immer noch eine Familie, die einzige, die sie alle hatten, und wenn es Joan nicht gelang, die beiden mit ihrer Überzeugungskraft wieder zu vereinen, war sie fest entschlossen, sie dazu zu zwingen. Vor allem hatte sie Daniel sagen wollen, dass sich nichts zwischen ihnen ändern würde, jedenfalls nicht von ihrer Seite. Sie hoffte, dass das ebenso auf ihn zutraf, angesichts all dessen, was geschehen war – angesichts ihres empörenden Ausflugs in seine Welt. *Wenn du den Gipfel des Dschabal al-Achdar erreichst,* hatte sie geschrieben, *vergiss nicht, mir zuzuwinken.* Sie versuchte, nicht darüber nachzugrübeln, was dieser Moment für Salim bedeuten würde.

Als sie sich schließlich in die Luft erhoben, waren die Menschen auf dem Boden von Staub verhüllt. Nur das Meer, der Himmel und die Berge waren zu sehen, und Joan blickte von einem zum anderen, um sich alles in ihr Gedächtnis einzuprägen. Auf den Knien ruhte das schwere Gewicht ihrer Tasche mit Maudes Papieren darin. Sie überlegte, ob sie, nachdem sie sie zusammengestellt haben würde, vielleicht eine Art Nachwort dazu verfassen sollte. Wie die Wahrheit ans Licht gekommen war und wie Maude anschließend wie ein Dschinn verschwunden war. Erst wenn der Krieg vorüber sein würde, stellte Joan fest. Erst dann konnte sie das alles schreiben, und auch dann gab es Dinge, die sie niemals schriftlich festhalten sollte – über Al-Dschalali und Salim. Aber sie würde nicht zulassen, dass die Wahrheit verloren ging. Sie erinnerte sich daran, dass Maude gesagt hatte, Joan habe ihr die Chance gegeben, Dinge zu ändern, und Joan realisierte, dass Maude genau dasselbe für sie getan hatte. Wenn Maude sie nicht dazu überredet hätte, nach Al-Dschalali zu gehen, wenn sie nicht Joans lebenslange Gewohnheit gebrochen hätte, sich von ihren Ängsten beherrschen zu lassen, dann wäre sie zweifellos schon wieder zu Hause. Sie wäre immer noch mit Rory verlobt – und weiterhin blind. Joan wünschte sich, sie hätte daran gedacht, sich bei der alten Dame dafür zu bedanken. Am längsten starrte sie auf den Berg, während dieser im Dunst hinter ihnen verschwand. Der Dschabal al-Achdar, der Grüne Berg – ein eindrucksvolles Hindernis, das sie, als Erste von allen Abendländern in Oman, erklommen hatte.

Er schlummerte ungerührt weiter, und als sie ihm schließlich den Rücken zuwandte, um nach vorn zu blicken und sich der weiteren Reise zuzuwenden, tat sie es, weil sie dazu bereit war. *Und nun los*, dachte sie.

Anmerkung der Autorin

Dieser Roman will keine genaue Darstellung des Dschabal-Krieges von 1958–59 liefern, weder jener Männer, die daran beteiligt waren, noch der Gefechte. Die wahren Ereignisse dieses Krieges bilden jedoch den wesentlichen Hintergrund des Buches, und ich hoffe, dass die Geschichte von der Gewissenhaftigkeit zeugt, mit der ich versucht habe, mit der Zeit, dem Ort und dem Einsatz umzugehen. Mit Ausnahme von Sultan Faisal bin Turki sind alle sprechenden Charaktere frei erfunden. Die Figur von Colonel Singer ist inspiriert von Colonel David Smiley, dem damaligen Stabschef des Sultans. Es ist höchst unwahrscheinlich, dass die Offiziere des SAS Zeit oder Lust gehabt hätten, in der britischen Residenz zu Abend zu essen oder Ausflüge zum Öl-Camp zu unternehmen – aber man weiß ja nie. Folglich stammen alle Ungenauigkeiten, Unwahrscheinlichkeiten und Fantastereien von mir, hingegen sind viele Details und Situationen historisch korrekt.

Am 9. Januar 1959 ist eine A-Staffel, SAS, in Oman eingetroffen, um die D-Staffel zu unterstützen. Nach ein paar Wochen Sondierung, Aufklärung und Planung war der endgültige Angriff von SAS und Colonel Smileys SAF für die Nacht des 25. Januar geplant, bei Vollmond.

Imam Ghalib, sein Bruder Talib, Suleiman bin Himyar und ihre Kämpfer wurden erfolgreich in die Irre geführt, indem man die gesprächigen lokalen Führer und Maultiertreiber gezielt mit falschen Informationen fütterte, sodass der letzte Angriff – ein brutaler neunstündiger Anstieg entlang einer Route, die bislang als unpassierbar gegolten hatte – kaum auf Widerstand stieß. Als der Morgen graute, warfen Flugzeuge der britischen Luftwaffe über dem SAS, der inzwischen das Plateau erreicht hatte, Lebensmittel und Waffen ab, und man glaubt, dass diese mit Fallschirmen beförderten Vorräte als Luftangriff im großen Stil missdeutet wurden. Warum auch immer, Talib, bin Himyar und ihre Männer verschwanden einfach aus dem Berg. Die Kaffeebecher in ihren verlassenen Höhlen waren noch warm. Die meisten von ihnen hat man nie gefasst oder wiedergesehen, oder sie kehrten in ihre Dörfer zurück und unterwarfen sich der Herrschaft des Sultans. Der SAS verlor zwei Männer, die Soldaten Carter und Bembridge, als ein Irrläufer zufällig die Granate im Gepäck eines anderen Mannes traf und auslöste. Sie waren die beiden einzigen Verluste beim finalen Angriff auf den Dschabal al-Achdar. Etwas früher, im November 1958, war Corporal D »Duke« Swindells von einem Scharfschützen erschossen worden, als er kurz nach dem Eintreffen des SAS in Oman eine Schlucht erklommen hatte. Sein Tod führte dazu, dass die Einsätze eher nachts als tagsüber stattfanden. Britische Einsatzkräfte, einschließlich des SAS, verließen Oman rechtzeitig vor dem UN-Gipfel zum Mittleren Osten im April 1959, kehrten jedoch in den frühen 1970er-Jahren nach Oman zurück, um dem Sultan bei der Zerschlagung eines weiteren Aufstandes zu helfen, diesmal in der südlichen Region um Dhofar.

Indem ich Maude und Nathaniel zu den ersten berühmten Reisenden gemacht habe, die das Leere Viertel von Oman durchquert haben, habe ich ein paar Forscherlegenden aus den Geschichtsbüchern gelöscht, alle von ihnen drangen in die zuvor unerforschte Wildnis ein – James Welsted in den 1830er-Jahren; Bertram Sidney Thomas, der als Erster 1930 das Leere Viertel von Salalah aus durchquerte; Harry St John Philby, der aus südlicher Richtung, von Saudi-Arabien kommend, 1932 vordrang; und natürlich Wilfred Thesiger, bekannt als der letzte der großen Forscher, der das Leere Viertel zweimal durchquert hat – 1947 und 1948. Der Palast von Dschabrin ist eigentlich von Major R.E. Chessman in den 1920er-Jahren »entdeckt« und erforscht worden. Er hat über seine Reisen im *Unbekannten Arabien* geschrieben (Macmillan, 1926). Ich habe mich für Nathaniel Elliots Leben bei einigen Details aus Wilfred Thesigers Laufbahn bedient – zum Beispiel bezüglich seiner Stelle im Außendienst in Sudan und seiner Arbeit über die Bewegung der Heuschreckenschwärme. Ebenso sind Maude Vickerys Ausbildung und frühe Reisen von dem Leben von Gertrude Bell inspiriert.

Ich empfehle jedem, der gern mehr über den Dschabal-Krieg und die Geschichte von Oman erfahren möchte, Colonel David Smileys wunderbaren Bericht aus der damaligen Zeit zu lesen, als er der Stabschef des Sultans war, *Arabian Assignment* (Leo Cooper, 1975). Bei der Recherche zu diesem Roman war es für mich von ebenso unschätzbarem Wert wie das Buch von einem anderen britischen Offizier der SAF, P.S. Alfrees *Warlords of Oman* (A.S. Barnes und Co., 1968); und auch *Sultan in Oman* von Jan Morris (Faber & Faber, 1957), der Sultan Said bin Taimur auf seiner triumphalen motorisierten Durchquerung der Wüste 1955 begleitet hat. Der Artikel über Maskat aus dem *Fortnightly Review*, den Maude als Kind liest, war *Under British Protection* von J. Theodore Bent und wurde eigentlich ein wenig später, 1893, veröffentlicht.

Öl hat man in Fahud, ebenso wie an anderen Forschungsstationen in Oman, 1963 gefunden. Der erste Export von Öl aus Oman erfolgte im Juli 1967, und im Juli 1970 übernahm Seine Majestät Sultan Qabus von seinem Vater, Sultan Said bin Taimur, die Herrschaft über Oman. Als durchaus moderner Mann, der in Sandhurst ausgebildet worden war, begann Sultan Qabus bald, sein Land mit den neuen Einnahmen aus dem Ölgeschäft ins 21. Jahrhundert zu führen. Während ich das hier schreibe, ist er noch immer an der Macht und wird von seinem Volk sehr geliebt. Heute ist Oman ein wohlhabendes, stabiles Land, das viel Interessantes bietet. Das Leere Viertel in der arabischen Wüste ist immer noch ein beeindruckender Ort, auch wenn es nicht mehr ganz so leer ist, wie es einmal war.

Auch die folgenden Bücher waren mir bei der Recherche zu diesem Roman eine Hilfe, und ich empfehle sie jedem, der mehr erfahren möchte:

Old Oman von W.D. Peyton (Stacey international, 1983) – voller wunderbarer alter Fotografien.
Who Dares Wins – the Story oft the SAS 1950–1980 von Tony Geraghty (Fontana, 1981)
Arabian Sands von Wilfred Thesiger (Longmans, Green 1959)
The Selected Letters of Gertrude Bell (Penguin, 1953)
The Southern Gates of Arabia von Freya Stark (Penguin, 1936)
Adventures in Arabia von W.B. Seabrook (George G. Harrup & Co. Ltd, 1928)
Arabia Felix von Bertram Thomas (Readers' Union/Jonathan Cape, 1938)
Desert Queen – The Extraordinary Life of Gertrude Bell: Adventurer, Adviser to Kings, Ally of Lawrence of Arabia von Janet Wallach (Weidenfeld & Nicolson, 1996)

Danksagungen

Wie immer gilt mein Dank all den wunderbaren Menschen bei Orion für ihre harte Arbeit, ihre Begeisterung und ihre Kompetenz, vor allem Susan Lamb, Juliet Ewers und Laura Gerrard. Und natürlich meiner Lektorin, Genevieve Pegg, für ihren verständnisvollen, sensiblen Umgang mit dem Manuskript und dafür, dass es so eine Freude ist, mit ihr zu arbeiten. Ein Riesendankeschön geht an Nicola Barr, meine unvergleichliche Agentin, dafür, dass sie so klug, genial und unendlich hilfreich ist. Ich danke Dee, Chuck, Chris, Libby, Jackie und Peki und Ahmed al Zadjali und Khalid Alsinawi für die fachkundige Führung in Oman und die Geschichten ihres Volkes am Lagerfeuer.

Ein Sommer in Italien. Ein Moment der Liebe, der ewig bleibt.

Katherine Webb, *Italienische Nächte*
ISBN 978-3-453-35822-5 · Auch als E-Book

»Ein leidenschaftlicher Roman, der tief in die damalige Zeit und ihre gesellschaftlichen Konflikte eintaucht.« *Für Sie*

Leseprobe unter diana-verlag.de
Besuchen Sie uns auch auf herzenszeilen.de

DIANA